Valentin Senger

Die Buchsweilers

Valentin Senger

Die Buchsweilers

Roman

Valentin Senger

Kilianstädten, am 14.8.92

Luchterhand
Literaturverlag

Lektorat: Klaus Siblewski
2. Auflage 1992

Umschlagentwurf: Max Bartholl
Umschlagabbildung: Albrecht Dürer, Die Drahtziehmühle
Foto: Bildarchiv Preußischer Kulturbesitz
Satz: Uhl + Massopust, Aalen
Druck: Ebner, Ulm
Printed in Germany
ISBN 3-630-86763-4

Die Buchsweilers

1. Kapitel

Über die breite, staubige Landstraße, die entlang der Kinzig von Fulda nach Hanau führt, holperte ein überladenes Fuhrwerk. Auf den wackligen Bänken entlang den Seitenteilen des Wagens lärmten ausgelassene Menschen, auf der einen Seite die Männer, auf der andern die Frauen. Zwischen ihnen, auf engstem Raum, kugelte sich eine Horde Kinder. Zwei Klepper, so dürr, daß ihre Schulterknochen bei jedem Schritt die Haut zu durchbohren drohten, hatten alle Mühe, den Wagen voranzubringen.

Ein gutes halbes Jahr zuvor hatten die Glocken der Kirchtürme das verheißungsvolle neue, das 19. Jahrhundert eingeläutet. In den Klang der Glocken hatte sich das Sturmesbrausen der Französischen Revolution gemischt – hörbar und spürbar auch in diesem Teil Europas.

Obwohl es noch früh am Tag war, brütete bereits die Septembersonne am wolkenlosen Himmel und trieb Menschen und Tieren den Schweiß aus den Poren. Das veranlaßte jedoch weder die Männer auf dem Wagen, sich ihrer Kopfbedeckungen zu entledigen, noch die Frauen, ihre Kopftücher abzunehmen.

Die Reisegesellschaft hatte sich aus einem fröhlichen Anlaß auf den Weg gemacht. Die gute Laune entlud sich von Zeit zu Zeit in lauten Lachsalven, die Frauen stimmten Lieder an, in die die Männer regelmäßig einfielen. Alle trugen festliche Kleidung und bunte Tücher, die die Männer um den Hals geschlungen hatten, die Frauen um das Handgelenk.

So bunt wie die Tücher, so bunt gemischt war die Reisegruppe selbst. Zwischen fünf und fünfundsiebzig Jahren war jedes Lebensalter vertreten. Doch die Gemeinsamkeiten waren unverkennbar. Bei den Männern die Farbe Schwarz, schwarze Haare, schwarze Bärte, schwarze Hüte, schwarze Gehröcke. Nur die Alten unterschieden sich, die Jahre hatten ihnen das Schwarz aus den Haaren gebleicht. Die bunten Tücher minderten den tristen Eindruck der männlichen Bankreihe. Die Frauen dagegen liebten auffallende Farben in ihren Kopftüchern, Kleidern und Umhängen.

Die Bauern und Bäuerinnen, Knechte und Mägde, die bei der Feldarbeit waren, richteten beim Näherkommen des geräuschvollen Gefährts für einige Minuten die gekrümmten Rücken auf und schauten ihm mit zusammengekniffenen Augen oder mit der Hand die Sonne abschirmend nach. Doch keiner antwortete auf das Tücherschwenken. Wenn das Gefährt am nächsten war, wandten sie sich ab und begannen wieder mit der Feldarbeit. Vielleicht hielten sie es für ungehörig, an einem hellichten Werktag, einem Dienstag, einfache Menschen wie sie selbst durch die Lande kariolen zu sehen, als sei ein Feiertag. Für die Männer und Frauen auf den Feldern gab es aber noch einen Grund, sich abzuwenden. Die Sprache der Reisenden, die üppigen Vollbärte, die Kopfbedeckungen und die schwarzen Gehröcke der Männer verrieten, welche Reisegesellschaft da unterwegs war. Es handelte sich um Juden. Die Gehröcke waren Kaftans, ihre übliche Festtagsbekleidung. Mit Juden wollten die Feldarbeiter nichts zu tun haben. Juden waren allesamt verwerfliche Kreaturen, sie huldigten dem falschen Messias und waren verflucht bis in alle Ewigkeit. Die Blutschuld am Tod des Herrn Jesu konnte durch nichts getilgt werden.

Auf der Wagenpritsche, direkt hinter dem Fuhrmann, hatte ein schon recht alter Kaftanträger Platz genommen. Ihn schmückte ein gepflegter weißer Bart. Unter den weißen, buschigen Augenbrauen erschienen die dunklen Augen noch dunkler. Er trug einen breitkrempigen, steifen Filzhut, der aus dem Rahmen fiel. Die andern Männer hatten den Kopf mit zerknautschten Zylinderhüten bedeckt oder trugen einfache, dunkelfarbige Mützen, die sie, je jünger sie waren, um so schräger aufs Ohr gesetzt hatten. Der alte Herr gab sich sehr würdevoll und nahm an der Fröhlichkeit nur durch ein gelegentliches, wohlwollendes Kopfnicken teil. Ob er hin und wieder lächelte, konnte man hinter dem üppigen Bartwuchs bloß erahnen. Er las unablässig in einem dicken, schwarz eingebundenen Buch, wobei er in typischer Manier von Altersweitsichtigkeit den Oberkörper zurückbog und das Kinn auf die Brust preßte.

Neben ihm saß ein junger Mann, der den Kopf lediglich mit einem Samtkäppchen bedeckt hatte und ständig um den Alten bemüht war. Ein Rabbiner und sein Schüler und Kostgänger waren unterwegs.

Der weißbärtige Filzhutträger hieß Nathan Hertz und war das geistliche Oberhaupt der Judengemeinde von Schlüchtern, der Stadt, aus der die Reisegesellschaft kam. Er war nicht nur ein allseits geachteter Rabbiner, der für jeden Hilfesuchenden einen klugen Rat hatte, sondern ein Kabbalist hohen Ranges, in dessen Klause in Schlüchtern sich regelmäßig eine große Schar von Anhängern dieser jüdischen Geheimlehre zusammenfand.

Die Reisenden waren auf dem Weg zu einer Hochzeit. Deshalb saß auch der fromme Mann mit auf dem Fuhrwerk. Er sollte den Ehekontrakt ausfertigen und danach die zahlreichen Segenssprüche vor und nach dem Wechseln der Eheringe sprechen und so die Ehe schließen.

Reiseziel war das kleine Dorf Eckardroth, nahe Salmünster, dem Besitztum der Reichsfreiherren von Hutten zum Stolzenberg. Diese Gegend, umschlossen von Vogelsberg, Spessart und Rhön, wird auch Der Bergwinkel genannt.

Brautvater war der dort ansässige wohlhabende Spitzenhändler Mordechai Pelzkappe, der seiner einzigen Tochter Sarah die Hochzeit ausrichtete.

Da eine jüdische Hochzeit unter einem Traubaldachin stattfindet, hatte der Rabbi den seinen auf die Reise mitgenommen. Vorsorglich waren die Einzelteile unter die Bank geschoben worden, die vier Stangen und der Baldachin getrennt voneinander. Am Ort des feierlichen Geschehens konnte alles schnell zusammengesteckt werden. Und da eine jüdische Hochzeit ohne Musikanten und Spaßmacher undenkbar ist, saßen im hinteren Teil des Fuhrwerks die vier Musikanten einer bekannten schlesischen Klesmerbande. Sie waren zum Aufspielen bestellt, drei von ihnen befanden sich im mittleren Alter, und ein Älterer war der Senior der Truppe. Zur Klesmerbande gehörte als Fünfter noch ein durch einen Buckel verunstalteter Knabe von elf oder zwölf Jahren.

Die Musikanten waren ernst und schweigsam. Warum sollten sie auch fröhlich sein? Fuhren sie doch nicht zu ihrem Vergnügen zu der Hochzeit, sondern zum Broterwerb. Sie trugen auch keine bunten Tücher. Ihre Instrumente, Geige, Bratsche, Klarinette und Horn, in Tücher eingeschlagen, lagen auf ihren Knien, von den Händen fest umschlossen. Nur hin und wieder löste einer die Hand von seinem Instrument und wischte mit dem Zeigefinger an der Stirn entlang, wo am Hutrand die Schweißtropfen eine glitzernde Perlenkette bildeten.

Der bucklige Junge mit dem tief in die Schultern gezogenen Kopf und den traurigen Augen saß am Wagenende und ließ die Beine herabbaumeln. In den Händen hielt er zwei Lärminstrumente, Paukenbecken ähnlich, die er von Zeit zu Zeit aneinanderschlug.

Bei dem blechern-scheppernden Klang erschraken die Pferde. Jedesmal ging ein Ruck durch das Gefährt. Die ohnehin wackligen Bänke schwankten noch stärker, der Fuhrmann fluchte, die Frauen quietschten, und die Kinder purzelten durcheinander.

Hinter Steinau bog das Fuhrwerk von der ausgebauten breiten

Straße ab und steuerte auf einem schmalen Weg in ein dichtes Waldgebiet. Die Düsterkeit des Waldes dämpfte die fröhliche Stimmung. Angst kroch die Bankreihen entlang.
In dieser bettelarmen Gegend konnten immer irgendwo Spitzbuben oder marodierende Soldaten lauern, die schlimmer noch als die hiesigen Wegelagerer die Reisenden bis aufs Hemd ausplünderten und ihnen oftmals noch Gewalt antaten. Es herrschten Not und Krieg.
Endlich wurden die Kurven sanfter und der Wald lichter, und die Reisenden konnten wieder leichter atmen. Sie gelangten in das liebliche breite Tal des Flüßchens Salz. Dieses zwischen den Bergen gelegene Land nennt man den Huttischen Grund, denn hier und im weiten Umkreis gehörten aller Wald, alle Äcker und Wiesen und alles, was darin kreucht und fleucht, und die Dörfer und auch die Bauern, die in den Dörfern wohnten, den Freiherren von Hutten. Die Bewohner dieser Dörfer waren noch immer Leibeigene.
Am Berghang auf der anderen Seite des Tales waren zwischen den Bäumen die Dächer von Romsthal zu erkennen. Ein langgestrecktes, schiefergedecktes Walmdach hob sich besonders heraus. Es gehörte zu dem kleinen Schloß derer von Hutten.
Nun erst, bei diesem Anblick, kehrte die gute Stimmung der Reisenden zurück. Jetzt konnte ihnen nichts mehr passieren. Einige sangen schon wieder. Und einer rief: »Awron, spring!«
Der bucklige Junge, der Awron der Springer genannt wurde, schob schnell seine Lärmdeckel unter die Bank, richtete sich im Wagen auf und sprang hinunter auf die Straße. Trotz seines Buckels machte er gewandt einen Überschlag, ohne mit den Händen den Boden zu berühren. Dann rannte er dem Wagen hinterher und turnte wieder auf die Pritsche hinauf.

Am Dorfeingang von Eckardroth, zu dem ein langes Spalier von Apfelbäumen mit reifen Früchten führte, standen mitten auf der Straße zwei Männer in dunkler Kleidung, woran un-

schwer zu erkennen war, ihre Anwesenheit hatte einen amtlichen Charakter. Sie waren so unterschiedlich von Statur und Gehabe, wie man es sich nur vorstellen konnte. Der kleinere von beiden war spindeldürr und schon gut über die Sechzig. Sein graumelierter, schwarzer Vollbart ließ nur auf den Bakkenknochen unter den rotgeränderten Augen seine krankhaft blasse Gesichtsfarbe erkennen. Er trat ständig von einem Fuß auf den andern. Dieses magere Männlein war Itzhak Feitel, der Parnaß von Eckardroth, der Vorsteher der Judengemeinde.
Der andere, zwischen vierzig und fünfzig Jahre alt, hatte ein rundes, pfiffiges Gesicht mit Knopfaugen. Sein kräftiger Körper saß auf zwei auffallend kurzen Beinen. Das war der Amtmann Kees, der Ortsvorsteher im Dienst des Freiherrn.
Um die beiden herum stand eine Schar Kinder, die voller Neugierde die Ankommenden begafften.
Die Frauen auf dem Fuhrwerk winkten den beiden Männern mit ihren bunten Tüchern zu, und der Hornist der Klesmerbande blies ein fröhliches Willkommenssignal. Doch die beiden Männer zeigten keine Spur von Freude. Ihre Mienen blieben ernst. Nur der Dicke hob die Hand und hieß den Kutscher anhalten.
»Wer ist Nathan Hertz, der Rabbi von Schlüchtern?« rief er in amtlichem Ton und mit hochgerecktem Kopf. In dieser Haltung schob sich sein Bauch noch etwas weiter nach vorne und drohte den Knopf seines etwas zu engen Jacketts abzusprengen.
Der Rabbiner erhob sich von der Bank. »Der bin ich.«
»Kommt vom Wagen herunter, ich habe euch etwas von meinem gnädigen Herrn, dem Baron von Hutten, mitzuteilen.«
Der Angesprochene klappte das schwarze Buch zusammen und durchquerte vorsichtig den Wagen. Zwei Männer halfen ihm herunter. Er stapfte nach vorne, wo die beiden, der Dicke und der Dürre, standen. In dem Augenblick erkannte er den Dürren und ging mit ausgestreckten Armen auf ihn zu. »Reb Itzhak! Freut mich, dich wiederzusehen!«

Während ihm der Rabbiner kräftig die Hand schüttelte, gab der Angesprochene leise zurück: »Schalom, Rabbi Nathan! – Ihr werdet Ärger bekommen –«
»Was heißt das?«
»Fragt den«, antwortete Itzhak und deutete mit dem Kopf auf den Dicken.
Der Rabbi wandte sich um und reichte ihm mit einem mißtrauisch fragenden Blick die Hand zum Gruß. Der Dicke übersah sie geflissentlich, weshalb der Rabbi schnell so tat, als habe er nur mit der rechten Hand die linke reiben wollen, und fragte: »Ihr seid der Amtmann Kees?«
Der Dicke nickte nur.
»Ihr habt mir etwas vom Herrn Baron mitzuteilen. Was ist es?«
Der Amtmann zog umständlich ein gefaltetes Papier aus der Seite seines Jacketts, klappte es auf und las laut: »Hiermit verfüge ich, daß jeder Jude, der in Eckardroth Aufenthalt nimmt und über Nacht bleibt, den Tagesgroschen zu entrichten hat. Für jede Person fünfzehn Kreuzer. Friedrich Karl Freiherr von Hutten.«
Der Rabbi räusperte sich und sagte: »Mordechai Pelzkappe versicherte mir, er habe für die Hochzeit seiner Tochter sechzig Gulden bezahlt und damit alles abgegolten.«
»Was die Hochzeit anbelangt. Nur das. Nicht aber, was die Hochzeitsgäste betrifft. Die müssen für den Aufenthalt in Eckardroth extra bezahlen.«
Bei diesen Worten des Amtmanns bildeten sich zwei scharfe senkrechte Falten auf der Stirn Rabbi Nathans. Seine Augenbrauen, die wie zwei aufgeklebte Watteröllchen über den dunklen Augen standen, näherten sich einander. Sie waren jetzt nur noch ein breiter weißer Strich. Er entgegnete wütend: »Das ist eine rechte Beutelschneiderei, Herr Amtmann!«
Itzhak Feitel, der bisher stumm und verlegen den Disput mit angehört hatte, fiel dem Rabbiner erschrocken ins Wort: »Bei allen Heiligen, so nicht! Ihr gefährdet die ganze Hochzeit. Wir

sollten mit dem Herrn Amtmann verhandeln. Das ist vernünftiger.«
Der tat so, als habe er die Bemerkung des Rabbi nicht gehört, und antwortete dem Parnaß: »Verhandeln? Es gibt nichts zu verhandeln.« Er wandte sich an den Rabbiner: »Ihr kennt die Verfügung des Herrn Baron. Wenn ihr nicht zahlen wollt, könnt ihr auf der Stelle wieder nach Hause fahren.«
Der Rabbiner strich sich mit der Hand ein paar Mal über den Bart und sagte dann leise: »Es wird uns wohl nichts anderes übrigbleiben, als zu zahlen.«
»So ist es. Und wann werdet ihr zahlen?«
»Sobald wir oben angekommen sind.«
»Na also. Warum nicht gleich so? Muß man denn immer ums leidige Geld streiten?«
Schweigend wandte sich Rabbi Nathan ab, ging nach hinten und ließ sich von seinem Schüler wieder auf den Wagen hinaufhelfen.
Unter dem anfeuernden »Hüa!« des Fuhrmanns bewegte sich das Gefährt die steile Straße hinauf zu der kleinen Synagoge. Unmittelbar dahinter befand sich die Judenherberge, in der Itzhaks Frau das Regiment führte und die für die Übernachtung der Hochzeitsgäste vorbereitet war.
Der Vorsteher der Judengemeinde eilte mit schnellen Schritten dem Fuhrwerk voraus. Keiner der Schlüchterner Juden verspürte nach dem Empfang am Dorfeingang noch Lust, irgendwem am Straßenrand mit seinem bunten Tuch zuzuwinken. Auch Awron dem Springer gelüstete es nicht, den in den Haustüren stehenden und die Ankömmlinge anstarrenden Dorfbewohnern seine Kunststücke zu zeigen.

Mordechai Pelzkappe hatte es sich nicht nehmen lassen, die Schlüchterner Juden vor der Herberge persönlich zu begrüßen mit Handschlag und Schalom und einem Begrüßungstrunk. Sie hatten schließlich die beschwerliche Reise auf sich genommen, um der Hochzeitsfeier einen so würdigen Rahmen zu geben, wie es sich für einen Pelzkappe geziemt.

Dem Uneingeweihten mußte es dennoch verwunderlich erscheinen, daß so viele Hochzeitsgäste aus dem Norden in das Huttische Dorf gekommen waren. Warum ausgerechnet aus dem Norden? Seit eh und je gab es viele freundschaftliche, teils auch verwandtschaftliche Beziehungen der Eckardrother zu den südlichen Judengemeinden in Salmünster, Wächtersbach und Gelnhausen. Warum blieben diesmal die Hochzeitsgäste von dort aus, obwohl doch ein solches Ereignis ein willkommener Anlaß war, für einen oder zwei Tage aus dem freudlosen Alltag eines Landjudenlebens auszubrechen? Jedenfalls war bis zur Stunde kein einziger Jude aus dem Süden zu Sarahs Vermählung gekommen, und es würde bestimmt auch keiner mehr kommen.

Mordechai, klein von Statur und mit einem deutlichen Ansatz von Bauch, war ein erfolgreicher Handelsjude im besten Mannesalter und ein angesehenes Gemeindemitglied, dessen Wort etwas galt. Das drückte sich auch in seinem Auftreten aus. Er ging gerader als andere, den Oberkörper nach hinten gebeugt, das Kinn mit dem dunklen Vollbart etwas nach oben gestreckt. Sein Kopfnicken beim Grüßen war herablassend, sein Lächeln stets überlegen und jede Handbewegung die einer Autorität.

Wieder erhob er das Weinglas und sagte: »Liebe Freunde, ich habe von der Verfügung des Barons über zusätzliche Forderungen gehört. Ihr seid meine Gäste für einen Tag und eine Nacht – und darum gehen alle Kosten, die dabei neu entstehen, auf meine Rechnung.«

Das hörten die Gäste aus Schlüchtern gern. »Bravo!« riefen sie. »Er soll ein langes Leben haben, unser Freund Mordechai. Und seine Tochter viele gesunde Kinder! Le chaim auf ihn! Le chaim auf die Chupe!«

Jetzt wurden auch die Musikanten munter. Sie packten ihre Instrumente aus und spielten zum Willkomm ein lustiges Lied.

Awron kletterte katzenflink an dem älteren Musikanten hoch, und, auf den breiten Schultern des andern stehend, balancierte und fiedelte er munter mit, so sicher, als stände er auf festem Boden.
Danach zogen alle Gäste in die Herberge. Nur der Rabbiner blieb auf der Straße zurück und schaute fragend zu Mordechai. Der verstand sofort.
»Rabbi Nathan«, sagte er, »tut mir die Ehre und schlaft in meinem Haus.«
Erleichtert antwortete dieser: »Mit Vergnügen, Mordechai. Es ist wohl am besten, wenn ich gleich mitkomme.«
Mochte auch Itzhaks Frau die Herberge für die Gäste bestens geputzt und geschrubbt und gelüftet haben, so war es Rabbi Nathan doch tausendmal lieber, in Mordechais Haus zu übernachten als in diesem dunklen und modrigen Raum, der nicht nur Treffpunkt aller Armen und Kranken, sondern auch allen Ungeziefers war.
»Mir ist es recht, wenn ihr gleich mitkommen wollt«, sagte Mordechai. »Wo ist euer Gepäck? Ich werde es tragen.«
»Macht euch keine Umstände. Das kleine Bündel und die paar Bücher kann der Bocher tragen.« Nathan deutete auf seinen Schüler, der noch immer in der Tür zur Herberge stand.
Mordechai verstand auch diese Anspielung und machte ein verärgertes Gesicht. Was der Rabbi da von ihm verlangte, war eine Chuzpe. Doch es blieb ihm nichts anderes übrig, als gute Miene zu machen. »Den könnt ihr meinetwegen auch mitnehmen. Es wird sich eine Schlafstelle für ihn finden.«
»Besten Dank, Mordechai!« sagte Rabbi Nathan zufrieden und befahl dem Jungen: »Schaff die Chupe hinters Haus!«
Dieser beeilte sich, die Einzelteile des Traubaldachins vom Fuhrwerk abzuladen und hinter den Synagogenbau zu schleppen. Dann gingen sie zu dritt die wenigen Schritte zum Haus der Pelzkappes.

Die Juden in Eckardroth wohnten in zwei verwinkelten Gassen im oberen Teil des Dorfes. Es war ihnen verboten, an einer anderen Stelle Quartier zu nehmen oder zu bauen.
Je näher ein Jude an der Synagoge wohnte, um so angesehener war er. Darum stand auch das Haus des Spitzenhändlers in ihrer unmittelbaren Nachbarschaft. Die obere der beiden Judengassen war die Gasse der Minderbemittelten und Gemeindearmen. Sie war auch viel länger als die untere und zog sich in einer Schleife den Berg hinauf bis ins freie Feld. Nur im Betsaal saßen die Juden der beiden Gassen zusammen, die von oben saßen hinter denen von unten.

Mordechai Pelzkappes Familie war im Vergleich zu anderen jüdischen Familien klein. Er hatte Frau und drei Kinder, Sarah, die Älteste, dann kam Felix, und der Jüngste war Afrom. Außerdem lebte in seinem Haus noch seine ledige Schwester, Feigele mit Namen. Mordechai handelte mit Spitzen aller Art, von den feinsten Brüsseler Spitzen, die so teuer waren, daß sie sich nur Herrschaften von blauem Geblüt und mit prallen Geldkatzen oder bestenfalls fromme Herren von hohem geistlichem Rang leisten konnten, bis zu den im Erzgebirge hergestellten Klöppelspitzen, die auch für einfache Bürgersleute mit kleinem Geldbeutel erschwinglich waren. Er kaufte aber auch billige Handarbeiten aus den Dörfern des Bergwinkels, dem Spessart, der Rhön und des Vogelsbergs auf, Bordüren, bestickte Tücher und handgewebte bunte Schals, die die Bäuerinnen und Frauen von Taglöhnern an den langen Winterabenden anfertigten.
Die teurere Ware setzte er auf den Messen in Leipzig, Frankfurt und anderen großen Städten ab, die billigere Ware auf den Jahrmärkten, die er im Laufe eines Sommers besuchte.

Die Hochzeit im Haus Pelzkappe hatte eine Vorgeschichte. Ein langjähriger Geschäftsfreund des Mordechai war der Gelnhäuser Bijouteriehändler Isaak Meyer. Er war nicht nur als ein erfolgreicher Händler in der Gegend bekannt geworden, auch sein Aussehen trug dazu bei. Der Kopf hätte mühelos Modell für einen Maskenschnitzer aus der nahen Rhön sein können, so eckig war alles daran. In Gelnhausen und auch anderswo sagte man: »Isaak mit dem Ponem eines Papageienvogels.« Mit ihm und noch zwei anderen Gelnhäuser Handelsjuden fuhr Mordechai zu den Warenmessen in den großen Handelsstädten und zu bedeutenden Jahrmärkten. Zudem gab es zahlreiche andere Anlässe, Geschäfte zu machen, Feste, Hochzeitsfeiern hochgestellter Persönlichkeiten, manchmal sogar Krönungsfeiern. Auch dorthin fuhren sie stets zusammen, Mordechais Spitzen und Isaaks Bijouterien waren gleichermaßen gefragt.

Isaak Meyer hatte mit dem Verkauf seiner echten und falschen Schmuckstücke bereits ein beträchtliches Vermögen zusammengebracht. Deshalb nannte man ihn auch Güldenmeyer. Er hatte einen Sohn mit Namen Chaim. Er war auch nicht hübscher als sein Vater, paßte aber vom Alter her gut zu Sarah, der Tochter des Spitzenhändlers. Er war neunzehn, sie siebzehn Jahre alt. Chaim war noch keinem Mädchen versprochen. Das war sehr ungewöhnlich, lag jedoch daran, daß Güldenmeyer dank seines Vermögens äußerst anspruchsvoll sein konnte. Keine der Töchter, die ihm bisher als Braut für seinen Chaim angeboten wurden, war ihm recht gewesen. In den meisten Fällen hatte ihm der Brautvater nicht genug an Mitgift bieten können.

Wie oft hatte Isaaks Frau ihm vorgehalten: »Der Brautvater, auf den du spekulierst, muß erst noch geboren werden. Willst du warten, bis Chaim alt und grau ist? Es ist höchste Zeit für ihn, eine Frau zu bekommen, sonst macht er uns noch Dummheiten.«

In der Tat hatte Güldenmeyer zu lange gezögert, zu viele Hei-

ratsvermittler abgewiesen. Und nun war es wirklich höchste Zeit, seinen Sohn unter die Chupe zu bringen.
Im gesamten Bergwinkel wußte jeder über jeden alles. So war auch Mordechai über die Sorgen, die der Bijouteriehändler mit seinem Sohn hatte, gut unterrichtet. In ihm hatte sich schon lange der verwegene Gedanke festgesetzt, dem reichen Geschäftsfreund das Jawort zur Vermählung der beiden Kinder abzuringen. Was für eine wunderbare familiäre und geschäftliche Verbindung würde daraus entstehen! Und ein rechtes Glück für seine Tochter.
Auf einer der nächsten Geschäftsreisen packte er den Stier bei den Hörnern. Zuerst unterhielten sie sich ganz allgemein über ihre Familien und ihre Kinder – Mordechai hatte die Rede darauf gebracht. Dann aber fragte er entschlossen: »Könntest du dir vorstellen, Meyerleben, dein Chaim und meine Sarah würden eines Tages ein Paar?«
»Vorstellen könnt ich mirs schon«, antwortete dieser.
Mordechai sprang vor Freude das Herz im Leibe. Seine Tochter sollte tatsächlich eine so gute Partie machen!
»Ja, ich könnts mir vorstellen«, wiederholte der Bijouteriewarenhändler langsam, »eure Sarah als Kalle für meinen Chaim. Sie ist ein hübsches und gutgewachsenes Mädchen –«
»Und so brav und häuslich!« fiel ihm Mordechai ins Wort. »Und sie wird deinem Sohn viele gesunde Kinder gebären können.«
»Ja, ja, ich glaubs euch schon, aber –«
»Was aber?«
»Wer meinen Chaim zum Schwiegersohn will, muß noch etwas mehr haben als nur eine Tochter.«
»Aber selbstverständlich! Das verstehe ich gut«, antwortete Mordechai erleichtert. Er hatte schon befürchtet, andere Hindernisse ständen im Weg. Er wußte ja, wie viele Väter mit heiratsfähigen Töchtern sich vor ihm schon um diesen Schwiegersohn bemüht hatten. »Sarah bekommt eine Aussteuer, da ist alles vom Feinsten. Und eine Mitgift von fünfhundert Gulden.«

»Tausend Gulden.«
»Wie?«
»Tausend Gulden, sagte ich.«
»Das kann nicht euer Ernst sein.«
»Wißt ihr, Mordechai, was der Schächter Isaak Bär geboten hat? Und Mendel Pfeifer, der Pferdehändler?«
»Ich wills nicht wissen. Geht noch etwas herunter.«
»Keinen Kreuzer. Tausend Gulden. Soviel muß eine Braut schon mitbringen, die meinen Sohn heiraten soll.«
Mordechai tat einen tiefen Seufzer und sagte: »Isaak, ihr macht mich zum armen Mann. Aber es geht um das Glück meiner einzigen Tochter, der besten Tochter der Welt. In Gottes Namen, tausend Gulden. Top.«
»Top.«
Ein Händedruck besiegelte den Handel.
Der Spitzenhändler hatte es jetzt eilig, den Sack, den er soeben mit dem Bijouteriehändler gefüllt und zugebunden hatte, mit einem festen Knoten zu versehen, damit nichts daraus verloren gehen konnte. »Schickt mir bald einen Schreiber mit dem Verlobungsvertrag, damit ich ihn unterschreiben und wir den Hochzeitstermin festlegen können.«
Insgeheim war er froh, sich mit Isaak Meyer auf diese Summe verständigt zu haben. Von vorneherein hatte er gewußt, nicht billiger davonzukommen. Tausend Gulden war ihm ein Schwiegersohn aus der Mischpoche der Gelnhäuser Meyers allemal wert.
Aber nicht nur Mordechai konnte mit dieser Absprache zufrieden sein, Güldenmeyer auch. Und erst recht Chaim. Denn was Schönheit, Temperament und Geist anbelangten, hätte er keine bessere Partie machen können.

Sarah war ein munteres Mädchen. Sie hatte mandelförmig geschnittene Augen und ein rundes Gesicht. Ihr Mund schien immer O zu machen. Nur wenn sie lächelte, verzog er sich zu

einem breiten, roten Band. Das lange Haar, das sie offen trug, schimmerte wie reife Roßkastanien.
Sie litt sehr darunter, von den Buben und Mädchen und auch von den Erwachsenen im christlichen Teil des Dorfes gehänselt und verspottet zu werden, weil sie Jüdin war. Besonders schlimm trieben es die Burschen, die in den Konfirmandenunterricht von Matthies Weber gingen. Der Eckardrother Seelsorger ließ keine Gelegenheit aus, seinen Schülern alle Schlechtigkeiten der Juden vor Augen zu führen. Diese Ungetauften pflegten den verwerflichen Brauch, an den Marterln am Wegrand ihr Wasser abzuschlagen. Jedem Einwand begegnete er mit der Feststellung:
»Die Juden sind viel zu durchtrieben, um sich dabei erwischen zu lassen.« Seine Stimme bekam einen unheimlichen, heiseren Klang, wenn er gar von den Hebräern berichtete, sie tränkten zum Pessachfest ihre Mazze mit Christenblut. Zu diesem Zweck hätten sie in früheren Zeiten – und weiß Gott vielleicht heute noch – unschuldige Christenkinder abgeschlachtet. Während den Konfirmanden der Schauder über den Rücken lief, warf der junge Seelsorger einen frommen Blick zur Decke, faltete die Hände vor der Brust und wiederholte, was er schon so oft gesagt hatte: »Verflucht seien sie bis ans Ende ihrer Tage!«
Pelzkappes Tochter war auch ein widerspenstiges Kind. Wenn die Mutter sagte, sie solle sich die Haare zu Zöpfen flechten, weil nur unordentliche Mädchen die Haare offen trügen, lachte sie nur und sagte: »Dann bin ich halt unordentlich« und ließ die Haare offen. So war sie, respektlos und voller Widerspruch. Darin unterschied sie sich von allen andern Mädchen in der Judengemeinde. Diese übten sich bereits in frühen Jahren, wie es jüdischer Brauch vorschreibt, der Mutter nachzueifern, bemühten sich, den Eltern wie später dem Ehemann eine beflissene, fleißige Dienerin zu sein und vor allem dem Vater jede häusliche Arbeit abzunehmen, damit er unbeschwert seinen geschäftlichen und religiösen Pflichten nachkommen konnte.

Sarah dagegen hatte Besseres zu tun. Sie las viel in den Büchern, die sich Mordechai zum Lernen und zur religiösen Erbauung zurechtgelegt hatte. Um an diese Bücher zu gelangen, mußte sie in Vaters Arbeitszimmer gehen. Diesen Raum durfte niemand betreten, lediglich die Dienstmagd zum Säubern oder ausnahmsweise der Schabbesgoi zum Feueranmachen. Sarah aber durfte hinein, der Tate hatte nichts dagegen.
Klause nannte man im Haus Pelzkappe dieses Refugium. Dorthin zog sich Mordechai zu seinen geschäftlichen Schreibarbeiten, zum Lesen und Studieren der frommen Schriften und zum Meditieren zurück oder einfach dann, wenn er seine Ruhe vor der stets lauten, lärmenden Familie haben wollte.
Nicht einmal mit seinen Freunden ging er in die Klause, wenn sie an Schabbat zu ihm ins Haus kamen, um mit ihm zu plaudern oder sich über neue Unverschämtheiten des Amtmanns und des Grafen aufzuregen. Immerzu gab es auch schwierige Probleme in der Judengemeinde, die zu besprechen waren. Der Besuch saß in der Wohnstube um den großen Eßtisch. Bei diesen Schabbatgesprächen hatten sich Frauen und Kinder unaufgefordert zurückzuziehen, in die Küche oder sonst wohin. Nur Sarah blieb.

Mordechai liebte seine einzige Tochter, trotz ihrer Unarten. Wenn Resl, seine Frau, jammerte: »Was soll bloß aus dem ungezogenen Blag werden!«, beruhigte er sie: »Es wird schon alles gut mit ihr. Ist sie heute ein wildes Fohlen, wird sie morgen ein braves Täubchen sein und eine gute Ehefrau werden und uns viele Enkelkinder schenken. Bestimmt werde ich auch bald einen feinen Ehemann für sie finden.«
Nun hatte er diesen feinen Ehemann gefunden. Beschwingt und frohen Herzens kam er von der schicksalsträchtigen Reise zurück, auf der er mit Güldenmeyer über die Heirat der beiden Kinder gesprochen hatte. Auf dieser Reise war ihm auch ein gutes Geschäft mit Brüsseler Spitzen gelungen. Das wunderte

ihn nicht, als Kabbala-Kundiger wußte er: Ein schöner Erfolg zieht den andern nach sich.
Er konnte kaum den Augenblick erwarten, seiner Familie und vor allem Sarah selbst die erfreuliche Nachricht mitzuteilen. Schnell hatte er sich seiner Reisekleider entledigt und war in den bequemen Hausmantel geschlüpft. Alsbald rief er alle Hausbewohner zusammen, seine Frau Resl, an der alles rund war, ihr Körper, ihr Kopf, ihre Arme, sogar ihr Lächeln, seine beiden Söhne, den elfjährigen Afrom und den dreizehnjährigen Felix, seine Schwester Feigele und sogar die beiden Bediensteten.
»Wo ist Sarah, mein kleines Engelchen?« fragte er.
Diese Redewendung verriet, in welch guter Stimmung er sich befand.
»Eine Besorgung machen. Sie muß jeden Augenblick zurückkommen.«
»Ausgezeichnet«, sagte Mordechai pfiffig, »es soll eine Überraschung für sie sein.« Er blickte zufrieden in die Runde und fuhr fort: »Ihr werdet staunen, was ich euch mitzuteilen habe.« Er machte eine Pause, um die Spannung noch zu erhöhen. »Hört zu: Sarah wird bald heiraten. Ich habe einen Bräutigam für sie gefunden.«
»Wer ists? Sags schon!« bestürmten ihn die andern.
»Ich bin mit Isaak Meyer aus Gelnhausen einig geworden. Sein Sohn Chaim wird es sein.«
Im gleichen Augenblick kam Sarah in die Stube. Erstaunt blickte sie um sich. »Was ist los? Warum der Familienrat?«
»Meine liebe Sarah, ich habe soeben allen eine freudige Mitteilung gemacht.« Lächelnd und mit steifen Schritten ging Mordechai auf seine Tochter zu, nahm sie um die Schultern, blickte ihr in die Augen und wiederholte bedeutungsvoll: »Du wirst bald heiraten, mein Täubchen.«
»Ich – heiraten?«
»Ja, du. Ich habe einen Bräutigam für dich. – Chaim ists, Isaak Meyers Ältester. Stell dir vor, du heiratest einen Güldenmeyer!«
Doch was war mit ihr? Statt ihrem Vater um den Hals zu fallen

und sich für einen so feinen Bräutigam zu bedanken, stieß sie einen spitzen Schrei aus, riß sich aus seinen Armen und lief zur Tür. Dort blieb sie stehen, drehte sich noch einmal um und rief: »Niemals werde ich seine Frau! Niemals!«
Die Tür schlug ins Schloß. Die übrigen Familienmitglieder schauten sich an, ratlos. Resl nahm schnell ein Riechfläschchen und hielt es sich unter die Nase. Sie war vor Schreck einer Ohnmacht nahe. Mordechai stierte in seine offenen Hände, als habe man ihm einen stinkenden Fisch hineingelegt.
Er war es auch, der als erster wieder Worte fand. »Was ist mit ihr? Ist sie verrückt geworden? Wo hat es das je gegeben, eine Tochter verschmäht den Bräutigam, den ihr der Vater ausgesucht hat? Und dazu noch einen solchen!«
Mordechai faßte sich an den Kopf und ging im Zimmer auf und ab. Er liebte seine Tochter, daran konnte niemand zweifeln, und er las ihr jeden Wunsch von den Augen ab. Aber er lebte auch in der jüdischen Tradition. Sarahs Verhalten konnte nicht hingenommen werden. Abrupt blieb er stehen, stieß theatralisch den Arm mit gespreizten Fingern zur Decke und sagte mit seiner schärfsten Stimme: »Sie wird! Sie wird ihn nehmen – so wahr ich Pelzkappe heiße! – oder –«
Feigele fiel ihm ins Wort: »Mordechai, um Himmels willen, schweig, wenn dir der Ärger den Verstand verdreht! Versündige dich nicht an deinem eigenen Fleisch und Blut!«
Mordechai nahm den Arm herunter und ging mit ausgestrecktem Zeigefinger auf sie zu, als wolle er sie durchbohren. »Du hast mir schon gar nichts zu sagen. Oder hast du ihr die Flausen in den Kopf gesetzt? Zuzutrauen wäre dir das.«
Feigele drehte sich auf dem Absatz um und verließ ebenfalls den Raum.
Kurz darauf stürmte auch er zur Tür hinaus.

Feigele war eine Frau Anfang Dreißig. Sie war hager, hatte tiefliegende Augen und ein schmales Gesicht. Sie trug, weil unverheiratet, keine Perücke. Das schulterlange dunkelblonde Haar war im Nacken mit einem Seidentuch zusammengebunden. Ihr linkes Bein war durch einen Hüftschaden verkürzt, weshalb sie sich beim Gehen pendelnd zur Seite neigen mußte. Im Dorf nannte man sie »die Krumme«.

So ganz unrecht hatte Mordechai nicht mit der Bemerkung, Feigele habe möglicherweise seiner Tochter die Flausen in den Kopf gesetzt. Feigele war die Vertraute Sarahs, die einzige in der Familie, vor der Sarah ihre Sorgen ausbreitete. Sarah hatte ihr auch anvertraut, sie habe sich in einen jungen Mann verliebt. Der sei freundlich und zurückhaltend und liebe sie gleichermaßen wie sie ihn. Nur: Die Eltern würden ihn um alles in der Welt als Schwiegersohn nicht akzeptieren. Er sei arm und besitze nicht einmal einen Schutzbrief. Das wüßte sie und liebe ihn dennoch.

Mordechai hatte von der Straße weg einen jungen jüdischen Lehrer engagiert. Sein älterer Bub, der Felix, sollte auf Bar Mizwe vorbereitet werden, auf den Tag, an dem der Knabe als mündiges, eigenverantwortliches Mitglied in die jüdische Gemeinschaft aufgenommen wird. Der Spitzenhändler ließ sich, wenn es um das Wohlergehen seiner Kinder ging, nicht lumpen.

Der junge Lehrer, David Löb Buchsweiler, wurde im Haus aufgenommen, er hatte in dieser Zeit freie Kost und Logis und bekam zusätzlich zwei Gulden im Monat bar auf die Hand. Das war eine fürstliche Entlohnung. Viele hundert jüdische Lehrer, die auf der Landstraße herumzogen, ohne Heimstatt, ohne regelmäßiges Einkommen, hätten für weit weniger Lohn diese Stelle angetreten.

David Löb war nicht nur in den Augen Sarahs hübsch, weil sie ihn liebte, er war wirklich ein gutaussehender Junge mit schwarzem gelocktem Haar, einem dunklen Teint und Augen voller Schwermut. Er hatte zudem eine wohlklingende Stimme,

weshalb ihn Itzhak Feitel wiederholt als Hilfskantor bestellte. Das war eine große Ehre für ihn.
Schon am ersten Tag seines Lehrauftrags im Haus Pelzkappe hatte er bei Tisch tief in die mandelförmigen Augen Sarahs geschaut. Sein Herz hatte ihm bis zum Hals geklopft, und er hatte nicht gewagt zu sprechen aus Angst, er würde ins Stottern kommen. Eine Woche später durfte er Sarah bereits heimlich die Hände streicheln und eine weitere Woche danach sie umarmen und küssen. Sie schworen sich, niemanden als nur den andern zu lieben und Himmel und Hölle in Bewegung zu setzen, um sich für ein ganzes Leben lang vereinigen zu können. Wie und wann das geschehen solle, darüber machten sie sich keine Gedanken.
Es war ein schwieriges Unternehmen, ihre Liebe vor den andern Familienmitgliedern zu verbergen. Das mußte aber sein, denn andernfalls hätten weder Mordechai noch Resl den Lehrer auch nur einen Tag länger im Haus geduldet und es eher in Kauf genommen, daß sich Felix am Bar Mizwe-Tag, wenn er zur Thora aufgerufen wird, blamieren werde. Einen Habenichts und Schutzbrieflosen als Schwiegersohn! Das war für beide unvorstellbar. Das würde die in Generationen gefügte, heilige Ordnung der Familie Pelzkappe auf den Kopf stellen und sie dem Gespött aller anderen Schutzjuden in Eckardroth preisgeben.
Zweien blieb die Mesalliance dennoch nicht verborgen. Feigele, weil sich ihr Sarah, wie sie es schon immer getan hatte, anvertraute. Mit der Tante konnte sie über ihre Liebe zu David sprechen und über ihre Ängste, was geschehen werde, wenn Vater und Mutter Verdacht schöpften. Der zweite, der bald dahinterkam, was sich zwischen Sarah und dem Hauslehrer tat, war Felix. Er deutete die schnellen scheuen Blicke zwischen den beiden, ihre zur Schau gestellte Gleichgültigkeit gegenüber dem andern und die Verlegenheit seines Lehrers, wenn er die Rede auf seine Schwester brachte, richtig. Eines Tages sah er die beiden in der kleinen Kammer neben Davids Schlafstube

verschwinden. Er preßte das Ohr an die Tür und hörte sie miteinander flüstern, konnte aber nicht verstehen, was sie sich sagten. Er bückte sich und schaute durchs Schlüsselloch. Da sah er das Paar in der Mitte der Kammer, genau in seiner Blickrichtung. Sie hielten sich umarmt und küßten sich.

Nun schien es Felix an der Zeit, sich bemerkbar zu machen. Er stampfte ein paarmal mit den Füßen auf, als käme er angelaufen, räusperte sich vernehmlich und drückte schnell die Türklinke herunter. Sarah stieß einen leisen Schrei aus, David dagegen packte den Bengel an den Schultern und fragte wütend: »Was hast du hier oben verloren? Hast du uns nachgespürt?«

»Ich wollte nur etwas suchen«, verteidigte sich Felix scheinheilig, »und da wart ihr in der Rumpelkammer. Was kann ich dafür?«

»Das glaubt dir kein Mensch!« David schüttelte seinen Schüler heftig.

»Hör auf, David!« mischte sich Sarah ein und hielt ihren Geliebten fest. »So wird die ganze Sache nur noch schlimmer.« Sie wandte sich an ihren Bruder: »Und jetzt? Wirst du es dem Tate sagen?«

»Ich kann schweigen.«

»Wenn du dafür belohnt wirst?«

»Dann bestimmt. Wieviel gibst du?«

»Zehn Kreuzer.« Sarah nestelte aus einer Tasche ihres Kleides eine Münze und gab sie Felix. Der ließ sie in einem kleinen Beutel, den er auf der Brust trug, verschwinden.

»Von mir erfährt der Tate nichts. Ehrenwort.« Und Felix zog sich schnell zurück. Doch schon einige Tage später, als er während einer Unterrichtsstunde allein mit David war, bemerkte er: »Wenn ich es mir recht überlege, David, dann sind zehn Kreuzer ein bißchen wenig dafür, daß ich so lange den Mund halte.«

»Du hast dein Ehrenwort gegeben.«

»Ja, schon, aber trotzdem ist es zu wenig. Weißt du, was dir blüht – und Sarah, wenn der Tate –« Er hielt mitten im Satz an.

David wußte es. Nach einer Weile fragte er: »Wieviel?«
»Du solltest zehn dazulegen.«
David gab ihm die zehn Kreuzer. Und zwei Wochen später noch einmal zehn. Und so wurde das Schweigen von Felix mit weiteren Zehn-Kreuzer-Stücken vergoldet. Der Knabe war schlau genug, die kleine Quelle nicht zu sehr auszubeuten, damit sie eines Tages nicht versiege.

Die Tage bis zu Felix' Bar Mizwe, für David und Sarah Tage voller heimlicher Zärtlichkeiten und Liebesschwüre, verrannen schnell. Beide waren vorsichtig und verrieten sich nicht. Der Vater, der ohnehin meist unterwegs war, blieb ahnungslos. Die Mutter war besorgt, sie bemerkte Veränderungen an ihrer Tochter, es kam ihr aber nicht in den Sinn, diese könnten etwas mit der Anwesenheit des Hauslehrers zu tun haben.
Doch dann mußten sie endgültig voneinander Abschied nehmen. Der Lehrauftrag im Haus Pelzkappe war erfüllt, und David hatte Eckardroth zu verlassen. Noch einmal versicherten sie sich, niemals mehr einen andern zu lieben. David tröstete die verzweifelte Sarah mit dem Versprechen, stets in ihrer Nähe zu bleiben und auf sie zu warten.
David blieb vorerst tatsächlich in ihrer Nähe, denn er zog nur eine Wegstunde weiter nach Salmünster. Dank der Fürsprache der krummen Feigele bei dem dortigen Gemeindevorsteher konnte er eine Stelle als Hilfskantor und Thoraschreiber antreten und in dieser Zeit in der Salmünsterer Judenherberge nächtigen.
Aber auch Salmünster sicherte sich, wie alle anderen Städte und Dörfer, vor der Ansiedlung von Juden ab, von denen keine bedeutenden Steuerabgaben zu erwarten waren. Darum beschäftigte die dortige Judengemeinde Hilfskräfte ohne Schutzbriefe höchstens drei Monate. Auch David konnte keinen Tag länger in der Stadt bleiben.
Da kam ihm der Zufall zu Hilfe. In Gelnhausen, drei Wegstun-

den von Eckardroth entfernt, war in den letzten Jahren die jüdische Gemeinde stark angewachsen. Darum hatte der Vorstand beschlossen, einen zweiten Lehrer fest einzustellen, wenn auch noch nicht geklärt war, auf welche Weise die Rezeptionsgelder, das waren die fälligen Abgaben für die Niederlassung eines Fremden in der Stadt, aufgebracht werden sollten. Sie betrugen für Juden, wie überall, das Doppelte des üblichen. Die Bestellung eines Lehrers von außerhalb war aber unumgänglich, denn in der Gemeinde selbst ließ sich derzeit kein geeigneter Bewerber auftreiben.

Wegen der enormen Ausgaben, aber auch aus Vorsicht, bestanden die Gelnhäuser Juden darauf, den Kandidaten erst einmal für eine mehrmonatige Probezeit in Dienst zu nehmen, um Gelegenheit zu haben, seine Eignung zu prüfen.

Aus der großen Zahl der Bewerber wählte man David aus. Er war verständlicherweise sehr froh darüber. Er mietete im Haus eines Krämers eine Dachstube und träumte bereits davon, sich eines Tages, wenn er tüchtig und die Gemeinde mit ihm zufrieden sein sollte, in Gelnhausen niederzulassen. Und so Gott will, würde er dann sogar einen Schutzbrief erhalten.

Nach Ablauf einer guten Hälfte der vereinbarten Zeit bestellte man David in das Gemeindehaus. Rubin Hirsch, ein wohlhabendes und darum einflußreiches Mitglied des Vorstands, eröffnete ihm, Schüler und Eltern seien bisher mit ihm zufrieden gewesen. Er sei wahrscheinlich der geeignete Lehrer für ihre Schüler. Wenn sich dieser Eindruck auch in der zweiten Hälfte seiner Probezeit bestätige, würde er die Stelle bekommen. Mehrere anwesende Juden, darunter auch der Vorsteher Jakob Bär, nickten zu den Worten des Rubin Hirsch zustimmend und klopften ihrem zukünftigen Lehrer freundlich auf die Schultern. So gaben sie ihm zu verstehen, auch sie seien dieser Meinung und er ihr Kandidat.

Solange David in Salmünster war, traf er sich dank der Vermittlung Feigeles hin und wieder heimlich mit Sarah am Waldrand von Kerbersdorf. Als er dann nach Gelnhausen umzog, war das nicht mehr möglich. Von hier aus konnte er nur noch Briefe schreiben. Dabei war Feigele seine Adressatin, der Briefwechsel zwischen ihm und Sarah mußte vor Mordechai und Resl unbedingt verborgen bleiben. Auf diesem Weg erfuhr Sarah auch, wie die Chancen Davids standen, in Gelnhausen eine Festanstellung als Lehrer zu bekommen.

2. Kapitel

Unterdessen häuften sich im Haus Pelzkappe die Szenen. Die Mutter nannte die Tochter bei jeder Gelegenheit ein undankbares Geschöpf, das Schande über ihr Haus bringe und sich selber die Zukunft verderbe.
»Was ist nur in dich gefahren? Ein böser Geist?« zeterte sie. »Gilt nicht auch für dich, wie es schon in der Bibel steht: Du sollst Vater und Mutter ehren? Ehren, das heißt auch gehorchen.« Mit Nachdruck wiederholte sie: »Ja, gehorchen.«
Und Mordechai rief Gott zum Zeugen an und psalmodierte: »Die Ehe ist die Bestimmung aller Menschen und Kinderkriegen die der Frauen. Ist dir das klar? Willst du denn ein Leben führen wie Feigele, ohne Mann, ohne Kinder? Was ist das für ein Leben? Bestimmt kein jüdisches.«
Er fuchtelte mit den Händen herum, als wolle er diesen auf seine ungeliebte Schwester zielenden Satz zurechtkneten, um ihn ihr noch einmal an den Kopf zu werfen.
Feigele, die sich die herzlosen Worte ihres Bruders anhören mußte, ohne sich wehren zu können, nahm sich fest vor, es ihm bei nächster Gelegenheit heimzuzahlen.
Sarah wiederholte zum tausendsten Mal: »Niemals werde ich Chaim heiraten! Niemals! Eher sterbe ich.«
Wenn diese Szenen ihren lautstarken Höhepunkt erreicht hatten, fiel Resl mit einem tiefen Seufzer in Ohnmacht. Sarah und Feigele bemühten sich um sie, und der Vater verließ wütend die Wohnstube, zog sich für Stunden in seine Klause zurück und war für niemand zu sprechen. Er war fest entschlossen, in diesem Fall nicht nachzugeben. Er konnte es auch nicht, hatte

er sich doch Güldenmeyer mit Top und Handschlag verpflichtet. Zudem mußte der Verlobungskontrakt endlich unterschrieben werden. Man tuschelte bereits in der Gemeinde über Sarahs Verhalten. Wie leicht konnte das Gerede nach Gelnhausen und in die Ohren des Isaak Meyer dringen.
Doch es war bereits zu spät. Zu schnell war die Kunde, Sarah weigere sich, mit einem Güldenmeyer unter die Chupe zu treten, nach Gelnhausen gekommen. Als Mordechai noch darüber nachdachte, wie er seine widerspenstige Tochter zur Raison bringen könne, brach schon das Unglück über ihn herein. Isaak Meyer hatte gar nicht erst abgewartet, bis er mit seinem Geschäftsfreund wieder einmal auf Reisen war. In einer Kalesche kam er den Huttischen Grund hoch. Mit der Peitsche trieb er das Pferd an, um möglichst schnell Eckardroth und das Haus Pelzkappe zu erreichen. Ohne anzuklopfen stürmte er in das Haus und direkt in Mordechais Arbeitszimmer, wo er ihn zu Recht vermutete.
Bevor der überraschte Spitzenhändler noch ein Wort hervorbringen konnte, polterte Isaak los: »Wieso ist mein Chaim deiner Sarah nicht gut genug? Was will sie? Einen Prinzen? Einen Heiligen? Wer wollte denn die Chupe? Du doch, nicht ich! Mein Sohn ist kein Hergelaufener, den man so beleidigen kann! Er ist ein Meyer! Ja, ein Güldenmeyer! An jedem Finger seiner beiden Hände könnte er eine Frau haben, wenn ich nur wollte, und das Doppelte von dem, was du deiner Tochter mitgibst. – Was soll das für eine Ehe werden, wenn die Braut den Bräutigam schon vor der Hochzeit beschimpft? Merke dir: mein Chaim ist mir zu gut für eine Pelzkappe – für eine solche Pelzkappe wie deine Sarah. Unsere Abmachung ist null und nichtig! – Und wir beide sind geschiedene Leut!«
Die Tür knallte zu, und Güldenmeyer rauschte wie ein kurzer heftiger Sturm davon, bevor sich Mordechai aus seiner Erstarrung lösen konnte. Er brauchte nicht zu klären, auf welche Weise der Bijouteriehändler Sarahs ablehnende Haltung erfahren hatte. Als Kabbalist wußte er genau: Nicht nur ein Glück,

auch ein Unglück zieht das andere nach sich. Und was sich eben in seinem Arbeitszimmer abgespielt hatte, war ein großes Unglück. Es minderte sein Ansehen in den Gemeinden des gesamten Bergwinkels. Zudem gingen die langjährige Freundschaft und die geschäftlichen Beziehungen zu Isaak Meyer zum Teufel. Er mußte sich künftig anderen Kaufleuten, die zu Messen und Jahrmärkten fuhren, anschließen.
Aber wie in geschäftlichen, so handelte er auch in persönlichen Dingen. Ein Verlustgeschäft – und das Scheitern der Chupe zwischen Sarah und Chaim war eines – darf keine Stunde Gelegenheit zum Jammern geben, sondern muß zur sofortigen Überlegung führen, wie es auf schnellstem Weg wieder ausgeglichen werden kann.
Kaum eine Woche verging, da beauftragte Mordechai, ohne Sarah davon etwas zu sagen, Itzhak Feitel, sich möglichst unauffällig nach einem anderen heiratsfähigen und standesgemäßen Jüngling umzusehen, der als Bräutigam in Frage komme. Mordechai hatte es eilig, nicht nur, um die Scharte auszuwetzen, die ihm Güldenmeyers Absage zugefügt hatte. Es reichte ihm, daß Feigele, eine ledige Frau, im Haus war und an allem herumzumäkeln hatte. Er wollte unter keinen Umständen ein zweites unverheiratetes Frauenzimmer im Haus haben, auch wenn es die eigene und noch immer geliebte Tochter war. Auch Feigele wußte nichts von den erneuten Anstrengungen Mordechais. Nur Resl erfuhr davon, sie hatte aber strenge Anweisung erhalten, es für sich zu behalten, denn Mordechai fürchtete seine Schwester. Nach seiner Überzeugung wäre sie durchaus imstande, ihm mit eigenen Vorstellungen von einem passenden Bräutigam für Sarah in die Quere zu kommen.

Itzhaks Aufgabe als Heiratsvermittler war schwer. Die Rücknahme des Verlobungsversprechens hatte sich in allen Judengemeinden des Bergwinkels herumgesprochen. Heiratskandidaten, auf die der Eckardrother Spitzenhändler Wert gelegt

hätte, beziehungsweise deren Väter winkten ab, noch bevor Itzhak den Mund zu einer Frage öffnen konnte.
Erst nach dem dritten oder vierten Vermittlungsversuch erfuhr Sarah von den Anstrengungen ihres Vaters, einen Mann für sie ausfindig zu machen. Nun war es wirklich an der Zeit, den Eltern reinen Wein einzuschenken. Das Herz klopfte ihr bis zum Hals, als sie eines Abends nach Tisch fragte:
»Tate, ist es wahr, du schickst Itzhak Feitel in der Welt herum, um einen Mann für mich zu suchen?«
»Du bist bald achtzehn«, gab er zur Antwort, »ist es da nicht höchste Zeit für dich, eine Familie zu gründen und Kinder zu bekommen?«
»Natürlich möchte ich Familie und Kinder haben.«
Resl bemerkte: »Dann sind wir, der Tate und ich, ja einer Meinung mit dir. Und darum sucht er einen passenden Mann für dich.«
»So, wie es schon immer gemacht wird. So gründet man eine Familie«, ergänzte Mordechai.
»Suche nicht weiter, Tate. Den Mann, den ich einmal heiraten werde, muß ich auch liebhaben können.«
»Selbstverständlich. Ihr werdet euch kennen- und mit der Zeit auch liebenlernen.«
»Du hast mich nicht verstanden. Den Mann, den ich liebe und den ich heiraten möchte, den gibt es schon.«
»Das hat uns noch gefehlt!« stöhnte Resl.
»Du willst hier neue Moden einführen«, sagte Mordechai. »Mamme und Tate haben nichts mehr zu sagen. Du bestimmst allein, suchst dir selber einen Bräutigam aus, fragst nicht, verlierst kein Wort darüber. Wo gibts denn das?«
»Ich liebe ihn. Und er liebt mich.«
»Ihr liebt euch! Sehr gut. Und das soll die Grundlage eurer Ehe sein? Liebe? Und nichts weiter, nur ›wir lieben uns‹? Was steckt nur in deinem Kopf, daß du nicht weiterdenken kannst? – Kenn ich ihn?«
»Ja, du kennst ihn.«

Sarah holte tief Luft und sagte mit Betonung: »David ists. David, der Lehrer.«
»David, der Lehrer. Warum nicht gleich ein Bettler von der Straße oder ein anderer Strauchdieb!« Mordechai schlug sich mit beiden Händen zugleich auf die Schenkel und lachte verkrampft. »Ein Lehrer, ein Habenichts, ein Hungerleider, einer, der keine Steuern zahlt. Ein feiner Schwiegersohn!«
»Du rennst mit offenen Augen in dein Unglück!« warf Resl ein. Mordechai fuhr fort: »Glaubst du, der saubere Bursche hat es auf etwas anderes abgesehen als deine Mitgift?«
»Er will weder Mitgift noch Geld. Er will mich heiraten, weil er mich liebt. Sonst will er nichts.«
»Lerne mich nicht solche Kerle kennen. Er liebt nichts als mein Geld. Er will dich heiraten, das glaube ich gern. Aber aus Liebe? Wie dumm du bist!«
»David ist anders, als du denkst, Tate, und ich werde ihn heiraten.«
»Du wirst nicht! Eher fließt die Salz den Berg hinauf!« Mordechai stand vor Sarah und ballte die Fäuste.
»Dann habt ihr mich zum letzten Mal gesehen!« Sie riß die Tür auf und rannte hinaus in die Dunkelheit.
»Sarah!« schrie Mordechai, »Sarah, komm zurück!«
Doch Sarah kam nicht zurück, nicht nach einer, nicht nach zwei Stunden. Auch noch am andern Morgen blieb sie verschwunden. Mordechai ließ in den Häusern herumfragen, in denen sie gelegentlich verkehrte, zuerst bei seinem Schwager Abraham Bacharach, einem Gewürzwarenhändler, und im Haus ihrer Freundin Golde, der Tochter des Schochet Aron Maynzer. Doch nirgendwo hatte sie sich versteckt. Das versicherte man ihm glaubhaft. Da erfaßte ihn Panik. Er alarmierte den Parnaß Itzhak und den Amtmann Kees. »Ihr müßt sie suchen lassen!« Er befürchtete das Schlimmste.
Sosehr man auch alle Scheuern und Remisen durchstöberte und die Wälder rings um Eckardroth durchkämmte, Sarah blieb verschwunden. Die Männer kehrten nach vielen Stunden

vergeblicher Suche nach Eckardroth zurück. Sie waren überzeugt, keinen Flecken Wald und kein Gestrüpp ausgelassen zu haben. Sarah, meldeten sie, sei wie vom Erdboden verschwunden. Auch ein reitender Bote, der eilends zu David nach Gelnhausen geschickt wurde, kam mit der Versicherung des Lehrers zurück, Sarah sei nicht bei ihm gewesen. Das habe er bei seinem Leben geschworen.

Großes Wehklagen erfüllte das Haus Pelzkappe. Einer machte dem andern Vorwürfe. Während die andern jedoch nur lamentierten, verließ Feigele das Haus und machte sich auf die Suche nach Sarah.

Sie allein begehrte gegen die Vorstellung auf, ihre Nichte könnte tot sein. Mit wirren Haaren und bis auf die Haut durchnäßt, humpelte sie durch den Wald. Man konnte glauben, sie habe den Verstand verloren. Immer wieder rief sie: »Sarah, wo bist du? Sarah!«

Am dritten Tag fand sie ihre Nichte im dichten Unterholz weitab vom Weg, fast schon bei Romsthal. Sie alarmierte einige Bauern im nahen Dorf, die auch sofort mit einem Leiterwagen bis dicht an die Stelle in einer Senke kamen, in der Sarah lag.

»Wie konntet ihr sie nur finden?« fragten die Bauern, »dort kommt doch kaum einmal ein Mensch hin?«

»Ich habe gewußt, daß ich sie finden werde«, murmelte Feigele, »ich habe es gewußt.«

Die Bauern zogen den Wagen hinauf nach Eckardroth und trugen Sarah in das Haus und in ihr Zimmer. Wie eine Tote lag sie auf ihrem Bett, das Gesicht starr, aschgrau ihre Haut, und ihre Augen blickten ins Leere. Sie sagte kein Wort, blieb stumm, als habe sie die Sprache verloren, und ließ alles mit sich geschehen. Nicht einmal Feigele fand eine Tür zu ihrem Herzen. Viele Tage lang schüttelte sie ein heftiges Fieber, und sie war dem Tod näher als dem Leben.

Das Fieber ging zurück, und Sarah erwachte zu neuem Leben. Aber sie hatte sich verändert, war ernster geworden, in sich verschlossener. Der runde Mund, der sich früher zu einem rot-

leuchtenden Band auseinanderzog, blieb zusammengepreßt, die Lippen waren dünn und blaß, das Lächeln verbannt.
Sie war entschlossen gewesen zu sterben, das Weiterleben fiel ihr schwer. Jetzt ging sie öfters zu Itzhak, um in seiner Herberge Kranke zu pflegen, und half den Frauen der Beerdigungsschwesternschaft, die sich um die Schwerkranken und Sterbenden kümmerten.
Während dieser Zeit begegnete ihr in der Herberge ein wandernder Scholar, offenbar ein ehemaliger Jeschiwe-Bocher, an den sie später oft erinnert wurde. Bereits sein Aufzug war bemerkenswert. Er trug eine blaue Studentenjacke mit Stehbund, um den Hals ein buntes Sacktuch, seinen Kopf bedeckte eine bäuerliche Ballonmütze. Nichts an ihm war jüdischschwarz, nicht einmal seine Haare, die waren rostrot.
Die Gemeinde hatte ihn für kurze Zeit als Hilfskantor beschäftigt. Er wohnte in der Herberge und wurde von Itzhaks Frau verköstigt. Zu Sarahs Verdruß hatte er die gleichen schlechten Manieren gezeigt wie viele Betteljuden, die in Eckardroth für eine Nacht Unterschlupf fanden. Statt dankbar zu sein für die eine Nacht, die sie ein Dach über dem Kopf hatten, schimpften sie nur und stritten miteinander.
Aber der Scholar beschwerte sich nicht über das schlechte Essen und das stinkende Stroh, er wetterte gegen die geistigen und politischen Mißstände im Land und in der Judenschaft, wovon Sarah nicht viel verstand, und über Gott, die Heilige Schrift und die Gesetzessammlungen, über die sie etwas mehr wußte.
Anfangs hatte sie den Eindruck, als wolle er sich mit seinem klugen Gerede bei ihr nur wichtig tun. Dann aber beobachtete sie, daß er bei jeder Gelegenheit auch bei Itzhak, seiner Frau und bei fremden Tischgenossen die gleichen Reden führte und sich auch nicht beirren ließ, wenn er ein Klugscheißer genannt wurde. Er sprach vom Zeitalter der Aufklärung, nannte Namen, die sie zuvor wohl schon gehört hatte, mit denen sie aber nichts anzufangen wußte, Voltaire, Lessing und Kant. Er

sprach diese Namen mit einem ehrfurchtsvollen Klang in der Stimme aus, als handele es sich um Heilige. Er schwärmte von Freiheit, Gleichheit und Brüderlichkeit. Der Sturmwind der Französischen Revolution, erklärte er Sarah, sei jetzt auch in Deutschland angekommen und werde über kurz oder lang vieles verändern, was seit Jahrhunderten Bestand hatte. Sogar vor der jüdischen Tradition machte er nicht halt. Er behauptete, das Beschneiden der Knaben, die strenge Unterscheidung zwischen koscher und trejfe, das absolute Ruhegebot an Schabbat und auch die traditionelle Rolle der Frau in der Familie und der gesamten jüdischen Gesellschaft seien überholt. Schon lange sei es nicht mehr zu vertreten, daß heiratsfähige Mädchen wie im Mittelalter gezwungen seien, denjenigen zu ehelichen, den der Vater als Bräutigam vorbestimmt habe. Für Sarah waren das gotteslästerliche Redensarten, auch wenn sie sich eingestand, ja selbst gegen jüdische Tradition verstoßen zu haben.

Mordechai spürte immer deutlicher, wie fremd ihm Sarah in diesen Wochen geworden war. Er hatte endgültig die Macht über sie verloren. In vielen schlaflosen Stunden hatte er über einen Ausweg nachgedacht, hatte Gott um Rat angerufen. Er wollte seine Tochter keinesfalls unglücklich sehen. Und so sagte er ihr eines Tages: »Wenn ihr heiraten wollt, du und David, so soll es mir recht sein.«

»Es ist gut. Wenn David will, werde ich seine Frau«, antwortete sie leise und ohne Betonung. Ihr Gesicht zeigte keine Regung, weder Überraschung noch Freude.

Bereits am andern Tag fuhr Itzhak Feitel nach Gelnhausen, um David das Einverständnis zur Heirat zu überbringen.

»Ich bin sehr glücklich über diese Nachricht, Itzhak«, sagte er.

»Und Sarah? Will sie mich noch immer?«

»Wäre ich sonst hier?«

»Dann sagt: Wann soll die Hochzeit sein?«

»Eine Hochzeit, David, ist keine Lappalie. Da muß vieles

überlegt und besprochen und es muß ein Verlobungskontrakt unterzeichnet werden. Pelzkappe ist ein Geschäftsmann, der weiß, auf was es ankommt, und Ordnung muß sein.«
»Sagt Reb Pelzkappe, ich sei mit allem einverstanden, was er festlege. Ich will Sarah zur Frau, alles andere ist nebensächlich.«
Itzhak schüttelte den Kopf. »Du bist noch jung, David, sehr jung.«

»Mir macht der Spitzbube nichts vor«, sagte Mordechai, als ihm Itzhak Feitel berichtete, wie gleichgültig seinem künftigen Schwiegersohn die schriftlichen Festlegungen über Aussteuer und Mitgift seien. »Er meint das genaue Gegenteil von dem, was er sagt. Jetzt werde ich erst recht vorsichtig sein müssen, wenn wir den Kontrakt abfassen. Jedes Wort ist gut zu überlegen.«
Und er diktierte Itzhak in die Feder: »Bei einer Verehelichung meiner Tochter Sarah mit dem Religionslehrer David Löb Buchsweiler erhält diese eine komplette Aussteuer im Wert von dreihundert Gulden und eine Mitgift von vierhundert Gulden.«
»Vierhundert Gulden? Nicht mehr?« warf Itzhak ein.
»Für einen mittellosen Lehrer genügt das, um einen Hausstand zu gründen. – Schreibt weiter: Diese Summe ist erst fällig, wenn der Wohnort der Familie Buchsweiler geklärt ist.«
Ohne den Satz hinzuschreiben, blickte Itzhak auf. »Ist das euer Ernst, Reb Pelzkappe? Eine solche Verfügung habe ich noch nie in einen Verlobungskontrakt hineingeschrieben.«
»Schreibt, wie ich Euch geheißen! Und weiter: Über die in dem vorderen Absatz fixierten Leistungen hinaus bestehen keinerlei Ansprüche seitens des David Löb Buchsweiler an den Brautvater Mordechai Pelzkappe, ganz gleich, welche familiären Umstände auch immer eintreten.«
Auch eine solche Festlegung gab es bisher in keinem Verlobungskontrakt, die Itzhak hatte aufsetzen müssen, aber diesmal schwieg er und schrieb.

Nachdem er das Schriftstück noch einmal überflogen hatte, sagte Mordechai: »Wenn der Huligan diesen Kontrakt annimmt, kann er in Zukunft tun, was er will, er wird vergeblich nach meinen Dukaten langen.«

»Meint ihr, er will?« warf Itzhak ein. Er kannte David so gut, daß er bezweifelte, was Mordechai sagte.

»Natürlich will er. Ein Geiervogel ist er, ein Habenichts, der davon träumt, daß ihm die Tochter eines Pelzkappe goldene Eier legen wird.«

»Warum in aller Welt gebt ihr ihm dann eure Tochter?«

»Warum! Warum! Welch eine Frage! Gott hat mich gestraft, als ich ihn ins Haus holte.«

Niemand hätte Mordechai ausreden können, daß der Lehrer ein Erzhalunke sei und es allein auf sein Geld abgesehen habe. Und genau so dachte Resl. »Einem anständigen Armen würde es niemals in den Sinn kommen«, jammerte sie, »die Tochter eines Pelzkappe zu begehren. Die Armut hat ihn verdorben. Und so wenig man eine faule Frucht wieder genießbar machen kann, genau so unmöglich ist es, aus einem Schubenik einen Ehrenmann zu machen.«

Trotz aller Bedenken und Vorbehalte hielt es Mordechai dennoch für zweckmäßig, die Hochzeitsvorbereitungen ganz normal zu treffen, als ob der Bräutigam ein Mann seiner Wahl sei. Damit wollte er noch größeres Aufsehen vermeiden. Er hatte genug Ärger mit Sarah, die sich eher in der Winternacht den Tod holte, als sich den Wünschen von Vater und Mutter zu fügen.

Er nahm sich Zeit mit allem, was vor einer Hochzeit zu regeln ist. Auffallend viel Zeit. Ob er insgeheim hoffte, den ungeliebten Schwiegersohn treffe vorher noch der Schlag? Oder eine göttliche Eingebung bewirke bei Sarah in letzter Sekunde einen Sinneswandel? Endlich raffte sich Mordechai auf, Rabbiner und Trauzeugen zu bestellen und die Gäste einzuladen. Gleichzeitig forderte Resl Frauen an, die ihr helfen sollten, die zahlreichen Speisen für das Hochzeitsmahl zuzubereiten.

Da ergab sich eine neue Kalamität. Mordechai Pelzkappe hatte an den erst kürzlich gewählten Rabbiner der Gelnhäuser Judengemeinde, Samuel ben Jehudo, eine Botschaft geschickt mit der Bitte, er möge die Trauung von Sarah und David vornehmen. In Eckardroth gab es zu dieser Zeit keinen Rabbiner. Rabbi Samuel antwortete Mordechai, das neu übernommene Rabbinat in Gelnhausen lege ihm sehr viele Verpflichtungen auf. Es werde ihm in absehbarer Zeit nicht möglich sein, priesterliche Handlungen in den Nachbargemeinden zu übernehmen. Mordechai möge sich anderswo nach einem Rabbiner für die Chupe umsehen.
Als die Absage von Rabbi Samuel ben Jehudo in Eckardroth eintraf, hatte Mordechai kein gutes Gefühl. Die Begründung war ihm zu fadenscheinig. Er wurde noch mißtrauischer, als er kurz darauf die drei Gemeinderatsmitglieder der Gelnhäuser Gemeinde, Rubin Hirsch, Seligmann Sabel und Löb Baruch, mit denen er seit vielen Jahren verbunden war, zur Hochzeit einlud und sie ebenfalls lendenlahme Ausreden vorbrachten. Aber es kam noch schlimmer. Weder in Gelnhausen noch in Wächtersbach und Salmünster, den nächstgelegenen Gemeinden, sagte einer der Eingeladenen zu. Jeder hatte eine andere Ausrede. Der Einfluß der Güldenmeyers war weitaus stärker, als es Mordechai bedacht hatte. In der ganzen südlichen Region des Bergwinkels wagte kein Jude, an dieser Hochzeitsfeier teilzunehmen. Dem Brautvater blieb nichts anderes übrig, als einen Rabbiner aus dem Norden zu bitten. Er wandte sich an den Rabbiner Nathan in Schlüchtern. Der sagte sogleich und ohne Vorbedingungen zu, die Trauung zu vollziehen, obwohl es sich bereits bis nach Schlüchtern herumgesprochen hatte, daß der Bräutigam eine fragwürdige, nicht standesgemäße Person war, und welches Familiendrama sich seinetwegen bei den Pelzkappes abgespielt hatte.
Der fromme Mann aus der nördlichen Region versprach dem Spitzenhändler, auch dafür zu sorgen, daß die Hochzeit einen würdigen Rahmen erhalte, trotz der von den Güldenmeyers

veranlaßten Achtung, der sich die südlichen Gemeinden untergeordnet hatten. Er sagte: »Ich verstehe Rabbi Samuel nicht. Das hat nichts mit Jüdischkeit zu tun. Haben wir denn keine anderen Sorgen, als uns gegenseitig das Leben schwerzumachen? Wann immer er will, bekommt Chaim eine Frau, zehn für eine. Bei seiner Mischpoche und seinem Vermögen! Was also will der Güldenmeyer noch?«
Und Rabbi Nathan verpflichtete sich, mit einer größeren Gruppe Schlüchterner Juden nach Eckardroth zu kommen, damit es auch eine richtige jüdische Hochzeit werde. Sogar um die Musikanten kümmerte er sich.
Mordechai wünschte David in die Hölle, dennoch wollte er seiner Tochter den Aufbruch in die ungewisse Zukunft mit dem Habenichtslehrer erleichtern. Den Hochzeitstermin legte er im Einvernehmen mit Rabbi Nathan auf den ersten Dienstag im September fest.

Mit dem Einzug der Hochzeitsgäste in Itzhaks Herberge begann dort ein übermütiges Treiben. Der Ärger über den unfreundlichen Empfang verblaßte, und die Gesellschaft wurde immer fröhlicher. Der Parnaß, der sich bemühte, die Peinlichkeiten bei der Ankunft der Schlüchterner Juden vergessen zu machen, stellte einen Krug Wein auf den Tisch, an dem die Männer saßen. Sie tranken und waren bereits nach dem zweiten Schluck schicker, und ihre Zungen wurden lockerer. Derweil packten die Frauen, die getrennt von den Männern Platz genommen hatten, die in Tücher geknoteten Proviantpakete aus und verteilten den Inhalt an beiden Tischen. Man aß und trank und wischte sich schließlich mit dem Handrücken den Mund ab.
Die Frauen begannen zu singen. Die Männer summten und sangen mit. Dabei schlugen sie den Takt mit den Händen auf die Schenkel und mit den Stiefeln auf den Boden. Zwei Juden gelüstete es gar zu tanzen. Sie erhoben sich, streckten die Arme

nach oben, schnalzten mit den Fingern und tanzten mit kleinen festen Schritten. Immer schneller, immer wilder. Es dauerte nicht lange, und immer mehr Juden tanzten im gleichen stampfenden Rhythmus.
Dieses Stampfen und Schnalzen im Tanz war etwas Neumodisches. Erst seit einigen Jahren hatte es sich in den Bergwinkelgemeinden eingebürgert. Die Jungen hatten es von den aus dem Osten kommenden Juden übernommen. Sie fanden Gefallen daran. Nicht so die Alten. Für sie war es vulgär und zügellos. Und dennoch, sie gewöhnten sich daran und tanzten schließlich mit, so lange es ihre steifen, gichtigen Beine noch zuließen.

Schon am Vormittag vor dem Eintreffen der Hochzeitsgäste hatte der Parnaß Platz für sie geschaffen. Er hatte die Kranken, die hustend und stöhnend in der Herberge herumlagen und die Luft verpesteten, Armut und Krankheiten riechen nicht gut, in einen kleinen Anbau an der Seite der Synagoge umquartiert. Das ging nicht ohne Proteste ab. »Wir sollen uns wohl den Tod holen! – Er hat ein Herz aus Stein. – Der Schlag soll ihn treffen!« Immer und immer wieder fluchten und schrien die Kranken und wollten keine Ruhe geben.
Itzhak war wütend über so viel Unverschämtheit und zischte: »Ein armer Hund sollte auch mit einem Knochen zufrieden sein, wenn er nichts anderes hat.«
Doch warum sollten sich die Armen in bürgerlichen Umgangsformen üben? Was nutzten sie ihnen? Sie hatten Hunger und brauchten etwas zu essen, sie froren, und jeder warme Fetzen über ihre ausgemergelten Körper half ihnen, und waren sie vom Regen durchnäßt, konnten sie froh sein, wenn sie ein trockenes Plätzchen für die Nacht fanden. Das war alles. Rücksichtnahme kannten sie weder mit sich noch mit ihren Leidensgefährten, und erst recht nicht mit denen, die sich abends in ein bereitetes warmes Nest betten konnten.
Die Notunterkunft für die Kranken war wirklich nicht viel

mehr als ein armseliger Verschlag, in den man bestenfalls ein paar Ziegen einsperren konnte.
Aber was sonst hätte Itzhak tun sollen? Etwa die ehrenwerten Hochzeitsgäste in ihren guten Festtagskleidern dort in dem mistigen Verschlag unterbringen – dafür, daß sie die Übernachtung auch noch bezahlten? Die Kranken, die meisten von ihnen mit widerlichem Aussatz behaftet, zahlten doch einen Dreck für die Unterkunft und quengelten obendrein vom Morgen bis zum Abend. Sie waren nicht besser als die durchreisenden Bettler, die nur einen oder zwei Tage in der Judenherberge blieben, aber unverschämte Ansprüche an das Essen und die Schlafstatt stellten und Itzhaks Frau immer nur Ärger bereiteten.
Die an diesem Tag in Eckardroth ankommenden Armen wurden gar nicht erst in den Herbergsraum, wo die Hochzeitsgäste versammelt waren, hineingelassen. Sie mußten, genau wie die Kranken, für diese Nacht mit dem fensterlosen Raum neben der Synagoge vorlieb nehmen.
Itzhaks Frau versuchte, die aufgebrachten Kranken zu besänftigen: »Es ist doch nur für eine Nacht. Und außerdem wird am morgigen Hochzeitstag der Tisch auch für euch gedeckt sein.«
»Wir wissen schon: gedeckter Tisch mit Sauerbrei und gehackten Zores«, unterbrach sie eine höhnische Stimme.
Aus kleingehackten Runkelrüben und ausgekochten Knochen wurde dieser nicht sehr schmackhafte Sauerbrei bereitet. Aber er war billiger als Hafergrütze und Hirsebrei und stand darum häufig auf dem Speiseplan von Itzhaks Frau.
»Gar nichts wißt ihr!« gab sie zurück. »Wenn Mordechai Pelzkappe seine Tochter verheiratet, gibts für den Armentisch nichts Schlechtes. Ich weiß, wovon ich rede, denn ich selbst werde das Essen für euch kochen. Einen großen Topf Kascha gibt es und dazu, so will es der Brautvater, kriegt jeder ein Stück vom Huhn und ein Stück vom Fisch und sogar noch eine Schale Kompott. Und Wein gibt es auch für euch. Ist das nichts? Was jammert ihr also, wenn ihr dafür einmal eine einzige Nacht weniger gut untergebracht seid?«

Doch sie konnte reden, was sie wollte, sie predigte tauben Ohren. Auch schimpfen und drohen nutzte nichts. Je ausgelassener die Hochzeitsgäste in der Herberge wurden, um so stärker rumorte es in dem danebenliegenden Schuppen. Die Eingepferchten begannen, mit Stöcken und Fäusten gegen die Holzwände zu trommeln.

Nun war Itzhaks Geduld am Ende. Er griff sich den lautesten unter den Randalierern heraus, einen schon älteren Krüppel, der mit seiner Krücke, einem Astgabelstück, wie wild gegen die Wand schlug, und setzte ihn kurzerhand vor die Tür.

Das war nicht klug von ihm. Der Bestrafte, obwohl er auf die Mildtätigkeit seiner Schutzzoll zahlenden Glaubensgenossen angewiesen war, verhielt sich nicht stille. Er humpelte um den Synagogenbau herum und stand plötzlich in der offenen Tür zur Herberge. Er schwang seine Krücke, als wolle er auf die Hochzeitsgäste einprügeln.

Immer wieder von heiserem Husten unterbrochen, schrie er: »Schämen solltet ihr euch! Alle miteinander! Habt ihr kein Herz im Leib? Ihr singt und tanzt und laßt es euch gut gehen, während wir Kranken in einem dunklen Loch, einem stinkenden Schuppen zusammengepfercht sind. Schaut euch den elenden Verschlag doch einmal an.« Er deutete mit der Krücke in die Richtung des Schuppens. »Ihr habt uns vertrieben, weil ihr eine Hochzeit feiern wollt. Euretwegen können wir vor die Hunde gehen.«

Der Gesang der Hochzeitsgäste verstummte. Die Tanzenden hielten im stampfenden Rhythmus inne und verharrten, einer Pantomimengruppe gleich, in ihrer letzten Bewegung. Erschrocken starrten sie auf den tobenden Alten.

Einige lösten sich aus ihrer Erstarrung und wandten sich an Itzhak: »Was ist los mit ihm? Was hat er?«

»Was weiß ich!« antwortete er verlegen.

Itzhak hatte den Gästen aus Schlüchtern wohlweislich die Umquartierung der Kranken verschwiegen. Er wollte keine überflüssige Auseinandersetzung darüber. So oder so hätte er die Herbergsstube für die Hochzeitsgäste freimachen müssen. Itzhak packte den Alten und schob ihn mit Mühe zur Tür hinaus. Im Türrahmen riß sich der Alte noch einmal los, drehte sich um und rief, die Krücke gegen die Decke stoßend: »Schande über euch alle! Gott wird euch dafür strafen. Wer seine Augen und Ohren vor den Armen und Kranken verschließt, der wird auch einmal schreien und keine Antwort bekommen.«

»Was habt ihr mit den Kranken gemacht?« wollten jetzt einige Frauen wissen.

»Gar nichts«, antwortete Itzhak erregt. »Es ist bei uns wie in allen andern Herbergen. Wer hierher kommt, wird versorgt. Wir haben noch keinen abgewiesen. Aber ihr wißt doch selbst, wieviel Scherereien man mit den herumziehenden Armen, den Bettlern und Schnorrern und auch mit den Kranken hat.«

Auf dieses klägliche Gejammere reagierten die Hochzeitsgäste mit Kopfnicken. Was sich hier abspielte, war ihnen nicht fremd. Auch in ihrer Stadt hatten sie Mühe mit der Versorgung der Alten und Kranken. Sie waren kaum noch imstande, alle wandernden Hebräer, die durch Schlüchtern kamen, zu verpflegen, wie es der Talmud vorschreibt. Zu viele waren in Not, zu viele krank. Und schließlich mußten ja auch noch ihre eigenen Gemeindearmen versorgt werden. Also glaubten sie Itzhaks Worten nur allzugern und beruhigten sich schnell wieder.

Itzhaks Frau hatte mittlerweile ein wirksameres Mittel gefunden, um die Kranken zu besänftigen. Sie zweigte von der bereits fertigen Kascha für das Armenmahl einen Teil ab und brachte ihn in den Schuppen hinüber. »Das ist eine Extraportion für euch«, machte sie die Kranken glauben, »eine Entschädigung für das schlechte Lager.« Sie verschwieg, daß sie am Hochzeitstag eine entsprechend kleinere Portion Buchweizengrütze bekommen würden. Während sie die Kascha verteilte, fuhr sie fort: »Aber nun bitt ich euch um des lieben Friedens willen, hört mit dem Lärmen auf. Was bringt es euch? Nichts. Nichts als Ärger.«

Und tatsächlich hörten die Kranken auf, gegen die Wände zu trommeln. In der einen Hand hielten sie den Blechnapf, in der anderen den Löffel. Und da keiner von ihnen drei Hände hatte, mußten sie zwangsläufig das Trommeln und Schlagen sein lassen.

David hatte seine Eltern und zwei jüngere Brüder zur Hochzeit eingeladen. Sie wohnten in Grebenau, einem Dorf im Vogelsberg, wo auch er geboren wurde. Doch statt ihrer kam ein Brief seines Vaters. Er schrieb:
»Mein über alles geliebter David, ich hoffe sehr, Du hast es Dir gut überlegt, in welche Familie Du einheiratest. Ich sorge mich um Dich. Seit Generationen sind die Buchsweilers Lehrer, ob jetzt in Grebenau oder zuvor im Elsaß, wo unsere Vorfahren lebten, fleißige und bescheidene Lehrer. So bin ich es auch geworden. Und ich habe immer gewußt, wo mein Platz im Leben ist. Bei den kleinen, einfachen Leuten, wie es sich für einen Lehrer gehört. Verstehe mich nicht falsch, ich beschwere mich nicht und habe mich auf den hinteren Synagogenplätzen stets wohl gefühlt. Dort saß ich unter meinesgleichen, unter jenen Menschen, denen mich Gott in seinem unerforschlichen Ratschluß zugeordnet hat. Aber Du, Du willst Deinen Platz verlassen und Dich ganz vorne hinsetzen, zu den Wohlhabenden.
Das kann nicht gutgehen, mein lieber Sohn. Was hast Du bei ihnen verloren? Glaube mir, Du wirst in ihren Augen immer der Habenichts bleiben. Nimm einen Rat von Deinem Vater, der nur Dein Bestes will, an: Hab kein Vertrauen zu den Reichen. So steht es bereits in der Thora. Merke es Dir und halte es so. Nun wirst Du auch verstehen, warum ich nicht zu Deiner Hochzeit komme. Nicht nur, weil mir das Geld für die weite Reise fehlt, nicht nur, weil Deine Mutter sehr krank ist, sondern weil ich Deine Ehe mit der Tochter eines Pelzkappe nicht gutheißen kann. Und aus dem gleichen Grund werden

auch Deine Brüder Joseph und Jakob nicht zu Deiner Hochzeit kommen. Dennoch, mein lieber Sohn, segne ich Dich und bete für Dich, wie es auch Deine Mutter tut, und ich werde ein Kwitl auf das Grab des Rabbi Chanoch Henoch legen mit der Bitte, Er möge Dich beschützen und Deine Ehe vor Unbill bewahren.«
Dieser Brief machte David traurig. Ein Schatten legte sich auf sein Glück, verdunkelte den schönsten Tag seines Lebens. Gewiß, er heiratete die Tochter eines Wohlhabenden, aber das konnte doch kein Unglück sein. Er, David, würde immer ein Buchsweiler bleiben und nie ein Pelzkappe werden, nie seinen Charakter verändern, seine Herkunft vergessen. Das mußte der Vater wissen. Warum also die vielen mahnenden Worte? Warum die Absage, zu seiner Hochzeit zu kommen?
Das hämische Getuschel und die Mutmaßungen der Eckardrother Juden, weshalb niemand aus seiner Familie zu der Hochzeit erschienen sei, waren ihm dagegen gleichgültig. Sollen sie sich ruhig die Mäuler zerreißen, bald würde er mit Sarah das Dorf und alle die Tuschler hinter sich gelassen haben.

Bei seiner Ankunft in Eckardroth war David von Itzhaks Frau aufgenommen worden. In ihrer Wohnung, die über der Herberge lag, hatte sie ihm eine Kammer frei gemacht. Trotz ihrer vielen Arbeit mit den Armen und Kranken hatte sie sich die Zeit genommen, einen alten Kaftan von Itzhak für David in Ordnung zu bringen. Mit gerösteten und zerriebenen Gerstenkörnern machte sie die glänzenden Stellen stumpf, ließ Säume aus und versetzte Knöpfe, denn ihr Ehemann war, selbst wenn man großzügige Maßstäbe zugrunde legte, ein mickriges Männlein, das auch unter schmalbrüstigen Schneidern als Leichtgewicht gegolten hätte.
Bei der letzten Anprobe sagte sie: »Jetzt paßt er dir wie angegossen, wie es sich für einen Hochzeiter, der eine Braut aus der Mischpoche der Pelzkappes heimführen will, gehört.«
Das war eine verzeihliche Lüge. Der Kaftan zwackte ihn immer

noch hinten und vorne, die blanken Stellen waren doch nicht ganz zu verdecken, und die abgestoßenen Ärmelkanten waren, nachdem die Säume ausgelassen wurden, ein ganzes Stück höher gerutscht. Aber David war es zufrieden.
Itzhaks Frau fügte hinzu: »Dieser Rock ist mein Hochzeitsgeschenk an dich. Du sollst ihn immer tragen, wenn du zum Gebet in die Synagoge gehst.«
David umarmte sie und erwiderte: »Das werde ich bestimmt tun.« Er streifte mit den Händen am Kaftan entlang und fuhr fort: »Ich habe noch nie einen schöneren Rock gehabt.«
David hatte Sarah nicht gesehen, seit er in Eckardroth war. Er durfte sich ihr bis zum Trauzeremoniell auch nicht nähern. So verlangte es jüdischer Brauch in den Bergwinkelgemeinden. Er war voller Ungeduld und sorgte sich, es könne noch irgendetwas Schreckliches geschehen, bevor er mit Sarah unter dem Traubaldachin stehe. In dieser ungerechten Welt war alles möglich, auch das Unvorstellbare. Zum ersten Mal in seinem Leben verhandelte David mit seinem Gott und versprach, die Hälfte seines Monatseinkommens den Armen zu spenden, wenn der Hochzeitstag gut ablaufe. Er tat noch ein übriges, um das Wohlwollen seines Gottes zu erlangen: Er begann bereits am Abend nach Sonnenuntergang mit dem Fasten und nicht erst am Morgen des Hochzeitstags, wie es für Braut und Bräutigam religiöses Gebot ist. Das, so glaubte er, sei ein gottgefälliges Tun.
Es war wie ein Zeichen des Himmels, daß kurze Zeit, nachdem er diesen Entschluß gefaßt hatte, und unerwartet die jüdischen Musikanten auf dem freien Platz hinter der Synagoge erschienen und ihm ein Ständchen brachten.
Dieser Aufzug der Musikanten war bei Hochzeiten keineswegs üblich, sondern eine besondere Reverenz an den Bräutigam. Die Musikanten spielten auch nichts Lustiges, sondern die wunderbare Melodie des Gebets Kol Nidre, die ansonsten nur am Vorabend des Versöhnungstags zu hören ist.

Der Hochzeitstag begann mit einem einzigen Chaos im Haus Pelzkappe. Alle liefen, redeten und schrien durcheinander. Feigele zerbrach in der Aufregung eine Porzellanterrine, Resl riß beim Anziehen eine Naht an ihrem neuen Kleid aus hellblauer Atlasseide auf, und die Schneiderin, die zum Ankleiden Sarahs ins Haus gekommen war, stach beim Zunähen in Resls Hüfte.

Allein Sarah behielt die Ruhe. Bereits am Abend zuvor war sie in die Mikwe, das rituelle Tauchbad, gegangen. Nun ließ sie alles mit sich geschehen, das Ankleiden, Schmücken, Zurechtzupfen und das Kämmen ihrer kastanienbraunen Haare. Sie saß in ihrem Zimmer, abseits des häuslichen Trubels, und um sie herum saßen und standen die weiblichen Hochzeitsgäste, ihr Glück zu wünschen und später am Hochzeitszug teilzunehmen.

Rabbi Nathan und sein Eleve hatten sich schon zeitig aus dem Chaos gelöst und waren hinüber zur Synagoge gegangen, um letzte Vorbereitungen für den Trauakt zu treffen und sie mit dem dort wartenden Bräutigam abzustimmen.

Immer mehr Juden versammelten sich in und vor dem Haus, alle in ihren besten Festtagskleidern. Von außerhalb waren außer den Schlüchterner Juden nur noch einige weitläufige Verwandte der Familie Pelzkappe zur Chupefeier gekommen.

Moische Seligmann, Tuchhändler und Erster Beisitzer im Gemeindevorstand, war auch schon zur Stelle. Mordechai hatte ihn gebeten, als Einsegner zu fungieren. Moische hatte somit die gesamte Hochzeitsfeier zu leiten und als erstes den Hochzeitszug auszurichten und anzuführen.

Damit es auch eine lange Hochzeitsfeier werde, setzte sich die festlich herausgeputzte Menschenmenge sehr früh in Bewegung, aber nicht in Richtung Synagoge, sondern in entgegengesetzter Richtung. Was wäre das auch schon für ein Hochzeitszug gewesen, diese lächerlich wenigen Schritte vom Haus Pelzkappe zu dem freien Platz hinter dem Gotteshaus? Alle Juden in Eckardroth sollten sehen, welch eine prachtvoll ge-

schmückte Braut unter die Chupe treten würde, trotz des Schubiaks von Bräutigam. Und darum bewegte sich der Hochzeitszug auf Veranlassung des Brautvaters die Straße hinauf, bog in die obere Judengasse ein und zog dort eine Strecke entlang. Doch nicht so weit, wie Mordechai eigentlich gewollt hatte, bis ans Ende der Gasse. Moische Seligmann ließ auf halber Strecke umkehren. Er meinte, man könne die Hochzeitsgäste nicht allzu lange dem tristen Eindruck der armseligen, zum großen Teil windschiefen Häuser und schäbigen Katen der Armen aussetzen, wiewohl er wußte, die Schlüchterner Judengasse war um keinen Deut vornehmer, und die Behausungen der Juden waren dort genau so armselig wie die in Eckardroth. So bewegte sich der Hochzeitszug wieder hinunter in den kleinen, wohlhabenderen Bereich des Judenviertels und weiter zur Synagoge.
An der Spitze gingen Moische Seligmann, Gemeindevorsteher Itzhak Feitel und der Brautvater. Dahinter marschierten die Musikanten. Awron der Springer machte keine Späße, sondern spielte Geige, wobei er sich bemühte, den langsam-gemessenen Schritt der andern nachzuahmen. Auch die anderen Musikanten spielten die gleiche ernste Melodie des Kol Nidre wie am Vorabend vor Davids Kammer.
Hinter den Musikanten schritt Sarah in ihrem mit den schönsten Brüsseler Spitzen besetzten Hochzeitskleid und einem ebenso erlesenen Spitzenschal, der die Haare bedeckte und lose unter dem Kinn zusammengehalten war. Links und rechts neben ihr gingen die Mutter und Feigele, die Tante.
Mordechai hatte bei der Aufstellung des Zugs versucht, eine andere Frau als Feigele neben Sarah einhergehen zu lassen. Er empfand, die pendelnde Bewegung seiner Schwester bei jedem Schritt störe die Harmonie des Hochzeitszugs. Aber Sarah hatte darauf bestanden: »Niemand außer Feigele wird neben mir gehen!« Und dagegen war er machtlos.
Erst als sich der Zug dem freien Platz hinter der Synagoge, auf dem die Hochzeitsfeier stattfinden sollte, näherte, wurden die

Melodien der Musikanten heiterer. Der Platz war bereits für alles, was sich in den nächsten Stunden hier abspielen sollte, hergerichtet. In der Mitte hatte man den Traubaldachin aufgebaut. An seinen vier Ecken standen junge Männer, die die Stangen hielten.
Die große, endlos lange Tafel für das Mahl war an der Synagogenseite parallel zu ihr errichtet worden. Es standen bereits Schüsseln, Schalen und Weinkrüge darauf und, vorerst noch mit weißen Tüchern abgedeckt, die frischgebackenen Hochzeitsbarches.
Daneben, nahe dem Baldachin, stand ein kleiner Tisch, auf dem während des Trauzeremoniells die Eheurkunde von David und zwei Trauzeugen zu unterzeichnen war.
Am Rand des Festplatzes, recht bescheiden, dennoch für jeden sichtbar, stand der Armentisch. Er war nicht so überladen mit Speisen wie die große Tafel, und auch die Weinkrüge waren nicht so zahlreich, aber immerhin, es gab ihn. Und in der Tat konnten sich die Gemeindearmen und die durchziehenden Bettler an diesem Tag richtig satt essen und die Kascha mit einigen Bechern Wein nachspülen.
Der Abstand zu den geladenen Hochzeitsgästen war zweifellos berechtigt. Die Armen, die dort Platz zu nehmen hatten, zählten nicht zu den Hochzeitsgästen, sie waren die Nutznießer des Festes. Und bei aller Befolgung der Gebote des Talmuds sollte mit dieser Anordnung vermieden werden, daß durch das Rülpsen, Furzen und Gefluche der Armen das Wohlbefinden der Hochzeitsgesellschaft beeinträchtigt werde.

David trat zur gleichen Zeit aus der hinteren Tür der Judenherberge auf den Platz, von Rabbi Nathan und einem weiteren Schlüchterner Juden geleitet, als sich auch Sarah mit ihren beiden Begleiterinnen der Chupe näherte. Seit vielen Wochen sahen sich die Brautleute zum ersten Mal wieder. Und zum ersten Mal lag auch wie ein freundlicher Sonnenstrahl ein

Lächeln auf Sarahs Gesicht. David und Sarah traten gleichzeitg unter den Baldachin. David ergriff zaghaft die Hand Sarahs. Sie schaute schweigend zu ihm hinüber, nur ihre Augen grüßten ihn.

Als Rabbi Nathan die Segenssprüche vortragen wollte, unterbrach Mordechai das Zeremoniell. Er verlangte, vor der offiziellen Eheschließung solle die Eheurkunde vom Einsegner laut vorgelesen und von David und den beiden Trauzeugen unterschrieben werden. Das war nicht üblich. Jeder der bei dem Trauakt Anwesenden mußte das als eine Brüskierung des künftigen Schwiegersohns empfinden. Doch den schien das keinen Augenblick zu berühren. Moische Seligmann zögerte zunächst, doch er ermunterte ihn sogar:

»Lest ruhig, Reb Seligmann! Wenn Mordechai Pelzkappe das so wünscht, wird er seine Gründe haben.«

Der Einsegner nahm die Urkunde hoch und las sie laut vor. Sie enthielt, wie bereits der Verlobungskontrakt, mehrere Klauseln, die des Spitzenhändlers Eigentum vor einem Zugriff von Tochter und Schwiegersohn absicherten. Die Unterschriften erfolgten, und der Rabbiner konnte mit den Segenssprüchen beginnen.

David steckte Sarah den Trauring auf den Finger, sprach dabei langsam die religiöse Formel, weitere Segenssprüche des Rabbi folgten, dann reichte man den Brautleuten je einen Becher Wein. Sie leerten ihn – und jetzt erschollen von allen Seiten die Rufe »Masel tow! Masel tow!« Auch die Musikanten intonierten »Masel tow – Masel tow!« David zertrat ein Glas, das Brautpaar wurde mit Weizenkörnern bestreut, die Hochzeitsgeschenke wurden überreicht und auf dem kleinen Tisch gut sichtbar ausgebreitet.

Onkel Abraham, der Spezereienhändler, hatte für das Brautpaar ein Dutzend Säckchen mit seltenen und teuren Gewürzen aus dem Fernen Osten, dem Orient und dem schwarzen Afrika mitgebracht und den Gabentisch damit drapiert. Wie ein unsichtbares Zelt, ein aromatisches Halleluja hingen die wunder-

baren, betörenden Gerüche der getrockneten und pulverisierten Pflanzen über dem Platz und gaben dem Fest eine besonders pikante Note.
Neugierig defilierten die Hochzeitsgäste an dem Tisch mit den Geschenken vorbei und begutachteten und taxierten sie. Danach intonierten die Klesmer eine feierliche Tanzmelodie, die Gäste bildeten einen großen Kreis, und Rabbi Nathan ließ es sich als der Vornehmste der Gäste nicht nehmen, trotz seiner Kurzatmigkeit und seiner Gehbeschwerden, mit der Braut den Ehrentanz zu tanzen. Die Umstehenden klatschten dazu im Takt.
Danach tanzten David und Sarah. Sie faßten sich mit ausgestreckten Armen an den Händen und bewegten sich im Takt der Musik im Kreis. Immer schneller und schneller spielten die Musikanten und hörten nicht eher auf, bis Sarah schwindlig und erschöpft David in die Arme sank.
Jetzt erst begaben sich die Gäste zur Hochzeitstafel. Mordechai brach den Barches, trank vom Wein und sagte den Segensspruch auf. Dann begann das große und ausgiebige Mahl. Die Musikanten spielten ohne Pause, und Awron der Springer zeigte immer wieder seine Kunststücke, wobei er bei jedem freien Überschlag, einmal vorwärts, einmal rückwärts, die Paukdeckel zusammenschlug.
Um jeden einzelnen Gang so recht genießen zu können, ließen sich die Hochzeitsgäste viel Zeit beim Essen. Sie legten, bis die nächste Runde voller Schüsseln und Platten aufgetragen war, lange Pausen ein. Die Männer wischten sich über den Mund, sprangen auf und begannen zu tanzen, einer die Hände auf den Schultern des andern. David nahmen sie in die Mitte. Die Klarinette gab mit jauchzenden Tönen den Takt an. Dann tanzten auf der anderen Seite des Platzes, von den Männern getrennt, auch die Frauen. Auch Sarah tanzte mit und war fröhlich wie seit langem nicht mehr.
Das Tanzen machte durstig und wieder Appetit, und man setzte sich erneut an den Tisch. Nach gut acht Stunden tanzen,

essen und musizieren wurden die Tanzenden allmählich müde und die Hungrigen satt. Die Musikanten klemmten sich ihre Instrumente unter die Arme und verschwanden in der Herberge.

Die Sonne neigte sich bereits zum Horizont. Nun wurde es auch höchste Zeit für die Schlüchterner Juden aufzubrechen. Sie hatten am Tag zuvor gut verstanden, daß Mordechai den Tagesgroschen nur für eine Nacht und einen Tag übernahm. Und fünfzehn Kreuzer für jeden aus der eigenen Tasche war eine Menge Geld.

Der Kutscher knallte ein paarmal mit der Peitsche und beendete so die ausgedehnten Abschiedszeremonien. Das vollbelegte Fuhrwerk setzte sich in Bewegung, und die beiden dürren Klepper trabten die Straße hinab nach Romsthal.

Die Abenddämmerung brach herein, und die wenigen Hochzeitsgäste, die noch bei dem Brautpaar geblieben waren, rüsteten nun ebenfalls zum Aufbruch. Auch Sarah stand auf.

»Ich möchte nach Hause gehen«, sagte sie verlegen. Ihre Fröhlichkeit war wie vom Wind verweht, ihr Gesicht wieder starr wie in den Wochen zuvor.

Die Frauen starrten sie verständnislos an. Nach Hause? Wohin nach Hause? Etwa in ihr Elternhaus?

David nahm ihre Hand und stammelte: »Aber Sarah, ich wohne hier bei Itzhak Feitel in der Herberge.«

Sie machte sich von ihm los. »Ich weiß, David. Trotzdem.«

Resl, die Mutter, faßte sich zuerst. »Das geht nicht, mein Kind. Die erste Nacht nach der Hochzeit muß man mit seinem Mann zusammen sein.«

»Muß man?«

»Das ist eine goldene Regel. Man muß in jedem Fall. Ich habe noch nie etwas anderes gehört.«

Jetzt wurden auch die anderen Frauen munter. »Aber, aber, liebste Sarah! Du brauchst keine Angst zu haben. David ist doch kein Barbar, kein Ungeheuer. Er ist bestimmt ein rücksichtsvoller Ehemann. Er wird dir keine Schmerzen zufügen. Für jede von uns gab es einmal die erste Nacht. Wenn du deinem Mann gehorchst, ist alles halb so schlimm. Du wirst sehen, morgen lachst du darüber.« Einige Frauen kicherten bei der Vorstellung, wovor sich Sarah fürchtete.

Nur Feigele ahnte: Es war nicht allein die Angst vor dem Entjungfertwerden, weshalb Sarah an diesem Abend in das Elternhaus zurückgehen wollte. Sie wußte, in welch einer Verfassung sich Sarah befand. Die Kränkungen der vergangenen Wochen hatte sie nicht vergessen können. Sie würde erst wieder zu sich kommen, wenn sie Eckardroth verlassen hat. Dennoch redete Feigele ihrer Nichte gut zu:

»Bedenke, du hast heute mit David unter der Chupe gestanden, vor ein paar Stunden erst. Geh mit ihm nach oben. Du kannst nicht anders. Die Jidden im ganzen Bergwinkel würden kopfstehen, wenn du heute nacht nicht bei David bleibst.«

»Sollen sie doch! Was schert es mich!«

»Nicht doch. Es muß dich etwas scheren. Geh nicht hinunter! Geh mit David nach oben und sprich mit ihm. Geh! Tu es ihm und tu es deinen Eltern zuliebe!«

Sarah zögerte. Unschlüssig stand sie neben David. Keinesfalls wollte sie noch mehr Ärgernisse erregen, als sie schon getan hatte. Ihr war klar, wie sehr sie mit der Weigerung, die Hochzeitsnacht mit ihrem frisch angetrauten Ehemann zu verbringen, ihn lächerlich machen würde. Männer und Frauen würden sich gleichermaßen über ihn lustig machen. Sie würden David den Tölpelkutscher nennen, dem man die Pferde ausgespannt hatte, oder einen gespornten Reiter, der nicht in den Sattel komme. Konnte sie ihm das antun?

Resl tat in diesem Augenblick das einzig Richtige. Sie nahm ihre Tochter bei der Hand und zog sie mit einem leisen Lächeln durch die Schankstube und zu der Treppe, die nach oben führte. Sarah leistete keinen Widerstand. Den beiden folgten die Frauen, die Sarah bereits für die Chupe herausgeputzt hatten.

Vor der Tür zu Davids Kammer wurde Resl ganz ernst, nahm ihre Tochter in den Arm, streichelte ihr übers Haar und sagte: »Geh jetzt!« Mehr nicht. Dabei rannen ihr Tränen die Backen hinunter.
Die anderen Frauen, die einen Halbkreis um Resl und Sarah gebildet hatten, schwiegen. Ihre Ratschläge und Hinweise waren ihnen im Hals steckengeblieben.
Sarah blieb an der Tür stehen. Resl, Feigele und die andern Frauen gingen zurück. An der Treppe mußten sie David Platz machen, der erst jetzt nachgekommen war. Sie schauten sich um und sahen, wie er auf Sarah zuging, sie um die Schultern faßte und mit ihr in der Kammer verschwand.

Sarah setzte sich auf Davids Bett. Er blieb an der Tür stehen. Sie nahm die Hände an den Kopf und sagte leise: »Entschuldige, das war nicht gut, was ich vorher gesagt habe. Ich weiß es.«
»Es war ein schlimmer Tag«, antwortete er. »Für uns alle. Noch nie warst du so weit weg von mir wie heute, dem ersten Tag, an dem wir Mann und Frau sind.« Langsam und betont wiederholte er: »Mann und Frau.«
Schnell und mit einem Anflug von Unmut entgegnete sie: »Nur jetzt kein Zitat aus der Bibel!«
David machte einige Schritte auf sie zu. Sie streckte die Arme aus und sagte erschrocken: »Nein, David. Bleib, wo du bist!«
Er ging die zwei Schritte wieder zurück und fragte: »Willst du, daß ich gehe?«
»Nein, nein, bleib!«
»Du willst nicht, daß ich zu dir komme. Du willst nicht, daß ich gehe. Was willst du, Sarah?«
Sie sagte: »Ich weiß es selbst nicht«, und griff sich dabei in die Haare und ballte die Fäuste.
»Du willst also, daß ich hierbleibe?«
»Ja.«
»Aber nicht bei dir?«

»Ja.«
»Soll ich auf der Erde schlafen?«
»Ja.«
»Und weißt du noch etwas anderes als ja?«
»Nein.«
»Gut, ich lege mir eine Decke auf die Erde und schlafe hier an der Wand. Bist du damit zufrieden?«
Ohne auf diese spitze Bemerkung einzugehen, sagte Sarah: »Ich werde dir den Schlafplatz zurechtmachen.«
Sie sprang auf, legte eine Decke und ein Kissen auf die Erde und darüber eine Zudecke.
»Ich glaube, so wirst du liegen können.« Sie schaute ihn fragend an. Er reagierte nicht. »Laß uns schlafen gehen.«
»Wie du willst, Sarah.«
»Dreh dich um!« wies sie ihn an.
Das war David nun wirklich zuviel. »Was ist nur los mit dir? Was geht in dir vor? Wir sind ab heute verheiratet, Sarah! Ich bin ab heute dein Ehemann!« Und leiser, wie zu sich selbst, zitierte er aus dem 1. Buch Moses: »Und sie waren nackt, der Mann und sein Weib, und sie schämten sich nicht.«
»Bitte, David!«
Das klang so gequält, daß er nicht mehr zu widersprechen wagte und sich zur Wand kehrte. Als er sich wieder umdrehte, lagen ihre Kleider wohlgeordnet über dem Stuhl, und Sarah lag im Bett. Die Decke hatte sie bis zum Kinn hochgezogen.
David gingen sämtliche Bibelstellen und die noch detaillierteren Gebote und Anweisungen des Talmuds durch den Kopf. Oft genug hatte man in Männerrunden darüber geredet und gelacht, wie sich frisch verheiratete Ehemänner in der Hochzeitsnacht benahmen. Mit dem Trauakt erwarb sich der Mann das Recht, seine Frau zu schwängern, ob es ihr paßte oder nicht. Nicht so David. Er ging zu Sarah ans Bett, gab ihr einen flüchtigen Kuß, entkleidete sich ebenfalls, löschte die kleine Öllampe an der Wand und legte sich auf das harte Lager. Das war für ihn keine besondere Unbequemlichkeit. Solange er auf

der Wanderschaft war, hatte er fast immer auf dem Boden geschlafen.
Der dunkle Vorhang an dem einzigen schmalen Fenster ließ nicht den kleinsten Mondstrahl hindurch. David lag auf dem Rücken und starrte in die Finsternis und hörte das leise, unregelmäßige Atmen Sarahs. Es verriet ihm, daß sie ebenfalls nicht schlafen konnte. Er grübelte über ihr Verhalten in den letzten Stunden nach. Wie noch nie in seinem Leben fühlte er sich verletzt und hilflos wie ein Insekt, das ein Neuntöter auf einen Weißdornstachel aufgespießt hat. Er wollte davonlaufen, aber er konnte nicht, so wenig wie sich das aufgespießte Insekt davonmachen konnte.
Statt dessen befand er sich unversehens in einem großen, düsteren Raum, an dessen Wänden Fratzen hingen, die von Lichtern umflackert wurden, hell und dunkel, als stände irgendwo eine Kerze ungeschützt im Wind. Kobolde, die er nicht sah, nur ahnte, setzten sich schwer auf seine Brust. Er hatte Mühe zu atmen, seine Arme waren wie gelähmt. Und von allen Seiten kicherte und lachte es. Die Fratzen lachten ihn aus.
Auf einmal hörte er Sarahs Stimme. »Komm, David! Komm zu mir herüber!« Und noch einmal: »David, komm doch! Komm zu mir!« Eine Hand legte sich auf seinen Kopf, und die Stimme, Sarahs Stimme, wiederholte: »David, komm zu mir!«
Er griff im Dunkeln nach der Hand. Doch sie war schon nicht mehr da. Nur die Stimme hörte er. »Komm, David!«
Er erhob sich, zitternd vor Angst, das alles könne am Ende doch nur ein Traum sein.
»Wo bist du, Sarah?« fragte er in die Dunkelheit hinein.
Der Vorhang am Fenster wurde ein Stück zur Seite geschoben, und Sarahs Silhouette zeichnete sich gegen den Nachthimmel ab. Er ging auf sie zu. Sie schlüpfte schnell unter die Bettdecke und zog ihn mit sich.

3. Kapitel

Lange vor dem Hochzeitstermin waren sich David und Sarah darüber einig, nach der Trauung unverzüglich nach Gelnhausen zu ziehen und sich in Davids Dachstube einzurichten. Sie rechneten fest damit, daß sie nicht lange in diesem Provisorium hausen müßten. Davids Probezeit als Lehrer war bald abgelaufen, und es hatte auch in der zweiten Hälfte keine Beanstandungen gegeben. Rabbiner und Gemeindevorstand waren mit seinen Lehrmethoden auch weiterhin zufrieden, und die Eltern der Schüler lobten seinen Eifer. In allernächster Zeit mußte auch offiziell die Festanstellung erfolgen.

Sarah hatte bereits einige Tage vor der Hochzeit ihren ganzen privaten Besitz und den größten Teil ihrer Aussteuer zurechtgelegt und einen kleinen Leiterwagen bereitgestellt, damit der Auszug aus Eckardroth schnell vollzogen werden könne. Keine vierundzwanzig Stunden waren vergangen, seit David und Sarah unter dem Traubaldachin gestanden hatten, da waren beide zum Aufbruch bereit. Mordechai machte keine Anstalten, seine Tochter und den ungeliebten Schwiegersohn von der Abreise abzuhalten. Er half eilfertig beim Beladen des kleinen Leiterwagens und erweckte den Eindruck, als sei er heilfroh, diese böse Familiengeschichte beenden zu können. Dennoch zitterte seine Stimme, als er sich von Sarah verabschiedete, ihr die Hand auf den Kopf legte und leise sagte: »Nimm meinen Segen mit auf deinen Weg.« Dann ging er in das Haus zurück, noch bevor sich das Wägelchen in Bewegung setzte.

Resl stand in der Haustür und wischte sich die Tränen aus dem Gesicht. Sarah ging auf sie zu und umarmte sie zum Abschied.

Und die Mutter sagte: »Gott beschütze dich, mein Kind! Er möge immer bei dir sein!«

Gemeinsam zogen David und Sarah den Leiterwagen durch das Dorf hinunter in südliche Richtung. David hatte sich noch einen Strick um die Schulter gelegt, der am unteren Ende der Deichsel befestigt war. Nur Feigele begleitete die beiden ein Stück des Wegs.
Die Dorfkinder umtanzten mit viel Geschrei das Gespann und sangen:

»Jud, Jud, Jüdchen,
mit dem Schabbeshütchen,
krumme Nase im Gesicht.
Krieg mich doch! Du kriegst mich nicht.«

Und auch Feigele verspotteten sie wie immer, wenn sie durch die Dorfstraße ging. Sie riefen:

»Hink, hink, Hinkebein,
holst mich doch nicht ein.«

An Spötteleien gewöhnt, achteten die drei nicht auf das Gejohle der Kinder. Nur wenn ein besonders dreister Lausebengel gegen den Wagen trat oder ein anderer ihn von hinten festzuhalten versuchte, verscheuchte sie David mit einer drohenden Gebärde.
Hinter Romsthal mußte Feigele umkehren. »Wenn ihr mich braucht, ich bin immer für euch da«, versicherte sie ihnen. Sie umarmte beide noch einmal und wandte sich schnell um, damit Sarah und David nicht ihre Tränen sähen. Feigele wußte, nunmehr würde ihr Leben noch trostloser verlaufen als bisher. Mit Sarah war ihre einzige Freundin ausgezogen, und was war schon eine unverheiratete Frau? Ein Nichts. Und eine, die hinkt, noch weniger. Im Haus ihres Bruders war sie nur geduldet, in der Synagoge saß sie hinter den verheirateten Frauen,

und nicht einmal im Tode würde man ihr eine ordentliche Ruhestatt auf dem Friedhof gewähren, sie würde mit einem Grab auf dem Beschurimplatz vorlieb nehmen müssen, wie alle Unverheirateten, weil sie nach jüdischer Auffassung ein unnatürliches Leben geführt hatte.

An diesem Abend marschierten Sarah und David nur bis Salmünster, dem südlichsten Zipfel des Huttischen Grunds. Das war eine Entfernung von einer guten Wegstunde. In der Judenherberge, David hatte dort, als er in Salmünster Thoraschreiber war, bereits einige Monate gelebt, übernachteten sie. Am nächsten Tag zogen sie weiter nach Gelnhausen.

Bereits einen Tag nach der Ankunft in der Barbarossastadt suchte David den Vorsteher der jüdischen Gemeinde, Jakob Bär, auf.

»Ist die Entscheidung über die Vergabe der Lehrerstelle perfekt?« fragte er ihn.

»Noch nicht. Es gibt Schwierigkeiten.«

»Vor einer Woche sagtet ihr, es sei alles klar.«

»Ja schon. Aber nun hat der Gemeindevorstand Bedenken, ob er auf Dauer imstande sein werde, die Kosten zu tragen, die ihm durch einen neuen Lehrer entstehen.«

»Bedenken – so ganz plötzlich?«

»Wenns ums Geld geht –«

»Der Gemeindevorstand wußte im vorhinein, was an Kosten auf ihn zukommt. Genau einhundertzwanzig Gulden im Jahr. Diese Summe habt ihr mir damals genannt, und ich war damit einverstanden.«

»So geht die Rechnung nicht auf, David«, widersprach Jakob Bär. »Ein fest angestellter Lehrer, der ja hier in Gelnhausen wohnen muß, braucht nun mal auch einen Schutzbrief. Die Kosten dafür muß die Gemeinde zusätzlich aufbringen.«

»Wieviel ist das?«
»Das sind zweihundert Gulden. Aber das ist noch nicht alles. Unsere Gemeinde muß für einen neuen Schutzjuden eine zehnjährige Bürgschaft für den Judenzoll übernehmen.«
»Und wie hoch ist der?«
»Fünfzig Gulden pro anno. – Du siehst, man macht dem Vorstand die Entscheidung nicht leicht. Doch gedulde dich, mein Freund, vielleicht kommt doch noch alles in Ordnung.«
Als David ihr von seinem Gespräch mit dem Gemeindevorsteher berichtete, sagte Sarah: »Es gäbe einen Weg, dem Vorstand die Entscheidung zu erleichtern. Wenn wir den Schutzbrief selbst finanzierten. Das Geld dazu haben wir. Dann hätte er keinen Grund mehr, die Angelegenheit weiter hinauszuzögern.«
»Das könnte die Lösung sein.«
David ging ein zweites Mal zu Jakob Bär und machte ihm das Angebot, die Kosten für den Schutzbrief zu übernehmen.
»Das ist ein Wort! Ich will es heute noch Rubin Hirsch vortragen. Er hat darüber zu bestimmen.«
»Aber sagt ihm auch, es dränge sehr. In drei Wochen ist meine Zeit als Lehrer auf Probe abgelaufen.«
»Das weiß er. Wenn der Vorstand das nächste Mal zusammentritt, wird so beschlossen werden können. Mach dir keine Sorgen.«
David war guten Muts und Sarah wie verwandelt. Tagsüber war sie geschäftig, putzte und räumte in der kleinen Kammer und bereitete ihrem Mann, wenn er am Freitagabend aus der Synagoge kam, den Schabbattisch, zündete die Kerzen an und sang mit ihm das Schalom alechem, wie es bereits in ihrem Elternhaus Brauch gewesen war. Jetzt ließ sie sich auch, wie alle jüdischen Frauen, wenn sie heiraten, die Haare abschneiden und band sich ein buntes Tuch fest um den Schädel. Und nachts verlangte sie nach ihm mit der gleichen Leidenschaft wie er nach ihr. Bis zur Neige kosteten beide diese Stunden des miteinander Glücklichseins aus.

Die Antwort des Gemeindevorstehers ließ auf sich warten. Immer wieder bedrängte ihn David. Doch ein übers andere Mal beteuerte Jakob Bär, die Entscheidung sei noch nicht gefallen, die Vorstandsmitglieder seien sich nicht einig.
Mißtrauisch wurde David erst, als Jakob Bär eines Tages beiläufig bemerkte, es bliebe auch offen, ob er, David, der Mann ihrer Wahl sei.
»Diese Entscheidung ist längst getroffen worden«, entgegnete David wütend. »Die Stelle wurde mir fest zugesagt.«
»Hast du das schriftlich?«
»Nein. Aber eine ganze Reihe Zeugen. Mehrere Männer des Vorstands waren dabei, als Rubin Hirsch mir die Stelle in die Hand versprach. Und du warst auch dabei.«
»Wirklich – ich war auch dabei? Kann sein. Kann aber auch nicht sein.«
David wurde noch zorniger: »Für wen lügst du? Wer hat dir das in den Mund gelegt?«
»So wichtige Zusagen muß man immer schriftlich haben, sonst sind sie nichts wert.«
David spürte die große Verlegenheit des Vorstehers. Er wußte bestimmt mehr, als er sagte. David packte ihn fest am Arm: »Mach kein Gerede! Sag, was ist! Bekomme ich die Stelle oder nicht?«
»Ich weiß es nicht.«
»Du lügst, Jakob Bär!« schrie David.
Der Gemeindevorsteher stand auf, ging einen Schritt auf den Lehrer zu, tat einen tiefen Seufzer und sagte mit leiser Stimme: »Hör auf, David! Wenn du einen Rat von mir willst, dann suche dir irgendwo anders eine Arbeit. Gelnhausen ist kein gutes Pflaster für dich.«
»Ich habe verstanden, Jakob Bär. Und warum dieser plötzliche Sinneswandel? Wer will mich in dieser Stadt nicht haben? Etwa der Güldenmeyer? Ist es so?«
Der Gemeindevorsteher hob beide Hände. »Frag nicht weiter. Ich habe schon zuviel gesagt.«

Als David bereits in der Tür stand, rief ihm Jakob Bär zu: »Glaube mir, mein Junge, ich meine es gut mit dir.«
Traurig und wütend verließ David das Haus des Gemeindevorstehers. Isaak Meyer und sein Sohn Chaim, der verschmähte Bräutigam, sahen es also nicht gern, wenn Sarah und er sich in Gelnhausen niederließen. David hatte mit ihrem Widerstand gerechnet. Aber er hatte gehofft, die Gemeinde würde sich, da er imstande war, zweihundert Gulden aufzubringen, gegen den Bijouteriehändler durchsetzen. Er gab sich immer noch nicht geschlagen.
»Ich kann warten«, sagte David trotzig zu Sarah, als er nach Hause kam, »und ich werde warten. Hier in Gelnhausen. Güldenmeyer kann sich nicht ewig querlegen.«
Um aber in Gelnhausen bleiben zu können, mußte er einen Schutzbrief erwerben. Darum wandte er sich an den Magistrat der Stadt und bat um die Genehmigung, sich niederlassen zu dürfen. Über kurz oder lang werde er die zweite Lehrerstelle der Judengemeinde übernehmen. Er sagte die sofortige Bezahlung der fälligen Rezeptionsgelder zu. Ein gleiches Gesuch richtete er an den Pfandherrn der Stadt, den Grafen von Hanau Münzenberg, dem die Schutzgelder der Juden zuflossen. David war seiner Sache sicher, welcher Edelmann schlug schon zweihundert Gulden für ein beschriebenes Stück Papier aus, dessen Inhalt jederzeit abgeändert werden konnte.
Kaum eine Woche später kamen vom Magistrat der Stadt und von der gräflichen Verwaltung die Ablehnungen der Gesuche. Nun gab es kein Hierbleiben mehr für David, ihm blieb nur noch der Weg auf die Landstraße. Er mußte sich dem Heer der herumziehenden, heimatlosen Juden anschließen. Und ihm blieb nur die vage Hoffnung, in der Judengemeinde einer anderen Stadt brauche man einen Lehrer und er werde wegen Sarahs Mitgift vor anderen Mitbewerbern bevorzugt. Viele Stunden irrte er draußen umher, bis er sich zu einem Entschluß durchgerungen hatte. Von einem Gewitterregen durchnäßt, kam er spät abends nach Hause, setzte sich zu Sarah und sagte: Das ist

kein Leben für dich, auf der Landstraße, Sarah. Du hast die Elenden selbst erlebt in Itzhaks Herberge, die kein Zuhause haben, von Ort zu Ort gehetzt werden, ewig hungrig sind, verdreckt, krank, böse und häßlich. Not macht böse und häßlich.«

»Hör auf, David!«

»Jetzt mußt du mir zuhören. Ich habe lange darüber nachgedacht. Es gibt keine andere Lösung. Du mußt nach Eckardroth zurückkehren.«

»Du bist von Sinnen!«

»Du mußt, Sarah!«

»Niemals.«

»Du wirst dort zugrunde gehen.«

»Und du?«

»Ich kenne das Leben auf der Landstraße. Ich weiß, wie man sich darin einzurichten hat. Aber du, was weißt du schon, wie es dort zugeht? Es ist ein grauenvolles, mitleidloses Leben, ein Leben ohne Mitgefühl und ohne Moral. Einer mißtraut dem andern, einer haßt den andern, einer ist des andern Feind. Du hättest einmal die Kinder sehen sollen, die auf der Landstraße geboren werden, diese armen, elenden Kreaturen. Für sie wäre es besser gewesen, sie hätten sich nie aus dem Schoß einer Mutter gezwängt. Was würde aus unseren Kindern werden, die du in einer Herberge gebierst und in einem Tuch auf dem Rücken über die Straßen schleppst?«

Sarah sprang auf. »Das wird niemals geschehen, das weißt du so gut wie ich. Warum also malst du diese Schreckensbilder? Wer denkt schon daran, ein ganzes Leben auf der Straße zu verbringen? Du nicht und ich nicht. Und die wenigen Monate, vielleicht ein halbes Jahr, werde ich es aushalten. Bis dahin wirst du bestimmt irgendwo untergekommen sein. Wir haben doch die besten Voraussetzungen, unser Geld. Warum also das Lamento? Willst du mich loswerden?«

»Aber nein, Sarah! Ich liebe dich, das weißt du.«

»Du sagst, du liebst mich, und im gleichen Atemzug sagst du, geh fort. Wie soll ich das verstehen?«

»Eben weil ich dich liebe, Sarah, will ich dir das Leben auf der Landstraße ersparen. Wenn ich dich bitte, zurück in dein Elternhaus zu gehen, dann doch nur so lange, bis ich eine feste Stelle gefunden habe. Du sagst selbst, es wird nur wenige Monate dauern. Wenn es dann so weit ist, werde ich dich zu mir holen.«
»Ich komme mit dir, David.«
»Bedenke doch, Sarah –«
»Es gibt nichts zu bedenken. Ich komme mit.«

Der Teil der Aussteuer, für den es auf der Landstraße keine Verwendung gab, schickte Sarah an Feigele zurück und bat sie, ihn aufzubewahren, bis sie und David einen festen Wohnort gefunden hätten. Auch den größten Teil des Geldes gab sie ihr. Zu viele Spitzbuben bevölkerten die Straßen, und es war nicht ratsam, eine so große Summe mit sich zu führen. Den Rest in kleinen Münzen nähte sie in ihren weiten Rock ein.
Wenige Tage bevor sie Gelnhausen verlassen und sich auf die Wanderschaft begeben mußten, klopfte es spät abends an die Tür, und herein kam Jakob Bär, und mit ihm ein zweiter, David unbekannter Mann. Er war groß und hager und hatte einen Schnauzbart, an dem er ständig zupfte. Ein ausladender Schlapphut, wie ihn mit Vorliebe fahrende Sänger und Musikanten trugen, saß ihm schief im Gesicht.
»Wir müssen mit dir reden«, sagte Jakob Bär.
»Setzt euch. Was habt ihr mir zu sagen?«
Der Gemeindevorsteher nahm Platz und deutete auf den Fremden. »Das ist Hannes Schuchardt. Er verwaltet die Herberge in der Burg.«
David hatte schon wiederholt von den ungewöhnlichen Verhältnissen in der Burg gehört. Burg hieß unterhalb der Stadt der mit einer starken Mauer umschlossene Bezirk, in dem auch die ehemalige Kaiserpfalz Barbarossas lag. Die zwei bis drei Dutzend Häuser rings um die Pfalzruine bildeten ein eigenes Ge-

meinwesen. Es gab dort zwar einen offiziellen Ortsvorsteher, den man Burgdirektor nannte und der vom Pfandherrn der Burg, dem Landgrafen von Hessen, eingesetzt wurde. Aber das Sagen, so munkelte man in Gelnhausen, habe allein der Herbergswirt. Er sei der wahre König der Burg.

Auch über die Gäste seiner Herberge wurde so mancherlei geredet. Seit Jahren gehe dort lichtscheues Gesindel ein und aus. Die Schwarzmaler unter den Lästermäulern der Oberstadt behaupteten sogar, Schuchardts Herberge sei der Stützpunkt von Räuberbanden. Selbst der Schinderhannes habe dort schon mit seiner Bande Unterschlupf gefunden. Die braven Gelnhäuser Bürger hörten sich gern diese Gruselgeschichten an, ihnen lief dann ein angenehmer Schauder über den Rükken.

David hatte sich nie um das Gerede gekümmert. Was ging es ihn an! Seine Aufgabe war es, den Kindern Lesen und Schreiben beizubringen und sie mit den fünf Büchern Moses vertraut zu machen, nichts weiter. Aber jetzt fragte er sich auch, was der starke Mann der Burg, den er bisher noch nie zu Gesicht bekommen hatte, bei ihm wolle. Und er wiederholte:

»Warum seid ihr gekommen? Was habt ihr mir zu sagen?«

»Man hat dir übel mitgespielt, David«, sagte Jakob Bär. »Wir sind gekommen, um dir zu helfen.«

»Ausgerechnet du?«

»Ich weiß, du bist wütend auf mich.«

»Wundert dich das? – Sag, was willst du von mir? Was hat diesen plötzlichen Sinneswandel bei dir bewirkt?«

Mit vorgebeugtem Körper und etwas leiser sprechend, als sollten Lauscher an der Wand am Mithören gehindert werden, fuhr der Parnaß fort: »Es gibt einige Männer in der Gemeinde, die sagen: ›Als man David die Lehrerstelle verweigerte, ist ihm großes Unrecht widerfahren.‹ Doch deren Macht reicht nicht aus, die Entscheidung rückgängig zu machen. Sie wollen aber dein Unglück nicht noch größer werden lassen. Darum sollst du dich nicht Hals über Kopf davonmachen müssen, wenn in

drei Tagen die Erlaubnis für deinen Aufenthalt in der Stadt erlischt. Ich bin beauftragt, dir einen Vorschlag zu machen. In der Stadt könnt ihr nicht länger bleiben. Ihr müßt auf die Landstraße. Du weißt, wie wichtig es ist, sich einer guten Gruppe anzuschließen. Also müßt ihr warten können, bis ein günstiger Zeitpunkt für den Aufbruch gekommen ist. Während dieser Zeit könnt ihr in Schuchardts Herberge bleiben, ganz gleich wie lange. Die Kosten dafür übernehmen die Gemeindemitglieder, die mich beauftragt haben, zu dir zu gehen.«
Dieses Angebot brachte ein wenig Aufschub. Jakob wußte über die Verhältnisse auf der Landstraße genau Bescheid. Die meisten Juden dort hatten sich in Gruppen zusammengeschlossen. Die einen bettelten, die andern schlugen sich mit Aushilfsarbeiten, mit Schneidern, Schustern, Scherenschleifen, Kesselflicken durch, wieder andere betrieben Kleinhandel oder stahlen. Es war wichtig, die richtige Gruppe zu finden.
Etwas ruhiger geworden, fragte David: »Wer sind die Leute, die mir behilflich sein wollen?«
»Ist das von Belang, David? Folge meinem Rat und gehe hinunter in die Burg.«
»Sind wir dort auch wirklich sicher?«
»Völlig. Ihr braucht euch vor niemandem aus der Stadt zu fürchten. Auch nicht vor den Amtmännern des Landgrafen. Fragt Hannes Schuchardt. Deswegen ist er mitgekommen.«
Der Herbergswirt der Burg, der die ganze Zeit schweigsam und bartzupfend am anderen Ende des Tisches gesessen hatte, ließ von seinen Barthaaren ab, räusperte sich und sagte: »Nicht nur darum bin ich mitgekommen. Ich wollt mir auch die Vögel ansehen, die man mir ins Nest setzen will.« Er fixierte Sarah, die in der hinteren Ecke der Stube saß, und fuhr fort: »Nicht schlecht, wenn ich mir das eine Vögelein so anschaue.« Und lachte, als wolle er einen Geißbock nachahmen.
Sarah stand auf und verließ den Raum.
»Nichts für ungut«, rief ihr der Herbergswirt hinterher.

David tat so, als habe er die Anzüglichkeiten überhört, und fragte nur: »Stimmt es, was Jakob Löb gesagt hat, wir können vorerst bei euch bleiben?«
»Keine Frage. Bei mir seid ihr so sicher wie in Abrahams Schoß. Bei mir gibts keine Spitzkappen, keine Polizeidiener und keine Baldowerer. Die Burg ist sauber.«
Der Gemeindevorsteher stand auf. »Du mußt dich entscheiden, viel Zeit bleibt dir nicht mehr.«
Auch der Herbergswirt der Burg erhob sich. Beim Hinausgehen sagte er: »Ihr könnt kommen, wann immer ihr wollt.«
Als die beiden gegangen waren, riß Sarah die Tür der Kammer auf, in die sie sich zurückgezogen hatte, und prustete heraus: »Keine zehn Pferde bringen mich dorthin, wo dieser ekelhafte Bursche zu Hause ist!«
»Nicht doch, Sarah!« versuchte David sie zu beruhigen. »Du schätzt den Schuchardt falsch ein. Mit solchen Redensarten wollte er uns doch nur imponieren. Hunde, die bellen, beißen nicht. Und zudem, an diesen Ton wirst du dich gewöhnen müssen, wenn wir erst einmal unterwegs sind.«

Drei Tage später zogen Sarah und David mit ihrem kleinen Leiterwagen hinunter. Schuchardts Herberge befand sich in einem großen, zweistöckigen Backsteingebäude, dem sich ein Seitentrakt anschloß. Die gewöhnlichen Herbergsgäste waren in zwei großen Räumen, die sich neben der Wirtsstube befanden, auf Strohsäcken oder im blanken Stroh untergebracht, Männer, Frauen und Kinder zusammen. Für bessere Gäste, die mit dem Wirt meist auch noch Geschäfte zu besprechen hatten, gab es zum Übernachten gesonderte Kammern.
Der Herbergswirt wies den Neuankömmlingen aus der Oberstadt im hinteren Bereich des Gebäudes eine Kammer zu. Sie hatte, was Sarah sofort auffiel, noch eine zweite Tür, die nach draußen in ein hofartiges Karree führte, das von der Straße nicht einsehbar war. Die Kammer war sehr klein, bedeutete

aber dennoch gegenüber den anderen Schlafmöglichkeiten der Herberge einen gewissen Komfort.

Gleich in der ersten Nacht wurde Sarah auf die Besonderheiten der Herberge aufmerksam. Geräusche vor der nach draußen führenden Tür weckten sie auf. In der Sorge, irgendwer könnte sich an ihrer Habe, die sie auf dem Leiterwagen verstaut hatten, zu schaffen machen, schlich sie an die Tür und schaute vorsichtig nach draußen. Das gut verschnürte und an einen Pflock gebundene Wägelchen stand unversehrt da. Doch wenige Schritte weiter konnte sie in der Finsternis die Umrisse mehrerer Männer und Pferde ausmachen. Der Herbergswirt, den sie an seiner meckernden Stimme erkannte, obwohl er flüsterte, stand an einem Verschlag, und die dunklen Gestalten hoben schwere Säcke von den Pferden. Schuchardt wies mit Armbewegungen an, wohin sie die Säcke bringen sollten. Was konnte das anderes als Diebesgut sein?

Nach einiger Zeit knarrte eine Tür, und die Männer betraten die Kammer nebenan, begleitet vom Herbergswirt. Sarah preßte das Ohr an die Wand. Sie konnte deutlich verstehen, worüber sich die Männer unterhielten. Ein paarmal fiel der Ortsname Lohhaupten, der Ort befand sich keine drei Wegstunden von Gelnhausen entfernt, und der Name einer Mühle, die noch etwas weiter im Osten lag. Die Sore bestand aus einigen Säcken Mehl, das wohl aus der Mühle gestohlen war und nun an Schuchardt verkauft werden sollte. Bei den Männern handelte es sich bestimmt nicht um Mitglieder einer Diebsbande, es waren einfache Bauern und Taglöhner. Der Erlös, den sie für das Mehl erzielten, kam Sarah unverschämt niedrig vor. Münzen schepperten auf einen Tisch, und kurz darauf verließen die Bauern die Kammer. Sarah wunderte sich, daß beim Davonreiten kein Hufgeklapper zu hören war. Sie schaute vorsichtig hinaus, aber die Pferde waren tatsächlich verschwunden. Die Männer hatten ihnen Säcke um die Hufe gebunden, damit sie fast geräuschlos reiten konnten. Dieser Gaunertrick war ihr bisher unbekannt.

David bemerkte von alle dem nichts. Er hatte einen festen Schlaf. Sarah weckte ihn auch nicht. Es genügte, wenn er am andern Morgen erfahren würde, was sich in der Nacht in der Herberge abgespielt hatte.
Sarah konnte nicht wieder einschlafen. Sie kannte Armut von ihrer Samaritertätigkeit in der Eckardrother Judenherberge. Was sich dagegen in den hinteren Räumen von Herbergen wie diesen abzuspielen pflegte, Diebstahl, Hehlerei und überhaupt Verstöße gegen Gesetze und Obrigkeit, kannte sie nur vom Hörensagen. Eckardroth war zwar, dank der Bestechlichkeit des dort waltenden korrupten Amtmanns, ein beliebter Unterschlupf für christliche und hebräische Spitzbuben. Jeder Erwachsene wußte von dem munteren Treiben der Außergesetzlichen und ihrer Schirmherren. Den Kindern im Haus Pelzkappe blieb das aber weitgehend verborgen.
David dagegen war nicht sonderlich verdutzt, als Sarah ihm Stunden später erzählte, was sie in der Nacht beobachtet hatte.
Er sagte nur: »Schuchardts Herberge ist kein Nonnenkloster.«
»Aber in der Bibel steht: Du sollst nicht stehlen.«
»Richtig. Das habe ich auch meine Schüler auswendig lernen lassen. Aber wenn Frau und Kinder hungern und man selbst Hunger hat –«
»Laß uns von hier fortgehen, David. Das ist kein guter Ort für uns.«
»Sobald sich eine Gelegenheit bietet. Aber hier sind wir fürs erste sicher. Was kümmert uns, was um uns herum passiert? In wenigen Tagen werden wir unser Bündel packen und Schuchardts Herberge hinter uns lassen.«
»Ich wünschte, dieser Tag wäre schon gekommen.«
»Sag das nicht, Sarah. Erinnere dich daran, was ich dir vom Leben auf der Landstraße berichtet habe. Kein Wort davon war zuviel. Warum also brennst du darauf, dorthin zu kommen?«

»Weil ich fort will von hier.«

»O, mein Gott! Wenn wir einmal zu denen da draußen gehören, wirst du bald anders darüber denken. Und das wird dich mehr schmerzen als der Anblick von ein paar Bauern, die Mehl verkaufen, das ihnen nicht gehört.«

Verärgert antwortete sie: »Sag nicht ›O, mein Gott‹, David. Du hast kein Recht, dich auf ihn zu berufen. Hier ist er nicht zu Hause. Gottlos ist dieses Haus und sind seine Bewohner. Und du, höre auf mit dem falschen Mitleid! Ist Gott denn noch in deinem Herzen?«

»Ich glaube schon. Und auch hier in der Herberge ist er, und auf der Landstraße auch.«

»Aber nicht bei denen, die Böses im Schilde führen, bei den Spitzbuben und Wegelagerern. Sie sind von Gott verlassen.«

»Es hat nur den Anschein, Sarah. Sicherlich muß Gott etwas geduldiger sein mit ihnen als mit den frommen Juden, die in der Synagoge in der Oberstadt beten. Aber er ist bei ihnen.«

»Mir geht dein Verständnis für das Raubgesindel zu weit. Ich spüre es, du bist bereits ein anderer geworden, noch bevor wir uns auf die Wanderschaft begeben. Was soll aus uns werden, wenn wir einmal mitten unter den Elenden sind?«

David nahm sie in den Arm. »Wir werden es schaffen, Sarah, mit Gottes Hilfe.«

Seit fast drei Monaten waren sie nunmehr mit einer kleinen Gruppe von Wanderjuden, Trödlern, Gelegenheitsarbeitern und Bettlern, unterwegs. Sie zogen Tag für Tag von einer Herberge zur andern und hatten nur an Schabbat eine Verschnaufpause von zwei Nächten. Und wenn ihnen das Glück zur Seite stand, lud sie, wie es jüdischer Brauch ist, ein Schutzjude zum Schabbatmahl in sein Haus.

Der kleine Leiterwagen mit den Kleidungs- und Wäschestükken aus Sarahs Aussteuer war ihnen schon nach acht Tagen abhanden gekommen. Sie hatten in der Nähe Würzburgs in einer Feldscheune am Rande eines Dorfes genächtigt, weil sie, von der bereits früh einsetzenden Dunkelheit überrascht, nicht mehr die nächste Judenherberge erreichten. Das Wägelchen hatten sie kaum eine Armlänge von ihrem Lager entfernt angebunden, dennoch war es am andern Morgen verschwunden. Niemand hatte etwas bemerkt. Das Wenige, was sie noch besaßen, schleppte jetzt David in einem Bündel auf dem Rükken mit.

Der Oktober ging zu Ende, die Novembertage waren kalt und regnerisch. Sarah und David hatten oft keinen trockenen Fetzen mehr am Leib. Wenn sie morgens die Herberge verließen, waren ihre Kleider noch vom Vortag feucht, und Sarah fror jämmerlich.

In jedem Dorf und in jeder Stadt erkundigte sich David, ob ein Lehrer gebraucht werde. Bisher vergeblich. Es gab zu viele des Lesens, Schreibens und des Hebräischen Kundige, die sich als Lehrer ausgaben, und die Not unter den ansässigen Juden wuchs. Die Landesfürsten hielten sich Judengemeinden wie Milchkuhherden, die sie immer phantasievoller und unverschämter zu melken verstanden. Die Schutzjuden mußten sich verschulden, und um die Abgaben entrichten zu können, verarmten sie immer mehr. Einen neuen Lehrer konnte sich niemand leisten.

Sarah war schwanger. Sie wußte es schon seit einiger Zeit und glaubte, im dritten Monat zu sein. Ganz genau wußte sie es nicht, denn solange sie auf der Landstraße war, hatte sie in unregelmäßigen Abständen Blutungen, manchmal blieben sie auch ganz aus. David hatte sie bisher noch nichts gesagt. Er würde doch nur auf sie einreden, sie möge in ihr Elternhaus zurückkehren. Sarah war aber fest entschlossen, mit David auf Wanderschaft zu bleiben. Unzählige Frauen schleppten ihre dicken Bäuche und später die Säuglinge in einem Tuch vor der Brust oder in einem Rückenkorb über die Landstraßen und stillten sie am Wegrand. Warum sollte sie das nicht auch können – wenn es überhaupt noch so lange dauerte, bis sie wieder einen festen Wohnsitz haben würden?

Zwei Tage vor der christlichen Weihnacht stießen die Wanderjuden in der Nähe der Stadt Fulda auf eine Gruppe versprengter französischer Soldaten. Einer von ihnen versuchte, Sarah Gewalt anzutun. Sie wehrte sich verzweifelt, und David griff den Soldaten an. Der zog seinen Säbel, schlug David eine tiefe Furche vom Kinn bis zur Schläfe und hieb ihm noch ein Stück des linken Ohres ab. Blutüberströmt stürzte der Getroffene in den Staub der Straße. Das große Geschrei, das die anderen Juden veranstalteten, und das Näherkommen von Bauern, die mit Knüppeln und Dreschflegeln bewaffnet waren, zwangen die Soldaten schließlich, sich zurückzuziehen. Der Kerl, der Sarah bereits mit einem Stoß in die Hecken geworfen hatte, konnte sein Vorhaben auch nicht mehr ausführen.
Die herbeigeeilten Bauern halfen. Sie legten David und einem zweiten Verletzten, einem alten Betteljuden, den sie Stichler-Sally riefen, weil er vor vielen Jahren einmal das Schneiderhandwerk gelernt hatte, provisorische Verbände an. Dem Alten hatte ein Säbelhieb die Handfläche zerschnitten. Zwei junge Bauernburschen erklärten sich auch bereit, auf einem schnell herbeigeschafften Handkarren die beiden Juden in die Stadt zu fahren. Es war höchste Zeit, die Verletzten konnten sich kaum noch auf den Beinen halten. Der Blutverlust hatte beide stark geschwächt. Vor allem Davids weit klaffende Wunde mußte bald genäht werden. Der Verband war in kurzer Zeit blutdurchtränkt. Es war nicht weit bis nach Fulda. Hinter einem kleinen Waldstück konnten sie bereits die Kirchtürme der Bischofsstadt sehen.
Während sich der Rest der Wanderjuden in südliche Richtung begab, um die Fuldaer Judenherberge zu erreichen, nahmen

die beiden Bauern mit ihrem Handkarren den direkten Weg zum östlichen Stadttor. Die dort wachhabenden Soldaten sahen die blutigen Verbände, und die Bauernburschen erklärten ihnen hastig, sie transportierten die Opfer eines Überfalls marodierender Franzosen auf ihrem Karren, die schnellstens von einem Wundarzt behandelt werden müßten. Die Soldaten ließen sie ohne weitere Kontrolle passieren.

Das war bei allem Unglück, das sie betroffen hatte, ein glücklicher Umstand. Wohnsitzlose Bettel- und Hausierjuden waren schon seit längerer Zeit nicht mehr in der Stadt gelitten. Um den ständig größer werdenden Strom jüdischer Wanderarmut von Fulda fernzuhalten, hatte man außerhalb der Stadtmauern in einer alten Feldscheune eine Judenherberge eingerichtet. Dort allein konnten Wanderjuden über Nacht unterkommen. Sie wurden nur dann von den Wachen in die Stadt hineingelassen, wenn sie einen Passierschein vom Herbergswirt vorzeigen konnten. In Notfällen durfte der Wirt einen solchen ausstellen. Dazu hatte er das fürstäbtliche Privileg.

Die beiden Verletzten jammerten und stöhnten, und den Bauernburschen, die sie auf ihrem Handkarren durch die Fuldaer Gassen zogen, wurde es unbehaglich zumute. Sie kannten sich in der Stadt nicht gut aus und wußten nicht, wo sie ihre Bürde schnellstens abliefern konnten. Der Zufall half ihnen. Gleich hinter dem alten Heertor stießen sie auf das Frauenkloster Sankta Maria der Benediktinerinnen. Einer der Burschen zog heftig an dem gußeisernen Griff am Ende eines langen Drahtes. Im Innern des Gebäudes bimmelte daraufhin eine Glocke in schrillen hektischen Tönen. Es dauerte lang, bis neben dem großen Tor ein kleines Fenster geöffnet wurde. Der Kopf einer jungen Nonne wurde sichtbar. Große, erschrockene Augen schauten auf das ungewöhnliche Quartett. Die Nonne blieb stumm.

»Grüß Gott, Schwester«, nahm der couragiertere der beiden Burschen das Wort, »nichts für ungut wegen der Störung in der Mittagsruhe. Aber ihr müßt uns beistehen. Wir haben zwei

Schwerverwundete auf unserem Karren. Sie verbluten, wenn ihr uns nicht helft.«
Das kleine Fenster schloß sich wieder, ohne daß die junge Nonne auch nur ein einziges Wort gesagt hätte.
»Nanu?« fragte erbost der eine. »Sie kann uns doch nicht in der Kälte stehenlassen mit den beiden hier.«
Nach einigen Minuten öffnete sich wieder das kleine Fenster, und eine wesentlich ältere Nonne streckte den Kopf heraus und sagte: »Ich bin Schwester Maria Euphrasia, die Priorin. Was wünscht ihr?«
»Daß ihr uns helft, Schwester. Es ist nicht viel Zeit zu verlieren. Die beiden verbluten uns. Seht sie euch an.« Der Bursche schob den Karren etwas näher an das Fenster heran.
»Bei uns seid ihr an der falschen Adresse. Wir haben kein Hospital und auch keine Krankenpflege.«
»Doch wohl ein Herz im Leib!« stieß der Bauer hervor.
»Wir würden euch gerne helfen – aber wie?«
»Wie? – Nicht uns, den beiden dort auf dem Karren – wie ihr den beiden helfen könnt? Ganz einfach. Indem ihr uns einlaßt und die beiden irgendwo bettet und ihnen die Verbände wechselt und eilends einen Chirurgus holt, der ihre Wunden näht. So könnt ihr ihnen helfen.«
»Das geht nicht so ohne weiteres.«
»Nein? Und darum wollt ihr sie verbluten lassen? Und das einen Tag vor dem Heiligen Abend?«
»Um Himmels willen! Keinesfalls wollen wir das!« sagte die Priorin.
»Dann macht das Tor auf – oder wir legen euch die beiden Juden hier draußen auf der Straße vor das Tor. Das ist kein Spaß.«
Wieder schloß sich das Fenster. Bald darauf kreischte ein Schlüssel in dem wuchtigen Schloß, und das Portal öffnete sich ein wenig. In dem Spalt stand Schwester Maria Euphrasia in ihrem bis auf den Boden reichenden Benediktinerinnenhabit in Schwarz mit dem blütenweißen Brust- und Halskragen, der

sich über den ganzen Kopf zog und nur das Oval des Gesichts frei ließ. Etwas verwirrt schaute sie auf die beiden stöhnenden Männer auf dem Karren.

»Juden? Habe ich recht verstanden?«

»Ja, ihr habt schon recht verstanden, Juden, Hebräer. Französische Soldaten haben sie mit Säbeln traktiert.«

»Und da wußtet ihr nichts Besseres, als mit ihnen zu uns ins Kloster zu kommen?«

»Es lag am nächsten. Ihr seht doch, die beiden sind in großer Not.«

»Wir hatten noch nie etwas mit Juden zu tun –«

Nun wurde es den beiden Bauernburschen zuviel. Entschlossen öffnete der eine das Portal ganz, und der andere drückte den Karren in den Klosterhof. Dann hoben sie die Verletzten von der Pritsche und legten sie auf Steinbänke, die dort standen. Ohne ein Wort zu verlieren, nahmen sie ihren Karren und verschwanden so schnell sie konnten durch das offene Portal.

»Wartet! Nun wartet doch!« rief ihnen die Priorin nach und fuchtelte mit den Armen. Aber die beiden Bauernburschen warteten nicht. Sie waren schließlich froh, bei aller bewiesenen Nächstenliebe und bei der Eiseskälte die jammernden Hebräer losgeworden zu sein und nach Hause zu kommen.

Die von allen Seiten herbeieilenden Nonnen umkreisten die beiden Steinbänke mit der blutenden und stöhnenden Hinterlassenschaft. Die frommen Schwestern waren keineswegs erbaut darüber, daß die Burschen ausgerechnet blessierte Hebräer im Hof des Jungfrauenklosters abgelegt hatten. Sollten sie keinen anderen Platz für die Beschnittenen gefunden haben? Die Priorin sah, daß ihnen unverzüglich geholfen werden mußte, und schickte nach einem Wundarzt.

Der Arzt ließ die beiden Verletzten in einen Raum zu ebener Erde tragen, die Vorhänge aufziehen, damit er bei seinen diffizilen Hantierungen genug Licht hatte, und begann sogleich mit den Vorbereitungen der Behandlung. Zuerst kam David an die Reihe. Seine Wunden sahen am schlimmsten aus.

Während der Arzt sie untersuchte, das Operationsbesteck und Verbandsmaterial zurechtlegte und begann, Davids Barthaare zu beseitigen, ließ er sich über die Bärte der Juden aus. Die Nonnen hatten dazu wenig zu sagen. Sie vernahmen, daß Hebräer sich nur darum Bärte wachsen ließen, um die Christen zu provozieren. In allem wollten sie sich unterscheiden.
Mit einem Rasiermesser schabte der Arzt Davids Backe blank. Das war wegen der starken Verkrustung durch das geronnene Blut ein schweres Stück Arbeit. Danach säuberte er die Wunde und nähte sie zusammen. Mehrere Nonnen halfen dem Operateur beim Zusammenflicken des Schwerverletzten. Sie taten es mit spitzen Fingern.
Dann kam Stichler-Sally an die Reihe. Anders als David, jammerte er zum Gotterbarmen, als der Wundarzt Handfläche und Finger nähte. Kaum war der Chirurgus fertig und hatte sich in der bereitgestellten Schüssel die blutigen Hände gesäubert, war die Nachsicht der frommen Dienstmägde des Herrn zu Ende. Das Eingreifen des Wundarztes hatte den beiden Juden das Leben gerettet, ihre christliche Pflicht war erfüllt. Gesundpflegen lassen sollten sie sich in der Judenherberge. Die Benediktinerinnen forderten David und Stichler-Sally auf, schnellstmöglich das Kloster zu verlassen.

Noch während er auf dem Tisch lag, auf dem seine Wunden zusammengenäht worden waren, tastete David mit den Händen vorsichtig den großen Verband um seinen Kopf ab, der gerade noch Augen, Nase und Mund freiließ. Er hatte das eigenartige Gefühl, als ob diese Kugel aus Leinen und Gaze nicht seinen eigenen, sondern einen fremden Kopf barg. Dann schaute er zu Stichler-Sally hinüber. Der saß bereits wieder und hatte eine Tuchschlinge um den Hals, in der die verbundene Hand lag.
Dem Alten liefen dicke Tränen die Backen hinunter. Der Wundarzt hatte ihm angedeutet, daß die Finger der verletzten

Hand steif bleiben könnten. Dann wäre es auch mit dem Schneidern vorbei. Das war für ihn ein schwererer Schlag, als wenn ihn der Säbelhieb an irgendeiner anderen Stelle seines schmächtigen Körpers getroffen hätte. Hin und wieder durfte er bei Schutzjuden kleine Flickschneidereien erledigen oder gar ein zerschlissenes Jackett wenden und hatte sich so zu dem kargen Wegegeld aus den Armenkassen der Judengemeinden ein paar Kreuzer hinzuverdienen können. Auch unterwegs hatte ihm sein Geschick im Umgang mit Nadel und Faden geholfen. Weil die schäbigen Fetzen immer wieder und überall rissen und löchrig wurden, war er ein gefragter Weggenosse.

Die beiden Frischoperierten konnten sich ohne fremde Hilfe nicht fortbewegen. Da die Nonnen von Sankta Maria sie aber schnellstens loswerden wollten, blieb ihnen nichts anderes übrig, als sie in einer Kutsche, die dem Kloster gehörte, hinaus zur Judenherberge zu schaffen. Dort wurden sie mit großer Freude empfangen. Niemand hatte mehr damit gerechnet, die beiden noch am gleichen Tag wiederzusehen.

Sarah erschrak sehr, als sie Davids verbundenen Kopf sah. Sie wußte nicht, ob sie weinen oder sich freuen sollte. Sie tat beides. Glücklich, ihn wiederzuhaben, schloß sie ihn vorsichtig in die Arme.

Stichler-Sally setzte sich in die hinterste Ecke und überließ sich seinem Unglück. Was war er denn noch wert, wenn er nicht mehr nähen konnte? Und erstmals seit langer Zeit sprach er wieder mit seinem Gott: Warum schlägst du ausgerechnet mich so sehr? Was habe ich dir getan, daß du mich so strafst? Voller Verzweiflung kamen ihm Hiobs Klagelaute über die Lippen: »Warum bin ich nicht gestorben bei meiner Geburt? Warum bin ich nicht umgekommen, als ich aus dem Mutterleib kam? Warum hat man mich auf den Schoß genommen? Warum bin ich an den Brüsten gesäugt? Dann läge ich da und wäre still, dann schliefe ich und hätte Ruhe.«

Der Herbergswirt inspizierte die beiden Frischoperierten und verfügte, die ganze Gruppe dürfe ausnahmsweise drei volle Tage im Haus bleiben. Dann aber müsse sie ohne weiteren Verzug weiterziehen.

Es war ihnen jedoch nicht vergönnt, diese kleine Ruhepause über die christlichen Feiertage hinweg zu nutzen. Sie hätte ihnen allen, nicht nur den Verletzten, gutgetan.
Einige Tage vor dem Zusammenstoß der Wanderjuden mit den französischen Soldaten war der fürstbischöflichen Verwaltung in Fulda ein gewaltsamer Einbruch in der Aumühle gemeldet worden. Die Mühle lag hinter Weihers, einem kleinen Ort nahe der Stadt. In einer regnerischen Nacht war eine Räuberbande mit Hilfe eines Rennbaums in die Mühle eingedrungen, hatte den Müller und seinen Knecht, die sich zur Wehr setzten, zusammengeschlagen und Geld, Schmuckstücke und einen Sack voll Kleider geraubt und obendrein den Rauchfang geleert. Auf dem Rückzug waren die Banditen von einer hessischen Husarenstreife gestellt worden. Die Banditen konnten jedoch allesamt entfliehen, wenn auch bei dem kurzen Kampf, der sich entspann, mehrere Räuber von Säbelhieben getroffen worden sein mußten.
Zwei vage Hinweise ließen vermuten, es habe sich um eine jüdische Bande gehandelt. Der erste Hinweis war eine Hinterlassenschaft am Tatort. Neben der Mühlenmauer lag ein Büchlein mit den jüdischen Zehn Geboten, was nur ein Jude verloren haben konnte. Der zweite Hinweis: Der Überfall geschah in einer Nacht von einem Montag auf einen Dienstag. Das war die Nacht, die jüdische Banden mit Vorliebe zu Überfällen nutzten, weil sie dann bis Schabbat, dem Ruhetag für einen Juden, den auch jüdische Banditen einhielten, genügend Zeit hatten, sich in ihre Verstecke zurückzuziehen.
Doch sowohl die Wahl dieser Nacht als auch das Judenbüchlein konnte eine Irreführung sein. Die Fahnder sollten auf eine

falsche Fährte gesetzt werden. Jedenfalls war die Suche nach den Übeltätern bisher erfolglos geblieben.
Das brachte die Fuldaer Polizeidirektion in eine schwierige Situation. In den letzten Monaten waren in der Stadt und im übrigen Fürstentum immer häufiger Raubüberfälle verübt worden. Bisher war es nicht gelungen, einen dieser Banditen oder gar eine ganze Bande zu fangen. Es war höchste Zeit, dem fürstäbtlichen Kabinett wieder einmal eine gute Nachricht überbringen zu können, sonst riskierte der Polizeikommissär, abgesetzt zu werden. Selbst den peinlichen Fehlschlag der hessischen Husaren bei der Verfolgung der Bande, die die Aumühle überfallen hatte, wurde jetzt dem Fuldaer Polizeichef angekreidet.
In dieser Not bekam der oberste Ordnungshüter von einem seiner Polizeispitzel eine Mitteilung, die ihm wie ein Geschenk des Himmels erscheinen mußte. Der Polizeispitzel, im Behördenjargon ein Fleischmann, hielt sich, gut getarnt und unerkannt, zur gleichen Zeit in der Judenherberge auf, als David und Stichler-Sally dorthin gebracht wurden. Er erlebte die Wiedersehensfreude, belauschte die Gespräche und erfuhr, was sich abgespielt hatte und wie es zu den schlimmen Verletzungen der beiden Männer gekommen war. Er wußte also, wie harmlos diese Gruppe war. Aber auch er brauchte dringend einen Erfolg. So kam er auf die Idee, die verletzten Juden mit dem Überfall auf die Aumühle in Verbindung zu bringen. Seiner Meldung an die Fuldaer Polizeidirektion fügte er noch hinzu:
»Die Verwundeten behaupten zwar, die Säbelhiebe bei einem Überfall französischer Soldaten bekommen zu haben. Das aber ist sehr zweifelhaft. Schließlich handelt es sich um Hebräer, die von Natur lügenhaft sind, weshalb man ihren Beteuerungen keinen Glauben schenken darf. Es liegt der Verdacht nahe, daß es sich bei den Verletzungen um die Säbelhiebe der hessischen Husaren handelt, die bei Weihers eine Diebs- und Einbrecherbande zu fangen versuchten.«

Das leuchtete dem Polizeikommissär ein. Zusammen mit den beiden Hinweisen, die den Verdacht auf eine jüdische Bande lenkten, flocht er sich eine Indizienkette und frohlockte bereits darüber, was das fürstäbliche Kabinett dazu sagen werde.
Er beorderte unverzüglich ein Polizeikommando in die Judenherberge, damit die Verdächtigen arrestiert würden, ganz gleich, in welchem Zustand sie sich befänden.

Als gelte es, die gefürchtete Vogelsberger Bande des Hölzerlips oder gar die Lumpensammlerbande des Anton Röttcher festzunehmen, die stark wie eine ganze Brigade war, stürmte in der folgenden Nacht eine Polizeimannschaft, die Gewehre in die Hüften gepreßt, die Herberge. Noch bevor die aus dem Schlaf gerissenen und zu Tode erschrockenen Juden verstanden, was sich abspielte, hatten die Polizisten die beiden gesuchten Männer an ihren Verbänden ausgemacht und in Fesseln gelegt. Wenige Minuten später zerrten sie David und Stichler-Sally an langen Stricken die Straße entlang zur Stadt hin. David, der sich kaum auf den Beinen halten konnte, taumelte im Gehen hin und her, Stichler-Sally folgte mit kleinen, schnellen Trippelschritten.
Laut schreiend stürzte Sarah den Polizisten hinterher, mit ihr mehrere Männer und Frauen, die zu der Gruppe gehörten. Sie riefen den Polizisten nach: »Warum nehmt ihr unsere Männer mit? Was haben sie verbrochen? Ihr könnt sie doch nicht ohne Grund wegschleppen! Seht ihr denn nicht, wie schwer verwundet sie sind?«
Doch die Polizisten gaben keine Antwort. Sie zerrten nur noch stärker an den Stricken, um mit den Festgenommenen möglichst schnell die Stadt zu erreichen und sich so die lästigen Juden vom Hals zu schaffen. Kam ihnen einer der Nacheilenden zu nahe, teilten sie Fußtritte und Schläge aus. Erst am Stadttor wurden sie sie los. Wachposten versperrten ihnen den Weg. Nur zögernd kehrten die Juden in ihre Unterkunft zurück.
Niedergeschlagen saßen die Männer und Frauen an den langen

Wirtstischen, die Köpfe in die Fäuste gestützt. Der Schlaf war ihnen vergangen. Selbst jetzt fehlte ihnen die Kraft, auf den verhaßten Landesherrn und seine Büttel zu fluchen. Nur Sarah hielt es nicht mehr aus. Nach einer Weile des Schweigens, der Herbergswirt hatte den schwer Geschlagenen einen Krug Bier spendiert, fragte sie laut in die Wirtsstube hinein: »Können wir denn gar nichts tun? Wirt, sag doch etwas! Du kennst dich hier aus.«

Der Wirt zog die Schultern hoch, drehte die Handflächen nach oben und erwiderte: »Was soll ich euch sagen, euch raten? Wer bin ich denn? Schloime, ein Jidd wie ihr.«

»Nicht wie wir«, widersprach Sarah, »du hast einen Schutzbrief, du hast eine Bleibe.«

»Was besagt das schon? Recht haben immer die andern.«

»Dennoch: Du kannst in die Stadt hinein. Du könntest erkunden, was man David und Stichler-Sally vorwirft und wohin man sie gebracht hat.«

»Könnte ich schon. Aber auch ich muß vorsichtig sein. Sie werden fragen: Was eigentlich kümmern dich die beiden Arretierten, Schloime? Steckst wohl mit ihnen unter einer Decke. Und ich werde antworten müssen: Nein, mich kümmern sie nicht, aber meine Leute in der Herberge, die mit ihnen zusammen waren, wollen es wissen. Und sie werden mir sagen: Dann sollen sie selbst kommen. Steck du deine Nase nicht in Angelegenheiten, die dich nichts angehen.«

»Trotzdem«, bat Sarah, »tu uns den Gefallen und geh und befrage dich. Du weißt, in welchem Zustand die beiden sind. Ich brauche David, meinen Mann.«

»Jede Frau braucht ihren Mann.« Der Herbergswirt hielt einen Augenblick inne, als überlege er. »Und wenn ich mich erkundigte, versprich dir nicht zuviel davon.«

Als der Herbergswirt am andern Tag aus der Stadt zurückkehrte, machte er ein finsteres Gesicht. Jedermann konnte

sofort erkennen, er hatte keine gute Nachricht mitgebracht.
»Was hast du in Erfahrung bringen können?« bedrängte man ihn.
»Allerhand, aber nichts Gutes.«
»Spann uns nicht auf die Folter. Sag, wo haben sie David und Stichler-Sally eingesperrt?«
»Beide sind im Polizeigefängnis neben dem Schuldturm.«
»Was wirft man ihnen vor?«
»Ihr solltet nicht soviel fragen«, winkte der Herbergswirt ab, »und besser meinem Rat folgen: Zieht so schnell ihr könnt weiter.«
»Nicht ohne unsere Männer!« warf Sarah ein.
»So lange könnt ihr nicht warten, glaubt es mir.«
»Was verschweigst du uns? Warum sagst du uns nicht, was du weißt?«
»Ich sagte euch schon: weil es nichts Gutes ist.«
»Aber wir wollen es wissen.«
»Na denn. Man beschuldigt David und Stichler-Sally, an einem Einbruch in einer nahen Mühle beteiligt gewesen zu sein, eine schlimme Sache.«
»Sie brauchen nur die Bauern zu befragen, die uns zu Hilfe kamen, und alles würde sich aufklären«, sagte einer der Betteljuden.
Ohne auf den Einwand einzugehen, fuhr der Herbergswirt fort: »Und euch bezichtigen sie der Komplizenschaft.«
»Das ist alles an den Haaren herbeigezogen. Wir können beweisen, wo wir uns in den letzten Tagen aufgehalten haben.«
»Beweisen!« wiederholte der Wirt. »Wenn sie Schuldige brauchen, könnt ihr nichts beweisen. Ich sage euch, man wird euch ebenfalls einsperren. Darum verschwindet von hier, bevor es zu spät ist.« Er senkte die Stimme. »Haben sie euch, werden sie Geständnisse erpressen, wie sie gebraucht werden.«
»Und du, der du es besser weißt, kannst du nichts tun?«
»Nichts mehr als euch den Rat geben: Geht außer Landes und betet zu Gott, daß sie bald die wahren Schuldigen finden.«

»Niemals! Ich bleibe hier!« schrie Sarah.

Ein alter Bettler legte ihr die Hand auf die Schulter und sprach mit sanfter Stimme zu ihr: »Täubchen, liebes, die Welt ist schlecht. Schlechter als du denkst. – Niemand nimmt dir deine Unerfahrenheit übel. Doch das Hierbleiben hilft weder ihm noch dir. Es wird euch beiden schaden, wenn sie auch dich ins Gefängnis sperren. Ich habe Angst um dich.«

»Warum? Ich habe nichts verbrochen. Sollen sie doch fragen, immerzu. Was habe ich ihnen zu verbergen?«

Der Alte schüttelte den Kopf. »Deine Einfalt ist unverzeihlich. Und selbst wenn du tapfer bist und standhältst, haben sie mit dir ein Faustpfand bei den Verhören von David, um ein Geständnis aus ihm herauszupressen.«

Sarah gab darauf keine Antwort.

Eine Stunde später brachen die Wanderjuden nach Osten auf, um schnellstens die thüringische Grenze zu erreichen und dem langen Arm der Ungerechtigkeit zu entgehen.

Ohne Sarah. Im Durcheinander des hastigen Aufbruchs war sie mit dem Packen, den David bisher geschleppt hatte, unbemerkt verschwunden.

4. Kapitel

David und Stichler-Sally brauchten einige Zeit, bis sich ihre Augen an die Dunkelheit in dem engen Gefängnisraum, in den sie von dem Polizisten gestoßen wurden, gewöhnt hatten. Dank des spärlichen Mondlichts, das sich durch ein kleines, vergittertes Fenster unterhalb der Decke in den Raum zwängte, konnten sie allmählich die Konturen ihrer Umgebung erkennen. Auf dem Steinfußboden standen zwei Holzpritschen, die den größten Teil der Zelle einnahmen. Auf ihnen lagen bereits einige zusammengerollte Menschenbündel, die den beiden Neuankömmlingen, die sich kaum auf den Beinen halten konnten, nur widerwillig Platz machten.

Der Raum war angefüllt mit einem beißenden Gestank, der von einem Eimer für die Notdurft herrührte, der in einer Mauernische stand, und von den Ausdünstungen der Inhaftierten. Die Winzigkeit der Gefängniszelle hatte nur einen Vorteil, die menschliche Wärme konnte sich sammeln, und die Kälte quälte die Eingesperrten nicht gar zu sehr.

Beide Verwundete hatten große Schmerzen. David biß die Zähne zusammen und gab keinen Laut von sich. Nur an seinem schweren Atmen war zu erkennen, wie sehr er litt. Der Schneider dagegen stöhnte und jammerte in einem fort, was ihm gezischte Flüche und Rippenstöße der anderen Gefangenen einbrachte.

Nach zwei Tagen wurden David und Stichler-Sally dem peinlichen Richter zu Fulda überstellt. Das bedeutete ihre Umquar-

tierung vom Polizeigefängnis in das Kellerverlies des sogenannten Stockhauses. In diesem finsteren Bau verbüßten in Fulda abgeurteilte Missetäter ihre Strafen, die leichteren Fälle im oberen Stockwerk, die schweren im Keller. Die Gefangenen unter der Erde waren alle an den Armen und Beinen in Ketten geschmiedet. Sie konnten sich dennoch ein wenig bewegen. Aus Gründen eines liberaleren Strafvollzugs verzichtete man seit einiger Zeit darauf, sie an schweren Haken, die in die Wände eingelassen waren, anzuketten.
In dem Verlies befanden sich auch winzige Einzelzellen, die drei Schritte lang und zwei Schritte breit waren. In ihnen wurden die Untersuchungsgefangenen untergebracht. Diese Zellen hatten keine Fenster. In der Decke befanden sich kleine Lüftungslöcher, durch die auch etwas Licht in den Raum fiel. Schwere Eisengitter sperrten die Käfige zum Flur ab.

Im Stockhaus herrschte Hochbetrieb. Allerorten im Land war die Not groß und die Moral klein. Die beiden Juden schloß man, weil nur wenig Platz vorhanden war, zusammen in einer einzigen Käfigzelle ein.
Das ganze Jahr über war es in dem Kellergewölbe feucht und kalt. Das Wasser tropfte von den Wänden. Es grenzte an ein Wunder, wenn hier ein Inhaftierter es länger als zwei Jahre aushielt, bevor er den Weg in die Hölle antrat. Viele der Abgeurteilten kürzten, trotz der Fesseln, diesen Prozeß ab. Sie benutzten die in die Wände eingelassenen Haken dazu, einen aus Riemen und Stoffetzen gedrehten Strick daran zu befestigen und sich dessen Ende um den Hals zu legen. Das war die häufigste Todesursache im Stockhaus und für den Stockmann, wie der Kerkermeister in der offiziellen Amtssprache hieß, eine ärgerliche Angelegenheit. Er mußte, auch wenn es reine Formsache war und ohne Folgen für ihn blieb, dem Vorsteher des fürstäbtlichen Kriminalgerichts ausführlichen Rapport erstatten. Besonders ärgerlich aber war es, wenn ein zum Hängen

durch den Strick Verurteilter in der Nacht vor der peinlichen Prozedur sich selbst vom Leben zum Tod beförderte. Damit verdarb er vielen hundert Fuldaer Bürgern den Spaß an einem Schauspiel, für das sie, gerüstet mit Klappstühlchen und Frühstückskörbchen, stundenlanges Warten auf sich nahmen.
Als der Stockmann die beiden Neuzugänge in Empfang nahm und deren körperliche Verfassung sah, verzichtete er auf das Anlegen von Ketten. Er hätte sie getrost auf die Türschwelle des Stockhauses legen können, ohne befürchten zu müssen, sie könnten davonlaufen.

David und Stichler-Sally lagen eng beieinander in der Käfigzelle und rätselten darüber, was weiter mit ihnen geschehen werde. Zäh verrann die Zeit.
Auf dem Rücken liegend und zur Decke starrend, sagte, Tage nachdem sie eingeliefert wurden, der Schneider: »Seltsam, wie sich mein Schicksal mit dem deinen verflochten hat. Und doch weiß ich wenig von dir, weiß nur, du hast, wie ich, eine Niete im Leben gezogen. Großes Pech für uns beide. In einem aber unterscheiden wir uns. Du hast eine Frau. Ich nicht. Ich habe auch einmal davon geträumt zu heiraten, eine Familie und Kinder zu haben. Ich wußte auch schon, wie die Kleidchen aussähen, die ich den Mädchen nähen wollte, rot und blau und gelb und mit vielen Fältchen. – Hörst du mir zu?«
»Ja, sprich weiter.«
»In Duderstadt war ich zu Hause. Schon mein Großvater war Schneider, und mein Vater. Darum lernte auch ich dieses Handwerk. Sechzehn Stunden am Tag hat der Tate genäht und sich die Finger wund gestochen, aber er blieb immer ein Habenichts. Ein Schneider ist ein Schneider, das ist nun mal so. Hast du jemals gehört, daß wer vom Schneidern zu etwas gekommen wäre? – Unsere Gemeinde wurde immer ärmer, und es gab viele, die keine Arbeit mehr hatten. Da verfügte der Magistrat der Stadt, nur noch derjenige erhalte Wohnrecht und

dürfe heiraten, der außer dem Judenzoll zusätzlich fünfzig Gulden an Steuern im Jahr zahlen kann. So blieb mir nichts anderes übrig, als mein Bündel zu packen und die Stadt zu verlassen. Und mit mir die meisten armen Juden. Das war vor über dreißig Jahren. So lange bin ich unterwegs. – Schläfst du, David?«

»Nein, ich höre dir zu.«

»Ich sagte: Dreißig Jahre bin ich unterwegs. Ich habe in dieser Zeit viele Frauen getroffen. Aber zum Heiraten fand ich keine. Was ist schon eine Familie ohne Wohnrecht, ohne Zuhause, immer nur auf der Landstraße? Was wird aus den Kindern? Sicher, viele haben es gewagt. Ich hatte nicht den Mut dazu. Glaub mir, ich habe auch von besseren Zeiten geträumt, von einem festen Dach überm Kopf, einem Arbeitsplatz, von einer Frau, die mir den Schabbattisch bereitet. Hab geträumt. Hab Gott gebeten, ein einziges Mal auch bei mir, einem armen Schneider, ein Wunder geschehen zu lassen. Er hat mich nicht erhört. Ich habe ihn gescholten, ihn verflucht. Das half erst recht nichts. Er hat sich taub gestellt. – Und dann kam der Zeitpunkt, von dem an mir alles gleichgültig wurde und ich nur noch darüber nachdachte, wo ich einen Schlafplatz für die nächste Nacht bekomme und ein Stück Brot, damit ich nicht verhungere.«

Stichler-Sally schwieg.

»Sprich weiter«, flüsterte David.

»Ich habe nicht mehr viel zu erzählen. Oft habe ich über mein Leben nachgedacht, und ich kam immer nur zu dem einen Schluß: Ein Jidd bleibt ein Jidd sein Leben lang. Du weißt, was ich meine. Vielleicht hast du mehr Glück als ich, David. Wenn wir hier lebend herauskommen und wir bleiben zusammen, und wenn Sarah ihr erstes Kind bekommt und es ein Mädchen ist, dann nähe ich ihm mit meiner kaputten Hand ein so schönes Kleidchen, wie ich es für meine eigene Tochter hatte nähen wollen. Das versprech ich dir.«

David legte ihm die Hand auf den Arm und sagte: »Da wird sich Sarah bestimmt freuen.«

In Fulda dem peinlichen Richter ausgeliefert zu sein, bedeutete für einen Juden bereits den ersten Schritt zum Galgen. Es war gut, daß David und Stichler-Sally das nicht wußten, es hätte sie noch die wenigen Stunden Schlaf, die ihnen zwischen Kälte und Schmerzen vergönnt waren, gekostet. Schon sein Anblick konnte einen Häftling zittern machen. Das hagere Gesicht ließ Nase und Kinn drohend spitz hervortreten, die Augen standen dicht beieinander, und ein ausgezwirbelter Schnurrbart vibrierte im Rhythmus des Sprechens mit. Seine ungewöhnlich hohe Stimme klang wie die eines Kastraten und messerscharf.
Mit verschränkten Armen, die Beine nach vorne gestreckt, so saß er hinter seinem Schreibtisch, als ihm die beiden Juden zu einem ersten Verhör vorgeführt wurden. Er hieß sie, sich in einem Abstand, der ihm seiner Richterwürde angemessen erschien, aufzustellen. Der Kerkermeister postierte sich neben sie. In der rechten Hand hielt er einen dicken Rohrstock, mit dem er sich ständig spielerisch auf die linke Hand schlug, als könne er es kaum abwarten, bis er mit seinem Schlagwerkzeug in Aktion treten dürfe. Er hörte erst damit auf, als ihm der Richter einen deutlichen Wink gab.
Doch wie sehr sich der peinliche Richter auch bemühte, die beiden Verdächtigen zu einem Geständnis zu bringen, mit Freundlichkeit zuerst, dann mit Drohgebärden und mit schrillem Schreien, das Verhör verlief ergebnislos. Wütend ließ er die verstockten Juden wieder in das Kellerloch schaffen. Mit der Aufklärung des Falles würde er noch viel Arbeit haben.
Um zum Erfolg zu kommen, mußte er sich mit den Ermittlungen Zeit lassen, denn das Protokoll des Polizeispitzels war dürftig. Damit allein konnten die beiden Juden nicht des Überfalls auf die Aumühle überführt werden. Dem Untersuchungsrichter blieb nichts weiter übrig, als David und Stichler-Sally den Bestohlenen gegenüberzustellen und so den Nachweis ihrer Schuld zu erbringen. Darum mußte er die Genesung des lädierten Müllers abwarten.
In der Zwischenzeit lagen die beiden Häftlinge in ihrer win-

zigen Zelle auf der feuchten Erde, froren und fieberten und preßten sich im Schlaf eng aneinander, damit sie sich gegenseitig wärmten. Der Schneider war der Verzweiflung nahe, David versuchte, ihm Mut zu machen. Das fiel David nicht leicht, denn er hatte noch immer große Beschwerden beim Sprechen. Allmählich gewöhnten sie sich aber an ihren jämmerlichen Zustand. Nur die Ungewißheit, was mit Sarah geschehen sei, quälte David mehr noch als die Schmerzen im Gesicht und am Ohr und die beißende Kälte.

Seit Stunden stapfte Sarah in einem großen Bogen um die Stadt Fulda über festgefrorene Feldwege. Stets konnte sie noch die zwei Türme und die große Kuppel des Doms sehen. Die Dörfer, die sich wie eine doppelte und dreifache Perlenkette eng um die fürstäbtliche Residenz legten, mied sie. Die Warnung des Herbergswirts nahm sie nun doch ernst. Sie befürchtete, Dorfpolizisten könnten sie aufgreifen und nach Fulda ausliefern. Sie war auf der Suche nach einer Feldscheune oder einer verlassenen Hütte, in der sie unterschlüpfen und sich für einige Zeit verstecken konnte. Wenn sie irgendwo in der Ferne Bauern sah, machte sie einen großen Bogen um sie. Sie wußte, wie auffällig es war, wenn in diesen unruhigen und von den anhaltenden Kriegswirren verrohten Zeiten eine Frau allein über Land zog. Das machte sie nicht nur den Polizisten, sondern auch den Bauern verdächtig.
Südlich der Stadt, in der Fuldaaue, fand sie endlich, was sie suchte, einen überdachten Holzverschlag, der wohl irgendwann einmal von einem Hütejungen zusammengefügt worden war. Einige liegengebliebene und gefrorene Feldfrüchte, die sie unterwegs aufgelesen hatte, verzehrte sie roh. Zwar gab es in dem Verschlag eine Feuerstelle und sogar ein wenig trockenes Holz, doch Sarah hatte kein Stückchen Zunder bei sich, um ein Feuer entfachen zu können.
Zwei Tage versteckte sie sich dort. Dann hielt sie es nicht mehr

aus. Der eisige Wind blies durch die breiten Ritzen, und sie fror erbärmlich. Nach Einbruch der Dunkelheit machte sie sich auf den Weg zurück zu der Fuldaer Judenherberge. Sarah kam nur langsam voran, die Kälte hatte sie bis zur Erschöpfung geschwächt. Sie mußte sich immer wieder setzen und erreichte erst nach Stunden und mit letzter Kraft die Herberge.

Die Eingangstür war verschlossen, Gäste und Wirtsfamilie schliefen schon. Sarah klopfte an eine kleine Seitentür, die zu den beiden Räumen führte, die der Herbergswirt mit Frau und Kindern bewohnte.

Lange und immer lauter mußte Sarah klopfen, bis endlich im Innern ein Licht anging und sich kurz darauf der Schlüssel im Türschloß drehte. Die Tür wurde einen Spalt geöffnet, und das ängstliche, verschlafene Gesicht des Herbergswirts preßte sich in den Türspalt. Er war zu Tode erschrocken, als er die späte Besucherin, die um Einlaß bat, erkannte. Ohne die Tür auch nur um einen Zoll weiter zu öffnen, flüsterte er:

»Um Gottes willen, Sarah, was hast du hier noch verloren? Ich glaubte, du wärst längst in Thüringen. Bei mir kannst du nicht bleiben.«

»Das will ich auch nicht. Aber ich muß dich sprechen.«

»Jetzt, mitten in der Nacht?«

»Ja, jetzt, bitte.«

Schloime, der Wirt, sah, wie elend es Sarah war und wie sie am ganzen Leib zitterte, als habe sie ein Schüttelfrost befallen. Er machte die Tür auf und sagte: »Nun gut, komm erst mal herein und wärme dich.«

Die Frau des Wirts, eine kleine, pummelige Person von undefinierbarem Alter, saß, mit einer Nachtjacke angetan, verschlafen auf dem Bettrand und brummelte mürrisch wegen der nächtlichen Störung.

»Steh auf, Jette! Das ist Sarah. Sitz nicht herum und hilf ihr. Du siehst, in welchem Zustand sie ist.«

Jette hatte es nicht eilig, in ihre Latschen zu steigen und um die Bettstelle herumzuschlurfen. Doch als sie das Bündel Elend an

der Eingangstür stehen sah, überzog ein freundlicher Hauch das verdrossene Gesicht.
»Nun komm schon und nimm die nassen Fetzen herunter!« sagte sie, und ihre Stimme hatte einen warmen Klang.
Sie ging hinüber in die Kochecke des Raums, wo ein gemauerter Herd stand, schürte kräftig in der noch vorhandenen Glut und legte einige Holzscheite auf. Sogleich schlugen die Flammen hoch, und das frische Holz zischte und knackte. Dann legte sie Sarah eine Decke um die Schultern, führte sie zu einer schmalen Sitzbank in der Nähe des Feuers und gab ihr eine Schale heißen Tee zu trinken.
Noch immer zitterte Sarah am ganzen Körper. Es war ihr übel, und sie hatte starke Schmerzen im Unterleib. Alles, was sie in den letzten Tagen durchlebt und erlitten hatte, den Überfall der französischen Soldaten, die Verwundungen Davids und des alten Schneiders, ihre Verhaftung, die Flucht und das Verstekken, waren zuviel für sie gewesen. Sie preßte die Hand auf den Bauch, und ihr Oberkörper fiel nach vorne.
Jette fragte erschrocken: »Was ist mit dir? Hast du Schmerzen?«
»Ich bin nur sehr müde«, antwortete sie.
Die Wirtsfrau blickte ihr aufmerksam ins Gesicht und dann auf den Bauch. »Bist du schwanger?«
»Ja.«
»Das sagst du erst jetzt. Ich habs gleich geahnt. Im wievielten Monat?«
»Ich glaube, im dritten oder am Anfang des vierten.«
Jette tastete über den Leib von Sarah. »Zu fühlen ist noch nichts. Aber du mußt dich schonen. Willst du schlafen?«
»Nein. Ich muß erst mit deinem Mann sprechen.« Sie drehte den Kopf zu Schloime.
»Was hast du mir zu erzählen?« fragte er.
Sarah straffte sich und schilderte mit wenigen Worten dem Herbergswirt, wo sie die letzten Tage verbracht hatte, und fuhr fort: »Ich habe dir gesagt, ich würde so lange hier in der

Gegend bleiben, bis ich David eine Nachricht zukommen lassen kann.«

»Und darum bist du zu mir gekommen?«

»Ja, Schloime, du mußt mir dabei helfen.«

»Und wie stellst du dir das vor? Mir sind wie dir alle Türen verschlossen.«

»Geld schließt die Hölle auf, warum nicht auch eine Tür in der Stadt Fulda?«

»Geld schon. Aber woher soll ich es nehmen?«

Sarah nestelte einen Krontaler aus einer Faltentasche ihres Rocks und warf ihn auf den Tisch. »Dafür wirst du bestimmt jemanden finden, der David eine Nachricht überbringt.«

Der Wirt machte große Augen. »Ein Krontaler! Ein richtiger Brabanter!« Er hatte schon lange keinen mehr gesehen. Er wiegte die schwere Silbermünze in der Hand, nahm sie dann zwischen die Zähne und versuchte, sie zu verbiegen. »Donnerwetter, der Krontaler scheint echt zu sein. Wo habt ihr den gestohlen?« Sinnend drehte er die Münze zwischen den Fingern und meinte: »Damit läßt sich schon etwas erreichen. Aber wird nach dem Diebsgeld nicht gesucht?« Er legte das Silberstück auf den Tisch zurück und rieb sich die Hände an der Hose.

»Keine Angst, Schloime, der Brabanter ist nicht gestohlen. – Gib mir Papier und eine Feder!«

Der Wirt holte ein Stück Papier und ein Tintenfaß und schnitt einen Gänsekiel an. Sarah setzte sich an den Tisch und begann zu schreiben. Sie schrieb, David solle wissen, daß sie auf ihn warte, ganz gleich, wie lange er eingesperrt bliebe. Der Herbergswirt sei immer darüber informiert, wo sie sich aufhalte. Sie faltete das Papier zusammen und übergab es dem Wirt. Der las es durch, schüttelte den Kopf und brummte: »Auch das noch!« Und laut sagte er: »Ich will sehen, meine Liebe, was sich machen läßt. Er nahm den Krontaler und schob ihn zusammen mit dem beschriebenen Papier in eine Tasche seines Kittels.

»So, nun laß uns schlafen gehn«, wandte er sich an Sarah, »du kannst diese Nacht bei uns im Bett schlafen.«
»Einen Augenblick, ich bin noch nicht fertig.«
»Um aller Heiligen willen! Was denn noch?« Unwillig schlug er mit der Hand auf den Tisch.
»Bist du meschugge geworden!« zischte seine Frau. »Du weckst die Kinder auf.« Und zu Sarah gewandt, sagte sie: »Sie schlafen drinnen in der Kammer, alle fünf. Wenn sie jetzt aufwachen, ist die ganze Nacht der Teufel los.«
Sarah fuhr fort: »Niemand anders als du erfährst zuerst, was in der Stadt geschieht, denn du hast Zugang zu den fürstlichen Ämtern –«
»Du irrst dich.«
Doch Sarah ließ sich nicht beirren. »Du kennst die Männer vom Juristischen Kollegium und von den Gerichten, und du kennst die Kapuzinerpatres, die im Stockhaus ein und aus gehen –«
»Und wenn schon. Was heißt das?«
»Sie können dir sagen, wie die Dinge um David und Stichler-Sally stehen.«
»Können ja, aber sie sagen mir nichts.«
Wieder nestelte Sarah an ihrem Rock herum und holte mehrere Guldenstücke heraus.
»Du glaubst wohl, du kannst alles mit Geld erreichen?« tat Schloime empört und dachte bei sich: Sie hat ja recht! Laut fuhr er fort: »Aber sag mir zuerst, woher das Geld stammt. Ich habe keine Lust, mich damit in die Tinte zu setzen. Das mußt du verstehen. Wenn arme Leute wie wir solche Geldstücke in den Händen haben, sind sie immer verdächtig. Jeder fragt sogleich: Woher hat er es? Und womit hat er es verdient? Also, Sarah –?«
»Ich habe dir bereits erklärt: Es ist sauber, so sauber wie deine Seele.«
»Das besagt gar nichts.«
»Glaube ich. Doch beim Leben von David, es ist ehrlich verdient, es stammt aus keinem Raub. Und es wird diejenigen zum

Reden bringen, die etwas über das Schicksal unserer Leute wissen. Ein gutes Geldstück hat noch jeden Beamten zum Reden gebracht. – Du hast viele hungrige Mäuler zu stopfen, Schloime. Zwei Gulden sind für deine Mühe und dein Risiko.«

»Ist schon recht«, sagte die Frau des Wirtes und grapschte sich schnell zwei Einguldenstücke vom Tisch, damit diese nicht auch in die Taschen ihres Mannes verschwänden. »Das ist für meine hungrigen Mäuler. – Aber nun ins Bett! Es geht bereits auf Mitternacht zu!«

Die Wirtsfrau legte sich als erste, und um menschliche Verwicklungen von vornherein zu unterbinden, in die Mitte des Bettes. Auf der einen Seite stieg der Wirt ein und auf der andern kuschelte sich Sarah an ihren weichen, warmen Rükken.

In den Kissen des Wirtsehepaares wurde sie erstmals seit Tagen wieder richtig warm und schlief bis in den späten Morgen. Als sie erwachte, lag sie allein im Bett. Die Frau des Hauses hantierte bereits eifrig in der Küchenecke, und mehrere Kinder umstanden die Bettstelle. Seit geraumer Zeit schon hatten sie den fremden Schlafgast beobachtet und das trotz der Anstrengungen der letzten Tage noch immer hübsche Gesicht bestaunt. Jetzt wurden sie lebendig, kicherten und gackerten. Auf einen Wink der Frau brachte eines der Mädchen Sarah eine Tasse heiße Milch und ein Stück Brot.

Als die Kinder es gar zu arg trieben, scheuchte Jette sie hinaus. Dann wischte sie sich die Hände an der Schürze ab, schloß die Tür und setzte sich zu Sarah ans Bett.

»Wie hast du geschlafen?«

»Danke, gut. Und besten Dank auch für das Frühstück. Gott vergelts dir.«

»Schon gut. – Schloime ist bereits wegen deiner Angelegenheiten in der Stadt unterwegs. Er will sehen, wem er die Nachricht für deinen Mann zustecken kann. Er kennt einen Knecht des Stockmanns. Außerdem will er versuchen, für dich eine

andere Unterkunft zu finden. Das wird bestimmt große Mühe machen. Aber dort draußen in der windigen Hütte kannst du nicht länger bleiben. Dort holst du dir den Tod.«
Erst am späten Nachmittag kam der Wirt aus der Stadt zurück. Er brachte viele Neuigkeiten mit. Der Vorsteher der Judengemeinde wußte bereits von der Verhaftung der beiden Juden und hatte beim Kriminalgericht vorgesprochen und um Auskunft gebeten, wessen man sie beschuldige. Die Antwort war nicht günstig, der Verdacht, sie wären an dem Überfall auf die Aumühle beteiligt gewesen, hatte sich verdichtet, und darum waren mehrere Polizeispitzel ausgesandt worden, um die anderen Mitglieder der Gruppe aufzuspüren und ebenfalls gefangenzunehmen. »Du siehst, Sarah, in welch großer Gefahr du dich befindest. Wenn du hier in der Gegend bleibst, spüren sie dich auf, und wenn du dich in ein Mauseloch verkriechst.«
»Schon gut, Schloime. Aber das Wichtigste! Hast du jemand gefunden, der meinen Brief an David weitergeben wird?«
»Das habe ich. Du kannst beruhigt sein. David wird heute noch deinen Brief erhalten.«
»Ist das wahr?«
»Bei meiner Gesundheit.«

David hörte in seiner Käfigzelle ein merkwürdiges Geräusch, das aus einem kleinen Luftschacht an der Decke kam. Es klang wie kurzes, geflüstertes Rufen. Unmittelbar danach flatterte ein zusammengefaltetes Papier herunter. In großer Erregung öffnete es David. Ein Brief von Sarah.
Endlich eine Nachricht von ihr zu haben und zu wissen, daß sie in seiner Nähe war, stärkte seine Lebensgeister. Die Schmerzen ließen nach. Auch Stichler-Sally profitierte vom neuen Lebensmut seines Leidensgefährten. Er hörte für einige Stunden zu jammern auf. Dann begann er zwar von neuem, aber auf Dauer hatte es den Anschein, als jammere er jetzt nur noch aus Gewohnheit. Er hätte allen Grund gehabt, voller Hoffnung zu

sein, entgegen der Prognose des Chirurgus, konnte er die Finger schon wieder ein bißchen bewegen.
Eines Tages kam auf Bitten Davids sogar ein Arzt in das Stockhaus und entfernte den großen Verband um seinen Kopf. Von nun an bedeckte nur noch eine kleine Binde die Schnittwunde. Das verkürzte Ohr blieb frei. Das war für David eine große Erleichterung.
Kaum hatte sich das Befinden der beiden Gefangenen gebessert, hielt es der Kerkermeister für geraten, sie doch in Ketten zu schließen. Er hatte schon zuviel von dem außerordentlichen Geschick jüdischer Spitzbuben auszubrechen gehört, um mit David und Stichler-Sally leichtfertig umzugehen.

Endlich konnten auch der Müller, seine Frau und eine Magd zur Konfrontation mit den beiden Verdächtigen nach Fulda kommen. Der peinliche Richter hatte alles sorgfältig vorbereitet, damit die Gegenüberstellung im Sinne der Anklage ein Ergebnis bringe, die Sitzanordnung, die Reihenfolge, in der die Zeugen hereingeführt werden sollten, und die vorherige Instruktion der Müllersfamilie. Nur den beiden Häftlingen hatte der Richter nicht gesagt, was sie erwarte. Er wollte sie überrumpeln.
Voller Unruhe folgten David und Stichler-Sally dem Kerkermeister nach oben. Im Vernehmungsraum mußten sie sich nebeneinander an eine Wand stellen. Das Tageslicht fiel auf ihre Gesichter. Seit Wochen in das dunkle Verlies gesperrt, blinzelten sie in die schmerzende Helligkeit.
Der Schneider ahnte, daß es zu einer Gegenüberstellung kommen werde, und flüsterte David laut zu: »Paß gut auf, sie wollen uns hereinlegen.«
Der Richter brüllte ungehalten dazwischen: »Auseinander, ihr Lumpenkerle! Soll ich euch das Maul stopfen! Ihr habt kein Wort miteinander zu reden – oder ich lasse euch mit Ruten streichen!«

Der Fuldaer Kerkermeister, dem es oblag, die Prügelstrafe zu exekutieren, hatte dafür eine eigene Spezialität entwickelt, er benutzte keine Weidenruten, sondern einen gut daumendicken Rohrstock, den er vor der Prozedur einige Zeit ins Wasser legte, so daß bei jedem Schlag die Haut aufriß.

Nach der Zurechtweisung durch den Richter zog er David und Stichler-Sally mit seinem Rohrstock sofort tüchtig eins über und schob sie zwei Schritte weiter auseinander.

Dann gab der Richter ein Zeichen, und durch eine Tür an der Seite betrat der Müller den Raum.

»Du weißt, um was es geht, Müller«, sagte der Richter, »schau dir die Burschen genau an und erinnere dich. Du hast Zeit.«

Der Müller ging auf die beiden Juden zu und blieb in kurzem Abstand vor ihnen stehen. Lange starrte er ihnen in die Gesichter, erst dem einen, dann dem andern, rieb sich mit der Hand das Kinn und drehte sich schweigend zu dem Richter um.

»Was ist? Hast du einen erkannt?«

»Ich glaube ja, Euer Wohlgeboren. Aber die Binde –«

»Was ist damit?«

»Sie verdeckt einen Teil des Gesichts. Es ist schwer, jemanden mit einer Binde zu erkennen.«

Der Richter rief David zu: »Nimm die Binde herunter, Judd!«

Erschrocken antwortete er: »Um Himmels willen, Hoher Herr, die Wunde ist noch nicht zu. Ich kann nicht –«, und er griff sich schützend an den Verband.

»Herunter damit, hab ich gesagt!«

Der Kerkermeister, der die ganze Zeit hinter dem Richter gestanden hatte, ging auf David zu, schlug ihm die Hand aus dem Gesicht und riß, bevor er sich noch wehren konnte, die Binde ab.

Stichler-Sally stieß einen Schmerzensschrei aus, als habe man ihm und nicht dem Lehrer die Binde abgerissen, und schaute mit einem sorgenvollen Blick zu David hinüber. David war totenblaß geworden, blieb aber stumm, die Lippen fest zusammengepreßt. Die noch an einer Stelle offene Narbe zog sich wulstig vom Kinn bis zur Schläfe. Sie sah auf der weißen Haut wie ein dicker, blauroter Wurm aus. Das um ein gutes Drittel verkürzte Ohr war verheilt, obwohl es noch immer am meisten schmerzte.

Auf Geheiß des Richters drehte sich der Müller wieder zu dem mutmaßlichen Banditen um und starrte in das von Blut entleerte Gesicht. Zögernd sagte er: »Der kann es gewesen sein.«

»Was heißt: kann? Ist er's oder ist er's nicht?«

»Hm, es war sehr dunkel damals – einen Augenblick noch, Euer Wohlgeboren –« Wiederum rieb sich der Müller das Kinn. Er überlegte, es würde keinen Sinn haben, den Untersuchungsrichter zu verärgern, er wollte ja auch nur das Beste für sich und seine Familie, und die Schuldigen sollten eine gerechte Strafe erhalten. Wenn der Richter die beiden Juden verdächtigte, dann wird er wohl seine guten Gründe dafür haben, es ist ja die Aufgabe des Richters, Missetaten aufzuklären, dachte der Müller. Nun von seinen Skrupeln befreit, wandte er sich dem Richter zu: »Ja, nun glaub ich es zu wissen, er war es.«

»Na also. Das langt. Geh zur Seite!« Und dem Kerkermeister befahl er: »Hol die beiden Weibspersonen herein!«

Jetzt wurde der Schneider lebendig: »Einen Augenblick noch, Hoher Herr, bevor ihr die Frauen hereinholt. Erlaubt ihr, dem Müller noch einige Fragen zu stellen?«

Nach der höchstrichterlichen Vernehmungsordnung konnte das einem Angeschuldigten nicht versagt werden. Der Untersuchungsrichter mußte wohl oder übel zustimmen.

»Was hast du noch zu fragen? – Zum Teufel, dann frag!«

Der Alte straffte und räusperte sich und nahm beide Hände hoch, um seinen Worten mit den entsprechenden Gebärden Nachdruck zu verleihen.

»So viel ich weiß«, begann er, »schwärzen sich Räuber bei Überfällen nachts die Gesichter.«

»Das weiß ich auch«, antwortete der Müller.

»Sehr gut. Ich habe auch noch nie etwas anderes gehört. – Und es hat in der fraglichen Nacht geregnet?«

»Ja, das stimmt.«
»Dann schien auch nicht der Mond?«
»Nein.«
»Und als die Räuber die Tür eingerannt hatten, habt ihr die Lichter im Haus gelöscht. Ist das richtig?«
»So ist es.«
Die Stimme des Schneiders veränderte sich. Nun klang sie fast ironisch. »Und ihr wollt also, obwohl es pechfinstere Nacht war und zudem die Gesichter des Raubgesindels geschwärzt, euch ein Gesicht so genau gemerkt haben, daß ihr es heute sofort wiedererkannt habt?«
»Warum nicht? Ich stand ganz nahe bei dem Burschen, als er auf mich einschlug.«
»Im Dunkeln?«
»Ja, aber so dunkel war es nicht. Zwei Räuber trugen Pechfackeln. Da konnte man schon etwas sehen.«
»Mit Ruß geschwärzte Gesichter auch?«
»Ja, auch solche.«
»Das glaube, wer will. Glaubt ihr das auch, Hoher Herr? Kennt ihr vielleicht noch einen Menschen, der solche Augen hat, Augen wie ein Nachtvogel?«
Der Richter schrie: »Wer erlaubt es dir, Judd, in einem solchen Ton mit mir zu reden?«
»Verzeiht, Hoher Herr, ich wollte doch nur –«
»Schluß jetzt! Die beiden Weibspersonen sollen hereinkommen!«
Unsicher um sich schauend, betraten die Frauen den Raum. Die eine in mittleren Jahren, untersetzt, die andere noch sehr jung, kaum zwanzig, sie überragte die Müllersfrau um einen guten Kopf.
»Ihr seid also die Müllerin – und ihr die Jungfer Annmarie?«
Beide Frauen nickten.
»Und ihr wißt, weshalb ich euch habe kommen lassen. Betrachtet euch die beiden Gefangenen genau und sagt, ob ihr einen von ihnen wiedererkennt.«

Beide, Bäuerin und Magd, bauten sich vor David und Stichler-Sally auf und schauten sie lange an. Dann blickte die Magd auf die Frau und die Frau auf den Müller, der an der Seite stand. Er nickte ihnen zu, als wolle er sagen: Nur Mut, ihr werdet sie schon wiedererkennen.

Doch die Frauen waren ratlos. Sie erkannten wirklich keinen von beiden als einen der Räuber wieder, aber sie hätten niemals etwas zu sagen gewagt, was nicht im Sinne des Müllers gewesen wäre. Wie also sich verhalten? Sie glotzten zu den Delinquenten hinüber, dann die Wände entlang zur Decke hoch, vielleicht in der Hoffnung, ihnen komme von oben Hilfe. Doch nichts kam, keine Stimme, kein Zeichen.

Der Vernehmungsbeamte sah die große Verlegenheit der Frauen und wollte ihnen helfen, ihre Sprachlosigkeit zu überwinden. Auf David deutend, sagte er: »Laßt euch durch die Narbe nicht irre machen. Die hatte der Einbrecher – der mutmaßliche Einbrecher damals noch nicht.«

Noch immer schwiegen die Frauen. Sie brauchten also noch eine weitere Entscheidungshilfe.

»Der Müller hat nicht so lange gebraucht, um einen wiederzuerkennen.«

Die Müllerin stieß mit dem Finger auf den Lehrer: »Der da?«

Der Richter nickte mit einem leichten Lächeln.

»Ja, jetzt erkenne ich ihn auch wieder«, sagte die Müllerin erleichtert. »Der wars. Der muß es gewesen sein.«

»Und ihr, Jungfer Annmarie, habt ihr ihn auch erkannt?«

Unsicher und verlegen gab sie zur Antwort: »Ich weiß nicht. – Oder doch – der mit der Narbe.« Man sah es ihr an, daß es ihr bei dieser Aussage nicht wohl war. Aber ihren Brotgebern zu widersprechen, das wagte sie auch nicht. Und sie wiederholte leise: »Der kann dabeigewesen sein.«

»Das genügt. Geht zur Seite!« Und zu den beiden Konfrontierten gewandt: »Ihr seht, wie schwer euch alle drei Zeugen belasten. Wollt ihr nicht endlich doch gestehen und euer Gewissen erleichtern?«

»Wir haben nichts zu gestehen«, antwortete der Schneider, »er nicht und ich nicht. Wir sind unschuldig.«
»Du hast nur für dich zu antworten!« unterbrach ihn der Richter.
»Er kann doch so schlecht reden, Hoher Herr.«
»Maul halten, Judd!« Der Richter zwirbelte seinen Schnurrbart. »Nun liegt es an euch, wie es weitergeht. Doch wißt: Ihr könnt leugnen so viel ihr wollt, das rettet euch nicht vor der gerechten Strafe. Wie gesagt: Es liegt an euch. Kommen wir endlich zum Schluß. Gibt es noch irgendwelche Einwände zu den Zeugenaussagen?«
»Ja, die gibt es«, entgegnete schnell Stichler-Sally.
»Ich frage auch den andern.«
Doch die Farce dieser Gegenüberstellung hatte David die Sprache verschlagen. Er hatte so etwas noch nie erlebt. Er war fassungslos und außerstande, Einspruch zu erheben. Er biß die Zähne aufeinander, und die blaurote Narbe auf seiner Backe wurde noch wulstiger. Er schüttelte den Kopf und schwieg. Etwas bäumte sich in ihm auf gegen die Ungerechtigkeit und die entwürdigende Behandlung durch den Untersuchungsrichter und den Kerkermeister. Er mußte seine ganze Kraft zusammennehmen, um sich nicht auf den Richter zu stürzen und ihm beide Fäuste ins Gesicht zu schlagen. Mit einer wegwerfenden Handbewegung deutete er an, daß er nichts mehr fragen wolle. Der Schneider aber wußte, es ging um Kopf und Kragen, und wenn sie jetzt beide schwiegen, war das der erste und entscheidende Schritt zum endgültigen Schweigen. Zudem hatte er sehr wohl bemerkt, in welch großer Verlegenheit die junge Magd geantwortet hatte. Darin lag eine Chance.
»Ich hätte noch eine Frage an die Jungfer.«
»Dann los.«
»Du hast sehr lange gezögert, Jungfer, bis du meinen Freund als einen der Übeltäter bezeichnet hast. Du weißt also offenbar nicht genau, ob er es wirklich war. Ich versichere dir, er hat nichts mit dem Überfall auf die Aumühle zu tun. So wenig wie

ich. Bleibst du bei deiner Aussage, stürzt du einen Unschuldigen in großes Unglück, du bringst ihn an den Galgen. Darum frage ich dich: Kannst du deine Aussage vor deinem Gott verantworten und seinen Tod auf dein Gewissen nehmen?«

»Bei allen Heiligen, das will ich nicht.« Entsetzt schlug die Magd die Hände vor das Gesicht und wiederholte: »Nein, das will ich nicht.«

Dann verließ sie schnell den Raum. Müller und Müllerin folgten ihr.

Der Richter sprang wütend auf. »Niemand hat dir erlaubt, in einem solchen Ton mit der Zeugin zu reden. Nicht sie ist angeschuldigt, ihr seid es.«

»Es geht um meinen Kopf, Hoher Herr – und um seinen!« stieß der Schneider erregt hervor.

»Darum hast du noch längst nicht freie Hand für jede Ungehörigkeit vor Gericht. – Stockmann! Der Inkulpat bekommt für zweimaliges ungebührliches Benehmen vor dem Untersuchungsrichter zwanzig Schläge ad Posteriora!«

Der Schneider zuckte zusammen. Zwanzig Schläge auf das bloße Gesäß! Er wußte ja, daß der Stockmann unverschämt hart zuschlug und wenn er in Laune war, von sich aus noch zwei oder drei Schläge zulegte. Und aller Mut, den Stichler-Sally in den letzten Minuten aufgebracht hatte, um seine und seines Freundes Haut zu retten, endete in einem ängstlichen Zittern.

Nach der Verurteilung seines Kumpans zu zwanzig Stockschlägen, erwachte auch David aus seiner Reglosigkeit. Seinetwegen hatte sich der Schneider mit dem peinlichen Richter angelegt und seinetwegen die Prügelstrafe zudiktiert bekommen. Er, der Alte, hatte sich bemüht, ihn, den Jungen, vor der Schlinge zu bewahren, weil er selbst nichts tat. Trotz der Schmerzen im Gesicht rief er dem Richter zu: »Das könnt ihr nicht tun, Hoher Herr! Was hat mein Freund denn Schlechtes getan? Er hat sich verteidigt, nicht mehr. Und dafür bestraft ihr ihn! Das ist nicht recht, Hoher Herr!«

Dieser Ausbruch kam für den Richter völlig unerwartet. So viel

Despektierlichkeit von einem Juden war ihm noch nicht begegnet. »Schau an, jetzt kannst du reden. Auf einmal. Hast die ganze Zeit nur so getan, als ob du nicht könntest.« Er krallte sich in die Seitenkanten des Tisches und beugte sich so weit es ging nach vorne. Seine Stimme wurde noch um einen Grad schärfer. »Ein Judenlümmel will mich belehren!«
»Nein, nein, es geht nur um die Strafe für meinen Freund.«
»Maul halten, Judd!« schrie der Richter, seine Stimme überschlug sich. Und er gab dem Kerkermeister den Befehl:
»Zwanzig Schläge ad Posteriora auch für den andern!«
In den Augen des Untersuchungsrichters sollte diese Gegenüberstellung die Beweiskette schließen, und er fertigte ein Abschlußprotokoll für das fürstäbtliche Kriminalgericht an, damit der Prozeß gegen David und Stichler-Sally eröffnet und ein Urteilsspruch gefällt werden konnte. Doch das Hohe Gericht wollte sich nicht mit der Aburteilung von nur zwei Juden zufrieden geben. Nach den Aussagen des Müllers und seiner Frau waren gut und gern ein Dutzend Banditen an dem Überfall beteiligt gewesen. Mit den beiden verhafteten und schon fast überführten Juden war es, auch ohne deren Geständnis, durchaus möglich, die andern Übeltäter ebenfalls zur Strecke zu bringen. Man mußte nur ihrer Weiber habhaft werden. Der Rest war ein Kinderspiel.
Aus diesem Grund erhielt der Fuldaer Polizeikommissär die Order, Polizeispitzel in alle ihm bekannten Judenherbergen zu schicken, um deren Versteck ausfindig zu machen.

Die Zusicherung des Herbergswirts, Sarahs Brief habe David bestimmt erreicht, erleichterte sie sehr. Nun war sie auch bereit, einem Vorschlag Schloimes zu folgen.
»Ich habe in der Stadt einen alten Bekannten getroffen«, sagte er, »einen Stradegänger, der wegen eines Marktdiebstahls längere Zeit im Gefängnis war und gerade entlassen worden ist. Er sucht seine Freunde von der Straße und macht sich schon

morgen auf den Weg nach Herbstein im Vogelsberg. Dort will er herausfinden, wo sie sich aufhalten. Er hat mir versichert, in dem Dorf auch ein todsicheres Versteck zu kennen, wo du einige Zeit bleiben kannst. Ich rate dir, gehe mit ihm, dem Stradegänger kannst du vertrauen und hier kannst du nicht länger bleiben.«

»Wie weit ist es bis nach Herbstein?«

»So zehn bis zwölf Wegstunden. Aber ihr werdet schon zwei Tage brauchen. Die Strecke ist sehr gebirgig.« Schloime machte eine Pause. Dann faßte er Sarah an der Schulter und fuhr fort: »Glaube mir, Sarah, ich will dich nicht davonjagen. Ich will dir nur helfen. Meinst du, du schaffst den Weg dorthin in deinem Zustand?«

»Warum nicht? Andere Frauen marschieren doch auch so lange, bis die Wehen sie packen.«

Der Wirt kratzte sich am Kopf. »Ja, andere Frauen. Ich weiß nicht, wo du herkommst und wie du auf die Straße gelangt bist, aber mit den anderen Frauen kannst du dich nicht vergleichen. Das sind viel härtere Frauen. Ich will dir nicht wehtun, aber du gehörst nicht zu ihnen, oder noch nicht. Wer auf der Straße lebt, muß hart und rücksichtslos sein. Die Menschen dort sind keine Lämmer, das sind Wölfe, und nur wer wölfisch ist, überlebt.«

Nach diesen gewichtigen Worten nahm der Wirt einen kräftigen Schluck aus der Kanne, wischte sich mit dem Handrücken über Mund und Schnauzbart und, weil ihm der Satz gefiel, wiederholte er: »Nur wer wölfisch ist, überlebt.«

Sarah stand auf. »Dann werde ich morgen mit dem Burschen losziehen. Wie heißt er?«

»Das mußt du ihn selbst fragen.«

Zwar war Sarah über diese Antwort irritiert, doch eines hatte sie bereits unterwegs gelernt, einem Herbergswirt durfte man vertrauen. Wenn Schloime ihr den Stradegänger als Weggenossen empfahl, dann konnte sie sich ihm anschließen. Sie würde den Fremden halt selbst nach seinem Namen fragen.

»Wo werde ich ihn treffen?«
»Er wird morgen früh bei Sonnenaufgang hier in der Herberge erscheinen. Dann mußt du marschbereit sein.«
»Das werde ich«, sagte Sarah, nahm ihren Packen auf die Schultern und schickte sich an zu gehen.
»Mach mal langsam«, sagte die Frau des Herbergswirts. »Wo willst du hin?«
»Mich irgendwo schlafen legen.«
»Die eine Nacht kannst du noch in unserem Bett schlafen. Ist es recht so, Schloime?«
»Meinetwegen«, brummte er.

Mit Wohlbehagen tauchte Sarah ein zweites Mal in den feuchtwarmen Dunst des Ehebetts. Bevor sie einschlief, gab ihr der Herbergswirt noch einen Rat mit auf den Weg. »Wenn du noch mehr Silbermünzen in deinem Rock versteckt haben solltest, lasse es niemand wissen. Niemand! Und wenn du ihm noch so sehr vertraust. Du hast gesagt, Geld schließt die Hölle auf. Stimmt. Aber nicht nur das. Geld macht auch aus Engeln Teufel. Und laß es dir zur goldenen Regel werden: Zahle nie mit großer Münze, wenn gierige Augen in der Nähe sind. Das weckt Mißtrauen und Neid und bringt dir Verderben.«

Die Fahndung nach den andern Bandenmitgliedern und deren Frauen, die das fuldisch-fürstliche Kriminalgericht angeordnet hatte, verzögerte den Beginn der öffentlichen Hauptverhandlung. Das hatte für David und Stichler-Sally einen großen Vorteil, sie wurden aus ihrer winzigen Zelle in ein großes Kellerverlies, einem niedrigen Raum mit kleinen Nischen und einigen schmalen, stark vergitterten Lichtöffnungen, umquartiert. Große Schlösser und schwere Riegel sicherten den einzigen Zugang ab, eine schmale Eisentür. Der Raum war genau so düster, feucht und kalt wie die winzigen Einzelzellen, aber die

Häftlinge konnten sich trotz der Ketten, die sie allesamt trugen und die die Hand- und Fußgelenke wundscheuerten, wenigstens einige Schritte hin und her bewegen, und was noch wichtiger war, sie konnten miteinander sprechen. Zwölf bereits abgeurteilte Gefangene in jedem Alter waren in dem Kellerloch untergebracht.

Doch bevor David und Stichler-Sally dieser Vorzüge des neuen Quartiers teilhaftig werden konnten, mußten sie etliche Tage auf dem Bauch liegen und die scheußlichen Wunden an ihren Gesäßen ausheilen lassen. Sie rührten von den Schlägen her, die sie sich bei der Gegenüberstellung mit der Müllersfamilie eingehandelt hatten und die ihnen der Kerkermeister mit seinem präparierten Rohrstock verabreicht hatte. Mit den Gesichtern nach unten lagen sie auf stinkenden Lumpenbündeln, Hinterlassenschaften von anderen Gefangenen, denen die Lust am Weiterleben vergangen war. Stichler-Sally jammerte, David fluchte und dachte über seine Lage nach. Seit er Sarah geheiratet hatte, reihten sich die Ereignisse zu einer ununterbrochenen Kette von Schicksalsschlägen. Stark, um Berge versetzen zu können, war sein Wille gewesen, sich und ihr in kurzer Zeit ein neues Zuhause zu schaffen. Vom Morgen bis in die Nacht hinein hatte er schuften wollen, um sie glücklich zu machen. In Tagträumen sah er ein eigenes kleines Haus mit vier oder fünf Kindern, die um Sarah herumsprangen, oder alle zusammen am Schabbattisch sitzen und beten und Schabbatlieder singen. Doch stattdessen war er mit jedem Schritt auf der Landstraße tiefer in den Bodensatz der menschlichen Gesellschaft und in die Hoffnungslosigkeit gesunken, und seine Tagträume waren blasser und blasser geworden.

Er überlegte, ob ihn wohl der Fluch des Mordechai Pelzkappe verfolge, dem er die Tochter weggenommen hatte. O ja, ein Fluch konnte einem Menschen zum Verhängnis werden. Und hatte Mordechai nicht allen Grund, ihn zu verfluchen? Was mußte in ihm vorgegangen sein, als er sah, daß er keine Macht mehr über Sarah hatte, und nicht, wie es jüdische Tradition

will, den Bräutigam für die Tochter auswählen konnte? Aber das war nicht alles. Durch diese Heirat hatte der Spitzenhändler erheblich an Ansehen verloren. Die geschäftliche Verbindung mit dem Gelnhäuser Bijouteriehändler Isaak Meyer war zerbrochen, aus der langjährigen Freundschaft zweier Kaufleute war bittere Feindschaft entstanden, und er, David, hatte die Folgen am eigenen Leib zu spüren bekommen, als er sich um die Lehrerstelle in Gelnhausen bewarb.
Das alles, schlußfolgerte David, mußte Grund genug sein, ihn bis in alle Ewigkeit zu verfluchen.

5. Kapitel

Der Stradegänger, der in aller Herrgottsfrühe an die Tür der Fuldaer Judenherberge klopfte, war ein hagerer, pockennarbiger Kerl zwischen dreißig und vierzig Jahren und von kleinem Wuchs. Die leicht zusammengekniffenen Augen wanderten mißtrauisch hin und her, zwischen den beiden oberen Schneidezähnen hatte er eine breite Lücke, die er als Zielvorrichtung beim Spucken benutzte, wobei er jedesmal die Oberlippe bis zur Nase hochzog. Über die Ohren hatte er sich eine schwarze Zipfelmütze gezogen, und auf dem Rücken trug er einen kleinen Sack mit seiner Habe.

Er schien es eilig zu haben, denn er blieb vor der Tür stehen und nahm das Angebot des Herbergswirts nicht an, sich einen Augenblick in der Schankstube zu verschnaufen.

»Laß mal«, sagte er, »die Tage sind kurz, und wir haben einen weiten Weg vor uns und keine Zeit zu verlieren.«

Schloime nahm ihn auf die Seite und flüsterte ihm etwas zu, was Sarah nicht verstand. Sie hörte nur, wie der Fremde zur Antwort gab: »Das hat mir noch gefehlt.« Dann wandte er sich an Sarah und fragte: »Bist du so weit?«

Sie nickte nur, verstaute noch einen Kanten Brot und ein Stück Kartoffelwurst, die ihr die Wirtsfrau als Wegzehrung zugesteckt hatte, in ihrem Beutel und folgte dem Unbekannten. Er war bereits einige Schritte vorausgegangen.

Wortlos marschierten sie auf der Landstraße nach Westen. Der Kleine machte mit seinen kurzen Beinen lange Schritte, was sehr komisch aussah. Er nahm keine Rücksicht auf seine Begleiterin. Sarah lief tapfer mit.

Ihr Weggenosse fixierte sie immer wieder, sog dann hörbar Luft ein und spuckte in weitem Bogen durch die Zahnlücke. Diese Verrichtung erzeugte ein flaues Gefühl in ihrer Magengrube.

Nach einer guten Stunde kamen sie in ein dichtes Waldgebiet. An einem umgestürzten Baum machte der Fremde halt, nahm mit Schwung seinen Sack von den Schultern, setzte sich und sagte: »Jetzt können wir uns ein wenig ausruhen.«

Sarah nahm ebenfalls ihren Packen herunter und setzte sich neben ihn. Sie holte das Brot und die Wurst heraus, brach beides und reichte ihm auch einen Teil.

Nachdem sie gegessen und der Pockennarbige mit einem Feuerstein und einem Stück Zunder eine Tabakspfeife in Brand gesetzt hatte, richtete er abermals das Wort an sie: »Stimmt es, was Schloime mir gesagt hat, du gehörst zu einer Judenbande?«

»Bande? Wenn du uns so nennen willst, meinetwegen. Ja, das stimmt.«

»Und wie heißt du?«

»Sarah.«

»Sarah, wie des krummen Jonas Meyer Frau. Die heißt auch Sarah. Mit einer Judenschickse bin ich noch nie herumgezogen.« Er verzog sein Gesicht zu einem Grinsen.

Ohne auf die Anzüglichkeit einzugehen, fragte Sarah: »Wer ist der krumme Jonas Meyer?«

»Wer war das, mußt du richtig sagen. Denn den gibt's nicht mehr. Die Raben haben ihn gefressen.«

»Ist er tot?«

»Mausetot. Sie haben ihn aufgehängt. Im vergangenen Winter. In Würzburg. Ich war dabei. Der Kerl hat mir imponiert. Noch unterm Galgen wollte ihn ein Kapuzinerpater zum christlichen Glauben bekehren. Aber der krumme Jonas Meyer hat gesagt, er wolle im Glauben seiner Väter sterben, und hat sich nicht die Beichte abnehmen lassen. Er hat dauernd gesungen, lauter fromme Lieder, so lange, bis ihn der Henker von der Leiter stieß.« Der Weggefährte Sarahs machte eine Pause. »Würzburg ist kein gutes Pflaster für euch. Dort haben sie schon vielen den Strick um den Hals gelegt.«

»Von uns? Du meinst uns Juden?«

»Wen sonst. Dort hängt einer schnell am Galgen, das heißt, wenn er sich erwischen läßt.« Der Mann klopfte seinen Pfeifenkloben am Stiefel aus und bemerkte ganz beiläufig: »Könnt ja sein, du willst meinen Namen wissen. Man ruft mich Schodenheinrich.«

»Und wie ist dein richtiger Name?«

»Das braucht dich nicht zu interessieren. Für dich bin ich Schodenheinrich.«

Während sich beide zum Weitermarschieren rüsteten, bemerkte er: »Du bist ein hübsches Lärvchen, Sarah –«

»Hör auf!« unterbrach sie ihn.

»Laß mich ausreden. Ich komme dir schon nicht zu nahe. Ich sage das nur, um keinen Ärger zu bekommen, wenn uns Bauernburschen begegnen sollten. Es wäre gut, du machtest dir das Gesicht etwas schmutzig und zögst das Kopftuch tiefer herunter. Das wäre für uns beide besser.«

Bei Einbruch der Dunkelheit krochen sie in einer Feldscheune unter. Ihr war nicht wohl dabei, und sie legte sich in eine andere Ecke als Schodenheinrich. Der Bandit schlief jedoch ruhig und friedlich. Entweder wußte er von ihrer Schwangerschaft, Schloime konnte es ihm gesagt haben, als sie vor dem Losmarschieren miteinander flüsterten, oder aber ein Spitzbub machte sich an die Frau eines anderen nicht heran, überlegte Sarah.

Am nächsten Morgen marschierten sie ebenfalls sehr früh weiter. Genau wie am Vortag umgingen sie die Dörfer, die auf ihrer Wegstrecke lagen. Außer ein paar Hirtenjungen und Bauern, die bei der Feldarbeit waren, begegneten sie niemandem. Am späten Nachmittag näherten sie sich Herbstein. Sarahs Weggefährte schien sich hier auszukennen. Er steuerte ein bestimmtes Waldstück an und dort eine vom Dickicht umgebene winzige Lichtung. Hier rasteten sie.

»Wir können vor Einbruch der Dunkelheit nicht weiter«, erklärte Schodenheinrich, »das Haus, in dem du unterkommen kannst, und wo ich auch meine Leute treffe, liegt zu nahe am Dorfrand. Wir könnten gesehen werden.«
Seit sie zusammen unterwegs waren, wurde Sarah den Verdacht nicht los, mit ihrem Begleiter stimme etwas nicht. Warum hatte er Angst, Menschen zu begegnen? Wenn er, wie Schloime es ihr geschildert hatte, eine Strafe verbüßt hatte und in die Freiheit entlassen worden war, brauchte er sich vor niemand zu verstecken, niemandem auszuweichen. Und warum jetzt auch noch warten, bis es dunkel war? Diese Ungewißheit machte ihr zu schaffen, und sie fragte ihn: »Warum können wir nicht sofort nach Herbstein gehen?«
Schodenheinrich räusperte sich und sagte: »Was mit dir ist, das weiß ich nicht, ob man dich sucht oder nicht, warum du dich verstecken mußt. Aber jetzt will ich dir über mich reinen Wein einschenken. Es wird Zeit. Schloime hat dir nicht alles über mich erzählt.«
»Er sagte, du seist im Gefängnis gewesen.«
»Das stimmt.«
»Und seist entlassen worden.«
»Eben das stimmt nicht. Man hat mich nicht entlassen. Wir sind ausgebrochen, zu dritt.«
»Dann hat dich Schloime auch nicht in einer Herberge getroffen?«
»Wo denkst du hin! Er traf mich in einem Haus in Fulda, wo so leicht kein Schnüffler hinkommt und auch keine Polizei.«
Diese Eröffnung überraschte Sarah nicht. Sie fragte: »Wenn du auf der Flucht bist, warum hast du mich dann mitgenommen?«
»Aus Vorsicht, meine Liebe. Ein Paar fällt unterwegs nicht so schnell auf wie ein Einzelgänger.«
»Und warum sind wir ausgerechnet nach Herbstein marschiert?«
»Weil meine Frau hier wohnt, und ich meine Leute hier treffe, und weil hier in Herbstein das Haus ist, wo du unterkommen

kannst und keine Angst zu haben brauchst, entdeckt zu werden.« Schodenheinrich spuckte einen großen Bogen und fuhr fort: »Von dir weiß ich bis jetzt so gut wie gar nichts. Wer bist du, und was hat dein Mann auf dem Kerbholz?«
Es würde richtig sein, überlegte Sarah blitzschnell, den Mann im Glauben zu lassen, David habe tatsächlich etwas verbrochen und liege wegen des Einbruchs in der Aumühle im Kerker. Nur dann konnte sie seiner Hilfe sicher sein – und auch seiner Zurückhaltung. Sie sagte, was nicht gelogen war, aber auch nicht stimmte: »Mich suchen sie auch wegen des Einbruchs in der Aumühle. Das hat dir Schloime bestimmt schon gesagt.«
»Hat er. Und weiter.«
»Ich bin noch nicht lange unterwegs, ich komme aus der Gegend von Salmünster, bin von zu Hause weggelaufen. Das war vor vier Monaten. Die ganze Zeit war ich mit David zusammen. Bis dann die Geschichte mit seiner Verhaftung kam. David und noch ein weiterer Mann sind der Polizei in die Hände gefallen. Die andern sind über die Grenze ins Thüringische. Nur ich bin hiergeblieben. Wegen meines Manns!«
»Das war verdammt leichtsinnig von dir.«
»Ich muß wissen, was mit ihm geschehen wird. Vielleicht kann ich ihm auch helfen.«
»Weiß er, daß du mit mir nach Herbstein bist?«
»Schloime wird es ihm zukommen lassen. Ich habe es so mit ihm ausgemacht.«
»Ich versteh Schloime nicht. Wenn sie dich schnappen, ist auch er dran.«
»Bisher ist alles gutgegangen. Andere haben mir geholfen, und du hilfst mir ja auch.«

Als es dunkel geworden war, sagte der Stradegänger zu Sarah: »Ich habs mir überlegt. Ich gehe erst einmal allein ins Dorf. Ich muß herauskriegen, ob das Haus, das wir aufsuchen wollen, noch immer sauber ist. Du brauchst keine Angst zu haben, ich komme bald wieder. Meinen Sack lasse ich bei dir.« Und er verschwand in der Dunkelheit.

Es war kalt. Sarah fror. Die Feuchtigkeit des Waldbodens kroch durch die Kleider und machte das Warten zur Qual. Die Minuten verrannen. Längst hätte er zurück sein müssen. Sie wurde unruhig. Mit der Kälte und mit der Sorge um den Weggefährten stellten sich auch wieder die ziehenden Schmerzen im Unterleib ein.

Endlich knackte es im Unterholz, und der Mann stand vor ihr. Er war außer Atem.

»Alles ist schiefgegangen«, keuchte er, »meine Leute sind von Dorfbewohnern verraten worden.«

»Was bedeutet das für uns?« fragte Sarah.

»Wir müssen weiter, noch heute nacht. Ich weiß, wo sich die Frauen meiner Kameraden aufhalten. Dort gehen wir hin. Dort kannst du auch bestimmt unterkommen. Vertrau mir und komm mit.«

»Ich muß schon.«

»Dann los!«

Sie marschierten die ganze Nacht hindurch und machten nur kurze Ruhepausen. Trotz der andauernden Schmerzen hielt Sarah durch. In der Morgendämmerung näherten sie sich einem langgestreckten Bau, der abseits des Weges lag.

Als es heller wurde, schaute sich Sarah um. Die Gegend kam ihr bekannt vor. Und dann erkannte sie Einzelheiten. Sie hatten sich in der Nacht Eckardroth genähert. Der Bau, den sie ansteuerten, war die berüchtigte Ziegelhütte zwischen Kerbersdorf und ihrem Heimatort, stellte sie überrascht und erschrokken fest.

Bereits vor Jahrzehnten hatten die Ziegelbrenner das Haus verlassen. Seitdem rankten sich viele Geschichten um den Bau und seine ständig wechselnden Bewohner. Die meisten Bauern machten einen großen Bogen um ihn, und sie verboten ihren Kindern, in seiner Nähe zu spielen. Auch Sarah wußte nichts Genaues über die Leute, die dort ein und aus gingen. Sie konnte sich auch keinen Vers darauf machen, was an den Gruselgeschichten, die sich die Dorfkinder über die Ziegelhütte erzählten, Wahrheit und was Phantasie war. Vater und Mutter Pelzkappe, die das Geheimnis der Ziegelhütte bestimmt kannten, hüteten sich, es ihren Kindern mitzuteilen. So machten es alle im Dorf, Juden wie Christen.

»Du willst mit mir in die Ziegelhütte?« fragte Sarah.

Erstaunt gab er zurück: »Du kennst dieses Versteck?«

»Ich bin in Eckardroth geboren.«

»Dann weißt du auch, wie sicher du dort untergebracht bist. Es gibt weit und breit keinen besseren Ort zum Verstecken. Aber warum willst du nicht einfach nach Hause gehen? Das wäre doch das beste für dich. Wo bist du sicherer als im Huttischen Grund und beim Amtmann Kees?«

»Das geht nicht, ich bin von zu Hause fortgelaufen und kann nicht mehr zurück.«

»Dann komm mit in die Ziegelhütte.«

Der Schock des Vorabends steckte ihm offenbar noch in den Knochen. Obwohl er Sarah die Ziegelhütte als den sichersten Ort im ganzen Land gepriesen hatte, hielt er es für angebracht, die Lage sorgfältig zu sondieren. Er wies sie an zurückzubleiben. Hinter einem Baum stehend, konnte sie beobachten, wie er mit aller Vorsicht die Umgebung und das Gebäude selbst, das in einer lichten Waldecke nur wenige Schritte von einem Berghang lag, in Augenschein nahm. Erst nachdem er zweimal das Haus umrundet, jeden Baum und jeden Strauch inspiziert und nirgendwo etwas Verdächtiges entdeckt hatte, winkte er seine Begleiterin herbei. Zusammen gingen sie auf das Haus zu.

Bevor er noch jemanden heraustrommeln konnte, bat ihn Sarah: »Behalte es für dich, was ich dir gesagt habe. Ich glaube, es ist besser so.«

Schodenheinrich verstand zwar nicht, warum sie ein Geheimnis aus ihrer Herkunft machte, aber wenn sie es so wollte. »In Gottes Namen«, sagte er.

Noch einmal spuckte er durch die Zahnlücke, und dann ging er entschlossen auf die Haustür zu. Er schlug mit der Faust ein paar Mal dagegen, dann mußten sie lange warten, bis endlich die Tür geöffnet wurde. Ein älterer, dicker und glatzköpfiger Mann trat auf die Schwelle. Fettpolster und Mißtrauen machten seine Augen zu schmalen Schlitzen. Als er jedoch den Ankömmling erkannte, verzogen sich seine Lippen zu einem breiten Grinsen. Er ging ein paar Schritte auf den Kleinen mit der schwarzen Zipfelmütze zu und drückte ihn mit seinen kurzen Armen an sich. »Schodenheinrich! Wie kommst du in den Bergwinkel?«

»Ich bin dem Teufel entwischt, Dicke Mathies, oder auch dem Büttel, das ist dasselbe.«

»Hast Schwein gehabt. Deine Bande haben sie gefangen. Nur die Weiber haben sie laufen lassen. Sie sind mit den Kindern hier.« Dicke Mathies deutete hinter sich auf das Haus.

»Ich weiß Bescheid, ich komme geradewegs aus Herbstein.«

»Komm herein und ruh dich aus. Was für ein Weibsbild hast du bei dir? Genügt dir deine Alte nicht mehr?«

»Irrtum, Dicke Mathies. Das ist Sarah. Ihren Mann haben sie in Fulda in Eisen gelegt. Er war bei dem Einbruch auf die Aumühle dabei.« Schodenheinrich hielt sein Wort und verschwieg, daß Sarah aus Eckardroth kam. »Die Polizei ist auch hinter ihr her. Wegen der gleichen Geschichte. Darum muß sie eine Zeitlang bei dir bleiben.«

»So lange sie will, wenn sie zahlen kann.«

»Kann sie sicher, mußt sie fragen.«

»Und ist sie sonst in Ordnung?«

»Glaub schon. Sie gehört zu einer Judenbande.«

»Moment mal, Schodenheinrich. Da stimmt doch etwas nicht.« Der Dicke wischte sich mit der flachen Hand über den Kugelkopf. »Eine Judenbande in der Aumühle? Ich habe da eine andere Geschichte gehört. Den Einbruch sollen Männer von der Rhönbande gemacht haben. Bei denen gibt es keine Beschnittenen.«

»Vielleicht doch. Jedenfalls scheint die Schickse in Ordnung zu sein.«
Sarah hatte nicht hören können, was die beiden über sie sprachen. Sie ging auf den Dicken zu und begrüßte ihn. Beim Näherkommen erinnerte sie sich an ihn, sie hatte ihn schon im Dorf gesehen. Er aber schien sie zum Glück nicht zu kennen, reichte ihr die Hand und sagte: »Du bist mir willkommen, Schodenheinrich ist dein Fürsprecher.«

David und Stichler-Sally hatten sich in einer Mauernische im Keller des Fuldaer Stockhauses etwas Stroh zusammengescharrt, das der Knecht des Stockmanns am Heiligen Abend ins Verlies geschafft hatte. So mußten sie nicht mehr auf faulenden, stinkenden Lumpen oder dem blanken Boden schlafen. Ihre Wunden waren geheilt. Auch die Striemen an ihren Hintern begannen zu vergrinden. Stichler-Sally trug noch einen Verband um seine lädierte Hand, aber mehr aus Angst als aus Not.
Eine Vierergruppe von Gefangenen hatte sich von den andern abgesondert, sie schliefen auch dicht aneinandergedrängt in einer etwas verwinkelten Ecke des Raums, nicht weit von der Mauernische entfernt, in der David und Stichler-Sally lagen.
Kaum zwei Tage waren vergangen, da kam einer der Gauner aus der Vierergruppe zu David und Stichler-Sally hinübergeschlurft. Die Kette an seinem Bein hinderte ihn daran, ganz bis zu ihnen zu gehen. Er winkte sie heran. Zu ihrer großen Überraschung redete er sie in reinem Jiddisch an.
»Ich bin Schmuel«, sagte er, »doch nur für euch. Für die Männer drüben bin ich der Mersener, weil ich einmal zur Mersener Bande gehört habe.«
»Ich heiße David.«
»Und ich Sally.«
»Ich konnte euch miteinander reden hören«, sagte Schmuel.

Wie es unter Juden Brauch ist, sagte David: »Scholem alejchem, Friede mit dir, Schmuel, und Gott beschütze dich!«
»Ihn laß aus dem Spiel«, antwortete Schmuel, »er hat es schwer, den Weg in dieses modrige Loch hier unten zu finden. Was habt ihr ausgefressen?«
»Nichts«, sagte David.
»Das ist immer gut. Aber ich bin kein Vernehmungsrichter. Also, was war? Was hat euch hierher gebracht?«
»Ich sagte dir, nichts.«
Verständnislos schüttelte Schmuel den Kopf. »Nun gut«, sagte er, »wenn du nicht willst, dann ist das so in Ordnung.«
David verdroß es, daß der andere ihm nicht glauben wollte.
»Ich habe dir die Wahrheit gesagt. Und du, warum bist du in Ketten hier unten?«
»Das kann ich dir sagen. Weil ich nicht schnell genug gelaufen bin, als wir dem Schultheiß von Liederbach den Rauchfang leerten und noch etwas Silberzeug mitgehen ließen. Das hat mir zehn Jahre eingebracht.«
»So lange hält es kein Mensch in diesem feuchten Loch aus.«
»Da hast du recht. Aber so lange will ich auch nicht hierbleiben. Acht Monate bin ich bereits hier. Viel zu lange schon.«
»Wie meinst du das? Hast du etwa auch die Absicht, dir einen Strick zu nehmen?«
»Nein, nein, dafür hänge ich zu sehr am Leben. Es gibt noch andere Wege, hier herauszukommen, als mit den Füßen voraus.«
»Ihr wollt ausbrechen?«
»Du bist ein schlaues Kerlchen«, sagte Schmuel ironisch. »So, und nun verrate mir, wo ihr euch eure Verletzungen eingefangen habt.«
»Französische Soldaten haben uns überfallen. Wir sind auf der Wanderschaft und ohne Arbeit. Er ist Schneider, ich bin Lehrer. Wir haben nichts Unrechtes getan.«
»Ist das tatsächlich so?«
»Bei meinem Leben. Wegen unserer Verletzungen verdächtigt

man uns, an einem Überfall auf eine Mühle beteiligt gewesen zu sein. Aber wir haben damit nichts zu tun. Es gab eine Gegenüberstellung, und der Müller und seine Frau wollen mich wiedererkannt haben. Der Hund von einem Richter hat es ihnen auf die Zunge gelegt. Obendrein haben er und ich Schläge gekriegt, weil wir uns gegen die Beschuldigungen zur Wehr gesetzt haben. Die Pest soll den Richter befallen, die Cholera soll ihn holen und seine ganze Familie!« David ballte die Fäuste, daß seine Ketten klirrten.
»Nun mal langsam, Freund! Das nützt dir nichts, wenn du hier unten Krämpfe kriegst vor Wut. Wenn es so ist, wie du sagst, sitzt ihr ganz schön im Schlamassel. Das kann euch den Kopf kosten.«
Als der Schneider diese Worte hörte, begann er sogleich, von neuem zu wimmern. Aber David war gerade in der rechten Verfassung. Er schrie: »Hör endlich auf mit der verdammten Jammerei! Stopf dir die Faust ins Maul, wenn du nicht anders kannst. Aber sei endlich still!« Und zu Schmuel sagte er: »Ich kann es nicht mehr mit anhören. Vom Morgen bis zum Abend geht das so. Es macht mich noch wahnsinnig!«
Stichler-Sally zuckte zusammen. So wütend hatte er David noch nie erlebt. Er schwieg. Mit großen Augen blickte er zu dem Lehrer, als wolle er ihm verständlich machen: Was kann ich dazu, daß die Angst mir solche Töne aus der Kehle preßt?
David schaute ihn mitleidvoll an: »Entschuldige, Sally, ich kann einfach nicht mehr.«

Schmuel Ochs, der in den Kriminalakten verschiedener Länder auch als Reb Ochs, Samuel Nickel und Mausche Nudel auftauchte, war in der Frühzeit seines Gaunerlebens ein Einzelgänger. Damals, als junger Kerl, ging er seinem Handwerk im Württembergischen und im Schwabenland nach, denn er war in einem kleinen Ort in der Nähe Pforzheims zu Hause. Dort lebte auch seine Familie.

Schmuel stahl beim Geldwechseln mit großer Fingerfertigkeit Münzen. Er war kein schlechter Geldwechselschwindler, besaß aber nicht das Können seines Vaters, obwohl der seinen Sohn mit aller Sorgfalt ausgebildet hatte. Der Alte – er hieß Naphtalin ben Simon, in einschlägigen Kreisen nannte man ihn Nafta Goldfinger – war ein Genie. Keiner kam ihm gleich. Er beherrschte die feinsten Fingerbewegungen perfekt. Schmuel dagegen blieb immer Mittelmaß, so sehr er sich auch anstrengte. Wiederholt mußte er ohne Beute flüchten, ein paarmal saß er auch schon im Gefängnis. Darum hatte er sich einem anderen Metier zugewandt.

Zuvor jedoch konnte ihn, während er in Haft saß, ein Rabbiner dazu überreden, ein neues Leben zu beginnen. Nach Verbüßung seiner Strafe verhalf ihm der fromme Mann zu einem Platz in einer Jeschiwe, einer höheren jüdischen Schule. In der düsteren und staubigen Studierecke der Jeschiwe verkümmerte seine Absicht, ein guter Mensch zu werden. Er kehrte der Schule den Rücken und schloß sich der berühmten und gefürchteten Mersener Bande an, verwegensten Burschen. Ihr Chef und die meisten ihrer Mitglieder waren Juden. Hier war seine Meisterschaft im Öffnen der raffiniertesten Schlösser begehrt.

Nach einem Jahr wurde die Bande zerschlagen, ihre Anführer aufgehängt, und auch über Schmuel schnappte die Falle zu. Er wurde in Köln gefangen genommen. Es gelang ihm, aus dem Gefängnis auszubrechen, und er flüchtete nach Hessen. Dort schloß er sich einer starken christlichen Truppe an, die beim Schultheiß im nordhessischen Liederbach einbrach. Der Raubzug mißlang. Er hätte nicht scheitern müssen. Wochenlang hatten zwei Kundschafter das Anwesen des Schultheißen beobachtet. Als die Banditen, Revolutionslieder singend, sie wollten vortäuschen, französische Soldaten zu sein, mit dem Rennbaum auf den Schultern durch das Dorf zogen, wußten sie nicht, daß in der Nachbargemeinde hessische Soldaten im Quartier lagen. Das war den Kundschaftern entgangen. Zudem hatten sie das Schlüsselloch der Kirchentür nicht fest genug verkeilt. Während sie mühelos das Hoftor und die Haustür des Schultheißen auframmten und in das Haus eindrangen, gelang es einigen Liederbacher Bewohnern, die Kirchentür zu öffnen und Alarm zu läuten. Die hessischen Husaren waren schnell zur Stelle. Vier Bandenmitglieder, die den anderen Rückendeckung gaben, wurden gefangengenommen, unter ihnen Schmuel.

Der Mersener nahm David zur Seite. »Glaub mir, wie die Dinge stehen, wird man euch verurteilen, und ihr werdet hängen.«
»Unschuldig!« stieß David hervor.
Schmuel wackelte mit dem Kopf. »Unschuldig hin, unschuldig her, zu viel spricht gegen euch.«
»Und du glaubst, es gibt keine Chance mehr für uns, unsere Unschuld zu beweisen?«
»Ich sehe keine. Aber nimm ruhig einmal an, es geschieht ein Wunder, und du kommst hier heraus – weißt du, was dann ist? Dann bist du für immer gezeichnet und wirst deines Lebens nicht mehr froh. In den Kriminalakten wird deine Beschreibung festgehalten sein und überall der Vermerk stehen: Hebräer, war im Fuldaer Stockhaus eingesperrt wegen des Verdachts, an einem Raubüberfall beteiligt gewesen zu sein.«
»Auch wenn sich meine Unschuld herausstellt?«
»Was heißt das schon! Welcher Jude ist in ihren Augen unschuldig? Wer einmal diese verdammten Ketten trug –«
»Ich glaub's nicht!«
Doch unbeirrt fuhr Schmuel fort: »Und weiter wird in dieser Kriminalakte stehen: Vorbestraft mit zwanzig Stockschlägen wegen Insubordination vor dem peinlichen Richter. Du bist in Zukunft ein Vorbestrafter, David, vorausgesetzt, du kommst lebend hier heraus.«
»So ungerecht kann die Welt nicht sein!«
»Tausendmal schlechter, als du dir träumen läßt. Wie einen

räudigen Hund wird man dich behandeln, überall. So wird es kommen. Das ist kein Leben, mein Freund.«

»Du machst mir nicht bange, Schmuel. Ich werde um mein Recht kämpfen.«

Der schwarzhaarige Gauner verzog die Lippen. »Mit was willst du kämpfen? Mit wem? Mit den Betteljuden auf der Landstraße etwa?«

»Ich werde!« gab David trotzig zur Antwort. »Laß mich erst einmal hier heraus sein.«

Schmuel legte die Hand mit der Eisenkette um Davids Schultern und sagte eindringlich: »Du gehörst noch nicht zu dem verlorenen Haufen, bist viel zu jung dazu.« David wollte sich abwenden, doch der Mersener hielt ihn fest. »Hör mir zu! Wenn du nicht auf der Landstraße krepieren willst wie ein Hund, dann komm mit uns. Wir betteln nicht, wir jammern nicht, wir wollen kein Almosen. Wir holen uns, was man uns vorenthält.«

»Laß gut sein, Schmuel. Du hättest Rabbiner werden sollen, so gut kannst du predigen.«

»Ich war auf dem besten Weg dazu«, warf Schmuel ein.

Und David bemerkte: »Ich bin keiner, der mit Messer und Pistole umgehen mag. Außerdem lohnt sich deine Predigt erst, wenn wir beide hier herauskommen. Die Chancen sind gering. Das sagst du selbst.«

»Das stimmt. Aber vielleicht gibt es doch noch eine Möglichkeit für euch, hier herauszukommen.« Er machte eine Pause, kniff die Augen zusammen und sagte: »Warte!« Dann schlurfte er hinüber in die Ecke, wo die anderen an der Wand angelehnt standen.

Hinter der Schlafstelle von Schmuel und seinen Kameraden befand sich ein enger Luftschacht, der ins Freie führte. In wochenlanger mühseliger Arbeit hatten sie mit einem abgebrochenen Löffelstiel und den bloßen Händen einen schmalen

Gang zu diesem Schacht gegraben. Sie konnten nur in den Nächten arbeiten und durften keinen Lärm machen. Die ausgegrabene Erde mußten sie gut verstecken und das Loch unauffällig abdecken. Als der Durchbruch zu dem Schacht gelungen war, stellten sie fest, daß gleich zwei starke Gitter ihn absicherten, eines im unteren Teil und eines dort, wo er zur Straße führte. Für den kleinsten von ihnen war es ein schweres Stück Arbeit gewesen, sich mit seinen über Kreuz geschlossenen Ketten durch das enge Loch und in den senkrechten Schacht zu zwängen und das untere Gitter geräuschlos zu lockern. Es gelang. Von dem Gitter brachen sie ein Stück ab und erhielten so einen Kloben, den sie brauchten, um vor der Flucht die Kettenschlösser aufzubiegen und sich der Ketten zu entledigen. Jetzt warteten sie nur noch auf den günstigen Zeitpunkt zur Flucht.

Es dauerte eine ganze Zeit, bis Schmuel mit rasselnden Ketten wieder zu David und Stichler-Sally herüberkam. Er sagte: »Ich habe mit meinen Freunden gesprochen. Wir sind zum Ausbruch bereit, und wenn ihr wollt, könnt ihr mitkommen.«
»Ich käme schon mit, ob aber Sally den Mut dazu hat? Allein gehe ich nicht.«
»Ich komme mit«, sagte der Schneider entschlossen.
»Gut. Dann ist alles in Ordnung«, antwortete David.
In der nächsten Nacht kam der Mersener zu ihrer Schlafstelle gekrochen und verbog ihnen mit Hilfe des Klobens die Flacheisenringe an Händen und Füßen. Nun konnten sie sie vor der Flucht abstreifen.
Drei Tage später war es so weit. Einer von Schmuels Kumpanen, der in den späten Abendstunden immer wieder einmal das Ohr an die Wand preßte, hörte das Krakeelen des besoffenen Kerkermeisters und alarmierte die anderen Banditen. Schnell kamen auch David und Stichler-Sally herübergekrochen.
Die Flucht verlief nach Plan. Es grenzte an ein Wunder, daß sie alle durch den engen Gang, den sie gegraben hatten, und den

schmalen, senkrechten Schacht hindurchgekommen waren, auch der Schneider mit seiner verbundenen Hand. Und wäre Schmuel nicht als erster eingestiegen, hätte das Unternehmen noch in letzter Sekunde scheitern können. Das Gitter zur Straße war fest verankert und ließ sich selbst mit Hilfe des Klobens nicht herausbrechen. Doch es gelang dem Mersener, zwei Gitterstäbe so weit auseinanderzubiegen, daß sich alle hindurchzwängen konnten.

Noch in der Stadt trennten sich die vier von David und Stichler-Sally. Schmuel gab ihnen eine Adresse, wo sie in der Nacht ein gutes Versteck finden würden, bis sie am anderen Tag zu Schloime, dem Wirt der Judenherberge, gehen konnten, um von ihm zu erfahren, wo sich der Rest ihrer Gruppe aufhielt.

Zum Abschied umarmte Schmuel David und sagte: »Wenn du in Not bist, kannst du auf mich zählen. Hannes Schuchardt in der Herberge der Burg Gelnhausen weiß, wo ich zu finden bin.«

In der gleichen Nacht setzte die Fahndung nach den Entflohenen ein. Die vier Banditen hatten einen großen Vorsprung. David und Stichler-Sally fanden mit der Empfehlung des Merseners Unterschlupf in der Kate eines Gemeindearmen.

»Auch wir werden uns morgen trennen«, sagte David zum Schneider. Du wirst zu der Gruppe wollen, und ich muß Sarah finden. Aber wir werden euch bestimmt wiederfinden.«

»Ihr müßt uns wiederfinden«, entgegnete der Schneider, »damit ich deiner ersten Tochter das Kleidchen nähen kann. Versprochen ist versprochen.«

Die beiden dem Stockhaus Entronnenen hatten wenig Zeit, sich zu verschnaufen, da mußten sie ihr Versteck wieder verlassen. In der Straße wurde es unruhig. Kommandos erschollen, und Gendarmen mit schußbereiten Gewehren im Anschlag tauchten auf. Der Bewohner der Kate drängte David und Sally eiligst aus einer Hintertür hinaus. Er wußte, die Suchaktion jetzt in der Nacht konnte nur seinen heimlichen Gästen gelten.

Kurze Zeit später wurden der Schneider und der Lehrer eingefangen, mit Fußtritten und Kolbenschlägen traktiert, und bald lagen sie wieder im Keller der Stockhauses, jeder allein in einer winzigen Zelle. Als es dämmerte, holte sie der verkaterte Kerkermeister nach oben und verprügelte sie voller Wut. Sally mußte ohnmächtig von dem Knecht in die Zelle zurückgeschleift werden.

Der Schneider bekam hohes Fieber, wimmerte und phantasierte, und David versuchte aus der Nachbarzelle, ihn zu beruhigen und ihm Mut zu machen.

Am dritten Tag wurde sein Wimmern leiser, am vierten verstummte es. Stichler-Sally war tot. Das Kleidchen für Davids erste Tochter blieb ungenäht.

Die Frauen in der Ziegelhütte, die schwatzend in dem großen, saalartigen Raum möglichst nahe am flackernden Feuer herumsaßen, nahmen Sarah in ihren Kreis auf, obwohl sie von Dicke Mathies wußten, daß sie es mit einer Judenschickse zu tun hatten. Wie konnte es anders sein, wenn eine Sarah hieß? Schodenheinrich, der zuverlässige Genosse ihrer Männer, hatte sie hierher gebracht, und Dicke Mathies hatte sie aufgenommen, sie mußte in Ordnung sein. Die Frauen zogen Sarah schnell in ihr Vertrauen. Ihre Männer übten allesamt die gleiche Profession aus, sie widmeten sich, ohne gesetzlichen Rückhalt, der Umverteilung der mobilen Güter der besitzenden Klassen. Und da die Frauen keinen Anlaß sahen, heikle Dinge zu verschweigen, erfuhr Sarah auch, daß die Betreiber dieser Art der Umverteilung in Kauf nahmen, wenn dabei Gewalt angewendet werden mußte. Die Besitzenden trennten sich nun mal nicht gern und freiwillig von ihrem Besitztum. Das ist zu verstehen. Die Frauen machten sich sogar lustig über das Wehgeschrei der Bestohlenen.

Sarah tat klug daran, sich nicht zu zieren und den Frauen das gleiche zu erzählen, was sie bereits Schodenheinrich erzählt hatte. Ihr Mann sitze wegen eines Einbruchs in die Aumühle im Fuldaer Gefängnis, und deshalb sei die Polizei auch hinter ihr her. Für die Frauen in der Ziegelhütte war das eine glaubwürdige und keine sonderlich aufregende Geschichte.

Niemand hinderte Sarah daran, sich in den anderen Räumen der Ziegelhütte umzusehen. Dem Hauptraum mit der einzigen Feuerstelle schlossen sich noch drei weitere Räume an, die aber viel kleiner als der erste waren. Hier hielten sich die Männer auf, unter ihnen Schodenheinrich. Einige lagen mit großen Verbänden um Kopf und Arme auf Pritschen. Bei Sarahs Eintritt wisperte Schodenheinrich den andern etwas zu, worauf diese lachten. Sarah ließ sich durch das Lachen nicht beeindrucken. Sie war froh, ihren Weggenossen wiederzusehen. Sie winkte ihn zu sich und sagte:
»Ich bin hier zwar gut untergebracht, aber wie erfährt Schloime, der Herbergswirt in Fulda, meinen jetzigen Aufenthaltsort? Er muß es wissen, wegen David.«
»Keine Sorge, das mußt du nur Dicke Mathies sagen. Der erledigt das. Dafür hat er seine Leute.«
Das zu wissen, war eine große Erleichterung für sie.
Die Mitbewohnerinnen der Ziegelhütte hatten schnell herausgefunden, warum die Neue sich immer wieder einmal an den Bauch faßte. In ihrem weiten Faltenrock konnte sie ihre Schwangerschaft den Männern verheimlichen, nicht aber den Frauen. Deshalb durfte sie dem Feuer am nächsten sitzen, erhielt eine gute Schlafstelle, eine zusätzliche Decke und brauchte kein Wasser vom weit entfernten Brunnen zu schleppen, was die andern Frauen im Wechsel tun mußten.
Sarah hörte die Klagen der Frauen, deren Männer bei Raubzügen gefaßt und in einem der mörderischen Gefängnistürme oder Kellerverliese eingesperrt worden waren, oder die Geschichte zweier junger Frauen, deren Männer bei einem Einbruch in Steinau von einer Husarenstreife gefangengenommen

wurden. Statt sie einem ordentlichen Gericht zur Aburteilung auszuliefern, hatten die Husaren sie kurzerhand kaiserlichen Soldatenwerbern übergeben und die Handgelder für die neuen Uniformträger selbst eingesteckt. Und sie erfuhr auch, warum dieser Bau bei christlichen Banden so beliebt war. Hier übernachteten die berühmtesten Räuber ihrer Zeit wie Johannes Bückler, der Schinderhannes, Veit Krämer, der legendäre Anführer der Main-Spessart-Bande, der aus Romsthal, nahe Eckardroth, stammte und dessen tollkühne Einbrüche und Überfälle Gesprächsstoff für viele Winterabende in unzähligen Wirts- und Spinnstuben lieferten. Hölzerlip nahm bei seinen Raubzügen auch schon mal seinen buckligen Buben mit, damit der beizeiten das Handwerk seines Vaters kennenlerne, und die verwegenen Draufgänger Wuttwuttwutt und Hampel-holmich oder Fetzer, der gefürchtete Kapitän der Odenwaldbande, waren auch schon hiergewesen.

Die Ziegelhütte hatte einen Fluchtweg direkt in den Berg. Eines Tages erzählte ihr Dicke Mathies, wie er entstanden war. Wenn er früher als einer der Spessartbande sich mit seinen Freunden in der Ziegelhütte versteckte, war sie ihm jedesmal wie eine Mausefalle vorgekommen. Wohl stand sie unter dem besonderen Schutz des Barons von Hutten und seines Amtmanns Kees, und Polizisten und Soldaten waren bisher noch nie dort aufgetaucht. Aber es konnte auch anders kommen, überlegte er, und dann stand kein Fluchtweg offen. Als er seine Banditenkarriere beendete und hier als Hausherr einzog, faßte er den Entschluß, einen Fluchtweg zu schaffen. Dazu mußte ein unterirdischer Gang in den Berg hineingegraben werden, der dann steil nach oben führen sollte. Einige Stammgäste seines Hauses besaßen für diese Arbeit großes Geschick. Sie hatten als Strafhäftlinge im Bergbau malocht und dabei den fachmännischen Stollenvortrieb erlernt. Wer das Glück besaß, dem Bergtod zu entkommen, konnte seine Kenntnisse jetzt beim Graben des Tunnels anwenden.

»Komm, darfst mal hineinschauen«, sagte Dicke Mathies. Er

räumte Gerümpel beiseite, und eine verborgene Tür wurde sichtbar. Er sperrte sie auf und ließ Sarah in ein dunkles Loch schauen. »Das war eine verdammt mühselige Arbeit. Es hat zwei Jahre gedauert, bis der Durchstich fertig war. Die Männer hatten ja weiß Gott noch etwas anderes zu tun. Aber überzeug dich selbst, ein Meisterstück bergmännischer Grabekunst ist da entstanden.«

Sie glaubte ihm aufs Wort, auch wenn sie nichts anderes als ein finsteres Loch sah. Der Stollen, der gerade so hoch war, um in gebückter Haltung hindurchlaufen zu können, sei über tausend Fuß lang, erfuhr sie weiter, und komme oben im dichten Bergwald wieder zutage. Kein Schnüffler würde den Ausstieg finden, er sei gut getarnt. Eine solche Fluchtmöglichkeit böte sich in keinem anderen Räuberversteck.

Als sie wieder im großen Raum, in dem Sarah ihre Schlafstätte hatte, zurück waren, fragte Sarah: »Mußte der Fluchtweg schon einmal benutzt werden?«

»Noch kein einziges Mal, Gott sei's gedankt.«

»Wie ist das möglich, wo so viele von deinen Leuten hier ein und aus gehen? Das bleibt doch nicht unbemerkt, weder oben in Kerbersdorf noch unten in Eckardroth.«

»Das stimmt, meine Liebe«, gab Dicke Mathies zur Antwort, »aber so lange die Huttischen hier das Sagen haben, passiert nichts. Ihr Wohlwollen ist der Ziegelhütte sicher, wenn das auch sehr teuer ist. Der Baron und sein Amtmann lassen es sich gut bezahlen.«

»Warum dann der Fluchtweg?«

»Weil das Wohlwollen des Barons nur so lange hält, so lange er das Wohlwollen des Kurfürsten genießt. Und wie der morgen denkt, wer weiß das in diesen unruhigen Zeiten schon?«

Von Dicke Mathies erfuhr Sarah auch, daß jüdische Gauner kaum einmal mit christlichen in Berührung kommen würden. Auch die Ziegelhütte sei im Grunde Hebräern verschlossen. Für deren Unterkunft sei der Parnaß der Judengemeinde zuständig. In ihrem Fall mache er nur eine Ausnahme, weil sie in

Not, unerfahren und allein sei und die Fürsprache von Schodenheinrich habe.
Bei diesen Worten schoß es Sarah durch den Kopf, in welche Verlegenheit sie gekommen wäre, wenn ihr tatsächlich die Aufnahme in seinem Haus verweigert und sie an Itzhak Feitel, den Parnaß, verwiesen worden wäre.

Ein bitterkalter, langer Winter überzog das Land, die Bäche waren bis auf den Grund zugefroren, alles Leben war erstarrt, und wie ein Leichentuch lag der Schnee über Dörfer, Wiesen und Felder. Es war eine böse Zeit für alle, die kein Zuhause hatten. Viele von ihnen starben irgendwo am Wegrand vor Kälte und Erschöpfung. Und kaum eines der Kinder, das in diesen Wochen geboren wurde, überlebte seine ersten Erdentage.
Die Herbergen waren überfüllt, und auch in der Ziegelhütte drängte sich das Banditenvolk auf engstem Raum. Trotzdem machte Dicke Mathies immer noch in einer Ecke ein Plätzchen frei für einen Schutz suchenden Spitzbuben und dessen vor Kälte zitterndem Weib. Und weil es für immer mehr Hungrige immer weniger zu essen gab, schickte der Dicke die Männer, ob sie wollten oder nicht, in die klirrende Kälte hinaus, damit sie etwas Eßbares beschafften. Es war karg, was sie, erbettelt oder gestohlen, mit zurückbrachten. Überall war die Not groß, die Wintervorräte aufgebraucht, doch in der Ziegelhütte starb niemand vor Hunger. Es gab immer noch einen kleinen Kanten Brot oder eine Kelle Dickwurzsuppe für jeden.
Erst Anfang April, als der Frost nachließ, forderte Dicke Mathies die Frauen auf, sie müßten nun wieder selbst für ihren Unterhalt sorgen. Auch Sarah nahm er zur Seite und sagte zu ihr: »Bis jetzt habe ich dich kein einziges Mal nach Geld gefragt. Aber auch ich muß leben. Ich habe nicht die Absicht, dich vor die Tür zu setzen – vorerst nicht. Dennoch, es kann sehr lange dauern, bis du deinen Mann wiedersehen wirst. So

lange kannst du hier nicht warten. Geh betteln oder besorge dir, was du brauchst, auf andere Weise. Du mußt dich für irgendetwas entscheiden. Und auch mit deinem Kind ist es noch nicht so weit. Du bist gesund, du kannst etwas tun.«

»Was verlangst du von mir? Soll ich in meinem Zustand in die Kälte hinausgehen?«

»Es ist nicht mehr so kalt«, widersprach Dicke Mathies. »Ich mache dir einen Vorschlag. Die Frau des Overtüsch geht in den nächsten Tagen wieder auf Tour. Sie ist im Gedränge der Märkte besonders geschickt. Wenn du willst, werde ich mit ihr reden, sie soll dich mitnehmen und dir zeigen, wie man's macht. Es ist sogar gut, auf Märkten zu zweit zu sein. Soll ich mit ihr reden?«

»Nicht so schnell, Mathies.«

»Was willst du anderes machen?«

»Ich weiß es nicht. Aber laß mir Zeit.«

»Wie du willst. Aber das ist ein guter Vorschlag. Jetzt liegt es an dir.«

Sarah hatte verstanden. Die Ziegelhütte war keine Erholungsstätte für alleingelassene Frauen. Betteln gehen konnte und wollte sie nicht, und erst recht war sie nicht in der Lage, in Kaufmannsläden und auf Märkten zu stehlen oder im Gedränge Taschen und Geldbeutel abzuschneiden. Was also blieb ihr übrig? Wohin konnte sie gehen? Ein paar Silbermünzen aus den Rockfalten trennen und Dicke Mathies für Essen und Unterkunft zahlen? Damit würde sie Verdacht erregen, woher sie plötzlich und ohne sein Haus zu verlassen, zu Geld gekommen sei. Außerdem bedeutete das nur Aufschub. Obwohl sie lange zögerte, entschloß sie sich, Feigele von ihrem Hiersein zu verständigen und sich mit ihr zu treffen. Sie mußte sie um Rat befragen, ihr konnte sie sich anvertrauen.

Nach einem so langen Winter hatte es der Frühling eilig, dem Land wieder freundliche Farben zu geben. Noch waren in den Nächten die Pfützen mit eisigen Schleiern überzogen, aber auf alle Sträucher und Bäume legte sich ein zartes Grün, das Gras

schoß höher, und die ersten Blumen blühten am Wegrand. Die Vögel jagten sich in den Büschen. Und auch das fahrende Volk machte sich wieder auf die Wanderschaft.
Eines Tages traf in der Ziegelhütte eine Zigeunerfamilie ein. Eine der Frauen ging ins Dorf hinunter, um Messer zum Schleifen und löchrige Töpfe und Kannen zum Reparieren einzusammeln. Ihr gab Sarah eine Mitteilung für Feigele mit und schärfte ihr ein, sie nur ihr und niemand anderem auszuhändigen. Sie versprach ihr einen guten Botenlohn, wenn sie eine Antwort zurückbringe.
Bevor noch die Kirchturmglocke zur Mittagsstunde läutete, kam sie zurück und brachte die Nachricht mit, Feigele warte bereits in einer kleinen Schutzhütte auf halbem Weg zwischen dem Dorf und der Ziegelhütte.
Die Tante hatte nicht eine Sekunde gezögert und war sofort mit der Überbringerin der Nachricht losgelaufen, um Sarah zu treffen. Da sie auf deren Anweisung nicht in Dicke Mathies' Haus kommen sollte, wartete sie in der Hütte.

Schluchzend lagen sich die beiden Frauen in den Armen, und es dauerte eine ganze Zeit, bis eine von ihnen die ersten Worte herausbrachte. Nun erfuhr Sarah, daß Mutter, Vater und die beiden Brüder wohlauf seien, aber seit Sarah fort sei, hätte sich im Haus Pelzkappe eine große Traurigkeit ausgebreitet. Andeutungsweise nur gäbe einer dem andern für das Familiendrama die Schuld, der Vater der Mutter, die Mutter dem Vater, die Brüder den Eltern – und alle gemeinsam ihr, der unbequemen, ungeliebten Tante. Auch ihr Leben würde im Haus des Bruders allmählich unerträglich.
Feigele war tief erschüttert, als sie vernahm, wie es Sarah in den letzten Monaten ergangen war und daß sie ein Kind erwarte. Sie brauchte eine ganze Weile, bis sie sich wieder gefaßt hatte. Dann sagte sie: »Du bist schon so lange in der Ziegelhütte und hast dich nicht gemeldet. Warum nicht?«

»Das ist eine lange Geschichte. Ich werde von der Polizei gesucht.«
»Das ist kein Grund, dich vor deiner Familie zu verstecken.«
»Ich werde es dir später erklären. Laß uns jetzt nicht darüber reden.«
»Aber sag mir doch: Was hast du angestellt, daß man dich sucht?«
»Nichts. Nur wegen David.«
»Das geht nicht in meinen Kopf. Du wirst es mir erklären.« Zärtlich strich sie über Sarahs bereits stark gewölbten Bauch: »Es wird nicht mehr lange dauern, bis es zur Welt kommt.«
»Noch etwa zwei Monate. Ich spüre schon deutlich, wie es sich bewegt.« Und sie legte ebenfalls die Hand auf den Bauch.
»Freust du dich auf das Kind?«
»Ich weiß nicht, ob ich mich freuen soll, wenn David nicht da ist.« Sie faßte die Tante fest am Arm. »Feigele, laß uns zur Sache kommen: Ich brauche deine Hilfe. Dicke Mathies, der Chef der Ziegelhütte, hat mir erklärt, ich könne nicht länger bei ihm bleiben. Er will Geld sehen, und er sagt, ich soll stehlen gehen. Ich weiß nicht, was ich machen soll.«
»Nach Hause willst du nicht?«
»Unter keinen Umständen.«
»Du brauchst also eine Unterkunft, in der du auf das Kind warten kannst.«
»Ja. Und auf David. Wo mich die Polizei nicht findet. Man sucht auch mich, wegen David.«
»Du mußt mir Zeit lassen.«
»Ich habe nicht mehr viel Zeit.«
»Gib mir nur einen Tag. Du brauchst keine Angst zu haben, du mußt dein Kind bestimmt nicht im Freien bekommen. Komme morgen um die Mittagsstunde wieder hier in die Hütte.«
Vierundzwanzig Stunden später erfuhr Sarah, sie könne im Haus des Aron Maynzer für die nächste Zeit Quartier nehmen.
»Beim Schocher? Hier im Dorf?« fragte sie Feigele ungläubig.

»Das ist unmöglich, die Polizei wird mich dort finden. Und Mamme und Tate erfahren auch, wo ich bin. Das geht auf keinen Fall.«

Feigele schüttelte den Kopf. »Sie werden es nicht erfahren. Glaub es mir. Du brauchst dir keine Sorgen zu machen. Beim Schocher bist du gut untergebracht. Von ihm und von seinen Leuten erfährt kein Mensch, wer sich bei ihm aufhält. Und die Polizei kommt bestimmt nicht in sein Haus. Das versichere ich dir.«

»Woher willst du das wissen?«

»Es ist so.«

»Daß ich mich hier im Dorf verstecke, kann doch nicht gutgehen.«

»Du hast keine andere Wahl, Sarah.«

Aron Maynzer wurde in den Kreisen, in denen er verkehrte, aber auch von den anderen Bewohnern des Dorfes, Schocher gerufen. Er übte den für jüdisches Leben wichtigen Beruf des Schächters aus, der unter Juden Schochet heißt. Da jedoch in fast allen Eckardrother Judenfamilien nur einmal in der Woche, an Schabbat, Fleisch auf den Tisch kam, gab es für Aron nicht viel zu tun. Die vielen Gemeindearmen mußten sich an Schabbat mit einem Fisch begnügen.

Das Geld, das der Schocher verdiente, reichte kaum, um seine Familie, Frau, drei Töchter und den Großvater, sattzukriegen. Aron Maynzers Haus zählte nicht zu den feinen Adressen in Eckardroth. Als Kind war es Sarah verboten, mit den Töchtern des Schochers zu spielen. Man mied die Maynzers, auch weil sie Umgang mit Leuten pflegten, um die die Bürger mit gutem Ruf einen Bogen machten.

Sarah grübelte und zögerte. Konnte sie tatsächlich Feigeles Angebot annehmen? Was wäre, wenn im Dorf bekannt würde: die Tochter des Mordechai Pelzkappe heimlich im Haus des übel beleumdeten Schochers! Und von der Polizei gesucht! Welch eine Sensation wäre das für die Eckardrother und alle anderen Judengemeinden im Bergwinkel! Welch ein Skandal für das ehrenwerte Gemeindevorstandsmitglied und seine ganze Mischpoche! Undenkbar.

Und dennoch, Feigele war im Recht, sie hatte wirklich keine andere Wahl. Aufs Geratewohl ins Land hinauslaufen bei dieser Witterung und dazu noch schwanger, das grenzte an Selbstmord. So schnürte Sarah ihr Bündel, machte sich zum Auszug aus der Ziegelhütte bereit und übergab Dicke Mathies drei Gulden für Kost und Logis.

»Woher der plötzliche Reichtum?« fragte er, während er die Silberlinge in seinen Geldbeutel schob.

»Von jemandem, der mir wohl will«, antwortete sie zweideutig und war froh, daß er nicht weiterbohrte. »Übrigens, Dicke Mathies«, fuhr sie fort, »morgen werde ich dich verlassen.«

»Wohin willst du?«

»Weiß ich noch nicht.«

Der Hausherr der Ziegelhütte hielt grundsätzlich niemanden auf, der sein Haus verlassen wollte. Doch er versicherte Sarah: »Du kannst bleiben, so lange du willst. Das mit dem Fortgehen hat keine Eile.«

Sie wußte, er meinte es ehrlich und würde sie zu keiner Zeit vor die Tür setzen, aber ihr künftig keine Ruhe lassen und sie bedrängen, sich wie alle andern Frauen um ihren Broterwerb zu kümmern.

Nicht wie angekündigt am andern Tag, am gleichen Abend noch, nach Einbruch der Dunkelheit, verließ Sarah heimlich die Ziegelhütte, die ihr fast drei Monate lang Schutz vor Kälte und Nachstellungen gewährt hatte. So entging sie auch den Fragen Dicke Mathies'. Zudem würde niemand bemerken, wie sie in Schochers Haus schlüpfte. Sie brauchte nicht durch das Dorf zu gehen, um in sein Haus zu gelangen. Es befand sich fast am oberen Ende der Armengasse. Die Dunkelheit bot zusätzlichen Schutz.

Voller Unruhe klopfte sie an die Haustür. Sie war nur angelehnt, und da erst erinnerte sie sich, daß es Freitagabend war, Schabbatbeginn.

In der Eckardrother Gemeinde war es Brauch, an Schabbatbeginn die Haustüren nicht zu verschließen. An diesem Abend war jeder Fremde als Gast willkommen.

Wie lange hatte Sarah keinen richtigen Schabbat mehr gefeiert! Noch bevor sie in den Hausflur eintreten konnte, stand bereits der Hausherr in der Tür, würdevoll im schwarzen Kaftan, mit einem dunklen, silberbestickten Samtkäppchen auf dem Kopf, Feiertagsstimmung auf dem Gesicht.

Freundlich sagte er: »Komm herein, Sarah! Wir haben auf dich gewartet.«

Sie ging hinter Schocher her durch den kleinen Flur, der eher ein Windfang war, bis in das helle Wohnzimmer. Zur Schabbatfeier war es aufs beste hergerichtet. Alles war blitzblank geputzt und geschrubbt. Auf dem Tisch standen zwei brennende Leuchter, fein ziselierte Schabbatleuchter, die nur zu diesem Tag oder an Feiertagen benutzt wurden. Um den festlich gedeckten Tisch saß die ganze Familie Maynzer in ihren besten Kleidern, der Vater, der jetzt wieder seinen Platz am Kopfende einnahm, daneben die Mutter mit einem weißen Spitzenschal über der Perücke, dann der Großvater, die drei Töchter, die beiden jüngeren etwa zwölf bis vierzehn Jahre alt, und neben Golde, der ältesten, ein junger Mann, den Sarah nicht kannte. Er mußte der Bocher sein, dem Golde versprochen war. Ein Platz war frei und das Gedeck davor unberührt. Sarah merkte, wie alle auf ihren dicken Bauch schauten.

Die Gebete zu Schabbatbeginn waren längst beendet und auch bereits die Hauptmahlzeit verspeist. Die Mutter war dabei, die süße Nachspeise aufzutragen.

»Gut Schabbes!« sagte Sarah und blieb an der Tür stehen.

»Gut Schabbes!« scholl es ihr entgegen.

Golde betrachtete Sarah besonders herzlich. »Ich freue mich, dich wiederzusehen«, sagte sie, stand auf und zog Sarah ins Zimmer hinein. Sie nahm ihr das Bündel ab, legte es auf die Ofenbank und setzte sich wieder an den Schabbattisch.
»Setz dich!« munterte Schocher sie auf und deutete auf den freien Platz. »Wir wußten, du würdest noch kommen. Das ist dein Platz.«
Sarah ging in die Zimmerecke, wo auf einem eisernen Gestell das Waschbecken mit einem Hahn stand, wusch sich darunter die Hände, wie es vor dem Schabbatessen Brauch ist, und setzte sich auf den ihr zugewiesenen Platz.
Sie war überrascht und gerührt, als Aron Maynzer über sie wie über eine eigene Tochter den Segensspruch zum Schabbat sprach: »Gott mache dich wie die Stammütter Sarah, Rebekka, Rahel und Lea!« Er nahm sie nicht wie eine Fremde, sondern wie jemanden, der zur Familie gehört, in seinem Haus auf.
Bella, die Hausfrau, besiegte ihre Verlegenheit schnell mit der Feststellung: »Für dich ist noch etwas vom Schalet übrig. Du wirst bestimmt großen Hunger haben. Du mußt ja jetzt für zwei essen.« Sie hatte zwar keinen Hunger, aber um Bella nicht zu enttäuschen, aß Sarah einen Teller von dem im Ofen warm gehaltenen Graupeneintopf mit eingelegten kleinen Fleischstücken und nahm auch noch etwas von der Süßspeise.
Einige Zeit später hieß die Hausfrau Sarah mitkommen. Sie nahm einen Schabbatleuchter und führte sie über eine enge Treppe in einen kleinen Raum mit schrägen Wänden. In dem Raum standen ein Stuhl, ein Tisch, ein richtiges Bett und genau in der Mitte des Raums sogar ein kleiner Ofen, der vorgeheizt war und ein wenig Wärme abstrahlte.
Der Raum und seine Einrichtung waren für Sarah, die bei Dicke Mathies mit zehn anderen Frauen und Kindern zusammen geschlafen hatte, auf einem Strohsack auf der Erde, und sich nur an der einzigen Feuerstelle für alle Bewohner der Ziegelhütte wärmen konnte, eine komfortable Unterkunft.

»Hier wirst du die nächste Zeit wohnen«, sagte Bella. »Feigele hat uns erzählt, warum du zu uns gekommen bist und wie es um dich steht. Bei uns bist du vor Nachstellungen sicher. Und auch drunten im Dorf wird niemand etwas erfahren.«
»Ich weiß nicht, wie ich euch danken soll.«
»Ist schon gut. Nun schlaf dich erst mal richtig aus.«

6. Kapitel

Auf dem Wochenmarkt zu Alsfeld fiel einem Polizisten eine Frau auf, die abseits des Marktbetriebs bestes Weißzeug weit unter Preis verkaufte. Der Ordnungshüter schöpfte Verdacht, es könne sich bei der Ware um Diebsgut handeln. Er forderte die Frau auf, ihn zur Wache zu begleiten, er wolle die Herkunft der Ware überprüfen. Zuerst machte die Frau ein großes Geschrei, dann aber versuchte sie zu fliehen. Den Stoffpacken ließ sie zurück.

Auf der Wache stritt sie entschieden ab, daß das feine Linnen gestohlen worden sei. Trotzdem schien es dem Polizeimeister geraten, die Frau dem Untersuchungsrichter zu überstellen. Dem Richter versicherte sie, das Weißzeug stamme aus dem Nachlaß ihrer Großmutter. Anhand der gut lesbaren Initialen konnte jedoch festgestellt werden, daß sämtliche Teile aus dem Raubgut stammten, das bei dem Überfall auf die Aumühle erbeutet worden war.

Als alles Abstreiten nicht mehr half, gestand sie, in der Tat handele es sich bei der Ware um Diebsgut. Ihr richtiger Name sei Weingärtners Theresel, und sie sei die Konkubine des Schwarzen Konrads, einem der Anführer der Rhönbande. Doch hartnäckig verschwieg sie, wie das Weißzeug in ihre Hände gelangt war und wo sich der seit langem gesuchte Räuber aufhalte. Erst nach verschärfter Haft gab sie, zermürbt und verängstigt, zwar nicht das Versteck des Schwarzen Konrads preis, aber Namen seiner Kumpane. Schon drei Tage später erwischte man den Großen Johann. Der wiederum verriet das Versteck des Georg Schmidt, den man Tanzstoffel nannte. Da-

nach war es nicht mehr schwer, der Rhönbande den Überfall auf die Aumühle nachzuweisen. Nicht weniger als neun Raubgesellen waren daran beteiligt. Damit war aber auch gleichzeitig Davids und Stichler-Sallys Unschuld bewiesen.
Dem Untersuchungsrichter behagte diese Wende im Falle des Aumühlenüberfalls nicht sehr. Er hatte ja bereits zwei Hauptverdächtige, wenn auch der eine unplanmäßig den Weg in die Hölle angetreten hatte. Nun mußte der Richter die mühsamen Untersuchungen von vorn beginnen, und mit dem Großen Johann und Tanzstoffel hatte er erst zwei der neun Bandenmitglieder gefangengesetzt. An dem Morgen, als er dem Kerkermeister befahl, Davids Kettenschlösser zu lösen und ihn hinauf in die Kanzlei zu bringen, war er in keiner guten Stimmung.
David hatte die Haft in der Käfigzelle, und mit Eisenketten gefesselt, zubringen müssen. Durch die engen Kettenschlösser waren seine Hand- und Fußgelenke wundgescheuert und angeschwollen. Die Zelle war so eng, daß er keinen Schritt vor oder zurück machen konnte, die Gelenke waren steif geworden. David mußte sich an das Laufen erst wieder gewöhnen.
Der Richter schaute nur kurz auf, als der Stockmann David hereinführte und ihn vor dem Richtertisch postierte. Er blickte auf ein Blatt Papier, das vor ihm auf dem Tisch lag, und begann in einem monotonen Juristenstakkato: »Das fürstäbtliche Hohe Gericht hat beschlossen, dir, David Löb Buchsweiler, die Freiheit zu geben. Du stehst nicht mehr im Verdacht, an dem Überfall auf die Aumühle beteiligt gewesen zu sein, und kannst nun gehen, wohin du willst, hast aber die Stadt Fulda binnen zwölf Stunden zu verlassen. Wegen des gewaltsamen Ausbruchs läßt das Hohe Gericht Gnade vor Recht ergehen. Es beläßt die Strafe dafür bei den bereits bezogenen zwanzig Rutenschlägen ad Posteriora und den verschärften Haftbedingungen.«
»Es waren mindestens dreißig Schläge, die der Kerkermeister mir und meinem Freund Sally verabreicht hat«, entgegnete David, »und der Schneider ist daran gestorben.«
»Maul halten, Judd!«

»Aber es waren so viele.«
»Ob zwanzig oder dreißig Streiche, das hat gar nichts zu besagen. Ein Judd hat immer etwas zu büßen.«
»Das ist nicht recht, Hoher Herr!«
Die Stimme des Richters wurde messerscharf. »Wer bestimmt hier, was Recht und was Unrecht ist? Ein Hebräer etwa? Stockmann, schaff mir den Judenkerl aus der Kanzlei, sonst vergeß ich mich noch!«
Der Kerkermeister packte David am Arm und zerrte ihn hinaus. Vor der Tür schlug er noch einmal mit seinem dicken Stock kräftig auf Davids Hintern. »Das ist mein Abschiedsgeschenk, Judd«, zischte der Stockmann, »damit du das nächste Mal noch besser zählen kannst.«
David kam erst wieder ganz zu sich, als er im Freien vor dem Stockhaus stand, unterm Arm einen kleinen Sack mit seinen Habseligkeiten, der ihm bei seiner Einlieferung abgenommen worden war.
Wie eine eiserne Klammer preßte ihm die Wut auf den Kerkermeister das Herz zusammen. Diese Klammer mußte er lockern. Er schwor sich, für das erlittene Unrecht Rache zu nehmen. Der Stockmann hatte ihn in den Wochen seines Aufenthalts im Kellerverlies zu sehr gequält. Zudem hatte er den Tod von Stichler-Sally auf dem Gewissen.
Zuerst ging David zu Schloime in die Judenherberge. Er wollte erfahren, wo sich Sarah derzeit aufhalte.
»Du wirst sie in Eckardroth finden«, gab der Herbergswirt Auskunft, »im Huttischen Grund. Dort im Haus von Schocher, der Aron Maynzer heißt, hat sie ein Versteck gefunden.«
David war verblüfft. Er fragte sich, warum Sarah in ihr Heimatdorf zurückgekehrt war und dennoch nicht in ihr Elternhaus. Eine Nacht blieb er bei Schloime. Beim Aufbruch am andern Tag ließ er den Herbergswirt in dem Glauben, er werde sich unverzüglich auf den Weg zu Sarah machen. Er hatte verschwiegen, daß er Rache am Stockmann nehmen wolle. Schloime hätte ihm das ohnehin auszureden versucht. Das

wußte er. An einer Auseinandersetzung über Sinn oder Unsinn dieser Tat war er auch nicht interessiert. Der Entschluß, mit dem Kerkermeister abzurechnen, war wie mit glühenden Eisen in sein Gehirn eingebrannt. Er wollte den Stockmann nicht töten, ihm aber einen bleibenden Denkzettel verpassen. Wie er das bewerkstelligen würde, war ihm nicht klar. Einfach zuschlagen wollte er, wenn er ihm begegnete. Die geschwollenen Handgelenke würden ihn nicht daran hindern.

Bis zur Nachtzeit versteckte sich David in einer Feldscheune, schlich sich dann an die Stadtmauer heran und fand eine günstige Stelle, an der er sie erklimmen konnte. Hier befestigte er einen Strick, den er sich tags zuvor besorgt hatte. Mit Hilfe dieses Stricks konnte er auf dem Rückweg die Mauer schneller überklettern.

In einem zerfallenen und unbewohnten Haus in unmittelbarer Nähe des Stockhauses schlüpfte er unbemerkt unter und wartete dort bis zum andern Morgen. Der Kerkermeister ging jeden Morgen in der Frühe zum Vorstand des Kriminalgerichts zum Rapport. Dabei mußte er an Davids Versteck vorbeikommen. Zitternd vor Erregung lag David auf einem Lumpenhaufen. Erneut begannen seine Narben zu schmerzen, auch die an Backe und Ohr. Wie lang kann eine Nacht sein! Und doch viel zu kurz, um zur Vernunft zu kommen. Der Morgen graute. Durch einen Mauerschlitz starrte David auf das Stockhaus. Das Herz schlug ihm bis zum Hals. Noch wäre es Zeit gewesen, sich auf den Lumpenhaufen zu werfen und die Fäuste an die Ohren zu pressen, um nichts vom Stockmann zu sehen und zu hören. Doch es war zu spät. Türangeln quietschten, und der Kerkermeister trat auf die Straße. Er reckte sich, zupfte noch einmal seinen langen, blauen Rock zurecht und marschierte in Richtung Kriminalgericht, direkt auf das Haus zu, in dem sich David verbarg. In der einen Hand hielt er den Rohrstock, mit dem er sich bei jedem zweiten Schritt an den Stiefel schlug. Auf der anderen Seite, David zugewandt, baumelte an einem breiten Gürtel ein Säbel.

Als der Kerkermeister das zerfallene Haus erreicht hatte, sprang David aus seinem Versteck und riß ihm den Säbel aus der Scheide. Noch bevor der Überfallene sich klarwerden konnte, was geschah, drang David mit dem Säbel in ihn ein. Schlag und Stich und noch einmal mit voller Wucht den Säbel in den Körper. Der Stockmann drehte den Kopf ruckartig zu David und starrte ihn mit aufgerissenen Augen an. Er stürzte auf das Pflaster und begann jämmerlich zu schreien. Einige Fenster öffneten sich. Doch David hatte bereits den blutigen Säbel weggeworfen und war in die verwinkelten Altstadtgassen hineingerannt. Er rannte um sein Leben. Nirgendwo mehr spürte er Schmerzen.

Den Fluchtweg zur Stadtmauer hatte er sich gut gemerkt und in wenigen Minuten die Mauer erreicht. Mit Hilfe des Stricks überkletterte er sie schnell. Im Hinunterspringen riß er den Strick ab und nahm ihn mit, damit man nicht sogleich erkennen konnte, in welche Richtung er geflohen war. Der Stockmann hatte geschrien, als er stürzte, also war er nicht tot, und er hatte den Angreifer erkannt. Die Suche nach ihm würde bald einsetzen.

Bei Schloime konnte er sich nicht verstecken, dort würde man ihn zuerst suchen. Also mußte er sich, so schnell er konnte, von Fulda entfernen und irgendwo in dem dichten Waldgebiet, das sich südlich der Stadt die Kinzig entlangzog, ein Versteck suchen. Bei Einbruch der Dunkelheit wollte er weiter nach Eckardroth, zu Sarah.

In der noch verschlafenen Stadt dauerte es einige Zeit, bis der schwerverletzte Stockmann in das nahe Heilig-Geist-Hospital geschafft wurde, und noch länger, bis die durch die Bluttat aufgeschreckten Behörden die Fahndung nach dem Täter beginnen konnten. Doch es gab keine Tatzeugen. Es meldete sich auch niemand bei der Polizei, der den Missetäter im Davonrennen gesehen hatte und ihn beschreiben konnte. Und das nicht

nur, weil es noch früh am Tag war. Der Fuldaer Büttel war der meistgefürchtete und meistgehaßte Mann in der Stadt. In den zurückliegenden Jahren hatte er viele Menschen aus der Stadt und den fuldischen Dörfern mit seinem geschmeidigen Rohrstock bestraft und dabei nicht wenige zu Krüppeln geschlagen. Niemand fühlte Mitleid mit ihm. Im Gegenteil, die meisten Fuldaer Bürger empfanden im geheimen Genugtuung. Wer sollte da noch große Lust verspüren, seine Beobachtungen dem Polizeikommissär mitzuteilen?
Erst zwei Tage später war der Stockmann imstande, David als den Täter zu benennen.

»Es ist ein Junge!« rief die Frau des Schochers und hielt das kleine blutverschmierte Menschenbündel an den Beinchen hoch und gab ihm mit der freien Hand einige Schläge auf den winzigen Popo. Dann begann es zu piepsen und zu schreien.
»Ja, so ists gut, mein Kleiner«, sagte sie liebevoll, »schrei nur, schrei. Alle sollen es hören, ein kleiner Buchsweiler ist zur Welt gekommen. Nur wer schreit, verschafft sich auch Gehör.«
An der Kammertür standen die drei Töchter von Bella und beobachteten mit großen, verwunderten Augen, wie geschickt ihre Mamme Sarah beim Gebären geholfen und die Nabelschnur durchtrennt hatte und jetzt auch die notwendigen Hantierungen vollzog, so sicher, als habe sie in ihrem Leben schon unendlich vielen Kindern geholfen, auf die Welt zu kommen.
Bella wusch das Neugeborene in einer vorbereiteten Schüssel mit warmem Wasser, trocknete es ab, hüllte es in ein Tuch und legte es Sarah in den Arm.
»Welch ein Glück, Sarah, ein Junge als Erstgeborenen!« sagte sie. »Schau ihn dir nur an, wie hübsch er ist, er sieht bestimmt dem Vater ähnlich.«
Sarah beugte sich über das Kind und betrachtete sich lange das feuerrote, runzlige Gesichtchen. Von David entdeckte sie keine

Spur. Das einzige, was ihr Kind mit ihm gemeinsam hatte, waren die schwarzen Haare, mit denen es zur Welt gekommen war. Ein Glücksgefühl und eine bisher nicht gekannte Zärtlichkeit erfüllten sie.

Sie legte sich in das Kissen zurück, schloß die Augen und dachte über ihre Lage nach. Was würde aus dem Kind werden, wenn David nicht bald aus dem Gefängnis käme, eine Anstellung als Lehrer und eine Wohnung fände? Aus Liebe zu ihm hatte sie dieses elende Leben auf sich genommen, hatte auf die Geborgenheit im Elternhaus verzichtet und auf ein sorgloses Familienleben mit dem Sohn des reichen Isaak Meyer. Hatte bald darauf auch Davids Bitte in den Wind geschlagen, nach Hause zurückzukehren und so lange dort zu bleiben, bis er eine feste Lehrerstelle gefunden habe. Sogar die strengen Regeln und Gebote, wie sie Thora und Talmud vorschrieben, hatte sie nicht alle befolgt. Auch die religiösen Versäumnisse waren eine Folge ihrer Liebe zu David gewesen.

Die Gedanken wirbelten ihr durch den Kopf. Sarah hörte das Atmen des Neugeborenen, sie spürte die leichten Bewegungen und den Herzschlag deutlich am Arm und auf der Brust. War das alles nur aus Liebe zu David so weit gekommen? Hatte sie sich nicht auch gegen Vater und Mutter aufgelehnt? Und verabscheute sie nicht sogar die jüdische Tradition genau so wie sie Chaim, des Güldenmeyers Sohn, verabscheute? Nie hätte sie sich träumen lassen, ihr Entschluß, mit David fortzuziehen, werde einmal solche Folgen haben. Sollte aus ihrem Sohn etwa auch einer dieser hungrigen Kinder werden, die sie auf der Landstraße erlebt hatte, verdreckt, mit Ausschlägen und grindigen Köpfen, und die meisten von ihnen von bösartiger Natur! Sie liebte David noch immer und war zu jedem Opfer für ihn bereit. Aber konnte sie denn die Aussicht auf eine solche Zukunft auch gegenüber dieser hilflosen Kreatur verantworten? Bisher war ihre Liebe zu David unteilbar gewesen. Doch von jetzt an gehörte ihre Liebe auch dem Neugeborenen. Liebe aufteilen – konnte man das denn? Sie kannte gut das Wort aus

dem Hohelied Salomons: Liebe ist stark wie der Tod. Hatte sie doch oft das dicke, in Leder gebundene Buch des Vaters aufgeschlagen und nachgelesen über Esther, Hiob oder Salomon.
Liebe ist stark wie der Tod. Auch geteilte Liebe?
Und noch andere Gedanken drängten sich ihr auf. Oftmals hatten Vater oder auch Mutter die fromme Redensart gebraucht: Alles liege in Gottes Hand, Leben und Tod, Freud und Leid, Reichtum und Armut. Und der Vater hatte noch hinzugefügt, Gott, der Allmächtige, habe diese Welt wohl eingerichtet und alles, was er geschaffen habe, an seinen rechten Platz gestellt, Mensch und Tier, Mann und Frau, das Gute und das Böse, den Reichen und den Armen, den Wohltäter und den Bettler. Und so sei es allein sein Wille, wenn dieser arm und jener reich sei.
Demnach konnte es auch nicht recht sein, wenn Bettler die Reichen verfluchten und ihnen allen Zores an den Hals wünschten. Und unrecht war es auch, wenn Menschen, die arm waren, sich holten, was ihnen durch Gott vorenthalten war. Wer das Gebot »Du sollst nicht stehlen« mißachtete, lief Gefahr, einst in der Gehenna, dem Höllental, dafür büßen zu müssen. Und wer wollte schon in der Gehenna schmachten! Etwa der Reiche, der aus Geiz oder Habgier seine Pflichten mißachtete? Oder der Arme, der den rechten Weg verließ?
Sarah war über sich selbst erschrocken. Wie kam sie ausgerechnet auf diese Gedanken? Hatte sie nicht genug mit sich und mit ihrem Kind zu tun? Und mit David? Und nun redete sie wie Moische Seligmann, jenes Mitglied des Gemeindevorstands, der beim kleinsten Disput immer nur scha! scha! machte und dabei die Hände hob, um die Disputanten zu besänftigen, und der, nach Rat gefragt, am liebsten allen recht gab.
Tränen rannen Sarahs Wangen hinunter und auf das winzige Köpfchen, das an ihrem Hals lag.
»Was ist mit dir, Sarah? Hast du Schmerzen?«

Bella war erschrocken. Die Geburt eines Kindes, und erst recht die eines Jungen, war doch ein freudiges Ereignis, vor allem für die Mutter. Was gab es da zu weinen? Sie ging zu Sarah hinüber. »Kann ich dir helfen?«
»Laß nur, Bella.«
Schochers Frau glaubte, den Grund für Sarahs Traurigkeit zu kennen. »Es wird alles noch gut werden. Eines Tages wird sich Davids Unschuld herausstellen, und er wird freikommen, und ihr werdet wieder zusammen sein.«
»So Gott will.«
»Er kann nicht so ungerecht sein.«

In der Dunkelheit kam Feigele in Schochers Haus. Sie nahm vorsichtig das Kind aus Sarahs Armen und wiegte und herzte es, als sei es ihr eigenes. »Weißt du schon, welchen Namen du deinem Kind geben wirst?«
»Das ist Davids Sache«, erwiderte Sarah.
»Habt ihr nicht vorher darüber gesprochen?«
»Er weiß von nichts.«
»Wußte er auch nichts von deiner Schwangerschaft?«
»Nein.«
»Das verstehe ich nicht.«
»Aber es ist so. Als ich es ihm sagen wollte, saß er bereits im Gefängnis.«
»Dann ist es allein deine Aufgabe, eurem Sohn einen Namen zu geben. Du hast noch Zeit bis zur Beschneidung. Such dir einen schönen Namen aus. Er muß ihn ein Leben lang tragen.«
Feigele schaute in Sarahs verquältes Gesicht. Ihre Schönheit konnte man nur noch ahnen. Die Haut war fleckig, ihr runder Mund zu zwei dünnen, blaßroten Strichen zusammengepreßt, ihre kastanienbraunen Haare, die zerzaust und strähnig das Kissen bedeckten, waren stumpf geworden.
»Komm mit nach Hause, Sarah«, sagte sie leise, »du kannst nicht mit dem armen Wurm allein über Land ziehen. Ihr werdet

euch beide den Tod holen. Kein Mann ist da, der für euch sorgen kann. Komm mit! Mamme und Tate werden glücklich sein, dich wiederzuhaben.«
Sarah schüttelte den Kopf. »Ich kann nicht.«

Das Haus des Aron Maynzer war voller Hektik. Die Vorbereitungen für die Beschneidung und das nachfolgende Fest waren so aufwendig, als gelte es dem eigenen Sohn. Schocher war in der Tat als vorzüglicher Beschneider bekannt. Er hatte eine wunderbar ruhige Hand, ihm war noch nie ein Mißgeschick passiert. Er erklärte sich bereit, die Beschneidung vorzunehmen. Bella wieselte im Haus herum, putzte und schrubbte und machte alles schön, als gelte die Beschneidungsfeier dem eigenen Sohn. Es war die erste Beschneidung, die sie ausrichtete, denn sie hatte bisher nur drei Töchtern das Leben geschenkt, zu ihrem und ihres Mannes großem Leidwesen. Darum war ihr auch jetzt nichts zu viel.
Auf Schochers Anweisung sollten außer der Familie Maynzer nur noch höchstens neun oder zehn Personen, keine aber aus der unteren Gasse der Wohlhabenden, an der Feier teilnehmen. Mit Ausnahme von Feigele. Sie würde selbstverständlich kommen. Doch nicht nur als Gast, sie wurde auch als Gevatterin, die das Kind in die Stube hineinbringt, gebraucht. Das war eine sehr ehrenvolle Aufgabe.
Zu den Geladenen gehörte auch ein Jeschiweschüler, der aus Gelnhausen kam. Ihm oblag die Anordnung der Gebete und der sonstigen Rituale, die meistens ein Rabbiner vornahm. Der konnte jedoch zu dieser Beschneidung nicht gerufen werden. Die Vorbereitungen wurden möglichst unauffällig getroffen. Die Pelzkappes durften nichts erfahren, Mordechai wäre zu allem imstande, wenn er zu Ohren bekäme, daß Sarah sich in Eckardroth aufhalte und ein Kind bekommen habe. Außerdem wurde Sarah von der Polizei gesucht, jedes überflüssige Gerede konnte nur schaden.

Nach Schochers Ansicht sollte es nicht schwierig sein, die Vorbereitungen und die Beschneidung im geheimen durchzuführen. Die Kluft zwischen der oberen Judengasse der Armen und der unteren der Reichen war groß. Es gab kaum Verbindungen der Bewohner beider Gassen miteinander.

Sarah war trotzdem besorgt. Was würde geschehen, wenn ihre Eltern dahinterkämen und die Polizei etwas erführe? Wie würden sich Resl und Mordechai verhalten? Und wenn sie ins Gefängnis geworfen würde, was sollte dann mit dem Kind geschehen?

Um Sarah nicht noch mehr zu beunruhigen, verriet Feigele ihr nicht, daß man schon hier und da in der Gemeinde von einer geheimnisvollen Beschneidung im Haus des Schochers munkele und rätsele, wer da wohl von einem Jungen entbunden worden sein könnte.

Schochers Haus besaß seit Jahren den reichsfreiherrlichen Segen. Mit Wissen von Amtmann Kees und Parnaß Itzhak Feitel konnte er Banditen ein sicheres Versteck bieten. Das war in Eckardroth ein teurer Spaß. Der Baron hielt die Hand für die Krontaler auf, der Amtmann für die Gulden und der Parnaß für die Kreuzer. Das hatte im Freistaat derer von Hutten seit eh und je Tradition.

Für viele Souveräne in den kleinen und kleinsten Staaten des Deutschen Reichs waren christliche und jüdische Banden wesentliche Einnahmequellen. Die Landesherren gewährten ihnen Unterschlupf und ließen sich dafür gut bezahlen. Mit einem Teil dieses Geldes hielten sie Polizisten und Soldaten von ihrem Territorium fern. Auch nach steckbrieflich gesuchten Banditen wurde dort nicht gefahndet. Im Freistaat derer von Hutten zum Stolzenberg, dem Huttischen Grund, gab es mehrere Dörfer, in denen sich verfolgte Banditen sicher fühlen konnten. Eines davon war Eckardroth. Dieses Dorf war, wie es im Gaunerjargon hieß, kochem.

Bisher hatte sich Schocher immer schlau genug verhalten und noch keinen seiner Gäste jemals in Schwierigkeiten gebracht. Ihm war selbst nicht klar, warum er bei Sarah gegen seine Grundsätze verstieß und meinte, die Beschneidung ohne besondere Vorsichtsmaßnahmen geheimhalten zu können. Jedenfalls sah er die Folgen seiner Leichtfertigkeit nicht voraus.

Feierliche, erwartungsvolle Stille herrschte im Haus. Nur der Säugling quäkte in Abständen, als ahne er die in Kürze bevorstehenden Schmerzen. In den Schabbatleuchtern brannten Kerzen. In der Wohnstube, dort sollte die Beschneidung vorgenommen werden, waren bereits alle Männer versammelt, ein volles Quorum.

Der Jeschiweschüler aus Gelnhausen hatte gleich nach seiner Ankunft etwas Eigenartiges vollführt, was bisher in Eckardroth noch nicht vorgekommen war, aber bei den Gästen der Beschneidungsfeier großen Eindruck hinterließ. Mit einem Stab von etwa Armeslänge, einem Wunderstab, wie er behauptete, hatte er, rückwärts gehend, einen unsichtbaren Kreis um das Haus gezogen und dabei unentwegt Beschwörungsformeln gemurmelt. Nun könnten keine bösen Geister das Fest stören oder gar in das Kind einfahren, erklärte er den Juden, die ihn staunend und voller Ehrfurcht beobachteten. Diese Geisterverbannung habe ihm der Gelnhauser Rabbi Samuel ben Jehudo gelehrt.

Schocher hatte die Ärmel seines Schabbatanzugs zweimal umgeschlagen, darüber den Tallit, den Gebetsschal, gelegt und ihn so zusammengerafft, daß er bei der diffizilen Handlung nicht stören konnte. Auf einem kleinen Tisch hatte er alle notwendigen Gerätschaften zurechtgelegt und daneben eine Schüssel mit Wasser gestellt. Er rückte den Stuhl Elias, auf dem die letzten Vorbereitungen für die Beschneidung vorgenommen werden, mit dem Kissen zurecht und gab die Anweisung, jetzt solle Feigele, die Gevatterin, das Kind hereinbringen.

In diesem Augenblick schlugen grobe Fäuste mit Wucht gegen die Eingangstür. Die Anwesenden erschraken zu Tode, und das

Kind fing an zu schreien. Von draußen rief eine erregte Stimme: »Sofort aufmachen! Habt ihr gehört, macht sofort auf!«
Eine der Frauen öffnete, und herein stürmte mit wehendem Kaftan Mordechai Pelzkappe. Er stieß die Frauen beiseite und lief bis in die Mitte der Wohnstube.
Dort standen im Halbkreis die Männer, dem feierlichen Anlaß entsprechend im schabbatlichen Schwarz gekleidet und mit schwarzen Hüten auf dem Kopf. Alle waren wie zu Salzsäulen erstarrt. Vor ihnen, ebenfalls steckensteif, stand Feigele mit dem schreienden Säugling.
Die Kerzen flackerten und drohten zu verlöschen.
»Gib das Kind her!« fauchte Mordechai sie an und riß es ihr aus den Armen. »Die Beschneidung ist meine Sache! Ganz allein meine. Ich bin der Großvater.«
Feigele versuchte erst gar nicht, das Kind festzuhalten. Ihre Arme fielen nach unten. Langsam drehte sie sich um, und ohne ein Wort zu sagen, humpelte sie zur Tür, wo, außer Sarah, alle Frauen und Kinder gedrängt standen und mit entsetzten Gesichtern warteten, was nun weiter geschehen werde.
Schocher war der erste, der die peinliche Situation meisterte. Er ging zwei Schritte auf Mordechai zu und sagte: »Ist in Ordnung, Reb Mordechai. Du bist der Großvater. Wenn der Vater nicht anwesend sein kann, dann hast du das Recht auf die Mizwe.«
Unbeholfen hielt der Spitzenhändler seinen Enkelsohn, sein erstes Enkelkind, in den Armen und wiegte es leicht. Jetzt hörte es auf zu schreien. Mordechai rührte sich nicht vom Fleck. Er hielt die Arme ruhig und betrachtete angestrengt das Gesichtchen des Kindes, als wolle er irgendetwas darin entdecken. Vielleicht etwas von sich? War er doch der Erstgeborene in der Familie Pelzkappe! Er, sein Enkelsohn, würde ihm einmal den Kaddisch, das Totengebet, beten, denn er selbst hatte ja keinen Erstgeborenen. Das älteste und erste seiner Kinder war eine Tochter, war Sarah.
Schocher sagte: »Du wirst das Kind halten.«

Doch Mordechai hielt den Kopf nur über das Kind gebeugt und gab keine Antwort. Erst als ihm Schocher das Kind aus den Armen nehmen wollte, machte er eine heftige, abwehrende Bewegung und blickte hoch.
Fast entschuldigend sagte Schocher: »Ich will nur das Kind auf das Kissen legen, damit ich es für die Beschneidung vorbereiten kann.« Mordechai schaute ihn mit zu Schlitzen verengten Augen an und antwortete in scharfem Ton: »Das mache ich selbst, Aron Maynzer.«
Der hatte die Anspielung wohl verstanden und trat einen Schritt zur Seite. Mordechai bettete den Säugling vorsichtig auf dem Stuhl Elias.
Von nun an nahm das Beschneidungsritual seinen vorgeschriebenen Verlauf. Mordechai sprach nach dem Schnitt den Segensspruch: »Gelobt seist du, Ewiger, unser Gott, König der Welt, der du uns geheiligt durch deine Gebote und uns befohlen, den Enkelsohn in den Bund unseres Vaters Abraham aufzunehmen.«
Der arme Wurm schrie so sehr, daß das kleine Gesicht blau anlief und Mordechai, der ihn fest an den Beinchen hielt, vor Mitleid zitterte.
»Du mußt stille halten«, ermahnte ihn Schocher, »sonst tue ich ihm noch weh.« Geschickt verrichtete er die weiteren Handlungen. Und dann verband er mit Sorgfalt die kleine Wunde.
Der in den Bund Abrahams neu aufgenommene Erdensohn schrie derweil erbärmlich weiter. Fast gelang es ihm, mit seinem Geschrei die Gebete zu übertönen.
Zu einer erneuten Unterbrechung kam es, als Schocher über einem Becher Wein den Segensspruch zur Namensgebung sprechen wollte.
»Halt ein, Schocher! Mein Enkelsohn wird Joshua heißen.« Mordechais Worte klangen so entschieden, daß jedermann merkte, er dulde keinen Widerspruch.
Der Hausherr setzte den Becher ab und sagte unsicher: »Sa-

rah hat gewünscht, er soll Saul heißen, Saul, wie der erste König von Israel.«
»Er wird Joshua heißen!« Das klang noch schärfer als das erste Mal. »Joshua, das ist der rechte Name für meinen Enkelsohn. Joshua – Gott hilft. – Und wenn er ein gerechter Gott ist, wird er ihm helfen, ein guter und würdiger Pelzkappe zu werden, trotz allem. Joshua – Gott hilft.«
Da war guter Rat teuer. Hilflos blickte Schocher in die Runde der Männer. Aus keinem der bärtigen Gesichter konnte er einen Ausweg aus dieser Situation herauslesen. Ihm fiel auch keine Stelle in der Thora, dem Talmud oder einem anderen Buch ein, wer von den beiden, Sarah oder Mordechai, die gewichtigere Stimme bei der Namensgebung habe. So versuchte er es mit einem Sowohl-als-auch. Er schlug vor: »Was würdest du sagen, Reb Mordechai, wenn dein Enkelsohn beide Vornamen haben wird?«
Mordechai zupfte sich am Bart, schaute auf das Kind und dann Schocher an und sagte: »Ich bin einverstanden.«
Dem fiel ein Stein vom Herzen. Er erbat den Segen Gottes für das Kind und verkündete laut und deutlich: »Du sollst die Namen Saul und Joshua tragen.« Er tupfte den Finger in den Weinbecher und gab dem Kind einige Tropfen in den vom Schreien offenen Mund. Dann nahm er den Becher hoch: »Auf das Leben von Saul Joshua!«, trank einen Schluck Wein und reichte ihn an Mordechai weiter, der ebenfalls einen Schluck Wein trank.
Die Gäste verteilten sich in den anderen beiden Stuben, und Bella und ihre Töchter beeilten sich, den Festtagstisch zu dekken. Um die Zeit bis zum Essen zu verkürzen, spielte ein Spaßmacher aus Schlüchtern, den Schocher bestellt hatte, auf seiner Geige und gab einige lustige und anzügliche Beschneidungssprüche zum besten. Alle lachten und waren froher Dinge. Mordechais Auftritt war vergessen.
Mordechai ging hinüber in die Stube, in der sich während der Beschneidung Sarah mit den andern Frauen aufgehalten hatte. Sie saß in einem Ofenwinkel und hielt ihr Kind bereits wieder in den Armen. Es hatte aufgehört zu schreien. Feigele saß bei ihr.

Mordechai näherte sich seiner Tochter. Sie schloß die Augen und drückte das Kind an sich, als befürchte sie, er könne es ihr fortnehmen. Er blieb vor ihr stehen und wußte nicht recht, was er sagen sollte.
»Sarah – mein Kind – ich bin froh, dich wiederzusehen. – Du hast mir einen Enkelsohn geschenkt – du hast mich zum Großvater gemacht – ich danke dir –«
Er spürte deutlich, wie verlegen und banal diese Worte klangen, und schwieg. Noch immer hielt Sarah die Augen geschlossen. Er legte ihr die Hand auf den Kopf. Da brachen die Schleusen, und ein heftiger Weinkrampf schüttelte sie.

Mehrere Stunden lief David in Richtung Schlüchtern, parallel zur Handelsstraße und wenn möglich durch Waldgebiete. Er rannte und spürte dennoch keine Erschöpfung. Endlich fand er eine Waldhütte, in der er sich verstecken konnte. Er wäre ohne Mühe am gleichen Tag noch bis Eckardroth gekommen, doch er wußte, das fürstäbtliche Obergericht würde unverzüglich reitende Boten überall hin ins Fuldische Land entsenden mit der Order, ihn unter allen Umständen aufzustöbern. In wenigen Tagen würden alle Polizeistationen seinen Steckbrief an den Wänden hängen haben. Das Risiko, am Tag weiterzulaufen, war zu groß. Er mußte die Nacht abwarten.
Jetzt erst, in der Stille der Waldhütte, war er imstande, klare Gedanken zu fassen. Sein Traum von Seßhaftigkeit, Haus und Familie, einem bürgerlichen Leben war für immer ausgeträumt. In diesen Sekunden, als er auf den Stockmann einstach, war die Entscheidung gefallen. Die Backennarbe brannte, sein zerschnittenes Ohr schmerzte. Er mußte zu Sarah, mußte mit ihr sprechen. Sie war seine Frau. Aber konnte er von ihr verlangen, mit ihm das Leben eines per Steckbrief gesuchten Mannes zu teilen? Durfte er sie in sein Elend mit hineinzerren, für alle Zeit?
In der folgenden Nacht lief er bis in das Huttische Dorf im Bergwinkel.

Als es dämmerte, klopfte er an Aron Maynzers Tür. Das Haus, das er vorher nicht kannte, hatte er sich von einem Bauern, der schon früh unterwegs war, zeigen lassen.
Verschlafen und vorsichtig öffnete Schocher. Obwohl er den jungen Lehrer bei dessen Hochzeit mit Sarah gesehen und mit ihm an einem Tisch gesessen hatte, erkannte er ihn nicht wieder. Die Narben, der Bart und die krankhaft blasse Gesichtsfarbe, die ihm der Aufenthalt im Fuldaer Stockhaus eingebracht hatte, entstellten ihn zu sehr. Erst als er ihn auf jiddisch mit »Scholem alejchem – Friede mit dir« begrüßte und seinen Namen nannte, drehte ihn Schocher zum Licht, blickte ihm aufmerksam ins Gesicht und sagte verwundert:
»Tatsächlich, du bist es, David! – Alejchem Scholem! – Hast du dich verändert! Wo kommst du her?«
Ohne auf diese Bemerkung einzugehen, fragte David sofort: »Wo ist Sarah?«
»Komm erst mal herein.« Schocher drängte David in den kleinen Flur. »Sarah ist nicht hier.«
»Aber Schloime versicherte mir doch, ich würde sie bestimmt bei dir antreffen«, sagte David mit erregter Stimme.
»Nicht so laut, die Kinder schlafen. Weißt du wirklich von nichts?«
»Von was soll ich wissen?«
Schocher legte ihm die Hand auf die Schulter, als wolle er, noch bevor er ihm die schlechte Nachricht mitteilte, besänftigen.
»Deine Frau ist mit ihrem Vater in ihr Elternhaus zurückgegangen. Mit dem Kind.«
»Mit welchem Kind?«
»Mit welchem schon? Mit ihrem!«
David sprang auf. »Mit ihrem Kind?«
»Warum schreist du so? Du machst das ganze Haus rebellisch.«
»Wie kann sie ein Kind bekommen? Das ist unmöglich.«
Mißtrauen schwang in Schochers Stimme, als er sagte: »Wenn Sarah mir nicht von deinen Narben erzählt hätte, würde ich

daran zweifeln, ob du wirklich David bist. So ahnungslos kann man nicht sein. Ein Mann weiß doch, wenn seine Frau schwanger ist.«

David blieb vor ihm stehen. »Ich schwöre dir, ich hatte keine Ahnung.«

Schocher kniff die Augen zusammen, als überlege er. »Wie lange warst du im Gefängnis?«

»Fast sieben Monate. Ist es ein Junge oder ein Mädchen?«

»Ein Junge.«

Zögernd und unsicher sagte David: »Das heißt also: Ich bin jetzt Vater? Bin Vater eines Sohnes?«

»Es scheint so«, bemerkte Schocher trocken.

»Ist er schon beschnitten?«

»Selbstverständlich. Schon vor zehn Tagen.«

»Ohne mich? Ohne seinen Vater?«

»Kein Mensch konnte wissen, wann du zurückkommst. Und wer wußte schon, ob man dich überhaupt wieder laufen lassen würde. Sarah hat mir erzählt, wessen man dich beschuldigt.«

»Ja, es ist wahr, man hätte nicht so lange warten können. Ein jüdischer Junge muß das Zeichen des Bundes tragen. Da hat Sarah recht getan. Sag mir nur, wo es geschehen ist und wer ihn beschnitten hat.«

»Hier, bei mir im Haus, fand die Beschneidung statt. Und der Beschneider war ich. Es ging alles glatt vonstatten.«

Den unerwarteten Auftritt von Mordechai Pelzkappe verschwieg Schocher.

»Welchen Namen hat Sarah meinem Sohn gegeben?« wollte David wissen.

»Er heißt Saul Joshua.«

»Saul Joshua«, wiederholte David langsam. »Sie hat ihm gleich zwei Namen gegeben. Auch gut.« Er setzte sich auf die Ofenbank, starrte vor sich auf den Boden und wiederholte noch einmal leise: »Mein Sohn heißt Saul Joshua Buchsweiler.« Plötzlich sprang er auf. »Ich muß sofort zu Sarah und zu meinem Sohn!«

»Das kannst du nicht so einfach. Du mußt dich schon gedulden. Ich werde deine Frau verständigen.«
»Du hast recht, ich kann nicht so einfach.«
David setzte sich wieder. Und dann berichtete er Schocher ausführlich, was sich vor rund vierundzwanzig Stunden in Fulda abgespielt hatte.
Als David mit seiner Schilderung zu Ende war, kratzte sich Schocher hinterm Ohr und verzog das Gesicht zu einer Grimasse. »Eine verflucht böse Sache, David! Einmal läßt man sich hinreißen. Ein einziges Mal! Und was nun? Es wird nicht lange dauern, bis dein Steckbrief auch hier in Eckardroth beim Amtmann in der Stube hängt. Dann kannst du dich nicht einmal mehr hier im Dorf blicken lassen. Es sei denn, du kannst zahlen, an den Amtmann und an den Baron. Kannst du?«
David schüttelte den Kopf. »Wo sollte ich es hernehmen? Bis vor zwei Tagen war ich im Gefängnis.«
»Und wie steht es mit deinem Schwiegervater, mit Mordechai Pelzkappe?«
»Du würdest nicht fragen, wenn du ihn genauer kennen würdest, Schocher. Der gibt mir eher einen Tritt in den Hintern als einen einzigen Kreuzer. Und außerdem – glaubst du, ich würde etwas von ihm annehmen?«
»Du mußt es wissen. Bis morgen kannst du bei mir bleiben. Oben in der Kammer, in der auch Sarah schlief. Und in einer Stunde, wenn das Leben im Dorf erwacht ist, schicke ich Golde, meine Älteste, hinunter in Pelzkappes Haus, um Sarah Bescheid zu geben. Mehr kann ich nicht für dich tun. Dann mußt du selber sehen, wie du weiterkommst.«
Schocher machte eine Pause, um zu sehen, wie David auf seine Worte reagiere. Doch er stellte keinerlei Regung fest. Er betrachtete mitleidvoll den ausgemergelten und durch die Narben am Kopf verunstalteten Lehrer. Wie konnte man ihm helfen? Wenn er es genau bedachte, überhaupt nicht. Aber wie sollte es dann mit ihm weitergehen, wenn der Allmächtige kein Wunder geschehen ließe? Warum sollte er ausgerechnet bei

David, wo er schon weitaus Erbarmungswürdigere im Stich gelassen hat?
Ich muß David reinen Wein einschenken, muß ihm sagen, wie es um ihn steht, ging es Schocher durch den Kopf. Und er fuhr in seiner Rede fort: »Mein Freund, dir ist nicht damit geholfen, wenn ich um die Dinge herumrede. Du befindest dich in größter Lebensgefahr. Das mußt du mir glauben. Du magst schlagen oder töten, wen du willst, da ist immer noch irgendwo ein Loch, wo du entschlüpfen kannst. Nicht aber bei einer Amtsperson, und schon gar nicht bei einem Beamten der Justiz. Frag nicht, warum. So ist es nun mal. So ist es immer gewesen. Das mußt du einfach wissen, sonst läufst du in dein Verderben. Ich bedaure, dir nichts Erfreulicheres sagen zu können.« Er ging zu einem Bord, nahm eine Flasche Johannisbeerwein und zwei kleine Becher herunter und goß sich und David ein. »Wenn ich dir einen Schrecken eingejagt habe, trink darauf einen Schluck. Besser, ich bereite dir den Schrecken als ein Polizeimann oder ein Untersuchungsrichter. Denn dann ist es zu spät. Und noch etwas mußt du wissen. Mehr als einen Tag kannst du wirklich nicht bei mir bleiben. Es sei denn – ich sagte es dir bereits – du kannst zahlen. An den Amtmann und an den Grafen.«
»Und an dich.«
»Das geringste, David. Auch ich muß leben. Mein Risiko ist groß. Und nur, wenn ich tue, was Kees von mir verlangt, bin ich sicher, sind alle die sicher, die gelegentlich bei mir wohnen.«
»Mußt dich nicht verantworten«, erwiderte David. »Ich weiß, wie es um mich steht. Ein Steckbrief, das ist wie eine Mausefalle. Beim kleinsten unvorsichtigen Schritt schlägt sie zu. Was rätst du mir? Was soll ich tun?«
Schocher überlegte nicht lange: »Mein Rat: Geh ins Ausland und beschaff dir andere Papiere, nimm einen anderen Namen an. So machen es viele, die von der Polizei gesucht werden.«
»Und Sarah, meine Frau?«
Schocher zuckte die Achseln. »Das ist dein Problem. Oder besser noch: ihres. Rede mit ihr.«

Entsetzt riß Sarah die Augen auf und verharrte in der Tür zu der Kammer, die sie einige Wochen lang bewohnt hatte. Sie war wie erstarrt. Vor ihr, in der Mitte der Kammer, stand David. Statt ihrem Mann in die Arme zu stürzen, stieß sie erschrocken hervor: »David! Bist du das? Wie siehst du aus! Wie haben sie dich zugerichtet. Mein Gott!«

Seit dem Überfall der französischen Soldaten und den schweren Verletzungen Davids und Stichler-Sallys durch die Säbelhiebe hatte sie ihren Mann nur noch ein einziges Mal gesehen. In der Fuldaer Judenherberge, als die Nonnen aus dem Jungfrauenkloster Sankta Maria die beiden verletzten Juden ablieferten, nachdem ein Wundarzt sie wieder zusammengeflickt hatte. Damals war wegen des großen Verbandes, der nicht viel mehr als Augen, Nase und Mund frei ließ, nicht zu erkennen gewesen, wie sehr Davids Gesicht durch die Säbelhiebe entstellt worden war.

Ein Fremder, einer, der einem Haderlumpen ähnlicher war als dem Religionslehrer, stand mit ausgebreiteten Armen vor ihr.

»Sarah!«

Die Stimme klang heiser und leise, wie aus weiter Ferne. Und doch, es war seine freundliche, warme Stimme, die ihr so vertraut war, die sie wie eine zärtlich streichelnde Hand empfunden hatte. Sie war unverändert geblieben.

Sie schloß die Augen, um nur seine Stimme zu hören. Schweigend ging David einige Schritte auf sie zu und faßte sie an den Schultern. Sie wich kaum merklich zurück. Er umarmte und preßte sie an sich. Noch immer hatte sie die Augen geschlossen. Sie nur jetzt nicht öffnen! zuckte es ihr durch den Kopf. Der häßliche rote Wurm könnte sich aus Davids Barthaaren lösen und sich in ihr Gesicht schlängeln.

David hielt sie fest.

Sie spürte seinen Herzschlag, seine Unruhe, seine Wärme. Endlich ließ auch ihre widerstrebende Spannung nach. Sie legte den Kopf an seine Brust und fühlte, wie seine Liebe und sein Verlangen zu ihr hinüberströmten.

Es dauerte eine lange Zeit, bis beide die Sprache wiederfanden. Dann erkundigte sich David nach seinem Sohn.
Für Sarah war es eine Selbstverständlichkeit, daß David zuerst nach seinem Sohn fragte und nicht nach ihrem Befinden, obwohl sie sich sieben Monate nicht mehr gesehen hatten.
»Deinem Sohn geht es gut.« Ein Sonnenstrahl huschte über ihr Gesicht. »Deinem Sohn Saul.«
»Ich weiß. Schocher hat es mir gesagt.«
»Er kommt ganz auf dich heraus, wird dir immer ähnlicher, hat pechschwarze Haare und eine Hautfarbe, die genau so dunkel ist wie deine. Drei Wochen ist er erst alt und erkennt mich schon, wenn ich an die Wiege komme. Seine großen Augen wandern hin und her, und er lacht mich sogar schon an.«
»Wann kann ich ihn sehen?«
»Heute nachmittag. Dann komme ich mit ihm hier her.« Sarah zögerte einen Augenblick. Dann fuhr sie fort: »Du solltest vorerst nicht unser Haus aufsuchen. Ich muß Mamme und Tate erst auf dein Kommen vorbereiten.«
»Ist in Ordnung, Sarah. Komm, laß uns hinsetzen. Wir haben vieles miteinander zu reden.«
Sie setzten sich nebeneinander auf die schmale Bettstelle, und David ergriff Sarahs Hand.
»Sage du mir erst«, begann er, »wie es dir ergangen ist. Du hast viel durchgemacht, seit man mich in Fulda eingesperrt hat.«
Und Sarah berichtete, wie sie sich mit Schodenheinrich bis Eckardroth durchgeschlagen hatte, schilderte ihren Aufenthalt in der Ziegelhütte und warum sie sie verlassen mußte und wie sie im Haus des Aron Maynzer die letzten Wochen vor der Geburt leben und hier auch ihr Kind zur Welt bringen konnte.
Danach erzählte David vom Fuldaer Stockhaus und wie dort Stichler-Sally zugrunde gegangen war und er sein Versprechen, für ihre erste Tochter ein Kleidchen zu nähen, nicht mehr einlösen konnte.
Sarah vergrub den Kopf in den Händen und flüsterte: »O Gott, wie schrecklich!«

»Ja, es war schlimm, Sarah.«
»Wirst du die Zeit je vergessen können?«
»Niemals.«
»Du mußt es versuchen, David, sonst wirst du nie mehr ein normales Leben führen können.«
»Werde ich auch nicht.« David atmete hörbar tief ein, preßte ihre Hand und schaute sie mit merkwürdig großen Augen an. »Sarah – ich habe dir nicht alles erzählt.«
Sie erschrak. Diese rauhe, fast harte Stimme war ihr fremd. Und auch dieses Gebaren. Ängstlich fragte sie: »Noch schrecklichere Dinge?«
»Noch schrecklichere.« Er ließ ihre Hand los, stand auf und begann, in der Kammer auf und ab zu gehen. David berichtete mit monotoner Stimme und gesenktem Kopf wie im Selbstgespräch, während er unablässig die Kammer durchmaß, von seinem Überfall auf den Fuldaer Kerkermeister.
Sarah saß wie versteinert auf dem Bett, den Mund offen, sprachlos. Selbst als er geendet hatte, zeigte sie keine Bewegung und war unfähig, ein Wort zu sagen.
»Nun weißt du, wie es um mich steht, Sarah, selbst wenn der Stockmann am Leben geblieben ist.« David stützte sich auf den Stuhl und schaute sie an. »Wie es um uns beide steht.« Er richtete sich auf und setzte seine Wanderung von einer Wand zur andern fort.
Sarah schwieg. Nach einer ganzen Weile erwachte sie aus ihrer Starre. Puppensteif, wie an Fäden gezogen, erhob sie sich und blieb vor dem Bett stehen. Die Backenmuskeln traten hervor, die Lippen waren aufeinandergepreßt. Tonlos sagte sie: »Nun weiß ich, wie es um uns steht. – Welch einen Dummkopf habe ich geheiratet! Hat nichts Besseres zu tun, als einen Kerkermeister totzuschlagen. Einfach mir nichts, dir nichts totzuschlagen – um einer billigen Rache willen. – Um einer billigen Rache willen«, wiederholte sie. »Mit Steckbriefen wird man dich suchen, dich verfolgen. Einen Totschläger. Hast du dabei auch nur eine Sekunde an mich gedacht?«

»Ich bitte dich, Sarah, sprich nicht so!«
»Warum nicht? Kannst du die Wahrheit so schwer ertragen? Aber du sollst sie hören, ob du willst oder nicht.«
»Hör auf!«
Unbeirrt fuhr sie fort: »Nicht nur dein Leben hast du zerstört, auch meines. Doch darauf kommt es nicht an. Was noch tausendmal schlimmer wiegt: Du hast die Zukunft meines Sohnes zerstört.«
»Unseres Sohnes.«
»Nein, es ist nicht mehr dein Sohn, nur noch der meine.«
David faßte sie mit hartem Griff an den Armen und schüttelte sie. »Sarah! Bist du von Sinnen?«
Mit einem Ruck riß sie sich los. »Faß mich nicht an! Ohne Vater wird mein Sohn groß werden müssen. Weißt du, was das heißt? Ein jüdischer Junge ohne einen Vater! Er ist ein Unglücklicher, bevor er begreifen kann, was das bedeutet. – Du wirst verschwinden. Ins Ausland oder sonstwohin. Hier im Huttischen und im Fuldischen und im ganzen Reich wirst du dich nie mehr blicken lassen können, denn überall wird dein Steckbrief hängen. Und du selbst? Ein Gottloser bist du geworden. Du hast eine Todsünde begangen. O, es wird schlimm mit dir enden.«
Wie von den Beinen gerissen, stürzte Sarah auf das Bett, vergrub den Kopf in den Kissen und weinte. Nach einer Weile erhob sie sich, trocknete die Tränen, strich sich die Kleider glatt und schickte sich zum Gehen an, wortlos.
»Sarah, so kannst du mich nicht verlassen. Bitte, bleibe noch!«
Sie drehte den Kopf zu David und schaute ihn aus müden Augen an. »Wozu? Was haben wir uns noch zu sagen?«
»Noch viel, Sarah. Es ist doch noch nicht alles aus zwischen uns. Das hast du nur so gesagt.«
Sie zuckte nur mit den Schultern, um ihm anzudeuten: Ich weiß es auch nicht. Unschlüssig standen beide auf ihren Plätzen, angewurzelt. David faßte sie an: »Setz dich, bitte.«
Zögernd folgte sie und nahm auf dem einzigen Stuhl Platz.

Mit leiser Stimme sagte er: »Es nützt nichts mehr, meine Tat zu bereuen. Nichts in der Welt kann sie ungeschehen machen. Ich habe auch dir Unglück gebracht. Doch ich liebe dich und will dich nicht verlieren.«

»Alles hast du bereits zwischen uns zerstört.«

»Nein, Sarah, ich gebe die Hoffnung nicht auf, daß es noch eine Zukunft für uns gibt.«

»Und was soll aus dem Kind werden?«

»Darüber müssen wir reden. Wie es eine Zeitlang ohne mich, ohne Vater, zurechtkommen soll.«

»Nur eine Zeitlang?«

»So lange ich lebe, werde ich mich um unseren Sohn kümmern.« Das klang feierlich wie ein Schwur.

Diesmal widersprach sie nicht, als er ›unseren Sohn‹ sagte.

»Ich muß von hier verschwinden, Sarah«, fuhr er fort. »Vielleicht hat der Amtmann schon jetzt meinen Steckbrief in Händen. Aber wann immer ich kann, werde ich zu dir kommen.«

Ohne ihm darauf zu antworten, wandte sie sich zur Tür. »Nun muß ich gehen. Die Mamme weiß nichts von meinem Hiersein.«

»Noch ein Wort, Sarah. Wirst du die nächste Zeit im Haus deiner Eltern wohnen?«

»Was bleibt mir übrig? Nur dort hat das Kind seine Pflege und seine Ordnung. Wo sonst sollte ich mit ihm bleiben? Auf der Landstraße?«

»Nein. So ist es schon richtig.« Noch in der Tür hielt er Sarah fest und fragte: »Wirst du heute nachmittag mit ihm hierherkommen? Ich möchte meinen Sohn sehen.«

»Ich werde kommen.«

Am Nachmittag kam sie wieder, mit dem Kind. Es war kunstvoll in ein hellbraunes Wolltuch gehüllt. Nur das kleine rötliche Gesicht mit den Knopfaugen war zu sehen. Feigele war mit den beiden mitgekommen.

Bella empfing sie freundlich und sagte: »Ihr könnt hier unten in

der Wohnstube bleiben. Hier ist es warm, und ihr habt mehr Platz als oben. Auch für den Kleinen ist es besser.«
»Danke, Bella. Die obere Kammer ist wirklich sehr kalt.«
»Zeig ihn mal her, deinen Sohn!« Bella beugte sich über den Winzling und tippte mit dem Finger an sein Kinn. Das behagte ihm nicht, weshalb er zu plärren begann. Und sie sagte: »Ist ja schon gut, mein Kleiner. Kannst gut schreien. Hast dich prächtig gemacht.«
Sarah wiegte ihn in den Armen hin und her, und ein zufriedenes Glucksen löste den Plärrton ab.
David kam die Treppe hinuntergeeilt. Sarah schlug das Tuch auseinander und legte das Kind in seine Arme. Er hielt es so ungeschickt, als sei er plötzlich ganz steif geworden. David betrachtete seinen Sohn voller Rührung. Das war er, Saul Joshua, sein Fleisch und Blut! Nach einer Weile legte er das Kind vorsichtig wieder in die Arme seiner Frau.
Kurz darauf schrie der Säugling erneut, und Sarah sagte: »Mein Sohn hat Hunger. Er will schnell groß werden.« Sie setzte sich, knöpfte die Bluse auf und löste ein fest gebundenes Tuch. Wie eine Dreiviertelkugel stand die volle, feste Brust vom Körper ab.
David wurde es bei diesem Anblick ganz heiß. Sarah nahm die Brustwarze zwischen zwei Finger und steckte sie in den vom Schreien weit geöffneten Mund des Kindes. Sofort verstummte es, und nur noch ein schmatzendes Saugen war zu hören. Gebannt beobachtete David den Vorgang. Es war nicht das erste Mal, daß er sah, wie eine Frau ihrem Kind die Brust gab. Auf der Landstraße und in den Herbergen war das gang und gäbe, und niemals störte sich eine Frau daran, wenn Männer in der Nähe waren und zuschauten. Aber das hier war etwas Besonderes. Seine Frau stillte seinen Sohn – mit der Brust, die er so oft und gern gestreichelt und geküßt hatte.
Die Saugbewegungen des Kindes wurden langsamer, die dunkelbraune Brustwarze, auf der noch ein winziges Milchkrönchen saß, schlüpfte ihm aus dem Mund, und das Köpfchen

rutschte langsam von der Brust ab. Gesättigt und zufrieden war es eingeschlafen. Sarah band das Tuch wieder fest und knöpfte die Bluse zu.
Feigele sagte: »Ihr habt euch bestimmt noch einiges Wichtige zu sagen. Ich gehe derweil mit dem Kleinen zu Bella hinaus in die Küche.«
»Was wir uns zu sagen haben, ist nicht mehr viel«, bemerkte Sarah.
»Trotzdem. Wer weiß, wann ihr euch das nächste Mal seht.«
David und Sarah saßen allein in der Stube. Zwischen ihnen der Tisch.
»Bis morgen bleibe ich hier bei Schocher«, sagte David, »dann gehe ich fort, für eine unbestimmte Zeit.« Er nahm über den Tisch Sarahs Hand. »Bevor ich weggehe, Sarah, habe ich noch eine Bitte. Komm heute abend zu mir. Laß uns noch einmal zusammen sein!«
Erschrocken entzog sie ihm die Hand, erhob sich und ging einen Schritt zurück: »Wo denkst du hin, David! Das ist unmöglich.«
»Warum? Wegen deiner Eltern? Oder wegen Bella? Sie hat bestimmt Verständnis dafür.«
»Mit denen hat das nichts zu tun. Nur etwas mit uns. Wie kannst du so etwas von mir verlangen, ausgerechnet jetzt! Mich quälen andere Sorgen, als mit dir ins Bett zu gehen.«
»Was verlange ich schon? Nichts weiter, als daß du dich daran erinnerst, meine Frau zu sein. Ist es so verwerflich zu sagen: Ich habe Sehnsucht nach dir?«
»Was du da sagst, ist geschmacklos.«
»Es ist die Wahrheit.«
»Hör auf! Glaubst du, ich will noch ein zweites Kind von dir? Ein zweites, das ohne Vater groß werden soll, weil du dich ein ganzes Leben lang verstecken mußt oder im Gefängnis verkommst?« Sie stand auf, öffnete die Tür und rief: »Feigele, komm, wir müssen gehen.«
Feigele kam herein, schaute aufmerksam in beider Gesichter

und sagte: »Habt ihr in dieser Stunde nichts Wichtigeres zu tun, als euch zu streiten wie Kinder?«
Barsch antwortete Sarah: »Das ist unsere Angelegenheit.«
Betroffen reichte ihr Feigele das Kind. Sarah wickelte es wieder in das warme Wolltuch zu einem Kokon und hielt es David hin. Er streichelte ihm den Kopf und sagte leise: »Auf Wiedersehen, Saul Joshua, mein Sohn. Auf bald.« Er wagte es nicht, mit dem zerzausten Bart seinen Sohn zu küssen. »Auf Wiedersehen, Sarah.«
Sie hielt das Kind im Arm, darum konnte er sie nicht umarmen, wie er es gern getan hätte. So küßte er sie auf die hingehaltene Backe.
»Ich komme wieder!« sagte er.
Schnell verließ Sarah das Haus, und David blieb allein in der Stube zurück.

Noch bei Schocher erreichte David ein Brief seines Vaters. Er schrieb ihm:
»Mein Sohn, lange habe ich nichts mehr von Dir gehört. Ich habe mich gefragt, ob Du denn, seit Du zu den Wohlhabenden gehörst, gar nicht mehr an Deine Eltern denkst oder einfach keine Zeit hast, weil Du so viel arbeiten mußt. Ich war immer geneigt, das zweite anzunehmen. Nun habe ich kurz hintereinander zwei Nachrichten erhalten, die Dich betreffen. Die eine hat mich sehr froh gemacht, die andere mir großen Kummer gebracht. Zu beiden drängt es mich, Dir zu schreiben.
Deine Frau hat uns einen Enkel geschenkt. Unsere Freude darüber ist doppelt groß, weil unser erstes Enkelkind ein Junge ist und den Namen Buchsweiler tragen wird, einen Namen, der, so lange ich mich und mein Vater und mein Großvater sich zurückerinnern können, niemals von seinem Namensträger in den Schmutz getreten wurde. Laß mich bald wissen, wie mein erster Enkelsohn heißt. Ich wünschte, ich könnte ihn einmal sehen. Aber es geht leider nicht, so sehr ich darüber traurig bin.

Die Krankheit deiner armen Mutter, es scheint die Auszehrung zu sein, hat sich verschlimmert. Sie kann nicht mehr aus dem Bett aufstehen. Ich kann sie nicht allein lassen. Ich hoffe, Dein Sohn wird ein gesunder und kräftiger Junge und ein echter Buchsweiler.

Nun zu der zweiten Nachricht, die mir großen Kummer bereitet hat. Als die Polizisten zu uns ins Haus kamen, nach Dir fragten und dann in allen Räumen herumsuchten, weil gegen Dich, so behaupteten sie, ein Haftbefehl vorliege wegen Mordversuchs an einem Zuchtmeister, glaubte ich an einen Irrtum. Ein Buchsweiler und ein Mordgeselle, dazu noch mein Sohn, das konnte es nicht geben, das paßte nicht zusammen. Als sie mir daraufhin einen Steckbrief mit Deiner Beschreibung unter die Nase hielten, mußte ich es wohl oder übel glauben, da war jeder Zweifel ausgeschlossen. Ich bin unfähig zu schildern, was ich in diesem Augenblick empfand. Als die Polizisten wieder gegangen waren, habe ich mir mit den Fäusten an den Kopf geschlagen und wie Hiob geklagt: Wenn man meinen Jammer wöge und mein Leiden zusammen in eine Waage legte, so würden sie schwerer sein denn Sand am Meer. Ja, so habe ich, Gott ist mein Zeuge, geklagt. Meine schlimmsten Befürchtungen sind wahr geworden: Es hat Dir keinen Segen gebracht, Dich den Wohlhabenden zuzugesellen, nur Unehre und Verfluchung, und Deinen Eltern Schande. Deine arme, kranke Mutter weiß von nichts. Eine solche Nachricht hätte ihr den Tod gebracht. Wie aber wird es mit Dir weitergehen? Wirst Du die Kraft haben, Dich wieder aus dem Sumpf des Verbrechens herauszuarbeiten? Ich bete täglich zu Gott, er möge Dir den Willen und die Kraft geben.

Lebe wohl, mein Sohn. Gott beschütze Dich und beschere Deiner Familie und meinem Enkelsohn Gesundheit und Frieden. Dein unendlich betrübter Vater.«

Konnte das Gottes Wille sein, fragte sich David, nachdem er den Brief gelesen hatte, verzweifelt, denen, die mir nahestehen, immer nur Leid zuzufügen, und jetzt auch noch den Eltern?

Zum wiederholten Mal fragte er sich auch, ob ein solches, in Unheil getauchtes Leben sich lohne weiterzuleben. Nicht allein die Gebote der Thora und des Talmuds verboten ihm, diese Gedanken zu Ende zu führen, Sarah und vor allem sein Sohn zwangen ihn, sie zu verscheuchen. Ihretwegen mußte er leben, ihretwegen die winzige Hoffnung auf bessere Zeiten in sich bewahren.

Es war spät am Abend. Im Haus des Aron Maynzer waren die Frauen und der Großvater bereits zu Bett gegangen. Nur Schocher und David saßen noch gestikulierend am Eßtisch. Zwischen ihnen stand die Flasche mit Johannisbeerwein. Hin und wieder nahm einer einen Schluck aus seinem Becher.

Eindringlich redete der Ältere auf den Jüngeren ein: »Ich sagte dir schon einmal: Geh ins Ausland! Je weiter weg, um so besser. Vielleicht in ein paar Jahren, wenn dein Steckbrief vergilbt und Gras über die Affäre gewachsen ist, kannst du zurückkommen und ein neues Leben beginnen. – Vielleicht.«

Schocher richtete die geöffneten Handflächen nach oben, wie es Juden zu tun pflegen, um anzuzeigen: Wer weiß es schon so genau, außer Gott! – »Bleibst du aber im Land –«

»Ich weiß, dann schnappt die Falle eines Tages zu.«

»So ist es. Du hast keine Erfahrung, wie man sich unsichtbar macht, hast niemand, der dir zeigt, wo es noch einen Ausweg aus einer ausweglosen Lage gibt.«

Da erinnerte sich David an Schmuel, den Mersener, mit dem er zusammen im Stockhaus in Fulda eingesperrt war. »Doch, es gibt einen«, sagte er leise.

»Wer soll das sein?« fragte Schocher.

»Laß mal. Ich muß darüber nachdenken.« Beim Abschied hatte der Mersener ihm zugeflüstert: Wenn du einmal in Not bist, kannst du auf mich zählen. Suchst du mich, wirst du mich auch finden, frage am besten bei Hannes Schuchardt in der Burg Gelnhausen nach.

Am andern Morgen, als David mit der Familie Maynzer am Frühstückstisch saß, kam Feigele herein. Sie war außer Atem.
»Ich bin froh, dich noch anzutreffen, David«, sagte sie. »Ich muß dich sprechen, bevor du Eckardroth verläßt.«
»Komm mit nach oben!« Zusammen gingen sie hoch. »Etwas von Sarah?«
»Nein, nichts von ihr.« Feigele nestelte aus einer Tasche ihres Rocks einen kleinen Silberring hervor. Er war auf einer dünnen, aus Roßhaaren gedrehten Schnur aufgezogen. Sie reichte ihn David. »Nimm den Ring und bewahr ihn gut«, sagte sie bedeutungsvoll.
»Danke, Feigele. Ein Talisman?«
»Mehr als das, David. Es hat eine besondere Bewandtnis mit ihm. Er wird dir helfen, den Weg zurück zu deiner Familie zu finden.«
»Gebe Gott, du hättest recht. Ich will ihn gut aufheben. Doch was für ein Geheimnis steckt in dem Ring?«
»Es ist eine lange Geschichte. Aber du mußt sie erfahren, denn Meir Schiff wünscht, der Ring solle in Zukunft seine Kräfte auf dich konzentrieren.«
»Der berühmte Rabbiner?« fragte David irritiert. »Der ist doch seit vielen Jahren tot.«
Meir Schiff war ein zu seiner Zeit in der ganzen jüdischen Welt bekannter wortgewaltiger Rabbiner in Frankfurt und eine große Leuchte jüdischer Gelehrsamkeit, dessen Traktate weithin berühmt waren.
»Ganz recht, der Ring ist von ihm«, sagte Feigele.
»Ein Erbstück?«
»Nein. Es ist ein Wunderring.«
David betrachtete den kleinen Silberring genau, fand aber nirgendwo die Spur einer Besonderheit an ihm.
»Höre seine Geschichte: Der Sejde Israel, mein Vater, Sarahs Großvater, handelte auch schon mit Spitzen. Von ihm hat mein Bruder Mordechai das Geschäft übernommen. Jedes Jahr im Frühjahr besuchte er die Messe in Frankfurt. In keiner anderen

Stadt machte er so vortreffliche Geschäfte wie dort. Er schwor darauf, das habe er allein Meir Schiff, dem berühmten Rabbiner und Gelehrten, zu verdanken. Der Sejde verehrte ihn sehr. Seine Schriften waren in der Studierstube des Großvaters alle vorhanden. Noch heute stehen die dicken Folianten im Bücherschrank meines Bruders Mordechai neben der Heiligen Schrift und dem Talmud. Wenn der Sejde zur Frankfurter Messe fuhr, war sein erster Gang zu Meir Schiffs Grab. Dort betete mein Vater Kaddisch für den Gutn-Jiddn, erbat seinen Segen für seine Familie und für seine Messegeschäfte. Dann stellte er ihm noch ein Lichtl auf den Grabstein, damit auch ganz deutlich werde, wie sehr er ihn verehre und darum seines Wohlwollens würdig sei. Und der Gute-Jidd enttäuschte ihn nicht. In Frankfurt machte der Sejde jahrein, jahraus gute Geschäfte und hatte keine Konkurrenz zu fürchten. Als er wieder einmal am Grab des großen Rabbiners den Kaddisch gebetet hatte, fiel sein Blick auf diesen kleinen silbernen Ring. Er lag am Sockel des Grabsteins und war nicht zu übersehen. Der Sejde hob ihn auf und wußte sofort, dieser Ring war für ihn bestimmt und sollte eine Botschaft sein. Das war doch klar: Ein silberner Ring am Grab eines Gutn-Jiddn, der schon zu Lebzeiten als Heiliger verehrt wurde, das mußte eine gute Botschaft sein. Aber welche? Wer würde sie ihm enträtseln können? Da fuhr er zum Schlüchterner Rabbi, der als hervorragender Kabbalist bekannt war und somit im Entziffern von geheimen Botschaften Erfahrungen besaß. Der Rabbi brauchte nicht lange zu überlegen. ›Wenn dir dieser Silberring verehrt wurde‹, sagte er, ›dann wird er auch eines Tages sein Geheimnis preisgeben. Sonst wäre das Mysterium ja keines. Du mußt ihn nur stets dicht am Körper tragen.‹ Das nahm sich der Sejde zu Herzen. Er schnitt sich vom Schwanz eines Pferdes zwei Haare ab. Aus ihnen drehte er eine Schnur. Roßhaare sind ein wichtiges Zaubermittel. Er zog den Ring darauf, verstärkte somit dessen Zauberkraft und legte sich die Schnur um den Hals. Und tatsächlich, nicht lange darauf kam eines Nachts eine außerirdische Gestalt zu ihm. Sie trug einen dunklen, aber

wie Spinnweben durchsichtigen Kaftan und hatte einen wallenden weißen Bart. Lautlos und ohne Schwierigkeit ging sie durch die geschlossene Tür in sein Schlafgemach und bis an sein Bett. Vom Augenblick ihres Erscheinens an wußte der Sejde, daß die Gestalt Meir Schiff war, besser noch, sein Geist. Und der Geist begann zu sprechen. ›Ich bin gekommen, Israel, um dich in das Geheimnis des Ringes einzuweihen. Er wird dir und allen, die ihn nach dir tragen werden, nützlich sein. Er ist kein Glücksbringer, sondern ein Spurensucher. Das merke dir gut. Hast du etwas verloren, wirst du es mit seiner Hilfe wiederfinden. Bist du vom rechten Weg abgewichen, wird er dich auf ihn zurückbringen. Bist du weit fort von Frau und Kindern, zeigt er dir, wo sie zu finden sind und führt dich zu ihnen zurück. – Und noch ein letztes‹, sagte der Geist, ›der Ring kommt aus Frankfurt, und er führt zurück nach Frankfurt.‹ Dann verschwand die Gestalt, löste sich einfach in Luft auf.« Feigele schwieg.
»Und weiter?«
»Nichts weiter. Nun kennst du das Geheimnis des Ringes.«
»Und vertraust ihn mir dennoch an?«
»Ja, aber nicht ganz aus freien Stücken. Heute nacht kam der Geist von Meir Schiff zu mir. Und er befahl mir, den Ring dir zu übergeben.«
»Ausgerechnet mir?«
»Das habe ich auch gefragt. Hier, nimm den Ring an dich, wie er es befohlen hat.«
David zog die Schnur über den Kopf, steckte den Ring unter sein Hemd und sagte: »Es ist ein Talisman von dir, oder auch ein Wunderring. Darum werde ich ihn immer so tragen.« Er legte die Hand auf die Brust, wo der Ring lag. »Mit allen deinen guten Wünschen.«
»Und seinen Kräften. Du wirst es erleben, eines Tages wird er dir nützlich sein.«
»Ich will es gern glauben.«
Sie umarmten sich noch einmal, und Feigele steckte ihm einen Lederbeutel mit einigen Silbermünzen aus ihren eigenen Er-

sparnissen zu. Das Geld aus Sarahs Aussteuer, das sie zur Aufbewahrung bekommen hatte, war aufgebraucht.
»Auch ein paar Silberlinge können Wunder bewirken«, bemerkte sie lächelnd, »aber auf eine ganz andere Weise als der Ring.«
Gegen Mittag schulterte David seinen Packen und verließ Schochers Haus. Er ging nicht ins Ausland, sondern hinunter nach Gelnhausen auf die Suche nach Schmuel, dem Mersener.

7. Kapitel

Hannes Schuchardt, der Herbergswirt in der Burg Gelnhausen, erkannte David auf den ersten Blick nicht wieder und war voller Mißtrauen, wie bei jedem Neuen, der zu ihm kam. »Wer bist du und was willst du?«

»Die Nacht bei dir bleiben.«

»Es ist kein Platz mehr. Alles belegt.«

»Erinnerst du dich nicht mehr an mich? Ich bin David Buchsweiler und habe im letzten Jahr schon bei dir genächtigt. Mit meiner Frau zusammen. Vorher hatten wir ein langes Gespräch mit dem Parnaß der Gelnhäuser Judengemeinde.«

Nun dämmerte es dem Herbergswirt: »Du bist der Judenlehrer, der sich in Eckardroth eine Pelzkappe geholt hat?« Er lachte meckernd. »Daß ich dich nicht gleich erkannt habe! Komm herein. Für dich ist gewiß noch ein Platz im Stroh. Du kannst doch zahlen?«

»Ich kann.«

»Dann auch auf einem ordentlichen Strohsack.«

Der lange, hagere Herbergswirt mit dem Schnauzbart und dem ausladenden Schlapphut, den er zu keiner Zeit absetzte, schlug David krachend auf die Schulter. »Laß dich anschauen! Sie haben dich verdammt übel zugerichtet. Waren es Soldaten?«

»Französische Marodeure.«

Hannes betrachtete David von oben bis unten, zupfte an seinem Schnauzbart und fuhr fort: »Aus David Buchsweiler ist ein David Stutzohr geworden. Noch besser: Dov Stutzohr.« Wieder ertönte das unangenehme Geißbockgemecker. »Dov Stutzohr, klingt nicht schlecht.«

Hannes Schuchardt nahm David am Arm und ging mit ihm in die verqualmte Wirtsstube. Der Raum war, außer mit Rauch, mit allen widerwärtigen Gerüchen angefüllt. Ein bunter Haufen fahrenden Volks saß an den Tischen zusammen, Männer und Frauen, Junge und Alte. Sie unterhielten sich, tranken Bier, einige würfelten, andere spielten ein Gewinnspiel mit Fingern und Fäusten und verschiedenartigen Schlägen mit den Fingerknöcheln auf die Tischplatte, wieder andere stritten miteinander. Alle Tische waren besetzt.

»Komm her!« sagte er zu David und schob an einem Bankende mit dem Hintern einen Mann zur Seite. »Da setz dich!« Dann ging er um den Tisch herum und nahm ihm gegenüber Platz. Den dort Sitzenden brauchte er nicht wegzuschieben, er machte dem Chef des Hauses ohne Aufforderung Platz.

Auf einen Wink des Herbergswirts brachte ein Mädchen einen Krug Bier und zwei Becher und schenkte beiden ein.

»Auf dein Wohl, Dov Stutzohr!«

»Auf das deine, Hannes!« David nahm einen tiefen Schluck. Der Herbergswirt beugte sich nach vorne. »Du willst doch etwas von mir. Was ist's?«

»Ich suche Schmuel, den Mersener.«

»Wie kommst du darauf, ihn ausgerechnet bei mir zu suchen?«

»Er hat es mir selbst gesagt. Wir waren zusammen im Stockhaus in Fulda und sind auch zusammen getürmt. Er sagte, wenn ich ihn suchte, sollte ich mich bei dir erkundigen, wo er zu finden sei.«

»Das hat er gesagt?« fragte Hannes Schuchardt mißtrauisch und fixierte David mit zusammengekniffenen Augen. »Was willst du von ihm?«

»Ich muß mich in einer wichtigen Angelegenheit mit ihm besprechen.«

Hannes lüftete seinen Schlapphut ein wenig und kratzte sich am Kopf, als überlege er, was der Judenlehrer wohl Wichtiges mit dem Mersener zu besprechen habe, und sagte dann: »Warte hier, ich komme gleich wieder.« Er stand auf und verschwand im hinteren Teil der Wirtsstube. Nach einigen Minuten kam er zurück. Er winkte mit dem Kopf und sagte: »Komm mit!« David folgte ihm in den zum Hof führenden Trakt. Er kannte die dortigen Räume bereits von seinem ersten Aufenthalt in der Burg.

Hannes Schuchardt öffnete die Tür zu einer erleuchteten Kammer. Sie war noch stärker verqualmt als die Wirtsstube. An einem Tisch saßen drei Männer. Einer von ihnen erhob sich und ging auf David zu.

»Hallo, wen haben wir denn da!« rief er aus, »einen aus dem Stockhaus.«

An der Stimme erkannte ihn auch David wieder. Es war Schmuel, der Mersener. Er sah sehr verändert aus. Den schwarzen Bart hatte er sich abgenommen und mit nackten Backen und bloßem Kinn glich er eher einem christlichen Bauern als einem jüdischen Banditen.

David war erstaunt. Der Bart war ein gottgefälliges Zeichen. Wollte Schmuel etwa kein Jude mehr sein?

»Hast Glück gehabt, mich hier noch anzutreffen. Morgen abend schon gehen wir auf Reisen.« Schmuel deutete auf die beiden Männer am Tisch. »Wir wissen nicht, wann wir zurückkommen werden, denn wir haben ein schwieriges Unternehmen vor uns. Nun schieß los! Was gibt es?«

David begann: »Du hast bestimmt gehört, wie es uns nach der Flucht ergangen ist, mir und dem Schneider.«

»Es hat sich herumgesprochen. Eure Freiheit dauerte nicht lange, der arme Stichler hat dran glauben müssen, und den Hundesohn von Stockmann hast du ordentlich traktiert, nicht schlecht. Und doch, in einem solchen Fall macht man ganze Sache.«

»Wie soll ich das verstehen?«

»Sie haben den Kerl wieder zusammengeflickt.«

»Der Kerkermeister lebt?« fragte David überrascht. »Da bin ich wirklich froh. Ich wollte ihm nur einen ordentlichen Denkzettel verabreichen, ihn aber nicht töten.«

»So glücklich brauchst du darüber nicht zu sein. Bald wird er wieder draufschlagen. Und ich sage dir, noch erbarmungsloser als zuvor. Verstehst du? Und du bist sowieso in der Bredouille.«

»Und nicht zu knapp, Schmuel. Darum bin ich bei dir. Ich brauche deinen Rat.«

»Welchen Rat kann ich dir geben?«

»Wenn ich es wüßte, wäre ich nicht gekommen. Meine Lage ist verdammt schwierig.« David hob ratlos die Hände.

»Komm, laß uns nach nebenan gehen. Dort können wir uns in aller Ruhe unterhalten.«

Der Mersener zündete in dem anderen Raum ein Kerzenlicht an, hielt einen Fidibus an seine erkaltete Pfeife, setzte sich und forderte David auf: »Nimm Platz und erzähl mir, wie es dir bisher ergangen ist.«

Und David schilderte ihm seine Flucht aus Fulda, seine Rückkehr nach Eckardroth und Sarahs Entschluß, im Elternhaus zu bleiben. »Wenn es nur um mich ginge, Schmuel, würde ich ins Ausland gehen, noch heute nacht. Dann aber würde ich Sarah und meinen Sohn verlieren, für immer. Das weiß ich.«

»Du wirst aber künftig Tag für Tag auf der Flucht sein. Bist du dir darüber im klaren?« fragte Schmuel.

»Ich mache mir keine Illusionen.«

»Welchen Rat willst du also von mir?«

»Beantworte mir eine Frage! Wenn du in meiner Situation wärst, was würdest du tun?«

»Ich wüßte es schon, brauchte keine Sekunde zu überlegen.«

»Sag es mir.«

»Hör mich an, David! Ich erinnere mich daran, was ich dir im Stockhaus in Fulda gesagt habe. Du hast keine Chance mehr, so weiterzuleben wie bisher. Nicht erst, seit du den Kerkermeister niedergestochen hast.« Schmuel beugte sich nach vorn und hob die Stimme: »Du bist ein vorbestrafter Jude und damit ein Leben lang gezeichnet wie mit einem Brandmal. Allein auf dich gestellt, gehst du vor die Hunde. In der Familie deiner Frau findest du niemand, der dir hilft. Dort ist man froh, dich los zu sein. Genauso wird es dir in allen Judengemeinden ergehen. Die haben genug Sorgen und werden sich nicht noch weitere aufladen. Schließ dich einer Bande an. Das ist mein Rat.«

»Der Teufel hole mich, ehe ich –«

»Der Teufel holt uns alle«, fiel ihm Schmuel sogleich wieder ins Wort. »Du hast keine andere Wahl, David. Du selbst hast dir den Weg bereitet mit dem Säbel des Kerkermeisters. Und dieser Weg, das kannst du mir glauben, führt nicht ins Paradies.«

»Soll ich aus freien Stücken den Weg in die Hölle antreten?«

»Nicht aus freien Stücken. Unser aller Weg führt dorthin. Aber wenn mir dieser Weg ins Höllental schon vorgezeichnet ist, dann will ich dorthin nicht kriechen, wie alle die erbärmlichen Kreaturen auf der Landstraße, die von jedem getreten werden.«

»Du machst große Worte um ein unehrliches, schandbares Handwerk.«

»Unehrlich? Glaubst du, ich hätte keine Ehre? Mehr als die, die immer nur von Ehre reden, aber keinen Funken davon im Leibe haben. Oder die elenden Heuchler, die behaupten, sie hätten sie für sich gepachtet. Spuckt man ihnen ins Gesicht, strecken sie die Hände nach vorn, verdrehen die Augen und sagen, es regne. So ist es mit der Ehre. – Und mit der Schande? Was ist in deinen Augen schandbar? Wenn ich mir aus eigenem Entschluß nehme, was ich zum Leben brauche? Wenn ich die erleichtere, die im Überfluß leben und dabei wie Höllenhunde auf ihren Geldsäcken sitzen, während um sie herum Not und Elend herrscht?«

»Du hättest wirklich Prediger werden sollen, Schmuel.«

Ohne darauf einzugehen, breitete der Mersener, der gerade so gut im Schwung war, seine Lebensphilosophie weiter vor dem gescheiterten Thoralehrer aus: »Ich jedenfalls habe mich entschieden, mein Leben nicht mit Jammern und Betteln um jeden Kanten Brot und jeden Schluck Milch auszufüllen.«

»Und bist darum ein Bandit geworden?«

»Aus keinem andern Grund. Aber glaube nicht, das Leben in einer Bande wäre ein angenehmes Dasein.«

»Und endet irgendwann einmal unterm Galgen«, sagte David.

»Schon möglich. Aber ist Hängen das Schlimmste? Ein altes Sprichwort sagt: Hängen tut nicht weh, so es Ehren halber geschieht.«

»Ehren halber?«

»Ich sagte dir schon: Was weißt du von Ehre! Wie du es drehst und wendest, ist unser Leben ehrenhafter als das hündische Leben der Schnorrer und Hausierer, das langsame Verrecken im Straßenstaub oder im Hinterzimmer einer Judenherberge.«

Schmuel zündete wieder seine Pfeife an, die bei der langen Rede ausgegangen war. In das Schweigen hinein, das sich in der Kammer ausbreitete, schlug er mit der Faust auf den Tisch.

»Du mußt dich entscheiden!«

David erhob sich und lief, den Kopf nach vorne, von einem Ende der Kammer zum andern. Es schien, als wolle er jedesmal mit dem Kopf durch die Wand. Schließlich blieb er vor Schmuel stehen. »Soll ich ein Totschläger werden?«

»Das ist dummes Gerede, David. Du warst lange genug im Stockhaus mit Banditen zusammen eingesperrt, um es besser zu wissen. Banditen sind keine Totschläger.«

»Und doch bleibt so mancher Überfallene auf der Strecke.«

»Unser Handwerk ist rauh und schafft rauhe Sitten.«

»Schießen, stechen, knebeln – das nennst du rauh? Nicht mehr?«

Schmuel winkte ab, als habe er solche Einwände schon tausendmal gehört. Nach einer Weile sagte er: »Zugegeben, manch einem steckt das Messer zu locker im Stiefelschaft oder sein Finger ist gar zu schnell am Abzugshahn der Pistole. Aber totschlagen, das ist eine alte Banditenregel, bringt nichts ein. Ein guter Bandit vermeidet Gewalt, wo immer es geht.«

»Und oft geht es nicht.«
»Das aber liegt nicht in seiner Absicht.«
»Du bildest dir wohl ein, jeder Bandit sei ein Robin Hood im deutschen Wald.«
»Geschwätz! Du wolltest einen Rat von mir. Den habe ich dir gegeben. Ich habe weder einen Grund noch die geringste Lust, mich vor dir zu rechtfertigen. Glaub mir oder glaub mir nicht. Alles andere ist deine Sache.«
»So war das nicht gemeint, Schmuel. Ich wollte keinen Streit. Ich bin nur verzweifelt. Darum rede ich so.«
»Mir ist schon klar, was in dir vorgeht. Du glaubst, an einem Scheideweg zu stehen. Irrtum, mein Lieber. Du hast ihn längst überschritten. Ich mache dir einen Vorschlag. Ich habe mich von der alten Bande abgesetzt. In ihr waren zuwenig gute Leute. Jetzt habe ich eine eigene Bande. Lauter erprobte Männer. Und es sind gute, zuverlässige Kundschafter dabei. Der Kapitän bin ich. Die beiden drüben gehören dazu. Morgen abend brechen wir auf. In Richtung Norden. Drei weitere Kumpane stoßen in Kassel zu uns. Wir haben einen guten Tip. Dabei ist allerhand zu holen. Unser Kundschafter, der beste, hat bereits alles für das Unternehmen vorbereitet. – Bei einer so großen Sache kann man einen wie dich immer gebrauchen. – Kannst mitkommen, wenn du bereit bist. Auf Probe sozusagen.«
»Nein, Schmuel, das mach ich nicht.« Und David wiederholte, was Sarah ihm bereits im Haus von Schocher zum Vorwurf gemacht hatte: »Eine Sünde zieht die andere nach sich. Und am Ende steht man vor dem Nichts.«
»Ich will dir mit einem anderen jüdischen Spruch antworten«, bemerkte der Mersener ironisch. »Mit einem einsichtslosen Menschen soll man kein Mitleid haben.« Er stand auf und ging hinaus. Die Tür schlug krachend ins Schloß, und David stand allein in der verräucherten Kammer.

Am anderen Abend bei Einbruch der Dunkelheit verließen die drei Banditen Schuchardts Herberge durch den Hinterausgang. Obwohl nicht nur die Herberge, sondern die ganze Burg Gelnhausen als sicher galt, hatte Schmuel diese Vorkehrung getroffen. Ihr Aufbruch sollte unbemerkt bleiben.
Als sie den Hof überquerten, löste sich aus dem Schatten eines Holzverschlags ein Mann. Schmuel stutzte. Beim Näherkommen erkannte er David. Der Mersener hatte nicht mehr mit ihm gerechnet.
»Hallo, David! Hast du auf uns gewartet?« fragte er überrascht.
»Ja, ich hab's mir überlegt.«
Schmuel nahm ihn am Arm und sagte nur: »Geht in Ordnung.« Zu seinen Begleitern sagte er: »Wartet einen Augenblick!« und nahm David auf die Seite. »Ich muß dich mit meinen Männern bekannt machen. Du brauchst einen Namen.«
»Langt dir mein Name nicht? David und Buchsweiler?«
»Es ist besser für dich, einen anderen Namen zu haben. Warum, erkläre ich dir später.«
»Dann nenn mich, wie du willst, Jonas, Isaak, Moses, die Auswahl ist groß.«
»Einen Moment mal. Du hast schon einen. Hannes Schuchardt hat ihn dir gegeben. Dov Stutzohr. Ist doch nicht schlecht – Dov Stutzohr. Als solcher wirst du bei uns sein. Ist's dir recht?«
»Einverstanden.«
Schmuel stellte seinen beiden Kumpanen Dov Stutzohr vor. »Er kommt mit uns.«
Den beiden anderen Banditen war es keineswegs recht. Denn nun mußten sie die Beute mit noch einem teilen. Wenn aber der Kapitän so entschied, war nichts dagegen zu machen. Sie besiegelten ihre Gemeinschaft mit dem Neuen durch zwei eigenartige Schläge mit den offenen Handflächen gegeneinander, ähnlich denen beim Viehhandel. Und da dem Neuen diese Art der Begrüßung fremd war, führten sie seine Hand am Handgelenk.

Sie liefen auf der breiten Handelsstraße, die von Frankfurt nach Leipzig führt, nordwärts und konnten gut ausschreiten. Die laue Julinacht umhüllte David, er schien sich in der Dunkelheit auflösen zu wollen. Der Schrei eines Nachtvogels, das Schnauben des Viehs auf der Weide oder das Rauschen eines Baches klangen lauter und klarer, den Geruch des blühenden Holunders, des frisch gemachten Heus und des Straßenstaubs nahm er stärker wahr als sonst. Und auch Davids Gedanken hatten mehr Raum, sich auszubreiten.

Schmuel hatte die beiden anderen Männer angewiesen vorauszugehen. Er selbst blieb mit David, den er nur noch mit Dov anredete, ein großes Stück zurück aus Vorsicht, wie er David erklärte. Sie mußten sich tarnen.

»Außerdem«, sagte Schmuel, »mußt du dir morgen den Bart abnehmen. Heute abend war es zu spät dafür. Man wird dich mit Bart sofort als Juden erkennen. Es ist wichtig, der Polizei keinen Fingerzeig zu geben, eine jüdische Bande sei am Werk gewesen.«

»In der Thora steht aber –«

»Sei nicht dumm, Reb Religionslehrer. Mir ist die Thora nicht weniger ein Heiliges Buch als dir. Doch wenn es darum geht, Gefahr für Leib und Leben abzuwenden, dann darf man auch einmal ein Gesetz übertreten, ohne gleich ein schlechterer Jude zu sein als andere.«

Schweigend marschierten sie weiter. David hatte Zeit zum Nachdenken. Morgen solle er seinen üppigen Bart opfern. Er fühlte sich tatsächlich wie ein Opferlamm auf dem Altar des Banditentums. Aber es war ohnehin zu spät, diesem Opfergang zu entgehen. Er hatte sich für das Mitmachen entschieden, also mußte er sich auch unterordnen.

Der Entschluß fiel David nicht leicht. Er hatte immer großen Wert auf die Pflege seines schwarzen Bartes gelegt und ihm mit Bürste und Spucke eine schöne runde Form gegeben. Wenn

Gott schon verlangte, daß ein Jude den Bart wachsen läßt und ihm nicht mit Schere und Rasiermesser Gewalt antut, so müßte es Ihm eine besondere Freude sein, wenn er durch sorgsame Pflege auch ein schönes Aussehen erhält und derart die Gottgefälligkeit seines Trägers unterstreicht.
Während des Aufenthalts im Fuldaer Stockhaus und der Flucht im Anschluß daran und des langsamen Heilens der Wunde war der Bart struppig geworden. Gepflegt oder nicht, es war ein jüdischer Bart, und der verdeckte zudem noch die rötliche Narbe.
Trotzdem: David konnte es drehen und wenden, wie er wollte, das Abscheren des Bartes verstieß gegen die Heilige Schrift, wenn er auch nicht wußte, warum. Hätte er bloß einen Rabbiner um Rat befragen können. Aber einen Rabbiner würde er in den nächsten Stunden bestimmt nicht treffen. Also blieb ihm nichts anderes übrig, als sich unmittelbar an Ihn dort oben zu wenden. Über sich hatte er nur den wolkenverhangenen Himmel, direkter konnte er sich nirgendwo mit Gott in Verbindung setzen. Am liebsten hätte er laut gesprochen, doch Schmuels Gegenwart hinderte ihn daran. Also murmelte er und richtete den Blick nach oben zu Ihm, damit Er auch wisse, daß Er gemeint war.
Großer Gott dort oben, hörst du mich? Und kannst du mich auch hier unten auf der Straße sehen? Ich weiß, es ist anmaßend, mich an dich zu wenden. Wenn das alle Juden tun wollten! Aber ich weiß wirklich keinen Rat mehr. Es geht ums Bartscheren. Ich befürchte, du könntest sagen, der Bart muß bleiben. Aber, Unfehlbarer im Himmel, überlege einmal die Folgen. Ich könnte keinen Tag länger bei Schmuel und seiner Bande bleiben, und über kurz oder lang würde man mich finden. Überall hängt mein Steckbrief aus. Und dann? Dann ist mir der Galgen sicher. Was hättest du davon? Ein gehängter Jude, ist das ein Scheindl für das auserwählte Volk? – Gott im Himmel, wenn du mich nicht ganz fallen lassen willst, müßtest du akzeptieren können, daß der Bart weg muß. Wer immer

gewissenhaft deine Gebote einhalten wollte, ist ein Heiliger. Ich aber bin keiner. So wenig wie ein Held. Verstehst du, was ich damit sagen will? Was soll ich tun? Sag es mir! Gib mir wenigstens ein Zeichen, daß du mir zugehört hast. Warum antwortest du mir nicht? Habe ich unrecht getan? Unbilliges verlangt? Dich gar beleidigt? So antworte doch!

»He, mit wem redest du so laut?« Das war nicht Seine, das war Schmuels Stimme.

Jetzt erst bemerkte David, daß er die letzten Worte laut gesprochen haben mußte. »Entschuldige, Schmuel, ich habe nur mit mir selbst geredet. – Er hilft mir auch nicht.«

»Wer?«

»Ich meine bloß so.«

Schmuel schaute argwöhnisch zu ihm hinüber, David konnte das in der Dunkelheit nicht sehen. »Du hast eine komische Art, Selbstgespräche zu führen«, sagte Schmuel. »Wirklich eine komische Art. Das solltest du dir abgewöhnen.«

Am andern Vormittag war es dann so weit. Schmuel selbst schor ihm den Bart ab. Es war eine schmerzhafte Prozedur, obwohl der Mersener das Raisermesser zuvor an seinem Leibriemen abgezogen und die Schärfe mit dem Daumennagel geprüft hatte. Sein Gesicht brannte wie Feuer. David war davon überzeugt, der Allmächtige wolle ihn für das sündhafte Tun bestrafen, und er bat im Stillen um Vergebung.

Nach der Rasur rieb Schmuel Davids Gesicht mit einer braunen Tinktur ein. Die blassen Hautstellen sollten sich in den ersten Tagen nicht gar so sehr von der Gesichtsfarbe an Stirn und Wangen abheben. Die Flüssigkeit verlieh ihm ein wie von Sonne und Wind gegerbtes Aussehen. Die Narbe überstrich Schmuel ein zweites Mal, sie fiel kaum noch auf. Schmuel faßte den griesgrämig dreinschauenden David bei den Schultern und betrachtete sein Werk. »Nun siehst du nicht mehr aus wie ein Jidd, sondern wie ein kleiner goischer Kanzleiangestellter.«

»Warum ausgerechnet Kanzleiangestellter?«

»Nur so. Das würde zu dir passen. – Du mußt aber auf die verdammte Narbe achtgeben. Sie muß immer bedeckt bleiben. Vorerst.«

Am Morgen der dritten Nacht kamen sie vor Kassel an. In der Judenherberge trafen sie vier weitere Mitglieder der Bande. Nun zählte sie, mit David, insgesamt acht Mann.

Nach den Gewaltmärschen war David froh, sich endlich ausschlafen zu können. Am Abend begann Schabbat. Auch für jüdische Banditen war es selbstverständlich, die Schabbatruhe einzuhalten. Weder marschierten sie an diesem Tag, noch planten sie einen Raubzug.

Die neu hinzugekommenen Männer waren alle jung, keiner älter als fünfundzwanzig Jahre. Der mit Abstand älteste war Schmuel. Er mochte bereits an die fünfzig sein und war der unbestrittene Anführer der Truppe. Was er anordnete, wurde gemacht.

Schmuel teilte die Bande in drei Gruppen ein. Sie hatten getrennt zu marschieren. Zu sich nahm er David und ein auffallend kleines und hageres Kerlchen, noch ein halbes Kind, Klein Max. Er war ein quirliger, lustiger Lauselümmel und immer zu Späßen aufgelegt. Er wollte sich ausschütten vor Lachen, als er den Namen Dov Stutzohr hörte. Wie Kinder sich hänseln, rief Klein Max: »Stutzohr – Schlitzohr! Stutzohr – Schlitzohr!« Und dann sagte er: »Hör mal zu, Dov Stutzohr: Ein offenes Ohr kann jeder haben. So sagt man doch. Ein halbes aber nur Dov Stutzohr.« Und er lachte aus vollem Hals über seinen Einfall.

Gestärkt durch die zwei Ruhetage und das Schabbatessen, marschierten der Mersener, David und Klein Max flott drauflos. In den ersten beiden Stunden begegnete ihnen keine Menschenseele. Auch auf den Feldern war niemand zu sehen. Die Bauern hielten die Sonntagsruhe ein. Selbst in den Dörfern, die

sie passierten, waren die Straßen noch menschenleer. Erst zu Beginn des Frühgottesdienstes wurde es lebhafter. Für den Sonntag herausgeputzte Männer und Frauen begaben sich auf den Weg zur Kirche.
Sie marschierten, mit wenigen Unterbrechungen, vierzehn Stunden und mehr am Tag. Nur hin und wieder, wenn sie in der Ferne vermuteten, berittene Soldaten könnten ihnen entgegenkommen, oder wenn sie im Sonnenlicht funkelnde Flecken entdeckten, die möglicherweise von Pickelhauben herrührten, versteckten sie sich abseits der Straße. Wanderjuden und auch christliche Bettlertrupps erzählten ihnen, ob sie die vor ihnen liegenden Dörfer passieren konnten. Wenn sie einer Gruppe Kirchgänger begegneten, riefen Schmuel und Klein Max freundlich »Grüß Gott!« und »Gelobt sei Jesus Christus!« Beide taten so, als ständen sie mit dem Christengott, seinem Sohn, dem Gekreuzigten, und dessen Jüngern auf bestvertrautem Fuß, und nicht der sechszackige Stern Davids, sondern das Kreuz sei ihr religiöses Wahrzeichen.
David mochte diese Verstellungen nicht. Er grüßte wie immer mit »Guten Morgen« oder überhaupt nicht. Schmuel mußte ihn erst darauf aufmerksam machen, bis er sich endlich überwinden konnte, ebenfalls wie ein Goi zu grüßen. Verstellung sei, sagte Schmuel, das, was jedes gute Bandenmitglied beherrschen müsse. Wenn eine Bande einen Einbruch plane, dürfe sie keine, auch nicht die kleinste Gelegenheit auslassen, um von sich, von ihrer Jüdischkeit abzulenken. Darum die abrasierten Bärte, die christlich frommen Reden und auch die blonden Perücken. Sie waren bestens geknüpft und dem Kopf angepaßt, und David hatte sie erst als Perücken erkannt, als zwei Banditen sie in der Kasseler Judenherberge vor dem Schlafengehen abgenommen hatten.
Von nun an grüßte David ebenfalls mit »Grüß Gott!« Doch danach spuckte er jedesmal aus, als habe er sich mit dem christlichen Gruß den Mund besudelt.

Mit David, den er fast immer an seiner Seite hatte, sprach der Mersener viel. Er wollte mehr über sein bisheriges Leben erfahren und ließ sich von Sarah und der Mischpoche Pelzkappe erzählen. Auch Schmuel selbst erzählte von seiner Familie, von seiner Frau und den drei Töchtern, die in einem württembergischen Dorf lebten. Nach jedem Raubzug ging er dorthin zurück. Dieses Dorf war sein Zuhause. Zwar müsse er für sich und den Aufenthalt seiner Familie dem Lehnsherrn dort eine unverschämt hohe Summe bezahlen, das mache den größten Teil der Beute aus, dafür kämen aber keine Polizeifahnder und keine Soldaten in das Dorf. Auf diese Weise halte sich der vornehme Herr eine reichlich fließende Geldquelle offen.
»Es ist überall das gleiche«, fuhr Schmuel fort. »Die Landesherren schröpfen ihre Untertanen, wo es nur geht, aber noch viel schlimmer die Juden und alle die, die von der Polizei gesucht werden und denen sie Unterschlupf gewähren. Wir müssen zahlen und immer nur zahlen.«
Aufmerksam hörte David zu. Sein Leben werde in Zukunft ähnlich verlaufen, überlegte er und geriet darüber in Wut. »Ist schon ein verdammtes Kreuz mit diesen Blutsaugern«, bemerkte er.
»Nanu, du redest wie ein Jakobiner«, antwortete Schmuel.
Doch unbeeindruckt sponn David seine Gedanken weiter: »Sie sind schlimmer und unbarmherziger, als ich es mir je vorstellen konnte. Schlimmer als alle Banden zusammengenommen. Aber die einen bekommen den Strick und die andern einen Orden.«
»Du bist tatsächlich ein Jakobiner«, sagte Schmuel überrascht.
»Sag doch selbst, ist das gerecht?«
»Was ist schon gerecht auf dieser Welt?«
David begann sich zu erregen. »Empört dich das nicht, wenn einige wenige in Saus und Braus leben und unzählige Menschen kaum einmal richtig satt werden?«
»Mußt dich nicht aufregen. Das war schon immer so.«
»Aber muß das denn immer so bleiben? Denke daran, was die

Franzosen gemacht haben. Glaub mir, auch ich wäre imstande, einem von denen mit eigenen Händen den Garaus zu machen.« David blieb mitten auf der Straße stehen und breitete die Arme aus. »Schau mich an. Was ich bin, das habe ich den Hohen Herren zu verdanken.«
»Komm weiter, wir haben keine Zeit«, sagte der Mersener. »Ich mag diese Herren genau so wenig wie du. Auch ich habe sie tausendmal verflucht und ihnen den Tod gewünscht. Aber ich verschwende nicht den kleinsten Gedanken daran, ihnen an den Kragen zu gehen. Rache zu nehmen, ist nicht nur dumm und gefährlich, es ist tödlich. Du wirst schneller den Strick um den Hals haben, als du Rache genommen hast.«

Schmuel hatte David nur gesagt, sie hätten etwas zwischen Braunschweig und Hamburg vor, ein äußerst schwieriges und darum riskantes Unternehmen. Genaueres hatte er ihm nicht verraten. Auch nicht, als David ihn danach fragte.
Der einzige, der Bescheid wußte, was zu geschehen habe, und in dessen Händen die Fäden zusammenliefen, war der Chef der Bande, der Kapitän. Wenn ein Raubzug scheiterte, war seine Führung erschüttert. Oft dauerte es Monate, bis der Kapitän wußte, ob sich ein Raub lohne.
Schmuel fragte David beiläufig: »Kannst du reiten?«
»Nein. Ich habe in meinem ganzen Leben noch nicht auf einem Pferd gesessen.«
»Dann mußt du es lernen«, sagte Schmuel.
»Warum sollte ich?«
»Weil es gut ist, wenn man es kann.«
»Ich kann reiten, Chef«, mischte sich Klein Max ein.
»Dich habe ich nicht gefragt«, wies ihn Schmuel kurz angebunden zurecht.
David gab sich mit der Antwort des Merseners nicht zufrieden. »Du hast aus einem bestimmten Grund gefragt. Warum also wäre es gut, wenn ich reiten könnte?«

»An den beiden letzten Anmarschtagen werden wir zwei Pferde mitführen. Die brauchen wir zum Abtransport der Sore. Das eine wird Josef übernehmen. Er ist ein ausgezeichneter Reiter. Und wenn du auch ein guter Reiter wärst, hätte ich dir das andere Pferd überlassen. Du siehst, Dov, reiten sollte man können.«

»Ich werde es mir merken.«

Mit größerer Erfahrung hätte David nach dem Gespräch mit Schmuel über das Reiten mehr darüber gewußt, was geplant war. Wenn zum Abtransport des Raubguts kein Wagen vonnöten war, hatten sie es auf besonders wertvolles Gut abgesehen, auf Silberzeug oder anderes Edelmetall, vielleicht auf Bargeld. In der Tat hatte Schmuel schon vor Monaten den Hinweis erhalten, der zu diesem außergewöhnlichen Raubzug führte.

In dem Gebiet zwischen Braunschweig und Hamburg operierte seit knapp zwei Jahren eine Bande, die es speziell auf Gold, Silber und Schmuck abgesehen hatte. Ihre Raubzüge waren gut vorbereitet. Sie hatte den Spitznamen »Die Silberbande«. Weder Hunde noch verstärkte Wachposten, weder raffinierte Schlösser noch andere Zuhaltungen konnten sie an ihrem Tun hindern. Wegen dieses Geschicks wurde auf eine jüdische Bande getippt, obwohl mehrere Male auch jüdische Steuereintreiber von Landesfürsten, Reichsrittern und Gutsherren von der Bande heimgesucht wurden. Einer trug sogar einen Schädelbruch davon, er hatte sich unvorsichtigerweise zur Wehr gesetzt, als die Kerle mit schweren Brecheisen seine eisenbeschlagene Geldtruhe aufbrachen. Das kam selten vor. So gut wie nie knöpfte sich eine Judenbande einen Glaubensgenossen vor.

Das Unvermögen der Polizei, die Bande unschädlich zu machen, ließ im gesamten Norden Deutschlands den Teil der Bevölkerung, bei dem etwas zu holen war, immer ängstlicher werden. Die Würdenträger der Kirche traten bereits als Schutz-

patrone für die wohlhabenden Bürger auf den Plan. Sie empfahlen ihnen in ihren Gotteshäusern die vielfach gesicherten Schatzkammern, dort könnten sie ihre Wertgegenstände deponieren. Die Schatzkammern der Kirchen und Dome begannen, sich mit gediegenem Silber und Gold und wertvollem Schmuck und anderen Pretiosen aus Privatbesitz zu füllen.
Auch die Kirche in Salzwedel bot ihre Schatzkammer in einem tiefen Kellergewölbe zur Aufbewahrung von Privatgut an. Der freundliche Küster half den Salzwedeler Bürgern und auch denen aus der Umgebung, ihre Wertobjekte im Gewölbekeller neben den Monstranzen, Weihwassergefäßen, Weinkelchen und Hostienschalen zu stapeln. Jeden der gut verschnürten Packen versah er mit Name und Anschrift des Besitzers, später bei der Rückgabe sollte es keine Verwechslungen geben.
Beim Verstauen der glänzenden und blitzenden Dinge hatte der Küster Zeit zum Überlegen, wie ungerecht in der Welt die Güter verteilt waren. Es konnte darum kein allzu großes Verbrechen sein, an eine Umverteilung zu denken. Natürlich nur zu denken. Selber stehlen würde der Küster nicht, das wäre eine zu große Sünde und auch viel zu gefährlich. Aber anderen zum Stehlen zu verhelfen und vom Gestohlenen ein wenig für sich abzuzweigen, das konnte er mit seinem Gewissen vereinbaren.
Den Raub einzufädeln, war nicht schwer. Der Küster brauchte nur einem Wandergesellen, ob Judd, ob Christ, einen vorsichtigen Hinweis zu geben, welche Schätze die Kirche barg. Und das tat er auch. Alles andere ergab sich dann ohne sein Zutun. Ein Mönch tauchte auf, bat um einen Schluck Wasser und um die Erlaubnis, sich im Schatten der Kirche ein wenig auszuruhen. Mönch und Küster plauderten miteinander, und dann sagte der Mönch: »Ihr seid also der Küster. Wißt ihr, das Wort kommt aus dem Lateinischen, von custos, und bedeutet Hüter des Kirchenschatzes.«
»So?«
»Ja. Aber heutzutage ist das wohl ganz anders. Da gibt es noch viel mehr zu hüten als den Kirchenschatz.«

»Stimmt«, sagte der Küster.

Es dauerte nicht lange, bis der Küster bemerkte, wofür der Mönch sich vor allem interessierte. Das erstaunte ihn zwar, aber, dachte er, wenn schon gestohlen werden soll, dann ist es besser, ein frommer Mann tut es als ein gottloser Spitzbube.

Der Mann in der braunen Mönchskutte war kein Diener Gottes, der vom geraden Weg abgeglitten war. Der Küster konnte bei der geschickten Verkleidung und der Salbaderei des Fremden nicht ahnen, daß er keinen echten Mönch, sondern den getarnten Kundschafter einer jüdischen Räuberbande vor sich hatte. Doch bevor er erkannte, daß der Mönch Etikettenschwindel betrieb, war er bereits in das Komplott verstrickt. Er mußte wohl oder übel mitmachen. Der Anteil, der ihm als Informant zukam, war beträchtlich. Dafür hatte er aber viel zu leisten. Es war längst nicht damit getan weiterzuerzählen, was sich an wertvollen Dingen in dem Kellergewölbe befand, er mußte die genaue Lage der Zugänge, die Anordnung der ausgeklügelten Alarmvorrichtung preisgeben und dem Mönch den Abdruck eines Schlüssels zu einem wichtigen Schloß ermöglichen.

Das war fast zu viel für das Gewissen des guten Mannes. Nur der zu erwartende Beuteanteil half ihm mühsam über seine Skrupel hinweg. Aber es gelang ihm.

Dennoch: Nahm man alles zusammen, was zur Sicherung der Schatzkammer unternommen worden war, verbot sich ein Überfall. Der Kundschafter versäumte nicht, das dem Mersener verständlich zu machen. Das aber stachelte ihn erst recht an. Bei allem Draufgängertum war er trotzdem ein kühler Rechner. Sorgsam prüfte er, was für und was gegen das Eindringen sprach, und als er überzeugt war, es schaffen zu können, stand sein Entschluß fest.

Am Tatort angelangt, schwärzten sich alle die Gesichter mit Ruß. Auch David mußte sich dieser Prozedur unterziehen.

Schmuel selbst erkundete, ob es um die Kirche herum ruhig sei. Dann gab er geräuschlos die Kommandos.
Alles lief genau nach Plan ab. Die von ihm getroffenen Anordnungen griffen exakt ineinander. Ursprünglich sollte Josef mit der blonden Perücke hinter einer Scheune bei den Pferden mit aufgeschnallten Mantelsäcken bleiben. Jetzt konnte Schmuel den Neuen damit beauftragen und Josef zusätzlich beim Herausschleppen der Beute aus der Schatzkammer helfen.
Was David unterwegs bereits den Andeutungen hätte entnehmen können, Josef war auch dazu ausgesucht worden, das Diebsgut zu dem Aufkäufer zu schaffen. Die Wahl des zweiten Reiters fiel auf Krummkopf, einen Mann, der zwar nicht besonders gewitzt, aber ebenfalls ein guter Reiter war.
Die Nacht, für die sie sich entschieden hatten, eignete sich hervorragend für ein derart riskantes Unternehmen. Der Himmel war verhangen, aber es regnete nicht. Zudem verstellte die hohe Kirchhofsmauer die Sicht auf die Banditen und ihre Hantierungen.
Zuerst verkeilte der Mersener selbst das Schlüsselloch der Kirchentür. So konnte bei einem nicht vorauszusehenden Zwischenfall niemand ohne weiteres an die Kirchenglocken gelangen und Alarm läuten.
Von der Sakristei führte eine kleine Tür aus der Kirche ins Freie. Der Seelsorger hatte von einem Kunstschlosser ein stabiles Eisengitter an dieser Tür anbringen lassen. Seit die Schatzkammer immer mehr Wertgegenstände barg und diese Reichtümer sündhafte Gelüste wecken konnten, die Zahl der Spitzbuben in der Welt stieg von Tag zu Tag, hatte sich der fromme Mann zu dieser Vorsichtsmaßnahme entschlossen.
Dieses Schutzgitter war von außen nicht zu sehen. Es befand sich im Innern der Sakristei. Von außen konnte man an die Verriegelung nicht herankommen. Das wußte Schmuel vom Kundschafter.
Doch es gab noch ein kleines, eng vergittertes Fenster zu des geistlichen Herrn Aufenthaltsraum. Dieser hatte sich nicht im

Traum vorstellen können, es könnte einem Menschen möglich sein, durch dieses enge Gitter und das winzig kleine Fenster in seine Kirche einzudringen. Von der katzenhaften Gewandtheit eines Klein Max wußte er nichts. Das war sein Fehler.

Der Küster hatte sich bereit erklärt, am Abend vor dem Einbruch dieses Fenster unauffällig zu entriegeln. Die Banditen konnten es von außen aufstoßen. Das aber war die einzige Hilfe des Küsters während der Tatzeit, er mußte befürchten, man würde sonst sofort dahinter kommen, daß er ein Komplize der Einbrecherbande ist.

Nach menschlichem Ermessen würde die Entriegelung des Fensters noch längst nicht den Weg in die Kirche frei gemacht haben, aber Klein Max würde sich auch noch durch andere Gitter hindurchzwängen. Er war der Schlüssel zum Öffnen der Kirche. Es war eine artistische Leistung, wie der Junge zwischen den Gitterstäben hindurchkam, nachdem Schmuel mit einem Spezialwerkzeug zwei Stäbe um ein weniges auseinandergebogen hatte. Darin lag aber auch das große Risiko für Klein Max. In dem Augenblick, in dem das Werkzeug nach dem Einstieg entfernt wurde, verringerte sich der Abstand der beiden Stäbe wieder, und ihm war der Rückzug abgeschnitten. Solange es ihm nicht gelungen war, die Verriegelung des Schutzgitters an der Tür zu lösen, so lange saß er in einer Mausefalle. Aber selbst danach mußte er noch bange Minuten überstehen. Denn bis Schmuel das Türschloß von außen geöffnet hatte, saß er in der Falle.

Klein Max hatte nicht nur eine kleine Statur, er konnte auch aufmerksam zuhören, weshalb er seine Aufgabe mit Bravour bewerkstelligte. Dank Schmuels genauen Anweisungen gelang es ihm in kurzer Zeit, das schwere Eisengitter zu entriegeln. Inzwischen hatte Schmuel das Türschloß von außen geöffnet. Der Zugang zur Kirche war offen und alles andere Routine.

Geschwind drang die ganze Truppe in die Sakristei ein und entzündete vorsichtig Talglichter. Kein Lichtschein durfte durch ein Kirchenfenster nach außen dringen. Dann folgten die

Banditen dem vom Küster angegebenen Weg. Nur Klein Max blieb oben und stand vor der Sakristei Schmiere.

Erst im letzten Augenblick hatte Schmuel dem Jungen diese Aufgabe übertragen, als er bemerkte, daß Klein Max leicht humpelte. Beim Herabspringen von dem hohen Fenstersims in die Sakristei hatte er sich den Fuß verknackst. Schmuel konnte bei der Arbeit im Kellergewölbe und beim Herausschleppen der Sore keinen Fußkranken gebrauchen.

Bevor die Männer mit Schmuel an der Spitze zur engen Steintreppe gelangten, die in das Kellergewölbe hinunterführte, mußten noch mehrere Türen geöffnet werden. Darauf waren sie vorbereitet, und es bedurfte dazu keiner besonderen Anstrengungen. Alles geschah fast ohne Geräusche und ohne Gewalt. Einer hinter dem andern stiegen sie dann die schmale Steintreppe in das Kellergewölbe hinunter. Der Eingang zur Schatzkammer war schnell ausgemacht. Bevor sie jedoch eindringen konnten, mußte die Alarmanlage außer Betrieb gesetzt werden. Diesen Mechanismus hatte der Küster dem Kundschafter beschrieben. Die Alarmvorrichtung bestand aus einem langen Draht, der sich unsichtbar von der Schatzkammertür, mit der er verbunden war, nach draußen und dann unter der Straße hindurch zum nahen Pfarrhaus zog und dort eine Glocke zum Anschlagen brachte, wenn sich Unbefugte an der Tür zur Schatzkammer zu schaffen machten. Schmuel übernahm es selbst, diesen Draht freizulegen und vorsichtig zu durchtrennen.

Nunmehr konnte die schwere, eisenbeschlagene Tür geöffnet werden. Der Nachschlüssel paßte haargenau in das Schloß. Und Sekunden später standen die Eindringlinge vor den überladenen Regalen mit den verpackten und verschnürten Kostbarkeiten.

Schmuel begann mit dem Aufschneiden der Pakete, begutachtete, trennte Wertvolles von weniger Wertvollem und lud danach jedem einen ordentlich schweren Packen auf. Die Banditen konnten längst nicht alles mitnehmen. Schmuel entschied,

was zurückbleiben mußte, vor allem die sakralen Gegenstände, so verführerisch sie auch glänzten und funkelten. Er wußte, und die Schicksale anderer Banditen hatten es ihn gelehrt, wie leicht man sich an zu großen Happen verschluckte. Das private Silber hatte noch einen Vorzug, es ließ sich einfacher einschmelzen als die Gegenstände aus dem Kirchenschatz. Die waren meist von Künstlern gestaltet, besaßen verspielte Formen, und die verschiedensten Materialien wurden verwendet. Sie konnten nicht einfach in einen Schmelztiegel geworfen werden, und das schmälerte beim Feilschen mit dem Abnehmer den Erlös.
Geschlossen trat die Gruppe den Rückzug aus der Schatzkammer an. Jeder Bandit hatte einen Sack mit Silberzeug auf dem Rücken. Oben trafen sie Klein Max, der flüsternd meldete, es habe sich in der Zwischenzeit nichts Auffälliges getan, das Entleeren des kirchlichen Silberdepots sei bisher unbemerkt geblieben. Schmuel drückte das Eisengitter in der Sakristei wieder zu und verschloß die Tür. Von außen war nicht mehr zu erkennen, was sich in der Kirche abgespielt hatte.
Es war knapp eine Stunde vergangen, in der mancher gute Onkel die Eigenschaft eines liebenswerten Erbonkels eingebüßt hatte. Schmuel und die anderen liefen so schnell sie konnten durch die Straßen, Klein Max immer voraus. Er lugte an jeder Ecke, ob ihnen nicht ein Nachtwächter oder ein verspäteter Heimkehrer in die Quere käme. Ohne Zwischenfall erreichten sie den Platz hinter der Scheune, dort wartete David voller Unruhe mit den Pferden.
In höchster Anspannung hatte er diese Stunde verbracht, jedes Geräusch im Dorf ließ ihn erschrecken, wenn irgendwo ein Tor im Wind knarrte, in einem Stall das Vieh unruhig wurde oder in der Ferne ein Hund anschlug.
Mit der gleichen Geschwindigkeit und Präzision, mit der die Schatzkammer ausgeraubt wurde, bepackten sie auch die Pferde. Bevor das Silberzeug in den Mantelsäcken verschwand, wog der Mersener mit einer einfachen Handwaage die einzel-

nen Packen und notierte die Gewichte. Die Abnehmer der Ware zahlten nach Gewicht.
Die Mantelsäcke wurden festgeschnallt, die um die Hufe und Fesseln der Pferde gestülpten Säcke schnell noch einmal überprüft, und schon schwangen sich Josef und Krummkopf auf die Pferde. In diesem Augenblick lief ihnen vollkommen unerwartet ein Nachtwächter über den Weg. Bis der gute Mann kapiert hatte, was hier vor sich ging, hatten sie ihm bereits ein Tuch vor den Mund gebunden. Dann entrissen sie ihm seine Pike, löschten die Laterne und schlangen ihm ein Seil um die Hände. Er versuchte erst gar nicht, sich zu wehren. Jede falsche Bewegung hätte ihm zum Verhängnis werden können.
Mit geflüsterten Kommandos befahl der Kapitän Josef, der vom Pferd gestiegen war, wieder aufzusteigen, gab ihm das andere Ende des Seils, mit dem die Hände des Nachtwächters gefesselt waren, nach oben und ordnete den sofortigen Abmarsch an. Josef zog den Gefesselten die Straße entlang, die die Bande im Eilschritt durchmaß. Schmuel schubste ihn von Zeit zu Zeit von hinten, damit er noch etwas schneller laufe.
David tat der alte Mann leid. Als sie die letzten Häuser hinter sich gelassen hatten und wieder etwas lauter miteinander reden konnten, sagte er, zu Schmuel gewandt: »Das gefällt mir nicht, wie ihr den Nachtwächter behandelt. Er hat mit dem Einbruch nichts zu schaffen. Warum kannst du ihn nicht laufen lassen? Er wird euch bestimmt keine Schwierigkeiten bereiten.«
»Natürlich wird er das. Er muß doch Alarm schlagen. Dafür hat man ihn als Nachtwächter bestellt.«
»Bis dahin sind wir über alle Berge.«
»Du bist wahrhaftig ahnungslos wie ein Kind, sonst würdest du so nicht reden. Verstehst du denn nicht: Wenn ich ihn jetzt laufen lasse und er mobilisiert die Polizei und wir werden gefaßt, sind wir alle dran, du mit eingeschlossen. Und in spätestens acht Tagen hängen wir alle am Galgen. – Der Einbruch in einer Kirche kommt gleich hinter Mord und Totschlag. Da machen die Richter kein langes Federlesen mit denen, die

erwischt werden. Was also ist besser: Der Alte steht einige Angst aus und kommt eine Weile außer Atem – oder wir kommen alle an den Galgen?«

An einer Wegkreuzung ließ Schmuel anhalten. Das Seil, an dessen anderem Ende der Nachtwächter angebunden war, übergab er einem Banditen zu Fuß, und die beiden Berittenen, Josef und Krummkopf, galoppierten schnellstens davon.

»Beeilt euch, Leute!« drängte der Mersener. »Der Nachtwächter hat uns viel Zeit gekostet.«

In einem Waldstück, das wenige hundert Meter außerhalb der Stadt lag, banden sie den Alten an einen Baum. Die Banditen waren so gnädig, ihn im Sitzen anzubinden. Dann nahmen sie ihm das Tuch vom Mund, damit er wenigstens wieder richtig atmen konnte. Pike und Laterne warfen sie ihm vor die Füße. Sie hatten sie mitgeschleppt, damit nicht schon in der Nacht jemand die verräterischen Gegenstände entdeckte und den Alarm früher auslöste, als Schmuel das vorausberechnet hatte. Zum Schluß kniete sich der Mersener dicht vor den Nachtwächter und drohte ihm: »Höre genau hin, Alter, was ich dir noch zu sagen habe. So lange es dunkel ist, hältst du das Maul. Dann kannst du schreien, so laut du willst. Wenn du aber früher schreist, gnade dir Gott!«

An gleicher Stelle teilte Schmuel den Rest der Bande in zwei Gruppen auf, die in verschiedene Richtungen liefen. Schmuel blieb wieder mit David und Klein Max zusammen.

Josef und Krummkopf würden zwei Nächte stramm durchreiten müssen, um den Abnehmer der Sore zu erreichen. Die dazwischenliegende Schabbatruhe würde sie zwingen, erst zwei Tage später den Hehler wieder zu verlassen. Nach Schmuels Berechnung dauerte alles in allem gut sieben Tage, bis sie mit dem Erlös in der Burg Gelnhausen eintreffen konnten. Schmuel hatte darum vereinbart, die Bandenmitglieder, die an dem Raubzug beteiligt waren, sollten sich nach sieben Tagen bei Schuchardt zum Empfang ihres Beuteanteils einfinden.

Schmuel, David und Klein Max marschierten südwärts. Sie gönnten sich nur ein einziges Mal an einem Bach wenige Minuten Rast, um sich die geschwärzten Gesichter zu säubern. Als es hell wurde, versteckten sie sich in einer verlassenen Waldhütte. Klein Max mußte sich den ganzen Weg über quälen, der Fuß war stark angeschwollen und schmerzte ihn bis zur Unerträglichkeit. David stützte den Jungen eine längere Strecke, damit sie überhaupt vorankamen. Bei Helligkeit besah sich Schmuel die Verletzung. Der Junge war nicht mehr in der Lage, weitere Gewaltmärsche durchzustehen. Rasch änderte er seinen Plan. David müsse allein weitermarschieren, entschied er, und er wolle eine Judenherberge suchen, in der Klein Max gepflegt werde. Vielleicht fände er jemanden, der ihn auf einem Wagen mitnehme.

David war das recht. Wenn er sich beeilte, konnte er auf dem Weg nach Gelnhausen einen Umweg über Eckardroth machen und seinen Sohn und Sarah besuchen. Der Huttische Grund lag nahe an seiner Strecke.

8. Kapitel

Von der Stunde an, in der Sarah mit ihrem Kind zu ihren Eltern zurückgekehrt war, drehte sich alles im Haus Pelzkappe nur noch um Saul Joshua. Mit der übertriebenen Anteilnahme an seinem Wohlergehen ließen sich auch die Peinlichkeiten bei der Rückkehr der verlorenen Tochter leichter überbrücken. Trotz aller jüdischen Närrischkeit mit dem erstgeborenen Enkel waren Resl und Mordechai vernünftig genug, Sarahs Vorrecht bei der Pflege und Erziehung ihres Sohnes zu respektieren. Zudem vermieden sie es, mit Sarah über andere Dinge als das Alltägliche, Notwendige hinaus ins Gespräch zu kommen. Nicht ein einziges Mal fragten sie nach ihren Zukunftsplänen oder nach David. Sarah war da, gehörte zur Familie, saß mit allen am Mittagstisch und betete gemeinsam mit ihnen an Schabbat.
Und doch hatte sich in Resl und Mordechai eine Wandlung vollzogen. Sie zeigten, stärker als früher, ihre Liebe zu ihrer Tochter. Die Mutter hatte oft ein herzliches Wort für sie, ging ihr zur Hand und hatte auch keine Einwände mehr, wenn Sarah Golde, die Tochter des Aron Maynzer, besuchte. Der Vater brachte ihr sogar hin und wieder, wenn er von einer Geschäftsreise zurückkehrte, ein kleines Geschenk mit.

Über den gut funktionierenden Nachrichtendienst der Wanderjuden war Mordechai beizeiten informiert, was sich in Fulda abgespielt hatte, Davids Entlassung aus dem Kerker, der Überfall auf den Stockmeister und die Flucht.
Als ihm Amtmann Kees Davids Steckbrief zeigte, konnte Mor-

dechai mit Herablassung reagieren: »Ihr sagt mir nichts Neues, Amtmann. Das weiß ich längst.«

Was aber nutzte Mordechai die zur Schau gestellte Überheblichkeit! Mit dem wahnwitzigen Racheakt Davids an dem Fuldaer Kerkermeister war ein zweites großes Unglück über das Haus Pelzkappe gebracht. Mordechai war der einzige in der Familie, der die Auswirkungen von Davids Tat erahnte.

Einen Habenichts und Hungerleider zum Schwiegersohn zu haben, war schon schlimm und eine Blamage. Das wirkte sich nicht nur in Eckardroth, sondern in allen Judengemeinden des Bergwinkels aus. Die Neider standen schon auf dem Plan, die Mißgünstigen lachten sich ins Fäustchen. Sollen sie ihn nur beneiden, sollen sie ruhig lachen, noch war er stark und robust genug, um standzuhalten, sagte sich Mordechai. Ein steckbrieflich gesuchter Totschläger in der Familie bedeutete jedoch den Absturz. Das Ende seiner Vorrangstellung in der Gemeinde war gekommen.

Gut hatte er daran getan, nach dem Desaster mit seinem Schwiegersohn Itzhak Feitel beizeiten zu beauftragen, sich nach einer passenden Braut für Felix, seinen Ältesten, umzuschauen. Er war bereits fünfzehn, und die wenigen Jahre, bis es Zeit für ihn war, eine eigene Familie zu gründen, gingen schnell herum. Itzhak präsentierte ihm auch bald eine Braut. Das Angebot hatte aber eine nicht zu übersehende Schwäche. Die Familie des Mädchens war, mit aller Vorsicht formuliert, nicht ganz standesgemäß.

Eine, die dem gesellschaftlichen Rang der Pelzkappes entsprach, sei zur Zeit nicht aufzutreiben, versicherte Itzhak. Das war nicht verwunderlich, denn durch Sarahs Vermählung mit David und allen unerfreulichen Begleitumständen waren zu viele Schatten auf das Renommee der Spitzenhändlersfamilie gefallen. Die wenigen, Mordechai ebenbürtigen Väter mit einer noch nicht versprochenen Tochter waren nicht bereit, sie ihm für seinen Sohn Felix zu überlassen. Die angebotene Braut war ihrem gesellschaftlichen Herkommen nach zweite Wahl.

Sie hieß Dora, war die jüngste, darum auch verwöhnteste Tochter eines keineswegs armen Viehhändlers aus der Nachbargemeinde Salmünster. Er trug den für seinen Berufsstand bezeichnenden Namen Ochs, Josef Ochs, aber das war reiner Zufall.

Der Handel mit Pferden und Rindvieh besaß unter den Händlertätigkeiten das geringste Ansehen. Selbst das Geldwechsel- und Pfandleihgeschäft hatte einen besseren Ruf, denn Viehhändler wirkten wegen ihrer deftigen Sprache und wegen des Stallgeruchs unter allen Juden am bäuerlichsten.

Dora war, wie es sich für eine Viehhändlerstochter geziemt, überall rund und mit ihren dreizehn Jahren an Busen, Hintern und Hüften gut entwickelt. Die niedrige Stirn und die hervorstehenden Augen entlockten keinem Mann Ausrufe des Entzückens. Itzhak wagte auch nicht zu behaupten, sie sei besonders klug.

Aber was wollte Mordechai? Sie auf dem Jahrmarkt für zwei Heller als exotische Schönheit vorführen oder sie im Theater als Primadonna auftreten lassen? Philosophische Abhandlungen sollte sie auch keine schreiben. Was er brauchte, war eine Schwiegertochter, die kräftig war und seinem Sohn den Haushalt führen konnte. Außerdem besaß sie breite Hüften, die Kinder, die sie auf die Welt setzen würde, seine Enkelkinder, würden gesund geboren werden. Und bis zur Hochzeit konnte sich noch einiges verändern, was sich bei Dora nur als Vorteil erweisen würde.

Und Felix? War er schön? Er war der geborene Geschäftsmann, wußte bereits sehr früh den Gulden vor dem Kreuzer und den Kreuzer vor dem Heller zu schätzen, und wie damals bei der Vereinbarung mit David und Sarah war er auch in der Wahl seiner Mittel nicht zimperlich. In seinen Händen würde, wenn es an der Zeit war abzutreten, Mordechai den Spitzenhandel bestens aufgehoben wissen, zum Wohle aller Pelzkappes.

Doch von Doras Äußerem abgesehen, hätte Mordechai noch vor einem Jahr das Angebot einer solchen Braut als Zumutung

empfunden und den Heiratsvermittler aus dem Haus gejagt. Aber jetzt, nach dem Krach mit Sarah und ihrem Ehemann, blieb ihm keine andere Wahl, als mit dem Salmünsterer Viehhändler handelseinig zu werden. Er beschied Isaak, dem Brautvater, mitzuteilen, er sei einverstanden. Mit der Mitgift redete er sich aus seiner Verlegenheit heraus, er würde den Viehhändler schon eine ordentliche Summe bezahlen lassen, schließlich heiratete dessen Tochter, trotz allem, was in seinem Haus vorgefallen war, einen Pelzkappe.
Diesen Handel hatte Mordechai eingefädelt, bevor David den Kerkermeister überfallen hatte und bevor der Steckbrief überall aushing. Was aber wäre aus der Suche nach einer Braut für Felix geworden, wenn dieser Skandal in den Judengemeinden des Bergwinkels bereits die Runde gemacht hätte? Wahrscheinlich wäre ihm nicht einmal eine Viehhändlerstochter versprochen worden. Die Abmachung mit dem Salmünsterer An- und Verkäufer von Pferden und Rindvieh mußte jetzt als ein Glück angesehen werden. Es bestand sogar die Gefahr, der Brautvater könne den Schlamassel im Haus Pelzkappe zum Anlaß nehmen, den Vertrag zu brechen. Denn auch Viehhändler legten, um ihr Geschäft nicht in Gefahr zu bringen, Wert auf einen guten Ruf. Und der könnte durch eine Verschwägerung mit einem steckbrieflich gesuchten Totschläger in Mitleidenschaft gezogen werden.

Spät am Abend klopfte David an die Tür von Aron Maynzers Haus. Der Schocher erkannte den ehemaligen Religionslehrer, nunmehr ohne Bart, nicht sofort. Zudem war es schon dunkel. Er öffnete die Tür einen Spalt und schaute in das Gesicht eines Fremden. Trotzdem kam es ihm bekannt vor.
»Hallo, Schocher, ich bin es, David.«
Die Stimme zerstreute alle Bedenken. Schocher stieß die Tür auf, faßte ihn am Arm und sagte: »Komm herein! Mein Gott, hast du dich verändert!« Er musterte David von oben bis unten

und blickte ihm wieder ins Gesicht. »Der Bart ist ab, du bist wirklich ein anderer geworden?«
»Wie soll ich das verstehen?«
»Hast du dich einer Bande angeschlossen?«
»Nein, Schocher – oder vielleicht doch – vielleicht auch nicht. Laß uns später darüber reden. Kann ich eine Nacht bei dir bleiben?«
»Natürlich kannst du.« Schocher führte David in die Stube, nahm die Flasche mit Johannisbeerwein vom Bord und goß in zwei Bechern ein. »Le chaim!«
»Le chaim!« erwiderte David und nahm einen Schluck von dem herbsüßen Wein.
»Soll ich Sarah Bescheid geben?« fragte Schocher.
»Ja, bitte. Laß ihr ausrichten, ich könne nur ein paar Stunden hier sein und möchte sie und meinen Sohn sehen.«
»Ich werde Bella hinunterschicken.«
Nach einer ganzen Weile fragte Schocher: »Was ist eigentlich los mit dir?«
Mit einem gequälten Ton in der Stimme antwortete David: »Ich weiß selbst noch nicht, was mit mir los ist, was mit mir werden soll.«

Am frühen Morgen kam Sarah mit ihrem Sohn in Schochers Haus. Das Kind lag in einem großen Tuch, das sie sich um den Hals geknotet hatte. Ein ganzer Monat war verstrichen, seit David sich von ihr verabschiedet hatte. Und erneut erschrak sie, als sie ihrem Mann gegenüberstand. Warum hatte er sich den Bart abscheren lassen? Sie wagte nicht, ihn zu fragen, starrte nur unentwegt auf das unansehnliche, schmutzigschwarze Stoppelfeld, wo sich einst der schöne Judenbart befand.
David war sich seines Aussehens bewußt, strich sich mit beiden Händen an den Backen entlang und sagte verlegen: »Guten Tag, Sarah.« Er ging einen Schritt auf sie zu. »Wie geht es dir? Wie geht es meinem Sohn?«

Sie erwiderte seinen Gruß nicht.
»Hast du mich verstanden, Sarah? Wie geht es meinem Sohn?«
Wie aus tiefen Gedanken schreckte sie auf. »Es geht ihm gut.«
Das war alles, was sie ihm zu antworten wußte.
Schweigend reichte sie David das Kind. Er nahm es ihr aus den Armen und drückte es an sich. Sein Sohn schien sich bei ihm wohlzufühlen. Er faßte mit seinen winzigen Fingern in seine Bartstoppeln. Und plötzlich zerrte er an der Roßhaarschnur mit dem silbernen Ring, den ihm Feigele verehrt hatte. David hatte Mühe, die zur Faust geballte kleine Hand des Kindes zu öffnen und ihm die Schnur wieder abzunehmen. Dabei kam der Ring zum Vorschein. Schnell nahm ihn David in die Hand und verbarg ihn wieder unter dem Hemd. Er schaute zu Sarah hinüber. Ihr Gesicht zeigte keinerlei Regung.
Es war eine sonderbare Begegnung. Kaum eine halbe Stunde später verabschiedeten sie sich voneinander. Keiner hatte ein Wort darüber verloren, wann sie sich wiedersehen würden, keiner den andern gefragt, wie er sich sein weiteres Leben vorstelle, keiner ein Wort über die Zukunft ihres Sohnes oder ihre gemeinsame Zukunft. Stumm wie sie sich begegnet waren, trennten sie sich wieder.

In Schuchardts Herberge in der Burg Gelnhausen traf David, wie verabredet, noch am gleichen Abend Schmuel und einige andere Mitglieder der Bande. Auch Klein Max war trotz seines noch immer geschwollenen Fußes zur Stelle, ein Transportfuhrwerk hatte ihn mitgenommen. Es fehlten Josef und Krummkopf, die das Silber auf den Pferden weggeschafft und nun den Erlös in der Tasche hatten. Es war unklar, warum sie noch nicht eingetroffen waren. Nach Schmuels Berechnung hätten sie längst ankommen müssen. Gewiß war es ein weiter Weg von Salzwedel bis in die Gegend von Paderborn, wo der Abnehmer der Ware wohnte, und von dort wieder nach Gelnhausen, aber beide waren gute Reiter. Er begann sich Vorwürfe zu machen, seinem besten Mann, Josef, den tumben Krummkopf zugesellt zu haben. Vielleicht wäre es doch vernünftiger gewesen, wenn er nur einen Mann loszuschicken hätte. Josef besaß sein Vertrauen. Er hätte es auch allein geschafft, das Silberzeug unversehrt nach Paderborn zu bringen. Das aber wäre ein Verstoß gegen ein Prinzip des Merseners gewesen, den Transport wertvollen Guts niemals einem einzelnen zu überlassen. Zwei Männer hinderten sich gegenseitig am Schwachwerden. Der Mensch ist immer ein zugleich starkes und schwaches Geschöpf Gottes. Und auch ein Bandit ist ein Mensch.

Die Befürchtung, Josef und Krummkopf hätten die Bande betrogen, hatte Schmuel nie. Also mußte etwas Unvorhergesehenes geschehen sein. Darüber machte er sich Sorgen.

Als Schmuel ernsthaft darüber nachdachte, einen Kundschafter loszuschicken, trafen beide doch noch ein. Und Schmuel fiel ein Stein vom Herzen. Josef und Krummkopf erzählten, ein Pferd hätte gelahmt, was zu einem langwierigen Pferdewechsel zwang, und der Aufkäufer der Ware in der Nähe von Paderborn wollte sie mit minderwertigen Scheidemünzen betrügen, was ihm zwar nicht gelang, aber die Rückreise verzögerte. Und sie berichteten noch von einem Ereignis, weswegen sich ihre Ankunft verzögert habe. Im Fürstentum Waldeck war ihnen etwas Seltsames widerfahren.

»Wir ritten«, erzählte Josef, »durch das Waldecksche Land in Richtung Süden. Da bemerkten wir in einem Dorf, das wir passierten, einen Aufruhr. Das war so etwa zwischen Korbach und Wolfhagen. Die Bauern riefen uns zu, wir sollten auf keinen Fall weiterreiten. Wir hatten keine Ahnung, was los war, und fragten die Leute, bekamen aber immer nur zur Antwort: ›Die Soldaten kommen! Die Soldaten kommen!‹ Das hörten wir verständlicherweise nicht gern, und so gaben Krummkopf und ich unseren Pferden die Sporen und preschten nach Westen zu in ein dichtes Waldgebiet. Dort stießen wir auf einen Köhler, der uns sagen konnte, weswegen sich das Dorf in Unruhe

befände und was das mit den Soldaten auf sich habe. Wenige Tage zuvor hatten Werber des Fürsten von Waldeck in einem Dorf mehrere Bauernburschen, die keine Lust verspürten, Soldaten zu werden, betrunken gemacht und wollten sie mitschleppen. Bauern und Bäuerinnen des Dorfes waren ihnen zu Hilfe geeilt und hatten sie nach einem kurzen Scharmützel dem Werbeoffizier wieder entrissen. Der Fürst von Waldeck war wegen solchen aufrührerischen Verhaltens seiner Untertanen höchst erbost. Darum ordnete er unverzüglich eine Strafexpedition in dieses Dorf und in eine Reihe weiterer Dörfer der Umgebung ein. Alle wehrfähigen Burschen sollten zwangsweise rekrutiert werden. Die meisten jungen Kerle flüchteten daraufhin in die Wälder, und die Soldaten waren dabei, auch das Waldgebiet, in dem wir uns befanden, nach Bauernburschen zu durchsuchen. Wir hatten jedoch Glück. Der Köhler war für einen blanken Gulden bereit, uns in einer schwer zugänglichen Höhle im Berg zu verstecken. Drei Tage blieben wir da drin, bis die Soldaten wieder abgezogen waren. Und nun sind wir da.«
Die Geschichte löste bei den am Tisch sitzenden Bewunderung aus. Sie riefen: »Bravo! Das habt ihr gut gemacht! Wir trinken auf euer Wohl!« Und dann konnte Schmuel endlich an das Aufteilen der Beute gehen. Zuerst zog er von der Gesamtsumme den Teil ab, der dem Küster versprochen war. Der Rest wurde in genau neun Teile geteilt. Jeder Bandit bekam einen Teil, der Kapitän, wie das in allen Banden üblich war, zwei.

Auf dem Rückzug von Salzwedel hatte David einen bösen Traum. In Schuchardts Herberge in Gelnhausen wiederholte sich dieser Traum: Er war an Schabbat zum Gottesdienst in der Synagoge, und der Thoravorleser forderte ihn auf, einen Abschnitt aus der Heiligen Schrift zu lesen. David ging an das Lesepult, nahm den silbernen Thoraanzeiger in die Hand und wollte laut zu lesen beginnen. Er wollte, aber er konnte nicht. Er konnte plötzlich nicht mehr die Heilige Schrift lesen. Er beugte sich weit nach vorne, wischte sich über die Augen, doch wie er sich auch mühte, er konnte keinen Satz entziffern. Die Juden um ihn herum wurden unruhig, begannen zu murren. »Mach schon, David!« riefen sie. Er stöhnte und schwitzte und zitterte am ganzen Leib. Er konnte nicht lesen. Die Heilige Schrift begann sich vor seinen Augen zu drehen, als würden Dämonen ihren Schabernack mit ihm treiben. Mit aller Kraft hielt er die Thorarolle fest, doch der Vorleser riß ihm den Arm weg. Mit einem Aufschrei stürzte er zu Boden, die Arme ausgestreckt. Der Thoraanzeiger schlug auf und zerbrach, und er erwachte schweißgebadet und mit einem dumpf schmerzenden Kopf, als habe ihm jemand einen hölzernen Knüppel übergezogen.

Aus dem Talmud wußte David, welch große Bedeutung Träumen zukam. In ihnen spiegelten sich vergangenes Leben, aber auch Ereignisse in der Zukunft wider, besonders wenn sie sich wiederholten. In dieser Nacht konnte David nicht mehr einschlafen. Er zog sich leise an, niemand, mit dem er im gleichen Raum schliefe, sollte geweckt werden, und ging hinaus auf den Hof. Er setzte sich auf einen Holzstapel, stützte den Kopf in die Hände und dachte über den Traum nach.

David hatte die Botschaft des Traumes verstanden. Es gab für ihn kein Zurück mehr. Das Atmen fiel ihm schwer. Ihm war, als preßte sich ein Panzer um seinen Körper. Er griff sich an die Brust. Plötzlich spürte er den Ring unter dem Hemd, den silbernen Ring des Meir Schiff an der Roßhaarschnur, den ihm die krumme Feigele zum Abschied gegeben hatte und der Zauberkraft besitzen sollte. Ihm klangen Feigeles Worte noch im Ohr: »Der Ring wird dir helfen, den Weg zurück zu deiner Familie zu finden.«

Aber selbst ein Ring vom Grab des Gutn-Jiddn Meir Schiff konnte die Gesetze der Mächtigen nicht außer Kraft setzen und ungeschehen machen, was geschehen war. Sollte er den Ring nicht besser in die Kinzig werfen, als mit dem Amulett um den Hals neue Illusionen zu nähren?

Er stand auf und ging auf dem schmalen Trampelpfad an dem Flüßchen entlang. Zwischen Weidengestrüpp und Krüppelbirken fand er eine Öffnung zum Wasser und zog sich die Roßhaarschnur über den Kopf. Noch einmal betrachtete er den kleinen silbernen Ring in seiner Hand. Er kam ihm merkwürdig schwer vor, als besäße er das Gewicht eines großen Steins. Wieder zögerte er. Etwas in seinem Innern bremste ihn, den Ring wegzuschleudern. Doch dann überwand er sich und warf ihn mit großem Schwung ins Wasser. Und als der Ring mit einem leisen Glucksen die Wasseroberfläche zerriß, wußte David, daß er den einzigen Weg eingeschlagen hatte, der ihm offenstand, und er zu dieser Entscheidung stehen mußte.

An den Tagen darauf hingen Regenwolken über Gelnhausen und der Burg. Da Schabbat war, blieben die acht an dem Raub beteiligten Männer in Schuchardts Herberge. Sie waren trotzdem gut gelaunt mit dem Geld im Säckel. Zur Feier des Tages tranken sie einen Becher Wein oder auch zwei und vertrieben sich die Zeit mit harmlosen Spielen und mit Geschichtenerzählen.

Allein David machte nicht mit. Unbeachtet schlich er sich aus der Runde fort. Ihm war weder nach Geschichtenerzählen noch nach Spielen zumute. In Gedanken versunken, verließ er das Haus und ging, wie in der Nacht zuvor, auf dem Trampelpfad am Fluß entlang. Er ging die an Schabbat erlaubte Strecke von etwa zweitausend Ellen, und der Regen floß ihm aus den Haaren in dünnen Bächen über das Gesicht und die bläßliche Narbe.

Als er glaubte, die Strecke durchmessen zu haben, wollte er umkehren. Er hob den Kopf und sah am Uferrand etwas blinken. Neugierig rutschte er die Böschung hinunter und erkannte, was da blinkte. Es war der silberne Ring, den er in der Nacht an einer ganz anderen Stelle in den Fluß geworfen hatte. Die Roßhaarschnur hatte sich über dem Wasserspiegel an einer

Luftwurzel verfangen, und der Ring schaukelte, als wäre er aus Kork, über den kleinen Wellen der Kinzig.
Es war also doch ein Wunderring. Welche Torheit, ihn in das Wasser zu werfen! Er, David, bekam noch einmal eine Chance. Vorsichtig löste er den Ring von der Wurzel und legte sich die Schnur wieder um den Hals.
Am selben Abend ging er zum Mersener und sagte: »Ich habe mich entschieden, Schmuel. Ich bleibe bei dir. Ich will einer der euren werden.«
Mit zwei kräftigen Schlägen mit der offenen Hand gegen Davids Hand quittierte Schmuel diese Antwort und umarmte ihn. Dann gaben ihm auch alle andern Mitglieder der Bande zwei Schläge auf die Hand. Danach sangen sie ein altes, wüstes Banditenlied, und Klein Max hatte schnell auch einen Spruch auf David parat:
»Hör zu, Dov Stutzohr! Ein Spruch für dich: Warst gestern noch Lehrer, ein feiner Gebager, bist heut ein Bandit in unserem Lager und vielleicht schon morgen auf dem Weg zur Hölle. Die Hand drauf, Dov Stutzohr! Sei ein guter Geselle!«
»Wir haben einen Dichter unter uns!« bewunderten die anderen Banditen Klein Maxens Reimerei. Sie lachten und sangen erneut und hoben die Becher. »Le chaim, Dov! Auf gute Kameradschaft!«
An diesem Abend betrank sich David das erste Mal in seinem Leben. Und in der Nacht, als niemand ihn sah, weinte er.

Da sich David nun einmal für das Banditenleben entschieden hatte, wollte er auf keinen Fall nur ein Mitläufer sein, sondern mitbestimmen, was zu geschehen habe. Dazu mußte er seinen Kumpanen auch Paroli mit Kopf und Faust bieten. Als er das gelernt hatte, erzwang er sich in kurzer Zeit den Respekt seiner Gefährten. Das war ganz im Sinne des Merseners. Schon bald konnte er ihn zu seinem Unterführer bestellen. Wenn Schmuel es anordnete, mußten alle auf Davids Kommando hören.

Davids Geschick im Umgang mit anderen Menschen und seine Beobachtungsgabe veranlaßten Schmuel, ihn zum Ausbaldowern einzusetzen. Als David dann noch lernte, Masken anzulegen und auf Märkten als vornehmer Galanteriewarenhändler oder als frommer Mönch oder als ein Messebesucher mit feinem Benehmen oder als abgerissener Bettler humpelnd auf einer Krücke aufzutreten, je nach Lage der Dinge, wurde er der beste Baldowerer der Bande.
Unter dem Namen Bergwinkelbande wurde Schmuels Truppe bekannt und berühmt, obwohl der Bergwinkel nicht ihr Operationsgebiet war. Die anderen Banden, etwa die Wetterauer, die Rhön- und die Vogelsbergbande oder die Westerwald- und die berüchtigte Odenwaldbande, lebten und arbeiteten in der Region, die sie im Namen führten. Nicht so Schmuels Bande. Ihre Einsätze fanden immer weit weg vom Bergwinkel statt.

Als David Sarah sagen wollte, daß er sich einer Bande angeschlossen habe, – sie sollte es von ihm erfahren und von niemand anderem, war Sarah gefaßter, als er es befürchtet hatte. Sie sagte: »Nun hast du die letzte Hoffnung zunichte gemacht, wir könnten jemals wieder ein normales Leben führen. Unsere Ehe ist uns zum Fluch geworden.«
Verzweifelt fragte er: »Bin ich denn an dem Unglück, das uns betroffen hat –«
»Und unseren Sohn«, unterbrach ihn Sarah.
»– bin ich denn daran schuld? Ich bin ja nicht blindlings hineingetappt.«
»Nein, das bist du nicht, aber du verschlimmerst das Verhängnis mit jedem weiteren Schritt. Dein Verstand verläßt dich immer dann, wenn du ihn am dringendsten benötigst.«
»Nein, Sarah, das stimmt so nicht.«
Abrupt beendete sie das Gespräch: »Genug, David, es hat keinen Sinn mehr, weiter darüber zu streiten. Du hast dich

entschlossen. So sei's denn. Du bist ein Bandit geworden – und ich die Frau eines Banditen. Wann hätte ich mir das träumen lassen?« Das sollte zynisch klingen, klang aber eher kläglich.
Die Dörfer des Huttischen Grunds, voran Eckardroth, aber auch Romsthal, Kerbersdorf und Katholisch-Willenroth, waren die Wohnorte der Banditenfamilien. Daher rührte auch ihr Name, die Bergwinkelbande. Dorthin kehrten die Männer nach jedem Überfall zurück, brachten den Kindern Respekt vor den Eltern bei und sorgten für weiteren Nachwuchs. Sie sägten und stapelten Holz für den Winter, waren freundliche Nachbarn, gingen an Schabbat in die Synagoge – und warteten, bis sie der Bandenchef zu neuen Unternehmungen rief.
In der Bergwinkelbande wurde auf ein unauffälliges Leben geachtet. Niemand vergnügte sich nach der Arbeit in Wirtshäusern oder Bordellen. Fast alle lebten in geordneten Familienverhältnissen und bewahrten zu Hause ihre Jüdischkeit. Darauf legte Schmuel großen Wert. Das geschah auch aus Umsicht.
David kehrte nach Eckardroth zurück und nahm bei Aron Maynzer, dem Schocher, Quartier. Dort stand stets eine Kammer für ihn bereit. Sobald David eingetroffen war, ließ er Sarah von seiner Anwesenheit unterrichten. Und sie kam zu ihm hinauf. Es schien, als habe sie sich damit abgefunden, die Frau eines Banditen zu sein. Sie brachte regelmäßig ihren Sohn mit, der nun schon laufen konnte. Und immer öfters kam es vor, daß Sarah mehrere Tage und Nächte im Haus des Schochers und bei David blieb.

Als nach dem unbedachten Angriff auf den Fuldaer Kerkermeister Davids Steckbrief in Eckardroth eintraf, verstieß Mordechai seinen Schwiegersohn aus dem Haus. Jetzt, da den Bewohnern des Orts auch nicht verborgen geblieben war, daß sich David einer jüdischen Bande angeschlossen hatte, sah Mordechai Pelzkappe den rechten Zeitpunkt gekommen, seinen Ent-

schluß der Familie bekannt zu geben. An einem Schabbatabend nach dem Essen, als alle um den festlich gedeckten Tisch saßen, hob Mordechai die Hand und sprach mit zitternder Stimme: »Hört mir zu: Einer, der sich in unsere Familie eingeschlichen hatte, ist ein Mordbrenner geworden.«
Vor einem Jahr noch wäre Sarah sofort aufgesprungen und davongelaufen. Nun mußte Feigele sie nicht einmal beruhigen, Sarah blieb sitzen, leichenblaß.
Und Mordechai sprach weiter: »Ich kenne keinen Schwiegersohn mit dem Namen David Löb Buchsweiler mehr. Er ist für mich gestorben. Und ich wünsche nicht, daß noch jemals sein Name in meinem Haus genannt wird! Du, Sarah, wirst ab sofort wieder den Namen Pelzkappe führen. Und auch dein Sohn wird ein Pelzkappe werden. Dafür sorge ich.«
Sarah war, als würge sie eine Hand und wolle sie am Sprechen hindern. Doch keuchend antwortete sie: »Das geht doch nicht. Ich bin mit David verheiratet. Er ist noch immer mein Mann.«
»Das geht sehr wohl!« donnerte Mordechai. »Richte dich danach! Richtet euch alle danach!« Und er wiederholte, jedes Wort betonend: »Es gibt keinen Buchsweiler mehr in meinem Haus!« Er sprang auf und verließ den Schabbattisch.
Lange saß Sarah in ihrer Kammer neben dem Bett ihres schlafenden Kindes und weinte. Feigele wußte um ihre elende Verfassung. Sie kam, um sie zu trösten. Doch sie stand vor verschlossener Tür.
»Mach auf, Sarah!«
Doch Sarah öffnete nicht.

»Komm bitte mit in mein Arbeitszimmer!« forderte anderntags Mordechai Sarah auf. »Ich habe mit dir zu sprechen.«
Wenn der Vater einen Angehörigen der Familie in sein Arbeitszimmer bat, bedeutete das in der Regel etwas Unangenehmes.
Sarah folgte ihm.

Kaum daß er die Tür hinter sich geschlossen hatte, noch auf dem Weg zu seinem lederüberzogenen Stuhl hinter dem Schreibtisch, begann er: »Von dem, was ich gestern abend sagte, habe ich kein Wort wegzunehmen. Mein Haus ist kein Räubernest. Aber du, Sarah, hast jetzt eine Entscheidung zu treffen. Ich verlange von dir, dich von deinem Mann zu trennen. Endgültig. Das ist eine schwere Entscheidung, aber es gibt keine andere Lösung. Es geht ja nicht allein um dich, es geht um die ganze Familie Pelzkappe. Unser Ansehen steht auf dem Spiel. Wenn du David das nächste Mal siehst, sage ihm, er soll Rabbi Nathan einen Scheidebrief zukommen lassen, mit dem er dich freigibt.«

»Das wird er nicht tun«, warf Sarah ein.

»Er muß es tun.«

»Und wenn nicht?«

»Dann werde ich ihn dazu zwingen.« Mordechai erhob sich und stellte sich vor Sarah. »Sag ihm, wenn er sich weigere, einen Scheidebrief zu schreiben, würde ich selbst das Rabbinatsgericht anrufen.«

Sarah wollte aufstehen. Sie glaubte, der Vater habe nun alles gesagt, was er ihr zu sagen hatte. Doch er drückte sie leicht auf den Stuhl nieder. »Ich bin noch nicht fertig.«

»Was willst du noch von mir?« fragte sie gequält.

»Mir gefällt nicht, wie oft du in Schochers Haus gehst. Jedesmal, wenn dieser Huligan da ist. Und jedesmal nimmst du meinen Enkelsohn mit.«

Das sagte er mit einer solchen Betonung, daß Sarah sogleich verstand: Er erhob Anspruch auf den erstgeborenen Enkelsohn. Und um jeden Zweifel daran zu zerstreuen, wem der Junge gehöre, fügte Mordechai hinzu: »– mein Kaddischel.«

Das war keine Altersmarotte von Mordechai. Wie jeder fromme Jude, dessen sehnlicher Wunsch es ist, einmal »vor dem Allmächtigen in den Gefilden des ewigen Lebens« zu wandeln, glaubte auch Mordechai fest daran, er würde nur dann beruhigt sterben können, wenn ein Würdiger ihm einmal den Kaddisch spreche und für das Wohlergehen seiner Seele im Jenseits sorge. Und derjenige konnte nur Saul Joshua, sein Enkelsohn, sein.

Nach einer kurzen Pause fuhr Mordechai, immer noch vor Sarah stehend, fort: »Solltest du trotz meines Verbots diesen Mordbuben, der so viel Unglück über dich und unsere Familie gebracht hat, besuchen, so wirst du Saul in Zukunft zu Hause lassen. Dein Mann hat kein Recht mehr auf seinen Sohn.« – Und dann wurde er noch deutlicher: »Mein Enkelsohn ist ein Pelzkappe und kein Buchsweiler.«

Die Erfahrung hätte Mordechai lehren müssen, den Bogen nicht zu überspannen und seiner Tochter nicht zu viel zuzumuten. Aber Mordechai wurde ganz von seinen Gefühlen beherrscht. Das Ansinnen, den Namen zu ändern, war schon ein unsinniges Verlangen. Doch die Bestimmung über den Sohn, ihrem einzigen Lichtblick, ließ sie sich nicht nehmen. Saul Joshua gehörte allein ihr.

Sarah erhob sich ebenfalls und stand nun Auge in Auge dem Vater gegenüber. Leise sagte sie: »Noch ist mein Sohn ein Buchsweiler! Merke dir das, Tate. Und David ist mein Mann. Und Saul Joshua ist sein Sohn, ob es dir paßt oder nicht. Und wenn etwas in unserer Ehe zu entscheiden ist, entscheide ich es.« Seit langem hatte Sarah einen solchen Ton gegenüber ihrem Vater nicht mehr angeschlagen. Ihr Widerspruchsgeist war geweckt worden, und ihre Stimme wurde schärfer: »Du kannst mich aus dem Haus weisen. Aber ich lasse mich von dir nicht bevormunden. Und was für meine Ehe mit David gilt, das gilt auch für meinen Sohn. Ich allein bestimme über ihn und erlaube es niemand anderem. Auch dir nicht. Noch heute verlasse ich das Haus.« Sarah wandte ihm den Rücken.

Mordechai erschrak. Das hatte er nicht gewollt. Bestimmt war er in der Erregung zu heftig geworden, aber er wollte Sarah nicht demütigen und sie auf keinen Fall verlieren.

»Ich bitte dich, gehe nicht aus dem Haus. Du kannst hier mit deinem Sohn wohnen, solange du willst«, sagte er.

Sie machte sich frei und ging zur Tür.
»Geh bitte nicht«, wiederholte er.
Die Tür schlug hinter ihr zu, und Mordechai stand allein in seinem Arbeitszimmer.

9. Kapitel

Sarah verließ mit ihrem Sohn das Elternhaus. Sie fand Aufnahme bei Tante Gietel und Onkel Abraham, dem Spezereienhändler. Mordechai hatte sie noch einmal gebeten, nicht auszuziehen, sie müsse sich auch nicht scheiden lassen. Vergeblich bekam Resl einige Ohnmachtsanfälle. Erfolglos hatte ihr auch Feigele vor Augen gehalten, wie trist ohne Sarah das Haus Pelzkappe und wie unglücklich sie selbst sein werde. Nichts half. An Sarahs Umzug von einem Ende der unteren Judengasse zum andern nahm die gesamte Judengemeinde Anteil. Es wurde getuschelt, und wann immer sich Sarah auf der Straße blicken ließ, war es ein Spießrutenlaufen. Sie spürte, wie alle Frauen sie in der Synagoge anstarrten, als wollten sie an ihr Neuigkeiten entdecken, die sie nach dem Ende des Gottesdienstes auf dem freien Platz vor der Synagoge mit den andern Frauen besprechen konnten.
Auch viele Männer hielt es nicht bei den Gebetsbüchern und sie schauten zu Sarah hinüber. Ihnen lag jedoch weniger daran, etwas über den Fortgang des Familienspektakels zu erfahren, was bisher unbekannt war. Ihre Blicke schweiften zu Sarah, die trotz Kummer und Sorgen einen reizvollen Anblick bot.
Sarahs Schicksal war ein dankbarer Anlaß für allerlei Gerede, Mutmaßungen und Prophezeiungen und belebte so den Eckardrother Alltag. Doch es war nicht Boshaftigkeit, sondern Anteilnahme, was sich in den Gesichtern der Nachbarn widerspiegelte. Schadenfreude war nicht einmal in den Augen der Armen zu bemerken, die ansonsten Genugtuung empfanden, wenn jemandem aus der unteren Gasse ein Mißgeschick wider-

fuhr. Und wenn es einen der sechs oder sieben vermögenden Bürger traf, war die Freude besonders groß. Im Fall Pelzkappe nicht. Die Eckardrother spürten, welches Leid die Familie auseinandergetrieben hat.

Weitaus ungünstiger wirkte sich Davids neue Profession auf die Stellung des Spitzenhändlers in der Gemeinde aus. Seine Gegner im Gemeinderat bekamen Oberwasser. Voran Nosem Löb, einer der Wortführer gegen die Händler. Er gab seinen Beruf mit Commissär an, obwohl er in Wahrheit ein ganz gewöhnlicher Pfandleiher war, einem Gewerbe mit nur geringem Ansehen.

Nosem Löb strebte seit langem die ehrenvolle Position eines zweiten Beisitzers im Gemeindevorstand an. Diese Stellung hatte seit Jahren Mordechai inne. Erster Beisitzer und damit der erste Mann in der Gemeinde war Moische Seligmann, der Tuchhändler. Nosem hatte einen ehrgeizigen Plan. Als bekannt wurde, daß sich David einer Bande angeschlossen habe, glaubte er, seine Stunde sei gekommen, der günstige Augenblick, Mordechais Abwahl aus dem Vorstand zu erzwingen. Dann wollte er sich selber zum zweiten Vorsitzenden wählen lassen. Die Chancen waren für den Pfandleiher nicht schlecht. Der Widerstand gegen den Spitzenhändler wuchs.

Mordechai konnte die denkwürdige Gemeinderatssitzung nicht so schnell vergessen, in der sich Nosem zu Wort meldete und mit frommem Augenaufschlag sagte:

»Liebe Freunde, mir liegt nichts so sehr am Herzen wie das Wohlergehen unserer Gemeinde. Aber dieses ist untrennbar mit dem Ansehen des Gemeinderats verbunden. Wenn ich heute darüber nachdenke, daß das Ansehen des Gemeinderats in letzter Zeit großen Schaden genommen hat, dann erfüllt mich das mit tiefer Traurigkeit. Ich will um nichts herumreden, liebe Freunde. Ich stelle nur die eine Frage: Wie kann einer von uns die Gemeinde nach außen vertreten, dessen Tochtermann ein steckbrieflich gesuchter Bandit ist? Ja, ich spreche von Mordechai Pelzkappe.«

In früheren Zeiten hätte Mordechai einen Phraseur wie diesen mit einer Handbewegung zum Schweigen gebracht oder ihm mit zwei Sätzen den Spaß am weiteren Ränkeschmieden gründlich verdorben. Jetzt fehlte ihm der Mut zu widersprechen.

Und Nosem fuhr fort: »Ich beantrage darum die Abwahl des zweiten Beisitzers und Neuwahl. Wir brauchen endlich wieder einen Mann im Vorstand, der unser aller Vertrauen genießt.«

In dem sich anhebenden Tumult, kreuz und quer schwirrenden Schimpfworten und drohend geballten Fäusten bildeten sich schnell zwei Parteien, eine für und eine gegen Mordechai.

»Ruhe! Ich bitte um Ruhe!« rief ein übers andere Mal Moische Seligmann, der die Sitzung leitete, in den Lärm hinein. »So geht das doch nicht! Ihr benehmt euch wie die Gojim.«

Er hatte große Mühe, und es dauerte eine ganze Weile, bis die Hitzköpfe ein wenig besänftigt waren und Ruhe einkehrte.

Moische wandte sich an den Spitzenhändler, der in dem ganzen Durcheinander mit bleichem Gesicht und zusammengebissenen Zähnen schweigend auf seinem Platz sitzengeblieben war. »Mordechai Pelzkappe, es geht um dich. Du hast Nosem Löbs Antrag gehört. Hast du etwas darauf zu entgegnen?«

»Nein.«

Verständnislos fragte Moische noch einmal: »Wirklich nichts? Nosems Antrag besagt, wir sollen dir das Vertrauen entziehen, und du hast nichts darauf zu antworten?«

»So ist es. Nichts.«

Durch das sture Nein Modechais kam Moische Seligmann in große Verlegenheit. Er war gezwungen, eine Entscheidung zu treffen, ausgerechnet er, der am liebsten jedem recht gab, es sich mit niemandem verdarb, ein Omen-sogr war! Nosems Antrag lag auf dem Tisch.

Moische schaute in die Runde und wog in Gedanken die Stärke der beiden Parteien ab. Nach seinem Dafürhalten hatte keine ein eindeutiges Übergewicht. Er mußte also vorsichtig sein. Er versuchte es auch diesmal mit einer Empfehlung, die beiden Seiten entgegenkommen sollte. Er sagte: »Ich kann nicht recht einsehen, warum Mordechai Pelzkappe unser Vertrauen eingebüßt hat, nur weil sein Schwiegersohn ein Bandit geworden ist –«

»Nur ein Bandit – das ist gut!« rief der Pfandleiher höhnisch dazwischen.

»Laß gut sein, Nosem Löb.« Moische machte eine Pause und strich sich ein paar Mal über den Bart. »Andererseits«, fuhr er fort, »wirft in der Tat der Schwiegervater eines Banditen Schatten auf den Gemeinderat. Ungerechtfertigt, sage ich, aber er wirft. – Das auszugleichen, schlage ich vor, einen dritten Stellvertreter zu wählen. – Und da ist, so denke ich, Nosem Löb der geeignete Mann. Er hat sich schon immer sehr um das Wohl der Gemeinde bemüht.«

»Bemüht – um was? Um einen Vorstandsposten!« kam ein Zwischenruf.

Moische Seligmann winkte unwirsch ab. »Ein Sitz im Vorstand ist kein Pfund und kein Ruhekissen. Eine Verpflichtung ist das. Nichts weiter.« Er fixierte den Zwischenrufer. »Du solltest eigentlich wissen, wie es im Talmud geschrieben steht: Dem Gewissenhaften ist das Amt mehr Bürde als Würde. Und das gilt auch für einen Sitz im Vorstand. Er erhöht die Sorge um das Wohlergehen und das Ansehen der hiesigen Juden.«

Und obwohl er es besser wußte, setzte er seine Rede fort: »Nosem Löbs heutiger Antrag ist gewiß von nichts anderem als seiner Sorge um das Ansehen unserer Gemeinde diktiert.« Und etwas leiser: »Das hoffe ich doch.« Jetzt wandte er sich direkt an ihn: »Bist du mit meinem Vorschlag einverstanden, Nosem? Und nimmst du in diesem Fall deinen Antrag zurück?«

Auch mit diesem Kompromiß würde Nosem Löb einen Triumph über Mordechai feiern. Darum überlegte er keine Sekunde und erklärte mit lauter Stimme: »Ja, ich bin einverstanden.«

»Dann kommen wir zur Wahl –«
»Einen Moment noch, Moische Seligmann.« Mordechai stand auf. »Wir brauchen keine drei Stellvertreter. Und außerdem: Ehe ich mich neben Nosem Löb setze, lege ich mein Amt nieder.«
Ohne auf eine Antwort zu warten, verließ der Spitzenhändler mit erhobenem Kopf den Raum. Und es hatte den Anschein, als ob er fester als gewöhnlich die Stiefel auf den Boden stieß.
Nosem Löb hatte erreicht, was er wollte. Er wurde zum zweiten Beisitzer der israelitischen Gemeinde in Eckardroth gewählt.

Auch Mordechais Geschäfte gingen zurück. Das aber hatte mehr mit dem Haß zu tun, mit dem ihn Güldenmeyer verfolgte. Mordechai mußte erkennen, daß dessen Macht und Einfluß größer waren, als er geahnt hatte. Geschäftsleute, die auch dem Güldenmeyer verpflichtet waren, zogen sich zurück. Selbst unter den kommunalen und landesherrlichen Bediensteten besaß Güldenmeyer Freunde. Die aber brauchte Mordechai bei der Vergabe von Staatsaufträgen oder wenn Stände auf den Märkten zugeteilt wurden. Geld- und Sachgeschenke, mit denen Mordechai nie kleinlich war und die, solange er sich zurückerinnern konnte, selbstverständlich genommen wurden, verfehlten neuerdings ihre Wirkung.
Auch die hohen Herrschaften vergaßen ihn. Sie hatten oft genug Gründe, sich eine neue Garderobe zuzulegen, und dazu gehörten auch immer die allerfeinsten Spitzen, die aus Brüssel kamen und die ihnen nur Mordechai anzubieten hatte – bei Staatsbesuchen oder Galaempfängen oder auch bei Kindstaufen, Hochzeiten und bei Begräbnissen. Bei diesen traurigen Anlässen waren die Umsätze immer besonders erfreulich. Die trauernden Frauen aus den vornehmen Häusern brauchten große Mengen teurer schwarzer Spitzen und schwarzer Seide. Darum war Mordechai stets eilfertig, wenn irgendwo ein Adli-

ger starb. Doch diese zahlungskräftige Kundschaft blieb aus, und Mordechai hatte keine Ahnung, wo sie jetzt ihren Bedarf deckte.

Wohl hatte sich Sarah vorgenommen, nie wieder den Fuß über die Schwelle des Elternhauses zu setzen, doch ihrem Sohn zuliebe überwand sie sich. Nachdem sich ihr Zorn ein wenig gelegt hatte, ging sie hin und wieder mit ihm hinunter zu den Großeltern. Wenn Mordechai es wünschte, sollte er sein Kaddischel sein. Dagegen war sie nicht bereit, andere Forderungen, die ihr der Vater gestellt hatte, zu erfüllen. Sie legte den Namen Buchsweiler nicht ab und verlangte von ihrem Mann keinen Scheidebrief an den Rabbiner, und wenn sie David in Schochers Haus besuchen ging, nahm sie ihren Sohn mit. Mordechai war klug genug, kein Wort mehr darüber zu verlieren.
Sarah legte längst keinen Wert mehr darauf, nicht gesehen zu werden, wenn sie zu ihrem Mann ging. Im Dorf wußte ohnehin jedermann um die komplizierte Ehe der aus der Art geschlagenen Tochter des Spitzenhändlers mit dem Habenichts von Lehrer, der zum Banditen geworden war. Und alle wußten auch, das konnte auf Dauer nicht gut gehen.
Eines Tages kam David mit einer klaffenden Kopfwunde nach Eckardroth zurück. Der Gerichtsschöffe von Rodenbach im Fränkischen hatte sich leichtfertigerweise mit einem Beil zur Wehr gesetzt, als Schmuels Bande seinem Haus einen Besuch abstattete und eine Truhe mit Silberzeug herausschleppen wollte. Der Schöffe traf David am Schädel, doch bevor er zu seinem zweiten Schlag ausholen konnte, hatte ihn ein anderer Bandit mit einem Pistolenschuß vom Leben zum Tode befördert.
Sarah pflegte ihren Mann. Und als er Wundfieber bekam, wich sie keine Minute von seinem Lager. Der weiße Verband erinnerte sie lebhaft an die Fuldaer Judenherberge, als David und Stichler-Sally mit ihren großen Verbänden wieder zu der Gruppe der Wanderjuden zurückgekommen waren.

In den Tagen, in denen sie ihn gesund pflegte, wurde ihr klar, ihr Leben war auf schicksalhafte Weise mit dem Davids verknüpft. Zu fragen, warum, stand ihr nicht zu. Gott, der Unerforschliche, hatte nicht gewollt, daß sie eine normale Ehe führe und im Kreis einer großen Familie mit vielen Kindern ihr Glück erfahre. Ihr blieb nur das eine zu tun übrig, sich dareinzufinden und die Nachteile, die ihr Sohn erfahren würde, weil er ohne Vater groß wurde, nach Kräften auszugleichen. Das mußte ihre künftige Lebensaufgabe sein.

Saul wuchs heran, und er begann, Fragen zu stellen. Warum bei ihnen alles anders wäre als bei seinen Spielgefährten, warum die Großeltern nie zu Bacharachs heraufkämen, warum Sarah und David getrennte Wohnungen hätten, welche Arbeit sein Vater habe und wo er hinginge, wenn er Eckardroth immer wieder für kürzere oder längere Zeit verlasse. Und er wollte auch wissen, warum man im Beisein des Großvaters nicht von seinem Vater sprechen durfte.

Für Sarah wurde es immer schwerer, ihn hinzuhalten. Saul war nun schon sechs Jahre alt und hatte ein kluges, neugieriges Köpfchen.

Saul verehrte den Vater. Und um so mehr, je deutlicher er spürte, daß ihn ein Geheimnis umgab. Oftmals betrachtete er schweigend Davids Gesicht mit den zusammengekniffenen Augen, der quer über der Backe verlaufenden Narbe und dem verkürzten Ohr in der Hoffnung, vielleicht doch irgendwo das Geheimnis herauslesen zu können.

Saul konnte nun schon allein hinauf zu Schochers Haus gehen, um den Vater zu besuchen. Sarah sah es nicht gern, wenn sie ihm auch diese Ausflüge nicht verwehrte. Sie hatte Angst vor unbedachten Äußerungen ihres Mannes, die den Jungen nur noch verwirrter machten. David spielte gern mit seinem Sohn und er war immer zärtlich zu ihm, und er konnte spannende Geschichten erzählen, wahre und erfundene. Zum Beispiel vom Rabbi Samuel Ben Jehudo in Gelnhausen, der mit seinem Wunderstab die unglaublichsten Dinge vollbrachte, Menschen gesund machte, verheerende Feuer löschte und einen großen Soldatenhaufen, der plündernd durch die Stadt zog, in die Flucht gejagt hatte. Geschichten von guten Geistern, die Menschen und Tieren halfen, die in Not waren, und von bösen Geistern, die sich in die Körper von Männern und Frauen einschlichen und sie verwirrten, so auch vom Dibbuk, dem Totengeist. Er erzählte Geschichten von fliegenden Drachen, Kobolden und Geisterschiffen – und auch solche von gewitzten Gaunern und mutigen Räubern.

Diese letzteren Geschichten erzählte er nicht ganz zufällig. Saul mußte endlich erfahren, wer sein Vater in Wirklichkeit war. Doch wie David von diesen Geschichten den Bogen zur Realität schlagen solle, wußte er noch nicht. Er konnte Saul schlecht bei der Hand nehmen und ihm sagen: Nun höre einmal gut zu, mein lieber Sohn, dein Vater war vor Jahren zwar ein braver Religionslehrer, bestens vertraut mit den fünf Büchern Moses und den Heiligen Schriften und auch ein vorzüglicher Kenner des Talmuds. Heute aber ist er ein Bandit, und wenn er von der Polizei erwischt wird, hängt man ihn ohne großes Federlesens am nächsten Galgen auf.

So ging das nicht. Aber wie sonst?

Ein Zufall kam ihm zu Hilfe. Eines Tages prügelte sich Saul mit anderen Jungen auf der Straße und kam mit einer blutenden Nase und einem zerrissenen Hemd nach Hause.

»Was um Himmels willen war los?« wollte Sarah wissen. »Mit wem hast du dich geschlagen?«

»Mit Wolf Nathan.«

»Dem Sohn des Bäckers?«

»Ja, mit dem. Er hat gesagt, der Tate überfalle andere Leute und nehme ihnen das Geld ab. Da habe ich es ihm gegeben.«

»Und er es dir«, bemerkte Sarah und wischte ihm das Blut von der Nase.

»Das ist doch gelogen?«

Sarah gab ihm keine Antwort.
Saul zerrte an ihrem Kleid. »Sag, das ist doch gelogen, Mamme? Warum sagst du nichts?«
Schweigend legte sich Sarah einen wollenen Schal um die Schultern, nahm Saul bei der Hand, und dann erst sagte sie: »Wir gehen zum Tate hoch. Er soll dir selbst sagen, ob Wolf gelogen hat oder nicht.«
David und Schocher saßen in der Wohnstube im Gespräch zusammen, als die beiden dort oben ankamen.
»Was ist mit dir los?« begrüßte David seinen Sohn. »Mit wem hast du dich geschlagen?«
»Mit Wolf Nathan«, antwortete er.
»Laß mal sehen!« David untersuchte die harmlosen Verletzungen und tröstete Saul: »Ist nicht so schlimm, das geht vorbei.«
Eine kurze Stille entstand, und bevor Sarah erklären konnte, weshalb sie mit ihrem Sohn gekommen war, kam Saul ihr zuvor: »Wolf hat gesagt, du überfällst andere Leute und nimmst ihnen das Geld ab. Das habe ich mir nicht gefallen lassen.«
»Da hast du recht getan.«
»Weil er gelogen hat?«
David schwieg.
»Du sollst es mir sagen – hat Mamme gesagt.«
Überrascht schaute David zu Sarah hinüber. Wollte sie wirklich? Sie nickte entschieden, um damit anzudeuten: Nun sags ihm schon, jetzt ist die Zeit da.
David war auf ein solches Bekenntnis nicht vorbereitet. Verlegen strich er sich über die vernarbte Backe und räusperte sich. »Das ist nicht so einfach zu erklären, Saul.«
»Warum nicht?«
Schocher stand auf und verließ die Stube. David begann: »Ich war einmal mit deiner Mamme und noch ein paar anderen Juden unterwegs auf der Landstraße. Da wurde ganz in der Nähe eine Mühle überfallen. Sogleich verdächtigte man uns, wir hätten es getan.«
»Ihr wart es nicht?«

»Nein. Das haben andere getan. Aber dennoch sperrte man uns ein, nur weil wir Juden waren, einen Schneider und mich. Man hat uns in Ketten gelegt und mit Stöcken geschlagen. Wir sollten gestehen.«
»Aber wenn ihr es doch nicht getan habt.«
»Sie haben uns nicht geglaubt. Der Kerkermeister war besonders grausam. Er hat meinen Freund, den Schneider, totgeprügelt. Als dann die wirklichen Täter gefaßt wurden, hat man mich freigelassen. Da habe ich meinen Freund gerächt. Ich habe einen Säbel in den Körper des Kerkermeisters gestoßen und ihn schwer verletzt. Kannst du das verstehen?«
Saul antwortete nicht.
»Du hast doch auch den Wolf Nathan verprügelt, weil er Schlechtes über mich gesagt hat.«
»Ja, schon –«
»Siehst du, und wärst du an meiner Stelle gewesen, du hättest das genau so gemacht.«
Saul überlegte, und dann sagte er: »Kann schon sein, Tate.«
David fuhr fort: »Der Kerkermeister blieb am Leben. Und nun sucht mich die Polizei. Verstehst du jetzt, warum ich nirgendwo eine richtige Arbeit annehmen kann, um Geld zu verdienen? So muß ich mir auf andere Weise beschaffen, was ich zum Leben brauche. – So – das ist alles, was ich dir über mein Leben sagen kann.«
Lange saßen sie stumm in der Stube. Saul hätte seinen Vater noch vieles fragen wollen, aber er wagte es nicht.
Es verstrichen zähe Minuten, bis Sarah sich endlich straffte, aufstand und sagte: »Es wird Zeit, wir müssen gehen.« Sie nahm ihren Sohn bei der Hand und ging zur Tür. Da riß sich Saul los und rannte noch einmal zu seinem Vater. Er versuchte, ihn mit seinen kleinen Armen zu umfassen, und sagte: »Was du mit dem Kerkermeister gemacht hast, das war richtig. Und wenn ich groß bin –«
David fiel ihm ins Wort: »Hör auf damit! Werde erst einmal groß!«

Sarah zog Saul mit sich fort und verließ ohne ein Wort Schochers Haus. Sie war über den letzten Satz ihres Sohnes erschrocken.
Auf dem Nachhauseweg schwiegen beide. Jeder war mit sich selbst beschäftigt. Erst als sie sich dem Haus des Gewürzhändlers näherten, wurde Saul wieder gesprächig. Er fragte Sarah: »Meinst du, das ist alles wahr, was der Tate gesagt hat?«
»Alles«, antwortete sie. »Und nun weißt du auch, warum er nicht bei uns lebt. Er würde uns und auch sich selbst in große Gefahr bringen.«
Das war zwar nur die halbe Wahrheit, aber Sarah hoffte, mit dieser Erklärung die Frage, die schon immer unausgesprochen zwischen ihr und ihrem Sohn stand, aus der Welt schaffen zu können.

Mein Vater ist ein Bandit! Saul war mit der Zeit richtig stolz darauf. Er konnte bei seinen Spielgefährten damit prahlen. Keiner von ihnen hatte einen Banditen in der Familie vorzuweisen. Und wenn es dann noch der Vater war! Er wurde bewundert und auch verprügelt, jetzt aus Mißgunst. Saul nahm das in Kauf.
Ein einziger Junge hielt zu ihm, verteidigte ihn und stand oft mit ihm gemeinsam gegen die andern. Es war der zwei Jahre ältere Sohn des Schusters Chaim Stern mit Namen Markus. Er war sein Freund.

Neuerdings ließ sich Saul auch nichts mehr von den Christenkindern gefallen, die aus dem unteren Dorf in die Judengasse vordrangen und Spottverse riefen:

»Eins, zwei, drei,
geht ein Jud vorbei,
macht er groß Getriebe,
haut ihm auf die Rübe!«

Bisher hatte er sich damit begnügt, wie es auch andere Judenkinder taten, ihnen ihre eigenen Verse entgegenzurufen:

»Gumpel, Gampel, Gimpel,
Guten Tag, Herr Simpel!«

Oder:

»Reißt das Maul auf – rat, was is' er?
Bettenpisser, Hosenschisser!«

Und dann schleuderte er wie auch die andern Kindern ein paar Steine nach ihnen. Jetzt aber ging er auf sie zu und rangelte mit ihnen. Fuchsteufelswild konnte er werden, wenn sie ihm nachriefen:

»Haut dem Juden-Saul
eins aufs Judenmaul!«

Dann rannte er ihnen nach und boxte und trat nach ihnen, auch wenn er dabei oftmals den kürzeren zog und mit blutiger Nase den Rückzug antreten mußte.

An Regentagen spielte Saul gern mit seinem Freund Markus in der winzigen Kate von Schuster Chaim Stern. Der Schuster war Saul freundlich gesinnt. Er war ein komischer Kauz. Im Takt der Lieder, die er bei der Arbeit summte, klopfte er mit seinem Schusterhammer auf die Holzzwecken, was ein rechtes Kunststück war, denn beim Hämmern hatte er immer den Mund voll mit diesen Schusterzwecken. Manches Mal schob er sie unter die Zunge, und dann konnte er sogar richtig singen. Es waren meist traurige Lieder. Eines von ihnen war besonders traurig und schön. Saul konnte deutlich den Text verstehen. Er lautete:

Oj Hemerl, Hemerl klop,
Schlog starker a Tschwok noch a Tschwok,

Kejn Brojt is in Schtub schojn nit do,
Nor Zores un Lajd on an Ek.

Oj Hemerl, Hemerl klop,
Nit glitsch fun majn Hand sich arojs,
Majn ejnziger Schpajser bistu,
Fun Hunger on dir gej ich ojs.

Chaim war kein frommer Mann, weshalb er auch keine frommen Lieder summte, dafür aber öfters einmal den Marseiller Marsch, dessen Melodie Saul schon anderswo gehört hatte, und eine weitere, ihm bisher unbekannte Melodie, die so hart und kantig klang, als stamme sie aus dem gleichen Arsenal wie die Marseillaise. Drei Töne wiederholten sich dabei immer wieder, ta-ta-tam, ta-ta-tam, ta-ta-tam. Dem Schuster machte es besonderen Spaß, den Takt dieser drei Töne nicht auf die Zwecken oder das Leder, sondern auf den blanken, eisernen Schusterfuß, den er den ganzen Tag zwischen den Knien hielt, zu schlagen, daß es klang, als schlage der Schmied auf den Amboß. Fehlte nur, daß die Funken sprühten.

Die sprühten in den Augen von Chaim Stern.

Auf dieses Ta-ta-tam warteten stets alle Kinder, die in der Stube zwischen Tischbeinen, alten Schuhen, Lederabfällen und Gerätschaften herumtobten, Markus, Saul und noch drei Töchter des Schusters, die nicht selten Freundinnen mit in das Haus gebracht hatten. Schnell nahm jedes irgendetwas Hartes in die Hand, ein Stück Holz, einen blechernen Becher oder einen Kochlöffel, und schlug in gleichem Takt zu dem Ta-ta-tam auf Tisch und Bänke oder einfach auf den Holzfußboden, ganz so, als würde an Purim die Geschichte von Esther und Mordechai erzählt und der Name des bösen Haman fiele.

In der Regel stürzte dann des Schusters Frau herein, die draußen im Schuppen oder im Stall hantiert hatte, die Hände an die Ohren gepreßt, und rief: »Kannst du nicht was anderes singen, Chaim? Immer dieses Lied und der fürchterliche Lärm! Du machst einen meschugge damit!«

Sie schimpfte dabei niemals mit den Kindern, immer nur mit ihrem Mann. Für sie gehörte der Lärm, den die Kinder machten, zu dem Lied mit dazu.
Auf dem Brett hinter dem dreibeinigen Hocker lagen einige abgegriffene Bücher in deutscher Schrift. Das war für einen Schuster ganz ungewöhnlich. Es kam vor, daß Chaim die Arbeit unterbrach, nach hinten griff, ein Buch vorholte, mit angefeuchtetem Finger darin blätterte, eine Stelle las, wohlgefällig nickte, das Buch zusammenklappte und wieder auf das Brett legte. Dann murmelte er im Selbstgespräch mit zusammengekniffenen Augen, als wolle er sich eine eben gelesene Textstelle gut einprägen, holte tief Luft, um in die nüchterne Gegenwart zurückzukehren und klopfte weiter seine Zwecken ein oder zog den Zwirn durch den Pechklumpen. Auch das beobachtete Saul mit Staunen.

Nunmehr, da Saul über seinen Vater Bescheid wußte, konnte er auch ohne Verlegenheit die oft hämisch gestellte Frage über das seltsame Familienleben seiner Eltern beantworten. Er übernahm, was Sarah ihm gesagt hatte, und erklärte den Fragenden überlegen und hochmütig, gerade darum, weil sein Vater einen so gefahrvollen Beruf ausübe, sei es ihm nicht möglich, mit seiner Familie zusammenzusein.
Eine unangenehme Überraschung erlebte Saul kurze Zeit später, als er wieder einmal beim Großvater war und er prahlte, welche Abenteuer sein Vater zu bestehen habe. Mordechai schlug mit der Faust auf den Tisch und schrie: »Schöne Abenteuer sind das! Hör auf damit! Ich will von deinem Tate nichts hören und nichts sehen. Es ist keine Auszeichnung, ein Räuber zu sein, und keine Ehre, andere Menschen zu überfallen und zu berauben, statt einer ordentlichen Arbeit nachzugehen. Es ist eine Schande und eine große Sünde! Dein Tate hat nur Unglück über uns gebracht!«
Mordechai hatte sich in all den Jahren in Sauls Gegenwart

noch nie in dieser Weise über seinen Schwiegersohn ausgelassen. Saul verstand seine plötzliche Erregung nicht.

Mordechais Wutausbruch hatte nicht nur mit David zu tun. Sein Geschäft befand sich in einer denkbar schlechten Verfassung. Verheerende Mißernten und die Kriege gegen Napoleon hatten die Menschen verarmen lassen, immer weniger Kunden kauften die teuren ausländischen Spitzen und Seidenstoffe. Er mußte sein Geschäft auf den Absatz von Billigware verlagern. Sie wurde seine Haupteinnahmequelle. Doch diese Ware war immer schwieriger einzukaufen, ein ungewöhnlicher Vorgang. In den Jahren zuvor hatte Mordechai diese Ware regelmäßig bei den Frauen der Kleinbauern, Hintersassen und Taglöhner in den Dörfern des Vogelsbergs aufgekauft. Die Frauen waren froh, wenn Mordechai zu ihnen ins Dorf kam, um die handgewebten und bestickten Leinentüchlein und Schals abzuholen. Das ersparte ihnen den beschwerlichen Weg zu den entfernten Märkten und den Aufwand, jedes Stück einzeln zu verkaufen. Eines Herbsttags war Itzig Roth, der mit gebrauchten Kleidern und Schuhen handelte, unerwartet bei Mordechai erschienen. Er wollte ihm eine Neuigkeit aus dem Dorf berichten, in dem er mit seiner Familie wohnte.

Das Dorf hieß Ürzell und war etwa zwei Wegstunden von Eckardroth entfernt. Itzig und Mordechai kannten sich gut, denn der Spitzenhändler kam oft in dieses Dorf. Dort kaufte er einen großen Teil seiner Billigware ein. Danach traf er sich immer mit Itzig, der ein kluger und belesener Mann war, und führte mit ihm geistvolle Gespräche über Gott und die Welt. Der Ortsvorsteher von Ürzell, Melchior Knispel, war Mordechai gewogen. Das versteht sich, denn der Spitzenhändler kam nie mit leeren Händen. Stets brachte er auch ein kleines Geschenk für die Frau des Ortsvorstehers mit, eine feine Spitze oder ein Seidentüchlein, wie man es im Bergwinkel sonst nicht kannte. Diese Ausgaben machten sich für Mordechai bezahlt, denn dafür verwandelte Melchior einen Tag lang seine Wohnstube in ein Kontor für den Spitzenhändler. Zudem ließ Melchior vom Ortsdiener ausschellen, der Eckardrother Spitzenhändler sei wieder im Dorf und erwarte die Frauen, die ihm ihre Handarbeiten verkaufen wollten, ab sofort in seinem Haus.

Itzig empfing Mordechai mit den Worten: »Es tut sich was in unserem Dorf. Fremde, die aus Hanau kommen, nisten sich ein und versprechen allen Frauen goldene Zeiten, wenn sie für sie arbeiten.«

»Sie arbeiten doch schon für mich.«

»Darum erzähle ich es dir.« Und Itzig berichtete: »Vor wenigen Wochen kam von Steinau herauf ein Planwagen, und mit ihm einer, der nicht aussah wie ein Handelsmann. So ein Geschniegelter. Erst dachten die Leute im Dorf, er habe etwas zu verkaufen. Aber nichts dergleichen. Er hielt am Haus von Melchior Knispel, und der Kutscher lud Kisten und Kasten ab und schaffte sie in einen von Melchiors Schuppen. Anderntags schellte der Ortsdiener aus, von diesem Tag an habe sich eine große Hanauer Spinnerei in Ürzell niedergelassen. Sie biete jedem Mann und jeder Frau Heimarbeit für Web- und Strickwaren in jeder Menge an und zu besten Stückpreisen.«

Gelassen antwortete Mordechai: »Was soll's, Itzig, ich habe keine Angst vor Konkurrenz. Glaub mir, auch in Hanau kocht man nur mit Wasser.«

»Ich verstehe dich nicht, Mordechai. Du redest, als ginge dich das alles nichts an.«

»Was geht's mich schon an?«

»Mehr als du glaubst. Alle Weiber rennen dem Geschniegelten das Haus ein. Alle wollen Arbeit von ihm.«

»Hat er denn so viel zu vergeben?«

»Anscheinend ja. Und er vergibt nicht nur Arbeit, sondern auch Wolle und Garne und jede Art von Gerätschaften. Wer sie annimmt, kriegt von ihm einen Vertrag über ein ganzes Jahr.«

»Und welche Art Ware läßt der Mann aus Hanau von den Frauen herstellen?«
»In der Hauptsache Strümpfe. Hundert verschiedene Arten von Strümpfen, große, kleine, lange, kurze und in allen Farben.«
»Na, siehst du, das ist keine Konkurrenz für mich. Ich kaufe und verkaufe keine Strümpfe.«
Itzig schüttelte den Kopf über so viel Einsichtslosigkeit. »Ich sage dir, Mordechai, er macht dir nicht nur in unserem Dorf, er macht dir das Geschäft im ganzen Amt Ürzell kaputt.«
»Womit? Mit Strümpfen? Daß ich nicht lache.«
»Dir wird das Lachen noch vergehen. Der Geschniegelte macht ganz den Eindruck, daß er dich noch das Fürchten lehren wird.«
»Itzig, du übertreibst, wie immer. Zugegeben, ich bezahle nicht besonders gut für die Ware, die ich aufkaufe, aber ich bezahle prompt und betrüge niemand. Und ich gebe den Frauen auch Vorschüsse, wenn sie in Not sind. Das wissen meine Lieferanten. Sie fluchen über mich und sie schätzen mich. Und warum? Weil sie mich brauchen.«
»Jetzt aber nicht mehr«, warf Itzig ein.
»Dummes Gerede. Natürlich brauchen sie mich.«
»Nein, Mordechai. Sie haben jetzt den Mann aus Hanau. Das ist kein Irgendwer. Hinter ihm steht die Spinnerei der Gebrüder Jassoy. Das ist eine große Fabrik. Unterschätze das nicht. Sie ist zehnmal mächtiger als du. Was sage ich, hundertmal. Da kannst du dich anstrengen, wie du willst, mithalten kannst du nicht. Und der Geschniegelte ist ihr Agent. Er trieft vor Freundlichkeit. Und er zahlt gute Stückpreise. Vorschüsse gibt er auch. Und er ist immer da. Zu jeder Stunde kann jedermann zu ihm kommen. Er wohnt fest bei Melchior Knispel. Und der hilft ihm, wo er kann.«
Mordechai schaukelte voller Enttäuschung den Kopf und sagte, halb zu sich selbst: »Was habe ich dem Melchior alles zugesteckt!«

»Jeder, der Geschäfte machen will, muß schmieren, lieber Mordechai. Das weißt du am besten. Schmieren und salben hilft allenthalben, so heißt es doch. Der Geschniegelte wird es halt besser können als du.«
»Und trotzdem ist Melchior ein Schwein.«
»Wie du meinst. Aber nicht wegen ihm bin ich zu dir gekommen. Du solltest dir um den Agenten Sorgen machen. Der ist nicht zum Zählen der Maschen an den Strümpfen zu uns gekommen.«
»Was will er noch?«
»Eine richtige Produktionsstätte im Dorf einrichten. Und das in Melchiors Schuppen. So eine Art Filialfabrik. In den letzten Tagen sind bereits einige Wagen angefahren und haben Kisten abgeladen. Die dabei geholfen haben, sagen, da seien ganz neuartige Geräte drin gewesen. Mit denen könne man viel schneller weben und stricken als bisher. Du siehst, es tut sich was bei uns.«
»Du glaubst wirklich, ich fürchte mich vor einem hergelaufenen Strumpfmacher?«
»Glaube, was du willst. Aber da gibt es noch etwas, und das dürfte dir nicht gleichgültig sein.«
»Du machst mich neugierig.«
»Hoffentlich. Die Hanauer Spinnerei ist nämlich goijisch, und der Geschniegelte geht mit dem verfluchten Christenkreuz hausieren. Wo er auftaucht, erzählt er, die beiden Brüder, denen die Fabrik gehört, seien fromme Christen, und es schicke sich nicht für ordentliche Christenleute, für einen Juden zu arbeiten, wenn sie das auch für einen guten Christen könnten und obendrein noch für ein besseres Geld. Er nennt dich sogar beim Namen. Er macht mächtig Stimmung gegen dich, Mordechai. Auch unser Dorfpfarrer ist auf seiner Seite.«
»Schon gut, Itzig. Und was sagen die Leute im Dorf?«
»Sie sagen: Wenn der feine Herr von der Spinnerei in Hanau uns so gute Preise macht, dann kann sich der Pelzkappe zum Teufel scheren.«

Mordechai stand auf und ging schweigend auf und ab, das Kinn auf die Brust gedrückt und mit zwei scharfen Falten auf der Stirn.
Itzig Roth wartete. Es schien ihm, als habe Mordechai ihn vergessen. Wie das Pendel einer Uhr ging er auf und ab.
Endlich blieb er stehen, drehte sich zu seinem Freund und sagte: »Ich danke dir für die Mitteilung, Itzig.«
»Was willst du jetzt tun?«
Mordechai zuckte nur mit den Schultern.

Der Bericht des Gebrauchtwarenhändlers hatte Mordechai tiefer getroffen, als er es sich eingestehen wollte. Sollte er wirklich die Heimarbeiterinnen im Amt Ürzell verlieren, müßte er andere Frauen finden, die zu sticken und zu klöppeln verstehen und noch keine festen Aufkäufer hatten. Es würde mühsam werden, bis er Ersatz gefunden hätte.
Wenige Tage darauf entschloß sich Mordechai, nach Ürzell zu fahren und die Situation selbst in Augenschein zu nehmen. Er traf alles genau so an, wie es Itzig Roth geschildert hatte. Schlimmer noch. In allen umliegenden Dörfern waren ihm durch die Hanauer Spinnerei ebenfalls die Heimarbeiterinnen verloren gegangen.
Die Frauen, denen er seit vielen Jahren die Stick- und Klöppelarbeiten abkaufte, verkauften ihm nichts mehr. Melchior Knispel wand sich wie ein Wurm und war bemüht, ihn so schnell wie möglich wieder loszuwerden. Und der Agent der Spinnerei behandelte ihn von oben herab.

Mordechais Pechsträhne hielt an. Das hatte der fromme Mann, der die ihm auferlegten Pflichten gegenüber Gott, der Familie, der Gemeinde und den Armen gewissenhaft erfüllte, nicht verdient. Als ihm erneut große Kümmernis ins Haus stand, diesmal durch seinen Sohn Felix, schloß sich Mordechai in sein Arbeitszimmer ein, schlug sich mit den Fäusten an den Kopf und stöhnte laut. Man konnte glauben, er presse sich die Seele aus dem Leib. Und er rief: »O, du mein Gott, mußt du mich denn unaufhörlich peinigen! Für was? Antworte mir! Für was?«

Felix hatte Dora, die Tochter des Viehhändlers, geheiratet. Die Braut war weiß Gott keine Schönheit und kam aus keinem guten Haus. Das alles störte Felix nicht. Er hatte an der Brautwahl des Vaters nichts auszusetzen. Zum Führen seines Haushalts und zum Kinderkriegen war Dora allemal gut. Und was die Liebe anbelangte, so hielt er es damit wie sein Vater und sein Großvater und seine Vorvorväter: Sie würde sich im Laufe der Ehe einstellen – oder auch nicht.

Mordechai hatte die Verhandlungen mit dem Brautvater geschickt geführt und sich die niedere Herkunft der Schwiegertochter reich versilbern lassen. Die Heirat war für beide, für Braut und Bräutigam, ein gutes Geschäft. Felix profitierte durch die klingenden Münzen seines Schwiegervaters und Dora durch den klingenden Namen Pelzkappe, den sie ab sofort führen durfte. Was war schon Ochs gegen Pelzkappe! Und beides zusammen war eine wunderschöne Hochzeitsmusik.

Josef Ochs als ausrichtender Brautvater hatte in der Tat alles aufgeboten, was aufzubieten war, um die Hochzeit so glanzvoll wie möglich zu gestalten. Wer Gelegenheit hatte, am Hochzeitstag die Braut zu sehen in ihrem prachtvollen weißen Brautkleid mit den teuersten Spitzen aus Mordechais Kollektion, dem überreichen Schmuck, der die Augen blendete, dem Pariser Rouge auf den Wangen und auf den Lippen die leuchtendroten Fettmixturen aus Amsterdam, war erstaunt. Aus einem pummeligen Backfisch war eine ansehnliche Frau geworden. Würde sie nicht doch noch, trotz aller äußerlichen Mystifikation, eine beträchtliche Erdenschwere ausgestrahlt und beim Laufen, trotz ihrer zierlichen Schühchen, mit kräftigen Beinen auf den Boden gestampft haben, hätte der Ein-

druck entstehen können, sie würde, einem riesengroßen Kohlweißling gleich, jeden Augenblick davonflattern können.
Felix aber machte, kaum daß er verheiratet war, seinem Vater großen Kummer. Schon vor der Hochzeit hatte Mordechai ihn zum Teilhaber in seinem Geschäft gemacht. Doch kaum war Felix verheiratet, drängte er den Vater, sich zur Ruhe zu setzen und ihm allein den Spitzenhandel zu überlassen.
Damit hatte Mordechai nicht gerechnet. Er fühlte sich noch längst nicht alt genug, das Geschäft an den Sohn zu übergeben, und es tat ihm leid, ihn aus reiner Vaterliebe viel zu früh zum Kompagnon gemacht zu haben.
Doch Mordechai war umsichtig genug. Die langjährige Erfahrung als Geschäftsmann hatte ihn vorsichtig werden lassen. Der Vertrag, der die Teilhaberschaft festlegte, wurde von einem Notar beglaubigt. Es war ein sehr geschickt aufgesetztes Papier, das die letzte Entscheidung jederzeit in Mordechais Hände legte. Er war mit keinen Tricks zu umgehen. Als Felix das erkannte, erklärte er dem Vater, wenn er ihm das Geschäft noch länger vorenthalten würde, müßte er einen eigenen Spitzenhandel aufziehen und ihm damit Konkurrenz machen. Der Schwiegervater habe sich erbötig gemacht, ihm in Salmünster Geld und Räume dafür zu beschaffen.
Da aber schlug Mordechai mit beiden Fäusten auf den Schreibtisch, daß die beiden Gläser mit schwarzer und roter Tinte klirrend aneinanderstießen. Und er schrie: »So weit sind wir noch lange nicht. Dafür bist du mir zu grün, mein Junge, um deinen Vater zum Hanswursten zu machen. Und ins Bockshorn jagen läßt sich ein Pelzkappe schon gar nicht, von niemandem, auch von dir nicht. Merke dir gut, wenn du aus dem Geschäft aussteigen willst, dann tue es, lieber heute als morgen. Geh zu deinem Schwiegervater nach Salmünster und mach dort einen Spitzenhandel auf. Ich werde dich nicht daran hindern. Du wirst selbst sehen, wie weit du kommst.«
Schweigend verließ Felix Mordechais Klause. Er war klug genug, um zu diesem Zeitpunkt keinen Bruch mit dem noch

immer starken Senior zu provozieren. Er wußte: kommt Zeit, kommt Rat und kommen günstigere Gelegenheiten.
Und Mordechai wußte genau, was im Kopf seines Sohnes vorging. Er mußte sich in Zukunft in acht nehmen, er befand sich in keiner beneidenswerten Situation.

10. Kapitel

In all den Jahren, seit der Mersener die Bergwinkelbande zusammengebracht und viele erfolgreiche Einbrüche und Überfälle durchgeführt hatte, war es ihm nicht gelungen, seine Frau zu einem Umzug in den Huttischen Grund zu bewegen. Sie lebte zusammen mit ihren drei Töchtern in einem Dorf in der Nähe von Pforzheim und wollte dort auch wohnen bleiben. Das brachte Schmuel viele zusätzliche Stunden auf der Landstraße ein und erschwerte den Kontakt mit den Bandenmitgliedern, die ausnahmslos im Bergwinkel wohnten.

Eines Nachts erfaßte ein Brand in Schmuels Heimatdorf auch sein Haus. Seine Frau versuchte, das jüngste Kind zu retten, das nicht mehr rechtzeitig vor den Flammen fliehen konnte. Mutter und Tochter kamen in den Flammen um. Schmuel, der gerade mit seiner Bande im Münsterland war, erfuhr erst bei seiner Rückkehr von diesem Unglück. Seitdem war er verändert. Ihm unterliefen, was früher nie vorgekommen war, grobe Fehler. Er gab unkorrekte Anweisungen, und sein Zeitplan, ein wichtiges Element erfolgreichen Bandentums, stimmte oft nicht mehr.

David verfolgte mit Sorge die Veränderungen, seit der Mersener Frau und Tochter verloren hatte. Vergebens versuchte er, seinem Lehrmeister neuen Lebensmut zu geben und seine Anweisungen, nachdem David sie nochmals überprüft hatte, unauffällig zu korrigieren. Lange konnte das nicht gutgehen.

Den entscheidenden Fehler machte Schmuel, nachdem er eine Postkutsche ausgeraubt hatte. Zwei Banditen waren mit der Beute nach Norden davongeritten, Schmuel schlug mit Krumm-

kopf den Weg nach Süden ein. Als erste Übernachtungsstation suchten sie in der Nähe von Coburg eine christliche Herberge auf. Schmuel, der ansonsten einen sechsten Sinn für Spitzel hatte, erkannte in einem auffällig harmlos wirkenden Herbergsgast nicht den Polizeiagenten, zu seinem Unglück. Wenige Stunden später schon lagen sie in Ketten in einem Kellerloch der Veste Coburg. Die Aussagen des Kutschers und die zweier Insassen belasteten beide. Ausreden verfingen nicht mehr, und an einen Ausbruch war auch nicht zu denken. Tag und Nacht wurden sie von einem halben Dutzend Soldaten bewacht.
Drei Wochen später baumelte Schmuel auf einer Anhöhe bei Bayreuth an einem über Eck gestellten Doppelgalgen. An dem zweiten Querbalken hing Krummkopf. Die Juden in der Gemeinde dort stahlen in der folgenden Nacht die beiden Leichname heimlich vom Galgen, damit die Körper, wie es Thora und Talmud befehlen, nach jüdischer Art begraben wurden und ihre Seelen Ruhe finden konnten.
Von da an war David Chef der Bergwinkelbande. Er wußte, was auf ihn zukam. Doch es lag ihm nicht, den Helden zu spielen und spektakuläre Überfälle zu inszenieren. Aber zuerst mußte er den Nachweis seiner Befähigung, eine Bande führen zu können, erbringen. Vor dieser Mutprobe konnte er sich nicht drücken.
Die eigene Entscheidung, wie diese Mutprobe ablaufen solle, wurde ihm abgenommen. Einer der besten Köpfe und waghalsigsten Ganoven der christlichen Vogelsbergbande, Hölzerlips, war bei einem Einbruch in ein Lagerhaus bei Miltenberg mit zwei seiner Kumpanen, Wuttwuttwutt und Schwarzer Peter, von Soldaten gefaßt und in den Torturm von Mönchberg, einem wuchtigen mittelalterlichen Wehrturm in der Nähe Miltenbergs, geschafft worden. Dieses Verlies wurde für den Chef der Vogelsbergbande und seine Spießgesellen deshalb ausgewählt, weil seit Jahren keinem Gefangenen ein Ausbruch gelungen war. Selbst Schwarzjohann, der Ausbrecherkönig,

hatte hier drei Monate festgesessen, und erst als man ihn nach Heidelberg überführen wollte, wo er abgeurteilt werden sollte, konnte er während der Fahrt entkommen. Zurück in der Gefängniskutsche blieb ein schwerverletzter und geknebelter Bewachungssoldat.
Der Bürgermeister von Mönchberg wußte, welche großen Fische den Ordnungsbehörden ins Netz gegangen waren. Er kannte Hölzerlips' Ausbruchsgeschick und mußte zudem befürchten, der Rest der Bande würde den Chef gewaltsam zu befreien versuchen. Darum forderte er von der Garnison in Miltenberg zusätzlich Soldaten für die Bewachung der Gefangenen an. Tags darauf rückten nicht weniger als achtundzwanzig Soldaten in Mönchberg ein und übernahmen die Sonderbewachung. Den drei Banditen drohte der Strang oder eine noch schlimmere Todesart. Sie hatten jede nur mögliche Schandtat auf dem Kerbholz. Der kopflose Rest der Bande wandte sich in seiner Not an David, er möge bei der Befreiung der drei aus dem Torturm behilflich sein.

Normalerweise operierten christliche und jüdische Banden getrennt. Nur in Ausnahmen machten sie gemeinsame Sache oder liehen sich christliche Banden jüdische Spezialisten aus. Davids Kunstfertigkeit im Öffnen kompliziertester Schlösser mit gefeilten und zurechtgebogenen Nägeln und Uhrfedern hatte in Gaunerkreisen die Runde gemacht. Er übertraf darin noch seinen Meister, den Mersener. Unter den Banditen sagte man, David brauche nur auf ein Schloß zu pusten, und schon springe es auf. Darum hatten ihn christliche Banden schon einige Male um Hilfe gebeten, und er hatte ihnen beim lautlosen Aufbrechen besonders raffinierter Schlösser geholfen.
Wie aber drei Banditen aus einem mächtigen mittelalterlichen Wehrturm, der Tag und Nacht von einer ganzen Kompanie Soldaten bewacht wurde, herausholen? Das war auch für David, dem selbst der Galgen sicher war, wenn er gefaßt würde,

eine fast unlösbare Aufgabe. Er überlegte lange, ob er die Bitte nicht abschlagen solle. Dann sagte er zu.

David hielt es zunächst für das beste, in das Habit eines Mönchs zu schlüpfen. Diese Verkleidung hatte sich bisher immer bewährt. Als frommer Bruder hatte man überall leichteren Zugang als in jedem anderen Aufzug und gewann schneller das Vertrauen schlichter Naturen. David erinnerte sich auch, wie bei seinem allerersten Einsatz in Schmuels Bande der Baldowerer in Mönchskleidung die entscheidenden Hinweise gesammelt hatte.

Ganz allein machte er sich auf den Weg in einer hochgeschlossenen braunen Mönchskutte mit Kapuze und mit Jesussandalen an den Füßen. Er wollte einen Bettelmönch des Dominikanerordens darstellen. Ohne Verdacht zu erregen, konnte er beim Pfarrer der Kirche Zum Heiligen Johannes in Mönchberg anklopfen und für einige Tage um Nachtquartier bitten.

Der geistliche Herr nahm ihn bereitwillig auf. »Mit Vergnügen, Bruder –?«

»Ignatius«, sagte David.

»Bruder Ignatius. Susanne, die gute Seele des Pfarrhauses, wird euch auf der Ofenbank ein Lager zurechtmachen.«

Doch der Mönch lehnte entschieden ab. »Zu gütig, bester Bruder in Christi, aber das kann ich nicht annehmen. Nicht in eurem Haus, laßt mich irgendwo im Stroh übernachten. Das gebietet mir die Ordensregel. Wir Dominikaner haben, wenn wir unterwegs sind, genau wie hinter Klostermauern, auf jeden Komfort zu verzichten.«

»Eine solche Ordensregel ist mir nicht bekannt«, antwortete arglos der gastfreundliche Seelsorger, »aber wenn euch so viel daran liegt –«

»Ja doch. Ihr habt in dem kleinen Anbau am Pfarrhaus Stroh aufgeschichtet –«

»Es ist nur ein loser Bretterverschlag.«

»Meinen Bedürfnissen genügt er vollauf. Dort möchte ich mich zur Ruhe legen.«
»Tut, wie es euch beliebt. Und wie ist es mit dem Essen?«
»Für ein Stück Brot und einen Becher Wasser wäre ich euch dankbar. Das Marschieren macht Appetit.«
»Daran solls nicht fehlen.«

Im Beisein des Pfarrers und Susannes nahm der angebliche Dominikanermönch sein karges Mahl ein. Schon nach wenigen Minuten waren Seelsorger und Mönch in ein lebhaftes Gespräch verstrickt. Der Fremde sprach über dies und das, seinen Orden, die ihm übertragene Missionsaufgabe und über seine Traktate, von denen er ein Bündel in einer ebenfalls braunen Stofftasche bei sich trug, und deren Verkauf nicht nur den Gläubigen zur Erbauung, sondern auch dem Orden zugute käme. Der Gast zeigte auch großes Interesse am Leben der Gemeinde, bewunderte die schöne Barockkirche, bestaunte den massigen Torturm und ließ sich seine Geschichte erzählen. Er war dennoch, wie für einen Mönch nicht verwunderlich, weltfremd und ahnungslos über das Tagesgeschehen. Als er vernahm, drei Banditen seien derzeit im Turm eingesperrt, tat er sehr überrascht. Der Pfarrer dagegen war erfreut, ihm diese Neuigkeit mit aller Ausführlichkeit berichten zu können. Der Mönch war ein aufmerksamer und dankbarer Zuhörer und wollte immer noch mehr über die Kirche, den Torturm, die eingesperrten Banditen und die zu ihrer Bewachung nach Mönchberg beorderten Soldaten wissen.

Bereits bei diesem ersten Gespräch mit dem Mönchberger Pfarrer wurde David um eine Hoffnung ärmer. In Banditenkreisen kursierte das Gerücht, der Turm sei unterirdisch mit der Kirche verbunden. Wenn das den Tatsachen entspräche, würde ihm das Eindringen in das Verlies und die Befreiung der Gefangenen wesentlich leichter fallen. Der Pfarrer aber machte diese Hoffnung mit der plausiblen Erklärung zunichte: »Die Kirche zum Heiligen Johannes ist erst ein halbes Jahrhundert alt. Zu der Zeit, als sie gebaut wurde, brauchte man keine unterirdischen Verbindungsgänge oder Fluchtwege mehr wie zu Zeiten der Raubritter, die vor vielen Jahrhunderten diese Wehranlage bauten.«

Das leuchtete David ein. Wie aber von außen in den Turm eindringen? Es gab nur ein kleines vergittertes Fenster an einer schmalen Stelle neben dem Torbogen. Es befand sich in gut zwei Metern Höhe über dem Erdboden. Mit einem Fuß konnte er in einer Mauernische Halt finden, mit einer Hand sich an dem schmalen Fenstersims festkrallen und mit der anderen die Verriegelung lösen.

Bei einem der Gespräche mit Bewohnern von Mönchberg hatte David aber noch einen wichtigen Hinweis aufgeschnappt. Wie bei den meisten Wehrtürmen besitze auch der Torturm einen unterirdischen Fluchtweg, der oberhalb des Dorfs in einem Waldstück des Geierbergs wieder ans Tageslicht führen solle. Seit undenklichen Zeiten erzählte man sich im Dorf viele schauerliche Geschichten, in denen dieser unterirdische Gang die Hauptrolle spielte.

Die gute Seele des Pfarrhauses, wie der Pfarrer Susanne bezeichnete, war von einer massiven Rundlichkeit mit energischen Bewegungen und einem festen Schritt. Ihren Haarzopf hatte sie wie eine Krone um den Kopf geschlungen. Das gab ihr zudem ein strenges und hoheitsvolles Aussehen. Die Sanftheit ihrer Augen täuschte nicht darüber hinweg, wie scharfäugig Susanne dennoch war.

Und sie war leidenschaftlich neugierig, eine für David nachteilige Eigenschaft. Sie musterte immer wieder den frommen Fremden, war ihm gegenüber kurz angebunden und schon fast mürrisch. Sie mochte ihn nicht, so sehr er sich um ihr Wohlwollen bemühte.

Ihr Mißbehagen über die Einquartierung des Ordensbruders fiel auch ihrem Dienstherrn auf. Nachdem sich der Fremde in den Holzschuppen zurückgezogen hatte, fragte er sie: »Was ist, Susanne? Was hast du gegen den Mönch?«

»Er gefällt mir nicht.«

»Das mußt du mir erklären.«

»Ich kann es euch nicht sagen, Hochwürden. Seine Augen sind mir zu unruhig, seine Bewegungen zu nervös. Und er fragt zu viel. Viel zu viel.«

»Glaubst du etwa, er sei gar kein echter Mönch?«

»Vielleicht. Ich weiß es nicht. Er gefällt mir einfach nicht.«

»Mir dagegen gefällt er«, widersprach ihr der Pfarrer. »Er hat ein kluges und aufgeschlossenes Gesicht. Aber du mußt dir keine unnötigen Gedanken machen, Susanne. Wenn du willst, werde ich ihn auf die Probe stellen.«

»Wie wollt ihr das anstellen?«

»Nichts einfacher als das. Morgen werde ich mich mit ihm über die Heilige Schrift unterhalten. Da wird sich schnell herausstellen, wes Geistes Kind er ist. Und mir macht ein solcher Disput mit einem Ordensbruder auch Spaß.«

Den Aufenthalt im Pfarrhaus hatte David mit Bedacht gewählt, denn der viereckige Turm reckte sich kaum hundert Schritte von Kirche und Pfarrhaus entfernt in den Himmel. So war es ihm ein leichtes, von dem Verschlag aus, in dem er kampierte, zu beobachten, wie die Bewachung der im Turm Eingesperrten vor sich ging. Immer sechs Soldaten zugleich waren jeweils vier Stunden dafür abgestellt. Dann wurden sie abgelöst. Vier von ihnen gingen vor dem Turm auf und ab und umrundeten ihn auch hin und wieder. Das konnten sie aber nicht ganz, denn an einer Seite des Turms war noch ein Rest der alten Wehrmauer stehengeblieben. Die beiden anderen Soldaten standen vor dem einzigen Zugang zum Turm in dem engen, kaum zwei Meter breiten Torbogen. In größeren Ab-

ständen gingen sie in den Turm hinein, kamen aber bald wieder heraus. Das bedeutete, kein Soldat befand sich unmittelbar bei den Gefangenen. Offenbar waren sie fest in Ketten geschlagen. In diesem Fall war es, um sie zu befreien, von Vorteil.
Aus dem Schuppen am Pfarrhaus konnte David auch unbemerkt davonschleichen, um herauszufinden, wo sich die Soldaten, die gerade nicht patrouillierten, innerhalb der Wehranlage aufhielten. Wenn sie nicht schliefen, stellte er fest, gingen sie den Hauptbeschäftigungen aller Soldaten nach, sie tranken Bier aus großen Krügen in der Wirtsstube der Herberge, die sich hinter der Wehrmauer befand, würfelten oder spielten Karten. Nur der Unteroffizier, der die Truppe befehligte, schlenderte ab und zu im Dorf herum und zwinkerte den Mädchen zu in der Hoffnung, eine zu finden, mit der er hinter den Büschen verschwinden konnte.

Als der Mönch am andern Tag von einem Spaziergang zurückkam, lud ihn der Seelsorger zu einer kleinen Unterhaltung ein. David, dem Susannes abweisendes Verhalten vom Vorabend nicht unbemerkt geblieben war, ahnte, was der Pfarrer von ihm wollte, ihn einer Prüfung unterziehen. Seine Vermutung war richtig. Sogleich begann sein Gastgeber mit einem Gespräch über die Heilige Schrift, wobei er nach Theologenart und wie selbstverständlich in der Unterhaltung mit einem Mönch die fünf Bücher Moses mit ihren griechischen und lateinischen Namen benannte.
Der Mönch gab korrekte Antworten und zeigte weder Irritationen noch eine Spur von Verlegenheit.
Und da der geistliche Herr am Sonntag zuvor die Einsperrung der drei Banditen im Torturm zum Anlaß genommen hatte, über Verbrechen und Verdammnis zu predigen und deshalb hierüber bestens präpariert war, kam er auf diese Themen zu sprechen.
Der Mönch hielt mit, wußte über alles Bescheid und brachte

mit Zitatkorrekturen und Nachfragen den Pfarrer sogar in Schwierigkeiten.
Derweil saß Susanne mit einem Strickstrumpf im Hintergrund und folgte aufmerksam dem gelehrten Theologengespräch.
Nach einer Zeit, die ihm für eine Kostprobe seiner Bibelfestigkeit als ausreichend erschien, zog sich David zurück.
Sichtlich zufrieden mit dem Ergebnis seines Gesprächs fragte der Seelsorger Susanne: »Nun, meine Liebe, sind deine Sorgen endlich zerstreut? Er ist noch so jung und schon so beschlagen in den Büchern der Heiligen Schrift. Das ist fürwahr erstaunlich.«
Susanne widersprach nicht, obwohl das Gespräch der beiden Bibelkundigen ihr Mißtrauen nicht hatte ausräumen können. David gefiel ihr einfach nicht. Sie konnte sich nicht erklären, warum, aber er gefiel ihr nicht.
Darum spionierte sie ihm nach. Und sie hatte Erfolg damit, denn in der anbrechenden Nacht sah sie, wie sich ein Schatten von dem Holzschuppen löste und in der Dunkelheit verschwand. Wer anders als der Mönch konnte das sein?
Doch vorerst behielt sie ihre Beobachtung für sich, wollte noch mehr über ihn erkunden, wollte sicher gehen, bevor sie Alarm schlug. Der Mönch war, so konstatierte sie, ein übler Betrüger, trotz seiner Redegewandtheit und seiner guten Kenntnisse der Heiligen Schrift. Warum sonst verließ er in der Nacht heimlich den Schuppen? Doch nur um Schlechtigkeiten zu begehen. Welche, das war ihr nicht ganz klar. Etwa Diebereien? Oder schlich er sich gar zu Frauen? Sie wagte nicht weiterzudenken. Jedenfalls mißbrauchte er die Frömmigkeit und Leichtgläubigkeit der Menschen zu seinem eigenen Vorteil. Von dieser Stunde an ließ sie ihn keinen Moment mehr aus den Augen, wenn er sich im Pfarrhaus aufhielt. Denn einer, der andere Leute bestiehlt und betrügt, ist auch imstande, seinen Gastgeber zu bestehlen. Sie mußte wachsam sein.
Aber auch die gute Seele des Pfarrhauses war nicht imstande, seine wahren Absichten zu durchschauen. Sie hielt ihn für

einen Dieb und Betrüger und brachte ihn keinen Augenblick mit den im Turm gefangengehaltenen Banditen in Verbindung. Der Pfarrer dagegen war sorglos und guter Stimmung und tat sich etwas darauf zugute, einen so klugen und frommen Mann beherbergen zu dürfen.

Die Zeit drängte. David hielt sich bereits drei Tage in dem Dorf auf. Ein Bettelmönch, der mit missionarischen Aufgaben unterwegs war, konnte es sich nicht so lange an einem Ort bequem machen, er mußte weiterwandern, sonst rief er leicht Mißtrauen hervor.

Als er in der nächsten Nacht bei strömendem Regen wieder heimlich den Schuppen verließ, konnte er in der Finsternis Susanne, die hinter einem Fenster des Pfarrhauses stand, nicht erkennen. Sie weckte sofort den Seelsorger, der bereits im Bett lag, und teilte ihm ihre Beobachtung mit. Jetzt wurde auch der Pfarrer munter. Er hängte sich den Morgenmantel über, nahm seinen Schirm und ging mit Susanne hinaus zum Schuppen. Er war leer.

Kleinlaut bekannt er: »Du hattest recht, liebe Susanne, er hat uns und bestimmt noch andere betrogen und sich jetzt davongemacht.« Kopfschüttelnd fuhr er fort: »Wie kann ein Mensch nur so schlecht sein? Gleich morgen früh werde ich es dem Gendarmerieposten melden. Man wird ihn bestimmt noch einholen, er kann nicht weit sein.«

»Ja, tut das, Hochwürden. Einem so nichtsnutzigen und gotteslästerlichen Menschen muß das Handwerk gelegt werden.«

Enttäuscht über den betrügerischen Mönch zogen sich beide in ihre Schlafkammern zurück.

In der Zwischenzeit hatte sich David an den Turm herangeschlichen. Der starke Regen war seinem Unternehmen günstig. Die vier um den Turm patrouillierenden Soldaten hatten vor dem Regen in dem engen Torbogen Schutz gesucht und sich dort den beiden andern zugesellt. Während sie miteinander schwatzten, konnte David ohne besondere Eile seine Arbeit beginnen. Der Mauerrest an der einen Seite des Tortums bot ihm zusätzlich Schutz. Der niederprasselnde Regen schluckte die Geräusche, die sein Hantieren an Gitterstäben und Verriegelung verursachte. Doch nicht die Arbeit mit einer Hand, die andere brauchte er zum Festhalten, war die größte Schwierigkeit. Auch das Lockern der Innenriegel von außen, dafür besaß er spezielles Werkzeug, und das geräuschlose Herablassen eines Bündels mit den Gerätschaften zum Ein- und Ausbrechen und zum Sprengen der Kettenschlösser, die die Handgelenke und Fußknöchel der Gefangenen umspannten, in das Innere des Turms waren ein leichtes für ihn. Das Riskanteste kam zum Schluß. David mußte sich durch das enge Gitter der im Mauerwerk fest verankerten Eisenstäbe hindurchzwängen. Er zog Kutte und Rock aus und warf beides dem Werkzeug hinterher. Dann preßte er sich Zentimeter für Zentimeter durch die Eisenstäbe, ständig in der Gefahr, noch im letzten Augenblick entdeckt zu werden.

Für einen Sekundenbruchteil erinnert er sich, daß sich damals in Salzwedel der Winzling Klein Max durch das enge Gitter des Kirchenfensters gezwängt hatte, was ihm wie ein Wunder erschienen war, so als seien Klein Maxens Knochen aus Gummi. Nun vollbrachte er das gleiche Kunststück.

Langsam ließ sich David von der Fensterbank in das Innere hinab, schloß das Fenster wieder sorgfältig und sammelte Kleider und Werkzeug auf. Seine Augen gewöhnten sich nur allmählich an die Dunkelheit, und er konnte erkennen, wie der Raum, in den er geraten war, aussah. Er befand sich am Ende eines Ganges, der von dem Fenster, durch das er eingedrungen war, etwas Licht erhielt. Das erleichterte es ihm zwar, in andere Räume zu gelangen, zwang ihn aber auch, schnellstens von hier zu verschwinden, weil die Wachsoldaten ihn an dieser Stelle leicht entdecken konnten.

Bevor er auf die Suche nach den Gefangenen ging, erkundete

er, wo der mögliche Einstieg in den unterirdischen Gang sein konnte. Dazu mußte er weiter nach unten, denn nur dort, wenn überhaupt, konnte ein solcher Gang beginnen. Über zwei Treppen gelangte er an die tiefste Stelle des Turms.
Die Suche nach dem Tor in die Freiheit war ein mühsames Unternehmen, obwohl er sich genau gemerkt hatte, in welche Richtung der Geiersberg lag. Stück für Stück tastete und klopfte er das Mauerwerk ab. Es war pechfinster, und er konnte nur fühlen, nichts sehen. Er hatte eine kleine Öllampe, Zunder und Feuerstein bei sich, das Licht würde er aber später, wenn er mit den anderen Banditen den Gang zu passieren hatte, dringender benötigen.
Es dauerte lange, bis sich in einem kleinen Kellerraum, noch unterhalb des vermuteten Verlieses, die Töne beim Klopfen veränderten, und er mit den Händen die Kanten des zugemauerten Eingangs zum Fluchtweg zu spüren glaubte.
Noch einmal verging eine Ewigkeit, bis es ihm gelang, den Mörtel um mehrere Steine herum aufzukratzen und so die Steine zu lockern. Dabei durften keine Geräusche nach außen dringen, er mußte also mit äußerster Vorsicht zu Werk gehen. Wenn er in Abständen von etwa einer halben Stunde die hallenden Schritte der Wachsoldaten auf dem Steinfußboden vernahm, hörte er sofort mit der Arbeit auf. Endlich konnte er den ersten großen Stein aus dem Mauerwerk lösen. Tatsächlich befand sich dahinter ein geheimer Gang.
Nun fiel es ihm nicht mehr schwer, Stein für Stein herauszubrechen, bis ein Mensch durch das Loch hindurchschlüpfen konnte. Jetzt erst, nachdem der Einstieg in den Fluchtweg ohne Verzögerung möglich war, begann er mit der Suche nach den Gefangenen. Das währte nicht lange, denn die lauten Schritte der Wachsoldaten und das Knarren der Tür zu dem Verlies, die sie jedesmal zur Kontrolle öffneten, zeigte ihm die Stelle an, wo die drei zu finden waren.
Er versteckte sich in der Nähe und wartete, bis nach einem neuerlichen Kontrollgang die Soldaten wieder den Turm ver-

lassen hatten. In Minutenschnelle öffnete er die Verriegelung und ein schweres Schloß, das das Verlies zusätzlich sicherte. Ganz langsam bewegte er die wuchtige Eisentür, damit das Ächzen der Türangeln ihn nicht verriet.

An den Geräuschen, die er an der Tür verursachte, hatten die in Ketten geschlagenen Gefangenen sein gewaltsames Eindringen erkannt. Das konnte nur ein Befreier sein.

Mit freudigem Gemurmel begrüßten sie ihn, den sie in der Dunkelheit nur wie einen Schatten sahen.

»Wer bist du?« war flüsternd die Stimme Hölzerlips' zu vernehmen.

»Dov Stutzohr.«

»Der Judd?«

»Der bin ich.«

»Dich hat Gott geschickt.«

»Welcher Gott?«

»Das ist mir jetzt gleich. Wir glaubten schon nicht mehr an Rettung.«

»Noch ist es nicht so weit, Hölzerlips. Wir haben noch ein schweres Stück Arbeit vor uns.«

»Wie bist du in den Turm hineingekommen?«

Ohne sich lange zu erklären, begann David, in der Finsternis mehr tastend als sehend, Hölzerlips' Armschlösser aufzubiegen. Er sagte nur: »Wir haben keine Zeit zu verlieren.« Und als die Hände des Banditen frei waren: »Hilf mir!«

Mit den ausgeklügelten Biegewerkzeugen gelang es beiden gemeinsam, erst die Beine des Bandenchefs freizubekommen und dann die Kettenschlösser der beiden anderen Banditen zu verbiegen. So konnten sie ebenfalls Hände und Füße herausziehen, bevor die Wachsoldaten erneut das Verlies inspizierten.

Noch als sich die Banditen ihre von den Ketten geschwollenen und schmerzenden Glieder rieben, waren schon die Schritte der Soldaten im Flur zu hören. Die Tür öffnete sich knarrend, und der Schein einer Laterne fiel in das Verlies. Im selben

Augenblick zerrten die Banditen die beiden völlig überraschten Soldaten in den Raum und zogen die Tür zu. Sie konnten nicht einmal mehr »Zu Hilfe!« rufen, so schnell hatten sie Knebel aus Stoffetzen zwischen den Zähnen.
Mit den Ketten der Gefangenen wurden sie gefesselt.
Die Banditen entrissen ihnen die Pistolen und nahmen ihre Laterne. »Folgt mir!« befahl David und marschierte voraus.
Der letzte verriegelte wieder sorgsam die Tür zum Verlies und eilte den andern nach.
Jetzt, mit Hilfe von zwei Laternen, der der Soldaten und Davids, lief alles nach Plan. Einer nach dem andern zwängte sich durch das von David geschaffene Mauerloch. In gebückter Haltung, denn der ausgemauerte Gang war nicht höher als einen Meter, oftmals noch niedriger, liefen sie, der Befreier voran, einen guten halben Kilometer bergan. An mehreren Stellen war Gestein herabgebrochen und hatte den Gang bedrohlich verengt. Häufig kamen sie nur noch kriechend voran. Doch das Glück stand ihnen zur Seite. Nirgendwo war der Fluchtweg gänzlich zugeschüttet.
Es bedurfte einer letzten großen Kraftanstrengung aller vier Banditen, den schweren Abschlußstein zu verschieben, um ins Freie zu gelangen. Er war von Rank- und Wurzelwerk wie mit eisernen Fesseln im Waldboden verankert. Es dauerte lange, das Erdreich rund um den Stein zu lockern und auf die Seite zu schaffen. Doch schließlich war auch dieses letzte Hindernis auf dem Weg in die Freiheit überwunden.
David, Hölzerlips und die beiden andern hatten einen beachtlichen Vorsprung vor ihren Verfolgern. Denn es würde eine Weile dauern, bis die andern Wachsoldaten das Abhandenkommen ihrer beiden Kameraden bemerkt haben würden, nach ihnen fahndeten und sie in dem von den Banditen verlassenen Verlies entdeckten. Weitere wertvolle Zeit würde verstreichen, bis sie herausfänden, wie sich die Geflüchteten aus dem Turm entfernt hatten. Wer konnte schon auf die absurde Idee kommen, ein tollkühner Helfershelfer sei in den Torturm

eingebrochen, habe die gefangenen Banditen von ihren Ketten befreit und zusammen mit ihnen das Weite gesucht?

Am andern Tag rätselten die übertölpelten Soldaten mitsamt dem Unteroffizier, der die Truppe befehligte und Degradierung und strenge Strafe zu erwarten hatte, in ihrem Quartier darüber, wie die Banditen sich von ihren Ketten hatten befreien können, und auf der Dorfstraße standen die Mönchberger Bürger zusammen und besprachen fassungslos die Flucht der Gefangenen. Immer wieder war die Frage zu hören: »Wie konnten sie es nur schaffen?!« Nur Susanne ahnte, daß ein Zusammenhang zwischen dem Auftauchen des Bettelmönchs und der sensationellen Flucht bestehen könnte.
Auch der Seelsorger begann zu kombinieren, behielt aber seine Vermutung für sich. Er und Susanne hätten sich doch nur dem Vorwurf ausgesetzt, leichtgläubig gewesen zu sein und dadurch verhindert zu haben, daß die Waage der Gerechtigkeit sich nach der richtigen Seite neige. Was aber wäre damit gewonnen gewesen? Nichts. Die Banditen waren über alle Berge.
In den nächsten Tagen und Wochen bestand Susannes wichtigste Aufgabe darin, den tief deprimierten Seelsorger wieder aufzurichten, der lange Zwiegespräche mit seinem Herrgott führte und sich für ganz allein schuldig erklärte an der Flucht der Banditen.

Das Bravourstück des Banditen Dov Stutzohr sprach sich schnell auch bei den anderen Banden herum. Er war jetzt *der* Chef der Bergwinkelbande. Ein weiterer Zufall festigte seine Stellung. Bei der Rückkehr von einem Überfall auf eine Postkutsche kam drei Banditen, die von den andern getrennt marschierten, unerwartet ein Gutsbesitzer in die Quere, der sich auf dem Morgenausritt befand. Einige Monate zuvor hatte einer der drei aus einem sicheren Versteck zufällig beobachtet,

wie der Gutsherr, nachdem sie ihm in der Nacht zuvor Vieh gestohlen hatten, den Hirtenjungen, der die Tiere bewachen sollte, mit der Reitpeitsche traktierte und einen hinzueilenden älteren Knecht, der sich schützend vor den Jungen stellte, vielleicht dessen Vater, auch auspeitschte und nicht aufhörte, bis beide wimmernd am Boden lagen.
Einer der Banditen griff dem Pferd in die Zügel, die beiden anderen zerrten den Gutsbesitzer aus dem Sattel.
»Wollen wir ihn tanzen lassen?« fragte der erste.
»Ob er gut springen kann?« fragte der zweite und rieb sich in der Vorfreude die Hände. Welch eine seltene Gelegenheit, es einmal einem Gutsherrn heimzuzahlen!
Und der dritte, der die Prügelszene beobachtet hatte, stellte sich vor den bleich gewordenen Edelmann und sagte: »Erinnert ihr euch, mein Herr, wie ihr vor wenigen Monaten einen Hirtenjungen mit dieser Reitpeitsche verprügelt habt? Und einen Knecht dazu?« Er entriß dem Gutsherrn die Reitpeitsche, die er noch immer in der Hand hielt. »Erinnert ihr euch? Und wißt ihr auch, wie weh der Schlag einer Lederpeitsche tut?«
Noch bevor der Gutsherr, den die beiden andern fest an den Armen hielten, antworten konnte, schlug der Bandit zu.
Der Edelmann schrie auf.
»Er soll tanzen!« forderte sein Kumpan.
»Gut. Laßt ihn los!« Der Bandit nahm seine Kutscherpeitsche. Sirrend schlug sie um die Reitstiefel. Der Gutsbesitzer stürzte. Schnell stand er wieder auf.
»Spring!« befahl der Bandit und schlug die Peitsche dicht über dem Boden. Der Gutsherr sprang. Und noch ein zweites und ein drittes Mal schlug die Peitsche zu. Die Banditen johlten und brüllten: »Spring!«
Plötzlich tauchte David auf. Er war mit der zweiten Gruppe in der Nähe vorbeigekommen und hatte das Geschrei gehört. Wutentbrannt riß er dem Kumpanen die Peitsche aus der Hand und schrie: »Seid ihr wahnsinnig geworden? Wollt ihr

die ganze Chawrusse auffliegen lassen? Wer einen Gutsherrn peitscht, peitscht sich selbst. Kapiert ihr das nicht? Wer sich mit solch einem anlegt, zieht immer den kürzeren.«

Er wandte sich an seine anderen Spießgesellen: »Er soll verschwinden!«

Die mit David angekommenen Banditen fingen das Pferd ein, gaben dem ziemlich ramponierten Gutsbesitzer die Reitpeitsche zurück und hießen ihn davonreiten. Der ließ sich das nicht zweimal sagen und gab dem Pferd die Sporen. Im Fortgaloppieren zischte er durch die Zähne: »Das werdet ihr mir büßen!« Doch das konnten die Banditen nicht mehr hören.

Etwas ruhiger geworden, sagte David zu den dreien: »Männer wie euch kann ich nicht gebrauchen. Geht, wohin ihr wollt. In meiner Bande ist kein Platz mehr für euch.«

Diese Entscheidung war hart, aber sie mußte gefällt werden. Die Verstoßenen hatten gegen jede Vernunft gehandelt. Auf dem Rückzug von einem Raub sollte sich jeder, wie David befohlen hatte, unauffällig verhalten. Jetzt waren sie ein Risiko geworden.

»Ihr könnt gehen!« wiederholte David, als sie zögerten.

Einer wagte einzuwenden: »Bestimmst du das allein?«

David krallte sich mit beiden Fäusten in dessen Kittel, zog ihn an sich und schrie ihm ins Gesicht: »Ich ganz allein!« und stieß ihn wieder fort. Mit so viel Härte hatten seine Kumpane nicht gerechnet, besonders nicht bei David.

Einige Tage darauf erklärte David den anderen in Schuchardts Herberge: »Wir haben drei Kumpane verloren. Ihr wißt, warum. Sie haben mit ihrem bösen Streich uns alle in Gefahr gebracht.«

Niemand widersprach ihm. Alle empfanden, ihr Chef habe richtig gehandelt.

In diesen Tagen erreichte David ein Brief seines Vaters: »Grebenau, im Monat Nissan des Jahres 5583. – Mein Sohn David Löb, ich schreibe Dir heute, weil ich nicht glauben will und es doch glauben muß, was man hier in unserem Dorf über Dich spricht. Ich frage Dich: Bist Du wirklich der Anführer einer Räuberbande geworden, die man Bergwinkelbande nennt? Jeder Fremde, der nach hier kommt, wiederholt es: David Löb Buchsweiler ist ein Bandenführer geworden und trägt den Namen Dov Stutzohr.

Tag für Tag habe ich für Dich gebetet und habe dem Rabbi Chanoch Henoch ein Kwitl auf den Grabstein gelegt. Es hat nichts genutzt. Gott hat meine Bitten und Gebete nicht erhört. Wie sehr muß er mir zürnen. Aber warum nur? Bin ich doch Gottes Wort und den mir durch den Talmud auferlegten Geboten stets gewissenhaft und gläubig gefolgt.

Mein Sohn – ja, Du bist es noch immer und trotz allem, und ich verfluche Dich nicht – aber hast Du bei Deinem Tun jemals bedacht, wie sehr Du damit das Leben Deiner Eltern vergiftest und ihre Herzen krank gemacht hast? Es kann Dir doch nicht gleichgültig sein, wenn man mit Fingern auf uns deutet, über uns tuschelt und uns unzählige Blicke durchbohren, sobald wir aus dem Haus sind? Du hast Schande über uns gebracht, David. Auch Deiner Mutter ist es zu Ohren gekommen, in welch tiefen Abgrund Du gestürzt bist. Ich konnte es nicht verhindern. Das hat sie der schwarzen Grube ein großes Stück näher gebracht. Und wenn sie vor Schmerzen stöhnt, glaube ich, aus ihrem Stöhnen stets Deinen Namen herauszuhören.

Ich schreibe dir heute auch, um Dir mitzuteilen, daß immer wieder Polizisten und Soldaten in unsere Wohnung kommen und nach Dir suchen. Das Haus wird ständig beobachtet. Darum möchte ich Dich warnen, hierherzukommen, sosehr wir uns, Deine Mutter und ich, freuen würden, Dich wiederzusehen. Ich bin verzweifelt, mein Herz weint bitterlich. Empfange dennoch meinen väterlichen Segen. Gott möge Dich trotz all Deines bösen Tuns beschützen.«

Obwohl es David beim Erhalt dieses Briefes sofort klar war, daß der Vater vor allem Sorge hatte, er könne in Grebenau der Polizei in die Hände fallen, und ihm darum die Warnung zukommen ließ, war er doch traurig über den Brief. Er nahm sich vor, sehr bald in den Vogelsberg zu fahren, um die kranke Mutter und den unglücklichen Vater zu besuchen und ihnen zu erklären, wie alles gekommen war und daß er keineswegs der verlorene Sohn sei, wie sie es nach allem, was sie über ihn gehört haben, empfinden mußten. Sie sollten verstehen, daß ihn das Schicksal geschlagen hatte. Doch wie konnte er das Leid der Eltern lindern? Den Brief vor sich auf dem Tisch, stützte er den Kopf in die Hände und schloß die Augen.

Nach den Napoleonischen Kriegen wurden die Zeiten gewaltloser und leiser. Mord und Totschlag gehörten nicht mehr zum Alltag, und es gab kaum noch marodierende Soldaten, die die Landbevölkerung in Angst und Schrecken versetzten. Auch die Räuber mußten ihre Taktik ändern. Der Chef der Bergwinkelbande war einer der ersten, der das erkannte und danach handelte.

Natürlich brachen die Mitglieder seiner Bande weiter in Mühlen und Gehöfte reicher Leute und in Pfarrhäuser ein. Sie raubten weiter Postkutschen und Transportfuhrwerke aus. Dieser Art des Broterwerbs waren sie lange genug nachgegangen und beherrschten ihn. Und diese Raubzüge machten auch Spaß, solange sie erfolgreich verliefen.

David konnte seine Kumpane nur langsam umstellen. Er beteiligte sich zwar noch an der Planung von Überfällen, seine Überlegungen reichten aber weiter. Die Verluste bei christlichen wie bei jüdischen Banden waren alarmierend. Die Polizei hatte sich mit Erfolg auf ihre herkömmlichen Arbeitsmethoden eingestellt und viele Banditen zur Strecke gebracht. Auch die Bergwinkelbande hatte Verluste. Zunächst konnte David nichts anderes dagegen tun, als die Bande zu verkleinern. Als

Schmuel gehängt wurde, hatte David eine gut vierzig Mann starke Truppe übernommen. Jetzt zählte sie nur noch zwölf Mann. Das erhöhte ihre Beweglichkeit. Sein Ehrgeiz aber war es, das simple und zuweilen auch brutale Gaunerhandwerk in ein gewaltloses Kunsthandwerk zu verwandeln.
David beschritt neue Wege. Ware als Beutegut interessierte ihn kaum noch, Bargeld war gefragt. Wenn silberne Dukaten, schwere Karolinen, Krontaler oder Dublonen im Mantelsack der berittenen Banditen klimperten, war das ein angenehmerer, lieblicherer Klang als das Hufgeklapper gestohlener Pferde und Ochsen oder das Ächzen der Banditen beim Herausschleppen kupferner Kessel oder schwerer Mehlsäcke auf bereitgestellte Fuhrwerke. Außerdem verlagerte er seine Raubzüge weg von den Dörfern und Landstraßen und hin zu den Städten.

Immer öfters verwandelte sich David in einen feinen Handelsmann, der sich zwar immer noch nicht nach jüdischem Gesetz einen Bart wachsen ließ, aber Kleider vom Feinsten trug, sich Ringe an die Finger steckte und seine grünsamtene Weste mit einer dicken goldenen Uhrkette schmückte. Ein breitkrempiger Hut saß ihm schräg auf dem Kopf und verdeckte so geschickt das gestutzte Ohr. Und die Narbe auf der Backe war mit einer Creme überzogen. Man mußte schon sehr genau hinsehen, um sie zu erkennen.
In dieser Aufmachung sah ihn Sarah nicht ungern. Sie fand, er sähe aus, als sei er in diese kostbaren Kleider hineingeboren.

Erstmals reiste David in der Maske eines vornehmen Handelsherrn zur Frankfurter Herbstmesse. Dort landete er im geschickten Zusammenspiel mit mehreren Kumpanen einen Coup mit vertauschten Stoffballen und betrügerischen Wechseln. Alles klappte wie vorausgeplant. Nur ein ärgerlicher Vorfall trübte das gute Geschäft ein wenig.
Ein unverschämter Schurke machte sich im Gedränge der Mes-

segäste an David heran und zog ihm mit der spielerischen Eleganz eines Eskamoteurs die schöne Repetieruhr samt goldener Kette. Als David es bemerkte, war der Dieb längst in der Menge verschwunden.
Bevor David jedoch wieder aus Frankfurt abreiste, erinnerte er sich an den Silberring von Meir Schiff, den ihm Feigele zugesteckt hatte. Er ging auf den Friedhof, entzündete auf dem braunen Sandstein ein Licht des Gedenkens und betete Kaddisch. Nach wie vor bezweifelte er, ob der Ring wirklich Wunderkraft besaß, aber eine »Leuchte jüdischer Gelehrsamkeit«, wie es auf seinem Grabstein geschrieben stand, zu verehren, brachte keine Einbußen, und einen Kaddisch zuviel zu beten, war immer noch besser als einen zu wenig.

Eines Tages kam Saul wieder einmal von einer Rauferei zerschunden nach Hause. Zur Entschuldigung und als Erklärung, weswegen das Hemd zerrissen sei, brachte er hervor: »Das war Daniel.«
»Der Sohn von Nosem Löb?«
»Ja, der. Wir hatten Streit miteinander, weil er gesagt hat, der Tate sei ein gemeiner Halunke. Aber das ist der Tate nicht. Er ist ein Bandit.«
»Bist du etwa stolz darauf?« fragte Sarah.
»Ja. Du nicht?«
»Ein Bandit ist kein Ehrenmann.«
»Aber du warst doch dabei, als Tate mir erzählt hat, warum er ein Bandit geworden ist.«
Wenn auch die Mutter keinen Grund sah, stolz auf David zu sein, Saul war es. Und er würde auch künftig niemandem erlauben, abschätzig über seinen Vater zu sprechen. Mit trotziger Stimme sagte er: »Der Tate ist kein schlechter Mann. Und eines Tages möchte ich auch so sein wie er.«
Als Feigele am Nachmittag Sarah besuchte, fand sie eine unglückliche Mutter vor. »Ich weiß nicht, was ich tun soll«,

klagte Sarah, »ich spüre, wie mir Saul entgleitet. Er bewundert David und will werden wie er.«
Feigele versuchte, sie zu beruhigen. »Saul ist doch noch ein Kind.«
Sarah widersprach: »Er ist bereits elf Jahre und weiß, was er sagt.« Sie vergrub das Gesicht in den Händen. »Ich war entschlossen, das mir von Gott auferlegte Los zu tragen. Ich schaffe es nicht mehr, Feigele.«
»Du liebst David doch?«
»Ob ich ihn liebe? –«
»Du hast ihn geliebt.«
»Das habe ich. Aber zur Banditenfrau bin ich nicht geboren.«
»Willst du einen Rat von mir, Sarah? Zieh fort von hier. Nimm Saul mit und zieh fort. Weit weg.«
»Ohne David?«
»Er wird eines Tages wieder zu dir finden.«
»Du glaubst an Wunder, Feigele.«
Und vieldeutig sagte sie: »Ja, das tue ich.«
Sarah blieb nicht viel Zeit zum Nachdenken. Handelsleute und Wanderjuden brachten fast jeden Tag neue, besorgniserregende Nachrichten aus Fulda, dem Sitz der Departementsverwaltung in das Dorf. Sonderkommissionen seien gebildet und Soldaten zusammengezogen worden, um Ordnung im Land zu schaffen. Auf Geheiß der Franzosen habe die großherzogliche Administration verfügt, in allen Departements, so auch im Departement Fulda, zu deren Verwaltung der Huttische Grund gehörte, unverzüglich und mit allen verfügbaren Mitteln gegen Räuberbanden vorzugehen. Eine dieser Kommissionen sei bereits in einigen Dörfern in der Nähe aufgetaucht. Es sei nur eine Frage der Zeit, bis Regierungsbeamte auch im Huttischen Grund auftauchten und nach Eckardroth kämen.

Und als ob nicht schon genug Unruhe herrschte, tauchte auch noch der rothaarige Jeschiwe-Bocher mit den umstürzlerischen

Ansichten im Dorf auf. Er kam an einem bitterkalten Februartag vor Schabbat von Salmünster hoch und nahm in Itzhaks Herberge Quartier. In Pose und Stil eines Volkstribuns erklärte er den Wanderjuden in der Herberge, es sei allerhöchste Zeit, die deutschen Despoten von ihren Thronen zu stürzen und eine Volksherrschaft zu errichten. Er nannte sich selbst einen Streiter für ein demokratisches Deutschland, wünschte allen Tyrannen den Tod und dem Volke den Sieg.
Dann zog er ein abgegriffenes Heft aus der Tasche und begann laut vorzulesen: »Als Gott den Menschen erschuf, befahl er ihm, sich sein Brot im Schweiße seines Angesichts zu erwerben. Folglich muß jeder Mensch arbeiten. Gott hat niemand von diesem Gebot ausgenommen. Und doch gibt es viele Tausende solcher Menschen, welche, solange sie leben, nicht die geringste Arbeit verrichtet haben. Sie leben in dem größten Überflusse, essen die allerbesten Sachen und trinken die trefflichsten Weine, die es nur in der Welt gibt. Diese faulen Menschen heißen Herrschaften. Sie sind eure angeborenen Feinde. Ein jeder von euch weiß doch, wie diese Herrschaften und die Edelleute sind. Sie verachten euch, als wenn ihr lauter Spitzbuben wäret. Sie schämen sich, mit euch umzugehen, mit euch zu reden, als nur, wenn sie euch was zu befehlen haben. Da steht ihr vor ihnen wie die armen Sünder. Warum aber fürchtet ihr euch denn gar so stark vor ihnen? ...«
Die Armen und Kranken in der Wirtsstube hörten sich ohne große Anteilnahme seine Philippika an. Als Itzhaks Frau dann den Topf mit Hirsebrei hereinbrachte, unterbrach ihn einer der Zuhörer: »Hast ja recht, Kamerad. Aber jetzt laß uns in Ruhe essen.«
Der Scholar steckte enttäuscht sein Heftchen in die Tasche. Dieser Haufen gleichgültiger Menschen war kein Publikum für ihn. Schon gar nicht an einem eisigen Wintertag, an dem die Wanderjuden zitternd und steif gefroren in die Herberge kamen und nichts anderes wollten als ein bißchen Schutz vor der Kälte, einen Teller Suppe und einen Platz im Stroh, wo sie sich

zusammenrollen oder aneinander wärmen konnten. In ihnen gab es keine Glut mehr, die man hätte entfachen können.

Am Schabbatnachmittag kam der Scholar in das Haus des Schusters Chaim Stern in die obere Judengasse. Zur gleichen Zeit hielt sich Saul in der Kate des Schusters auf und spielte mit seinem Freund Markus. Draußen war es zum Spielen zu kalt. Ohne auf die beiden Buben zu achten, unterhielten sich der Schuster und der Student ungeniert über Dinge, die für Saul neu und fremdartig waren. Er hörte zu spielen auf.

Es war die Rede von Feudalismus und Fürstenherrschaft, die zu beseitigen, und von Demokratie und Volksherrschaft, die zu errichten sei, von Revolution und von den Volksfreunden, die sie herbeiführen wollten. Er vernahm auch, die Volksfreunde würden, genau wie sein Vater und andere Banditen, von der Polizei verfolgt und müßten sich darum verstecken.

Saul verstand nicht alles, worüber die beiden sprachen, aber es war dennoch aufregend. Hellhörig wurde er, als der Scholar auf die Banditen zu sprechen kam. Er hatte keine gute Meinung von ihnen, was Saul sehr ärgerte. Sie seien habgierig, dächten immer nur an sich selbst, nie an das hungernde Volk, und richteten stets nur Unheil an.

Wenn der Scholar schlecht über die Banditen sprach, so meinte er auch seinen Vater. Das wollte er sich nicht weiter mit anhören. Er verließ das Haus und ging schnurstracks hinauf zu Schocher, um sich von seinem Vater erklären zu lassen, was das Gerede der beiden Volksfreunde zu bedeuten habe.

David war dabei, sich reisefertig zu machen, und in Eile. »Du kommst gerade recht, Saul«, sagte er, »ich muß für einige Zeit von hier fort und wollte mich noch von dir verabschieden. Kommt deine Mamme auch?«

»Weiß nicht.«

»Kommst du nicht von ihr?«

»Nein, ich war bei Chaim Stern.«

»Bei deinem Freund Markus?«

»Ja. Und da war ein Mann, der sich Volksfreund nannte, und

der hat gesagt, Banditen seien alle habgierig und würden immer nur Unheil anrichten. Da bin ich weggegangen.«
»So ganz unrecht hat der Mann nicht, Saul. Ein Bandit ist kein Freiheitskämpfer, wie es vielleicht der Mann bei Chaim Stern ist. Ein Bandit ist einfach jemand, der sich mit Gewalt nimmt, was er anders nicht bekommen kann, und darum ein ganzes Leben lang auf der Flucht vor der Polizei ist. Ich bin es nicht freiwillig geworden. Das weißt du. Ich hatte keine andere Wahl.«
»Warum sagst du mir das alles, Tate?«
»Weil ich Angst habe, du könntest dir in den Kopf setzen, auch einmal ein Bandit zu werden. Ein Banditenleben ist nichts Schönes. Aber nun lauf hinunter und sag der Mamme, ich müsse morgen früh verreisen und möchte sie vorher noch einmal sehen. Nun geh schon!«

Mit flatternden Rockschößen hetzte Itzhak Feitel die obere Judengasse hoch, schaute nicht rechts noch links und grüßte niemand. Im Haus von Aron Maynzer verschwand er.
»Wenn der Parnaß zu den Armen hochkommt, hat er keine gute Nachricht zu überbringen«, sagten die Leute, die in den Haustüren standen und ihm nachschauten. Und die andern: »Wenn er so hetzt, muß etwas Schlimmes passiert sein.«
Itzhak blieb nicht lange in dem Haus. Dann lief er weiter hoch in Richtung Kerbersdorf. Nach ein paar hundert Schritten bog er in den Wald hinein, Richtung Ziegelhütte. Dort schlug er gegen die Tür und wurde von Dicke Mathies eingelassen.
Eine halbe Stunde später kehrte Itzhak zurück und rannte zum Haus des Schusters. Dort klopfte er an das Fenster, es wurde geöffnet, und der Parnaß sagte:
»Ich muß dich sprechen, Chaim. Dringend.«
Itzhak ging ins Haus, setzte sich auf die Ofenbank und wischte sich mit dem Ärmel über die verschwitzte Stirn, während er immer wieder stöhnte: »Ogottogott – Ogottogott –«

»Was um Himmels willen ist geschehen?«
»Schlimmes, Chaim! Schlimmes! Jetzt sind sie da. Unten im Schloß in Romsthal haben sie sich einquartiert.«
»Die Kommissionsbeamten aus Fulda?«
»Ja. Und viele Soldaten sind mitgekommen.«
»Dann wird es ernst.« Der Schuster legte seinen Hammer aus der Hand und ging in der Stube auf und ab. Dann blieb er vor Itzhak stehen, hob die Arme und sagte: »Es mußte ja so kommen. Die Huttischen haben immer mehr Banditen hierhergeholt, um von ihnen Schutzgelder kassieren zu können. Die Dörfer sind in richtige Diebesherbergen verwandelt worden, nicht nur Eckardroth. Einmal mußte das Faß überlaufen. Und nun ist es so weit. Du, Itzhak, und Kees, ihr wart die Handlager der Barone, und einige Kreuzer von dem erpreßten Geld sind auch in eure Taschen geflossen.«
»Hör auf damit, Chaim! Wer hat denn hier die ganze Drecksarbeit mit dem Baron und dem Amtmann erledigt? Wer hat um Steuer- und Schutzgelder gefeilscht und um Ermäßigungen gebettelt? Ich war es. Die ganzen Jahre über war dir mein Tun recht. Jetzt beschwerst du dich.«
»Lassen wir das, Itzhak. Es stimmt, was du sagst. Die wahren Verbrecher sind die Freiherrn. Blutsauger sind's!«
»Um alles in der Welt, nicht so laut, Chaim!« Itzhak schaute sich erschrocken um, als könnten sie belauscht werden. »Wenn dich jemand hört! – Ich bin nicht gekommen, um mit dir zu politisieren. Ich will dich nur warnen. Solange die Kommission und die Soldaten hier sind, bist auch du in Gefahr. Sie haben ein scharfes Auge auf Radikalinskis.«
»Ich danke dir für die Warnung, Itzhak. Ich werde dennoch hierbleiben müssen. Wo sollte ich mit meiner Familie hin? – Aber verrate mir, was du sonst noch aus dem Schloß gehört hast.«
»Ein Diener hat erzählt, die Männer von der Kommission hätten dem Grafen heftige Vorwürfe gemacht wegen der vielen Banditen in den Huttischen Dörfern. Sie hätten ihm angedroht,

er würde alle seine reichsritterlichen Privilegien verlieren, wenn sich das nicht sofort ändere. Der Graf aber habe beteuert, mit den Umtrieben der Diebe habe er nichts zu tun. Das könne nur auf das Konto des Amtmanns Kees gehen. Der allein sei der Bösewicht.«

»Wundert dich das, Itzhak? So machen das die Herren. Sie finden immer einen Sündenbock, den sie für ihre bösen Taten verantwortlich machen können.«

»Hör nur weiter, Chaim. Der Graf hat Kees dann ins Schloß holen lassen und den Beamten feierlich erklärt, sie sollten nun einen Beweis dafür erhalten, wie er mit den Banditen aufräumen werde. Der erste Schritt, er werde dem Schutzherrn der Banditen das Handwerk legen. Daraufhin habe er den völlig verdutzten Kees angebrüllt, es sei eine Schande, er habe eben erfahren, daß er, ein Amtmann, Diebsgesindel dulde. Damit sei es jetzt vorbei. Er sei auf der Stelle entlassen, solle verschwinden und ihm nie wieder unter die Augen kommen. Als Kees etwas sagen wollte, habe der Baron ihm das Wort abgeschnitten und ihn angezischt, er solle froh sein, wenn er wegen seiner Vergehen nicht ins Gefängnis geworfen werde. Und jetzt ist Kees verschwunden. Kein Mensch weiß, wohin er gegangen ist.«

Kaum drei Stunden später marschierte eine Kompanie hessischer Soldaten die Straße hoch durch Eckardroth und nahm vor der Ziegelhütte Aufstellung. Der die Abteilung befehligende Offizier zeigte großen Respekt vor den Banditen. Wie in offener Feldschlacht zog er seinen Säbel und gab mit lauter Stimme das Kommando zum Angriff. Daraufhin stürmten die Soldaten das Haus. Die Überraschung blieb aus. Außer einem Dutzend Frauen und mindestens ebenso vielen kreischenden Kindern war die Räuberhöhle leer. Die Soldaten fanden keinen der gesuchten Banditen, auch nicht Dicke Mathies.

Das einzige, was sie entdeckten, war die Tür zu dem Stollen, der in den Berg hinein und dann schräg nach oben und in den dichten Bergwald führte. Die Soldaten stierten in das finstere Loch, aber keiner, auch nicht der Offizier, hatte Lust, mehr als

ein paar Schritte in die Finsternis hineinzugehen. Sie feuerten einige Schüsse in das Dunkel, und damit ließen sie es bewenden.
Wütend schlugen die Soldaten in der Ziegelhütte alles kurz und klein und verprügelten obendrein noch ein paar Weiber, die obszöne und hämische Bemerkungen über die dumm dreinschauenden Soldaten machten.
Das aber war nicht der einzige Fehlschlag. Alle Eckardrother Banditenhäuser, die christlichen und die jüdischen, waren leer. Nur in Kerbersdorf entdeckten sie einen schwerverletzten Raubgesellen der christlichen Vogelsbergbande, den Schwabenjakob. Bei einem mißglückten Überfall auf einen Geldtransport bei Würzburg hatte er mit einer Eisenstange einen starken Schlag auf den Kopf erhalten. Mit einem zertrümmerten Schädelknochen lag er darnieder. Die geflüchteten Kumpane hatten ihn nicht mitschleppen können. Aber selbst zu einem Verhör taugte Schwabenjakob nicht mehr. Als die Soldaten ihn abtransportierten, war er dem Himmel oder der Hölle näher als dem irdischen Leben. Er starb zwei Tage später im Fuldaer Stockhaus, der Stockmeister hatte nicht nachhelfen müssen.
Der zweite Tote, den diese Aktion gegen die Räuber im Huttischen Grund gefordert hatte, war Amtsmann Kees. Nach einer Woche fand man ihn. Er hatte sich am Fensterkreuz einer Försterhütte tief im Wald aufgehängt.
Seine Witwe packte ihre Siebensachen und zog mit ihren beiden Söhnen hinunter nach Gelnhausen. Doch das Getuschel folgte ihr bis dorthin. Vor Gram darüber bekam sie ein heftiges Fieber und folgte sehr bald ihrem Mann in die Ewigkeit nach.
Nicht lange danach erhielt der junge Baron von Hutten eine besondere Anerkennung von der Departementsverwaltung in Fulda für die verdienstvolle und erfolgreiche Vertreibung des Raubgesindels aus seinem Land.
Von da an war Eckardroth frei von Banditen. Sie mußten sich in anderen Ländern neuen Unterschlupf suchen.

11. Kapitel

Sarah stand vor einer schweren Entscheidung. Sollte sie mit Saul im Haus der Bacharachs bleiben? Oder das Dorf ganz verlassen? Was hielt sie noch an diesem Ort?

Ein bitteres Gefühl kam in ihr auf, wenn sie daran dachte, wie der jüdische Gemeinderat auf die Vertreibung der Banditen reagierte. Wie heuchlerisch und verlogen sie allesamt waren, von Moische Seligmann bis Nosem Löb. In der Gemeindeversammlung hatten sie erklärt, sie seien glücklich darüber, endlich die Banditen los zu sein, und hatten sogar eine Dankesadresse an die großherzogliche Administration gerichtet.

Eine Reihe Juden im Dorf, auch steuerzahlende, hatten irgendwie und jeder auf seine Weise von den jüdischen Banditen profitiert, von ihrer Großzügigkeit im Umgang mit Geld, beim heimlichen Aufkauf von Diebsgut, Schneider, Schuster und andere Handwerker hatten für sie gearbeitet und dabei gut verdient. Nur gelegentlich hatte einmal ein Gemeindemitglied laut moralische Bedenken geäußert.

Die Worte Feigeles klangen Sarah im Ohr: Zieh fort von hier, weit weg!

Aber wohin?

Ganz gleich, wohin, nur fort von diesem giftigen Stück Erde, wo ihr das Flüßchen Salz, das nahe am Haus des Gewürzhändlers vorbeifloß, mit seinem Gluckern und Plätschern Tag und Nacht Spottlieder sang, der Wind, der sich an den Dachkanten und Sparren rieb, sie auslachte und verhöhnte, und die Häuser ihr Fratzen schnitten, wenn sie vor die Tür trat.

Es war falsch zu bleiben, es war falsch zu gehen. – Gleichwohl bereitete sie ihren Umzug vor.

Mordechai und Resl erfuhren bald von den Plänen ihrer Tochter. Der Vater beschwor sie, ins Elternhaus zurückzukommen. Er werde alles tun, versicherte er, ihr das Leben erträglich zu machen. Und auch die Mutter bat Sarah dazubleiben.
Doch Sarah schüttelte nur immer wieder den Kopf und wiederholte: »Ich bleibe nicht. Ich habe hier nichts mehr verloren.«
Mordechai wollte unter allen Umständen Saul Joshua in seiner Nähe wissen. Verlöre er die Tochter, dann wäre das schon ein großes Unglück für die ganze Mischpoche Pelzkappe. Verlöre er aber auch sein Kaddischel, dann fände seine Seele in der anderen Welt keinen Frieden. Und da kam ihm ein wahnwitziger Gedanke.

Sie sei entschlossen, Eckardroth zu verlassen, hatte Sarah ihren Mann ebenfalls wissen lassen, sie habe sich nur noch nicht entschieden, wohin. Schon wenige Tage später erhielt sie von ihm eine Nachricht. Er habe im hessischen Friedberg gute, einflußreiche Freunde, die imstande und auch bereit seien, ihr eine Unterkunft zu beschaffen. In der Kreisstadt Friedberg sei es für Juden einfacher und billiger, sich niederzulassen, als in den Departements Hanau oder Fulda. Er wäre glücklich, wenn sie dort hinkäme. Es gäbe auch eine große jüdische Gemeinde, und er könne sie und Saul dort öfters sehen, sein Weg führe häufig über Friedberg.
Noch am gleichen Tag ging Sarah zu den Eltern und kündigte ihren Entschluß an, nach Friedberg umzuziehen. In der Woche nach Pessach werde sie Eckardroth verlassen. Bis dahin waren es noch vier Wochen.
Mordechai konnte ihr den Umzug nicht ausreden. »Ich bin sehr traurig über deinen Entschluß«, sagte er, »und deine

Mamme weint sich die Augen aus. Aber laß mich wenigstens, bevor wir uns trennen, Saul noch eine Freude bereiten. Ich fahre für einige Tage nach Hannover. In zehn bis zwölf Tagen bin ich wieder zurück. Ich möchte ihn mitnehmen.«
»Er ist noch ein Kind«, wandte Sarah ein. »Die Strapazen einer so langen Reise sind zu groß für ihn.«
»Mit seinen elf Jahren ist Saul bereits ein halber Mann«, widersprach der Vater. »Er ist stark und schon sehr vernünftig.«
»Ich werde ihn fragen, ob er mitkommen will.«
»Frage ihn.«
Saul wußte nicht recht, ob er mit dem Großvater auf Reisen gehen wolle. Seit er sich gehässig über seinen Vater ausgelassen und behauptet hatte, dieser habe nichts als Unglück über die Familie gebracht, mochte Saul ihn nicht mehr leiden. Saul ging, außer an Schabbatabend, nur noch selten hinunter in das Haus der Pelzkappes. Doch ein Reiseabenteuer war verlockend. Darum erklärte er nach einigem Zögern der Mutter: »Wenn mich der Großvater mitnehmen will, dann komme ich mit.«
Und so machte sich der Spitzenhändler mit seinem Enkelsohn und noch zwei jüdischen Handelsmännern auf den Weg nach Norden. Die Reise dauerte trotz guter Pferde und einer schnellen Kalesche drei Tage.
Für Saul waren es drei einzigartige Tage, während denen es immer etwas Neues zu bestaunen und zu erfahren gab.

In Hannover setzte Mordechai seinen Enkelsohn bei seinem Vetter Jankel Barum ab, der dort eine Mazzebäckerei betrieb. Wenn er nicht Mazze buk, machte er Geschäfte mit ungeschliffenen Diamanten. Vom Mazzebacken allein konnte er nur schwer seine Familie ernähren. Vor den acht Pessachtagen aber, an denen Juden kein anderes als dieses dünne ungesäuerte Fladenbrot essen, machte er auch mit Mazze gute Geschäfte. Zur Zeit, drei Wochen vor dem Fest, herrschte Hochbetrieb in der Backstube.

Mordechai erklärte Saul, er habe in Celle, eine halbe Tagesreise weiter, schwierige Geschäfte zu erledigen, bei denen er ungestört sein müsse. Im Haus von Jankel Barum sei er gut aufgehoben, und in wenigen Tagen werde er ihn wieder abholen. Mordechais Pläne gingen jedoch in eine andere Richtung. Er wollte Saul keineswegs wieder mit zurücknehmen, sondern ihn längere Zeit bei Jankel lassen und ihn erst dann holen, wenn Sarah nach Friedberg gezogen wäre und er ihn ohne Gefahr zu sich nehmen könnte.

Jankel und seine Frau Röschen wußten, was Mordechai vorhatte, und waren bereit, Saul bei sich zu behalten. Sie waren froh, für die arbeitsreichen Tage vor Pessach, und vielleicht auch noch danach, eine kostenlose Arbeitskraft zusätzlich zu haben, ein doppelter Gewinn für Jankel, denn der kräftige Junge in der Backstube, der keinen Lohn erhalten würde, konnte ihm einen großen Teil seiner Arbeit abnehmen, und er mußte auch in dieser Zeit das Diamantengeschäft nicht aufgeben.

Saul machte es Spaß, sich in der Mazzebäckerei zu betätigen, er packte kräftig zu, war ein flinker Lehrjunge und die erhoffte Hilfe. Die Tage vergingen wie im Flug. Längst hätte der Großvater wieder aus Celle zurück sein müssen. Niemand kam auf die Idee und zählte die überfälligen Tage nach.

Zurück in Eckardroth, erzählte Mordechai seiner Tochter, Saul sei in Hannover krank geworden und habe unmöglich die Rückreise antreten können. »Du brauchst dich aber nicht zu ängstigen«, versicherte er ihr, »er ist in besten Pflegehänden. Röschen, Jankels Frau, ist stets bei ihm und versorgt ihn, und ein Arzt ist auch in der Nähe. Wenn Saul wieder gesund und bei Kräften ist, wird Vetter Jankel ihn auf sicherem Weg zurückbringen.«

Diese Unglücksbotschaft erschreckte Sarah sehr, und sie wollte sofort zu Saul fahren.

»Das ist nicht nötig. Saul ist wirklich nicht in Gefahr«, versicherte der Vater noch einmal, und Mordechai wurde entschiedener: »In wenigen Tagen beginnt Pessach. Willst du an den Feiertagen reisen? Das ist keine Zeit für solche Unternehmungen – und zudem ein Vergehen gegen Gottes Gebot.«
Sarah begann zu zögern. Der Vater hatte recht, an Feiertagen reiste man nicht. Saul schwebte ja nicht in Lebensgefahr, nur das hätte eine Übertretung des Gebots gerechtfertigt. Schließlich willigte sie ein, noch ein paar Tage zu warten. Es blieb ihr auch nichts anderes übrig. Jemand müßte sie mit nach Hannover nehmen, aber kein jüdischer Handelsmann reiste während der Feiertage.

Die acht Pessachtage gingen zu Ende, und von Jankel Barum, dem Bäcker, war noch keine Nachricht gekommen, wie es um Saul stehe. Mordechai hielt Sarah mit Vertröstungen hin. Doch allmählich machte sich Mißtrauen bei ihr breit. Als sie zum wievielten Male nach einem Lebenszeichen von ihrem Sohn fragte, sagte der Vater: »Fahre vorläufig allein nach Friedberg. Es ist längst alles für den Umzug vorbereitet. Der Kutscher wartet schon. Ich werde dafür sorgen, daß Saul so bald wie möglich nachkommt.«
Dieser Vorschlag hatte Mordechai verraten. Sarah war nun überzeugt, der Vater habe Saul irgendwohin in den Norden verschleppt. Alles war auf eine Trennung angelegt. »Du lügst mich an!« sagte sie ihm auf den Kopf zu. »Die ganze Zeit schon hast du mich angelogen.« Sarah ging einen Schritt auf Mordechai zu. »Du hast mir meinen Sohn gestohlen – wie – ein gemeiner Dieb!«
»Sarah!« Mordechai erhob drohend die Hand, doch er widersprach nicht. Alles Blut war aus seinem Gesicht gewichen. Seine Augen hatten sich vor Erschrecken geweitet.
Sarah schrie ihm ins Gesicht: »Wo ist mein Sohn? Rede! Wo ist Saul?«

Mit bebender Stimme antwortete Mordechai: »Saul soll nicht mit dir und David zugrundegehen.«

Von dem Geschrei Sarahs erschreckt, stürzten Resl und Feigele in Mordechais Arbeitszimmer.

»Was ist los, Sarah? Was schreist du so?« rief Resl voller Entsetzen.

»Er hat meinen Sohn entführt!« Sarah deutete mit der ausgestreckten Hand auf den Vater. »Er ist schlimmer als –«

Jetzt schrie auch Resl. »Um aller Heiligen willen, schweig! Solche Worte zu deinem Tate!«

Mordechai hatte mit niemandem in der Familie über seinen verwegenen Plan gesprochen. Alle glaubten, er habe seinen Enkelsohn wirklich nur mit auf die Reise genommen, um ihm eine Freude zu bereiten. Resl und Feigele konnten sich das Geschrei und Sarahs böse Worte nicht erklären.

»Er hat mir meinen Sohn weggenommen«, schrie Sarah, »und hat ihn irgendwo, weit weg, versteckt.«

Sarah war am Ende ihrer Kräfte. Sie sank in einem Stuhl zusammen.

Feigele ging auf ihren Bruder zu. »Ist das wahr, Mordechai, was Sarah sagt? – Für diese Tat werden dich deine Kinder verfluchen!« Sie wandte sich zu Sarah und legte ihr den Arm um die Schultern. »Komm mit mir. Es wird sich alles klären.«

Sarah raffte sich noch einmal auf. »Ich gehe nicht von der Stelle, bis er sagt, wo er meinen Sohn versteckt hat.«

»Hast du gehört?« fauchte Feigele ihn an.

»Du hast mir gar nichts zu sagen!« wies Mordechai sie mit heiserer Stimme zurecht.

Jetzt schaltete sich Resl ein: »Mordechai, wenn das wahr ist, dann sag sofort, wo du Saul hingebracht hast. Sofort!«

Noch nie hatte Resl in einem so entschiedenen Ton mit ihrem Mann gesprochen. Er war verblüfft und erschrocken und gestand: »Ich habe ihn zu Jankel Barum in Hannover gebracht. Er hat es dort gut. Und es geht ihm auch gut.«

Die Arbeit in der Backstube, jeden Tag zwölf bis vierzehn Stunden, minderten schnell den Spaß, den Saul zu Anfang hatte. Am Abend fiel er todmüde ins Bett und konnte kaum noch an etwas anderes denken. Dennoch dämmerte ihm langsam, wie lange er schon bei Jankel Barum war. Der Großvater hätte ihn längst abholen müssen. Zu Pessach würden sie nie mehr rechtzeitig in Eckardroth zurück sein.

Als der Junge auf seine Frage: »Warum holt mich der Seijde nicht ab?« vom Bäcker immer nur die gleiche Antwort erhielt: »Ich weiß es nicht. Er wird dich schon holen«, begann auch er sich zu wundern. Sollte ihm mit der Reise nach Hannover nicht nur eine Freude bereitet werden, und wollte der Großvater ihn auch aus Eckardroth entfernen und von seiner Mutter trennen? Langsam wurde Saul wütend. Weswegen war er nur so gutgläubig gewesen und ist mit nach Hannover gefahren?

Saul begann zu überlegen, was er unternehmen könne, damit der Großvater nicht über ihn und die Mutter triumphiere. Nachdem sich die Bäckersleute am späten Abend zum Schlafen gelegt hatten, schlich er sich aus seiner Kammer in die Küche, nahm sich einen Kanten Brot und ein Stück gekochtes Fleisch, das für den Tscholent zu Schabbat vorbereitet war, und verstaute beides in einem leinenen Beutel, den ihm Sarah mit auf die Reise gegeben hatte. Dann schlich er sich aus dem Haus.

Er lief durch finstere Gassen, schlüpfte durch Mauerlöcher, preßte sich, als ein Nachtwächter vorüberkam, in eine Hausnische und rannte hinaus aufs freie Feld. Er war sehr aufgeregt, Angst hatte er keine, vor der Dunkelheit schon gar nicht. Er lief und lief und wußte nicht, wohin, wußte nicht, in welche Richtung die Straße außerhalb der Stadt, die er endlich erreichte, führte.

Als er weit genug von den letzten Häusern entfernt war und sicher sein konnte, nun keinem Nachtwächter und keinem Polizisten mehr zu begegnen, setzte er sich auf einen Stein am Wegrand. Was war in den nächsten Stunden zu tun? Er mußte

in Richtung Süden laufen, um nach Hause zu kommen. Das war der einzige klare Gedanke, den er fassen konnte: nach Hause, nach Süden.
Wo aber war Süden?
Er mußte abwarten, bis es Tag wurde. Am Sonnenaufgang konnte er die Himmelsrichtungen erkennen. Dann wollte er jemanden fragen, welchen Weg er einschlagen müsse, damit er den Huttischen Grund erreiche. Vielleicht hatte er sogar Glück, und ein Fuhrwerk nahm ihn mit.
In der sternklaren Nacht lief er noch eine gute halbe Stunde die Straße entlang. Kein Mensch begegnete ihm. Bald wurde er müde. Hinter einem dichten Buschwerk, das sich an der Böschung entlangzog und von der Straße nicht einsehbar war, legte er sich nieder. Er fror jämmerlich, schlafen konnte er bei dieser Kälte nicht.
Nur ab und zu dämmerte er kurz ein. Noch nie in seinem Leben vergingen die Stunden so endlos langsam. Endlich zeichnete sich ein heller Streifen am Horizont ab. Bald darauf tauchte der äußerste Rand der Sonnenscheibe auf. Saul sah, daß er in der Nacht in die falsche Richtung gelaufen ist, nach Osten. Von seinem Versteck aus wollte er zunächst einmal beobachten, was auf der Chaussee geschehen würde. Vielleicht käme jemand die Straße entlang, den er ansprechen konnte, ohne Gefahr zu laufen, wieder in die Mazzebäckerei zurückgebracht zu werden.
Je höher die Sonne stieg, um so lebhafter wurde es auf der Straße. Noch in der Dämmerung waren Bauern zu Fuß oder mit Ochsen- und Pferdegespannen vorübergekommen. Später dann, einzeln oder in kleinen Gruppen, Bauersfrauen, die in riesigen Tragekörben auf den gekrümmten Rücken Gemüse auf den Markt der kurfürstlichen Residenzstadt trugen. Danach kamen flinke Kaleschen, eilige Reiter und schließlich, in weitem Abstand voneinander, zwei Bettlertrupps vorbei.
Saul, der noch immer fror, verfolgte von seinem Versteck aus mit großem Erstaunen den lebhaften Verkehr. Er konnte nicht

wissen, daß er auf die Handelsstraße von Hannover nach Braunschweig gestoßen war, die weiter nach Berlin führte, und er wagte nicht, hinter dem Buschwerk hervorzukommen und jemanden anzusprechen.

Endlich bemerkte er eine Gruppe von Kindern und Halbwüchsigen die Straße heraufkommen. Die meisten waren in seinem Alter, den einen oder anderen schätzte er etwas älter ein, vielleicht dreizehn oder vierzehn. Saul glaubte, ihnen könne er sich anvertrauen. Er klopfte sich das Laub aus den Kleidern, nahm seinen Beutel auf und lief ihnen entgegen.
»Guten Tag«, sagte er verlegen und blieb in dem Halbkreis, den sie um ihn bildeten, stehen. Er wußte im Augenblick nicht, was er sagen sollte, und schaute in die verwegenen und verkniffenen Gesichter. Solche Kinder hatte er in Eckardroth nie gesehen. Mißtrauisch beäugten auch sie ihn von oben bis unten. Seine ordentliche Kleidung hob sich augenfällig von ihrer eigenen ab, die über und über mit Flicken besetzt und zum Teil auch zerrissen war.
»Was für ein feiner Herr!« sagte ein Junge.
»Und was für ein nobles Stöffchen er trägt!« sagte ein anderer und zog ihn wie prüfend am Ärmel.
»Bist noch nicht lange auf der Straße?«
»Nein.«
»Von zu Hause fortgelaufen?«
»Nein.«
»Willst du etwa mit uns kommen?«
»Nein.«
Ein kräftiger Bursche von schätzungsweise fünfzehn Jahren, der die andern fast um einen ganzen Kopf überragte und, nach seinem Gehabe zu urteilen, in der Gruppe offenbar das Sagen hatte, trat einen Schritt vor, packte Saul an der Schulter und sagte barsch: »Weißt du noch etwas anderes als nein und nein? Warum bist du uns entgegengelaufen? Was willst du von uns?«

»Ich wollte nur fragen, wo es langgeht –«
»Immer der Nase nach«, bemerkte einer aus dem Kreis.
»Halt's Maul!« rief der Anführer. Und zu Saul gewandt: »Wohin lang? Wohin willst du?«
»Nach Fulda und weiter in den Huttischen Grund.«
»Also doch von zu Hause fortgelaufen.«
Saul gab darauf keine Antwort. Es wäre auch zu schwierig gewesen, den fremden Jungen und Mädchen zu schildern, wie er nach Hannover gekommen und warum er jetzt mutterseelenallein auf dem Weg nach Hause war.
Der Kreis um ihn schloß sich enger. Sauls Aufmerkamkeit wurde auf die beiden Mädchen gelenkt. Das größere, vielleicht drei Jahre älter als er, drückte die Schultern nach hinten, so daß die kleinen Brüste sich auf der hellen Bluse abzeichneten. Das jüngere, etwas pummelige Mädchen, es mochte elf oder zwölf Jahre alt sein, machte mit einem hellen Kicherlachen auf sich aufmerksam. Ein Junge griff ungeniert in Sauls Beutel, der ihm an der Seite hing, und holte das gekochte Fleisch heraus. »Ein leckerer Brocken!« stellte er fest und zog ein Messer aus der Tasche, um sich ein Stück abzuschneiden.
»Finger weg!« fauchte ihn der Anführer an. Er stieß ihm vor die Brust und nahm ihm das Stück Fleisch aus der Hand und steckte es in Sauls Beutel zurück. »Du willst also nach Fulda?«
»Ja. Ich bin im Huttischen Grund zu Hause. Eckardroth heißt das Dorf, in dem ich wohne. Dorthin will ich und weiß nicht, welche Straße ich gehen muß. Ich dachte, ihr könntet es mir sagen.«
»Das können wir. Doch sag du uns erst, was du am frühen Morgen auf der Landstraße zu suchen hast. Du bist doch nicht nur zum Vergnügen unterwegs.«
»Nein. Aber das ist eine lange Geschichte.«
»Wir wollen sie hören.«
Das ältere der beiden Mädchen, das auf den Namen Johanna hörte, sagte: »Wenn das eine lange Geschichte ist, können wir uns auch dabei setzen.«

Ein Junge bemerkte: »Wir wollen heute noch bis Peine. Sollten wir nicht –«
Johanna fuhr ihm in die Parade: »Wir haben noch zwei Tage Zeit, um nach Braunschweig zu kommen. Dann erst fängt dort der Ostermarkt an. Bis Peine kommen wir heute allemal.«
Die Jungen und Mädchen setzten sich auf einem Rasenstück etwas neben der Straße nieder. Saul nahmen sie in die Mitte. Er holte den Kanten Brot und das Fleisch aus dem Beutel und sagte: »Ich kann etwas davon abgeben.«
Einige Jungen brachen sich Stücke von dem Brot ab und schnitten sich kleine Happen von dem Fleisch, für Saul ließen sie genug übrig. Und während die einen aßen, die andern sich kleine Pfeifen stopften und in Brand setzten, erzählte Saul, wie ihn der Großvater mit auf die Reise genommen und ihn in Hannover bei einem Verwandten, einem Bäcker, zurückgelassen habe. Er wisse nicht, warum er es getan habe. Saul verschwieg, daß es sich bei seinem Großvater um einen jüdischen Händler und beim Bäcker um einen Mazzebäcker handelte. Die Erfahrung hatte ihn gelehrt, nicht ohne Not seine jüdische Herkunft preiszugeben.
Als Saul fertig war, sagte einer der Halbwüchsigen: »Und dann hast du den Bäcker beklaut und bist abgehauen.«
»Außer dem Brot und dem kleinen Stück Fleisch habe ich nichts mitgenommen«, sagte Saul.
»Dann hast du auch kein Geld bei dir?« fragte der Anführer, den sie Langer Stephan nannten.
»Nein, keinen Heller.«
»Und willst so bis nach Fulda kommen?«
»Ich dachte –«
»Wenn so ein Hänfling schon mal denkt!« warf Johanna ein. Und der Lange Stephan ergänzte: »Das schlag dir aus dem Kopf. Ohne Geld kommst du bestimmt nicht bis in dein Dorf.«
»Warum nicht? Schlimmstenfalls muß ich mir etwas zusammenbetteln.«
»Kannst du denn betteln?«

»Ich hab's noch nicht versucht. Ich werd's schon können.«
Der Lange Stephan schüttelte den Kopf: »Du bist wirklich ahnungslos. Meinst wohl, du kannst so einfach zum Bauern gehen und die Hand ausstrecken? Versuch's nur mal. Sie werden dich mit Hunden davonjagen.«
»Warum glaubst du das?«
»Ich glaub's nicht. Ich weiß es.«
»Warum machen das die Bauern?«
»Weil es so viele sind, die durchs Land stromern und betteln.«
»Und was macht ihr? Auch betteln?«
Der Lange Stephan zögerte einen Augenblick, dann antwortete er: »Wenn wir nur vom Betteln leben wollten, wären wir längst verhungert.« Bevor sich Saul Gedanken darüber machen konnte, was der Bursche damit meinte, fuhr der fort: »Nein, so einfach ist das Betteln nicht.«
»Daran hab ich nicht gedacht«, sagte Saul unschlüssig. »Was soll ich tun. Was meinst du?«
Der Anführer der Gruppe kniff die Augen zusammen, als denke er nach, und sagte dann zu Saul: »Ich will mir etwas überlegen. Warte.« Er erhob sich und winkte das Mädchen Johanna herbei. Beide gingen eine kleine Strecke abseits und sprachen leise miteinander. Schließlich nickte das Mädchen mit dem Kopf. Sie kamen zurück, setzten sich, und der Lange Stephan wandte sich an Saul: »Paß auf, Grünschnabel –«
Johanna fiel ihm ins Wort: »Der Grünschnabel soll erst einmal sagen, wie er heißt.«
Blitzschnell überlegte Saul, es könne keinesfalls gut sein, wenn er jetzt seinen richtigen Namen nenne. Wer sich Saul nannte, konnte nur ein Jude sein. Und er wollte nicht, wie schon beim Erzählen seiner Geschichte, die fremden Jungen und Mädchen darauf aufmerksam machen. Er zögerte aber nur einen kurzen Augenblick, dann sagte er: »Ich heiße Paul.«
»Also gut, Paul«, setzte der Anführer noch einmal mit seiner Rede an, »ich mache dir einen Vorschlag. Wenn meine Freunde damit einverstanden sind, kannst du mit uns kommen.«

»Aber ich will nach Hause, nach Eckardroth.«
Ohne auf Sauls Einwand einzugehen, fuhr der Lange Stephan fort: »Wir marschieren von hier nach Braunschweig, bleiben dort zwei, höchstens drei Tage, wir haben in der Stadt zu tun, und dann können wir nach Süden gehen, etwa in Richtung Kassel. So kommst auch du näher an Fulda heran.«
Es wäre wohl das Beste, sich diesen Jungen und Mädchen anzuschließen, überlegte Saul. Die Bemerkung des Langen Stephan, wie schwierig es sei zu betteln, hatte ihn nachdenklich gestimmt. Sicher war es nicht klug, allein und auf eigene Faust den Weg zurück nach Eckardroth zu suchen. Außerdem, es gab keinen Grund, unbedingt schnell zurück zu sein, und vielleicht sogar traf er unterwegs den Vater mit seiner Bande.
Stephan wurde Sauls Schweigen zu lang. »Was ist? Kommst du mit oder läßt du's bleiben, Paul?«
Saul schreckte aus seinen Gedanken auf. – Paul? – Damit war er gemeint. »Ja, wenn ich darf, komme ich mit euch.«
»Ihr habt gehört, was er gesagt hat«, wandte sich der Anführer an die andern. »Hat einer was dagegen? Gibt es Einwände?«
Keiner sagte ein Wort.
»Also kann er mitkommen?«
Die meisten Jungen nickten zustimmend.
»Dann wird es Zeit aufzubrechen.« Der Lange Stephan sprang auf und ging voran zur Straße.
Im Aufbruch drängte sich das jüngere Mädchen an Saul heran und sagte: »Ich heiße Julchen. Wenn du mal was wissen willst, kannst du mich immer fragen. Ich helfe dir, wenn ich kann.«
»Danke. Ich denke daran, wenn es einmal nötig ist.«

Wenn Saul die richtige Straße nach Süden gefunden hätte und nicht nach Osten gelaufen wäre, hätte er vielleicht seiner

Mutter begegnen können. Sarah befand sich seit zwei Tagen auf dem Weg nach Norden. Bereits am Tag, nachdem ihr Mordechai gestanden hatte, den Enkelsohn nach Hannover gebracht zu haben, war sie aufgebrochen, um Saul zurückzuholen. Vor der Landstraße hatte sie keine Angst, sie wußte noch, was zu tun sei, um nicht in Bedrängnis zu kommen. Und da sie Kutschern und Bauern, die mit Fuhrwerken vorbeikamen, etwas Geld versprechen konnte, kam sie rasch voran.

Die Kinder erreichten nach einem anstrengenden Tagesmarsch die Stadt Peine. Vor dem Stadttor nahmen sie eine Feldscheune in Beschlag. Bereits vor ihnen hatten sich mehrere Tippelbrüder in einer Scheunenecke niedergelassen, um ebenfalls dort die Nacht zu verbringen. Das störte sie nicht.
Die Kinder holten alles Eßbare, was sie in ihren Taschen verstaut hatten, heraus und teilten es unter sich auf. Der Lange Stephan sorgte dafür, daß niemand betrogen wurde.
Während des abgelaufenen Tages hatte Saul beobachtet, wie sich ein Junge oder ein Mädchen, wenn sie durch ein Dorf kamen, von der Gruppe entferne und bald darauf mit einem Stück Brot, einem Strang Zwiebeln oder ein paar Äpfeln sich ihnen wieder anschloß. Saul hatte zu Hause in Eckardroth schon von Kinderbanden reden hören, hatte aber nie eine gesehen. Im Dorf war auch noch keine aufgetaucht. Unter einer Kinderbande hatte er sich auch nichts Rechtes vorstellen können. Und nun war er mitten in eine hineingeraten.

Als der letzte Krümel Brot aufgegessen war, winkte der Lange Stephan Saul zu sich und sagte: »Wer mit uns kommt, muß wissen, wer wir sind. Ist das klar? – Wir nennen uns Stephansclique, und ich bin, wie du siehst, der Anführer.«
»Das weiß ich schon«, antwortete Saul, »ich war schließlich den ganzen Tag mit euch unterwegs.«

»Dacht ich mir's. Dumm bist du ja nicht.«
»Wo kommt ihr her?«
»Von überall, von Norden, Süden –«
»Und wo seid ihr zu Hause?«
»Auf der Straße. Wo sonst?« Dabei machte der Lange Stephan eine wegwerfende Handbewegung, als wolle er damit sagen: Ist das eine dumme Frage!
Saul ließ nicht locker: »Keiner von euch hat ein richtiges Zuhause?«
»Keiner von uns. Die einen sind schon immer auf der Straße, die andern sind von zu Hause fortgelaufen.«
»Und du?«
»Mich haben sie einfach davongejagt, weil ich ein hungriges Maul zu viel war. Verstehst du das?«
Saul nickte.
»Dann ist dir wenigstens das klar. Und weil wir nicht verhungern wollen, holen wir uns, was wir zum Sattwerden und zum Leben brauchen.«
»Ihr stehlt es euch?«
»So ist es.«
Johanna fragte: »Erschreckt dich das? Ja, wir klauen – und nicht schlecht.«
Der Lange Stephan schlug sich mit der flachen Hand aufs Knie und lobte Johanna: »Das hast du gut gesagt: Wir klauen wirklich nicht schlecht.«
Saul hätte antworten können: Warum soll mich das erschrekken, mein eigener Vater tut doch das gleiche. Er nimmt sich auch, ohne zu fragen und ohne zu zahlen. Aber das behielt er für sich. Es war nicht der rechte Augenblick für Bekenntnisse dieser Art. Er antwortete: »Wenn man beim Betteln nichts kriegt, muß man stehlen. Sonst verhungert man. Ich würde es genau so machen.«
Johanna verzog das Gesicht und meinte: »Ich denke die ganze Zeit darüber nach, ob du denn zu uns paßt. Du siehst mir etwas zu fein aus, zu geleckt. Ich weiß nicht –«

»Red keinen Stuß! Wenn er will, kann er bleiben«, entschied der Lange Stephan.
»Wie du meinst«, gab sie nach. »Aber dann mußt du ihm auch sagen, was wir in Braunschweig vorhaben.«
»Ist recht. Also, Paul, du hast gehört, was Johanna will.«
»Ich kann es mir schon denken, was ihr dort vorhabt. Auf dem Ostermarkt stehlen.«
»Traust du dir das zu? Ich meine nicht allein, mit andern zusammen.«
»Ich habe noch nie –«
»Jeder von uns hat das erste Mal«, bemerkte Johanna.
»Ich kann es versuchen.«

Als sie sich das wenige noch in der Scheune vorhandene Stroh zusammenholten und zurechtdrückten, damit sie in der Nacht nicht gar zu hart lägen, sagte Julchen zu Saul: »Laß mich das machen, ich kann es bestimmt besser als du.« Sie schüttelte das Stroh geschickt auf, preßte einen kleinen Ballen wie ein Kopfkissen zusammen und bemerkte, nachdem sie fertig war, zu Saul: »Es ist das beste, wenn wir uns zusammenlegen, Paul. Dann wärmen wir uns gegenseitig.«
Er antwortete verlegen: »Ist nicht nötig.« In Wahrheit aber hätte er es gern gehabt.
»Du bist kalte Nächte noch nicht gewöhnt. Da wird man leicht krank. Willst du nicht?«
»Doch, doch, ich habe nichts dagegen, Julchen.«
Sie preßte sich mit Brust und Bauch fest an Sauls Rücken und legte den Kopf an den seinen. Saul ließen ihre Nähe und ihre Wärme ruhiger werden. Seit ihm der Lange Stephan angeboten hatte, er solle bei dem Diebstahl in Braunschweig mitmachen, war er aufgeregt. Er malte sich das Unternehmen in den buntesten Farben aus. Das eine Mal, stellte er sich vor, hatte er etwas mitgebracht und wurde von den andern gelobt, das andere Mal hatte ihn ein Händler erwischt und jämmerlich verprügelt.

Nach einer Weile flüsterte Julchen ihm ins Ohr: »Machst du mit auf dem Ostermarkt?«
Saul antwortete leise: »Stephan hat Ja gesagt.«
»Vielleicht können wir zusammen gehen.«
»Ja, das wäre gut.«
»Ich werde Stephan fragen.«
»Tu das, Julchen. Aber nun schlaf. Ich möchte auch schlafen. Ich bin sehr müde.«
Der Lange Stephan verteilte wie ein erfahrener Bandit die Aufgaben. Treffpunkte und Fluchtwege wurden verabredet. Drei Gruppen bildeten sich. Die eine Gruppe hatte Erfahrungen im Stehlen von Waren und wurde zu dieser Arbeit abgestellt, andere wußten, wie man bei Geldwechslern Münzen verschwinden lassen konnte, und die letzte Gruppe sollte Geldbeutel ziehen.
Saul und Julchen und ein weiterer Junge, der etwas älter war als sie und auch beschlagener, gingen zusammen auf den Marktplatz, um mit Mut und Fingerfertigkeit Geldbeutel aus Taschen- oder Hosenbünden zu ziehen oder auch, wenn es sich zufällig ergab, eine Taschenuhr, die ihr Besitzer an der Stelle verwahrte, an der sonst der Geldbeutel zu vermuten war.
Auf dem Weg zum Tatort erzählte der ältere Junge dem Neuling von seinem Handwerk.
»Du mußt wissen, Paul: Wenn man Geldbeutel ziehen will, langt es nicht, nur geschickt zu sein. Man muß sich auch die Leute genau ansehen, bei denen man etwas holen will, und muß sie gut einschätzen können. Bei einem, der vom Land kommt, ist es am günstigsten. Ein Bauer ist zwar mißtrauischer als ein Städter, paßt aber doch nicht so sehr auf seine Sachen auf und läßt sich auch leichter ablenken, wenn es bei einem Marktausrufer oder einem Gaukler etwas zu bestaunen gibt. So einen muß man sich aussuchen. So einer ist am besten zu zopfen. – Das kennst du nicht, was? Zopfen, das heißt einem den Beutel aus dem Gürtel ziehen oder einer Bauersfrau aus dem Rock. – Du wirst es schon noch lernen.« Und wichtigtue-

risch ergänzte er: »Das eine kann ich dir sagen: Zopfen ist nicht einfach – und verdammt gefährlich.«

Saul konnte gut mithalten und lernte schnell. An einem Verkaufsstand mit einem lauten Marktschreier standen viele Neugierige zusammen. Die drei Kinder stellten sich dazu, vorne der etwas ältere Junge, dicht dahinter Julchen und Saul. Die beiden taten so, als ob sie ebenfalls dem Aufrufer lauschten. Doch sie verstanden kein Wort, ihre ganze Aufmerksamkeit war auf den Zopfer vor ihnen gerichtet. Sie warteten auf ein Zeichen.

Es dauerte eine ganze Weile, bis er ihnen zu verstehen gab, er habe sich ein Opfer ausgesucht. Er machte einen kleinen Schritt zur Seite und begann zu drängeln. Julchen drängelte sofort mit. Und wenige Augenblicke später drückte sie dem hinter ihr stehenden Saul eine Taschenuhr mit Kette in die Hand.

Saul wußte, was er zu tun hatte. Schnell und unauffällig mußte er sich jetzt aus der Menschenmenge lösen und verschwinden. Er zögerte keinen Augenblick. Und als der Bestohlene seinen Verlust wahrnahm und nach dem Dieb schrie, war Saul bereits weit weg. Auch die beiden andern waren im Gewimmel des Marktes untergetaucht.

Saul lief durch mehrere Gassen bis zu einem halb verfallenen Schuppen, in dem der Lange Stephan wartete. Dort händigte er ihm die Uhr aus. Bald darauf trafen auch Julchen und der Zopfer ein.

Eine gestohlene Uhr war nicht ganz nach den Erwartungen von Stephan. Die bäuerlichen Marktbesucher hatten, wenn überhaupt, in der Regel keine besonders wertvollen Chronometer, jedenfalls keine aus Silber. Und außerdem bekam er von dem Hehler, dem er die Uhr verkaufte, nur einen Bruchteil ihres Wertes. Aber er mußte sich damit zufrieden geben, denn nur selten gelang es einem seiner Burschen, einen Geldbeutel zu ziehen – und wenn, waren oftmals nicht mehr als ein paar Kreuzer darin.

Die erfolgreichen drei verließen unverzüglich die Stadt und

liefen zu der Feldscheune, in der sie auch schon übernachtet hatten. Sie waren die ersten, die sich dort einfanden.
Der ältere Junge verließ die Scheune wieder, er wollte sich etwas zum Essen besorgen. Julchen und Saul setzten sich in eine Ecke. Sie kuschelte sich an ihn und sagte: »Ich bin froh, Paul, daß du mit uns gekommen bist. Ich glaube, mit dir kann man reden.«
»Kannst du das mit den andern nicht?«
»Nein. Die hören nicht zu. Und manchmal möcht ich gern reden.«
»Hast du es denn schon mal versucht?«
»Oft.«
»Und warum, denkst du, wollen sie nicht hören, was du ihnen erzählen willst?«
»Jeder, der bei uns ist, hat seine eigene traurige Geschichte. Da will er nicht noch eine andere, vielleicht noch traurigere Geschichte hören. Ich denke, das ist der Grund.«
»Ist das denn so traurig, was du zu erzählen hast?« Saul streichelte ihr über die Haare.
»Du bist sehr nett zu mir, Paul, wie ein richtiger Bruder. – Ich hatte nie einen Bruder, nur zwei Schwestern. Die sind viel älter als ich.«
»Und wie alt bist du?«
»Elf. Und du?«
»Ich bin fast zwölf.«
»Ich komme aus einem kleinen Dorf im Pfälzer Wald. Das ist auf der anderen Seite des Rheins. Als meine Mutter starb, war ich neun. Vater trank schon vorher viel, und nach dem Tod der Mutter noch mehr. Eines Tages fand man ihn tot vor dem Wirtshaus. Man hatte ihm den Kopf eingeschlagen. Da verließen meine Schwestern das Dorf und gingen in die Stadt, um Arbeit zu suchen, nach Mannheim. Mich ließen sie allein zurück. Kein Bauer im Dorf wollte mich aufnehmen, weil unsere Familie keinen guten Ruf hatte, wegen meinem Vater. Da bin ich auch losgelaufen, habe gebettelt und gestohlen, bis ich nach

Mainz kam. Dort traf ich Johanna, die auch allein unterwegs war. Wir liefen zusammen. – Ihr war es auch schlimm ergangen. Ihre Eltern waren nach Amerika ausgewandert. Und weil sie nicht das Geld für die Überfahrt für Johanna hatten, ließen sie sie einfach in Hamburg zurück, ganz allein. Nun stahlen und bettelten wir zu zweit. Das ging ganz gut. Eines Tages begegneten wir dem Langen Stephan mit seiner Bande. Ihm gefiel Johanna, und darum sagte er, wir könnten bei ihnen bleiben. Die andern wollten nicht. Weil er aber der Stärkste von allen ist, konnte keiner was dagegen machen. Und Johanna wurde seine Freundin.«
Saul fragte: »Wie lange seid ihr schon bei der Gruppe?«
»Erst seit zwei Monaten. – Und nun weißt du auch, warum keiner mich leiden mag. Weil keiner mich dabei haben wollte.«
»Außer Stephan.«
»Der kümmert sich doch nur um Johanna. Wenn ich allein gewesen wäre, hätte er mich bestimmt nicht aufgenommen. – Und wie ist es dir ergangen. Ich meine deine ganze Geschichte und nicht nur das, was dir in Hannover passiert ist. Ich möchte es gern von dir hören.«
»Ein andermal«, wich Saul aus.
Sie legte den Arm um ihn. Nach einer Weile fragte Julchen: »Paul, was meinst du, wollen wir jetzt richtige Freunde sein?«
Er schaute sie an und antwortete: »Das sind wir doch schon.«

Die Stephansclique war auf dem Braunschweiger Ostermarkt nicht besonders erfolgreich. Einige Jungen kamen gar mit leeren Händen zurück. Aber es wurde auch keiner erwischt. Das war bereits ein Erfolg.
Für Saul bedeutete das Mitmachen in der Stephansclique ein Abenteuer auf Zeit, anders als bei den übrigen Kindern, deren Zuhause die Landstraße war und die sich ihren Weg in die Zukunft nur mit der Bande vorstellen konnten. Wann immer Saul wollte, konnte er sie verlassen und sich auf den Weg nach

Eckardroth machen, auch wenn er die Worte Stephans bedachte, wie schwierig es sei, sich auf eigene Faust durchzuschlagen. Er hatte in seinem Dorf im Bergwinkel ein Zuhause, man wartete auf ihn. Dieses Wissen gab ihm Sicherheit und erleichterte es ihm, weg von der Mutter und den heimischen Freunden zu sein. Sehr schnell hatte er sich vom wohlbehüteten Sohn zum Mitglied einer Bande entwickelt. Der Uhrendiebstahl hatte ihm noch nicht einmal ein schlechtes Gewissen beschert, er hatte lediglich einen eigentümlichen Nervenkitzel empfunden. Natürlich wußte er, wie gefährlich das Stehlen war, und besonders für ihn, einen Juden.

Trotz der Feindschaft gegenüber Juden, die auch in der Stephansclique herrschte, hatte sich Saul entschieden, vorerst dabeizubleiben. Die Bande bot ihm einen Unterschlupf. Das war der eine Grund. Der andere war Julchen. Wenn sie sich in der Nacht an ihn drückte, den Arm um seinen Leib geschlungen, breitete sich in ihm ein Gefühl von Wärme aus, das er gern erwidert hätte.

Wie aber sollte seine Zukunft aussehen? Sie waren in Richtung Süden unterwegs. Sollte er in den Huttischen Grund zurückkehren oder sich auf die Suche nach seinem Vater begeben? Er konnte sich nicht entscheiden. Vorerst blieb er bei der Bande. Wie es weitergehe, würde sich ergeben.

12. Kapitel

In aller Frühe schreckte Jankel Barum ein heftiges Trommeln an der Haustür auf. Er öffnete die Tür einen Spalt und erblickte eine ihm unbekannte junge Frau in einem schwarzen Umhang. Der furiose Ausdruck in ihrem Gesicht machte ihm angst.

»Was wünscht ihr?« fragte er.

Anstatt ihm eine Antwort zu geben, drückte sie mit Macht die Tür auf.

Der Mazzebäcker hatte Sarah ein einziges Mal gesehen, vor vielen Jahren, als sie noch ein Kind war. Er erkannte sie nicht wieder. Doch eine Ahnung kroch in sein Gehirn. Wer anders als Sauls Mutter konnte das sein?

Sie schnaubte ihm ins Gesicht, und ihre Stimme vibrierte: »Ich bin Sarah Buchsweiler, die Tochter des Mordechai Pelzkappe, und ich will sofort meinen Sohn zurück!« Sie drängte sich an ihm vorbei und ging ins Haus hinein.

Er eilte ihr nach. »Wartet! Wartet doch!« rief er. »Ich will euch alles erklären.«

Sarah stand bereits im Wohnzimmer. Sie drehte sich zu Jankel um. »Ich will keine Erklärung, ich will meinen Sohn!«

Jankel zögerte einen Augenblick, holte tief Luft und sagte: »Saul ist vor zwei Tagen verschwunden. Einfach in der Nacht davongelaufen.«

Sarah schrie: »Lügt nicht! Er ist hier im Haus. Ich weiß es.«

»Er war hier. Ich leugne es ja nicht. Mordechai, euer Vater, hatte ihn hergebracht. Saul hat in der Backstube gearbeitet. Aber dann ist er weggelaufen. Gott soll mich strafen, wenn ich euch die Unwahrheit sage.«

»Wo ist er hin?«
»Das weiß ich nicht«, antwortete Jankel, »er hat nichts gesagt und auch nichts hinterlassen, bei niemandem.«
»Du lügst schon wieder.«
Der Bäcker hob verzweifelt die Hände: »Wenn ihr mir nicht glaubt –«
Sarah war nicht zu überzeugen. Sie lief durch das Haus, Jankel versuchte erst gar nicht, sie daran zu hindern. Sie öffnete die Türen und Schränke und rief immer wieder: »Saul! Wo bist du? Antworte mir doch! Saul!«
Endlich mußte sie einsehen, Saul war tatsächlich nicht im Haus des Bäckers. Er wird sich auf den Nachhauseweg gemacht haben, überlegte sie. Heimlich, damit ihn Jankel nicht daran hindern konnte. Nur deswegen ist Saul verschwunden. Sarah verließ auf der Stelle das Haus des Jankel Barum. Aber sie machte sich nicht sofort auf den Heimweg. Sie überlegte. Saul könnte ja, bevor er losmarschiert ist, die Judenherberge von Hannover aufgesucht haben, um Weggenossen für die Rückreise zu finden, vielleicht eine Gruppe Wanderjuden, die die gleiche Route nahm. Doch der Herbergswirt versicherte ihr, ein Junge, wie Sarah ihn beschrieb, sei in den letzten Tagen nicht bei ihm gewesen.
Um so eiliger hatte sie es jetzt, wieder nach Hause zu kommen. Sie zweifelte nicht daran, ihren Sohn in Eckardroth anzutreffen. Sie wußte, er war findig und besonnen und würde auch ohne die Hilfe anderer den Weg zurück finden.
Doch Saul war nicht zu Hause in Eckardroth. Sie wartete und hoffte von einem Tag auf den andern. Irgendein Umstand konnte ihn ja aufgehalten haben. Sarah wollte sich nicht eingestehen, wie es wirklich um Saul stand. Er würde nicht zurückkommen. Ihr Sohn hatte sich, wenn ihm nichts Schlimmeres zugestoßen war, von ihr abgewandt. Und vielleicht suchte er sogar seinen Vater. Eine andere Erklärung gab es nicht.

Ein ganzer Monat war bereits verstrichen, und Saul war weder zurückgekommen, noch hatte er Sarah ein Lebenszeichen zukommen lassen. Jeden Tag wurde sie von Tante Feigele bedrängt, nun endlich nach Friedberg zu übersiedeln. Feigele dachte an den Wunderring des Meir Schiff und sagte: »Ich bin überzeugt, David wird den Weg zu seiner Familie zurückfinden. Darum ist es höchste Zeit für dich, in seine Nähe zu ziehen. In deinem Interesse, Sarah. Du darfst den Aufbruch nicht weiter aufschieben. Und wenn Saul zurückkommt oder ich eine Nachricht von ihm empfange, gebe ich dir sofort Bescheid.«

Sarah sah ein, daß ihr Warten vergeblich war. Durch Feigeles Versprechen ermuntert, packte sie ihre Siebensachen und schickte sich an, Eckardroth zu verlassen.

Der Abschied von den Eltern fiel schwer. Die Mutter weinte zum Gotterbarmen und schluchzte: »Oj wej! Oj wej!« Der Vater rief nach seinem Kaddischel Saul Joshua und beschwor ein allerletztes Mal die Tochter, im Dorf zu bleiben. Und auch Feigele war vor lauter Herzleid nicht in der Lage, Sarah ein Lebewohl zu sagen.

Zum Abschied legte ihr Mordechai dann doch die zitternde rechte Hand auf den Kopf und sagte: »Nun, da du nicht anders kannst, mein Kind, gehe in Frieden. Mein Herz blutet, während ich einen barmherzigen Gott bitte, dich auf deinen zukünftigen Wegen zu begleiten und zu beschützen. Nimm auch meinen Segen mit auf den Weg. In all meinen Gebeten werde ich seinen Schutz für dich und für Saul Joshua erflehen.«

So hatte Sarah den Vater noch nie erlebt. Die Tränen rannen ihm über die Backen in den Bart, und er wischte sie nicht ab.

Sarah verließ das Haus Pelzkappe, ohne sich noch einmal umzusehen. Sie stieg auf den Kutschwagen, der auf der Straße wartete, der Kutscher knallte mit der Peitsche, und die beiden Pferde zogen an. Wenige Minuten später verschwand das Gefährt hinter dem dichten Wald des Huttischen Grunds.

Nach dem Auszug der Banditen aus Eckardroth war Ruhe in dem Dorf eingekehrt. Eine unwillkommene Ruhe für die meisten Bewohner. Nicht nur, daß die Banditen manchen Gulden im Dorf gelassen hatten und dem Bäcker und dem Metzger und den Handwerkern zu verdienen gegeben hatten, sie boten den Dorfbewohnern auch Schutz. Die Spitzbuben übten ihr Handwerk grundsätzlich nur weit weg von ihren Heimatgemeinden aus. Zudem gab es ein stillschweigendes Übereinkommen unter den Ganoven, die Dörfer, die ihnen Unterschlupf boten, von Überfällen zu verschonen.

Von der guten Nachbarschaft zwischen Fronbauern, Hintersassen, Tagelöhnern und den Banditen waren bestimmt zwei Anwohner ausgeschlossen. Matthies Weber, der Dorfpfarrer, mußte von Berufs wegen etwas gegen die Banditen haben und der Patrimonialrichter Philipp Rullmann, der die Nachfolge von Amtmann Kees angetreten hatte und nach Kräften bemüht war, das seit Jahren blinde Ehrenschild seiner hochherrschaftlichen Dienstherrn wieder blank zu scheuern. Er ekelte mit nicht immer feinen Mitteln auch noch die letzten entfernten Verwandten der Banditen aus dem Dorf. Mit dieser Betriebsamkeit erwirkte sich Rullmann manches Schulterklopfen durch den Baron, und das honorige Tun wurde in den Annalen des Huttischen Grunds festgehalten.

Auch der Schuster Chaim Stern, der von einer Republik träumte und darum für die Potentaten ein Ärgernis war, wurde Opfer einer Säuberungsaktion, mit der die Bewahrer der absolutistischen Herrschaft das Land überzogen.

Nur wenige Wochen nach der Vertreibung der Banditen aus Eckardroth wurde er verhaftet, mit Stricken gebunden und nach Fulda geschafft und im dortigen Stockhaus eingesperrt. In dem Verlies traf er seine politischen Genossen von den Volksfreunden wieder und ein paar weitere Frei- und Querdenker aus Gelnhausen und Schlüchtern. Sie waren einige Tage zuvor eingeliefert worden. Wenig später gesellte sich auch der wandernde Scholar mit den rostroten Haaren, dem unjüdischen Aussehen und den aufrührerischen Reden, die er in der Eckardrother Judenherberge und auch anderswo gehalten hatte, zu ihnen.

Im Stockhaus führte immer noch derselbe Kerkermeister das Regiment, der seinerzeit mit dem daumendicken Rohrstock David und Stichler-Sally geschlagen hatte. Von Davids Degenstichen hatte er sich längst erholt und schlug nun wieder mit Kraft und unverhohlener Genugtuung auf die blanken Hintern derer, die zu Stockschlägen ad Posteriora verurteilt waren.

Die aus politischen Gründen Inhaftierten wurden gegenüber den meisten Kriminellen bevorzugt behandelt. Sie waren nicht in Ketten gelegt. Das jedoch war nicht der einzige Grund, weshalb sie bösen Attacken der Diebe und Totschläger ausgesetzt waren, bespuckt und nicht selten verprügelt wurden. Die wachsende Zahl der politischen Gefangenen ließ die vorhandenen Schlafplätze rarer werden und war schuld daran, daß das Essen noch schlechter wurde. Wenn die Politischen, getrennt von den andern, zusammensaßen und sich in klugen Reden ergingen, wie der Adel gestürzt und eine demokratische Regierung errichtet werden könne, mußten sie sich oftmals wüstes Geschimpfe der Kriminellen anhören, die mit Ausdrücken aus dem Fäkal- und Tierbereich nicht sparten.

Auch im Haus des Spitzenhändlers war es still geworden. Mordechai hatte immer gehofft, wenn er älter werde, würde sich das Haus mit Schwiegersohn, Schwiegertöchtern und Kinderlärm füllen, wie es in andern Häusern üblich war. Sein Haus hatte sich geleert. Sarah war ausgezogen und schließlich Felix, und später sollte Afrom, der jüngste Sohn, folgen.

Afrom war ganz aus der Art der Pelzkappes geschlagen. Sehr zum Leidwesen des Vaters hatte er keinerlei Interesse für Geschäftliches gezeigt. Er war ein Grübler und versteckte sich stets irgendwo in einem ruhigen Winkel. Dort las er in einem der dicken schwarzen Bücher, die er sich vom Vater erbat. Anders als die gleichaltrigen Jungen tollte er nicht gern auf der Straße herum und prügelte sich mit den Kindern der Gojim aus dem Unterdorf. Afroms Leidenschaft galt den Büchern. Diese Liebe teilte er mit Sarah, die, als sie noch nicht verheiratet war, ebenfalls gern gelesen hatte. Er las nicht nur die Heilige Schrift und den Talmud, sondern auch die dicken Folianten der Philosophen. Und er war verärgert, als der Vater sich weigerte, ihm, bevor er Bar Mizwe war, den Sohar, das heilige Buch der Kabbala, zum Lesen herauszugeben. Er müsse erst älter werden, hatte ihm Mordechai damals gesagt, bevor Afrom sich an die jüdische Geheimlehre wagen könne.

Das lag nun schon einige Jahre zurück. Afrom war Bar Mizwe geworden und durfte das geheimnisvolle Buch studieren. Es faszinierte ihn. In seinem ganzen Wesen neigte er den Mystikern zu. Als der Ruhm des Gelnhäuser Rabbi Samuel ben Jehudo, eines hervorragenden Kenners der Kabbala, der auch als Wunderrabbi gepriesen wurde, ihm zu Ohren kam, wünschte er nichts sehnlicher, als von ihm unterrichtet zu werden. Dazu ging er nach Gelnhausen. Von Rabbi Samuel wollte er auf das Studium an der Jeschiwe, der Talmudschule, vorbereitet werden.

Felix dagegen war der geborene Geschäftsmann. Sein Denken war von Vorteilsnahme und Zweckmäßigkeit bestimmt, er war ehrgeizig und rücksichtslos und besaß damit die besten Voraussetzungen, einmal ein Großer in der Handelsbranche zu werden. Er hatte seine Drohung, einen eigenen Spitzenhandel betreiben zu wollen, wahr gemacht. Der Vater, das war bei seiner robusten Gesundheit und seinem Dickschädel vorauszusehen, würde sich das Heft auch in den nächsten Jahren nicht aus der Hand nehmen lassen. Felix wollte aber so lange nicht die zweite Geige im Geschäft spielen. Nach einem weiteren Streit verließ er mit seiner Frau das Haus und zog hinunter nach Salmünster. Der Schwiegervater gab ihm Wohnung und Lagerraum.

Es dauerte nicht lange, bis Mordechai die Folgen zu spüren bekam. In Felix erwuchs ihm ein ernsthafter Konkurrent. Mordechais Umsätze bei den feinen und teuren Spitzen waren ohnehin zurückgegangen. Auch die gröbere und billigere Ware ließ sich von Monat zu Monat schlechter verkaufen. Die Schuld lag bei ihm, er hatte zu lange die Zeichen der Zeit unbeachtet gelassen und wollte nicht wahrhaben, daß mit der Erfindung der Dampfmaschine mechanische Webereien und Strumpfwirkereien unaufhaltsam sich ausbreiteten. Damit ergab sich ein völlig anderes Preisgefüge, und er mußte als Händler sich ebenfalls etwas Neues überlegen, wenn er mithalten wollte.

Doch Mordechai hörte weg, wenn man sich wahre Wunderdinge über die neuen Maschinen erzählte, die sich die Firmen aus England hatten schicken lassen und die mit ihren langen stählernen Spinnenarmen wie vorsintflutliche Ungeheuer aussahen. Für Mordechai waren das überspannte Phantastereien. Er glaubte nicht, daß diese Maschinen ganz von allein Strümpfe, Jacken und Westen strickten, wenn sie nur wie dressierte Affen und Tanzbären die richtigen Kommandos erhielten.

Redete man in Mordechais Gegenwart von der erstaunlichen stürmischen Entwicklung der Hanauer Spinnerei, dank der englischen Wundermaschinen, winkte er ab und wiederholte bissig: »Die Jassoybrüder kochen auch nur mit Wasser.«

Mordechai irrte sich. In der Hanauer Fabrik kochte man längst nicht mehr mit Wasser, man zischte und stampfte und dröhnte mit Dampf, und die Webschiffchen jagten unermüdlich hin und her, und ihr heller, sirrender Ton wurde zum Grabgesang auf Mordechais unzeitgemäßen Handel.

Felix dagegen jammerte nicht und dachte auch nicht wie der Vater, auf die mageren Jahre könnten nur fette folgen. Er paßte sich der neuen Zeit an. Die schlechtgehenden Spitzensorten nahm er aus seinem Sortiment heraus und ergänzte es

dafür mit Samt- und Feincordstoffen, die im modischen Trend lagen.
Damit gab sich Felix jedoch nicht zufrieden. Er hatte erkannt, daß die Manufaktur ihre Blütezeit hinter sich habe und die Zukunft der industriellen Produktion gehöre. Und er machte sich sehr schnell die gewerblichen Freiheiten, die der Code Napoléon den Juden schuf, zunutze.
Mit der Reputation des noch immer angesehenen Spitzenhandels von Mordechai Pelzkappe wagte er es, einem christlichen Unternehmen ein Angebot zur Zusammenarbeit zu unterbreiten. Er wandte sich an die Web- und Spinnwarenfabrik der Gebrüder Jassoy.

Die Nachricht, daß Felix sich bei der Hanauer Spinnerei beworben habe, machte schnell die Runde. Auch Afrom kam das zu Ohren. Afrom absolvierte, nachdem ihm Rabbi Samuel ben Jehudo gut vorbereitet hatte, die berühmte Jeschiwe in Fulda. Er war entsetzt über die Absicht des Bruders, sich mit einem Nichtjuden zu liieren. »Er hat den Verstand verloren!« rief er voller Verzweiflung. »Er macht der Familie – der ganzen Judenheit macht er Schande!« Noch in derselben Stunde eilte er nach Salmünster, um Felix zur Vernunft zu bringen.
Unerwartet betrat er dessen Kontor, das noch immer im Haus seines Schwiegervaters war.
»He, Afrom, Bruderleben, was ist geschehen?« empfing ihn Felix überrascht und umarmte ihn. »Was treibt dich, deine Studien zu unterbrechen und einen so beschwerlichen Weg zu machen?«
Ohne darauf einzugehen, fragte Afrom: »Stimmt es, Felix, was man sich über dich erzählt? Du hast dich bei den Jassoybrüdern beworben, um mit ihnen zusammenzuarbeiten und gemeinsame Geschäfte zu machen?«
»Mich das zu fragen, bist du gekommen? Ja, das stimmt.«

»Und du schämst dich nicht?«

»Keinen Augenblick, kleiner Bruder«, bemerkte Felix herablassend.

Afrom hatte bereits große Mühe gehabt, seinen Bruder in ruhigem Ton zu begrüßen. Nun aber konnte er sich nicht mehr zügeln. »Hast du die Achtung vor dir selbst verloren?« platzte er heraus. »Hast du vergessen, ein Jude zu sein, machst dich denen, die dich verachten, dich hassen, zum Kompagnon? Und willst deinen Vater endgültig zugrunde richten?«

»Was ereiferst du dich so? Was verstehst du schon von Geschäften?«

»Nicht viel, da hast du recht. Aber von Würde und Selbstachtung verstehe ich etwas, und ich befürchte, beides ist dir verloren gegangen. – So lange Juden in diesem Land leben, hat man sie gedemütigt und entehrt und hat sie mit Füßen getreten. Auch die Jassoybrüder gehören zu denen, die uns mißachten und hassen. Und mit denen willst du gemeinsame Geschäfte machen und den Vater ruinieren?«

»Laß endlich Vater aus dem Spiel!« unterbrach ihn Felix ärgerlich. »Was ich tue, hat mit Vater nichts zu tun. Er ist am Niedergang seines Handels selbst schuld. Habe ich ihn betrogen, ihm etwas weggenommen? Hätte er mir vertraut, wäre es nicht so weit gekommen. Er ist zu alt, um heutzutage noch Geschäfte machen zu können. Das ist die ganze Wahrheit um Vaters Misere. – Und ich will dir sagen, warum ich mich bei den Jassoys beworben habe. Weil ich nicht bereit bin, wie Vater mit offenen Augen in den Bankrott zu stolpern. Die Geschäfte mit Spitzen und Tüchern laufen erbärmlich schlecht.«

»Und darum verkaufst du deine Seele und deine jüdische Ehre? Schon in der Gemara heißt es: Das Geld soll dir nicht lieber sein als deine Ehre.«

»Spare dir deine klugen Worte für bessere Gelegenheiten, Afrom.«

»Das sind nicht meine, das sind die Worte der Weisen.«

»Keiner ist weise ohne eigene Erfahrungen.«

»Laß ab von dem Geschäft, Felix. Es wird dir keinen Segen bringen.«

»Ein gutes Geld, ein gutes Einkommen ist auch ein Segen«, sagte Felix.

»Wo das Geld regiert, da ist der Teufel nicht weit. Weißt du, wo dieser Satz steht?«

»Ich will es nicht wissen, Afrom. Das sind fromme Sprüche, nichts weiter. Die taugen nichts im täglichen Leben.«

Felix ging ein paar Mal in seinem Kontor auf und ab. Dann blieb er vor Afrom stehen und sagte: »So lange Juden ohne Recht und Ansehen und ohne Würde leben müssen, ist Geld ihre einzige Waffe – und ihr einziger Schutz. Das zu lernen und zu beherzigen, ist wichtiger, als Sprüche der Weisen und der Väter hersagen zu können. Geld ist nicht nur Macht, Geld ist ein goldener Schlüssel für viele verschlossene Türen. – Und wenn du mich mit den Sprüchen der Väter zu prügeln versuchst, kann ich dir mit gleicher Münze heimzahlen: In der Gemara kannst du auch nachlesen, Geld bedeutet nicht nur Macht, es schafft auch Freunde und kann selbst einen Bastard reinwaschen. – Ich hoffe, du verstehst, was ich meine, und verstehst auch endlich, warum ich so handele und nicht anders.«

»Nein, nichts von dem verstehe ich.«

»Dann scher dich zu deinen frommen Rabbinern und lerne weiter weise Sprüche. Mal sehen, wie weit du kommst.«

Afrom senkte den Kopf und sagte leise: »Du bist ein Fremder geworden, Felix. Ich kenne dich nicht mehr. Wir leben in verschiedenen Welten, sprechen verschiedene Sprachen. – Sind wir denn wirklich einer Mutter Söhne? – Leb wohl, mein fremder Bruder! Ich werde für dich beten.«

Ohne ihn zu umarmen, verließ Afrom das Kontor.

Die Jassoybrüder erkannten sehr schnell, wie wertvoll für sie Pelzkappe Junior sein würde. Er war ein tüchtiger Handelsmann, der sich in Textilien bestens auskannte. Mit seiner Hilfe

ließ sich auch der einzige ernst zu nehmende Konkurrent, Mordechai Pelzkappe, endlich ausschalten. Daß ausgerechnet der Sohn den Vater aus dem Geschäft drängen würde, mußte Felix mit sich selber abmachen. Die Gebrüder Jassoy übertrugen ihm die Generalvertretung.
Es war das erste Mal, daß im Departement Hanau ein Jude eine so verantwortliche Stelle in einem christlichen Unternehmen erhielt. Das brachte den Jassoybrüdern viele Vorwürfe ein, denen sie aber keine große Beachtung schenkten. Pelzkappe Junior verdoppelte in kürzester Zeit den Umsatz der Spinnerei, und das allein zählte.
Als Mordechai erfuhr, daß sein Sohn sich mit seinem schärfsten Konkurrenten zusammengetan hatte, war das Tischtuch zwischen ihm und Felix für immer zerschnitten. Mordechai fiel in tiefes Grübeln. Seine Geschäfte wurden ihm gleichgültig, die Spitzen, Bordüren und Seidenstoffe verstaubten und verrotteten in der kleinen Lagerkammer. Wenn er zu Hause war, und das war er nun die meiste Zeit, schloß er sich stundenlang in seine Klause ein. Er empfing keine Gäste mehr und sprach kaum noch ein Wort, mit niemandem, auch nicht mit Resl und Feigele.

Die im ganzen Großherzogtum Hessen durchgeführte Hatz auf Diebes- und Räuberbanden zwang David, mit seinen Männern über die badische Grenze zu flüchten. Mit einigen von ihnen nahm er Quartier in einem Dorf namens Langenzell, nahe Heidelberg. Der Ortsvorsteher, der die Nebeneinkünfte, die er durch die Gelder der Banditen, denen er Aufenthalt und Schutz gewährte, wohl zu schätzen wußte, war nicht so maßlos wie der Eckardrother Amtmann Kees und sein Dienstherr Freiherr von Hutten. Den Banditen blieb von ihrer Beute immerhin noch etliches übrig.
Die Städte an Rhein, Main und Neckar wurden nun bevorzugtes Betätigungsfeld der Bergwinkelbande. Jetzt erwies sich

auch Davids Maßnahme, seine Bande klein zu halten, als richtig. Jeder seiner Männer war ein Spezialist. Im unauffälligen Taktieren und perfekten Verwandeln wurde David von niemandem übertroffen. Seine Maskeraden waren Höchstleistungen. Es war ja nicht damit getan, wie ein Mönch, ein Polizist oder ein Pretiosenhändler auszusehen, er mußte auch einen Bettler, einen Hausierer oder einen vornehmen Herrn spielen können. Und da David auch noch die Sprache der Vornehmen, das Französisch, beherrschte, war sein Auftreten in Maske vollkommen. Am liebsten trat er in der Rolle eines vornehmen Handelsmanns auf.

Nicht nur genaues Ausbaldowern und präzise Planung waren das Geheimnis für die Erfolge der Bergwinkelbande, oft kam ihnen auch der Zufall zu Hilfe, so beim Krugwirt Balthasar Scheuffele nahe Heilbronn. Ungünstige Umstände hatten David und einige seiner Kumpane gezwungen, von einem Diebstahl in Crailsheim Abstand zu nehmen. Enttäuscht zogen sie sich zurück, wie üblich in zwei getrennten Gruppen. Eine Gruppe benutzte einen südlichen Kurs, und David und Meyer Pollack nahmen mit einem leichten Fuhrwerk den direkten Rückweg nach Westen.

Meyer Pollack war ein ausgepichter Bandit mit langjährigen Erfahrungen in des legendären Picards und Damian Hessels Banden. Mit beiden Anführern hatte er sich aber überworfen und es als Einzelgänger versucht. Das ging auf Dauer auch nicht gut. So schloß er sich der Bergwinkelbande an. David schätzte ihn sehr, vor allem wegen seines Muts.

Bei Balthasar Scheuffele kehrten die beiden ein. Meyer Pollack hatte schon öfters bei dem Krugwirt Quartier genommen. Ihm war die Örtlichkeit bestens vertraut. Es war noch früh am Nachmittag, und David und Meyer Pollack hatten nicht die Absicht, hier zu übernachten. Sie wollten lediglich eine Erfrischung zu sich nehmen und dann weiterziehen.

Während sie noch in der Schankstube saßen, trafen sechs Schweinehändler ein, von denen jeder eine volle Geldkatze um den Leib trug. Sie schnallten die Geldkatzen ab, versiegelten sie und gaben sie dem Krugwirt in Verwahrung. Neben der Schankstube, wo die Übergabe erfolgte, befand sich ein kleiner Nebenraum, ein Alkoven, der keine Tür hatte. Darin schlief Balthasar Scheuffele mit seiner Frau. Und dorthin trug er jetzt die Geldkatzen.

In diesem Alkoven befand sich ein abschließbarer hölzerner Kasten. Das wußte Meyer Pollack. Und obwohl er nicht sehen konnte, wo der Krugwirt die Geldkatzen versteckte, folgerte er, sie müßten in diesen Kasten eingeschlossen worden sein.

Meyer Pollack faßte einen tollkühnen Entschluß, den er sogleich David zuflüsterte: »Heute nacht werde ich die Geldkatzen an mich bringen.«

»Du bist wahnsinnig«, gab David zurück. »Das schaffst du nicht. Der Alkoven hat kein Fenster. Du mußt durch Küche und Schankstube und an den Schweinehändlern vorbei.«

»Ich werd's versuchen.«

»Rechne nicht auf mich. Das Unternehmen ist mir zu riskant.«

»Ich mach es ganz allein.«

»Ich kann dich nicht davon abhalten. Aber überleg es dir noch einmal gut.«

Bald darauf zahlten David und Meyer Pollack ihre Zeche und fuhren davon. In einem Dorf, das eine gute Meile weiter lag, kehrten sie im Wirtshaus ein und warteten, bis es Nacht geworden war. Dann versteckten sie ihr Fuhrwerk in einem nahen Wald.

»Ich lasse dich nicht allein gehen«, sagte David zu Meyer Pollack. »Ich kann ja Schmiere stehen, wenn's auch in diesem Fall kaum etwas nützt.«

»Wenn du willst, komm mit.«

Zu Fuß machten sich beide auf den Weg nach Heilbronn zurück.

Aus der Küche des Krugs von Balthasar Scheuffele führte, etwa mannshoch von der Erde entfernt, ein Fenster auf die Straße. Es war zwar angelehnt, aber von innen nicht verriegelt. Über

Hände und Schultern des Bandenchefs stieg er in dieses Fenster ein. In der Küche, direkt unterhalb des Fensters, stand ein Tisch, der vollgestellt war mit Gläsern und Geschirr. Ohne etwas hinunterzuwerfen, überwand er dieses tückische Hindernis, kroch im Finstern von der Küche in den Hausflur und von dort in die Schankstube, wo die sechs Schweinehändler und weitere vier Viehhändler, die später angekommen waren, auf der Streu schliefen.

Der Raum war durch einen noch glimmenden Kien im Kamin schwach erhellt. Meyer Pollack setzte sich nahe der Feuerstelle auf eine Bank und löschte behutsam den Kien aus. Nun war es völlig dunkel. Wie auf Katzenpfoten schlich der Spitzbube in den Alkoven. Als er am Bett von Balthasar Scheuffele vorbeistreifte, spürte er den Riemen einer Geldkatze, der aus dem Bett heraushing. Mit größter Vorsicht untersuchte er das Kopfkissen, auf dem die beiden Eheleute schliefen, und entdeckte darunter mehrere Geldkatzen. Millimeter für Millimeter zog er eine Geldkatze hervor, schlich damit wieder durch die Schankstube zur Küche zurück und warf sie dem draußen wartenden David hinaus.

Doch anstatt das Weite zu suchen, wie es ihm David durch unmißverständliche Armbewegungen angedeutet hatte, nahm er noch einmal den gleichen Weg zu dem Alkoven zurück und vorbei an den schlafenden Viehhändlern. Weitere drei Geldkatzen zog er vorsichtig unter dem Kopfkissen hervor. Jetzt mußte er wieder den Rückzug durch die Schankstube antreten. Leise setzte er Fuß vor Fuß auf die Holzbohlen, und mit Davids Hilfe gelangte er durch das Küchenfenster ins Freie. Dann vergaß er auch nicht, das Fenster hinter sich wieder zuzuziehen.

Auf dem Weg zurück zum Fuhrwerk erzählte er, wie er zu den Geldkatzen gekommen war und wie viele tödliche Fallen er hatte überwinden müssen. Die Viehhändler wären nicht zimperlich gewesen. Wenn einer von ihnen oder das Ehepaar Scheuffele aufgewacht wären, hätten sie ihn gewiß totgeschlagen.

Über diesen Raub war David nicht froh. »Mir paßt das nicht,

wenn man meine Anweisungen nicht befolgt«, brummelte er, »auch wenn ich dir schließlich geholfen habe.« Trotzdem schlug er einige Zeit später seinem Kumpan kräftig auf den Rücken und sagte: »Du bist ein Teufelskerl, Meyer!«
Der war über die anerkennenden Worte Davids erleichtert. Nun erst konnte er sich über den gelungenen Raub der Geldkatzen so recht diebisch freuen. Er faßte David am Arm und bemerkte verschmitzt: »Kannst du dir vorstellen, was die morgen früh allesamt für dumme Gesichter machen und wie sie sich gegenseitig verdächtigen?!«
»Du hast Glück gehabt. Ein unglaubliches Glück.« Und David fügte noch hinzu: »Wer Glück hat, dem kalbt ein Ochs.«
»– oder wirft ein Eber«, sagte Meyer Pollack.
Als sie später zählten, waren es fast sechshundert Taler.

Saul blieb bei der Clique des Langen Stephan. Die Kinder marschierten nicht, wie es der Anführer angedeutet hatte, direkt nach Süden, sie schlugen einen großen Bogen durch das Thüringer Land. Das machte Saul nichts, er hatte es nicht eilig, nach Hause zu kommen.
Die Abenteuer tagsüber ließen ihm keine Zeit, über das nachzudenken, was er Zuhause gewohnt war und jetzt entbehren mußte. Nachts, wenn er in Julchens Armen wach lag, überkam ihn oft ein leises Heimweh. Er vermißte seine Familie, die Mutter, obwohl sie immerwährend traurig war, die Herzenswärme von Onkel und Tante Bacharach und selbst den verhaßten Großvater. Je länger er jedoch bei der Gruppe blieb, desto mehr verblaßte das Bild von Eckardroth, und das unruhige Leben in der Clique zog ihn mit einem merkwürdigen Reiz an. Der Wunsch, nicht nach Hause zu gehen, sondern die Suche nach seinem Vater aufzunehmen, gewann an Kraft.
Darum war er entschlossen, nur so lange beim Langen Stephan zu bleiben, wie ihn das dem Vater näher brächte. Auf seine Spur zu kommen, dürfte nicht schwer sein. Die Kinderbande

war an dem Austausch von Nachrichten, der unter den Gaunergruppen gepflegt wurde, wie jede andere Bande angeschlossen. Auch die Stephansbande erfuhr, wo sich lohnende Diebeszüge anboten, oder wurden gewarnt, welche Orte sie meiden sollten. Es müßte also auch in Erfahrung zu bringen sein, überlegte Saul, wo sich die Bergwinkelbande aufhielt.
Es dauerte nicht lange, und er erhielt den Hinweis, Dov Stutzohr halte sich mit seinen Kumpanen, wenn sie nicht gerade auf Tour waren, im Raum zwischen Mannheim und Heidelberg auf. Nun wünschte er, Stephan würde endlich den Weg nach Westen einschlagen. Aber der dachte nicht daran. In Eisenach gab er Marschorder nach Osten. In den thüringischen Städten Gotha, Erfurt und Weimar hatte er gehört, solle man leichteres Spiel haben als in dem noch immer von den Doktrinen des Code Napoléon beeinflußten Westen Deutschlands.
Jetzt war es für Saul an der Zeit, sich von der Truppe abzusetzen. Schwer fiel ihm nur, Julchen im Stich zu lassen. Er schenkte ihr ein kleines Amulett, eine aus Blech gepreßte Blume, die er auf einem Jahrmarkt gestohlen und nicht dem Langen Stephan abgeliefert hatte. Ihr zu sagen, er würde in der kommenden Nacht heimlich verschwinden, dazu brachte er nicht den Mut auf.
Doch Julchen spürte, etwas ging in ihm vor. Wiederholt schon hatte er ihr zu verstehen gegeben, er würde nur eine gewisse Zeit bei der Bande bleiben, worauf sie ihn jedesmal bat: »Wenn du fortgehst, nimm mich mit. Laß mich nicht mit den andern allein.«
An diesem Tag hatte Stephan außerhalb der Stadt einen leeren Holzschuppen für die Übernachtung seiner Truppe ausgewählt. Als sich Saul am Abend zum Schlafen in Julchens Arm legte, fragte sie ängstlich: »Was ist los mit dir, Paul? Willst du uns verlassen?«
Er antwortete: »Ja, es muß sein Julchen. Ich will nach Hause. Noch heute nacht mache ich mich davon!«
Das Mädchen begann zu weinen. Ihr ganzes Elend stand ihr vor

Augen. Sie wußte, was ohne Paul auf sie zukam, als einziges Mädchen in der Clique. Johanna zählte da nicht. Sie konnte ihr als Geliebte von Stephan keine Stütze sein.
»Nimm mich mit, Paul!« schluchzte sie.
»Das geht nicht, Julchen.«
»Ich werde dir auch bestimmt nicht zur Last fallen.«
»Es geht wirklich nicht.«
»Warum nicht?«
»Du weißt ja nicht –« Saul biß sich auf die Zähne.
»Was denn?«
»Nichts, nichts.«

Als Saul glaubte, es würden alle schlafen, löste er sich aus Julchens Arm, nahm seinen Beutel und schlich sich leise aus dem Schuppen. Sowie er die Landstraße erreicht hatte, schritt er kräftig aus. Nach kaum hundert Metern hörte er eilige Schritte hinter sich. Er drehte sich um. Es war Julchen. Sie war ihm nachgelaufen. Saul war nicht überrascht. Er hatte es befürchtet. Sie blieb stehen und sagte entschlossen: »Ich komme mit dir.«
»Ich habe dir gesagt, das geht nicht. Geh zurück!«
»Nein.«
Saul ging auf sie zu. Sie wich ihm aus.
»Verdammt! Du sollst zurückgehen!«
Julchen machte keine Anstalten, seinem Befehl zu folgen. Schweigend setzte sie sich auf einen Wegstein.
Saul war ratlos. Doch er mußte weiter. Also trabte er gleich wieder die Landstraße entlang. Nach einer Weile schaute er sich um. In der sternklaren Nacht konnte er Julchen deutlich erkennen. Sie folgte etwa fünfzig Schritte hinter ihm. Er beeilte sich, doch der Abstand zu ihr wurde nicht größer. Eine kurze Strecke rannte er. Dann rannte sie auch. Sie ließ sich nicht abschütteln. Mit dem kühlen Kopf eines Buchsweilers, obwohl er doch erst zwölf Jahre alt war, überlegte er, welchen Trick er anwenden könne, um sie abzuschütteln. Er war unter keinen Umständen

bereit, sie mit auf den Weg zu nehmen. Nur allein durfte er sich auf die Suche nach seinem Vater und der Bergwinkelbande begeben.
Er blieb stehen und winkte sie heran. Zögernd kam sie näher. Da sagte er: »Ich sehe, ich kriege dich nicht los. Dann können wir auch zusammen laufen.«
Schweigend marschierten sie weiter, Julchen stets eine Schrittlänge hinter ihm. Nur einmal sagte sie: »Wenn du willst, trage ich deinen Beutel.«
Und er antwortete: »Das brauchst du nicht. Es ist ja nichts darin.« Und etwas später ergänzte er: »Wir müssen uns etwas zu essen besorgen, bevor es hell wird.«
»Warum jetzt in der Nacht?« fragte Julchen.
»Weil es nicht sicher ist, ob wir am Tag etwas bekommen.«
Bald darauf kamen sie an eine Mühle. Saul hielt an und sagte: »Ich werde hier einmal nachschauen. Vielleicht komme ich an etwas Eßbares heran. Du bleibst hier stehen und gibst mir sofort Bescheid, wenn sich jemand nähert.«
»Das ist gefährlich, was du machst. Wenn sie einen Hund haben?« sorgte sich Julchen.
»Den haben sie bestimmt. Darum werde ich mich von hinten an das Haus heranschleichen.«
Saul machte einen großen Bogen um das Anwesen. Doch kaum war er aus Julchens Blickfeld verschwunden, begann er zu rennen, querfeldein. Er rannte und rannte, bis er völlig erschöpft war und nicht mehr weiter konnte. Im dichten Unterholz eines kleinen Waldstücks legte er sich hin. Ihm war elend zumute. Er hatte sich gegenüber Julchen schändlich benommen. Aber warum mußte sie sich so sehr an ihn hängen? Sie wußte doch, er werde nur eine gewisse Zeit bei der Stephansclique bleiben. Er hatte ihr das oft genug gesagt. Jetzt hoffte er nur, Julchen würde vernünftig genug sein und zur Clique zurückkehren, sobald sie erkannt habe, daß er fort sei.

13. Kapitel

In der Maske eines vermögenden Kaufmanns aus Frankreich gelang David ein glänzender Coup. Er stellte, in jeder Nuance perfekt, einen saturierten Bourgois dar, zwei Kumpane spielten seine Domestiken. Zu dritt waren sie im zeitigen Frühjahr in Baden-Baden aufgetaucht und in einem vornehmen Hotel am Marktplatz abgestiegen, David unter einem wohlklingenden französischen Namen.

Dem Hotel gegenüber stand ein imposanter Bau, den man Konversationshaus nannte. In ihm befand sich die Spielbank, und dorthin zog es die drei. Dem Empfangschef übergab David einen verschlossenen Lederbeutel, der prallvoll mit Geld gefüllt war, zur Aufbewahrung im Hoteltresor. Der Empfangschef konnte nicht wissen, daß der Geldbeutel nur minderwertige Münzen enthielt. Ein zweites, kleineres Ledersäckchen mit Silbermünzen behielt David bei sich.

Kaum eine Stunde nach seiner Ankunft nahm David bereits am Kartentisch der Spielbank Platz. Er spielte Trent-et-un und später Pharao, aber beides schlecht. Er verlor häufig. Danach versuchte er sein Glück am Roulettetisch, auch hier mit nur geringem Erfolg.

In den nächsten Tagen saß er viele Stunden an einem der Spieltische. Seine Einsätze waren vergleichsweise bescheiden, dennoch verlor er in den wenigen Tagen eine erhebliche Summe. Aber das machte nichts. Ihm kam es nicht aufs Gewinnen an, er wollte Zeit zum Beobachten haben und seine Mitspieler kennenlernen.

Die Spieler waren in der großen Überzahl Franzosen, Kriegsgewinnler der Napoleonischen Kriege. Davids gute Sprachkenntnisse erleichterten das Ausspionieren seiner Mitspieler. Er interessierte sich nur für solche Spieler, die im selben Hotel wie er Quartier genommen hatten.

An einem Nachmittag erschrak David, als er während einer Spielpause zufällig das Gespräch von zwei Franzosen hörte, ohne von ihnen bemerkt zu werden. Einer fragte den anderen, ob ihm nicht auch aufgefallen sei, was für ein eigenartiges Französisch ihr Mitspieler, womit David gemeint war, spreche. Den anderen schien das wenig zu berühren, er meinte, bei dem Mitspieler handele es sich wahrscheinlich um einen Elsäßer, dort spreche man ein so hartes Französisch. In der nächsten Zeit stellte David fest, daß der Franzose, der gefragt hatte, ihn beobachtete. Bei ihm, nahm David sich vor, wollte er besonders vorsichtig sein.

Die beiden anderen Banditen mußten während ihres Aufenthalts in Baden-Baden mit bescheidenen Zimmern in einem Nebengebäude des Hotels, das ausschließlich für Dienstboten reserviert war, vorliebnehmen.

In der Zeit, in der David an einem der Spieltische saß, erkundeten sie alle Bewegungen im Hotel, beobachteten, wer auf regelmäßigen Kontrollgängen unterwegs war, und stellten fest, wann das Personal wechselte und welche Neben- und Hinterausgänge benutzbar waren. Ihre wichtigste Aufgabe aber bestand darin herauszufinden, in welchen Zimmern die französischen Hotelgäste, auf die sie David aufmerksam machte, untergebracht waren.

Der Chef der Bergwinkelbande hatte Glück. Am Spieltisch wanderte zwar jeder Gulden aus seinem Geldbeutel in den Kasten des Croupiers, aber David machte eine unerwartete Beobachtung. Der Konzessionär der Spielbank, ebenfalls ein Franzose, wohnte im gleichen Hotel wie er, und zwar im luxuriösesten Appartement.

Die meisten Hotelgäste führten beträchtliche Geldsummen mit sich, die sie nur zum Teil im Hoteltresor deponierten. Darum waren stets Detektive und anderes Sicherheitspersonal im Haus, ausgediente Soldaten und ehemalige Polizisten. Außerhalb der Saison verringerte der Hotelbesitzer die Zahl der Aufpasser. David wußte das, allein auf diesen Umstand hatte er seinen Plan aufgebaut.

Am vierten Tag seines Aufenthalts in Baden-Baden schlug er zu. Es war höchste Zeit, denn das Ledersäckchen mit Silbermünzen war bereits so gut wie leer. Er hätte bei seinen bisherigen Verlusten keinen Tag mehr weiterspielen können.

Inzwischen wußte David, zu welcher Zeit seine französischen Mitbewohner an den Spieltischen saßen und auch welche Gewohnheiten der Konzessionär hatte. Abend für Abend, wenn der Spielbetrieb im Konversationshaus am stärksten war, befand auch er sich dort.

Der frühe Abend war die beste Zeit für das Gaunertrio. Unauffällig verließ David die Spielbank, ging ins Hotel zurück und verständigte seine beiden Kumpane. In kurzer Zeit öffneten sie die Zimmertüren der ausgewählten Hotelgäste und nahmen alles vorhandene Bargeld mit. Es war nicht allzuviel, aber zum Ausgleich erbeuteten sie wertvollen Schmuck. Das Appartement des Spielbankkonzessionärs nahm sich David selbst vor. Der ganze Coup dauerte eine halbe Stunde. Es gab keine unerwarteten Störungen, zumal jede mit Spezialinstrumenten geöffnete Tür wieder sorgfältig verschlossen wurde.

Danach begann der schwierigste Teil des Unternehmens, bei dem sich Gewaltanwendung leider nicht vermeiden ließ. David bat den Empfangschef und Schlüsselverwalter, der außer dem Hotelbesitzer als einziger Zugang zum Tresor hatte, er möge ihm seinen im Tresor deponierten Geldbeutel holen, ihm seien, Folge einer Pechsträhne, die Münzen fürs Weiterspielen ausgegangen.

Der Majordomus schöpfte keine Sekunde Verdacht gegenüber dem französischen Gast mit den feinen Manieren. Er erklärte sich sofort bereit, den Geldbeutel zu holen, und bat den Gast, in der Vorhalle zu warten. Kaum aber war er hinter der Tür, die zum Tresorraum führte, verschwunden, folgte ihm David in das Halbdunkel des Ganges. Erschrocken drehte sich der alte Mann um. Bevor er noch einen Laut von sich geben konnte, hatte ihn David gepackt und ihm eine Hand auf den Mund gepreßt.

David hatte es als Bandit längst gelernt, bei Raub- oder Diebstahlsaktionen Gefühlen keinen Raum zu geben. Doch als er die in Todesangst geweiteten Augen des alten Mannes sah, tat er ihm doch leid, und er sagte, was wie eine Entschuldigung klang: »Es passiert euch nichts, wenn ihr euch ruhig verhaltet.«

Jetzt waren auch die beiden Komplizen zur Stelle. Sie zwangen den schlotternden Mann, den Tresor zu öffnen. Der Lauf einer Pistole, der ihm dabei in die Seite gedrückt wurde, beschleunigte diesen Vorgang.

In Windeseile stopften die Banditen eine Reihe gefüllter Börsen in einen Sack. David entdeckte noch eine Schatulle, die offenbar dem Spielbankkonzessionär gehörte, und schüttete deren Inhalt, Münzen in Gold und Silber und einige Schmuckstücke ebenfalls hinein. Dann mußten sie den Empfangschef, der sich keine Sekunde zur Wehr gesetzt hatte und auch keinen Ton von sich gab, fesseln und knebeln und in einer Nebenkammer einschließen, damit sie bei der Flucht einen Vorsprung gewännen.

Durch die präzise Erkundungsarbeit der beiden als Domestiken verkleideten Gauner war es dem Trio möglich, ohne langes Suchen das Hotel durch einen Hinterausgang zu verlassen und mit einer bereitgestellten Kutsche das Weite zu suchen.

Bis der Raub bemerkt wurde und im Hotel Alarm geschlagen werden konnte, legten die Banditen einen beruhigenden Abstand zwischen sich und ihre Verfolger. Diese nämlich jagten, dem perfekten Französisch des Gentlemanganoven vertrauend, in die falsche Richtung, nach Westen, dem Rheinübergang zu. Davids Fluchtweg dagegen führte nach Osten. Am Stadtrand ließen sie die Kutsche stehen und wechselten auf bereitgestellte Pferde. Sie ritten in den Schwarzwald hinein und dann in einem großen Bogen wieder nach Westen. Am nächsten Tag erreichten sie unbehelligt ihren Schlupfwinkel bei Heidelberg. Die Beute betrug, wie es später der Hotelchef der Polizei zu Protokoll gab, ohne Berücksichtigung des Wertes der Pretiosen, annähernd fünftausend französische Franken. Das waren über zweitausend Gulden, ein Vielfaches dessen, was David am Roulettetisch verspielt hatte. In dem Protokoll wird zudem erwähnt, daß der Empfangschef entlassen wurde, weil er nunmehr in jedem zweiten französischen Hotelgast einen Spitzbuben sah und ihn entsprechend behandelte, was die Hotelleitung nicht hinnehmen konnte – wenn auch, wie jedermann wußte, der Empfangschef mit seinen Verdächten gar nicht so falsch lag.

Es war ein kalter, unfreundlicher Frühjahrstag, als David nach dem erfolgreichen Raubzug in Baden-Baden in sein Quartier in Langenzell zurückkehrte. Dort wartete bereits seit einigen Stunden ein zerlumpter und abgemagerter junger Mann auf ihn. Er hatte sich von Davids Quartiergebern, einem armen Häuslerehepaar, nicht abweisen lassen, obwohl der Mann ihm versichert hatte, er habe keine Ahnung, wann sein Aftermieter zurückkomme.

Der Fremde hatte ihm geantwortet: »Dann warte ich eben, bis er zurückkommt.«

Die Häuslersfrau glaubte, ihn mit dem Einwand loswerden zu können: »Da müßt ihr unter Umständen lange warten.«

Doch er hatte nur gesagt: »Ich habe Zeit.«

Was sollte ein so zerlumptes Bürschchen einem wie Dov Stutzohr schon anhaben können, hatte der Mann gedacht und den jungen Mann nicht davongejagt. Wer weiß, so überlegte der Häusler, vielleicht hat er Dov Stutzohr wirklich eine wichtige Nachricht zu überbringen – kamen doch immer wieder die seltsamsten Gestalten in sein Haus – und er hatte darum

gesagt: »In Gottes Namen, wenn ihr unbedingt wollt, dann wartet halt.«
Und die Frau, weil sie sah, wie ausgehungert er war, hatte ihm sogar eine Schüssel mit Hirsebrei hingestellt, den er verschlang.

David mußte das Bürschchen erst aus dem Halbdunkel der Häuslerkate ins Freie zerren, um bei Tageslicht zu erkennen, daß er in der Tat seinen Sohn vor sich hatte.
»Saul, mein Junge!« Er umarmte und küßte ihn und hielt ihn an beiden Armen vor sich. »Du bist es! Du lebst! Wo hast du die ganze Zeit gesteckt? Seit einem Jahr haben wir nichts mehr von dir gehört, seitdem du aus der Mazzebäckerei von Jankel Barum davongelaufen bist.«
Tränen der Freude rannen ihm über die Backen, und voller Rührung tätschelte er die verfilzten Haare des Burschen.
»Deine Mamme glaubte schon, du lebtest nicht mehr. Aber ich habe gewußt, du würdest zurückkommen. – Und jetzt mußt du mir erzählen, wo du so lange gewesen bist.«
Saul schwieg.
David wischte sich mit dem Handrücken die Tränen aus den Augen und schaute dem Jungen ins Gesicht.
»Ich hatte keine gute Zeit«, sagte Saul mit leiser Stimme. »Mir ist kalt, Tate.«
»Komm herein und wärme dich und iß etwas. Später wirst du mir dann alles erzählen.« Er nahm seinen Sohn um die Schultern und führte ihn wieder ins Haus. Saul setzte sich in die Nähe des Ofens und rieb sich mit hochgezogenen Schultern die Hände.
»Das ist dein Sohn?« fragte die Frau und streichelte dem verdreckten jungen Mann übers Gesicht. »Das hätte ich nicht gedacht.«
Und der Häusler ergänzte: »– ein so schmales Kerlchen, bei dem man alle Rippen zählen kann. Ich hätts nicht für möglich gehalten.«

David legte ihm eine Wolldecke über die Schultern und zog ihm die zerrissenen und feuchten Schuhe aus. »Warst du bei deiner Mamme?« fragte er.
»Nein. Ich weiß ja gar nicht, wo sie jetzt wohnt.«
»In Friedberg wohnt sie. Du mußt zu ihr gehen. Sie ist sehr unglücklich, seit du fort bist.«
»Ich werde sie besuchen, sobald ich kann.«
»Wir werden zusammen zu ihr gehen.«
»Aber ich werde nicht bei ihr bleiben. Ich habe darüber nachgedacht, wen ich zuerst suchen soll, dich oder sie, und bei wem ich bleiben will. Und ich bin hierhergekommen, damit du mich bei dir behältst.«
»Liebst du deine Mamme nicht mehr?«
»O doch, ich liebe sie. Und dennoch –« Hilflos hob Saul die Hände, und ein gequälter Ausdruck legte sich auf sein Gesicht. »Ich weiß, wie unglücklich sie ist. Bestimmt jetzt noch mehr als zuvor. Aber sie war es auch schon vorher, und nicht meinetwegen. Was kann ich daran ändern?«
»Dein Herz ist kalt geworden, Saul.«
»Nein, Tate, es schmerzt mich sehr zu wissen, wie unglücklich sie ist und daß ich ihr nicht helfen kann.«
David war überrascht, in was für einem entschiedenen Ton sein Sohn das sagte, obwohl er mit erschöpfter Stimme leise sprach. Er wußte nicht, was er ihm antworten sollte. Darum sagte er ausweichend: »Jetzt ruh dich erst aus. Morgen sprechen wir über alles.«
Er stellte ihm einen Becher mit heißer Milch hin und Brot und Käse. Saul schlang es mit gleicher Gier hinunter wie schon den Hirsebrei der Häuslersfrau. Während sein Sohn aß, zermarterte sich David den Kopf, wie er Saul dazu bringen könnte, einen anderen Weg einzuschlagen als den eines Banditen. David glaubte, Saul sei aus diesem Grund zu ihm gekommen und wolle bei ihm das Diebeshandwerk erlernen. Er konnte nicht erahnen, daß sein Sohn ihn nur darum aufgesucht hatte, weil er sich von der Mutter unabhängig machen wollte. Saul befürch-

tete, wenn er zu ihr zurückkehrte, müsse er wieder unter ihre Röcke kriechen. Sie hatte ja sonst nichts in ihrem Leben, woran sie sich klammern konnte.

In dem zurückliegenden knappen Jahr, in dem er allein unterwegs und in mehreren Gefängnissen gewesen war, hatte er es aufgegeben, seinem Vater nachzueifern. Dieses gehetzte Leben, das für die meisten Banditen im Gefängnis und für einige am Galgen endete, wollte er nicht mit ihm teilen.

Als Saul noch in der Judengasse von Eckardroth spielte, war er stolz auf seinen Vater gewesen und hatte sich bei seinen Spielkameraden mit ihm großgetan. Dieser Stolz war ihm verlorengegangen. Hinzu kamen Gespräche mit politischen Gefangenen im berüchtigten Darmstädter Stockhaus, die er vor seinem Vater verheimlichen wollte. Saul war unschlüssig, was er in Zukunft tun werde. Auf keinen Fall wollte er mit Stehlen seinen Lebensunterhalt verdienen. Er hoffte, der Vater würde ihm bei seinen Überlegungen helfen.

Vor einem blubbernden Kanonenöfchen, in das David von Zeit zu Zeit einen Holzscheit oder eine Handvoll kleingemachtes Sammelholz nachschob, saßen Vater und Sohn auf der Ofenbank. Im Hintergrund machte sich das Häuslerehepaar zu schaffen.

David drehte sich halb zu seinem Sohn um und sagte: »Du bist groß geworden, mein Junge. Bist nicht mal ganz vierzehn Jahre alt und schon ein richtiger Mann.«

Mit einem dankbaren Lächeln registrierte Saul die anerkennenden Worte des Vaters.

David fuhr fort: »Nun – willst du mir jetzt erzählen, wie es dir ergangen ist?«

Saul blickte fragend auf den Mann und die Frau im Hintergrund.

David verstand und sagte: »Du kannst ruhig reden. Über alles. Die beiden sind meine Freunde.«

Und Saul begann mit fester, sicherer Stimme, ganz anders als am Abend zuvor, zu erzählen, was er in den letzten elf Monaten erlebt hatte, daß er nachts von Jankel Barum fortgelaufen war, am andern Morgen auf die Stephansclique stieß, sich ihr als Paul vorstellte und mit ihr über Braunschweig und Magdeburg und dann durch das Thüringer Land gezogen war und sich im Spätsommer in Eisenach heimlich von der Bande getrennt hatte. Von Julchen erwähnte er nichts. Und dann sagte er: »Von Anfang an habe ich gewußt, es ist falsch und auch gefährlich, wenn man sich unterwegs als Jude zu erkennen gibt. Darum habe ich es nie jemandem gesagt. Ich behielt immer, auch nachdem ich mich von der Stephansclique getrennt hatte, den Namen Paul bei.«
»Nun wird mir klar, warum ich nie etwas von dir erfahren habe«, bemerkte David. »Ich suchte einen Saul, aber aus Saul war Paul geworden.«
»Von Eisenach wollte ich nach Süden gehen«, fuhr Saul fort, »denn als ich noch bei der Bande von Stephan war, hatte ich bereits erfahren, du seist in der Nähe. Ich wußte nicht, wie schwer es ist, allein auf der Straße zu sein. Kurz nachdem ich mich von der Bande getrennt hatte, lief ich einem Polizisten in die Arme. Ich wurde eingesperrt. Sie schlugen mich, ohne Grund. Nach drei Tagen ließen sie mich laufen. Kurz darauf wurde ich ein zweites Mal geschnappt. Danach wußte ich, daß man der Polizei aus dem Weg zu gehen hat.
Einmal hat mir ein Kutscher eins mit der Peitsche übergezogen, nur weil ich mich auf sein Fuhrwerk setzte.« Er drehte den Kopf zur Seite und zeigte dem Vater eine Narbe hinter dem Ohr. »Oft bekam ich auch beim Betteln Hiebe. Die Bauersleut haben mich geschlagen, weil sie dachten, ich wollte sie bestehlen.« Und mit einem trotzigen Ton in der Stimme sagte er: »Ich habe sie trotzdem bestohlen. – Eines Tages lernte ich in einer Feldscheune einen Puppenspieler kennen. Das war noch in Thüringen. Der war freundlich zu mir, und ich durfte mit ihm kommen. Er zeigte mir, wie man die Puppen bewegen kann,

mit den Fingern und auch mit Stäbchen. Er hatte die Köpfe alle selbst geschnitzt. Ich habe bei den Vorführungen geholfen. Und am Ende mußte ich von den Zuschauern die Münzen einsammeln. Das war eine gute Zeit. Sie dauerte aber nicht lange. Ein anderer Puppenspieler war neidisch auf ihn, weil meiner die Puppen besser tanzen lassen konnte und die schöneren Stücke spielte und immer mehr Zuschauer hatte als der andere. Eines Nachts, als wir im Stroh lagen und schliefen, kam er und schlug mit einem Knüppel auf meinen Puppenspieler ein. Dann nahm er ihm auch noch den Kasten mit all seinen Puppen weg. Ich bin schnell davongerannt, sonst hätte er mich auch noch verprügelt. – Dann war ich wieder allein. – Unterwegs begegnete ich oft Gruppen von Kindern. Ich habe mich keiner mehr angeschlossen. In einer richtigen Herberge habe ich nur ein paar Mal geschlafen, als ich mit dem Puppenspieler unterwegs war. Sonst konnte ich dort nie übernachten. Ich hatte kein Geld. Vom Langen Stephan wußte ich, wie man sich Geld beschaffen kann, aber man mußte zu zweit sein. Allein kann man nichts ausrichten. Selbst im stärksten Gedränge nicht. Auch nicht beim Geldwechsler. Darum blieb ich tagsüber oft hungrig. Nachts holte ich mir dann etwas von den Bauern. Ich wußte ja, wo ich zu suchen hatte. Oder bei einem Müller. An Mühlen kann man sich besser heranschleichen als an Bauernhäuser. Aber beides ist gefährlich. Nicht nur wegen der Hunde. Wenn man von einem Bauern erwischt wird, ergeht es einem übel. Ich habe gesehen, wie sie einen Viehdieb gesteinigt haben. Sie legten dem Mann ein Brett auf den Körper und warfen mit aller Wucht zentnerschwere Steine darauf, bis er tot war. Das Brett wurde deshalb verwendet, damit niemand feststellen konnte, wodurch der Dieb tatsächlich zu Tode kam. Dann hatte ich großes Pech. Ich war schon ganz in deiner Nähe irgendwo im Odenwald. Ich wurde geschnappt, als ich mir aus einem Hühnerstall ein paar Eier holen wollte. Das Gegacker der Hühner verriet mich. Und der Bauer war schneller als ich. Später behauptete er, ich hätte schon öfter bei ihm Eier gestohlen. Das war gelogen. Aber die Polizei glaubte ihm und nicht mir. In Darmstadt haben sie mich eingesperrt. Über ein halbes Jahr. Das einzig Gute: Im Gefängnis traf ich einen Studenten wieder, den ich früher beim Schuster Chaim Stern gesehen habe. Er wird Studentchen gerufen.«

»Wer ist das?«

»Du müßtest ihn kennen. Es ist der Bursche mit den roten Haaren. Früher kam er regelmäßig nach Eckardroth. Erinnerst du dich nicht mehr? Ich erzählte dir einmal von ihm, als ich hörte, worüber er sich mit Chaim Stern unterhielt.«

»Ja, ich erinnere mich. Du warst wütend auf ihn, weil er über mich und andere Banditen schlecht gesprochen hatte.«

»Er nennt sich Volksfreund. Das ist auch der Name des Geheimbundes, dem er angehört.«

»Er ist also ein Revoluzzer, ein Jakobiner. Genau so einer wie der Schuster. – Und was war mit ihm im Gefängnis?«

»Dort hat er mir geholfen und mich vor den anderen Gefangenen in Schutz genommen. Und wenn mir der Büttel wieder einmal nichts zu essen gab, hat er seine Ration mit mir geteilt. – Wir haben uns oft miteinander unterhalten.«

»Willst du etwa auch ein Weltverbesserer werden?«

»Das Studentchen hat gesagt, wenn das Volk einmal die Macht hätte, bekämen auch die Juden die gleichen Rechte wie die Christen.«

»Und das glaubst du?«

Saul ärgerte sich über den spöttischen Ton seines Vaters. »Warum sprichst du in diesem Ton mit mir? Ich bin kein Kind mehr. Ich mache mir meine Gedanken. Und was mir das Studentchen gesagt hat, das war nicht dumm, das hat mir eingeleuchtet.«

»Dumm ist er nicht, aber ein Wirrkopf. Hat er dir denn verraten, wie das Volk an die Macht kommen will?«

»Durch eine Revolution. Wie in Frankreich.«

»Durch eine Revolution! In unserem Land! Daß ich nicht lache! Bis die Menschen hier eine Revolution machen, werden

noch viele Jahre vergehen. In diesem Volk von Duckmäusern, das hasenherzig und gottergeben alles macht, was die Fürsten von ihm verlangen, und das darum auch uns Juden verdammt und verachtet – nur weil die hohen Herren und die Pfaffen es so wünschen, in diesem Volk ist kein Funke von Rebellion.«
»Das sieht das Studentchen anders«, widersprach Saul.
David wurde ärgerlich: »Was soll das alles? Dies hat das Studentchen gesagt, und jenes hat das Studentchen gesagt? Wenn du willst, lauf ihm nach. Ich halte dich nicht zurück.«
Beide schwiegen. Das feuchte Holz knackte und zischte im Ofen. David spürte, er war in seinem Ärger zu weit gegangen. Zur Versöhnung legte er den Arm um die Schulter des Jungen. Es breitete sich eine wohltuende Stille aus. Erstmals empfand er auch eine Distanz zwischen sich und Saul. Er sah ein, wirklich kein Kind mehr vor sich zu haben, sondern einen erwachsenen Menschen mit eigenen Gedanken und einem eigenen Willen. Er schaute von der Seite in das verschorfte, abgemagerte Gesicht, in dem zwei dunkle Augen saßen. Nein, sein Sohn war kein Kind mehr.
»Ist das alles, was du erlebt hast?« fragte er behutsam.
»Ja, es ist meine ganze Geschichte.«
»Und du willst bei mir bleiben?« Das klang schon nicht mehr so abweisend wie noch am Abend zuvor.
Saul antwortete: »Sonst wäre ich nicht hierher gekommen.«
Einige Sekunden zögerte David, dann fragte er unvermittelt: »Willst du auch ein Bandit werden?«
»Nein. Das wollte ich einmal. Ich habe es längst aufgegeben.«

Als David noch ohne Arbeit und ohne Schutzbrief über die Landstraßen zog und nur hin und wieder in einer ländlichen Judengemeinde eine befristete Aushilfsstelle als Religonslehrer oder Thoraschreiber fand, hatte er vier Monate in der Judenschule in Friedberg unterrichten dürfen. Das war eine ungewöhnlich lange Zeit für eine Aushilfe. Ein Lehrer war gestorben, und der Zuzug des Nachfolgers aus Gießen verzögerte sich.

In diesen vier Monaten wohnte David bei dem Lehrer Aron Süßkind. Dessen winzige, aus zwei Kammern bestehende Wohnung, in der er mit Frau und drei Töchtern lebte, befand sich im gleichen Haus, in dem auch die Judenschule untergebracht war. Mit einigen Brettern hatte der Lehrer von einer der beiden Kammern einen Verschlag für David abgeteilt. Das war sehr großzügig von ihm gewesen, denn er mußte sich für diese Zeit mit seiner Frau und den drei Kindern auf die verbliebenen eineinhalb Kammern beschränken.

Damals freundete sich David mit Aron Süßkind an. Wann immer er in der Nähe zu tun hatte, nahm er bei dem Friedberger Lehrer Quartier. Aron Süßkind war auch nicht erschreckt, als David später ein steckbrieflich gesuchter Bandit war und ihn oft heimlich aufsuchte. Dann brachte er ihn in einem kleinen, fensterlosen und schwer zugänglichen Verschlag unterhalb der Dachschrägen unter, in dem sich ein großer Strohsack und Decken befanden. Sie lagen nicht zufällig dort, denn David war nicht der einzige gelegentliche Bewohner dieses Verschlags. Immer wieder einmal hielten sich dort eilige Durchreisende auf, die nur des Nachts ankamen, sich bei Tag nicht blicken lassen durften und auch nachts wieder verschwanden. Für sie lag das Schlafzeug bereit.

Nach ihrer Ankunft in Friedberg wandte sich Sarah an Aron. Er war sofort bereit, Sarah in seiner Wohnung aufzunehmen. Das geschah ganz offiziell und mit Genehmigung der Behörden. David ließ durch Aron Süßkind die für die Niederlassung in der Judengasse geforderten Rezeptionsgelder und den obligatorischen Judenzoll für Sarah bezahlen. Darüber hinaus gab er dem Lehrer das Mietgeld für einige Monate im voraus und steckte der Lehrersfrau mehrere Gulden zusätzlich fürs Essen zu.

Sarah half der Lehrersfrau und saß mit allen am gemeinsamen Mittags- und Abendtisch, doch ansonsten kapselte sie sich von der Familie ab. Sie war schweigsam, in sich gekehrt, trug kein Kopftuch mehr und ließ die Haare wachsen. Wollte sie etwa damit aller Welt zeigen, daß sie eine Ehe führte, die keine war, oder gar Gott strafen, der ihr soviel Unglück beschert hatte? Wie vor Jahren schon in Eckardroth, machte sie sich in der Judenherberge, die am Ende der Judengasse lag, nützlich. Die Herbergswirtin war schon lange nicht mehr in der Lage, alle kranken Bettler, die nach Friedberg kamen, selbst zu versorgen. Sie war darum für jede Hilfe dankbar.

Als David wieder einmal unerwartet bei Aron Süßkind auftauchte, traf er dort einen alten Bekannten, den ehemaligen Gelnhäuser Metzger Seligmann Gröde. Er hatte ihn bei Hannes Schuchardt in der Burg Gelnhausen kennengelernt. Gelegentlich kaufte Seligmann Gröde dort gestohlene und darum sehr preiswerte Ochsen und Kühe auf. David hatte ihn nicht mehr gesehen, seit er Gelnhausen auf dem schnellsten Weg verlassen mußte. Ein anderer Metzger hatte Seligmann Gröde beim Gemeindevorstand angeschwärzt. Daraufhin entzog er ihm das Rabbinat die Approbation als offizieller koscherer Metzger der Gemeinde, obwohl Seligmann Gröde versicherte, der Schochet habe die Tiere zumindest ordnungsgemäß geschächtet, kein Kunde habe einen Schaden zugefügt bekommen.
Diese Versicherung half ihm wenig. Es war die unwiderlegbare Auffassung des Rabbiners, ein von ihm bestellter Metzger müsse auch eine untadelige moralische Haltung besitzen. Er entzog ihm die Approbation und übertrug sie ausgerechnet dem, der ihn denunziert hatte.
Die zweifache Einkommensbuße traf in hart. So fiel es Seligmann nicht schwer, der dringlichen Empfehlung des Gemeindevorstands zu folgen und aus Gelnhausen zu verschwinden, bevor die Affäre allgemein bekannt würde.

Nun saß Seligmann Gröde bei Aron Süßkind und trank mit ihm Tee. David erkannte ihn sofort, obwohl bald fünfzehn Jahre ins Land gegangen waren. Seligmann Gröde hatte sich vom Äußeren her kaum verändert. Davids Überraschung war dennoch groß. Er hätte es nicht für möglich gehalten, Seligmann könnte die Frechheit besitzen, sich nicht weiter als bis Friedberg abzusetzen und hier mit dem Geld, das ihm die Hehlerei eingebracht hatte, eine neue Metzgerei zu eröffnen. Innerlich hatte sich der ehemalige Gelnhäuser Schächter vollkommen gewandelt. Er machte keine dunklen Geschäfte mehr und verurteilte nunmehr jeden Verstoß gegen bürgerliche Gesetze. Die Emanzipation der Juden, so sagte er, schreite um so schneller voran, je gewissenhafter sie diese Gesetze einhielten. Jetzt war er auch immer einer der ersten beim Morgen- und beim Abendgebet in der Synagoge. Vom Schächten durch den Schochet bis zur Benutzung der Gerätschaften führte er seine Metzgerei vorbildlich. Seine Kunden konnten sicher sein, bei ihm stets einwandfrei koscheres Fleisch zu bekommen.
Dieser religiöse Eifer wurde belohnt. Der Landesrabbiner übertrug ihm die Verantwortung für die Kaschrut, die Einhaltung der Speisevorschriften, im gesamten Rabbinatsbereich. Als Kaschrut-Verantwortlicher hatte er auch Aron Süßkind aufgesucht. Die Schüler in der Elementarschule, die den ganzen Tag Unterricht hatten in Hebräisch, Lesen, Schreiben und Rechnen, bekamen während der Mittagspause immer eine dicke Suppe oder einen Brei, den die Lehrersfrauen zuzubereiten hatten. Da die Bezahlung der beiden Elementarschullehrer ohnehin sehr gering war und für die Lehrersfrauen der Zugewinn durch die Schulspeisung nicht der Rede wert, verschafften sie sich gemeinsam ein kleines Zubrot mit einer Mittagsküche auch für Erwachsene.
Seligmann Gröde war ins Schulhaus gekommen, um wieder einmal zu überprüfen, ob bei der Zubereitung der Speisen alles koscher zuging. Er war genau so wenig wie David auf dieses Zusammentreffen gefaßt. Seine Gelnhäuser Vergangenheit

wollte er an seinem jetzigen Wohnort vergessen machen. Und nun lief ihm unversehens ein Bekannter aus alten Tagen über den Weg. Und es mußte auch noch der Schwiegersohn des ehrenwerten Mordechai Pelzkappe sein, kein gewöhnlicher Bandit, sondern ein Bandenchef!

David begrüßte ihn kurz, um sogleich Sarah in den Arm zu nehmen, die, als sie die Stimme ihres Mannes vernahm, aus der hinteren Kammer hervorkam. Bevor sich David jedoch zurückziehen konnte, faßte ihn Seligmann am Ärmel und sagte:

»Ich hätte es nicht für möglich gehalten, dich hier anzutreffen. Dazu gehört eine ganze Menge Unverfrorenheit.« Seligmann schüttelte bedenklich den Kopf. »Ein Bandit im Schulhaus!«

»Was sind das für Töne?« fragte David. »Stört dich mein Erscheinen?«

»Wir sehen in Friedberg Banditen nicht gern.«

»Wie?« David ließ Sarah los. »Sag das noch einmal!«

»Wie du willst, David – oder sollte ich besser Dov Stutzohr sagen?« Sein Gesicht verzog sich zu einem verkrampften Lächeln. »In Friedberg sehen wir Banditen nicht gern. Sie haben hier nichts verloren.«

»Und das sagst ausgerechnet du?«

»Das sage ich, seit ich eingesehen habe, damals in Gelnhausen einen schweren Fehler und eine große Sünde begangen zu haben. Der Friedberger Rabbi, Berl Feibusch, war es, der mich eines Besseren belehrte und mir den rechten Weg wies. Ich habe gelernt, Unrecht bringt keinen Segen. Und ich handele danach.«

»Du redest wie ein gojischer Wanderprediger«, fuhr es David heraus.

Aron Süßkind saß die ganze Zeit auf der Ofenbank und folgte dem Streit. Nur gelegentliche Kopfbewegungen verrieten Zustimmung oder Ablehnung – und doch wiederum nicht klar genug, auf welcher Seite er stand.

David wußte nicht mehr, was er sagen und was er tun sollte. Erregt machte er, als befände er sich in einem Käfig, immer wieder zwei Schritte vor und zurück. Dann wandte er sich plötzlich zu Seligmann Gröde: »Warum hast du mir das alles erzählt? Was bezweckst du damit?«

Seligmann tat verständnislos: »Habe ich dir das nicht schon gesagt? Ich halte nichts davon, wenn man Gesetze bricht. Wenn uns Juden von den deutschen Behörden Gerechtigkeit widerfahren soll, müssen wir auch nach Recht und Gesetz leben. Du solltest aus dieser Stadt verschwinden. Wo du bist, ist Unrecht.«

Nun war es mit Davids Geduld zu Ende. Er beugte sich zu Seligmann hinunter, als wolle er ihm mit der Nase ins Gesicht hacken. »Hast du jemals darüber nachgedacht, was Recht und Gerechtigkeit für uns Juden bedeutet? Werden wir nicht aufgrund von Gesetzen gedemütigt, vergewaltigt und wie Aussätzige von der christlichen Gesellschaft abgesondert, alles vollkommen rechtmäßig?«

»Das eben muß sich ändern.«

»Aber wie? Wenn wir es wagen, Menschenrechte, die für jeden Erdgeborenen gelten, in Anspruch zu nehmen, werden wir verfolgt und verurteilt mit Hilfe dieser Gesetze.«

»Übertreib nicht.«

»Da ist keine Spur von Übertreibung. Weißt du nicht, wie es unzähligen unserer Leute ergangen ist, weil sie Gerechtigkeit wollten? Man hat sie gemartert und getötet, oder sie gingen in Verliesen zugrunde. Was wollte ich denn anderes als einen ordentlichen Beruf ausüben? Und wie hat man mir mitgespielt! – Gerechtigkeit für Juden? Daß ich nicht lache!«

»Aber dieser Teufelskreis muß durchbrochen werden.«

»Durch fromme Reden etwa? So naiv bist du wohl nicht, das zu glauben.«

»Dann sag du, wie wir Juden zu Recht und Gerechtigkeit finden sollen!«

»Du fragst den Falschen, Seligmann. Mir ist christliche Gerechtigkeit gleichgültig. Sie war schon immer ungerecht und ist es heute noch.«

»Das verstehe ich nicht.«

»Dann will ich noch deutlicher werden: Ich suche nicht die Gerechtigkeit der selbstgerechten christlichen Heuchler und Verachter der natürlichsten Menschenrechte. Ich möchte auch weiterhin in der zornigen Ungerechtigkeit leben, die mich unser zorniger und rächender Gott lehrte. Und wenn ich eines Tages daran zugrunde gehe, weiß ich zumindest, ich habe gelebt.«

»Gott sei mit dir!« Mehr wußte Seligmann auf Davids wütende Attacke nicht zu antworten.

Nach einer Pause fügte David noch hinzu: »Und ich werde nach Friedberg kommen, wann immer ich will, und du wirst mich nicht daran hindern können. Niemand kann es.«

Ein Brief des Vaters, der ihn in Friedberg erreichte, brachte David großes Leid. Der Vater schrieb ihm:

»Mein Sohn, hiermit mache ich Dir die Mitteilung, daß Deine Mutter, meine liebe Frau, der gute Geist unserer Familie, gestorben ist an den Folgen der Auszehrung. Gott hat sie von ihren Schmerzen erlöst und zu sich genommen. Gesegnet sei der Richter der Wahrheit. Als wir sie, ich, ihre beiden Söhne, Brüder, Schwestern, Onkel und Tanten, mit weinenden Herzen und tränenblinden Augen in die Erde senkten, warst Du, ihr ältester Sohn, nicht dabei, konntest ihr nicht das Totengebet sprechen. Das hat meinen Schmerz noch vermehrt. In den Stunden, da wir wußten, ihr Leben werde nur noch eine kurze Spanne währen, habe ich nach Dir geschickt. Doch Du warst nicht zu erreichen, niemand wußte zu sagen, wo Du Dich aufhältst, David. O, mein Sohn, wieviel Leid hast Du ihr gebracht! Gott möge Dir verzeihen.

Mit dem Tod Deiner Mutter hat mich ein weiterer Schicksalsschlag getroffen. Ich habe nach fünfundzwanzig Jahren meine

Lehrerstelle verloren. Unsere kleine Judengemeinde in Grebenau ist völlig verarmt. Sie kann nicht mehr das Geld für die Bezahlung eines Lehrers aufbringen. Das ist sehr schlimm für mich, denn wo sonst soll ich jetzt Arbeit finden? Im Augenblick aber ist der Schmerz über den Tod meiner lieben Frau, Deiner Mutter, tausendmal schlimmer.
Ich bete zu Gott, mein verlorener Sohn, den ich noch immer liebe, möge zu der Tugend jüdischen Lebens zurückfinden.«

David machte sich schmerzerfüllt einen Riß in seine Jacke, wie es Trauernde um nahe Verwandte zu tun pflegen, und verließ zur gleichen Stunde das Dorf, um nach Grebenau zu reiten. Er wollte, wenn auch um Tage zu spät, von der Mutter Abschied nehmen und an ihrem Grab das Totengebet sprechen.
Als er sich dem Dorf näherte, stieß er auf Waldarbeiter, die ihm berichteten, eine Abteilung Soldaten sei von Alsfeld heraufgekommen, um den Bandenchef Dov Stutzohr, den Sohn der verstorbenen Lehrersfrau, abzufangen, wenn er zur Beerdigung der Mutter komme. Er sei aber nicht gekommen. Die Beerdigung läge nun zwar schon einige Tage zurück, die Soldaten hätten sich aber immer noch nicht zurückgezogen.
Dennoch versuchte David auf den Judenfriedhof oberhalb des Dorfes, der an einem Waldrand lag, zu gelangen. Er konnte ihn nicht erreichen, ohne erwischt zu werden. Das Dorf mitsamt dem Friedhof war von Soldaten umstellt. Erst in der Nacht konnte David es wagen, den Ort in weitem Bogen zu umgehen, vom Wald her den Friedhof zu betreten und von der Mutter Abschied zu nehmen.
Ohne Vater und Brüder gesehen zu haben, ritt er noch in derselben Nacht zurück.

Kaum einen Monat später traf bei David wieder ein Brief des Vaters ein. Er schrieb:
»Mein Sohn, in großer Not und tiefem Leid haben wir uns, ich und Deine Brüder Joseph und Jakob, schweren Herzens entschlossen, den vielen zu folgen, die jenseits des Ozeans eine neue Heimat und ein besseres Leben suchen. Wir werden nach Amerika auswandern, wollen dort unser Glück versuchen. Seit mir die Lehrerstelle gekündigt wurde, bin ich auf Almosen der Gemeinde angewiesen. In meinem Alter werde ich keine neue Stelle finden. Außerdem hat der Grebenauer Ortsvorsteher verfügt, Joseph und Jakob hätten innerhalb der nächsten Wochen den Ort zu verlassen, weil beide ohne Arbeit sind und keine Steuern zahlen können. Meine beiden mir verbliebenen Söhne sollen nicht das gleiche Schicksal erleiden wie Du. Uns bleibt also keine andere Wahl. Wir werden den großen Sprung über den Ozean wagen. Das halbe Dorf ist bereits ausgewandert, und von den zwanzig jüdischen Familien in Grebenau haben sechs das Dorf verlassen. Wir werden die siebte sein. Heute habe ich von den Behörden die notwendigen Papiere erhalten. Schon in einer Woche machen wir uns auf den Weg, um in Hamburg das Schiff zu erreichen. Sobald wir das Land unserer Hoffnung erreicht haben, melden wir uns. Mein sehnlichster Wunsch wäre, Du könntest Dich entschließen, uns zu folgen. – Leb wohl, David! Möge ein gütiger Gott seine schützende Hand über Dich halten! Es umarmt und segnet Dich Dein leidgeprüfter Vater.«
Dieser Brief war ein Abschied für immer. Das ahnte David. Stundenlang schloß er sich in seine Kammer ein und weinte wie ein Kind. Tief innen spürte er eine Sehnsucht: O, läge ich doch in meiner Mutter Schoß und fühlte ihre warmen Hände. Doch die Mutter ist tot, ihre Hände sind erkaltet.

So oft David konnte, besuchte er Sarah. Das geschah nicht allzu häufig, denn sein neuer Wohnort in Baden war zwei bis drei Tagereisen von Friedberg entfernt. In Eckardroth hatte er

den teuren Schutz der Reichsfreiherrn von Hutten und des Amtmanns Kees genossen und konnte sich in den dortigen Straßen ungehindert bewegen. So war es auch jetzt in dem badischen Dorf, wo ihm der Ortsvorsteher einen weniger teuren Aufenthalt gewährte. In Friedberg gab es keinen Unterschlupf für Banditen. David mußte sich, wenn er zu seiner Frau wollte, nach Einbruch der Dunkelheit in die Stadt schleichen. Sein Steckbrief hing auch in der Friedberger Polizeistation aus. Die Begegnungen waren immer nur sehr kurz und verliefen meistens traurig. David spürte, wie die Liebe zu seiner Frau allmählich Mitleid Platz machte.
Sarah war von einer tiefen Resignation erfüllt. Die Hoffnung, Saul käme doch noch zurück, hatte sie aufgegeben. Nur die Ungewißheit quälte sie, ob ihr Sohn überhaupt noch am Leben war. Wie lange war es her, seit sie losgestürmt war, um ihren Sohn aus Hannover zurückzuholen! Wie vieles hatte sich in dieser Zeit verändert, auch in ihrem Innern. Sie wußte, sie würde niemals mehr ein geordnetes Familienleben führen können. David war und blieb ein Bandit, ein Ausgestoßener und Verfolgter, und vielleicht war auch Saul auf dem besten Weg.

Mitten in der Nacht klopfte es an die Tür der Friedberger Judenschule. Die Bewohner in den unteren Stockwerken wußten, wenn irgendwer in der Nacht Einlaß begehrte, konnte es nur ein Freund von Aron sein, und sie kümmerten sich nicht darum. Aron stand auf, zündete eine Lampe an und ging die Stiegen hinunter. Durch die verschlossene Tür fragte er: »Wer ist draußen?«
Schnell kam die laut geflüsterte Antwort: »Ich bin es, David.«
Der Lehrer schob den Riegel zurück und drehte den Schlüssel im Schloß. Als er die Tür einen Spalt öffnete, war er überrascht, statt einem Mann zwei Männern gegenüberzustehen. Er hob die Lampe in die Höhe. Der eine war David. Ihn erkannte er sofort. Und der andere?

»Erschrick nicht, Aron, das ist Saul, mein Sohn.«
»Der Totgeglaubte?«
»Ja der.«
»Wie wird sich Sarah da freuen! Kommt herein! Schnell!«
Beide traten in das Haus, und der Lehrer schloß wieder die Tür ab.
»Ich will sie gleich wecken«, sagte er.
»Nein, laß sie schlafen«, widersprach David. »Morgen früh wird die Überraschung genauso groß sein.«
Am nächsten Morgen kamen David und Saul aus ihrem Verschlag hinunter in die zweite Wohnkammer der Süßkinds. Die Lehrersfrau weckte Sarah: »Steh auf, eine Überraschung erwartet dich.«
Verschlafen antwortete Sarah: »Ich weiß schon, welche Überraschung. Ich habe es heute nacht auf der Stiege rumpeln gehört. David ist gekommen.«
»Dann schau nur mal in die Kammer«, sagte die Lehrersfrau.
Sarah öffnete die Tür – und das Herz wollte ihr stehen bleiben, als David und ein halberwachsener junger Mann vor ihr standen. Saul, ihr Sohn!
Sie wollte auf ihn zugehen, doch sie konnte nicht. Sie stand wie gelähmt da. Sie wollte etwas sagen, doch die Stimme versagte. Eine Ohnmacht umfing sie. Bevor sie stürzte, hielt Saul sie in den Armen. Erschrocken fragte er:
»Was ist mit dir, Mamme? Was ist los? Was hast du?«
Sarah öffnete die Augen und richtete sich auf. »Es ist nichts, mein Junge. Ich bin nur erschrocken, als ich dich sah. Vor Freude, nur vor Freude.« Sie umarmte und küßte ihn und stammelte immer wieder: »Du bist es, Saul, du bist es wirklich!«
Saul blickte in das aschgraue Gesicht der Mutter. Um Mund und Nase war es von scharfen Runen gekerbt, er blickte in das Gesicht einer alten Frau.
Später fragte ihn Sarah: »Wirst du in Friedberg bleiben?«
Saul antwortete: »Ich weiß nicht, Mamme. Ich will studieren. In Heidelberg.«

Sie warf ein: »Auch in Friedberg gibt es eine Jeschiwe.«
»Ich weiß, aber –« Saul stockte. Die Wahrheit konnte er ihr nicht sagen, und lügen wollte er auch nicht.
Sarah erkannte seine Verlegenheit und kam ihm zu Hilfe. »Ist schon gut, mein Junge. Wenn du in Heidelberg studieren willst, dann mußt du dorthin gehen. Dort wirst du es bestimmt besser haben als hier.«
Ihre Hoffnungslosigkeit überspielte sie mit verkrampfter Heiterkeit: »Du mußt mir aber versprechen, mich oft zu besuchen.«
»Ganz bestimmt, Mamme, so oft ich kann.«
»Wenn du in Heidelberg studieren wirst, dann bist du ganz in der Nähe von deinem Vater.«
»Vielleicht kann ich sogar bei ihm wohnen.«
»Ganz sicher kannst du das. Du mußt nur überlegen, ob das so gut ist, wenn ein Jeschiweschüler und ein Bandenführer zusammen sind.«
Etwas verstimmt sagte Saul: »Der Bandenführer ist mein Vater.«
»Ich meine doch nur, man könnte in der Schule daran Anstoß nehmen und dir Schwierigkeiten machen.«
David gab für Saul die Antwort: »Man wird sehen, Sarah.«
Sarah wiederholte: »Ja, man wird sehen.«
Den Tag über blieben David und Saul im Haus des Lehrers. Saul erzählte der Mutter von den zurückliegenden Erlebnissen. Sarah begleitete seine Berichte mit Ausrufen des Erstaunens und auch Entsetzens. Immer wieder streichelte sie ihn.
Danach schilderte sie ihren Umzug von Eckardroth, berichtete vom traurigen Leben der Familie Pelzkappe, den Sorgen des Vaters, seiner Verbitterung wegen Felix' Machenschaften und schließlich erzählte sie von ihrer jetzigen Arbeit bei den Kranken in der hiesigen Judenherberge.
Später aßen sie gemeinsam, was ihnen die Lehrersfrau zubereitet hatte, und es war wie ein freudiges Zusammensein einer Familie, die nach langer Zeit wieder zusammengefunden hatte.

In der anbrechenden Dunkelheit verabschiedeten sich David und Saul von ihr. Sarah stand steif in der Haustür und blickte den beiden nach, bis sie am Ende der Judengasse verschwanden.
Am Tag darauf bekam sie heftiges Fieber. Es verschlimmerte sich in kurzer Zeit so sehr, daß sie zu delirieren begann. Zudem schüttelten sie Krämpfe. Aron Süßkind sah sich gezwungen, für die kranke Sarah eine Kammer freizumachen. Er und seine Frau wickelten sie in feuchte Laken, kühlten mit kalten Tüchern die Stirn und gaben ihr heißen Tee zu trinken. Nichts half. In ihrer Not schickten sie eine eilige Nachricht zur Familie Pelzkappe in Eckardroth.
Unverzüglich machte sich Feigele auf den Weg. Sie wollte ihrer Nichte beistehen und sie pflegen. Doch sehr schnell erkannte Feigele, daß Sarah nicht mehr zu helfen war, sie wollte nicht gesund werden. Wie das flackernde Flämmchen am austrocknenden Docht verlosch ihr Leben. Feigele hielt Sarahs Hand ganz fest, während sich Sarahs Kopf mit den offenen Augen zur Seite neigte. Ein verhauchter Ton löste sich aus ihrer Brust, als gleite die Seele hinüber zum Fußende des Lagers, wo der Engel des Todes darauf wartete, sie entgegenzunehmen. Feigele schrie verzweifelt auf.
Sarah starb im Alter von zweiunddreißig Jahren.

Als David und Saul in Friedberg eintrafen, konnten sie nur noch in Feigeles Klagelaute und die der gesamten Familie Süßkind, die sich in der Sterbekammer versammelt hatte, einstimmen. Saul lag fassungslos über der toten Sarah und jammerte immerzu: »Mamme, warum hast du uns verlassen – warum nur?«
David schlug sich mit beiden Fäusten an den Kopf und klagte: »O mein Gott, wie qualvoll muß dein Leben gewesen sein, daß du dich zu Ihm geflüchtet hast!«
Wenige Stunden später kamen Resl und Mordechai Pelzkappe

im Haus der Friedberger Judenschule an. Vor dem Totenlager stürzte Resl auf die Knie, schlug die Hände vors Gesicht und stimmte in das Wehklagen der Trauergemeinde ein.
Nun erschienen auch die Frauen der Beerdigungsschwesternschaft in der Sterbekammer, um die Vorbereitungen für die Bestattung zu treffen. Der Leichnam sollte, wie es die Ehrfurcht vor dem Toten verlangt, so schnell wie möglich unter die Erde kommen. Auf die Bitte Mordechais schlugen sie noch einmal das Leichentuch zurück. Für kurze Zeit wurde es still in der Kammer. Mordechai stand am Fußende des Totenlagers, schweigend, mit einem Gesicht aus Stein, die Augen starr auf das wächserne Antlitz der Toten gerichtet, nur seine Lippen bewegten sich, fast unmerklich, als bete er ganz für sich allein oder halte stumme Zwiesprache mit der Toten.
Als letzter traf Afrom ein. Felix fehlte. Er war auf Geschäftsreise, und in so kurzer Zeit hatte ihn die Mitteilung vom Tod seiner Schwester nicht erreichen können.
In einer Ecke der Kammer saß David, als läge dort ein Bündel schlampig hingeworfener Kleider. Den Kopf hatte er auf die Brust gepreßt und wartete. Er wartete darauf, daß Mordechai auf ihn einschlagen werde oder loszuschreien begänne. David gab sich die Schuld an Sarahs Tod. Warum brüllte Mordechai nicht los: »Du hast Sarah ins Verderben gestürzt. Die ganze Familie Pelzkappe hast du unglücklich gemacht. Ich verfluche dich. Die Pest möge dir an den Hals kommen. Dein Tod möge tausendmal elender sein als der ihre!« Doch nichts geschah, Mordechai blieb stumm und starr.
Davids Finger krallten sich unwillkürlich vor der Brust in sein Hemd. Er spürte den kleinen Silberring, den ihm vor Jahren Feigele vermacht hatte. Die scharfen Kanten des Rings preßten sich in die zur Faust geballten Hand und zwangen ihn, trotz des übermächtigen Trauerschmerzes, der sein Herz erfüllte, sich daran zu erinnern, was ihm die krumme Feigele damals gesagt hatte: Der Ring wird dir helfen, den Weg zurück zu deiner Familie zu finden. Welch ein Hohn! Er zog die Roßhaar-

schnur über den Kopf und stopfte den Ring in die Tasche. Bei nächster Gelegenheit würde er Feigele den Ring zurückgeben.

Erst als die Frauen der Beerdigungsschwesternschaft die Männer aufforderten, die Kammer zu verlassen, damit sie mit der rituellen Waschung und Einkleidung beginnen konnten, schien Mordechai seinen Enkelsohn wahrzunehmen. Er ging auf ihn zu und umarmte ihn. »Mein lieber Junge, welch ein Unglück für uns alle!«

Er ließ Saul nicht los. Angstvoll fragte er: »Du bist mein Kaddischel, weißt du das?«

Saul hörte die Worte des Großvaters und verstand sie nicht. Auf das drängende »Warum sagst du nichts?« antwortete er mit einem gequälten »Ja, Großvater.«

Am nächsten Tag folgte auch David dem Sarg zum Friedhof, obwohl er sich damit in große Gefahr begab. Er traf keinerlei Vorsichtsmaßnahmen, als sei es ihm gleichgültig, ob er erkannt und von der Polizei gefaßt werde. An der ausgehobenen Grube hob David noch einmal den Sargdeckel hoch und legte Sarah ein Säckchen mit Erde aus dem Heiligen Land unter den Kopf.

Kaum war der Sarg unter die Erde gebracht und das Totengebet gesprochen, trat Mordechai bereits die Heimreise an. Die sieben strengen Trauertage wollte er in Eckardroth verbringen. Resl kam mit ihm und auch sein Sohn Afrom, der in diesen schweren Stunden die Eltern nicht allein lassen und gemeinsam mit ihnen Schiwe sitzen wollte.

Feigele blieb in Friedberg zurück. Auch David konnte sich nicht entschließen, den Ort zu verlassen. Hier hatte sich das Schicksal seiner Frau vollendet, an diesen Platz fühlte er sich gefesselt. Vielleicht konnte er noch irgendetwas gutmachen? Er kam nur zum Essen aus seinem Verschlag hinunter in die Wohnung der Familie Süßkind, redete jedoch mit niemandem ein Wort. Und niemand wagte es, ihn anzusprechen.

Feigele durfte sich in diesen Tagen in Sarahs Ecke niederlassen. Für Saul dagegen gab es beim besten Willen kein Eckchen mehr in der engen Wohnung, in dem er sich des Nachts hätte hinlegen können. Er mußte mit einem harten Lager auf dem Boden des Schulzimmers vorliebnehmen. Tagsüber konnte er sich bei den Süßkinds aufhalten. Er hoffte, der Vater werde bald aus seinem Schweigen herausfinden und kehre mit ihm nach Langenzell zurück.
Davids Abkapselung war kein Schiwesitzen mehr. Niemand kam, ihm zu kondolieren, niemand, um mit ihm zu beten. Während der einsamen Stunden, die er in dem Verschlag verbrachte, sprach er sich ein letztes Mal mit Sarah aus. Am vierten Tag nach der Beerdigung beschloß auch David, endgültig Abschied von Sarah zu nehmen. Er erteilte den Auftrag für den in zwölf Monaten zu errichtenden Grabstein. Am Nachmittag dann packten David und Saul ihre Bündel und machten sich, nachdem es dunkel war, auf den Weg.
Kurz vor dem Aufbruch nahm Feigele David zur Seite und sagte: »Bevor du uns verläßt, muß ich mit dir sprechen. Unter vier Augen.«
»Dann komme mit mir hoch in den Verschlag«, antwortete er. Sie schlossen sorgfältig die Tür hinter sich, und Feigele sagte: »Es fällt mir nicht leicht, von dem zu reden, wozu ich mich entschlossen habe. Es war eine schwere Entscheidung. Und was daraus werden wird, weiß ich nicht.«
»Du sprichst in Rätseln, Feigele.«
»Hör nur zu, David. Es ist ohnehin schwer genug, es auszusprechen« Sie humpelte zwei-, dreimal hin und her, als überlege sie, wie sie es ihm beibringen solle, und blieb dann vor ihm stehen. »Mit dem Tod Sarahs hat sich nicht nur bei dir vieles verändert. Auch in der Familie Pelzkappe, und –« Feigele hob bedeutungsvoll die Stimme, »auch bei mir. Du bist der erste, dem ich es anvertraue: Ich werde nicht nach Eckardroth zurückgehen. Jetzt nicht und auch nicht später.«
»Um Himmels willen, was hast du vor?« fragte David.

»Ich weiß es noch nicht, was ich tun werde. Aber mein Entschluß steht fest. Ich gehe nicht zurück. Vielleicht bleibe ich hier in Friedberg.«
»Was willst du in dieser Stadt, Feigele? Hier bist du fremd, hast niemanden, den du kennst, der dir hilft, der dir gut ist.«
Voll Bitterkeit erwiderte sie: »Wer ist mir denn in Eckardroth gut? Resl und Mordechai geben mir die Schuld an Sarahs Verhängnis. Sie glauben, ich hätte damals die Verbindung zwischen dir und ihr eingefädelt. Und so behandeln sie mich. Am schlimmsten aber ist Mordechai. Je größer seine Schwierigkeiten in der Gemeinde und im Geschäft werden, um so unerträglicher wird er. Er nimmt es mir sogar übel, auf seine Kosten zu leben und keinen Mann gefunden zu haben.«
»Du übertreibst, Feigele.«
»Nein, so schlimm ist es wirklich. Und jetzt, nach Sarahs Tod, wird es noch schlimmer werden. Und darum werde ich endlich den Schritt tun, den ich seit Jahren tun wollte, zu dem ich jedoch nie den Mut hatte.«
»Überlege es dir gut, Feigele, überlegs dir dreimal. Du bist nicht mehr die Jüngste.«
Feigele widersprach heftig: »Bin ich etwa alt?«
»Das habe ich nicht gesagt. Aber es ist ein Unterschied, ob man gerade zwanzig oder Mitte vierzig ist. Du tauschst den Wohlstand der Familie Pelzkappe gegen die Not armer städtischer Juden ein, wohnliche Großzügigkeit gegen die Enge einer heillos überfüllten Judengasse und die Vertrautheit der Heimat gegen eine lieblose Fremde.«
»Du machst mir nicht bange, David. Ich weiß, was ich eintausche, was ich hinter mir lasse, was ich entbehren werde. Doch bevor ich in der stickigen und von Unheil geschwängerten Luft und der ewigen Unterordnung zugrunde gehe, will ich alle Not auf mich nehmen, wenn ich nur endlich einmal über mich selbst verfügen und das tun kann, was ich will.«
David legte zärtlich den Arm um sie. »Meine liebe Feigele, wie sehr wünschte ich, es käme alles so, wie du es dir vorstellst.«

Mitleid erfüllte ihn. Wie sehr mußte sie die Jahre über an ihrem Bruder gelitten haben, daß sie so über ihn sprechen und nun diesen Entschluß fassen konnte. »Wovon willst du leben?« fragte er.
»Ich werde nicht verhungern, ich werde arbeiten gehen.«
»Wo denn?«
»Wo immer man Arbeit für mich hat. Ich fürchte mich vor keiner. Aber es gibt da noch eine Schwierigkeit. Sie zu bewältigen, brauche ich deine Hilfe. Es geht um meine Niederlassung in Friedberg.«
»Das wird in der Tat schwierig werden, und es kostet viel Geld.«
»Nicht, wenn ich den Platz von Sarah einnehme, ich habe bereits mit dem Gemeindevorsteher gesprochen. Weil ich eine nächste Verwandte von Sarah bin und an ihrer Stelle in die Gemeinde eintreten will und keinen zusätzlichen Wohnraum beanspruche, brauche ich keine Rezeptionsgelder zu zahlen. Ich muß nur bereit sein, im ersten Jahr den doppelten Judenzoll zu entrichten. Der Gemeindevorsteher sagte, er würde mich als einen nächsten Verwandten anerkennen. Damit aber müßtest du, David, einverstanden sein.«
»Das bin ich. Aber wo willst du wohnen?«
»Aron Süßkind wird mir Sarahs Ecke überlassen, bis ich irgendwo anders Unterschlupf gefunden habe.«
»Dann werde ich seine Frau veranlassen, vorerst für dich mitzukochen. Ich habe ihr einige Gulden im voraus gegeben, für Sarah.«
»Ich danke dir, David, nun ist alles zwischen uns geklärt.«
»Nicht alles, Feigele. Auch ich habe etwas mit dir zu klären.« David nestelte den kleinen Silberring aus der Tasche und hielt ihn ihr hin. »Ich gebe dir diesen Ring zurück, den du mir vor vielen Jahren verehrt hast. Ich will ihn nicht mehr haben. Er ist alles andere, nur kein Wunderring, wie du behauptet hast.«
Feigele streckte abwehrend die Arme aus: »Das kannst du nicht, David. Nicht ich habe dir den Ring vermacht, sondern

Meir Schiff. Er hat mir befohlen, dir den Ring zu geben.«
»Rede keinen Unsinn, Feigele. Die Zeiten der Wunder sind vorbei. Wenn mir der Ring in all den Jahren etwas gebracht hat, dann nur Unglück.«
»Der Ring ist kein Glücksbringer. Er hilft dir nur beim Spurensuchen.«
»Ein schöner Spurensucher! Welche Spuren hat er für mich gesucht? Die einer Toten.«
»Du versündigst dich, David!«
»Sag mir doch: Was hat er sonst bewirkt?«
»Hast du nicht zu Sarah zurückgefunden, als du aus dem Gefängnis in Fulda ausgebrochen bist –?«
»Dazu brauchte ich keinen Wunderring. Den Weg zu ihr wußte ich auch so.«
»– und hat dich nach Frankfurt geführt, wie es vorausgesagt war –«
»Dafür brauchte ich ebenfalls keinen Wunderring, sondern nur den Tip für einen lohnenden Coup.«
»Und hat er nicht auch mir, als ich ihn noch trug, geholfen, Sarah im dichten Unterholz zu finden?«
David schüttelte den Kopf. »Hör auf damit, Feigele! Was du machst, ist typisch jüdisch. Du nimmst einen glücklichen Umstand und ein paar Zufälle, knetest sie zu einer Kugel zusammen, wie man einen Kuchenteig knetet, und nennst das ganze Wunder.«
»Du verspottest mich.«
»Das ist kein Spott, es ist die Wahrheit. Juden glauben an nichts lieber als an Wunder. Ich nicht mehr. Sarah ist tot. An welches Wunder soll ich noch glauben?« Er warf ihr den Ring mit der Schnur in den Schoß. »Hier, nimm ihn! Sarah ist tot – wohin soll mich der Ring noch führen?«
Unsicher sagte sie: »Ich nehme ihn. Doch das wird dir Unglück bringen.«

14. Kapitel

Als David im Februar 1832 aus der Festung Rastatt entlassen wurde, hatte er Mühe, sich zu erinnern, wie damals, vor fünfzehn Jahren, alles gekommen war – die Rückkehr von der Bestattung Sarahs in Friedberg, die ihm bis heute unverständliche Unachtsamkeit in Vogelhannes' Kneipe in Mannheim, in dessen Hinterstube er sich mit einigen Kumpanen getroffen und dabei den Polizeispitzel im Schankraum übersehen hatte, die Flucht, der Sturz vom Pferd, die Verhaftung, der Ausbruchsversuch aus der Karlsruher Polizeistation und schließlich die Gerichtsverhandlung, die mit dem Urteil fünfzehn Jahre verschärfte Kerkerhaft endete – verschärft, was bedeutete, daß seine Beine in Ketten geschmiedet wurden.
In dem finsteren Verlies der Festung hatte er in den Jahren viele Mitgefangene zugrunde gehen sehen. Sie hatten sich entweder die Seele aus dem Leib gehustet oder unbemerkt in der Nacht mit einem selbstgedrehten Strick ihr Leiden abgekürzt. Einigen wenigen war die Flucht gelungen.
Mit einem kleinen Packen, in dem er seine Habseligkeiten unter dem Arm trug, überschritt er die Schwelle des Festungstors. Er wunderte sich, es in dieser feuchtkalten Hölle fünfzehn Jahre ausgehalten zu haben. Er war müde geworden, sein Rücken war rund, seine Haupt- und Barthaare grau – doch er lebte. Nun war er nicht mehr der Bandit Dov Stutzohr, sondern wie vor dreißig Jahren ein wohnsitzloser Jude, der keine Arbeit hatte und zu einer Gefängnisstrafe verurteilt worden war. An seinem Äußeren erinnerte nichts mehr an den einst berühmten Chef der Bergwinkelbande.

David hatte endgültig vom Bandendasein und dem ewigen Gehetztwerden genug. Damals, als er zu Unrecht des Überfalls auf die Aumühle bei Weihers beschuldigt wurde, und später, als er aus dem Fuldaer Stockhaus entlassen worden war und danach dem sadistischen Stockmeister einen blutigen Denkzettel verpaßte, da hatte er keinen anderen Ausweg gehabt, als sich einer Räuberbande anzuschließen. Jetzt aber, nach seiner Entlassung aus dem Zuchthaus in Rastatt, hätte ihn nichts mehr auf der Welt bewegen können, sich noch einmal einer Bande anzuschließen.
Nun war die Teufelsfahrt zu Ende und die ihm angelastete Schuld, die er nie als solche empfunden hatte, gesühnt. Seine Banditenlaufbahn hatte nur darum nicht am Galgen geendet, weil ihm der Richter keinen Mord nachweisen konnte.

Von Saul und Feigele, sie hatten ihn von Zeit zu Zeit in der Festung besucht, wußte er, was in den vergangenen Jahren draußen passiert war. Bald nach seiner Verhaftung hatte sich ein Spion in die Bergwinkelbande eingeschlichen und sie auffliegen lassen. Die ohne ihn kopflose Bande war ahnungslos in die Falle getappt. Seitdem gab es keine Bergwinkelbande mehr. Die Hälfte der Männer war inzwischen tot, keiner hatte das irdische Jammertal auf natürlichem Weg verlassen.
Auch Resl und Mordechai waren tot, kurz hintereinander gestorben. Bis zu ihrem Ende waren sie davon überzeugt, daß David allein diese Kette von Unglücksfällen ausgelöst habe. Am Anfang ihres Niedergangs stand Sarahs Heirat mit diesem zum Betteljuden verkommenen Lehrer.
Mordechai war vor seiner Frau gestorben, und Saul hatte sich der Verpflichtung als Kaddischel seiner Großeltern besonnen und an den Gräbern von beiden das Totengebet gesprochen.
Felix, jetzt der Senior der Familie Pelzkappe, war Teilhaber der Gebrüder Jassoy in Hanau geworden und hatte zudem eine

eigene Textilfabrikation in Offenbach eröffnet. Er war längst einer der Großen in der Textilbranche.
Afrom gehörte mittlerweile einem erlesenen Zirkel von Männern an, die tief in die Geheimnisse der Kabbala eingedrungen waren. Man hatte ihn, obwohl noch jung an Jahren, zum Provinzialrabbiner berufen, ein ungewöhnlicher Vorgang, weil jüdische Priester von einer Gemeinde nur dann akzeptiert werden, wenn ihre Haupt- und Barthaare bereits angegraut waren. Und Feigele war mit dem Friedberger Diamantenhändler und Geschichtenschreiber Mayer Hirsch verheiratet, einem Mann mit einem Buckel, bei dem es immer ungewiß blieb, ob er lieber mit Diamanten handelte oder die Chronik der Friedberger Judengasse in farbigen Bildern beschrieb. Zunächst hatte Feigele das Angebot erhalten, Mayer Hirsch, einem alleinstehenden Witwer, die Wohnung in Ordnung zu halten und sich auch ein wenig um ihn zu kümmern. Mayer Hirschs erste Frau war schon seit einigen Jahren tot und die erwachsenen Kinder aus dem Haus. Von Anfang an verstanden sie sich. Sie stieß sich nicht an seinen Grillen, und er, obwohl ein traditionsbewußter, orthodoxer Jude, ließ sie in ihrer Sympathie für die Umsturzbewegung in Deutschland und die Juden, die sich ihr anschlossen, gewähren. Sie stritten sich und liebten sich, und waren überrascht, wenn sie beide einmal der gleichen Meinung waren.
Nach einiger Zeit zog sie ganz zu ihm. Als das Gerede in der Gemeinde immer lauter wurde, weil sie nicht verehelicht waren, entschlossen sie sich zur Heirat. Diese wurde ohne großes Aufsehen vollzogen.
Saul hatte die Talmudschule in Heidelberg mit Erfolg beendet, war Religionslehrer geworden und hatte in der bedeutenden Judengemeinde von Rödelheim, einem großen Dorf ganz in der Nähe Frankfurts, aufgrund seines hervorragenden Abschlußzeugnisses eine Anstellung in der jüdischen Elementarschule erhalten.
Noch als David in der Festung saß, erfuhr er, daß Saul sich mit

aufrührerischen Studenten angefreundet habe. David war beunruhigt. Im Rastätter Verlies erlebte er, wie die rebellierenden Studenten und Handwerker noch rigoroser verfolgt wurden als Jahre zuvor die Banditen. Unaufhörlich füllte sich das Gefängnis mit Politischen.

David schlug den Weg nach Norden ein. Sein erstes Ziel war Rödelheim. Dort, wo Saul wohnte und lehrte, wollte er Arbeit suchen. Sollte er kein Glück haben, würde er seine Reise nach Friedberg zu Feigele fortsetzen. Ihm war klar, er würde von den Behörden nur dann Aufenthalt gewährt bekommen, wenn er nachweisen konnte, niemandem in der Gemeinde zur Last zu fallen.

Im Herzogtum Baden brauchte er sich gar nicht erst um Arbeit zu bemühen. Das Urteil gegen ihn war mit der Order verbunden, daß er nach der Strafverbüßung das Land zu verlassen habe. Keinesfalls wollte er wieder zu denen gehören, die hausierend und bettelnd die Landstraßen bevölkern. Doch außer Saul und Feigele hatte er niemand mehr, die ihm bei einem Neuanfang behilflich sein konnten. Es war schwer, mit vierundfünfzig Jahren noch einmal von vorne zu beginnen. Von Vater und Brüdern hatte er nie mehr etwas gehört. Er vermutete, sie waren nicht mehr am Leben. Häufig waren auf den Auswandererschiffen Seuchen ausgebrochen. Womöglich waren auch sie schon auf der Überfahrt umgekommen. Denn wäre der Vater in der Neuen Welt angekommen, hätte er ihm bestimmt eine Nachricht zukommen lasse.

Voller Freude schloß Saul den Vater in die Arme. Doch groß war sein Erschrecken über dessen Aussehen. Selbst bei den seltenen Gelegenheiten, als er ihn im Verlies der Festung Rastatt besuchen durfte, hatte er bis zuletzt einen Mann erlebt, der zum Durchhalten entschlossen war. Doch nun stand ein

Greis vor ihm. Am liebsten hätte er ihn an die Hand genommen und zur Ofenbank geführt. Seine Schädelknochen zeichneten sich unter der gespannten Haut deutlich ab, so abgemagert war er. Seine Gesichtsfarbe war aschfahl. Außer der blassen Narbe, die schräg über die linke Backe bis zum Ohr verlief, aber jetzt nur noch ein kurzes Ende aus dem grauen Bart herausragte, und dem verkürzten Ohr bestand keine Ähnlichkeit mit dem Räuberhauptmann Dov Stutzohr.

Bereits seit einem Besuch des Vaters während der Festungshaft wußte Saul, daß sein Vater nach der Entlassung Abschied von seinem bisherigen Banditendasein nehmen wolle und vorhabe, ein neues Leben zu beginnen. Arbeit brauchte er dazu und Wohnsitz. Darum war Saul nicht verwundert, als der Vater ihn nach Arbeit fragte. »Es muß nicht unbedingt als Lehrer oder Thoraschreiber sein, ich werde jede Arbeit annehmen, die sich mir bietet.«

Saul antwortete: »Wir können es versuchen, Tate, wir werden mit Abraham Wolff, dem Gemeindevorsteher, sprechen. Vielleicht weiß er einen Rat. Unser Vorstand ist aber sehr ängstlich und kleinherzig. Das solltest du wissen.«

»Was heißt das, Saul?«

»Er wird erschrecken, wenn du ihm sagst, du kommst aus dem Zuchthaus und bist Dov Stutzohr, der Bandit.«

»Der war ich einmal«, korrigierte er.

»Das kommt aufs gleiche heraus. Es wird in jedem Fall stören. Ich sage dir, unser Vorstand macht sich in die Hosen, wenn er nur das Wort Rechtsbrecher hört, und es genügt ihm schon, wenn einer sich nicht anpaßt.«

»Und du, Saul, bist du nicht auch so ein Unangepaßter, wie mir berichtet wird?«

»Das ist etwas anderes, Tate. Außerdem weiß der Vorstand nichts davon. Hier bin ich Religionslehrer und nichts weiter. Du aber kannst deine Vergangenheit nicht verbergen, sie ist in Akten festgehalten.«

Vorerst wohnte David bei seinem Sohn. Saul bezahlte das Tagegeld für den Vater.

Bereits am andern Tag suchten Saul und David den Gemeindevorsteher auf und trugen ihm Davids Begehren vor.
»Gewiß, du hast deine Schuld gesühnt, David Löb Buchsweiler«, antwortete er. »Fünfzehn Jahre sind eine lange Zeit. Aber die Tatsache, ein Zuchthäusler zu sein, kannst du nicht aus der Welt schaffen.«
David wollte aufbrausen, doch Saul hielt ihn fest am Arm. Abraham Wolff legte die Hände auf dem Rücken zusammen und schritt staksig auf und ab. »Wir haben ohnehin genug Ärger mit Taugenichtsen aus unserer Gemeinde. Da gab es vor Jahren den Amschel Riedeburg. Du wirst dich wohl an ihn erinnern.« Er blickte zu David und zwinkerte mit den Augen. »Er war ein übler Ganove und gehörte zur Bande des Johannes Bückler, dem Schinderhannes.«
»Was hat das mit mir zu tun?«
»Moment mal, Freund, das werde ich dir gleich sagen. Dieser Amschel Riedeburg stammte aus Rödelheim, er gehörte zu unserer Gemeinde. Und er hat große Schande über uns gebracht. Er wurde zusammen mit dem Schinderhannes festgenommen und seiner gerechten Strafe zugeführt. Das aber nutzte uns wenig. Bis zum heutigen Tag heißt es hier im Dorf: Das war einer von euren Leuten. Verstehst du nun, warum ich dir das erzähle? Wer garantiert mir, daß du so brav und tugendsam bleibst, wie du dich jetzt gibst?« Er blieb vor David stehen und kam ihm mit dem Kopf ganz nahe. »Du verlangst zu viel von mir.«
David machte eine wütende Handbewegung. »Mach es kurz, Abraham Wolff. Habe ich eine Chance, mich in Rödelheim niederzulassen und eine Arbeit zu finden oder nicht?«
Der Gemeindevorsteher nahm die Arme nach vorne und drehte die Handflächen nach oben. »Was kann ich tun? Es liegt ja nicht allein an mir. Und wenn ich es auch befürworten sollte, dann müßte auch die Stadtverwaltung –«
»Wirst du es befürworten?«
»Die Antwort kannst du dir selbst geben. Nein.«

Mit einem scheppernden Ton schlug die Tür ins Schloß. Vater und Sohn standen draußen.
»Du hättest bedachtsamer sein sollen«, sagte Saul.
»Und mich in einem fort beleidigen lassen? Hättest du es so gemacht?«
Ohne eine Sekunde nachzudenken, antwortete er: »Nein, Tate, das hätte ich mir auch nicht gefallen lassen. – Gehen wir nach Hause.«
Am gleichen Abend, als sich Davids Ärger verflüchtigt hatte, fragte er seinen Sohn: »Wie steht es eigentlich mit dir, Saul. Wie hast du dich in die hiesige Gemeinde eingelebt? Hast du Freude an deinem Beruf? Warum bist du noch nicht verheiratet? In deinem Alter haben andere bereits ein Dutzend Kinder. Was machen deine Freunde in Heidelberg? Es sind doch deine Freunde, von denen du gesprochen hast? Hast du noch Verbindung zu ihnen?«
»Das sind zu viele Fragen auf einmal, Tate. Was hast du in Wirklichkeit auf dem Herzen? Irgendetwas bedrückt dich. Sprich es aus.«
David zögerte nur einen kleinen Augenblick. Dann sagte er: »Wenn ich dir so viele Fragen stelle, ist es nicht allein die Neugier. Es geht mir um deine politischen Freunde. Ich mache mir Sorgen um dich, weil ich viele von ihnen in der Festung angetroffen habe. Und da ging es ihnen gar nicht gut.«
»Wie kannst du das sagen? Du hast zu keiner Zeit einen einzigen meiner Freunde kennengelernt.«
»Sind das etwa nicht deine Freunde, diese wilden Burschenschaftler? Oder die Volksfreunde, die alles besser wissen und besser machen wollen? Ich denke doch.«
Mit einem Zucken um die Mundwinkel hörte sich Saul Davids Beschreibung seiner politischen Freunde an. Ohne auf den Tonfall einzugehen, antwortete Saul: »Du magst sie nicht. Das kann ich verstehen. Doch sie sind wirklich meine Freunde, und ich stimme mit dem, was sie wollen und wofür sie kämpfen, überein.«

»Und darüber hinaus?«
»Nun, Tate, ich will nicht drum herum reden. Du sollst die Wahrheit wissen.« Saul ging an die Tür der Kammer und schaute hinaus, ob nicht zufällig ein Lauscher dahinter stände, schloß sie wieder und sagte: »Ja, ich gehöre zu den Revolutionären Demokraten. Schon seit meinem Studium in Heidelberg.«
»Das habe ich befürchtet.«
»Die Zeit ist überreif für eine Veränderung in diesem Land. Das Volk muß endlich über sein Schicksal mitbestimmen können. Die Alleinherrschaft der Fürsten muß ein Ende haben.«
Bevor er Luft holen konnte, um seine politischen Betrachtungen fortzusetzen, fiel ihm David ins Wort: »Schon gut, Saul, du brauchst mir dein Kampfprogramm nicht vorzutragen. Ich kenne es. Die politischen Mitgefangenen haben jede Einzelheit ausgebreitet und über das Für und Wider gestritten. Was ich wissen will, ist, was du damit zu tun hast.«
Saul widersprach nicht, er schluckte nur und sagte: »Auch das sollst du erfahren. Hier in Rödelheim habe ich nur zwei Gesinnungsfreunde. Aber in Frankfurt sind wir viele. Und die Stadt ist kaum eine Wegstunde entfernt. Wir treffen uns jede Woche und sprechen miteinander. Auch mit meinen Heidelberger Freunden komme ich oft zusammen.«
»Und sonst macht ihr nichts?«
»O doch.« Saul wurde noch leiser. »Wir geben eine illegale Druckschrift heraus, die überall im Land verbreitet wird. Darin sind die Forderungen von uns Revolutionären Demokraten enthalten und in einer Sprache verfaßt, die auch das gemeine Volk verstehen kann. Das ist sehr wichtig. Ohne die Handwerker, die Bauern und die armen Leute geht es nicht.«
Saul zog unter einem Stoß Bücher ein abgegriffenes Heftchen hervor und schob es dem Vater hin. »Schau einmal hinein. Den Text habe ich verfaßt.«
David griff sich an den Kopf. »Das sind Hirngespinste, die ein paar wirre Geister in die Welt gesetzt haben.«

»So solltest du mit mir nicht reden, Tate. Eben erst hast du mich gefragt, warum ich nicht geheiratet und eine Familie gegründet habe. Und zwei Minuten später behandelst du mich wie ein Kind. – Du warst fünfzehn Jahre in der Festung eingesperrt. In dieser Zeit bin auch ich fünfzehn Jahre älter geworden. Und ich weiß, was ich will. Laß uns ernsthaft miteinander reden. Was wir tun, das sind keine Spielereien, wir führen einen ernsten Kampf. Das Volk soll aus der Knechtschaft der Fürsten befreit werden. Das müßtest du eigentlich verstehen, Tate. Und deshalb heirate ich auch nicht. Mir und meiner Frau soll es nicht so ergehen wie dir und Mutter.«

David sprang auf. Er war blaß geworden. Sauls Worte rührten an eine tiefe, noch längst nicht verheilte Wunde. »Hör damit auf!«

»Keine Angst, Tate, ich will nicht von deinem Banditenleben und deiner Ehe reden. Wer im politischen Kampf steht, lebt immer in der Gefahr, eingesperrt zu werden, und muß dann Frau und Kinder allein lassen. Das möchte ich nicht. Außerdem habe ich überhaupt keine Zeit für eine Familie. Jeder lebt sein Leben, Tate, du das deine, ich das meine.«

»Ich wollte dich nicht beleidigen, Saul. Aber du mußt auch mich verstehen. Natürlich bist du ein erwachsener Mann, und doch bist du immer mein Sohn, mein einziger. Darum frage ich dich, was aus deinem Beruf wird, deiner Arbeit für die Schule?«

»Darauf kann man als Revolutionär keine Rücksicht nehmen. Ich weiß wohl, wenn der Rödelheimer Gemeindevorstand erführe, hinter dieser Schrift steckt der Kopf des Talmudlehrers, müßte ich von hier verschwinden. Aber sie müssen erst einmal dahinterkommen.«

»Das kann sehr schnell passieren.«

»Ich rechne jeden Tag damit.«

»Saul«, Davids Stimme bekam einen weichen Klang, »ich bin ein alter Mann, mein Leben habe ich nutzlos vertan. Wie gern hätte ich eine Familie und viele Kinder. Gott hat es anders gewollt. Er hat mich einer Prüfung unterzogen, der ich nicht standhielt. Und nun habe ich nur noch dich, dem ich eine Lehre aus meinem verpfuschten Leben mit auf den Weg geben möchte. Du sollst wissen, was ich in diesem schrecklichen Verlies gehört und erlebt habe.«

»Ich höre dir gern zu, Tate, aber erwarte keine Zustimmung, wenn du beabsichtigst, mir Ratschläge zu geben.«

»Es genügt mir, wenn du zuhörst. – Warum macht sich eigentlich jeder Politische andere Vorstellungen, wie es zur Volksherrschaft kommen soll. Jeder, den ich getroffen habe, schwor darauf, sein Weg sei der einzig richtige. Und so redeten sie sich unentwegt die Köpfe heiß. Wenn das nur Christen gewesen wären, hätte mich ihr Gerede kalt gelassen. Aber eine Reihe ordentlicher jüdischer Banditen sind zu den christlichen Illusionisten übergewechselt. Das war es, was mir Sorgen machte. Schließlich gab es bei uns eine Gruppe jüdischer Banditen, die es geblieben war, und eine andere, die sich eine Jakobinermütze übergestülpt hatte. Beide Gruppen beschimpften und bespuckten sich.«

»Und wie hast du dich dabei verhalten?«

»Ich habe das einzig Vernünftige getan und mich aus den Streitereien und Handgreiflichkeiten herausgehalten. Es ist schlimm, Saul, wenn Juden auf Juden losgehen.«

»Natürlich ist das schlimm«, unterbrach Saul den Vater, »aber hast du nicht begriffen, welcher Mut dazu gehört, sein Banditenhandwerk aufzugeben und sich denen anzuschließen, die ihr Leben einsetzen, um die Fürsten von ihren Thronen zu stürzen und dem Volk die Macht zu erkämpfen?«

David schüttelte den Kopf. »Du glaubst also, sie seien dadurch edlere, bessere Menschen geworden? Irrtum, mein Sohn. Da haben sich keine Raupen in Schmetterlinge verwandelt. Da haben lediglich einige bedauernswerte Ganoven ihre Jüdischkeit preisgegeben und ein paar gedankenarme Mitläufer, die immer nur einem Leithammel folgen, es ihnen nachgemacht. Sonst hat sich nichts in ihren Köpfen abgespielt.«

»Du magst es so sehen, Tate. Deine Überheblichkeit verstellt dir den Blick. Ich sehe die Dinge anders. Aber was das alles mit Jüdischkeit zu tun haben soll, möchte ich gern wissen.«

»Sehr viel, Saul. So lange Juden in der Diaspora leben, werden sie verfolgt und unterdrückt, hat man Gebirge von Unrecht auf sie getürmt. Und immer haben die Christen sie als ihre Erzfeinde, ihre Todfeinde betrachtet und sie geschunden und gemordet. Und was ist jetzt geschehen? In einigen deutschen Ländern hat man die schändlichsten, unmenschlichsten Gesetze und Verordnungen, die gegen die Juden erdacht worden sind, um ein weniges gemildert, und schon schreien ein paar Einfaltspinsel: Der Messias kommt! – Solch kurze Zeiten des Wohlwollens hat es in Vergangenheit des öfteren gegeben. Aber jedesmal haben sich die Christen schnell wieder anders besonnen. Und so wird es auch jetzt kommen. Wir werden immer unter den Stiefeln der Christen leben. Und daran wird sich nichts ändern, so lange Juden in einem von Christen regierten Land leben. Was schert mich da, ob Fürsten oder Bettler, das Volk oder sonstwer die Macht in diesem Land haben.«

»Wir leben aber doch in diesem Land«, warf Saul ein.

»Was hat das zu besagen? Wir haben nichts mit den Christen gemeinsam, nichts. Wir Juden werden immer die Knechte und sie die Herren sein, ob ein kaiserliches Banner oder eine schwarz-rot-goldene Fahne über uns weht. Verstehst du nun, warum ich sage: Wer aus unseren Reihen sich ihnen anschließt, verläßt sein Judentum, mehr noch, er verrät es. Auch du.«

»Würdest du vor zwanzig Jahren so gesprochen haben, Tate, hätte ich dir folgen können. Die Zeiten haben sich geändert, und es wird sich auch für die Juden manches ändern – zu ihrem Vorteil. Wir politischen Rebellen werden dafür sorgen.«

»Politische Rebellen! Wie sich das anhört! Als ob du ein Heiliger wärst oder dich gar mit den sechsunddreißig Gerechten gleichsetzen wolltest.«

»Wart ihr nicht auch einmal Rebellen, du und deine Bergwinkelbande?«

»Ein ganz gewöhnlicher Bandit war ich, gezwungenermaßen, wie du weißt, und kein Rebell.«
»Und deine Kumpane? Warum sind sie Banditen geworden? Nur weil sie Lust am Rauben, Stehlen und Betrügen hatten?«
»Darum nicht. Aber auch nicht, um die Fürsten von ihren Thronen zu stürzen. Daran dachten sie nicht im Traum. Weil sie nicht verhungern wollten, darum haben sie sich einer Bande angeschlossen. Die meisten wußten gar nicht, was Politik ist, wollten sich einfach nur sattessen und nicht Barrikaden errichten und Throne stürzen.«
Saul unterbrach ihn: »Sie wollten sich nicht abfinden mit dem Leben in stinkenden Judenherbergen und auf morastigen Landstraßen, auf denen sie elend zugrunde gingen. Sie hatten den Mut, sich einer Bande anzuschließen.«
David nickte zustimmend.
Saul fuhr fort: »Aber ist es nicht besser, die Fürsten zum Teufel zu jagen, als weiterhin zu stehlen und zu betrügen, weil so das Unrecht niemals beseitigt wird. Das haben wir Revolutionären Demokraten erkannt.«
»Du bist ein Traumtänzer«, sagte David.
Dann schwiegen Vater und Sohn. Beide hatten alles ausgesprochen, was sie dachten. Sie waren sich keinen Schritt näher gekommen. Jeder hielt den anderen für unbelehrbar.
David setzte seinen Weg nach Friedberg fort, zu Feigele, um dort sein Glück zu versuchen. Er war bekümmert von der Kühle, in der Saul und er voneinander Abschied genommen hatten. In der Finsternis seiner Betrübtheit brannte dennoch ein kleines Licht, das Wissen, bald Sarah nahe zu sein und an ihrem Grab ein Totengebet sprechen zu können.

Am 1. April 1832 trat im Großherzogtum Baden ein Gesetz in Kraft, das erstmals der Presse gewisse Freiheiten einräumte. Aus diesem Anlaß fand in der badischen Stadt Weinheim an der Bergstraße ein großes Fest statt. Saul ließ es sich nicht

nehmen, mit einigen seiner Gesinnungsfreunde ebenfalls nach Weinheim zu eilen, um diesen Sieg mitzufeiern.
Als er aus Weinheim zurückkehrte, bestellte ihn der Gemeindevorsteher Abraham Wolff zu sich. »Du hast dich an einer Versammlung von politischen Umstürzlern beteiligt. Das gefällt weder mir noch den andern Vorstandsmitgliedern. Mit deinen Sympathien für die Gesetzesbrecher kompromittierst du die gesamte Rödelheimer Judenschaft.«
»Die Versammlung fand außerhalb Hessens, im Badischen, statt«, verteidigte sich Saul, »und der Verein, der sie einberufen hat, ist dort nicht verboten.«
»Aber hier in Hessen sind die Vereine der Umstürzler verboten.« Abraham Wolff legte, wie es seine Art war, die Hände auf dem Rücken zuammen, beugte den Oberkörper nach vorn und begann seinen staksigen Marsch durch das Wohnzimmer. »Was eigentlich haben Juden bei solchen Veranstaltungen verloren, frage ich dich? Erst recht ein Jude, der die Kinder Jüdischkeit, die Liebe zu Gott und die Achtung vor dem Nächsten und der Obrigkeit lehren soll?«
Saul mußte an den Streit mit dem Vater denken und er hielt es für richtig, darauf keine Antwort zu geben.
»Du antwortest mir nicht?« fuhr Abraham fort. »Auch das ist eine Antwort, aber keine kluge. Ich kann dein Schweigen nur als ein Eingeständnis von Schuld verstehen.«
»Das ist es nicht«, sagte Saul. »Ich habe nichts Verbotenes getan.«
Der Gemeindevorsteher blieb vor Saul stehen, ganz nahe, noch immer die Hände auf dem Rücken, und zischte ihm, jedes Wort betonend, ins Gesicht: »Du hast gefehlt, Saul, ob du es leugnest oder nicht.«
»Dann zeig mir doch, wo es geschrieben steht, daß ich gefehlt habe!«
Abraham Wolff nahm seinen Marsch wieder auf. Er war maßlos wütend. Ein Teufel mußte ihm das eingeflüstert haben, daß er sich für Sauls Berufung an die jüdische Elementarschule

eingesetzt hatte. Wieder blieb er vor dem Lehrer stehen. »Saul Joshua Buchsweiler – ich habe dich nicht rufen lassen, um mit dir lange Debatten zu führen. Der Gemeindevorstand hat dir mit der Ausbildung unserer Kinder eine große Verantwortung übertragen. Aber jetzt, nachdem ich deinen Vater und seine traurige Vergangenheit kennengelernt habe, und nunmehr erfahre, welche Ausflüge du dir zu Unruhestiftern erlaubst, muß ich leider sagen: Du bist auf dem besten Weg, in die Fußstapfen deines Vaters zu treten.«

»Was soll das heißen?«

»Gib dir die Antwort selbst.«

Außer sich vor Wut schlug Saul mit der Faust auf den Tisch: »Was du da sagst, Abraham Wolff, ist eine große Gemeinheit.«

Im Hintergrund des Wohnzimmers hatte während des ganzen Disputs schweigend Abrahams Frau gesessen und sich mit einem Strickzeug zu schaffen gemacht. Jetzt aber schaltete sie sich ein. »Um Gottes willen, Saul, zügele dich!« rief sie. »Mach die Sache nicht noch schlimmer! Das hat Abraham nicht so gemeint. Er ist halt sehr aufgeregt. Auch ich werde nicht schlau aus dir. Du bist ein so guter Talmudlehrer, die Kinder mögen dich, auch mein Notele, die Eltern schätzen dich, du kennst die Heilige Schrift und den Talmud wie kein anderer. Und doch findest du Geschmack an den Revoluzzern und ihren gefährlichen Ideen. Darauf kann ich mir keinen Reim machen. Beim besten Willen nicht. – Du mutest der Gemeinde viel zu. Siehst du das nicht ein?«

Bevor Saul antworten konnte, nahm Abraham wieder das Wort: »Ich will dir reinen Wein einschenken, Saul. Es geht nicht nur um deine Fahrt nach Weinheim zu einer verbotenen Versammlung. Seit längerem schon munkelt man, daß du dich irgendwelchen Revolutionären angeschlossen hast. Ich will hoffen, daß das nicht stimmt. Eines aber sollst du wissen: Wenn du dich noch einmal an einer umstürzlerischen Aktion beteiligst, werde ich deine sofortige Entfernung aus der Schule veranlassen. – Du bist gewarnt, Saul.«

Nach dem Erfolg des Weinheimer Pressefreiheitsfestes wurden die Liberalen mutiger. Eine neue, weitaus größere Kundgebung sollte stattfinden. Als Veranstaltungsort wählte man die Hambacher Schloßruine in der Pfalz. Alle Reformvereine und Oppositionsgruppen in den deutschen Bundesstaaten erhielten Einladungen. Auch die Losungen wurden unmißverständlicher, radikaler. Obenan standen die Forderungen nach der Einheit Deutschlands und nach der Souveränität des Volkes.

Auch die Freunde Sauls gehörten zu den Eingeladenen. Saul wußte, was ihn an Ärger mit dem Gemeindevorsteher erwartete, wenn er zurückkam. Dennoch zögerte er keinen Augenblick, bei dem Allerdeutschenfest, wie die liberalen Einberufer die Kundgebung am Hambacher Schloß voller Euphorie nannten, mitzumachen. Am 27. Mai 1832 fuhr Saul mit seinen beiden Rödelheimer Freunden und einigen gemäßigten Freisinnigen aus dem gleichen Dorf über den Rhein. Auf einem von Frankfurt kommenden Leiterwagen hatten sie Platz gefunden.

Je mehr sich der Wagen dem Hambacher Schloß näherte, um so dichter wurde das Gedränge auf den Straßen. Schließlich reihten sie sich in einer unübersehbaren Kette von Heu-, Pritschenwagen und Kutschen ein. Es schien, als sei ganz Deutschland auf dem Weg zu dem Fest. Die meisten Wagen waren mit Buchen- und Birkenreisern, viele mit schwarz-rot-goldenen Fahnen geschmückt.

Auch auf dem Frankfurter Reisewagen war man in fröhlicher Stimmung. Jedesmal, wenn sie durch ein Dorf kamen, erhoben sich Saul und seine Freunde von ihren Plätzen und riefen den Menschen am Wegrand zu: »Kommt mit zum Allerdeutschenfest!« und dann im Sprechchor: »Wenn das Volk erwacht, stürzt die Fürstenmacht!« und »Nieder mit den Potentaten – alle Macht den Demokraten!« Sie sangen deutsche Freiheitslieder, die mitreißenden Lieder der Französischen Revolution und das für diesen Tag gedichtete und vertonte Lied

»Der deutsche Mai«. Die Freisinnigen hielten sich zurück, besonders bei dem Lied »Ça ira, ça ira!«, das in Hessen nicht gesungen werden durfte.
In den Dörfern auf dem Weg zum Kundgebungsort waren bunt geschmückte Freiheitsbäume errichtet worden, Dorfkapellen spielten zur Begrüßung der durchziehenden Festgäste, Erfrischungen wurden gereicht, Dorfschönheiten winkten mit bunten Tüchern, die Dorfjugend rannte den Wagen nach.
Hinter Neustadt stiegen alle ab und formierten sich zu einem endlosen Festzug. Unzählige Fahnen wurden mitgeschleppt, farbenprächtige Burschenschaftsfahnen, die Fahnen der Bauern- und Handwerkerverbände und vieler Vereine und schwarz-rot-goldene Fahnen.
Besonders malerisch sahen die Studentenabordnungen der deutschen Universitäten aus. Sie hatten sich schwarz-rot-goldene Schärpen umgehängt und handtellergroße Kokarden in den gleichen republikanischen Farben an ihre Röcke geheftet.
Auch Saul hatte sich eine Schärpe beschafft, hängte sie sich über die Schulter und marschierte singend und winkend mit den Studenten. Wo war Abraham Wolff, wo der gesamte obrigkeitsbeflissene Gemeindevorstand mit seinen kleinlichen Bedenken und handfesten Drohungen geblieben? Saul hatte jeden Gedanken an sie aus seinem Gehirn gelöscht. Komme, was da wolle! In der Gemeinschaft der Demonstrierenden, Hunderte erst, dann Tausende, Zehntausende, erfaßte ihn ein nie zuvor gekanntes Gefühl der Geborgenheit. Er hätte jeden einzelnen umarmen und küssen mögen.
Und dann stand er eingekeilt in der Menschenmenge und hörte die Reden, Aufrufe und Rezitationen der verschiedenen politischen Gruppen. Am meisten beeindruckten Saul die feurigen Reden der militanten Schwarmgeister. Ihnen jubelte er am lautesten zu. Sie sprachen von einer glücklichen Menschheit in einer gerechteren Welt, für die es sich lohne zu kämpfen und, wenn es sein mußte, auch zu sterben. Das gefiel Saul. Dann wurden die Freiheitslieder gesungen, und mehr als dreißigtau-

send Festteilnehmer leisteten den Schwur, nicht eher zu ruhen, bis die deutsche Einheit hergestellt und das Volk befreit sei. Nach Schluß der Kundgebung wurde der mitgebrachte Imbiß verzehrt und an Schanktischen, die am Rande des Festplatzes standen, zu einem Umtrunk Platz genommen.
Auch Saul und seine Freunde setzten sich zusammen mit den Heidelberger Studenten an einen langen Tisch. Und während an dem einen Ende das burschenschaftliche »Vivat, crescat, floreat!« erscholl, erklang auf der anderen Seite noch einmal das revolutionäre »Fürsten zum Land hinaus!«
Die Frauen mit den vollen Tabletts beeilten sich, den Durst der vielen trockenen Kehlen mit Bier oder einer Weinschorle zu löschen. Plötzlich fragte eine weibliche Stimme hinter Sauls Ohr: »Paul, bist du es?«
Saul war völlig überrascht, daß ihn jemand mit Paul ansprach. Wer konnte denn wissen, daß er tatsächlich einmal diesen Namen geführt hatte? Eine Stimme aus längst vergangenen Tagen mußte das sein. Er drehte sich um. Eine Frau, etwa in seinem Alter, stand neben ihm, ein volles Tablett mit gefüllten Bechern in den Händen. Unsicher fragte er: »Bist du Julchen?«
Sie antwortete: »Ja, ich bin es. Doch hier heiße ich Juliane.«
»Welch eine Überraschung!« Saul sprang von der Bank auf. Doch er konnte sie nicht umarmen, wie er gern gewollt hätte, und sie machte keine Anstalten, das Tablett abzustellen.
»Eigentlich müßte ich dir noch sehr böse sein – wegen damals, als du mich mitten in der Nacht hast stehenlassen«, sagte sie.
»Aber das ist doch eine ganze Ewigkeit her.«
»Ich habe es nicht vergessen.«
»Ich auch nicht und ich habe noch immer ein schlechtes Gewissen. Kannst du mir verzeihen?«
Sie antwortete nicht. Aber sie stellte jetzt doch das Tablett ab. Saul umarmte und küßte sie.
»Welch ein verrückter Zufall, dich hier zu treffen!« sagte er. »Laß dich anschauen!« Er ging einen Schritt zurück. »Ich hätte dich nicht wiedererkannt.«

»Ich war mir auch nicht ganz sicher, ob du es wirklich bist.«
»Du bist hübsch geworden.«
»Ach, das sagst du nur so.«
»Nein, Julchen – entschuldige, Juliane, das klingt so fremd. Du bist wirklich hübsch.«
»Kannst mich ruhig Julchen nennen. Hast mich ja auch so kennengelernt.«
»Nun verrate mir, Julchen, wie es dich hierher verschlagen hat.«
»Überhaupt nicht verschlagen, Paul. Ich bin hier zu Hause. Vielleicht erinnerst du dich, ich habe es dir erzählt, daß ich aus dem Pfälzer Wald komme. Als ich die Stephansclique verließ, bin ich wieder hierher zurückgegangen. Aber nicht in unser Dorf. Das wirst du verstehen.«
»Und was macht die Stephansclique?«
»Ich habe nie mehr etwas von ihr gehört.«
Die Gäste klapperten mit den leeren Bechern auf den Tischen und riefen nach Bier und Wein, und Julchen nahm schnell das Tablett wieder auf.
»Laß sie doch einen Augenblick warten«, meinte Saul.
»Das geht nicht. Ich muß weitermachen. Mein Chef beobachtet uns schon eine Weile.«
»Wer ist dein Chef?«
»Der Schwanenwirt aus Lambrecht. In dem Dorf wohne ich jetzt.«
Saul sagte schnell noch: »Du mußt mir alles von dir erzählen. Ich bin neugierig zu hören, wie es dir ergangen ist. Später.«
»Wenn du noch Zeit hast, gern. Und du erzählst mir von dir.«
Ein ungeduldiger Tischnachbar rief: »Hör endlich mit dem Schäkern auf, Saul, die Mamsell soll uns bedienen.«
Julchen drehte sich um: »Habe ich richtig gehört – Saul? Ist das nicht ein Judenname? Heißt du nun Paul oder Saul?«
»Auch das erkläre ich dir später.«
Und weil der Schwanenwirt von Lambrecht mit den Radikalliberalen sympathisierte und weil sich bereits die Tische leer-

ten und er auch, wie er sagte, nicht so sein wolle, durfte Julchen auf Bitten Sauls sich mit ihm an einem abseits stehenden Tisch setzen, wo sie miteinander reden konnten. Viel Zeit hatte Saul nicht. Er mußte mit dem Frankfurter Festwagen wieder zurückfahren.

»Damals in der Nacht, als du mich auf der Straße stehenließest«, begann Julchen, »wartete ich lange. Kein Hund schlug an, kein Licht im Haus leuchtete auf, und du kamst nicht zurück. Da wurde mir klar, daß du mich verlassen hast. Ich habe mich auf einen Stein gesetzt und losgeheult. So elend hatte ich mich noch nie gefühlt.«

Sie holte tief Luft und fuhr fort: »Ich wußte nicht, was ich machen sollte. Ich wollte nicht mehr zu Stephan und seiner Truppe zurück. Aber was sollte ich tun? Ich lief in die Nacht hinein und wußte nicht, wohin mich der Weg führen würde. Am andern Morgen klopfte ich an einem Pfarrhaus an. Ich habe dem Pfarrer alles mögliche vorgelogen. Er glaubte mir bestimmt kein Wort davon. Aber er schickte mich nicht wieder fort. Ich durfte im Haus bleiben und in der Küche und im Garten helfen. Sehr bald bekam der Pfarrer doch die ganze Wahrheit über mich heraus, und er wollte mich in ein Waisenhaus stecken. Aber die Pfarrersfrau vereitelte das. Sie war sehr gut zu mir. Bald darauf adoptierte mich ein Korbmacher im gleichen Ort. Das hatte die Pfarrersfrau eingefädelt und es sicher gut gemeint. Aber für mich begann eine harte Zeit. Der Korbmacher brauchte mich nur als Arbeitskraft. Oft hat er mich geschlagen. Und seine Frau auch.«

»Wie lange warst du da?«

»Fast sechs Jahre.«

»Warum bist du so lange bei ihm geblieben?«

»Wo sollte ich denn sonst hin? In der elenden Kate des Korbmachers war ich allemal noch besser aufgehoben als auf der Landstraße. Aber immer hoffte ich, dort wieder herauszukommen. Als der Erstbeste kam, der mich heiraten wollte, sagte ich sofort zu. Das habe ich sehr schnell bereut. Er war ein böser

Mann, ein Bauer, fast zwanzig Jahre älter als ich. Kaum war ich in seinem Haus, schlug er mich noch schlimmer als der Korbmacher. Ich weiß nicht, ob man es eine Fügung Gottes nennen darf – ein Pferd schlug aus und dem Mann in den Unterleib. Nach drei Tagen starb er. Von dem Erbe habe ich keinen Pfennig bekommen, seine Söhne drohten mir, wenn ich auf mein Erbteil bestehen sollte, würde es mir schlecht ergehen. Ich packte mein Bündel und machte mich auf den Weg in meine alte Heimat. Seitdem verdiene ich mein Geld hier in Lambrecht.«

Julchen lehnte sich zurück und legte die Hände in den Schoß. Das viele Reden hatte sie erschöpft. Sie war es nicht gewohnt.

»Und weiter?« fragte Saul.

»Nichts weiter. Das ist alles. Wie du siehst, habe ich von meinem Leben nicht viel zu berichten, höchstens noch, wie sehr ich dem Herrgott dankbar bin, er ließ mich in Lambrecht eine feste und gute Bleibe zu finden.«

»Bist du fromm?«

»Nein, nicht sehr. Aber an den Herrgott glaube ich schon.«

»Und jetzt arbeitest du beim Schwanenwirt?«

»Nein. Ich arbeite in einer Tuchfabrik. Ich bediene nur nebenher. In der Fabrik verdient man sehr wenig. Das langt kaum zum Leben. Darum arbeite ich hier als Aushilfe. Das geht auch nur, weil heute Sonntag ist.« Julchen machte eine Pause, und Saul fragte sie: »Bist du wieder verheiratet?«

»Nein, ich habe genug von der einen Ehe.« Sie hielt an. »Nein, das ist nicht die ganze Wahrheit. Wahr ist, ohne Mitgift findet man in meinem Alter keinen Mann mehr. Ich bin bereits neunundzwanzig.«

»Das ist doch noch kein Alter, Julchen.«

»Hier auf dem Land schon. Wie es in der Stadt ist, weiß ich nicht.« Sie stieß hörbar die Luft aus. »Nun habe ich wirklich genug von mir erzählt. Jetzt erzähle du mir von dir. Das wird bestimmt interessanter sein.«

»Weiß ich nicht. Ich bin Lehrer an einer Schule in der Nähe von Frankfurt. Der Ort heißt Rödelheim.«

Während Saul noch überlegte, auf welche Weise er Julchen klarmachen sollte, daß er Jude und dazu noch Religionslehrer war, fragte sie schon, als habe sie seine Gedanken erraten: »Warum haben dich deine Freunde vorher Saul gerufen und nicht Paul? Haben sie dich nur gehänselt, oder heißt du wirklich so?«
»Ich heiße so.«
»Das ist doch ein hebräischer Vorname. Dann bist du ein Jude, ein richtiger Hebräer. Stimmt das?«
»Ja, das stimmt«, antwortete er. »Ich bin ein richtiger Hebräer. Nur bei der Stephansclique habe ich mich Paul genannt. Sonst hätte ich bestimmt nicht bei euch bleiben dürfen.«
»Das ist wahr. Stephan hätte dich davongejagt, wenn er das gewußt hätte. Er mochte die Juden nicht.«
»Magst du sie?«
»Ich weiß nicht«, druckste Julchen. Sie schüttelte den Kopf.
»Dann hast du mir und denen von der Clique die ganze Zeit etwas vorgemacht.«
»Ich habe dir schon gesagt, warum.«
»Das hab ich auch verstanden. – Aber da ist noch etwas. Unser Pfarrer sagt immer, Juden und Christen hätten noch nie zueinander gepaßt. Davon ist er überzeugt.«
»Und du?«
»Ich glaube es auch.«
»Damals, im Stroh, da paßten wir immer zueinander.«
Julchen überlegte lange. Dann antwortete sie: »Ja, damals, als wir beide zusammen bei der Clique waren, das war eine gute Zeit. Da haben wir auch zusammengepaßt. Das ist kein Wunder. Ich wußte ja nicht, wer du bist.«
»Und wenn du es nie erfahren hättest, wäre dann alles in Ordnung gegangen?«
»So ist das auch nicht. Ein Judd ist ein Judd, und das wird immer so bleiben.«
»Entschuldige, da komme ich nicht mit. Wo ist da die Logik?«
Gegen diese Frage protestierte Julchen. »Wenn du philosophieren willst, mit mir nicht. Ich bin keine Studierte. – Aber du hast

schon recht. Damals, da hätte es noch lange so weitergehen können mit uns, wenn du nicht –.«

Saul unterbrach sie: »Ich konnte wirklich nicht anders. Das mußt du mir glauben.«

»Laß gut sein. Mit deinem Hebräertum komme ich so und so nicht zurecht. Erzähle weiter von deinem Leben. Das interessiert mich weit mehr.«

»Viel habe ich nicht mehr zu erzählen. Ich sagte dir schon, ich bin Lehrer, genauer: Religionslehrer an einer Judenschule.«

»Auch das noch!« entfuhr es ihr. Aber es klang keineswegs abweisend, eher überrascht. »Ist deine Familie auch in dem Dorf, in dem du Lehrer bist?«

»Ich habe keine Familie.«

»In deinem Alter keine Familie?«

»Stimmt, das ist ungewöhnlich. Aber es hat seine Gründe. Vielleicht kann ich es dir ein andermal erklären. Nicht jetzt.«

»Wenn wir uns jemals wiedersehen sollten«, meinte sie und hob wie im Zweifel die Schultern.

»Warum eigentlich nicht? Ist doch gut möglich. Ich hoffe es sogar.« Er streichelte ihre Hände, die sie wieder auf den Tisch gelegt hatte. Jetzt zog sie sie nicht mehr weg.

Er schaute ihr offen ins Gesicht und sagte: »Ich freue mich, dich wiedergetroffen zu haben. Ich habe oft an dich gedacht.«

»Ich freue mich auch«, sagte sie leise.

Danach trat eine längere Pause ein. Als erster fand Saul wieder Worte. Er sagte: »Vorher hast du mir erzählt, dein Mann, der dich immer schlug, sei durch einen Pferdetritt zu Tode gekommen, und du hast mich gefragt, ob das eine Fügung Gottes sein könnte.«

»Das war nur so dahergeredet, weil mich der Pferdetritt von ihm erlöst hat.«

Saul faßte sich ans Kinn. »Ich überlege die ganze Zeit, ob nicht auch unser Zusammentreffen hier an der Hambacher Schloßruine eine Fügung Gottes ist.«

»Vielleicht.«

Beide standen auf und gingen ein paar Schritte nebeneinander her. Da drehte Julchen den Kopf zu Saul und sagte: »Du bist zwar ein Jude, aber doch ein netter Kerl.«
»Danke für das Kompliment.«
Das sagte er so komisch, daß sie nicht wußte, ob er es ernst oder spöttisch gemeint hatte. Sie fuhr fort: »Ich habe mir Juden immer ganz anders vorgestellt.« Dabei wurde sie über und über rot.
»Ist das nun gut oder schlecht für mich?«
»Ich weiß nicht. Jedenfalls beschäftigt es mich sehr. Paul ist nicht Paul, sondern Saul, und Saul ist kein Christ, sondern Jude, und ein Jude nimmt am Allerdeutschenfest teil, und man kann sich sogar ganz normal mit ihm unterhalten.« Sie schaute ihn noch einmal von der Seite an. »Ich weiß nicht, was ich sagen soll. Das geht einfach nicht in meinen Kopf. Ich bin ganz durcheinander von alldem.«
»Ich bin es auch, Julchen.«
Sie hatten keine Zeit mehr, ihr Gespräch fortzusetzen, die Frankfurter Festteilnehmer drängten zum Aufbruch.
Schnell fragte Saul noch: »Darf ich dich einmal in Lambrecht besuchen?«
»Wenn du willst, gern. Ich wohne bei Tante Ännchen, direkt neben dem Rathaus.
Zum Abschied umarmten und küßten sie sich.

15. Kapitel

Noch bevor David irgend jemand in Friedberg aufsuchte, ging er auf den nahen Judenfriedhof und zu Sarahs Grab. Er betete ein Totengebet und setzte sich dann neben den von Efeuranken umwucherten Grabstein. Lange blieb er dort sitzen, die Augen geschlossen, den Kopf in die Hände gestützt. Er hatte Sarahs Leben zerstört. Nie zuvor war ihm das so klar gewesen. Tonlos formten seine Lippen die Worte: »Warum, mein Gott, mußte sie für meine Sünden büßen? Und hast mein Leben geschont? Warum nur?«

Später wußte David nicht, wie lange er am Grab gewesen war und wann er den Friedhof verlassen hatte. Kein Hauch von Erinnerung war ihm geblieben, wie er in die Judengasse gelangt war. Er hatte das Empfinden, er sei nicht selbst gegangen, sondern jemand habe ihn getragen.

Der bucklige Diamantenhändler und Geschichtenschreiber Mayer Hirsch, Feigeles Ehemann, nun bereits weit über sechzig, war ein einflußreiches Mitglied der Friedberger Judengemeinde. Der Vorstand nahm oft und gern seine Hilfe in Anspruch, wenn es ums Formulieren von Bittgesuchen an den Magistrat der Stadt und Stundungsangelegenheiten ging oder wenn Beschwerdebriefe geschrieben werden mußten. Er war im Aufsetzen solcher Schriftstücke sehr geschickt. Sie waren wie seine Kurzgeschichten kleine literarische Meisterwerke und verfehlten ihre Wirkung nicht. Voller Hochachtung nannten ihn die Friedberger Juden Mayer, der Schreiber.

Feigele bat ihren Mann, David vorerst in ihrer Wohnung aufzunehmen, und Mayer Hirsch war dazu bereit. Er konnte den Gemeindevorstand auch davon überzeugen, David würde als Aushilfslehrer ein guter Griff sein. Er sei zwar nicht mehr einer der Jüngsten, aber das habe nichts zu besagen, mit den Erfahrungen seines Alters und seiner bewegten Vergangenheit könne er in der Schule neben den jungen Lehrkräften einen Ausgleich schaffen. Das käme letztlich allen, Lehrern und Schülern, zugute. Das Risiko war auch gering. David könne man nach sechs Monaten Probezeit den Laufpaß geben.
Das war einleuchtend. Selbstverständlich beeinflußte die Entscheidung auch der Wunsch der Gemeinde, Mayer Hirsch eine Gefälligkeit zu erweisen. Seine Bittgesuche waren so wertvoll wie bares Geld. Und darum gab man dem stellungssuchenden Lehrer eine Chance, sich zu bewähren.
David blieb nicht lange in der Wohnung von Mayer Hirsch. Der Diamantenhändler wollte David nicht schnell aus der Wohnung heraushaben, er mochte den in den Ruhestand getretenen Banditen. Und Feigele hätte David am liebsten ganz bei sich behalten. Aber nachdem ihm die Stelle des zweiten Aushilfslehrers zugesprochen worden war, mußte David ins Schulhaus umziehen. Der Gemeindevorstand war der Meinung, ein Lehrer, und erst recht ein Aushilfslehrer, habe im Schulhaus zu wohnen, damit man ihn immer bei der Hand und in der Nähe der Schüler habe.
Und so bezog David im gleichen Haus in der Friedberger Judengasse wieder Quartier, in dem er bereits viele Jahre zuvor Unterschlupf gefunden hatte. Das erste Mal als wohnsitzloser Aushilfslehrer in der winzigen Wohnung des Aron Süßkind, und später in dem Verschlag unterm Dach, den ihm der mittlerweile verstorbene Lehrer zurechtgemacht hatte.
David stieg mit dem Synagogendiener die steile Treppe des Schulhauses hoch. Er wurde unruhig. Sollte er etwa in dem gleichen Verschlag untergebracht werden, in dem er als Bandit sich versteckt hatte? Er sollte.

»In diesem elenden Loch?« fragte er entsetzt.
»Wo denn sonst?«
»Das kann nicht dein Ernst sein, Reb Schammes. Hier würde man nicht einmal einen Hund unterbringen.«
»Willst du eine Herrschaftswohnung?«
»Das nicht, aber –«
»Was aber? Du weißt wohl nicht, wie groß die Wohnungsnot in unserer Gasse ist. Da kann ein Aushilfslehrer, noch dazu einer auf Probe, keine Ansprüche stellen. Wo kämen wir da hin? Nun, der Schlafplatz ist sehr klein und einfach, und auf der Erde liegen ist nicht besonders bequem. Andere aber haben nicht einmal ein Dach überm Kopf. Außerdem ist das mit der Kammer hier oben nicht meine Idee. Der Gemeindevorsteher hat es angeordnet –«
»– hier zu leben?«
»Wer sagt leben? Du sollst hier nächtigen, nichts weiter. Dein Aufenthalt tagsüber ist ohnehin in der Schule. Und deine Mahlzeiten kannst du ebenfalls unten einnehmen.«
»Ihr mutet mir weiß Gott viel zu«, sagte David.
Da zog ihn der Synagogendiener am Ärmel, näherte seinen Kopf Davids Ohr und sagte leise und geheimnisvoll: »Ganz im Vertrauen, Reb Buchsweiler, ich glaube, du mußt nicht lange hier oben unterm Dach schlafen.«
Er machte eine Pause und zog eine Grimasse, als wisse er noch mehr und warte nur darauf, daß David ihn danach frage.
Der tat ihm den Gefallen und fragte: »Wieso meinst du das?«
Der Synagogendiener stieß mehrmals den Finger zum Boden.
»Darum. Salomon Ehrmann, unten im zweiten Stock, der frühere Lehrer – er war ein guter Lehrer, es ist schade um ihn – der machts nicht mehr lang. Tag und Nacht hustet er und spuckt Blut. Wenn der zu Kewer Israel geht, wie gesagt, es dauert nicht mehr lange, kannst du bestimmt in seine Kammer einziehen. Sie hat ein Fenster und sogar eine richtige Tür.«
»Muß immer erst einer sterben?«
»So ist das Leben. Der eine geht, der andere kommt, mancher

geht nicht schnell genug, und mancher kommt zu früh. So ist bei uns armen Juden das Leben.«
»Schon gut, Reb Schammes. Wenn es mit dem Schulunterricht so weit ist, ziehe ich hier ein.«

In der Friedberger Judengasse, in der jeder alles über jeden wußte, die Enge machte Mauern und Herzen durchsichtig, konnte es nicht verborgen bleiben, welch eine aufregende Vergangenheit der Aushilfslehrer hatte. Doch anders als in Rödelheim stieß sich kaum jemand daran. Die meisten Gettobewohner erinnerten sich noch gut daran, weswegen diese Banden entstanden waren, hatten sie nie abgeschrieben und zu den ihren gezählt und sie vor ihren Verfolgern in Schutz genommen. Leute vom Schlage Seligmann Gröde bildeten die Ausnahme.
Bald erfuhren auch die Schüler, wer der neue Aushilfslehrer mit dem halb abgeschnittenen Ohr und der blassen Narbe quer über der Backe einmal war. Der Bandit Dov Stutzohr. Eines Tages fragte ihn ein ganz kecker Schüler unverblümt: »Reb Buchsweiler, ihr sollt früher einmal zu einer Räuberbande gehört haben. Stimmt das?«
»Stimmt, Mottele.«
»Und ihr sollt sogar ihr Anführer gewesen sein.«
»Auch das stimmt.«
»Sie soll Bergwinkelbande geheißen haben.«
»Was du nicht alles weißt!«
»Dann könnt ihr uns doch einmal einiges von eurer Bande erzählen, was ihr mit ihr so alles erlebt habt.«
»Könnte ich, aber ich will nicht.«
»Warum nicht?«
»Weil es schon so viele Jahre zurückliegt, und ich es vergessen will.«
»Erzählt uns etwas – dann könnt ihr immer noch vergessen.«
David lächelte über die vorwitzige Bemerkung und schüttelte den Kopf. »Laß sein, Mottele. Ich werde nicht erzählen.«

»Nur einmal solltet ihr uns was erzählen, weil wir doch alle so neugierig sind. Dann fragen wir auch nie mehr.«
David, der den kurzen Dialog mit dem Schüler bis jetzt eher amüsiert geführt hatte, wurde ernst und entschieden: »Merkt euch ein für allemal: Mein früheres Leben hat nichts mit meiner Arbeit hier in der Schule zu tun. Absolut nichts! Ich bin euer Lehrer, will euch so viel wie möglich beibringen, damit ihr einmal im Leben besser vorankommt und es euch, wenn ihr erwachsen seid, nicht so dreckig geht. Also: Vergessen wir Motteles Fragen. – Wo waren wir zuvor stehengeblieben? Chaim?«
»Beim Zahlenwert von Lamed.«
»Ah ja. Der Zahlenwert von Lamed ist? – Kennt ihn niemand? – Doch, du, Moritz? Also?«
»Der Zahlenwert von Lamed ist dreißig.«
Die Schüler nahmen ohne weiteren Widerspruch zur Kenntnis, daß sie von David nichts über sein Banditenleben erfahren würden. Um so abenteuerlicher wurden aber die Geschichten, die sie sich untereinander über Dov Stutzohr und die Bergwinkelbande erzählten. Alle waren angeblich wahr. Sie hatten sie von Leuten, die beschworen, es genau zu wissen. Und David stieg ein großes Stück im Ansehen seiner Schüler.
Sogar Rabbiner Feibisch Frankfurter erklärte einem Juden, der sich Sorgen machte, weil er in unmittelbarer Nähe des Schulgebäudes wohnte und damit in Davids Nachbarschaft: »David Löb Buchsweiler hat für seine Vergehen gebüßt, in bitteren fünfzehn Jahren in einem schrecklichen Verlies. Er hat sein Schuldenkonto ausgeglichen. Darum sollten wir ihm nichts nachtragen.«
»Ist er denn ein anderer geworden?«
»Gewiß doch.«
»Ist er reuig?«
Der Rabbi kratzte sich am Kopf. »Ob er reuig ist, das weiß ich nicht. Aber was spielt das für eine Rolle? Ich vertraue ihm. Und das solltest du auch.«

Eines Tages nahm Feigele David auf die Seite. Sie zog den Ring an der Roßhaarschnur aus ihrer Bluse hervor, streifte die Schnur über den Kopf und reichte ihn David hin. »Nimm den Ring wieder zurück«, sagte sie, »ich habe ihn für dich aufgehoben. – Du warst verwirrt, als du ihn mir zurückgegeben hast, damals, als Sarah starb.«
»Ich will ihn nicht mehr.«
»Es ist dein Ring. Nimm ihn! Bitte!«
Feigele sagte das fast flehentlich, und David brachte es nicht übers Herz, sie abzuweisen. Er nahm den Ring und stopfte ihn in die Tasche.
»Du solltest die Schnur über deinen Kopf tun, so wie du ihn früher getragen hast.«
»Wofür soll das gut sein?« fragte David. »Glaubst du denn immer noch an das Wunder?«
»Du kannst es damit halten, wie du willst«, gab sie zur Antwort. Aber sie war von der Wunderwirkung des Ringes überzeugt und glaubte auch Beweise zu haben. Hatte nicht der Ring David, so lange er ihn trug, vor der Polizei geschützt? Feigele wußte doch, wie viele tollkühne Unternehmen er mit der Bergwinkelbande durchgeführt hatte, ohne jemals gefaßt zu werden. Daß David nicht am Galgen endete, war ein Wunder. Als er wenige Tage nach Sarahs Tod den Ring in Feigeles Schoß warf, zerbrach sein Schutzschild. Er wurde für viele Jahre in die Festung gesperrt. Ganz im stillen führte Feigele auch die Begegnung mit einem Mann auf den Ring zurück, der bereit war, mit ihr, sie war bereits Mitte Vierzig und hatte eine verkrüppelte Hüfte, zusammenzuleben. Sie war überzeugt, man müsse nur fest an die Kraft des Ringes glauben, dann würden Wunder auch eintreten.

Am andern Tag ging David in der Abenddämmerung auf den Friedhof. Er zerrte das dichte Geflecht der Efeuranken auseinander, das über Sarahs Grab zusammengewachsen war, legte

den Ring samt Roßhaarschnur auf die dunkelfeuchte Erde und schob Wurzeln und Ranken wieder zusammen. Er war sich selbst nicht darüber im klaren, was er damit bezweckte. Was konnte die tote Sarah mit dem Ring anfangen? Selbst wenn er Wunderkraft besäße, würde sie ihr nichts mehr nützen. Nur die Lebenden brauchten Wunder, nicht die Toten. Aber wegwerfen wie schon einmal konnte er den Ring nicht.
David blieb in Gedanken versunken inmitten der Gräber stehen. Warum war der Ring, als er ihn damals in der Burg Gelnhausen in die Kinzig geworfen hatte, an einem Strauch hängengeblieben und warum hatte er ihn nach kurzer Zeit wiedergefunden? Ob vielleicht doch etwas Besonderes an dem Ring dran war? Er ging weiter und merkte, wie sich seine Überlegungen ineinander verhakten und verwirrten und wie er sich ständig selbst widersprach. Dennoch hatte er das Gefühl, das einzig Richtige mit dem Ring getan zu haben. Es kam ihm wie eine Erleuchtung: Während einer Zeit, in der die Erde immer mehr ihrer Geheimnisse preisgab und Wunder immer rarer wurden, war es doch nur vernünftig, den Ring an Sarahs Grab aufzubewahren, es konnte keinen besseren Platz für ihn geben.

Das Hambacher Fest löste ein großes Erschrecken bei den deutschen Fürsten und den Regierenden aus. Sie erließen eine Flut von Verboten. Wo sie eines Oppositionellen, der an dem Fest teilgenommen, habhaft werden konnten, verhafteten sie ihn. Das Gedränge in den Zuchthäusern und Gefängnissen südlich des Mains wurde noch größer.
Abraham Wolff bestellte Saul bereits am Morgen nach dem Festtag zu sich und erklärte ihm: »Ein Lehrer, der mit Unruhestiftern und Umstürzlern gemeinsame Sache macht, hat an unserer Schule nichts zu suchen. Im Namen des Gemeindevorstands ist dir, Saul Jeshua Buchsweiler, ab sofort die Stelle als Religionslehrer in unserer Gemeinde entzogen. Noch heute wird der Ortsvorsteher von unserem Beschluß verständigt.«

Abraham Wolff schaute Saul erwartungsvoll ins Gesicht. Doch der blieb stumm. Er empfand deutlich, wie zwecklos es war, irgend etwas einzuwenden oder gegen die Entscheidung des Gemeindevorstands zu protestieren. Die Androhung der Entlassung war unmißverständlich und die Verkündung am heutigen Tag auch.
Abraham Wolff wartete noch einige Sekunden, dann fuhr er fort: »Ich verstehe, du hast mir nichts mehr zu sagen. – Ich dir auch nicht.«
Schweigend verließ Saul das Haus des Gemeindevorstehers.

Auch in Rödelheim trieben sich Polizeispitzel herum. Die Freisinnigen, die glaubten, niemand könne ihnen wegen der Teilnahme an einer genehmigten Kundgebung etwas anhaben, waren guten Muts und folgten der Aufforderung der Polizeibehörde, sich einem Verhör zu stellen. Sie wurden von den großherzoglich-hessischen Vernehmungsbeamten, die angereist waren, um die Nachforschungen zu betreiben, ausnahmslos alle verhaftet.
Saul und seine Freunde waren mißtrauischer. Sie wußten, die regierenden Fürsten würden nicht zimperlich sein, und sie verschwanden aus dem Dorf. Bei Gleichgesinnten, die bereits im Untergrund lebten, fanden sie eine Bleibe.
Saul nahm den Weg nach Darmstadt. In einem halben Tagesmarsch erreichte er unbehelligt die Stadt. Seine Heidelberger Freunde hatten ihm dort eine Adresse gegeben, an die er sich wenden könne, wenn er einmal in Not gerate. Es war die eines Bibliothekars an der großherzoglichen Hofbibliothek, der die in Darmstadt sehr rührige Gesellschaft der Menschenrechte unterstützte. Diese Vereinigung war wie alle anderen Zusammenschlüsse, deren Mitglieder Demokratie in Deutschland erstrebten, verboten.
In der Abenddämmerung betrat Saul das Mietshaus und läutete. Er sagte seinen Erkennungssatz und wurde eingelassen.

Der Bibliothekar, der durch vieles Tabakschnupfen eine verfärbte Knollennase besaß, war, nach seinem Äußeren zu urteilen, kein für Fortschritt kämpfender Mann. Saul stellte jedoch bald fest, daß er sich getäuscht und es mit einem temperamentvollen Demokraten zu tun hatte, der mutig genug war, Gesinnungsfreunde zu verstecken. Von ihm erfuhr Saul auch, daß er auf der Fahndungsliste der hessischen Justizbehörde stand.

»Aber sagt mir, welchen Grund sollten die Behörden haben, mich auf diese Liste zu setzen? Doch nicht nur wegen meiner Teilnahme am Hambacher Fest?«

»Nein, nicht allein darum. Aber offenbar weiß die Justizverwaltung, wer an der Druckschrift, die das Programm der Revolutionären Demokraten enthält, mitgearbeitet hat. Andeutungen in dieser Richtung sind eurer Personalbeschreibung beigefügt.«

Saul wollte es noch immer nicht glauben: »Das wußten doch nur wenige Freunde in Frankfurt.«

»Ich vermute, daß einer aus der Frankfurter Gruppe ein Verräter war.«

»Das kann unmöglich sein.«

»O doch«, widersprach der Bibliothekar, »es gab leider einige Verräter in den illegalen Zirkeln. Auch in Frankfurt.«

»Demokraten, Revolutionäre sind zu Verrätern geworden?«

»Nein, nicht geworden, sie sind es von Anfang an gewesen, Polizeispitzel, die in die Gruppen eingeschleust wurden. Jedenfalls müßt Ihr auf der Hut sein. Ich rate Euch, das Land für einige Zeit zu verlassen. Wenn das, was gegen Euch vorgebracht wird, stimmt, und man erwischt Euch, dann sind Euch einige Jahre Kerker sicher. Im ganzen Großherzogtum und besonders hier in Darmstadt sind schon viele verhaftet worden.«

In Hessen hatte es die großherzogliche Geheimpolizei hervorragend verstanden, ihre Agenten in die konspirativen Gruppen einzuschleusen. Der größte Teil der Revolutionären Demokraten und der Gesellschaft der Menschenrechte wurde in Gefängnisse geworfen. Diejenigen, die von der Polizei nicht aufgegrif-

fen wurden, flohen ins Ausland, entweder ins Elsaß oder in die Schweiz.
Nachdem sie zusammen zu Abend gegessen hatten, sagte der Bibliothekar: »Hier im Haus könnt Ihr nicht die Nacht verbringen. Das wäre zu gefährlich für Euch. Ich habe das Gefühl, als würde auch ich schon seit einigen Tagen beobachtet. Sie wollen wahrscheinlich wissen, wer bei mir ein und aus geht. Drei Straßen weiter wohnt ein junger Physikus.« Er gab Saul den Namen und die genaue Adresse. »Wenn Ihr ihm sagt, wer Euch schickt, wird er Euch für eine Nacht eine Schlafstelle geben. Kommt morgen um die gleiche Zeit hierher, dann ist jemand da, der bereit ist, Euch über den Rhein und bis an die Grenze zu bringen.«
Als sie sich voneinander verabschiedeten, sagte der Bibliothekar: »Benutzt den Hinterausgang. Das ist sicherer.«
Saul kam nicht mehr dazu, am andern Abend den Bibliothekar aufzusuchen. Er war noch am selben Tag verhaftet worden. Saul wurde von einem Bewohner des Mietshauses darüber informiert. Saul konnte aus Darmstadt verschwinden, bevor man auf ihn aufmerksam wurde.
Ohne jede Hilfe war es schwierig, den Verfolgern zu entkommen. Nirgendwo war für Saul ein Schlupfloch vorbereitet. Wohin er sich auch wenden würde, die Häscher wären, wie beim Märchen vom Hasen und Igel, immer schon vor ihm da. In einem Dorfgasthaus an der Bergstraße, seine erste Fluchtstation, überlegte er, ob er nach Friedberg gehen solle. Dort würde er bestimmt einen Unterschlupf finden. Doch er wollte dem Vater und Feigele nicht zur Last fallen. Also blieb, wie es ihm der Bibliothekar geraten hatte, nur das Ausland. Sauls Entschluß fiel für das Elsaß.
Bei Mannheim überquerte er den Rhein und wählte den weniger gefährlichen Weg zur französischen Grenze durch den Pfälzer Wald. Auf den Hauptstraßen hätte er mit Kontrollen rechnen müssen. Aus dem gleichen Grund wagte er es auch nicht, Postkutschen zu benutzen. Er ging zu Fuß und ließ sich

gelegentlich von einem Bauern auf seinem Fuhrwerk mitnehmen und übernachtete auch nur selten in einem Dorfgasthaus. Meist suchte er eine Feldscheune oder einen leeren Hirtenwagen zum Schlafen. Und außerdem konnte er, wenn er den Fluchtweg durch den Pfälzer Wald nahm, Julchen in Lambrecht besuchen. Er wäre gern ein oder zwei Tage bei ihr geblieben.
Julchen nahm ihn, obwohl er sogleich sagte, er sei auf der Flucht und ihr die Gründe nannte, herzlich auf. Später sagte sie: »Wir müssen zu Tante Ännchen hinuntergehen und sie fragen, ob du über Nacht hier im Haus bleiben kannst.«
Saul meinte: »Das machen wir am besten gleich.«
»Warte. Da ist noch etwas zu klären. Bei Tante Ännchen und auch außerhalb des Hauses bist du Paul, immer nur Paul und nicht Saul. Das mußt du dir merken, sonst gibt es Schwierigkeiten. Sie würde einen Juden sofort aus ihrem Haus werfen. Kein Mensch hier im Dorf würde einen solchen bei sich übernachten lassen.«
»Wie du willst. Dann werde ich halt Paul sein – für die andern. Und ich werde dich Juliane nennen. Ist dir das lieber?«
»Nein. Ich war Julchen, als ich dich auf der Landstraße kennengelernt, dich gern gehabt und in den Feldscheunen gewärmt habe. Drum möchte ich auch jetzt Julchen bleiben, für dich.«
Als er das hörte, wurde es Saul ganz warm ums Herz.
Sie stand auf und sagte: »Ich will dir etwas zeigen«, ging an ein kleines Wandbord, kramte in einer bemalten Spanschachtel, die obenauf stand, und holte eine kleine, aus Blech gepreßte Blume hervor. Sie hielt sie Saul hin. »Erinnerst du dich an sie?«
»Ist es die von mir?«
»Ja, du hast sie mir am Abend, bevor du die Clique verlassen hast, geschenkt.«
»Ich weiß, ich hatte sie bei einem Trödler auf einem Jahrmarkt gestohlen.«
»Und ich habe sie immer aufgehoben, als eine Erinnerung an dich. Du siehst, ich habe dich nie vergessen.«

Saul nahm sie in die Arme, strich ihr über Gesicht und Haare und küßte sie. »Ich habe auch oft an dich gedacht«, versicherte er ihr.
Julchen löste sich von ihm. »Wir müssen jetzt nach unten gehen, zur Tante. Sie wartet bestimmt schon auf uns.« Sie legte sich einen Schal um die Schultern und ging voraus.
Tante Ännchen war eine alte Jungfer. Ein Dutzend Katzen waren ihre Hausgenossen. Sie sprach mit den Tieren, als wären es Kinder, lobte und schimpfte sie. Die Katzen genossen in ihrem Haus absolutes Vorrecht. Tante Ännchen empfing die beiden freundlich, scheuchte ein paar Katzen weg und hieß die beiden Platz nehmen. »Ich habe schon gehört, meine Liebe, du hast Besuch«, sagte sie.
»Ein alter Freund von mir ist ganz plötzlich aufgetaucht. Ich habe gar nicht mit ihm gerechnet.«
»Wer ist er?«
»Er ist ein Lehrer, sein Name ist Paul.«
»Und weiter?«
Julchen stockte. »Paul –« Sie hatte Saul noch nie nach dem Nachnamen gefragt. Aber blitzartig erinnerte sie sich an das Dorf, in dem er Lehrer war. Sie sagte kurzentschlossen: »Paul Rödelheim.«
»Rödelheim? Ein komischer Name.«
»Das finde ich auch. Aber so heißt er nun mal.«
Saul kam ihr zur Hilfe. »Der Name kommt nicht oft vor. Aber nennen Sie mich doch einfach Paul.«
»Gut, Herr Paul. Und was machen Sie hier?«
Julchen glaubte, ihrer Tante besser Rede und Antwort stehen zu können als Saul und antwortete für ihn. »Er ist auf der Durchreise und bleibt nur einen oder zwei Tage in Lambrecht.«
Tante Ännchen machte den Vorschlag: »Dann gehen wir doch gleich zum Schwanenwirt hinüber und fragen, ob er ein Zimmer für ihn hat.«
Julchen wußte, diese Empfehlung der Tante würde kommen,

und sie hatte sich bereits einen Einwand zurechtgelegt: »Paul hat momentan nicht viel Geld. Er ist auf Stellungssuche. Ob er vielleicht hier im Haus übernachten kann?«

»Ach so.« Tante Ännchen schien zu verstehen. Sie war durchaus nicht prüde und machte sich schon seit langem Gedanken um die Zukunft ihrer Nichte. Aus den Augenwinkeln taxierte sie Paul und gewann den Eindruck, er sei kein so übler Kerl, im rechten Alter für Juliane und darum vielleicht ein möglicher Heiratskandidat. Man müßte ihnen die Gelegenheit geben, sich näherzukommen. Das ging am besten hier im Haus. »Ja, wenn das so ist«, fuhr sie fort, »dann können Sie für ein paar Nächte hier bleiben. Platz genug haben wir.«

»Ja, Tante, Platz genug habe ich.«

Saul machte im Sitzen eine leichte Verbeugung und sagte artig: »Ich danke Ihnen für Ihre Großzügigkeit.«

»Wenn ihr wollt, könnt ihr später zum Abendessen herunterkommen. Wenn ich die Katzen gefüttert habe.«

»Gern, Tante Ännchen. Sag uns Bescheid, wenn es so weit ist.«

Beim Hinausgehen der beiden gab die Tante hinter Sauls Rükken Julchen noch einen zwinkernden Wink mit einem Auge und den Backenmuskeln, womit sie ihr zu verstehen geben wollte: Nicht schlecht der Bursche. Halt ihn dir warm!, und sie stieß ihr noch leicht mit der Faust in die Seite.

Saul vergaß, daß Julchen eine Christin war, eine Frau, die nicht zum Volk Israel gehörte und darum von Juden abschätzig als Schickse bezeichnet wurde, mit der man sich unter keinen Umständen einlassen durfte. Und wenn es doch einmal geschah, wurde das von den Bewahrern der Reinheit des von Gott auserwählten Volkes aufs schärfste verurteilt.

Zur gleichen Zeit vergaß Julchen, mit einem Hebräer, einem Beschnittenen, ihr Lager zu teilen, den zu verachten sie verpflichtet war, weil Juden doch Gott leugneten und ihre Blutschuld am Tod von Jesus Christus untilgbar war.

Am nächsten Morgen mußte Julchen bevor die Hähne krähten aufstehen. Sie durfte keinen Arbeitstag in der Tuchfabrik versäumen. Zu viele, die keine Arbeit hatten, warteten und hofften darauf, es könnte ein Platz in einer der Produktionshallen frei werden. Auch Krankheit war kein Grund, nicht zu arbeiten.
Julchen mußte beim ersten Sonnenstrahl, der ins Fenster blinzelte, von Saul Abschied nehmen. Für sie begannen zwölf Stunden schwere Arbeit an den Hebeln einer fauchenden und stampfenden Maschine. Saul dagegen konnte für ein paar Stunden sich träumend das Glück dieser Nacht verlängern.

Aus den beabsichtigten drei Tagen Aufenthalt in Lambrecht waren bereits fünf geworden. Saul wußte, wie leichtfertig und riskant er handelte, aber seine Gefühle waren stärker als seine Vernunft.
Zudem bat ihn Julchen jeden Morgen, wenn sie ging, er möge doch noch einen Tag bleiben, einen einzigen noch. Und Saul ließ sich jeden Morgen aufs neue überreden.
Tagsüber, wenn er allein war, verließ er nicht das Haus. Er hatte Angst, ein Einwohner Lambrechts könnte ihn vom Hambacher Fest wiedererkennen und die Polizei benachrichtigen. Er ging auch Julchens Tante aus dem Weg. Sie war zu gesprächig und stellte zu viele Fragen. Saul befürchtete, die alte Frau würde Anstoß an seinem Aufenthalt in ihrem Haus nehmen. Doch das trat nicht ein. Sie hoffte, und hatte es bereits bei erstbester Gelegenheit geradeheraus gesagt, aus der Bettgeschichte werde eine Ehegeschichte.
Dreizehn Stunden am Tag, so lange Julchen in der Fabrik und unterwegs war, hatte er Zeit, über sie und sich nachzudenken. In welche einzigartige Situation war er geraten! So zufällig wie er damals Julchen in der Stephansclique getroffen hatte, so wunderbar war auch ihre Wiederbegegnung am Hambacher Schloß. Und wenn ihn nicht alles trog, würde es wieder zu einem schmerzhaften Ende kommen. Am fünften Tag konnte

Saul der Einsicht nicht mehr ausweichen, er müsse Lambrecht und Julchen verlassen, wollte er nicht mit offenen Augen in sein Verderben laufen. Julchen aber würde nicht auf ihre Arbeit und ihr Leben jetzt verzichten wollen, das wußte er. Die Trennung würde nicht zu vermeiden sein.

Am Abend des sechsten Tages eröffnete er Julchen, er müsse noch in der gleichen Nacht seinen Weg nach Westen fortsetzen.

»Wenn du gehen mußt, dann mußt du gehen«, sagte sie leise und mit Trauer in der Stimme.

Saul war überrascht, wie ruhig, ja fast gelassen sie auf seine Ankündigung reagierte. Warum schrie sie nicht? Er hatte fest damit gerechnet. Aber sie bat ihn nicht einmal, wie stets an den Tagen zuvor, noch einen einzigen Tag länger zu bleiben.

»Verstehst du, Julchen«, sagte er, ich bin auf der Flucht, die Polizei sucht mich. Ich muß unbedingt das Elsaß erreichen, sonst –«

»Du bist mir keine Rechenschaft schuldig, Saul«, unterbrach sie ihn. »Hast du geglaubt, ich würde dir eine Szene machen? Ich wußte von vorneherein, ich kann dich nicht halten.«

Das klang nicht echt, aber Saul schenkte ihren Worten gern Glauben. Das machte ihm den Abschied leichter. Auch er war voller Kümmernis.

Zusammen gingen sie hinunter zur Tante, damit Saul sich verabschieden konnte. Unmöglich konnte er sich einfach davonschleichen. Er hätte Julchen in eine peinliche Situation gebracht.

Tante Ännchen machte ein süßsaures Gesicht, als wolle Saul nicht Julchen, sondern sie verlassen. »So, so, es gefällt Ihnen wohl hier nicht mehr, Herr Paul?« sagte sie sehr spitz und von oben herab.

»O doch, es hat mir sehr gut gefallen«, widersprach er, »und wir haben uns auch sehr gut verstanden.«

»Warum wollen Sie dann schon gehen?«

»Schon? Ich bin lange über der Zeit. Ich wollte nur zwei Tage bleiben, und nun sind es sechs geworden.«

»Niemand vertreibt Sie hier.«
»Das weiß ich. Dennoch: Morgen in aller Herrgottsfrühe, wenn Sie noch schlafen, mache ich mich auf den Weg. Ich muß. Darum will ich mich jetzt schon von Ihnen verabschieden und für Ihre Gastfreundschaft danken.«
»Bedanken Sie sich bei Juliane.«
»Das werde ich bestimmt auch noch tun.«
»Lieben Sie sie denn?«
»Aber Tante Ännchen!« rief Julchen aus. »Was sagst du da!«
»Es wird doch erlaubt sein zu fragen.«
»Fragen Sie nur«, sagte Saul. »Ja, ich liebe sie.«
»Dann versteh ich nicht, warum Sie nicht hierbleiben.«
»Ich sagte schon, ich muß gehen. Aber ich werde wiederkommen.«
»So Gott will«, sagte Tante Ännchen, und der Zweifel in ihrer Stimme war unüberhörbar. Leise fügte sie hinzu: »Alle Männer sagen das.«

Die letzte gemeinsame Nacht war kurz. Julchen fragte Saul:
»Weißt du bereits, wo du über die Grenze gehen wirst?«
»Nein, das muß ich erst auskundschaften.«
»Brauchst du nicht. Die Schmuggler aus dieser Gegend haben eine gute Stelle in der Nähe von Weißenburg.« Und sie nannte ihm eine Schänke, in der die Schmuggler verkehrten und in der er auch diesen Übergang erfahren würde. Dennoch sagte sie besorgt: »Ich wünschte, du wärst schon über die Grenze und in Sicherheit.«
»Du hast mir ja jetzt die Schänke genannt, in der ich einen guten Übergang erfahren werde. Sei unbesorgt, ich schaffe es.«
»Gib mir sogleich Nachricht, wenn du angekommen bist. Versprich es mir!«
»Versprochen.«
»Und wo im Elsaß wirst du zuerst Station machen?«
»Ich werde mich bis Straßburg durchschlagen. Dort sind viele

meiner Freunde. Sie werden mir weiterhelfen. Vielleicht bleibe ich auch eine Zeitlang in Straßburg. Du wirst in jedem Fall von mir hören.«

Saul verließ nach Mitternacht Tante Ännchens Haus. Der Abschied von Julchen war kurz. Sie bemühten sich beide, es dem andern nicht so schwer zu machen. Julchen verstaute schnell noch eine Wegzehrung in Sauls Manteltasche, und leise verließ er das Haus. Er durchquerte schnell das Dorf, lief vorbei an der am südlichen Dorfrand gelegenen Tuchfabrik, hinter der der Wald begann. Mit langen Schritten marschierte er in den dichten Laubwald hinein. Hier war er unsichtbar für seine Verfolger.

Es war eine milde und sternklare Frühlingsnacht am ersten Maitag 1832.

Ohne Zwischenfälle erreichte Saul Weißenburg, kehrte in der Schmugglerschänke ein, die ihm Julchen genannt hatte, erfuhr von dem Wirt, dem er sich als politischer Flüchtling zu erkennen gab, auf welchem Weg er einen sicheren Übergang nach Frankreich finden könnte, und kam sechs Tage später in Straßburg an. In der Kolonie der deutschen Emigranten fand er Aufnahme.

16. Kapitel

Als Julchen eines Abends nach Hause kam, wie immer müde nach zwölf Stunden Arbeit in der Tuchfabrik, stand bereits Tante Ännchen vor der Haustür und schwenkte voller Ungeduld ein Postgut mit vielen bunten Stempeln auf beiden Seiten und großen Schriftzügen. Eine dünne Schnur hielt die Sendung zusammen. An den Stempeln konnte man erkennen, sie kam aus dem Ausland. Der Postreiter hatte den Brief schon um die Mittagsstunde bei der Tante abgegeben.

»Beeile dich, Juliane!« rief sie. »Ein Brief für dich!«

Ein Brief aus dem Ausland war für alle Lambrechter ein Ereignis. Darum nahmen auch die Bewohner der ganzen Straße daran Anteil. Sie hätten doch zu gern gewußt, von wem dieser Brief stammte und was darin stand. Besonders, da dieser Brief aus einem anderen Land kam!

Der Postreiter kam den Dorfbewohnern entgegen, er überreichte das Schriftstück mit einer weit ausholenden Gebärde der Tante. Jeder, der vor der Haustür stand, konnte den farbenprächtigen Brief bestaunen.

Julchen riß der Tante den Brief aus der Hand. Sie war ganz aufgeregt und wollte schnell die Treppe hocheilen. Doch die Tante stand breitbeinig am unteren Treppenabsatz. Julchen kam nicht an ihr vorbei.

»Was wohl drinsteht?« fragte die Tante. »Soll ich ihn aufschneiden?« Sie griff bereits wieder nach dem Brief.

Julchen zog ihn weg. »Das mache ich schon allein. Laß mich nach oben gehen. Ich will ihn in Ruhe lesen.«

Tante Ännchen sagte: »Mach doch keine Geschichten! Was können da schon für Geheimnisse drinstehen?«
Schnell drehte sich die Tante um und rief dem nach oben eilenden Julchen hinterher: »Kannst später, wenn ich die Katzen gefüttert habe, herunterkommen. Ich habe noch eine Kleinigkeit zu essen für dich.«
Über sechs Wochen hatte es gedauert, bis Julchen endlich ein Lebenszeichen von Saul bekam. Er schrieb:
»Mein über alles geliebtes Julchen! Wie lange ist es her, daß ich bei Dir war! Und doch ist es mir, als hätte ich Dich erst gestern verlassen, so nahe bist Du mir in meinen Gedanken. Erst jetzt, wo ich weit weg von Dir bin, fühle ich, was Du mir bedeutest und welch ein Gefühl des Glücks Du in mir erzeugt hast. Ich wünschte, Dir bald wieder ganz nahe zu sein. – Nach meiner Ankunft in Straßburg – die Reise und der Grenzübergang verliefen dank Deines guten Rats reibungslos – gab es für mich sehr viel zu tun. Darum hat es so lange gedauert, bis ich Dir schreiben konnte. Die Freunde hier in der Stadt sind zwar hilfsbereit, aber jeder von ihnen hat seine eigenen Sorgen. Es ist nicht leicht, in einem fremden Land zu leben, besonders nicht für Emigranten. Wir sind nur geduldet und bei niemandem beliebt. Die Behörden gewähren bloß das Notwendigste, das man zum täglichen Leben braucht. Jetzt endlich habe ich eine feste Bleibe in einer kleinen Auberge mitten in der Stadt. Wann ich wieder nach Deutschland zurückkommen kann, steht in den Sternen. Darüber bin ich sehr betrübt. Als Lehrer in einer jüdischen Schule bekomme ich hier keine Arbeit. Die Straßburger Judengemeinde mag Lehrer wie mich nicht in ihren Schulen. Auch hier gelte ich als Umstürzler, der nichts als Ärger macht. In einer christlichen Schule bekomme ich als Jude erst recht keine Anstellung. Im Augenblick bemühe ich mich, Arbeit in einer kleinen Lederfabrik zu bekommen. Vielleicht gelingt es mir. Andere deutsche Flüchtlinge arbeiten auch schon dort. Der Inhaber ist ein Freund der Demokraten. Liebes Julchen, schreibe mir bald, wie es Dir geht und was Du machst.

Ich vermisse Dich sehr. Wenn Du mir schreibst, adressiere an Auberge de Madame Robiné, rue de cordonnier. Mit allen guten Wünschen für Dich, Dein trauriger, sich nach Dir sehnender Saul.«

»Wo hast du den Brief?« fragte die Tante.
»Er ist oben.«
»Warum?«
»Weil es mein Brief ist. Darum.«
Die Neugier überwog bei Tante Ännchen das Beleidigtsein über die harsche Abfuhr ihrer Nichte. »Er ist von Herrn Paul?«
»Das konntest du auf dem Absender lesen.«
»Er hat lange nichts von sich hören lassen.«
»Er hatte die ganze Zeit über sehr viel zu tun.«
»Wohnt er in Straßburg?«
»Ja.«
»Was treibt er dort?«
»Er arbeitet.«
»In Straßburg? Im Ausland? Warum ausgerechnet dort?«
»Weil er dort Arbeit gefunden hat.«
»Als Lehrer?«
»Ja, als Lehrer«, log Julchen. Die Tante wäre entsetzt gewesen, wenn Julchen ihr gestanden hätte, Paul sei aus politischen Gründen geflohen.
Die Lüge von der Arbeit als Lehrer in Straßburg klang glaubwürdig.
»Und was schreibt er?«
»Er fühlt sich sehr allein in der großen Stadt. Und er ist traurig, weil er so weit weg ist von Lambrecht und von mir.«
»Dann mußt du zu ihm fahren.«
»Das sagst du so. Und meine Arbeit?«
»Was spielt das für eine Rolle, wenn ein Mann auf dich wartet?«
»Das ist mir zu riskant.«

»Tu es, meine Liebe! Er liebt dich. Steht das so in dem Brief? So geradeheraus?«
»Ja, er liebt mich. Das hat er geschrieben.«
»Dann versteh ich nicht, worauf du noch wartest. Er ist ein hübscher und netter junger Mann, hat einen anständigen Beruf und er liebt dich. Was willst du mehr? Nimm die nächste Postkutsche und fahre nach Straßburg!« Sie machte eine Pause, nahm Julchen um die Schultern und fuhr fort: »Ich an deiner Stelle, ich würde keine Sekunde zögern. Und wenn nichts daraus wird, kannst du immer zurückkommen in mein Haus.«

Madame Robiné, die Herbergswirtin in der rue de cordonnier, die wegen ihres schütteren Haarwuchses eine hellblonde Perücke trug, ließ sich während der Mittagsruhe nicht gern stören. Darum war sie sehr ungehalten, als sie von dem Türklopfen aufgeschreckt wurde.
Mißmutig öffnete sie einen Spalt die Haustür. Auf der Straße stand eine junge Frau in Reisekleidern und einem bunten Chapeau auf dem Kopf. Neben sich hatte sie einen großen, zweiteiligen Peddigrohrkoffer stehen, den zwei breite Lederriemen zusammenhielten und auf den noch ein Regenschirm geschnallt war.
»Was wünschen Sie?« fragte sie kurz, denn alleinstehende Frauenzimmer hatte sie in ihrer Auberge nicht gern. Sie brachten häufig fremde Männer ins Haus, und ihre Auberge besaß als Absteige keine Konzession und sollte auch keine Absteige werden. In den letzten Monaten hatte Madame Robiné gute Erfahrungen mit Emigranten gemacht. Sie waren ruhig und anspruchslos und mieteten sich meist längerfristig ein. Auch wenn sie manchmal in Mietrückstand gerieten, waren sie angenehme Gäste. Weibsbilder dagegen brachten nur die Sittenpolizei ins Haus.
Die Herbergswirtin befand, die junge Frau sehe zwar nicht wie ein Flittchen aus, aber das besagte nichts. Was konnte man

schon auf das Äußere geben? Sie sah eher aus wie jemand vom Land, der in der Stadt Arbeit suchte.
»Wenn Sie wegen eines freien Zimmers nachfragen sollten, bei mir ist alles besetzt«, sagte Madame Robiné.
Schon wollte sie die Tür wieder schließen, da stemmte sich die Fremde dagegen und sagte: »Nein, nein, ich suche kein Zimmer, ich wollte Sie nur fragen, ob bei Ihnen ein Monsieur Buchsweiler wohnt.«
Madame Robiné musterte sie noch einmal von oben bis unten, bevor sie antwortete: »Warum fragen Sie nach ihm?«
»Wohnt er hier?«
»Ja, Monsieur Buchsweiler wohnt hier. Und nun sagen Sie schon, was Sie von ihm wollen.«
»Ich möchte ihn besuchen. Wir kennen uns schon lange, wir sind miteinander befreundet.«
»So, Sie kennen sich?« Die Herbergswirtin war noch immer voller Mißtrauen. »Das läßt sich leicht feststellen. Kommen Sie herein und warten Sie. Bleiben Sie hier im Hausflur stehen. Wen soll ich dem Monsieur melden?«
»Julchen.«
»Was heißt, nur Julchen? Haben Sie keinen Familiennamen?«
»Sagen Sie ihm nur, Julchen sei gekommen, ihn zu besuchen. Das genügt.«
Sie setzte sich auf ihren Peddigrohrkoffer. Die Herbergswirtin fragte nicht weiter und tappte die Treppe nach oben.
Wenige Augenblicke später polterte es auf der Treppe, und Saul stürmte, zwei Stufen auf einmal nehmend, hinunter.
»Julchen!« Er umarmte sie. Dabei fiel der neue, extra für die Reise nach Straßburg angeschaffte, mit bunten Bändern geschmückte Chapeau zur Erde, und ihre dunkelblonden Haare legten sich wie ein Kranz um ihre Schultern.
»Wie kommst du hierher, Julchen?«
»Mit der Postkutsche. Direkt aus Neustadt.«
»Wie ich mich freue!« Er umarmte sie noch einmal. Zur Herbergswirtin sagte er: »Das ist Julchen, meine Braut.«

Mit dem Kopf auf Julchen deutend, antwortete Madame Robiné: »Sie sagte, sie seien miteinander befreundet.«
»Das sagte sie nur so aus Verlegenheit. Wir sind verlobt.«
»Sie kann trotzdem nicht bei Ihnen bleiben, Monsieur.«
»Nur ein paar Tage, liebste Madame. Sie ist zu Besuch gekommen und muß bald wieder nach Hause fahren. Und wegen des Quartiergeldes brauchen Sie sich keine Sorgen zu machen. Das bringe ich in Ordnung.«
Die Herbergswirtin wurde nachgiebig. »Wenn alles bezahlt wird. Mietrückstände haben Sie ja keine.«
Aus dem Ton, wie Madame Robiné das sagte, war herauszuhören, daß sie nicht an die Verlobung glaubte und Julchen nur wenige Tage in ihrem Haus dulden würde.
»Du siehst aus wie eine Weltreisende«, sagte Saul, als sie oben in seiner Kammer waren, »schick und vornehm. So kenne ich dich gar nicht. Und der schöne Hut!«
Julchen anwortete pikiert: »Für dich habe ich mich schön machen wollen. Nur für dich. Gefalle ich dir nicht?«
»O ja, Julchen, du gefällst mir wirklich gut.« Er nahm ihr den Hut ab, warf ihn auf das Bett und stellte den Koffer zur Seite. »Ruhe dich erst einmal aus. Dann wollen wir sehen, wie es weitergehen wird.«
Saul bemerkte eine scharfe Unmutsfalte auf ihrer Stirn und fragte: »Was bedrückt dich? Habe ich etwas falsch gemacht?«
Nachdenklich sagte sie: »Das stimmt doch alles nicht, was du der Herbergswirtin gesagt hast. Was hat das zu bedeuten?«
»Ich wollte sie nur beruhigen, weil sie immer so mißtrauisch ist. Zudem hat nur das mit der Verlobung nicht gestimmt.«
»Und das mit dem Besuch.«
»Mit dem Besuch? Das versteh ich nicht.«
»Ich bin nicht auf Besuch gekommen. Ich werde bei dir bleiben, so lange du mich bei dir haben willst.«
»Was ist mit deiner Arbeit in der Tuchfabrik?«
»Ich habe die Arbeit aufgegeben.«
»Aber das geht doch nicht. Du kannst nicht hierbleiben, Jul-

chen. Das ist kein Leben für dich, hier in einem fremden Land und unter politischen Flüchtlingen. Oft weiß ich selbst nicht mehr, wie es am nächsten Tag weitergehen soll.«

»Hör auf damit!«

»Bleibe einige Tage hier oder auch eine Woche oder zwei, dann wirst du sehen.«

Julchen stand auf. Ihre Augen blitzten. »Gleich morgen fahre ich zurück.«

»Du verstehst mich falsch.«

»O nein, ich versteh dich gut. Du kannst mich nicht gebrauchen.«

Er faßte sie fest an den Armen. »Ich bin um jede Stunde glücklich, die du bei mir bist. Nur, ich sorge mich um dich. Dich erwartet hier ein schweres Leben.«

Sie setzte sich wieder und sagte: »Wenn das alles ist, dann kann ich auch hierbleiben. Ich habe keine Angst, habe bestimmt schon Schlimmeres erlebt. Ich will dir helfen, Saul – weil ich dich liebhabe.«

»Ich liebe dich auch, Julchen. Und wenn du wirklich keine Angst hast, dann bleibe. Ich hoffe, du wirst es nie bereuen.«

Als sich Saul den Revolutionären Demokraten anschloß, entfernte er sich damit gleichzeitig weit von seinem Judentum, auch wenn er es öffentlich nicht zeigte. Dabei wollte er doch gerade durch diesen Schritt mit dazu beitragen, das jahrhundertelange Elend der Juden zu lindern und seinem Volk zu den Rechten verhelfen, die ihnen noch immer verweigert wurden. Und doch war er Jude geblieben, nicht nur, weil das so in der Thora stand, er war kein Abtrünniger geworden.

Dann aber war ihm Julchen wiederbegegnet, er verliebte sich in sie und erlebte Nächte voller Leidenschaft mit ihr, ohne auch nur einen Augenblick an die Zukunft zu denken. Nun war sie zu ihm nach Straßburg gekommen, um bei ihm zu bleiben.

Es verursachte ihm keine Skrupel, sich eine Nichtjüdin zur Geliebten genommen zu haben. Nirgendwo in den Heiligen Büchern stand geschrieben, es sei verboten. Aber mit der Situation jetzt wurde er nicht fertig. Julchen war in Straßburg und fest entschlossen, bei ihm zu bleiben. Hätte er sie davonjagen sollen? Das hätte er nicht gekonnt, er liebte sie doch. Hätte er ihr erklären sollen, daß er außerstande war, so völlig aus der jüdischen Tradition auszubrechen und eine Nichtjüdin zur Frau zu nehmen, weil doch nur eine Jüdin ihm jüdische Kinder gebären könne, und er später einmal, wenn er eine Familie gründen würde, auch jüdische Kinder haben wollte? Das hätte sie nicht verstanden.

Ganz anders Julchen. Mit ihrer Liebe zu Saul hatte sie auch fast alle Vorurteile aufgegeben. Sie sah keine Hindernisse, mit ihm für immer zusammenzubleiben, eine Familie zu gründen und vielleicht auch Kinder zu haben. Sie hatte ihre wenigen Ersparnisse und ein Handgeld für die Reise von Tante Ännchen, von dem sie unterwegs nichts ausgegeben hatte, mitgebracht. So brauchten sie und Saul im Augenblick keine Not zu leiden. Nach einigen Tagen fand sie eine Heimarbeit als Näherin und nähte Hemden und Unterröcke vom Morgen bis zum Abend. Der Verdienst war gering, sie war dennoch damit zufrieden. Saul bekam Arbeit in der Lederfabrik. Und ein Dach über dem Kopf hatten sie auch.

Wäre nicht eines Tages in der Auberge etwas Ungewöhnliches vorgefallen, hätte es noch eine ganze Zeitlang so weitergehen können. Ein Mieter hatte sich als Flüchtling ausgegeben und erklärt, er komme aus dem Bayrischen und würde wegen der Teilnahme am Sturm auf ein Augsburger Zollhaus verfolgt. Dieser Mann war in das Zimmer eines anderen Flüchtlings, während dessen Abwesenheit, eingedrungen. Der unerwartet Zurückkehrende ertappte den Einbrecher. Als er ihn zur Rede stellte, schlug ihn der Eindringling nieder und versuchte zu fliehen. Dabei stolperte er über das Bein des niedergeschlagenen Mannes und stürzte die hohe, steile Treppe hinunter und brach sich das Genick. Es war nicht zu erfahren, wer der Flüchtling in Wirklichkeit war und was er in dem Zimmer gesucht hatte. Vielleicht war er ein Polizeispitzel, aber das blieb nur eine Vermutung. Jedenfalls verfügten die Wortführer der Gruppe, ihre Leute hätten künftig die Auberge der Madame Robiné zu meiden. Auch Saul und Julchen wechselten das Quartier. Sie fanden ein kleines Zimmer am Ostrand der Stadt. Es hatte jedoch den Nachteil, nur ein winziges Fenster zu haben und sehr weit von der Lederfabrik, in der Saul arbeitete, entfernt zu sein.

In den nächsten Wochen marschierte Saul jeden Morgen eine gute Stunde bis zur Fabrik und jeden Abend die gleiche Zeit zurück, so daß er täglich fünfzehn Stunden von zu Hause weg war. In dieser Zeit zerstach sich Julchen beim vielen Nähen die Finger, und die Augen tränten ihr ständig, weil sie den ganzen Tag über nur spärliches Tageslicht hatte.
Es wurde Winter und die Tage kürzer und das Nähen bei Kerzenlicht mühsamer. Julchens entzündete Augen tränten immer stärker. Sie liebten sich wie am ersten Tag – und vermieden es, über ihre Zukunft zu sprechen. Saul, weil ihm deutlicher ins Bewußtsein kam, es könne keine gemeinsame Zukunft mit ihr geben, und Julchen, weil auch sie nicht wußte, wie es weitergehen würde. Sie wagte nicht, die Rede auf eine baldige oder spätere Heirat zu lenken, obwohl sie während der monotonen Näharbeit immer wieder daran dachte und es sich auch im geheimen wünschte. Sie hoffte, Saul würde eines Tages von sich aus darauf zu sprechen kommen.

In Frankfurt machte ein Brief aus Paris die Runde und erregte Aufsehen. Er stammte von dem aus Deutschland emigrierten Publizisten Ludwig Börne. Darin hieß es:
»Die Freiheit wurde von einem Fürsten nie geschenkt noch verkauft; ein Volk, das sie haben will, muß sie rauben. Dem

Geduldigen gibt man nichts, dem Drohenden wenig, dem Gewalttätigen alles.«
Angefeuert durch diesen Brief und des Wartens auf bessere Zeiten müde, entschloß sich eine Gruppe Radikaler Demokraten, in Frankfurt, dem Sitz der Nationalversammlung, einen Volksaufstand zu entfachen. Die Verschwörer glaubten, ein gezielter Handstreich würde die unzufriedene Bevölkerung mitreißen können. Ihr Plan sah vor, die Hauptwache und die Konstablerwache und dann das nahe Palais Thurn und Taxis, in dem die Nationalversammlung residierte, zu besetzen, die Gesandten dort in Haft zu nehmen und dann die Republik auszurufen.
Die Emigranten in Straßburg hielten engen Kontakt mit den im Land verbliebenen Freunden. So erfuhren sie auch zeitig von diesem Plan und beschlossen, aus ihrer Mitte einen Berater nach Frankfurt zu schicken, der bei dem Sturm auf die Wachen und der Besetzung der Gebäude der Nationalversammlung helfen solle. Ihre Wahl fiel auf Saul. Sie glaubten, er könne den Verschwörern von Nutzen sein.
Saul zögerte keinen Augenblick, diesen gefährlichen Auftrag zu übernehmen. Er empfand die Wahl als eine besondere Auszeichnung. Auf dem Nachhauseweg machte ihm der Gedanke das Herz schwer, was mit Julchen geschähe. Er mußte sie für unbestimmte Zeit alleine lassen, und sie besaß nicht den Schutz seiner Freunde. Sie fand nur in ihm einen Halt. Zu Hause war Saul entgegen seiner sonstigen Art wortkarg.
Voller Unruhe fragte Julchen: »Was ist geschehen, Saul?«
Er holte tief Luft. »Ich muß dich in wenigen Tagen allein lassen.«
Sie begann zu weinen. »Ich hab's geahnt, es würde so kommen.«
»Nur für kurze Zeit, Julchen. Ich muß zurück nach Deutschland. Sie wollen dort Revolution machen.«
Unter Tränen sagte sie: »Das wird ganz sicher das Ende sein.«
»Welches Ende?«

»Das Ende unseres Zusammenseins.«
»Das ist Unsinn! Was redest du dir da ein?«
»Ich habe Angst um dich. Wenn du in Deutschland gefaßt wirst, wird man dich ins Zuchthaus sperren.«
»So schlimm wird es nicht werden.« Und doch wußte Saul, ihre Befürchtung war richtig.
»Laß mich mit dir gehen, Saul.«
»Das ist unmöglich, Julchen. Die Aufgabe, die ich habe, ist schwierig. Du wirst mir dabei nicht helfen können, wirst mich behindern und uns beide unnötig in Gefahr bringen. Bleibe hier und warte auf mich. Und wenn alles gelingt und in Frankfurt die Republik ausgerufen wird, dann sind wir ohnehin bald wieder zusammen, drüben in Deutschland.«
Das klang nicht echt, war Saul doch von dem, was er sagte, selbst nicht überzeugt. Für ihn war die Zeit zum Losschlagen noch nicht gekommen. Seine Freunde teilten diese Ansicht nicht. Sie glaubten, bereits den Sturmwind der Revolution zu spüren, der die sechsunddreißig deutschen Fürsten, die das Land beherrschten, davonfegen werde. Dennoch wollte Saul nach Frankfurt reisen.
Julchen nahm sich vor, Straßburg zu verlassen, wenn Saul nicht bald zurückkäme. Vier Wochen wollte sie warten, nicht länger. Sie wußte, wie peinlich es für sie sein würde, wieder in Lambrecht aufzutauchen. Aber es war immer noch besser, die Blicke und das böse Getuschel zu ertragen, als allein in einer fremden Stadt zu sein. Was geschehen würde, wenn die Dörfler in Lambrecht erführen, sie habe mit einem Hebräer zusammengelebt, darüber wagte sie nicht nachzudenken. Es überstieg ihre Phantasie.

An derselben Stelle in der Nähe Weißenburgs, an der Saul die Grenze nach Frankreich überschritten hatte, wechselte er wieder auf deutschen Boden.
Er begab sich nicht sofort nach Frankfurt, sondern machte

einen Umweg über Friedberg. Seit er sich vor Jahresfrist im Streit von seinem Vater getrennt hatte, hatte er lediglich durch einen Brief von Feigele erfahren, der Vater habe in Friedberg die Aushilfsstelle als Lehrer an der jüdischen Elementarschule und bald darauf, nach dem Tod von Salomon Ehrmann, eine feste Anstellung bekommen. Er wollte unbedingt noch einmal mit ihm sprechen. Er war sein Vater, und er liebte ihn.
Seine konspirative Tätigkeit in Frankfurt war äußerst riskant. Ging etwas schief und er wurde gefaßt und eingesperrt, würde es viele Jahre dauern, bis er wieder freikäme. Und ob dann der Vater noch lebte?
Die Begrüßung war herzlich, Vater und Sohn waren tief bewegt und beide glücklich, dem andern nahe zu sein.
»Wie geht es in der Schule?« fragte Saul.
»Gut, mein Junge, sehr gut sogar. Ich denke, die Schüler mögen mich. Sie lernen gut bei mir.«
»Und was macht Feigele?«
»Sie wird halt älter. Das Gehen fällt ihr schwerer. Aber sonst ist sie noch, wie sie immer war. Ich bin oft mit ihr und ihrem Mann zusammen. Wenn du willst, können wir sie einmal besuchen.«
»Ich möchte sie gern sehen. Nach so langer Zeit.«
»Wir verstehen uns gut«, fuhr David fort. »Überhaupt habe ich es hier in Friedberg gut getroffen. Ich wünsche mir keinen anderen Platz für den Rest meines Lebens. – Aber was ist mit dir? Ich hörte, du seist ins Ausland geflohen.«
»Das stimmt. Nach Straßburg.«
»Und wieso bist du jetzt in Friedberg?«
»Eigentlich bin ich auf dem Weg nach Frankfurt. Ich habe nur einen kleinen Umweg gemacht, um dich zu sehen. Morgen um die Mittagsstunde muß ich bereits dort sein.«
»Bist du in geheimer Mission unterwegs?«
»Wenn du so willst, ja.«
»Du läßt dich in zu viele gefährliche Sachen ein, Saul.«
»Ich weiß, Tate. Aber ein Aufstand ist nun mal kein Kinder-

spiel. Doch laß uns nicht von Politik reden. Wir wollen uns die wenigen Stunden, die ich bei dir sein kann, nicht verderben.«

»Keine Angst, mein Junge, wir werden uns nicht streiten. Seit ich wieder in Freiheit bin, habe ich über manches nachgedacht und sehe es mittlerweile etwas anders als damals nach meiner Zeit in der Festung.«

»Bist du ein Demokrat geworden?«

»Nein, das nicht. Nur verstehe ich jetzt besser, weswegen ein Jude zum Rebell werden kann. Es muß etwas geschehen, das habe ich eingesehen, und darum verurteile ich niemanden mehr, der sich den Rebellen anschließt.«

»Du überraschst mich. Das sind ganz neue Töne bei dir.«

»Ich verurteile auch keinen von unseren Leuten, die dabei sind. Politik ist nicht nur eine Sache der Christen. – Wenn ich heute Juden verurteile, dann nur die, die sich den Christen, um mit ihnen Geschäfte zu machen, an den Hals werfen, die ihre jüdische Seele verkaufen, weil ihnen das Geld lieber ist als ihre Ehre. Felix Pelzkappe ist so einer. Er hat es mittlerweile zum Präsidenten der Handelskammer gebracht und sein Judentum dabei verraten und verkauft. Diese Juden verfluche ich, sie haben Gott verloren.«

Saul sagte: »Sein Gott ist der Mammon. – Was aber macht sein Bruder, der fromme Afrom?«

»Auch Karriere. Als Rabbi und als Kabbalist. Im ganzen Fuldaer Land gibt es keinen besseren Kenner und Ausleger der Kabbala und ihres Heiligen Buchs, dem Sohar. Er ist auf dem besten Weg, ein großer Weiser und eine Leuchte jüdischer Frömmigkeit zu werden.«

Am Abend gingen sie hinüber zu Feigele und Mayer Hirsch. Auf dem Weg dorthin warnte David seinen Sohn, in des Diamantenhändlers Gegenwart nicht von seiner Mission zu erzählen. Mayer Hirsch lehne entschieden jede gewaltsame Veränderung ab. Er sei der Meinung, Auflehnung habe bisher den Juden immer nur geschadet. Die Französische Revolution müsse als die Ausnahme angesehen werden.

Die Begegnung mit Feigele war fast ebenso herzlich wie die mit dem Vater. Ihre Haare waren weiß geworden, ihr Gesicht hatte sich mit vielen kleinen Fältchen überzogen, aber das Blitzen in ihren Augen war geblieben.
Auch der bucklige Mayer Hirsch begrüßte ihn freundlich und bot ihm einen Begrüßungstrunk an. »Le chaim, Saul!«
»Le chaim, Reb Hirsch!«
»Nenn mich Mayer, wir sind doch miteinander verwandt.«
»Nun denn, Mayer, du Erleuchteter«, antwortete Saul mit einem leichten Schmunzeln, weil doch Mayer hebräisch ist und Erleuchteter bedeutet.
Die Befürchtungen waren umsonst. Mayer Hirsch war zwar nicht verborgen geblieben, daß Saul den Revolutionären nahe stand und deshalb ins Ausland flüchten mußte, aber kein Wort des Mißfallens kam über seine Lippen. Er protestierte nicht einmal, als Feigele ohne Rücksicht auf die Geisteshaltung ihres Mannes sagte:
»Ich bewundere deinen Wagemut, Saul. Wenn ich ein Mann wäre und noch jung, dann würde ich mich auch den Geheimbünden anschließen. Unsere Welt ist im Umbruch, und wer das Seine dazu beiträgt, dem soll man danken. Es geschieht auch für die Juden.«
»Schön, das von dir zu hören«, sagte Saul. »Leider denken noch immer zu wenige Juden so wie du.«
»Stimmt. – Aber jetzt laß uns von anderen Dingen reden, Saul. – Erzähle, wie geht es dir? Was machst du in Straßburg? Bist du endlich verheiratet?«
Von da an unterhielten sie sich nur noch über Familiäres. Später beim Abschied voneinander sagte Mayer Hirsch zu Saul: »Was Feigele vorher gesagt hat von der Welt, die im Umbruch sei, da denke ich anders darüber. Aber jeder hat seine eigenen Gedanken. Darum wünsche ich dir zum Abschied Gesundheit und ein langes Leben, aber, das wirst du verstehen, keinen Erfolg.« Und er umarmte ihn so herzlich wie bei der Begrüßung.

Als Saul sich am frühen Morgen von David verabschiedete, um mit der ersten Postkutsche noch rechtzeitig am Mittag in Frankfurt zu sein, sagte der Vater: »Mein lieber Junge, Gottes Wille und Gottes Ratschluß sind unerforschlich. Er hat deinen Weg vorgezeichnet, wie auch den meinen. Tue, was du für richtig hältst, und tue es ganz. Denke daran, du heißt nicht nur Saul, sondern auch Joshua – Gott hilft. Er wird dir helfen, wenn du entschlossen bist. Wenn du Schutz suchst, sollst du wissen, daß ich für dich da bin. – Und noch eines: ›Es ist nicht gut, daß der Mensch allein sei‹, so steht es in der Heiligen Schrift. Und weiter steht dort geschrieben: ›Seid fruchtbar und vermehret euch!‹ Du bist über dreißig, es ist höchste Zeit für dich, eine Familie zu gründen. Du weißt so gut wie ich: Ein jüdisches Leben ohne Familie ist kein Leben. Wer keine Familie gründet, versündigt sich. In Rödelheim hast du mir gesagt, du hättest darum noch nicht geheiratet, weil der Kampf gegen die Fürsten und für die Volksherrschaft so gefährlich sei. Wie lange aber gedenkst du noch zu kämpfen? Überlege gut, welches Ziel im Leben eines Menschen mehr wiegt, der Kampf oder das Glück, David.« Er nahm Saul um die Schultern. »Immer träume ich davon, es noch zu erleben, ein Enkelkind auf den Knien zu halten. In deinem Willen liegt es, mein Junge, ob sich mein Traum erfüllt. Ich werde täglich für dich und mein ungeborenes Enkelkind beten.«

Im Hinterzimmer des Frankfurter Gasthauses »Zum Rebstock« erfuhr Saul die Einzelheiten der Verschwörung. Der Handstreich war auf Mitte April festgelegt. Die Konspiratoren übertrugen Saul einige Kurierfahrten, damit Hilfstruppen von außerhalb für den Sturm auf die beiden Wachen herbeigeführt werden könnten. Saul hatte nichts dagegen einzuwenden, daß sie ihn zum Emissär bestimmt hatten und mit den heikelsten Aufgaben betrauten. Sie gingen davon aus, ihre Freunde in Straßburg hätten ihnen den wagemutigsten unter allen Flüchtlingen geschickt.

Wenn er bei seinen Kurierfahrten in die Nähe von Soldaten oder Polizisten kam oder einen als Revoluzzer verdächtigen Mitverschwörer aufsuchen sollte, der in Verdacht stand, überwacht zu werden, schlotterten ihm die Knie, und der Schweiß trat ihm auf die Stirn. Aber einmal zum Helden auserkoren, gab es für Saul kein Zurück mehr.
Er fuhr von einer Universitätsstadt in die andere, weihte dort gleichgesinnte Studenten ein und verabredete sich mit ihnen, wann sie bewaffnet nach Frankfurt kommen sollten. Saul reiste nach Marburg, Göttingen, Würzburg und selbstverständlich nach Heidelberg, dort fand er die bei weitem größte Anhängerschar. Sie würden in Frankfurt kämpfen.
Saul ließ sich von der revolutionären Begeisterung mitreißen. Verflogen waren seine Bedenken. Nun glaubte auch er, es könne gelingen, »die überkommene Ordnung des Gottesgnadentums feudaler Herrschaft auf revolutionärem Wege zu überwinden und der Demokratie eine Gasse zu schlagen.« So schrieb er in einem Brief an Julchen, den er einem Geheimkurier nach Straßburg mitgab. Er schrieb weiter, der Frühling, der in diesem Jahr frühzeitig über die deutschen Fluren gekommen sei, kündige auch den Völkerfrühling an. Er habe keinen Zweifel mehr daran, sie bald zu sich holen zu können. Sie solle den Mut nicht verlieren und noch die kurze Zeit in der Fremde ausharren.
Von einem versprachen sich die Verschwörer eine große Wirkung: Zur gleichen Zeit, in der die Wachen gestürmt wurden, sollte auch ein kleiner Trupp in den Dom eindringen und die Sturmglocken läuten. Die Anführer hofften, dieses Signal feuere die Frankfurter Bevölkerung zum Mitmachen an, und der Angriff auf die Wachen würde sich zu einem Volksaufstand ausweiten.
Saul übernahm den Befehl dieser Truppe.

Genau an dem Tag, an dem Sauls Brief bei Julchen eintraf, wurde in Frankfurt zugeschlagen. Der Termin war vom

15. April auf den 3. April 1833 vorverlegt worden. Ein Polizeispitzel hatte das Datum in Erfahrung gebracht. Das erfuhren die Verschwörer beizeiten. Sie beschlossen, obwohl einige davor warnten, mit dem Sturm auf die Haupt- und Konstablerwache früher zu beginnen, als es ursprünglich vorgesehen war.

Durch den Verrat wußte der Magistrat der Stadt auch, daß die Sturmglocken geläutet werden sollten. Eine Abteilung Stadtsoldaten wurde zum Dom beordert.

Saul zählte zu denen, die die Warnungen der Besonnenen als feiges Gerede abtaten. Noch am Abend des 2. April stritten Saul und die andern im Hinterzimmer des Gasthauses »Zum Rebstock« heftig darüber, ob denn am folgenden Tag gehandelt werden sollte oder nicht. Saul war über sich hinausgewachsen und hatte ausgerufen: »Freunde, jetzt gibt es kein Zurück mehr! Die Stunde der Wahrheit ist gekommen. Wir müssen losschlagen. Nehmen wir unsere Herzen in die Hände und trotzen dem Verrat. Er hat den Kampf härter und gefährlicher gemacht. Dennoch müssen wir es wagen. Nur wer wagt, der gewinnt. Wir werden gewinnen! Morgen, pünktlich um zehn Uhr in der Frühe, geben wir das Signal zum Angriff!«

Als er schwieg und seine Freunde leise Beifall klatschten, damit draußen nichts zu hören sei, erschrak er vor sich selbst. Wo nahm er nur den Mut her für solche Worte? Wieso wollte er ein Held werden? Er war doch gar nicht der Feuerkopf, als der er nun dastand.

Und so stürmten sie durch die Straßen Frankfurts, schwangen Dreschflegel und Knotenstöcke, einige sogar Gewehre, und riefen: »Hurra! Es lebe die Freiheit!« und »Fürsten zum Land hinaus!«

Saul rannte mit seinen Männern hinunter zum Dom. Dort überwältigten sie in einem kurzen Scharmützel die Stadtsoldaten. Einige Soldaten flohen bereits, bevor sie den ersten Feind zu Gesicht bekamen, die anderen wurden entwaffnet und in die Sakristei eingesperrt. Wenige Minuten später verkündeten die Glocken des Doms den Sturm auf die Wachen, den Aufbruch in eine neue Zeit, den Beginn des heißersehnten Völkerfrühlings.

Während einige Verschwörer weiter an den Glockensträngen zogen, damit auch noch der letzte Bürger diesseits und jenseits des Mains den Ernst der Lage erkenne und mit in die Freiheit stürme, hatte Saul bereits wieder den Dom verlassen und war zur Konstablerwache geeilt, um dort den Freunden bei der Überwältigung der Soldaten und der Befreiung der in der Wache eingesperrten politischen Gefangenen zu helfen. Er kam noch zur rechten Zeit. Das erbitterte Handgemenge mit den Stadtsoldaten hatte gerade begonnen.

Was von großen Hoffnungen getragen war, endete in einem Fiasko. Die Hilfstruppen aus anderen Städten blieben aus. Die Frankfurter Bürger ließen sich durch das Glockenläuten nicht aus der Ruhe bringen und zum Mitstürmen verleiten.

Saul erhielt einen heftigen Schlag mit einem Gewehrkolben auf den Kopf, verlor die Besinnung und wachte erst Stunden später in einer der Gefängniszellen der Konstablerwache auf, aus der sie am Vormittag gut ein Dutzend Gefangener befreien wollten. Sein Schädel schmerzte und dröhnte, als habe sich ein Bienenschwarm darin verfangen. Er mußte die Augen zusammenpressen und konnte keinen Gedanken fassen. Er merkte nur, er war nicht allein. Um sich herum hörte er Wimmern und Stöhnen.

Es dauerte eine Zeit, bis er erkannte, wer stöhnte und wimmerte. Die Verwundeten um ihn herum waren seine Freunde.

17. Kapitel

Die großherzoglich-hessische Justizbehörde hatte es mit den Untersuchungen nicht eilig. Saul blieb in Untersuchungshaft. Seine Kopfschmerzen ließen allmählich nach. Er teilte die Zelle mit zwei Marburger Studenten. Die drei hatten nun Zeit, darüber nachzudenken, weswegen ihr Unternehmen mißlungen war.

An einen Ausbruch war nicht zu denken. Die Wachen waren verstärkt worden, und keiner der Gefangenen durfte Besuche empfangen. Ausbruchswerkzeuge konnten nicht in die Zellen geschafft werden, es war unmöglich, eine Verabredung zu treffen. Trotzdem gelang es Saul, zwei Briefe aus dem Gebäude hinauszuschmuggeln, einen an den Vater in Friedberg und einen an Julchen in Straßburg, damit sie wußten, wie es ihm ergangen war und wo er sich befand.

Es ging schon auf den Winter zu, als Saul endlich der Prozeß gemacht wurde. Der Prozeß war kurz und endete mit einer harten Strafe, Saul hatte zehn Jahre Kerkerhaft in der Festung Babenhausen, unweit Darmstadt, zu verbüßen.

Der Umzug in die Festung hatte für ihn den Vorteil, nunmehr zweimal im Monat einen Brief schreiben zu dürfen, jedoch nur an Familienangehörige. Er durfte hin und wieder auch Besuche empfangen. Das aber hing vom Wohlwollen des Festungskommandanten ab. Er hatte jeden einzelnen Besuchsantrag zu genehmigen. Saul wurde es sogar erlaubt, Fachliteratur zu lesen, wenn sie ihm in die Festung gebracht wurde.

Das Gericht hatte verfügt, er müsse wegen der Schwere des Delikts das erste Jahr in Einzelhaft bleiben. Das war für Saul zusätzlich eine schwere Belastung. Er konnte nicht ahnen, daß dieser Beschluß sich eines Tages als ein Vorteil erweisen sollte.

Als Julchen erfuhr, Saul sei verhaftet worden, hielt sie nichts mehr in Straßburg. Sie hinterließ bei Sauls Freunden die Adresse von Tante Ännchen in Lambrecht, packte noch am gleichen Tag ihren Peddigrohrkoffer, schnallte obenauf den Schirm, verstaute den Chapeau in einer Tasche und nahm die nächste Postkutsche nach Neustadt an der Hardt. Von dort nahm sie ein Bauer die kurze Strecke nach Lambrecht auf seinem Pferdewagen mit.
Jeder in Lambrecht wußte längst von Tante Ännchen, daß Julchen nach Straßburg gereist war, weil sie dort in allernächster Zeit heiraten würde. Als Julchen im Dorf wieder einzog, machten die Bewohner große Augen. Es wurde getuschelt, aber niemand wagte, sie nach dem Grund ihrer Rückkehr zu fragen. Auch Tante Ännchen ließ sie in den ersten Tagen in Ruhe. Dann aber konnte sie ihre Neugier nicht mehr zügeln. Julchen mußte wieder lügen. Sie sagte:
»Er ist kein guter Mensch, darum habe ich ihn verlassen.«
Danach konnte die Tante fragen, so viel sie wollte, mehr war aus Julchen nicht herauszubekommen.
Die schlechte Wirtschaftslage im ganzen Land wirkte sich auch auf die Lambrechter Tuchfabriken aus. Viele Arbeiterinnen wurden entlassen. So gab es dort auch für Julchen keine Arbeit mehr. Sie war gezwungen, Gelegenheitsarbeiten anzunehmen. Sie half den Bauern bei der Feldbestellung, und am Wochenende bediente sie beim Schwanenwirt. Und weil Tante Ännchen großzügig war, hatte sie ein Dach überm Kopf und mußte nicht hungern.
Auf Dauer konnte Julchen aber den Fragen der Tante nicht ausweichen. Julchen entschloß sich, ihr alles zu erzählen. Eines Abends begann sie: »Ich habe dir nicht die Wahrheit gesagt, Tante Ännchen, als ich dir bei meiner Rückkehr von Straßburg

erklärte, ich hätte den Herrn Paul verlassen, weil er kein guter Mensch sei.«

»Das habe ich mir gleich gedacht. Er sah so anständig aus.«

»Ich habe ihn nicht verlassen.«

»Natürlich hast du ihn verlassen, sonst wärst du doch nicht zurückgekommen.«

»Das mußt du mir glauben, ich habe es nicht«, sagte Julchen mit Nachdruck.

»Warum bist du dann hier und nicht bei ihm?«

»Weil ich nicht bei ihm sein kann.«

»Du sprichst in Rätseln, Kind. Erkläre es mir endlich.«

»Herr Paul ist in Deutschland in einem Gefängnis eingesperrt.«

Tante Ännchen war entsetzt. »Im Gefängnis? Und das nennst du einen guten Menschen, einen, der im Gefängnis sitzt? Bist du denn von Sinnen?«

»Ich bin völlig klar im Kopf, Tante, und ich weiß, was ich sage. Nicht jeder, der eingesperrt wird, ist schlecht.«

»Lächerlich!« winkte Tante Ännchen ab. »Wer nichts Schlechtes tut, wird nicht ins Gefängnis gesperrt. Dein Herr Paul ist also doch kein Ehrenmann, sondern ein ganz gewöhnlicher Schubiack.«

»Wie kannst du so reden, Tante! Du hast keine Ahnung, was ihm passiert ist, und brichst schon den Stab über ihn. Wenn du es wissen willst, mußt du mir schon zuhören.« Julchen berichtete ihr nun, warum Saul ins Elsaß gehen mußte und was später in Frankfurt geschehen war. Sie nannte ihn immer noch Herr Paul. Das war eine Vorsichtsmaßnahme, damit sie sich nicht verspreche. Daß er Jude war, behielt sie für sich.

Nach dem Ende ihres Berichts trat eine lange Pause ein. Tante Ännchen blieb einfach stumm. Julchen konnte sich an kein Gespräch erinnern, bei dem es ihrer Tante die Sprache verschlagen hatte.

Nach einer ganzen Weile fragte Julchen: »Ich habe dir alles erzählt, willst du mir gar nichts dazu sagen?«

Nun erst holte die Tante zweimal tief Luft und sprudelte los: »Dein Verlobter ist ein leibhaftiger Umstürzler! Das hat gerade noch gefehlt! Wie kann man sich nur einen Aufrührer zum Mann auswählen! Da ist mir ein Landstreicher noch lieber. Das ist kein Mann für dich.«
»Ich liebe ihn.«
»Einen Verschwörer liebst du, einen, der im Gefängnis sitzt? Das ist nicht zu glauben. Reiß ihn dir aus dem Herzen.« Tante Ännchen überlegte wieder einige Sekunden und sagte dann: »Ich hoffe nur, wir bekommen keine Scherereien, wenn im Dorf jemand erfährt, meine Nichte ist mit einem Umstürzler verlobt!«
»Warum solltest du Scherereien bekommen? Wenn überhaupt jemand, dann doch nur ich.«
»Irrtum, meine Liebe. Du wohnst in meinem Haus, und damit bin ich in der gleichen Situation wie du.«
»Wenn du solche Befürchtungen hast, dann werde ich ausziehen.«
»So habe ich das nicht gemeint. Du kannst hier wohnen bleiben. Aber ich sage dir noch einmal, das ist kein Mann für dich.«

Von dem Tag an, da der erste Brief aus der Festung Babenhausen ankam, überlegte David, wie er seinem Sohn zur Flucht aus dem Gefängnis verhelfen könne. Man müsse Saul Ausbruchswerkzeuge in kleinsten Ausführungen in die Festung schmuggeln, Sägeklingen, feine und grobe Feilen und anderes Gerät, dazu feste Gurte zum Abseilen. Er war sicher, sein Sohn würde die Geheimschlüssel zur Freiheit richtig zu nutzen wissen. Allerdings müßten sie erst in seine Hände gelangen.
Und David fand eine Lösung. Sie bot sich geradezu an. Saul hatte geschrieben, er dürfe bei Bedarf Fachliteratur zur Weiterbildung erhalten. Darin lag die Chance. Bei seinem ersten Besuch in der Festung sagte er zu Saul: »Es wird gut sein, wenn du dich während der Festungshaft in den Rechtswissenschaften weiterbildest. Hier hast du Gelegenheit dazu.«

»Wozu soll das gut sein?« fragte Saul.

Ohne auf diese Frage einzugehen, fuhr David fort: »Du mußt das sehr bald dem Festungskommando mitteilen, und dazu brauchtest du natürlich die entsprechende Fachliteratur. Die würden dir deine Angehörigen beschaffen.«

Saul hatte keine Vorstellung, was sich hinter dem Wunsch des Vaters verbarg, aber dessen Gebärdensprache zeigte ihm, es könne nur zu seinem Vorteil sein, wenn er mitspiele. Und er machte eine Eingabe bei dem Kommandanten. Dieser prüfte den Antrag, stellte fest, Saul habe während seines Studiums in Heidelberg bereits ein Seminar der Jurisprudenz absolviert, und genehmigte die Weiterbildung und das Studium juristischer Fachbücher.

Bei seinem nächsten Besuch machte David seinem Sohn klar, jetzt müsse er beantragen, ein juridisches Handbuch und zwei oder besser noch drei Bände des vielbändigen römischen Gesetzeswerkes »Corpus Juris Civis« empfangen zu dürfen.

Auch das wurde ihm gestattet. Der ansonsten mißtrauische Kommandant konnte sich nicht vorstellen, daß sich in die dicken Buchdeckel dieses Werks kleinste Ausbruchswerkzeuge, Eisenspäne, Nägel und Uhrfedern, hineinmanipulieren ließen. Davids Plan schien aufzugehen. Er besorgte sich in Frankfurt die drei ersten Bände des römischen Gesetzeswerks. Dann saß er viele Stunden in seinem Zimmer und fertigte winzige Feilen und Sägen an. Damit vergingen etliche Wochen. Wenn Saul diese Werkzeuge hätte, brauchte er noch feste Gurte. Er mußte sich, nachdem er die Festungsgitter angesägt und auseinandergebogen hatte, auch in den Festungsgraben hinunterhangeln können.

Dann geschah etwas Unerwartetes. Beim nächsten Besuch in der Festung wurde David der Zutritt verwehrt. Der Festungskommandant ließ ihm ausrichten, ab sofort und für alle Zeit sei ihm der Besuch seines Sohnes verboten. Der Grund läge in seiner kriminellen Vergangenheit. Er habe erst jetzt erfahren, wer David in Wirklichkeit sei.

Nun war guter Rat teuer. Die einzige, die David helfen konnte, die Flucht doch noch gelingen zu lassen, war Feigele. Aber sie kam nicht in Frage. Ihr Hüftleiden hatte sich verschlimmert, und sie traute sich eine so beschwerliche Reise von Friedberg nach Babenhausen nicht mehr zu.

Die kleinen Gegenstände konnte David schon ins Gefängnis hineinschmuggeln. Ihm war gestattet worden, Eßwaren, Bücher und auch etwas Mobilar für Saul an der Pforte abzugeben. Aber was nützte das alles, wenn Saul keine Ahnung hatte, was sich in den Buchdeckeln verbarg. Nur im direkten Kontakt mit einem Besucher konnte er in das Geheimnis der Bücher eingeweiht werden.

Das Besuchsverbot für den Vater vereitelte auch noch den letzten Teil der Fluchtvorbereitungen. Saul sollte beim Festungskommandanten um die Erlaubnis bitten, von seinen Angehörigen einen Sessel in die Zelle gestellt zu bekommen. Andere politische Häftlinge hatten bereits eine solche Vergünstigung erhalten. Das wußte David. An der Unterseite in der Polsterung wollte David feste Gurte anbringen. Aber das konnte er sich jetzt sparen.

Die Wochen vergingen, und David war verzweifelt. Er befürchtete, sein Sohn könne diese lange Haftzeit nicht durchstehen. Er hatte erlebt, wie weitaus robustere Naturen in der Festung Rastatt zugrunde gingen.

Saul, der vom Besuchsverbot für den Vater offiziell informiert worden war und auch von der Wegunfähigkeit Feigeles wußte, war darüber sehr traurig. Es fiel ihm schwer, ganz von der Außenwelt abgeschnitten zu sein. Er hatte ja nicht einmal Zellengenossen, mit denen er reden konnte.

Um sich abzulenken, flüchtete er viele Stunden am Tag in das Studium der juristischen Bücher, die ihm übergeben worden waren.

Über die prächtigen Buchdeckel wunderte er sich nicht einmal.

In der Nacht träumte er von Julchen. Er sehnte sich schmerzlich nach ihr, er machte sich keine Illusion, sie bald wiedersehen zu können.
Den nächsten Brief, den er schreiben durfte, richtete er an sie. Er gab sie als Verlobte aus, und an Angehörige durfte er schreiben. Aufs Geratewohl schrieb er nach Lambrecht in der Hoffnung, der Brief werde Julchen dann in jedem Fall erreichen.
Den einzigen Kontakt mit einem Menschen außerhalb der Festungsmauern hatte Saul, als ihn eines Tages Afrom Pelzkappe, der Rabbiner, Sarahs jüngster Bruder, aufsuchte. Er hatte ihn seit seiner Kindheit nicht mehr gesehen und war sehr überrascht. Als Verwandter hätte Rabbi Afrom keine Chance gehabt, zu ihm vorzudringen, aber als jüdischer Seelsorger gestattete man ihm ein kurzes Gespräch mit Saul. Das war eine Ausnahme, denn ansonsten erkannte der Festungskommandant einen Rabbiner nicht als Seelsorger an.
Die Aussprache verlief für beide unbefriedigend. Rabbi Afrom langweilte Saul mit klugen Sentenzen aus der Bibel, der Mischna und dem Sohar, dem Heiligen Buch der Kabbalisten. Als sie sich voneinander verabschiedeten, waren sie sich genau so fremd wie zuvor. Saul fragte sich, was Rabbi Afrom Pelzkappe veranlaßt haben könnte, ihn aufzusuchen. Nur, um ihn an sein Judentum zu erinnern? Sollte das der Grund gewesen sein, weswegen er sich auf den Weg hierher gemacht haben sollte und ihm ins Gewissen redete? Und Rabbi Afrom spürte, keinen Zugang zu Saul gefunden zu haben. Er wollte ihm helfen, ihm Mut und Zuversicht geben. Es war vergebens.

»Strafgefangener Buchsweiler! Mitkommen in den Besuchsraum!« schnarrte die Stimme des Schließers. »Besuch für Sie.«
Überrascht folgte Saul dem Uniformierten. Wem konnte es gelungen sein, fragte er sich, eine Besuchserlaubnis zu bekommen? Er war voller neugieriger Spannung. Die Tür öffnete sich,

eine Frauensperson drehte sich um – und Julchen stürzte ihm in die Arme. »Julchen! Wie kommst du hierher?«
Bevor sie antworten konnte, rasselte der Schließer unwillig mit seinem großen Schlüsselbund wie mit einer Glocke und riß sie auseinander. »Das ist verboten. Sie haben hier Platz zu nehmen, und Sie da.«
Zwischen ihnen stand ein Tisch. Der Festungsbeamte setzte sich an die Wand und beobachtete sie.
»Wie ist dir das gelungen?« fragte Saul.
»Das war nicht schwer«, gab sie zur Antwort. »Es ist nämlich so: Wenn eine Verlobte ihren Verlobten besuchen will« – dabei betonte sie die beiden Substantive ganz eigentümlich, was nur Saul bemerken konnte – »dann hängt es vom guten Willen des Kommandanten ab, ob sie darf oder nicht. Bei mir war er gutwillig.« Sie kniff leicht die Augen zusammen, um anzudeuten: Wenn man bei so einem etwas erreichen will, muß man halt nachhelfen.
Die Anwesenheit des Schließers hinderte Saul daran, nachzufragen, auf welche Weise sie nachgeholfen hatte. Er sagte nur: »Ich freue mich, dich wiederzusehen.« Er streichelte ihre Hand, die sie auf den Tisch gelegt hatte.
»Du fehlst mir sehr, Saul.«
»Du mir auch, Julchen. Jeden Tag denke ich an dich.«
Julchen fragte: »Wie geht es dir? Bist du gesund? Du bist sehr blaß.«
»In meine Zelle fällt kein einziger Sonnenstrahl. Aber das Schlimmste ist das Alleinsein. Manchmal habe ich das Gefühl, ich könnte das Sprechen verlernen. Dann spreche ich mit mir selbst. – Aber nun erzähle mir, wie du zu mir gefunden hast.«
»Ganz einfach. Als du in Frankfurt verhaftet wurdest, verließ ich Straßburg und fuhr zu Tante Ännchen nach Lambrecht zurück. Viele Monate später kam dann dein Brief von hier. Da habe ich wieder meinen Koffer gepackt und bin nach Friedberg gefahren. Du hattest mir erzählt, dein Vater sei dort Lehrer. Von ihm weiß ich, wie es dir ergangen ist. Du hast eine schlimme Zeit

durchgemacht. Doch nun hast du Bücher und kannst darin studieren. Studiere nur fleißig, das verkürzt dir die Zeit.«
Dieses merkwürdige Gerede von den Büchern verwunderte Saul. Und noch mehr, als sie in der knappen Sprechzeit, die sie hatte, anstatt von ihrem Leben zu erzählen, auf eine bequeme Sitzgelegenheit zu sprechen kam.
Sie sagte: »Wenn du beim Studieren den ganzen Tag auf dem harten Hocker sitzt, hast du bestimmt starke Rückenschmerzen. Du mußt beim Kommandanten beantragen, einen Sessel in deine Zelle gestellt zu bekommen. Dein Vater würde ihn schnellstens besorgen.«
Saul verstand nicht, was es mit dem Sessel für eine Bewandtnis haben sollte, aber er merkte am Tonfall Julchens, er müsse es in jedem Fall machen. »Ja, ich werde es tun«, sagte er.
»Das wird gut sein. Mach es bald. Das ist wichtig für dich.« Dann sprach sie weiter: »Vorerst wohne ich hier ganz in der Nähe, in einem Dorf, das Jügesheim heißt. Dort habe ich beim Dorfschmied ein Zimmer gemietet. Ich hoffe, es wird mir noch einmal gelingen, dich zu besuchen.«
»Darüber wäre ich sehr glücklich.«
Sie sprachen noch einige Minuten von diesem und jenem. Dann aber meldete sich der Schließer: »Die Besuchszeit ist zu Ende. Verabschieden Sie sich!«
Beide standen auf. Schnell nahm Julchen Saul in die Arme und legte den Mund fest auf seinen. Dabei preßte sie eine kleine Kapsel zwischen seine Lippen. Saul reagierte sofort und nahm sie unter die Zunge.
»Das ist verboten!« schimpfte der Schließer, »gehen Sie auseinander.«
Beim Abschied sagte Julchen noch einmal: »Denke daran, den Sessel zu beantragen.«
Neugierig und erregt, welche Nachricht der Kassiber enthalte, trennte Saul die beiden ineinandergesteckten Metallhülsen und entnahm ihnen ein kunstvoll zusammengerolltes Papier, auf dem ihm der Vater in winziger Schrift mitteilte, was in den

Buchdeckeln versteckt war und welches Geheimnis der Sessel bergen werde, den er beantragen solle.
Doch es dauerte noch einige Zeit, bis der Sessel bewilligt war. In der Zwischenzeit sägte er mit aller Vorsicht die Gitterstäbe an, die Feil- und Sägegeräusche durften nicht nach außen dringen.

Es war wieder Winter geworden, bis Saul an einem der Besuchstage, die Julchen gewährt wurden, verständlich machen konnte, es sei alles für die Flucht vorbereitet. In einer eisigen Winternacht bog er die angesägten Gitterstäbe auseinander, zwängte sich hindurch und hangelte sich an den Gurten, die in dem Sessel versteckt waren, in den vereisten Festungsgraben hinab. Unbemerkt konnte er aus dem Festungsbereich fliehen und einen Bauernhof in der Nähe erreichen, wo Julchen auf ihn wartete. Der Bauer war eingeweiht. Aus Furcht, seine Flucht könne frühzeitig entdeckt werden, marschierte Saul unverzüglich nach Darmstadt weiter. Julchen kehrte nach Jügesheim zurück.
In Darmstadt konnte sich Saul bei Freunden verbergen. Zwei Tage später überschritt er unbehelligt die französische Grenze. Julchen traf nach drei Tagen ebenfalls in Straßburg ein.
Bei der Lederfabrik, in der er nach seiner ersten Flucht aus Frankfurt eine Anstellung fand, bemühte er sich wieder um Arbeit. Vergeblich. Der Fabrikant, der mit den deutschen Emigranten sympathisierte, hatte Sauls früheren Arbeitsplatz an einen anderen vergeben, der ebenfalls aus Deutschland fliehen mußte. Mehr Arbeitskräfte konnte er nicht einstellen. Um nicht zu verhungern, nahm Saul jede Art von Gelegenheitsarbeit an, von Botendiensten bis zu Übersetzungen von Geschäftsbriefen, privaten und amtlichen Dokumenten und auch von Zeitungsberichten aus dem Deutschen ins Französische und umgekehrt. Julchen nähte wieder vom frühen Morgen bis in die Nacht Hemden und Unterröcke in allen Größen und Farben. Saul half ihr dabei, er holte die Stoffe und Garne aus der Fabrik und

lieferte die fertigen Stücke wieder dort ab. Was sie zusammen verdienten, war wenig, aber hungern mußten sie nicht.
Nach einigen Monaten erhielt Saul die Gelegenheit, Ledergürtel in Heimarbeit anzufertigen. Von da an mußte er keine anderen Aushilfsarbeiten mehr annehmen. Er konnte so viele Gürtel schneiden und nähen, wie er schaffte. Sein Auftraggeber besaß gute Beziehungen zum Kriegsministerium, er war Heereslieferant für Lederriemen und Schulterriemen, und Bedarf bestand immer.
Auf Dauer jedoch war ihm das Schneiden und Zurichten von schwarzen Militärgürteln und Schulterriemen zu stumpfsinnig. Nebenher begann er, auch andere Gürtel zu fabrizieren, eigenwillige und ungewöhnliche, aus mehreren Ledersorten, gerade und schräge, breite, schmale, einfarbige und vielfarbige, mit eingepreßten und mit eingestichelten Mustern, und alle Gürtel versah er mit originellen Schnallen, die er selbst bastelte. Diese Arbeit machte ihm großen Spaß, und zum ersten Mal in seinem Leben hatte er den Eindruck, etwas Sinnvolles zu tun.
Die erste Kollektion seiner Gürtel bot er seinem Auftraggeber, dem Heereslieferanten, an. Der aber war ganz auf Produktion und Verkauf von glatten schwarzen Gürteln und Schulterriemen eingestellt, womit er genügend Geld verdiente, und er winkte ab. »Was soll ich mit dem, was du in deiner Freizeit fabrizierst? Ich habe mit dem Lederzeug für die Soldaten alle Hände voll zu tun.«
Dem Heereslieferanten, so konstatierte Saul, fehlte die notwendige Phantasie für den Reiz modischer Accessoirs. Er lebte, dachte und empfand ausschließlich in schwarzen Ledergürteln. Aber was hatte das schon zu besagen? Andere Menschen mit mehr Schönheitssinn werden Gefallen daran finden.
Er bot seine bunte Kollektion Modegeschäften in der Stadt an und hatte Erfolg damit. Das Geschäft begann zu florieren. Saul gab die Heimarbeit für den Heereslieferanten auf, und bald mußte auch Julchen die Hemden und Unterröcke zur Seite legen und nach Sauls Entwürfen Gürtel schneiden, nähen,

flechten, färben und gravieren. Die zeitaufwendige Schnallenherstellung übertrug er einer auf Metallverarbeitung eingerichteten Manufaktur. Dadurch konnte Saul die Gürtelproduktion erheblich steigern. Auch die Nachfrage wuchs und damit ihr Einkommen. Bald waren sie imstande, in eine etwas bessere Wohnung umzuziehen. Ein Zimmer wurde als Werkstatt eingerichtet.

Der mißglückte Wachensturm in Frankfurt verstärkte in den deutschen Ländern die Spannungen zwischen denen, die mit kleinen Schritten, und den anderen, die mit einem großen Sprung demokratische Verhältnisse herstellen wollten. Ähnlich gespalten waren auch die Flüchtlinge in Straßburg. Saul war unsicher geworden. Zu Anfang hatte er zu den Militanten gehört. Die Niederlage bei dem Wachensturm hatte ihm jedoch vor Augen geführt, wie fragwürdig der Einsatz von Gewalt war. Nach seiner Verurteilung und Flucht aus der Festung Babenhausen war Saul bedächtiger geworden. Außerdem ließ ihm Produktion und Vertrieb der Gürtel immer weniger Zeit, über den richtigen Weg in die Freiheit nachzudenken. An den endlosen Streitereien seiner politischen Freunde konnte er nicht mehr wie früher teilnehmen. Er wollte auch nicht mehr. Und da Julchen das politische Geschehen vollkommen ungerührt ließ, wirkte sich das auch auf sein Leben aus. Am Anfang hatte er sie noch für seine Ideen erwärmen wollen, aber sie hatte abgewinkt und gesagt: »Gib dir keine Mühe, ich verstehe doch nichts davon«, und manchmal hinzugefügt: »Es interessiert mich auch nicht.« Es war wie eine Flucht vor seinen privaten und politischen Konflikten, daß Saul jetzt immer häufiger in eine regelrechte Arbeitswut verfiel. Er fand kaum noch Zeit für etwas anderes. Und er wurde schweigsam. Nur noch selten am Tag wechselte er mit Julchen ein paar Worte.
Sie dagegen war froh, daß er sich nicht mehr mit seinen Freunden traf. Das nährte ihre Hoffnung, es werde doch bald zu

einer Heirat kommen und sie würden eine richtige Familie gründen. Eines Tages nahm sie sich ein Herz und sagte: »Ich mache mir Gedanken über unsere Zukunft, Saul. Du hast bestimmt auch schon darüber nachgedacht.« Und sie fuhr fort: »Vor über zwanzig Jahren, als wir noch Kinder waren, haben wir uns kennengelernt, seit drei Jahren lieben wir uns, und seit über zwei Jahren leben wir zusammen. Jetzt haben wir uns eine Existenz geschaffen. Was hindert uns eigentlich noch daran zu heiraten? Ich habe mir sagen lassen, hier in Frankreich sei es weitaus einfacher als in Deutschland, wenn Juden und Christen eine Ehe schließen wollen.«

»Das mag sein.«

»Dann steht unserer Heirat nichts mehr im Wege?«

Es wäre sinnlos gewesen, ihr jetzt mit Mischna und Gemara zu kommen. Verlegen sagte er: »Können wir nicht so weiterleben wie bisher? Es gab doch keine Probleme zwischen uns.«

»Es gibt Probleme, Saul. Ich möchte noch Kinder haben. Das ist mein großer Wunsch. Aber ich will keine unehelichen Kinder auf die Welt setzen. Kannst du das verstehen?«

»Natürlich, Julchen – aber es geht nicht.«

Sie begann zu weinen. »Du hast mich nicht mehr lieb«, schluchzte sie.

»Ich liebe dich, Julchen, und möchte noch lange mit dir zusammen bleiben. Aber eine Heirat ist ausgeschlossen.«

»Dann erkläre mir, warum.«

»Das ist schwer zu erklären. Du mußt mir einfach glauben, daß es nicht geht.«

»Weil du Jude bist?«

»Ja.«

»Und weiter?«

»Nichts weiter. Weil ich Jude bin.«

Saul spürte deutlich, wie unverständlich das in Julchens Ohren klingen mußte, geradezu schamlos, wenn er daran dachte, daß sie seinetwegen ihr Zuhause in Lambrecht aufgegeben und sich bei seiner Flucht aus der Festung Babenhausen großen Gefah-

ren ausgesetzt hatte. Sie war mit ihm auf ihrem bisherigen gemeinsamen Lebensweg durch dick und dünn gegangen, hatte Not und Entbehrungen mit ihm geteilt – und er war damit einverstanden gewesen. Nicht ein einziges Mal hatte er ihr gesagt: »Laß das sein, das zahlt sich für dich nicht aus«, wußte er doch genau, sie lebte seit Anfang an in der Hoffnung, bei ihm bleiben und ihn eines Tages heiraten zu können. Er hatte immer nur an sich und nie an ihre Zukunft gedacht, hatte sich nie gefragt: Wenn ich eines Tages mit einer Frau aus meinem Volk, dem Volk Israel, eine jüdische Familie gründen werde, was wird dann aus Julchen? Im Augenblick hatte er das Gefühl, ihr gegenüber erbärmlich zu handeln. Er senkte schuldbewußt den Kopf.
Aber das nutzte Julchen wenig. Unter Tränen fragte sie: »Warum hast du so lange gewartet, bis du den Mut fandest, mir das zu bekennen?«
Und es war die Wahrheit, als er ihr antwortete: »Ich wollte dich nicht verlieren.«
»Wenn du eines Tages genug von mir hast, wenn ich dir nicht mehr hübsch genug bin und eine andere, vielleicht eine Judenfrau, kommt, wirst du mich meinem Schicksal überlassen.« Sie hörte auf zu weinen, wischte sich mit dem Ärmel über die Augen und sagte mit Bitterkeit in der Stimme: »Dann wirst du vergessen haben, daß du gesagt hast, du wolltest mich nicht verlieren. Wie nennst du das? Jüdische Moral? Oder noch anders?«
»Du tust mir unrecht?«
»Was du nicht sagst. Aber du darfst mir sagen, ich war dir als Geliebte gut, aber als Ehefrau und als Mutter deiner Kinder bin ich dir nicht gut genug.«
Für einige Minuten vergrub sie den Kopf in den Händen. Saul wagte nicht, sie zu streicheln, obwohl er es gern getan hätte. Es klang feindselig, als sie fortfuhr: »Du mußt dir keine Gedanken darüber machen, wie du mich loswirst.«
»Ich will dich nicht loswerden.«

»Nicht heute, aber eines Tages. Ich werde von allein gehen.«

»Du darfst nicht, ich brauche dich.«

»Fürs Bett und für die Arbeit. Für sonst noch etwas?«

»Bitte, Julchen, bleibe bei mir! Es wird sich eine Lösung finden, irgendwie, wenn nicht heute, dann morgen.«

»Es wird sich keine finden. Das weiß ich jetzt, und du weißt es auch. Und darum werden sich unsere Wege für immer trennen.«

Drei Tage später packte sie ihre Sachen und kehrte nach Deutschland zurück.

Saul war verzweifelt. Er lief in seiner Stube hin und her, schlug sich mit den Fäusten an den Kopf und fühlte sich in seiner Jüdischkeit wie in einen stählernen Käfig eingesperrt. Er hatte nicht die Kraft gehabt, diesen Käfig aufzubrechen und so die letzten Stricke zu zerreißen, die ihn mit seinem Judentum verbanden. Das aber hätte die Einwilligung in eine Heirat mit einer Nichtjüdin bedeutet. Er wäre sich wie ein Meschumed vorgekommen, ein Verräter an seinem Volk und an seinem Gott.

Während er solche Überlegungen anstellte, hatte er ständig das Bild Julchens vor Augen. Er hatte die Frau, die ihn liebte, ins Nichts gestoßen. Das aber konnte nicht der tiefere Sinn der Heiligen Schrift und des Talmuds sein, und das konnten die Gebote der Väter im Ernst nicht von ihm verlangen. Oder doch?

Saul zog sich zurück, vergrub sich in seiner Werkstatt und verließ kaum das Haus. Er mied, so weit es möglich war, jede Berührung mit anderen Menschen. Seine politischen Freunde hatte er schon lange aus den Augen verloren. Er tat nichts weiter, als Gürtel nähen vom frühen Morgen bis zum späten Abend. Er sprach den ganzen Tag über kein Wort, summte keine jüdische Melodie mehr, wie er das früher bei der Arbeit gern getan hatte, seine Lippen blieben zusammengekniffen.

Nur eine alte Beschließerin, die im Souterrain des gleichen Hauses wohnte, kam ab und zu in seine Wohnung und bereitete ihm manchmal etwas zu essen und besorgte ihm die wenigen Eßwaren, die er zum Leben brauchte, so daß er oft tagelang seine Werkstatt nicht verließ.

Es verflossen Monate und Jahre. In Sauls Leben hatte sich nichts geändert. Die ehemaligen Freunde in Straßburg hatten Wichtigeres zu tun, als sich um einen Juden zu kümmern, der mit seinem Gott haderte und an ihm verzweifelte. Sie vergaßen ihn. Nur zum Vater hielt er die Verbindung aufrecht. David schrieb ihm aus Friedberg, und Saul antwortete prompt, aber kurz und einsilbig. Niemals offenbarte er ihm seinen Kummer.

Eines Tages erschien, für Saul völlig überraschend, David in Straßburg. Aus Sorge um seinen Sohn hatte er sich auf den Weg gemacht. Sie begrüßten sich herzlich und redeten fast wie in alten Zeiten miteinander. Sie besuchten zusammen ein neu eröffnetes koscheres Restaurant, und anderntags tat Saul dem Vater den Gefallen, und sie gingen in die Synagoge. David spürte, daß sich sein Sohn verändert hatte, obwohl ihm Saul das zu verbergen suchte. Aber Saul war durch nichts zum Reden zu bewegen. Die Frage, warum Julchen nicht mehr bei ihm sei, beantwortete Saul mit einem einzigen Satz: »Das geht nur mich allein etwas an.«

Damit war dieses Thema ein für allemal beendet. David verließ Straßburg mit einer großen Wehmut.

Durch die Machenschaften eines alteingesessenen Straßburger Portefeuillers wurde Saul aus der Stille seiner Werkstatt herausgerissen. Dieser Portefeuiller, der ebenfalls modische Lederaccessoirs anfertigte, wollte Saul, einen ernsthaften Konkurrenten, loswerden. Er sann darüber nach, wie er dem Deutschen schaden könne. Das war nicht einfach, denn in Frankreich bestand Gewerbefreiheit. Vielleicht konnte er aber keine ordentliche Berufsausbildung nachweisen. Der Portefeuiller denunzierte Saul bei der Straßburger Gewerbeaufsicht, Saul sei höchstwahrscheinlich ein Pfuscher, ein Bönhase. Der Portefeuiller hatte zwar keinerlei Beweise, wußte aber, wie sehr die Gewerbeaufsicht hinter Handwerkern ohne Patent her war, und sie fand heraus, daß Saul tatsächlich keine Berufsausbildung nachweisen konnte. Ihm durfte die Berufsausübung zwar nicht verboten werden, aber er bekam die Auflage, den höchstmöglichen Steuersatz an die Stadtkasse abzuführen.

Kurz darauf fand der mißliebige Portefeuiller heraus, es handele sich bei dem lästigen Konkurrenten um einen Juden. Das war eine Trumpfkarte, die stach. Er machte die traditionell judenfeindliche Genossenschaft auf diesen Umstand aufmerksam. Die wiederum teilte es den Modegeschäften mit. Von da an nahmen eine Reihe von Geschäften keine Gürtel mehr von Saul ab. Gleichzeitig wurde die französische Sicherheitsbehörde auf den Fall Buchsweiler aufmerkam und stellte alsbald fest, daß er ein politischer Flüchtling aus Deutschland war.

Die ortsansässige Sûreté unterschied sehr genau zwischen Ausländern, die sich im Elsaß niederließen, und politischen Flüchtlingen. Die Politischen erhielten weitaus strengere Auflagen. Und das galt auch für Saul. Er hatte sie jedoch nicht beachtet. Daß sich ein politischer Flüchtling, und obendrein ein Jude, über diese Auflagen hinwegsetzte, war, wie es die elsässische Sûreté formulierte, ein besonders schlimmer Fall von Mißachtung der französischen Gastfreundschaft. Sie strengte darum ein Ausweisungsverfahren gegen den Beschuldigten an.

Saul ließ es nicht zu einem Gerichtsentscheid kommen, er wußte, wie das ausgehen würde, ließ Wohnung und Werkstatt im Stich und verschwand aus Straßburg. Ein Altwaren- und Lumpenhändler war immer in Abständen zu Saul gekommen und hatte aus der Werkstatt die nicht mehr verwertbaren Lederreste mitgenommen. Als der Lumpenhändler bei einem Gläschen Apfelschnaps einmal etwas länger blieb, hatte er sich als Demokrat zu erkennen gegeben und gesagt, wenn Saul in Schwierigkeiten komme, solle er nach Wingersheim kommen, einem kleinen Dorf nördlich von Straßburg. Daran hatte Saul sich erinnert, fuhr zu ihm und bat ihn für einige Tage um Quartier, bis er sich in die Schweiz absetzen konnte. Dort lebte ebenfalls eine große Anzahl deutscher Flüchtlinge, und Saul hoffte, bei den Eidgenossen sich wieder niederlassen zu können.

Im Nachbardorf von Wingersheim wohnte ein Hausierer. Er erfuhr, daß sich ein Flüchtling aus Deutschland im Haus des Lumpenhändlers aufhalte. Eines Tages suchte er Saul auf und zeigte ihm eine recht ungewöhnliche und auch fragwürdige Ware, einen Personalausweis und Dokumente eines ledigen Deutschen aus Böhmen, der etwa das gleiche Alter wie Saul hatte.
Der Hausierer nahm ihn zur Seite und sagte: »Schaut euch einmal diese Papiere genau an, und wenn ihr etwas damit anfangen könnt, will ich sie euch zu einem günstigen Preis überlassen.«
»Woher habt ihr sie?« fragte Saul.
»Das spielt doch keine Rolle. Sie sind einwandfrei, und dem sie gehörten, der ist Auswanderer und längst wohlbehalten in Amerika.«
»Woher wißt ihr das?«
»Von dem, der die Schriftstücke vor mir in Besitz hatte.«
Saul betrachtete sich die Dokumente. Sie waren auf den Namen eines Webergesellen ausgestellt, der aus einem Dorf im Erzgebirge stammte. Vielleicht, überlegte Saul, ist es günstiger, mit falschen Papieren in Deutschland zu leben als unter seinem richtigen Namen in der Schweiz. Ein Emigrant, das hatte er am eigenen Leib erfahren, war überall nichts weiter als bestenfalls ein geduldeter Gast.
»Nun, wollt ihr oder wollt ihr nicht?« fragte der Hausierer.
»Einverstanden, ich kaufe sie.« Die Entscheidung, nach Deutschland zurückzukehren, war gefallen. Saul blieb noch einige Tage bei dem Lumpenhändler, um Außenstände herein-

zuholen. Er wollte nicht mittellos einen Neubeginn wagen. Um sich in irgendeiner deutschen Stadt niederlassen zu können, benötigte er ebenfalls eine größere Summe Geld. Wohin er in Deutschland gehen solle, darüber brauchte er nicht lange nachzudenken, nach Friedberg. Der Vater und Feigele waren die einzigen beiden Menschen, die ihm nahestanden und ihm eine Hilfe sein konnten bei seinem Start in ein Leben mit neuem Namen. Mit der Unterstützung durch seine früheren politischen Freunde konnte er nicht rechnen, nachdem er sich so entschieden von der Straßburger Emigrantengruppe abgesetzt hatte.

18. Kapitel

In Friedberg hieß Saul: Georg Hansmann. Es gab keinerlei Beanstandungen bei der Überprüfung seiner Papiere. Da er einen Wohnraum nachwies, in den er einziehen konnte, und bereit war, sofort einhundert Gulden in die Stadtkasse einzuzahlen, die für die Rezeption erforderlich waren, gab es keine Schwierigkeiten. In wenigen Tagen besaß er das verbriefte Recht zum Aufenthalt. Die Unterkunft im Pfarrgäßchen, ganz in der Nähe der Judengasse, hatte ihm Mayer Hirsch beschafft. Die Gefahr, entdeckt zu werden, war gering. Von seinen politischen Freunden hatte sich Saul schon vor Jahren abgesetzt. Keiner wußte, wohin er verschwunden war, und von seinem Namenswechsel hatten sie überhaupt keine Ahnung. In Friedberg wußte auch niemand, wer er wirklich war, außer dem Vater, Feigele und ihrem Mann Mayer Hirsch. Einige Nachbarn fragten sich zwar, wie ein Webergeselle aus dem Erzgebirge eine so große Summe für seine Niederlassung aufbringen konnte und ob die hundert Gulden tatsächlich auf ehrliche Weise verdientes Geld waren. Jedem war bekannt, welche Hungerlöhne den Webern bezahlt wurden. Und auch der Stadtsekretär, der das Schriftliche für die Aufenthaltsgenehmigung erledigte, kümmerte sich nicht darum, wo dieser Georg Hansmann herkam und wo er das Geld herhatte. Das Fünf-Gulden-Stück zwischen den Ausweispapieren ließ ihn rasch seine Arbeit tun.

Feigele ließ den Krückstock fallen und schloß Saul in die Arme. »Daß ich dich auf meine alten Tage noch einmal sehe! Wie freue ich mich!«

Sie war schon fündundsiebzig Jahre alt, hatte schlohweiße Haare und unzählige Fältchen um die Augen und konnte keine größere Strecke mehr zu Fuß zurücklegen.

»Ich habe immer gehofft, dich noch einmal in die Arme nehmen zu können«, fuhr sie fort, »aber dein Vater sagte, du hättest dich in deiner Straßburger Werkstatt eingeigelt, niemand würde dich dort herausbekommen.« Sie schaute ihm aufmerksam ins Gesicht. »Du siehst müde aus, Saul. Du hast Sorgen. Es ist keine einfache Sache, mit einem falschen Namen zu leben. Schon gar nicht als Jude. Weißt du, was mich noch traurig macht? Du hast aufgehört, für Demokratie und Freiheit zu streiten.« Sie setzte sich in einen Lehnstuhl und nahm den Krückstock wieder an sich. »Das ist doch eine gute Sache gewesen, für die du gestritten hast.«

Mayer Hirsch kam in die Stube. Er wurde, genau wie seine Frau, von Jahr zu Jahr kleiner. Er begrüßte Saul ebenfalls herzlich. »Sie kann es nicht lassen«, bemerkte er lächelnd und streichelte ihr über die Haare. »Gib ihr eine schwarz-rot-goldene Fahne in die Hand und setze ihr eine Jakobinermütze auf, dann steigt sie noch heute auf eine Barrikade.«

»Übertreib nicht, Mayer«, widersprach sie schmunzelnd.

»Weiß Gott, sie ist die alte geblieben«, sagte Saul.

»Und du?« fragte Feigele. »Du hast dich verändert?«

»Ich bin mir nicht sicher. Ich weiß es nicht.«

»Ich halte das für in Ordnung«, meinte Mayer Hirsch. »Ich bin auch kein guter Demokrat. Ehrlich gesagt, halte ich nichts von Volksherrschaft. Das mag für Gojim gut sein.«

»Er ist ein ausgemachter Reaktionär«, sagte Feigele keineswegs gehässig.

»Soll ich mit ihr streiten?« konterte Mayer Hirsch. Er nahm Saul zur Seite und sagte: »Was ich für dich tun kann, tue ich. Das sollst du wissen.«

Feigele hatte es gehört und warf ein: »Auf mich kannst du ebenfalls rechnen.«
»Das weiß ich.«
Mayer Hirsch streckte den Zeigefinger nach oben. »Nur – auf dich achten, das mußt du schon selbst. Ich will dich gern beraten, wenn es darum geht, dir eine Existenz zu schaffen. – Und noch etwas, Saul, deine Sicherheit hier in der Stadt ist nur dann garantiert, wenn außer Feigele, mir und deinem Vater kein Mensch etwas über deinen Namenswechsel erfährt. Ziehe um Gottes willen niemand ins Vertrauen. Das könnte dein Ende sein. Der Verrat lauert überall.«

Dank eines weiteren Fünf-Gulden-Stücks fragte der Stadtsekretär auch nicht weiter nach, warum ein Webergeselle auf die Idee kam, seinen Lebensunterhalt ausgerechnet mit dem Herstellen von bunten Ledergürteln zu bestreiten.
Saul hatte richtig überlegt, sich mit dieser Fertigkeit in Friedberg eine neue Existenz schaffen zu können. Die Nähe zu Frankfurt kam ihm auch gelegen. Die wohlhabenden Bürger in der großen Stadt und die Besucher der beiden internationalen Messen im Frühjahr und Herbst würden seine Gürtel kaufen.
Den Vertrieb wollte er nicht selbst übernehmen, das war ihm zu gefährlich und auch zu zeitraubend. Eines Tages ging er mit einer farbigen Kollektion zu Mayer Hirsch, um sich mit ihm zu beraten.
Es war nicht ungewöhnlich, wenn christliche Handwerker den Vertrieb ihrer Waren einem jüdischen Händler übertrugen. Sie waren geschickt im Verhandeln, erzielten gute Preise und waren zuverlässig. Wenn Saul sich eines jüdischen Zwischenhändlers bediente, erregte das keinen Verdacht.
»Durch deinen Diamantenhandel kennst du Gott und die Welt«, sagte Saul. »Du wirst bestimmt auch einen kennen, der in Frankfurt Ledergürtel an den Mann bringen kann. Am besten wäre einer unserer Leute, der in Modesachen unterwegs ist.«

»Einen solchen zu finden, dürfte kein Problem sein«, antwortete Mayer, »aber was hältst du davon, wenn ich es selbst mache?«
»Du?« fragte Saul überrascht. »Hast du dich nicht schon zur Ruhe gesetzt?«
»Nein, nicht zur Ruhe gesetzt, nur mit dem Diamantenhandel hat es ein Ende. Das war ein zu aufreibendes Geschäft und hat mir keinen Spaß mehr gemacht. Aber müde bin ich noch längst nicht.« Er deutete auf seinen Schreibtisch vor dem Fenster, der mit Büchern, Zeitschriften und handbeschriebenen Blättern bedeckt war. »Wie du siehst, macht mir das Schreiben noch immer Freude, und noch immer nennt man mich in Friedberg den Schreiber.«
Er rieb sich die Hände. »Das Geschäft mit deinen Gürteln könnte mir ja auch Spaß machen. Ich kenne in Frankfurt noch immer viele Leute. Interessenten für deinen modischen Firlefanz gibt es bestimmt.«
Und so brachte Mayer Hirsch die Gürtel in Frankfurt auf den Markt. Mit dem Absatz gab es keine Probleme, die Gürtel fanden sehr bald in den Modegeschäften und bei den Handelsleuten, die zu den Messen kamen, ihre Liebhaber.

Sauls Wohnung und Werkstatt im Pfarrgäßchen lag außerordentlich günstig. Er hatte nur wenige Schritte zurückzulegen, dann war er schon, was er meist in der Dämmerung tat, beim Vater oder bei Mayer Hirsch und Feigele.
David war glücklich, seinen Sohn so nahe bei sich zu haben. Er wollte ihn nicht noch einmal verlieren, wie damals in Rödelheim, als sie über Politik stritten. Darum ging David jetzt mit Bedacht derart heiklen Gesprächen aus dem Weg. Er vermied es auch, ihn nach Julchen zu fragen. So saßen sie oftmals in Davids dunkler Wohnstube im Haus der Judenschule zusammen, schwiegen und fühlten beide, wie nahe sie sich waren.

An den Freitagabenden kam Saul regelmäßig in das Haus des Mayer Hirsch. Dann waren dort stets für ihn und den Vater noch zwei Gedecke aufgelegt. Und der Hausherr bezog auch ihn, wenn er mit David aus der Synagoge kam und nachdem er den Segensspruch über den Wein gesprochen hatte, in seine Segnungen mit ein.

Die häufigen Gespräche mit Feigele und ihrem Mann, ihre Anteilnahme an seinem Leben lösten Saul allmählich aus seiner Verkapselung. Es war vor allem der Kontakt mit Feigele, der ihn veränderte. Er liebte sie wie eine Mutter, nahm sie in den Arm, strich ihr zärtlich über das schüttere Haar und war glücklich, wenn sie seinen Kopf zu sich hinunterzog und ihn küßte. Saul hörte aufmerksam zu, wenn sie das, was in der Welt geschah, in ihrer temperamentvollen Art schilderte oder ihm aus dem Intelligenzblatt vorlas. Wenn sie gegen die in Frankfurt tagende Nationalversammlung wetterte, sie als Mumienversammlung bezeichnete, deren Abgeordnete zum Teufel zu jagen höchste Zeit sei, und versicherte, nichts sehnlicher zu wünschen als einen deutschen Einheitsstaat, in dem das Volk bestimme, waren das Worte, die er einst selber im Munde geführt hatte. Einmal sagte sie: »Besonders beschämend ist, daß von der gesamten Friedberger Judenschaft sich nur ein einziger offen zu den Demokraten bekennt, von dreihundert Mitgliedern, die unsere Gemeinde zählt!«

»Wie ist das möglich?« wollte Saul wissen.

»Frage sie selber. Frage meinen Mann, er verhält sich genauso.«

»Und was meinst du?«

»Ich meine, die Juden passen sich immer zu schnell an, und unsere hier übertreiben es noch, sind Opportunisten reinsten Wassers. Da hat man in Friedberg ein paar der unmenschlichsten Beschränkungen für die Juden aufgehoben, hat die Tore der Judengasse geöffnet, einige der unverschämtesten Judensteuern abgeschafft und den Wohlhabenden unter uns erlaubt, sich für viel Geld außerhalb eine Wohnung zu nehmen – und

schon glauben sie, Dankbarkeit zeigen zu müssen, obwohl sie nach wie vor von Bergen von Unrecht und von Verachtung umgeben sind. Es wird mir übel, wenn ich daran denke, mit welcher würdelosen Servilität die Mitglieder des Gemeindevorstands der arroganten und judenfeindlichen Obrigkeit gegenübertreten.«
»Und was hat das mit ihrem politischen Verhalten zu tun?«
»Sehr viel. Sie sind immer auf der Seite der Mächtigen, gieren um deren Wohlwollen. Sind die Mächtigen Monarchisten, sind sie es auch. Wollen diese den Status quo, wollen sie ihn auch. Niemals sind sie auf der Seite der Opposition, bei denen, die aufbegehren, denn nie wollen sie Ärgernis erregen, nie auffallen. Die Friedberger Juden sind keineswegs Freunde der Demokraten, o nein, aber sie sind so lange nicht für die Demokratie, solange der Staat von einem Fürsten regiert wird. Und sie werden erst in dem Augenblick ein Bekenntnis zur Demokratie ablegen, wenn die Fürsten davongejagt sind und das Volk die Macht im Staat übernommen hat. Unsere Leute hier scheinen vergessen zu haben, daß Israel ›Streiter Gottes‹ heißt. Schau sie dir an, diese armseligen Streiter Gottes! Sie verkriechen sich, wenn von ihnen Mut zur Entscheidung verlangt wird. Nie sind sie auf der Seite der Rebellen.« Erschöpft von dieser langen Philippika auf ihr eigenes Volk, legte Feigele sich in ihrem Sessel zurück.
Saul betrachtete sie bewundernd. Wie stark sie mit den Jahren geworden war! Er setzte sich ihr gegenüber auf eine Bank, und die Gedanken schwirrten ihm durch den Kopf. Ja, so war es, Feigele hatte den Nagel auf den Kopf getroffen. Die Judenschaft war nicht bereit, sich aus eigener Kraft aus der Rechtlosigkeit herauszulösen und für ihre Würde zu kämpfen. – Und er, der sich einmal Demokrat nannte, hatte er sich nicht auch auf die Seite der Anpasser und Katzbuckler geschlagen? Die Welt war im Umbruch – und er nähte Gürtel.
Saul schaute in Feigeles schönes, runzliges Gesicht mit der hohen Stirn, hinter der sich so klare, mutige Gedanken form-

ten. Wut auf sich selbst, auf sein gegenwärtiges Leben stieg in ihm auf.
Feigele sagte: »Ich bin dir wohl mit meinen Tiraden auf die Nerven gegangen?«
»Im Gegenteil, ich bin dir für das Gesagte dankbar. Ich denke darüber nach.«
»Denken nützt nichts, handeln muß man.«
Zu einem anderen Zeitpunkt hätte dieser kategorische Imperativ Feigeles Saul bestenfalls amüsiert, wenn nicht zum Widerspruch gereizt. Jetzt aber fand er diese Antwort gar nicht komisch.
Saul fragte sie: »Wer ist dieser eine aus der jüdischen Gemeinde, der sich offen zu den Demokraten bekennt?«
»Das ist Leopold Goldbeck, ein Schneider, ein kluger Kerl, der hier in Friedberg den Arbeiterbildungsverein gegründet hat. Er hat aber viel Ärger mit dem Gemeindevorstand.«
»Weil er Demokrat ist?«
»Ja. Der Gemeindevorstand gehört samt und sonders dem konservativen Bürgerverein an, der es mit den Fürsten hält. Leute wie er sind ihnen ein Dorn im Auge. Er läßt sich aber von ihnen nicht einschüchtern.«
»Wo wohnt er? Ich möchte mit ihm reden.«
»In der Breitegasse, gleich neben dem ›Krug‹. Aber sei vorsichtig, Saul. Denk daran, du heißt Georg Hansmann. Wenn du dich verrätst, wird das schlimme Folgen für dich haben.«
»Ist er denn nicht zuverlässig?«
»Doch. Ich würde für ihn die Hand ins Feuer legen. Aber man weiß nie.«

Einige Tage später ging Saul hinüber zu Leopold Goldbeck und wurde von ihm freundlich empfangen. Saul stellte sich als Georg Hansmann vor. Er verschwieg ihm sein Judentum.
»Sie leben schon so lange in Friedberg«, sagte Leopold Goldbeck, »und ich habe Sie noch nie gesehen. Das erstaunt mich.«

»Ich sitze von morgens früh bis abends spät an meiner Arbeit und komme nur selten aus dem Haus.«
»Und was führt Sie zu mir?«
»Ich möchte mich dem Volksverein anschließen. Und da hat man mich an Sie verwiesen.«
Leopold Goldbeck antwortete: »Jeder, der bei uns mitmachen will, ist willkommen. Es gibt hier viel zu tun für die Rechte der Bürger. Aber in Zukunft sollten sie sich an den Schreiner Horst Grimmel, den Vorsitzenden des Volksvereins, wenden, ich werde in wenigen Tagen Friedberg verlassen.«
»Sie sagten doch, es gäbe hier viel zu tun, warum wollen Sie dann die Stadt verlassen?«
»Dafür gibt es eine Reihe Gründe.«
»Weil Sie Jude sind?«
»Wie kommen Sie darauf? Nein, darum verlasse ich die Stadt nicht, obwohl man es als Jude in dieser Stadt nicht leicht hat.«
»Und Sie sind wirklich der einzige Jude im Volksverein?«
»Sie sind sehr wißbegierig. Wer hat Ihnen das gesagt? Wer auch immer, es ist falsch. Es gibt noch ein paar andere Juden im Volksverein, aber sie befürchten, berufliche und auch persönliche Nachteile zu bekommen, wenn bekannt würde, sie seien Mitglieder in unserem Verein.«
Sie unterhielten sich noch einige Zeit und waren beide der Ansicht, ein Aufstand der Unzufriedenen und die Schaffung einer demokratischen Republik sei nur noch eine Frage der Zeit. Und zum Schluß sagte Leopold Goldbeck: »Die Revolution ist nicht mehr aufzuhalten. Doch in unserer Stadt wird nichts Entscheidendes geschehen. Anderswo wird sie stattfinden. Deshalb gehe ich auch von hier fort.«
Leopold Goldbeck hatte recht, schoß es Saul durch den Kopf, die Revolution war nicht mehr aufzuhalten. Die Throne wankten, und es bedurfte eines letzten kräftigen Stoßes, um sie zu stürzen. Und wenn die alten Herrscher beseitigt seien, dann würde auch das Volk Israel die Fesseln des Unrechts abstreifen können.

Ganz war das revolutionäre Feuer in Saul noch nicht erloschen. Feigele hatte es aufs neue entfacht. Nun wollte er nicht mehr teilnahmslos zusehen, wollte wieder am Kampf teilnehmen. Und er träumte, seine Genossen würden ihm, dem Wachenstürmer von 1833, die schwarz-rot-goldene Fahne in die Hand geben, damit er sie, allen voran, im Triumph durch die Straßen führe. Er würde sie hoch über den Kopf heben und sie in großen Bögen hin und her schwingen, und die Menschen entlang der Straße würden ihm zujubeln und rufen: Ein Hoch auf die Revolutionären Demokraten! Ein Hoch auf Saul, den siegreichen Kämpfer! Und am Ende der Straße stände eine Gruppe von Menschen, unter ihnen Abraham Wolff, der Gemeindevorsteher von Rödelheim, der ihn damals mit den Worten: Ein Lehrer, der mit Unruhestiftern und Umstürzlern gemeinsame Sache macht, hat an unserer Schule nichts verloren, davonjagte. Zerknirscht und verlegen käme Abraham Wolff auf ihn zu und sagte: Ich wollte doch nur das Beste für unsere Gemeinde. Und auch der Festungskommandant von Babenhausen träte hervor und sagte: Ich habe doch nur einen Befehl ausgeführt. Und Befehle muß man ausführen, dazu sind sie da. Und dann käme langsam David, sein Vater, auf ihn zu, umarmte ihn und sagte: Mein Sohn, du hast das einzig Richtige gemacht. Ich bin stolz auf dich. Und er würde den Vater fragen: Wo ist Tante Feigele? Ich habe gehofft, sie wäre zur Siegesfeier gekommen. Und er würde antworten: Sie konnte leider nicht, wegen ihrer Hüfte, aber sie ist so glücklich, wie ich es bin. Und dann würde auch noch Julchen dastehen. – Aber würde sie wirklich dastehen? –
Saul schreckte auf. Er saß noch immer in der Stube des Leopold Goldbeck. Wie lange schon? Sekunden oder Minuten oder eine noch längere Zeit? Er schaute auf sein Gegenüber, das freundlich lächelte und auf irgendeine Antwort von ihm zu warten schien.

Saul sagte schnell: »Sie werden Friedberg verlassen, Herr Goldbeck. Darf man fragen, wohin Sie gehen? Wo, glauben Sie, findet die Revolution statt?«

»Wo sonst als am Sitz der Nationalversammlung. In Frankfurt.«
Wollte Saul sich wirklich wieder den Revolutionären anschließen, worüber er sich auf dem Weg zu Leopold Goldbeck noch nicht klar war, dann hatte er in Friedberg nichts mehr verloren. Jetzt wußte er, was er zu tun hatte. Er sagte: »Auch ich werde nach Frankfurt gehen.«
»Dann kommen Sie mit mir.«
Saul lieferte die letzten Gürtel aus, worüber Mayer Hirsch sehr traurig war, denn die monatlichen Fahrten nach Frankfurt waren ihm zur lieben Gewohnheit geworden.
Beim Abschied sagte der Vater: »Ich mache mir große Sorgen um dich, Saul. Aber jeder muß seinen eigenen Weg gehen. Ich werde zu Gott beten, er halte bei all deinem Tun seine schützende Hand über dich.« Er nahm seinen Sohn in die Arme und hielt ihn lange fest.
Feigele weinte und sagte schluchzend: »Du hast dir viel vorgenommen, mein Junge. Möge dich das Glück begleiten. Und schenke mir Gott die Gnade, dich noch einmal zu sehen –«
»Aber Feigele –« wollte Saul Einspruch erheben.
»Schweig! Ich bin immerhin schon fünfundsiebzig.«

Auf dem Weg nach Frankfurt schaute Leopold Goldbeck immer wieder zu Saul hinüber. Saul merkte es und sagte:
»Wollten Sie mich etwas fragen?«
»Nein, nein«, wehrte er ab.
Nach einer Weile sagte er: »Und doch. Erlauben Sie?«
»Fragen Sie!« gab Saul zur Antwort.
»Irgendetwas scheint mir mit Ihnen nicht in Ordnung. Ich weiß nicht, was es ist.«
»Trauen Sie mir nicht?«
»Darum geht es nicht? Es ist etwas anderes.« Er druckste herum, schaute Saul noch einmal von der Seite an und fragte unvermittelt: »Sind Sie Jude?«

Saul war völlig überrascht. »Wie kommen Sie darauf?«
»Sind Sie es?«
Ohne eine Sekunde zu zögern, antwortete Saul: »Ja, ich bin Jude. Wie konnten Sie das feststellen?«
»Ich weiß nicht, ich habe es vermutet oder auch gefühlt. – Und nun sagen Sie mir, wer sind Sie? Heißen Sie wirklich Georg Hansmann?«
Da sie nun zusammen in Frankfurt Revolution machen wollten, sah Saul keinen Anlaß mehr, das Geheimnis um seine Person zu hüten. Und er erzählte Leopold Goldbeck seine ganze bewegte Geschichte. Zum Schluß sagte er: »Und nun will ich endlich mein Tarnhemd ausziehen. Wenn wir in Frankfurt ankommen, werde ich wieder Saul Joshua Buchsweiler sein.«

Sofort nach ihrer Ankunft in Frankfurt führte Leopold Goldbeck Saul zum Gräberschen Lokal in der Nähe der Hauptwache. Dieses Lokal war der Haupttreffpunkt der Frankfurter Handwerker-, Arbeiter- und Turnvereine. Und dort planten diese Vereine schon seit geraumer Zeit, die Paulskirchenversammlung mit Gewalt aufzulösen und durch ein Parlament zu ersetzen.
Saul bekam sehr schnell Kontakt zu den Anführern der zum Kampf bereiten Vereine. Von den alten Kampfgefährten der Revolutionären Demokraten fand er keine mehr in Frankfurt. Sie saßen entweder noch immer in den Gefängnissen oder waren untergetaucht. Eines Tages unterhielt er sich im Gräberschen Lokal mit einem älteren arbeitslosen Handwerkergesellen. Während des Gesprächs erwähnte dieser eine gewisse Henriette. Sie sei eines der rührigsten Mitglieder des Arbeitervereins und überall dort zu finden, wo es kritisch sei und entschlossene Helfer gebraucht würden. »Sie ist ein Prachtweib«, versicherte er bewundernd, »und macht manchem Mann etwas vor. Sie ist die Frau eines Frankfurter Steindruk-

kers, der noch zur alten Garde der Revolutionären Demokraten gehörte.«

Saul wurde hellhörig: »Habe ich recht verstanden, der Revolutionären Demokraten?«

»So ist es. Vor einigen Jahren wurde ihm vom Magistrat der Stadt großes Unrecht angetan. Er hatte eine lange Gefängnisstrafe zu verbüßen, und als er wieder freikam, verweigerte ihm der Magistrat die erneute Niederlassung im Stadtgebiet mit der Begründung, man habe aufgrund seines politischen Vorlebens und seiner langen Haftstrafe große Zweifel, ob er je wieder ein loyaler Bürger Frankfurts werden könne. So mußte er sich außerhalb Frankfurts eine Wohnung nehmen. Jetzt lebt er mit seiner Frau in Bornheim, einem Dorf nahe der Stadt.«

»Kennst du seinen Namen?«

»Er heißt Ferdinand Zobel.«

Kaum hatte er den Namen ausgesprochen, da sprang Saul auf: »Der lange Ferdinand? Er lebt noch?«

»Kennst du ihn denn?«

»Und ob ich ihn kenne. Wir haben so manchen harten Strauß miteinander ausgefochten.«

»Du machst mich neugierig. Wer bist du?«

»Das erzähl ich dir ein andermal.«

Unverzüglich machte sich Saul auf den Weg, den alten Freund aufzusuchen. Er fand ihn inmitten geätzter Steinplatten und Notenblättern. Er verdiente sich seinen Lebensunterhalt recht und schlecht als Notenlitograph.

Die Freude über das Wiedersehen war bei beiden groß. Ferdinand, lang und hager und vornübergebeugt, nahm den viel kleineren Saul bei den Schultern und schüttelte ihn.

»Bist du es wirklich, Saul? Ich hätte mir nicht träumen lassen, dich noch einmal zu Gesicht bekommen. Siehst nicht schlecht aus. Und immer in Schale.« Ein Hustenanfall unterbrach ihn. »Das habe ich mir im Gefängnis geholt, und es geht auch nicht

mehr weg. Die Kerle wissen, wie sie einen kleinmachen können. Bei mir haben sie es geschafft.«
Eine Frau unbestimmten Alters mit einem schmalen, strengen Gesicht und glatt nach hinten gestrichenen Haaren betrat die Werkstatt.
»Das ist Henriette, meine Frau.«
Saul begrüßte sie neugierig. Das war also die Frau, von der der Handwerksgeselle mit so viel Bewunderung gesprochen hatte. Vergeblich suchte er nach einem äußeren Anhalt, der diese Feststellung gerechtfertigt hätte.
Als Ferdinand noch einmal einen Hustenanfall bekam, sagte sie: »Er hat es auf der Lunge, darum kann er nicht mehr so wie früher.«
»Leider«, fügte er hinzu. »Aber für mich ist Henriette in die Bresche gesprungen. Ich meine politisch.« Ferdinand nahm sie in den Arm und schaute sie an. »Das stimmt doch?« fragte er.
Saul verstand. Er wußte ja aus dem Gespräch im Gräberschen Lokal, wie akiv sie im Arbeiterverein war.
»Sie ist eine richtige Revolutionärin geworden«, fuhr Ferdinand fort.
Mit einem leisen Lächeln sagte sie: »Ich weiß nicht, ob ich eine bin. Ich gebe mir alle Mühe.« Und zu Saul gewandt: »Ja, ich möchte mithelfen, andere politische Verhältnisse in unserem Land zu schaffen.«
So nüchtern ihre Worte auch klangen, mischte sich bald ein pathetischer Ton in ihre Stimme, als sie fortfuhr: »Die Schwatzbude in der Paulskirche geht nicht freiwillig auseinander, man muß sie auseinanderjagen. Und wenn das geschieht, will ich dabeisein.«

Der Arbeiterverein war der radikalste unter den demokratischen Vereinen. Seine neuen Kampfgefährten erkannten schnell Sauls rednerische Begabung und beauftragten ihn, im Westen der Stadt, in Bockenheim, Hausen, Ginnheim und

Rödelheim, mit Ansprachen und Aufrufen die Menschen für den großen Marsch auf Frankfurt zu gewinnen. Mit einer großen schwarz-rot-goldenen Kokarde am Revers seines Jacketts stand Saul im »Deutschen Hof« auf einem Stuhl und rief mit lauter Stimme in die Menschenmenge:
»Bürger von Bockenheim, macht euch bereit zum Sturm auf das Verräterparlament in Frankfurt! Die Stunde der Wahrheit hat geschlagen. Wer noch ein Herz hat, die Freiheit zu begreifen, und einen Arm, für sie zu kämpfen, komme mit uns. Was morsch ist, muß fallen, damit ein einiges Volk in einem von ihm selbst regierten gerechten Staat wird leben können. Ringsum in vielen Städten und Dörfern, von Gießen bis Darmstadt, von Mainz bis Aschaffenburg, warten die Menschen auf das Sturmsignal. Auch ihr müßt bereit sein, wenn das Signal gegeben wird. Bewaffnet euch! Nur im offenen Kampf gegen die Feinde der Republik wird die Entscheidung fallen!«
Die Menschen riefen »Bravo!« und »Wir kommen mit nach Frankfurt!« und »Wir warten auf das Signal!«
Jeden Tag war Saul in einer anderen Stadt oder einem anderen Dorf und forderte die Menschen auf, sich für den Marsch auf Frankfurt bereitzuhalten. Er gönnte sich keine Ruhe.

Am 18. September 1848 kam es zum Aufstand.
Gemeinsam mit dem Schuster Daniel Georg marschierte Saul an der Spitze der mit Sensen, Dreschflegeln, Piken und auch einigen Gewehren bewaffneten Freischärler aus den westlichen Orten nach Frankfurt. Die Mehrzahl waren Arbeiter, die man wegen ihrer Arbeitskleidung, die sie auch bei den Demonstrationen trugen, Blusenmänner nannte.
Auch Saul hatte aus Solidarität mit ihnen eine blaue Arbeitsbluse übergezogen.
Als der Trupp in Frankfurt ankam, waren bereits seit Stunden an mehreren Stellen der Stadt heftige Kämpfe im Gang. Die Freischärler kamen gerade zur rechten Zeit, um an der Barri-

kade oberhalb der Schäfergasse unmittelbar in die Kämpfe einzugreifen. Dort hatte es bereits eine größere Anzahl Toter und Verletzter auf Seiten der Aufständischen gegeben, und es bestand die Gefahr, die Barrikade müsse geräumt werden. Es gelang ihnen, weitere Angriffe der preußischen Truppen erfolgreich abzuwehren und die Barrikade zu halten.
Saul übernahm ganz selbstverständlich den Befehl in seinem Kampfabschnitt. Er verteilte seine Männer hinter den Barrikaden, schickte Späher in die umliegenden Häuser, damit sie von den Dächern aus erkunden konnten, was die feindlichen Truppen vorhatten, und dirigierte den Nachschub von Material, damit die Barrikaden noch höher gebaut werden konnten. Saul war, als sie losmarschierten, nur mit einer Pike bewaffnet gewesen, hatte aber das Gewehr eines Verletzten übernommen und stand in der ersten Reihe hinter der Barrikade.
Die Befehlszentrale der Aufständischen befand sich im Gräberschen Lokal. Sie war durch Kuriere ständig mit allen Barrikaden verbunden und konnte so den Verlauf der Kampfhandlungen übersehen. Um die Mittagsstunde erhielt Saul die Anweisung, sich unverzüglich zur Hasengasse zu begeben. Dort drohte eine wichtige Barrikade verlorenzugehen. Man hoffte, ihm würde es gelingen, diesen Verlust zu verhindern. Saul übergab das Kommando an Daniel Georg und eilte zur Hasengasse.

Bereits am Vormittag war die Nachricht vom Ausbruch der Kämpfe in Frankfurt nach Friedberg gekommen. David hielt nichts mehr in der Schule zurück. Er nahm die nächste Postkutsche und fuhr los. Er hatte nicht die Absicht, sich an den Kämpfen zu beteiligen. Er wußte nur, Saul war in Gefahr. Ihm wollte er beistehen und ihn vor Unbesonnenheiten bewahren. Saul war ein Hitzkopf. Wie er ihn finden könnte, hatte er noch keine Ahnung. Saul befände sich bei den Aufständischen aus Bockenheim, das war der einzige Hinweis, den er bekommen hatte.

Die Postkutsche kam nicht nach Frankfurt hinein. Österreichische Soldaten hatten alle Zugangsstraßen zur Stadt abgesperrt, damit keine Freischärler mehr aus anderen Städten zur Unterstützung der Frankfurter Aufständischen in die Stadt einströmen konnten. An der Friedberger Warte, eine gute Fußstunde vom Zentrum entfernt, mußte die Postkutsche kehrtmachen. Einige hundert Fuß ließ David sich wieder mitnehmen, dann stieg er aus und schlich, von den Soldaten unbemerkt, über Feldwege und durch Gärten an den Sperren vorbei. Schon von weitem hörte er das ununterbrochene scharfe Knallen der Gewehrschüsse. Das beschleunigte seine Schritte, und David verfiel in eine immer größer werdende Erregung.
An der Konstablerwache erreichte er die erste Barrikade. Dort erfuhr er, die Bockenheimer und Ginnheimer Freischärler würden die Barrikade an der oberen Schäfergasse verteidigen. David ließ sich den Weg dorthin zeigen und eilte weiter. Die wenigen Menschen, die ihm begegneten, warnten ihn, zu nahe an den Ort der Schießereien heranzugehen. Immer wieder würden Querschläger weit hinter den Barrikaden einschlagen. Eine Frau zerrte ihn in einen Torbogen und riet ihm, schleunigst in einem Haus in Deckung zu gehen. David riß sich von ihr los und rannte weiter in Richtung Schäfergasse. Er dachte nur an Saul, ihn mußte er unbedingt finden.
An der Ecke Alte- und Schäfergasse traf David eine Kugel am Kopf. Er schrie auf, riß die Arme hoch und stürzte auf das Pflaster. Er wußte nicht, was ihm geschehen war. Es wurde dunkel um ihn.
In diesen Sekunden verstärkte sich das Feuer der preußischen Truppen, und sie bereiteten einen Sturmangriff auf die Barrikade vor. Menschen, die mit dem Barrikadenkampf nichts zu tun hatten, waren längst nicht mehr zu sehen. Und die Helfer hinter der Barrikade hatten keine Zeit, sich um den am Boden liegenden alten Mann zu kümmern, den niemand kannte.

Die Freischärler kämpften bis zur Erschöpfung, und Saul kämpfte mit. Aber ihre Entschlossenheit riß die Frankfurter nicht zum Kämpfen mit. Auf den Barrikaden standen Arbeiter und Handwerker und eine Handvoll Studenten. Die Bürger, die ebenfalls republikanisch eingestellt waren, überließen das Kämpfen und Sterben den anderen. Am Tag zuvor, am 17. September, waren über zehntausend Menschen auf die Pfingstweide in Frankfurt zu einer Protestversammlung zusammengekommen. Aber jetzt blieben die, die »Lieber tot als Sklav« gesungen hatten, zu Hause.

Mit Sensen und Dreschflegeln und ein paar veralteten Gewehren waren die gut ausgerüsteten und auch zahlenmäßig übermächtigen preußischen und österreichischen Truppen nicht zu besiegen. Nach zwei Tagen war der ungleiche Kampf zu Ende.

Hinter der Barrikade an der Hasengasse hatte Saul Henriette wiedergetroffen. Sie schleppte neue Munition und Wasser für die Kämpfenden heran und half, die Verletzten abzutransportieren und zu versorgen.

Als im letzten Ansturm der Preußen der Widerstand der Barrikadenkämpfer brach, zerrte Henriette Saul über Trümmer hinweg in einen Hauseingang und weiter über einen Hof in den Keller eines Hinterhauses. Eng aneinandergekauert saßen sie in dem pechfinsteren Kellerraum und warteten. Noch immer waren entfernte Gewehrschüsse zu hören.

Nach einer Weile sagte Saul: »Ich bin müde, ich habe seit fast drei Tagen nicht mehr geschlafen.«

»Leg deinen Kopf in meinen Schoß«, erwiderte Henriette. »Ich hatte in der vergangenen Nacht wenigstens ein paar Stunden Ruhe.«

Voller Bitternis und Trauer über die verlorene Schlacht verfiel Saul in einen Halbschlaf, er spürte, wie eine Hand leise über seine Haare strich.

In der Abenddämmerung verließen Henriette und Saul das Haus über einen Hinterausgang und hasteten über Zeil und

Schäfergasse in Richtung Bornheim. Hinter der erstürmten Barrikade der Schäfergasse kamen sie an mehreren erschossenen Barrikadenkämpfern vorbei, man hatte sie nebeneinandergelegt und Decken über sie gebreitet. Zwischen ihnen lag ein toter alter Mann, den eine Kugel am Kopf getroffen hatte.

Mit schweren, müden Schritten stapfte Saul durch den dichten Wald, der sich südlich des Mains nach Westen zog. Er hatte Henriettes Angebot ausgeschlagen, noch einige Tage in ihrer Wohnung in Bornheim zu verbringen, bevor er erneut ins Ausland gehen würde.

Ungeordnete Gedanken schwirrten ihm durch den Kopf und mischten sich mit Sätzen aus Hiobs Jammern und Jeremias' Klagen. Hatte er recht daran getan, seine Jüdischkeit aufzugeben, sich den Revolutionären anzuschließen und von einer verlorenen Schlacht in die andere zu taumeln? War das noch jüdisches Leben?

»Ich weinte ja über die harte Zeit, und meine Seele grämte sich über das Elend. Ich wartete auf das Gute, und es kam das Böse. Ich hoffte auf Licht, und es kam Finsternis.« So klagte einst Hiob.

Ist es eine Angelegenheit der Juden, die Fürsten davonzujagen? Wer sagt denn, daß der tiefe Haß der Christen gegen das Volk Israel sich ändern wird, wenn nicht mehr die Fürsten, sondern Männer ohne Adelstitel regieren?

Habe ich mich wirklich geirrt, schoß es ihm durch den Kopf, und muß ich mit Jeremias klagen: »Er hat mich geführt und gehen lassen in die Finsternis und nicht ins Licht. Er hat meinen Weg vermauert mit Quadern und meinen Pfad zum Irrweg gemacht?«

Hatte der Vater vielleicht doch recht, als er ihm damals in Rödelheim sagte: Juden werden in einem von Christen regierten Land immer unter derem Stiefel leben? Und: Wir Juden werden immer die Knechte sein und sie die Herren, ob ein kaiserliches Banner oder eine schwarz-rot-goldene Fahne über dem Land weht?

Der Wald war zu Ende, und Saul trottete über einen schmalen Feldweg weiter nach Westen. Wo anders sollte er hin? Dort lag Frankreich, dort lag Amerika.
Die untergehende Sonne zeichnete einen langen Schatten hinter ihm auf die abgeernteten Felder, und es hatte den Anschein, als zöge Saul sein ganzes Elend hinter sich her.

Glossar

ad Posteriora (lat.) auf das Gesäß.
Baldowerer (jidd.) Auskundschafter
Bar Mizwe (hebr.) »Gebotspflichtiger«, die Zeremonie, durch die der dreizehnjährige Knabe die religiöse Mündigkeit erlangt und in die Gemeinde aufgenommen wird.
Barches (jidd.) Weißbrot für den Schabbat und andere feierliche Angelegenheiten.
Bocher (jidd.) unverheirateter junger Mann.
Bönhase (niederd.) Pfuscher, nichtzünftiger Handwerker.
Beschurimplatz (hebr.) unehrenhafter Platz auf dem Friedhof, auf dem Unverheiratete bestattet wurden, weil nach jüdischer Auffassung Unverheiratete unnatürlich leben und Verheirateten nicht gleichwertig sind.
Ça ira (franz.) »es wird gehen«, französisches Revolutionslied.
Chassidim (hebr.) Anhänger einer jüdischen Glaubensbewegung, gegründet 1750 durch Baal Schem Tow, die Gefühl und Sinnlichkeit bei der Religionsausübung betonten.
Chawrusse (jidd.) von Chawer: Kamerad, Bezeichnung einer jüdischen Bande.
Chupe (hebr.-jidd.) Baldachin, unter dem die Trauung vollzogen wird, so wird auch die Trauung selbst bezeichnet.
Chuzpe (hebr.-jidd.) Unverschämtheit
Dibbuk (hebr.) »Anhaftung«, im jüdischen Volksglauben ein Totengeist, der in den Körper eines Lebenden eintritt und bei dem so Besessenen ein irrationales Verhalten bewirkt. Nur einem Wundertäter kann es gelingen, den »Dämon« auszutreiben.
Eskamoteur (lat.-franz.) Taschenspieler
Gebager (jidd.) veraltet für Elementarschullehrer.
Gehenna (hebr.) Hölle
Gemara (hebr.) »Das Vollendete«, Erläuterungen zur Mischna bildet

zusammen mit der Mischna den Talmud.

Goi (hebr.) Pl. Gojim, Nichtjude.

Guter-Jidd (jidd.) volkstümliche Bezeichnung eines Juden, der sich durch besondere Leistungen im sozialen, wissenschaftlichen oder religiösen Bereich ausgezeichnet hat. Bei den Chassidim auch ein Wunderrabbi.

Jeschiwe (hebr.) Hochschule für das Studium des Talmud.

Jeschiwe-Bocher (hebr.-jidd.) Student einer Talmudschule.

Kabbala (hebr.) »Überlieferung«, jüdische Geheimlehre, beschäftigt sich hauptsächlich mit dem geheimen mystischen Sinn des Alten Testaments und der talmudischen Religionsgesetze. Hauptwerk: das Buch »Sohar«.

Kabbalist (hebr.) Anhänger, bzw. Kundiger der jüdischen Geheimlehre.

Kaddisch (hebr.) Gebet, das die männlichen Nachkommen für das Seelenheil ihrer verstorbenen Eltern oder nahen Verwandten während des ganzen Trauerjahrs sprechen.

Kaddischel (hebr.-jidd.) der erstgeborene Sohn, der den verstorbenen Eltern den Kaddisch betet.

Kaftan (arab.) langer, geknöpfter Oberrock orthodoxer Juden.

Kalle (hebr.-jidd.) Braut

Kascha (russ.) Grütze, meist aus Buchweizen.

Kaschrut (hebr.) von koscher, »rein«, alle nach den jüdischen Speisegesetzen zubereitete Speisen, die dazu notwendigen Gerätschaften und auch die Kontrolle über die Reinhaltung der Speisen.

Kewer Israel (hebr.-jidd.) volkstümlich für Friedhof.

klären (jidd.) nachdenken, grübeln.

Klesmerbande (hebr.-jidd.) von Klesmer: »Musiker«, Musikantengruppe.

kochem (hebr.-jidd.) sauber, bezeichnet in der Gaunersprache ein Haus oder ein Dorf, in dem sich verfolgte Banditen ohne Gefahr verstecken konnten. Auch: gescheit, pfiffig.

Kol Nidre (hebr.) »Alle Gelübde«, das Gebet, das am Abend des Versöhnungstags (Jom Kippur) den Gottesdienst einleitet. Die Melodie, in der dieses Gebet vom Vorsänger (dem Chasn) gesungen wird, ist viele hundert Jahre alt und die ergreifendste Melodie der gesamten jüdischen Liturgie.

koscher (hebr.-jidd.) von kascher: »recht«, was nach den Ritualvorschriften genügt, nach den Speisegesetzen zum Genuß erlaubt ist. Siehe auch: trejfe.

Kwitl (jidd.) von »Quittung«, das ist ein Zettelchen, auf welches der Bittsteller einem Gutn-Jidd seine Bitten und Wünsche unterbreitet (er steckt das Kwitl in eine Ritze seines Grabsteins), damit er sie bei Gott befürworte.

Lamed (hebr.) Buchstabe L

Le chaim (hebr.) »auf das Leben«, jüdischer Trinkspruch.

Masel tow (hebr.) von Masel: »Glück«, ein Glückwunsch.

Mazze (hebr.) ungesäuertes Brot. An den Pessachtagen darf kein anderes Brot gegessen werden.

meschugge (hebr.-jidd.) verrückt

Meschumed (hebr.) getaufter Jude, Abtrünniger.

Mikwe (hebr.) rituelles Tauchbad

Mischna (hebr.) »Unterweisung«, Sammlung jüdischer Gesetze und Gebote, bildet zusammen mit der Gemara den Talmud.

Mischpoche (hebr.-jidd.) Familie, Verwandtschaft, Sippschaft.

Mizwe (hebr.) gottgefällige Tat

Nissan (hebr.) erster Monat im jüdischen Kalender, in der Thora heißt er Ährenmonat. Es ist der Monat des Auszugs aus Ägypten, nach christlichem Kalender etwa März-April.

Oj Hemerl (jidd.)

> O Hämmerchen, Hämmerchen klopf,
> Schlag stärker einen Nagel nach dem andern,
> Es ist kein Brot mehr im Haus,
> Nur Kummer und Leid ohne End.
>
> O Hämmerchen, Hämmerchen klopf,
> Gleite nicht aus meiner Hand,
> Mein einziger Ernährer bist du,
> Ohne dich würde ich vor Hunger sterben.

Omen-Sogr (jidd.) Amen-Sager, einer, der zu allem Ja und Amen sagt.

Parnaß (hebr.) Gemeindevorsteher

Pessach (hebr.-jidd.) Fest zur Erinnerung an den Auszug aus Ägypten im Monat Nissan.

Ponem (hebr.-jidd.) Gesicht

Purim (hebr.) Freudenfest zur Erinnerung an die Errettung der persischen Juden (Buch Esther).

Quorum (lat.) die zum gemeinsamen Gebet vorgeschriebene Anzahl von mindestens zehn männlichen Personen, in hebräisch auch Minjen. »Wenn zehn zusammen beten, so ist Gottes Gegenwart mit ihnen.« Talmud.

Reb (hebr.-jidd.) Herr, Lehrer, Gelehrter, bei den Chassidim auch Wunderrabbi. Mit Reb wird jede erwachsene männliche Person angesprochen.

Schabbat (hebr.) auch Sabbat, jiddisch: Schabbes. Ruhetag, beginnt mit Sonnenuntergang am Freitag, und endet mit Sonnenuntergang am Samstag.

Schabbesgoi (jidd.) christlicher Diener, der in Judenhäusern die an Schabbat verbotenen Arbeiten, z. B. Ofenheizen oder Lichtanzünden, verrichtet.

Schalet (jidd.) auch Tscholent, Schabbatspeise, die bereits am Freitag vorbereitet und 24 Stunden warmgehalten wird.

Schalom (hebr.) Friede, Begrüßungswort.

Schalom alechem (hebr.) auch: Scholem alechem: Friede mit dir. Begrüßung und gleichzeitig ein traditionell jüdisches Lied.

Scheindl (jidd.) Schönheit, im übertragenen Sinn auch Glanz, auch Frauenname.

Schächter (hebr.) oder auch Schochet, Kultbeamte für das rituelle Schlachten.

schicker (hebr.-jidd.) betrunken

Schiwe-sitzen (hebr.-jidd.) die zweite Trauerphase der Juden. Sie beginnt unmittelbar nachdem der Tote unter der Erde ist und dauert sieben Tage. Schiwe ist die Zahl sieben auf Hebräisch. Die Trauernden sitzen ohne Schuhe auf einem niedrigen Schemel und nehmen die Kondolenzen entgegen.

Schochet siehe Schächter.

Sejde (jidd.) Großvater

Sohar (hebr.) »Lichterglanz«, Hauptwerk der Kabbala.

Sore (hebr.-jidd.) Gaunerjargon: Diebes- und Hehlerware.

Spitzkappe (Gaunerjargon) Soldat

Stradegänger (Gaunerjargon) einer, der auf der Landstraße lebt.

Stuhl Elias (deutsch-hebr.) nach dem Propheten Elia, der einst die messianische Zeit verkünden wird und der so, symbolisch, bei jeder »Aufnahme in den Bund«, wie die Beschneidung auch bezeichnet wird, anwesend ist.

Tallit (hebr.) Gebetsschal mit den vom mosaischen Gesetz vorgeschriebenen vier Schaufäden (Zizit).

Talmud (hebr.) »Belehrung, Lehre, Studium«, nach der Bibel Hauptwerk des Judentums, Zusammenfassung der Lehren, Vorschriften und Überlieferungen der nachbiblischen Jahrhunderte (abgeschlossen im 5. Jahrhundert n. Chr.), besteht aus zwei Teilen, der Mischna, der Sammlung der jüdischen Gesetze und Gebote, und der Gemara, der Erläuterung zur Mischna mit Legenden und Erbaulichem.

Tate (hebr.) Vater

trejfe (hebr.) unrein, was nach den jüdischen Speisegesetzen nicht erlaubt ist (siehe auch »koscher«).

Tscholent (jidd.) siehe Schalet.

Zores (hebr.-jidd.) Ärger, Leiden, Plage.

Valentin Senger
Kaiserhofstraße 12
Sammlung Luchterhand 291

»Das Erinnerungsbuch ›Kaiserhofstraße 12‹ erzählt die Geschichte einer jüdischen Familie, die in Frankfurt den Hitler-Faschismus vom Anfang bis zum Ende miterlebt – und überlebt hat. Senger hat die Überlebensgeschichte seiner Familie aufgeschrieben, und er hat für diese wundersame Rettung keine andere Erklärung, als auf ›tausend Zufälle‹, Glück und die Hilfe von Nazi-Gegnern zu verweisen.
Senger hat ein beachtliches Erzähltalent, das ihn immer den richtigen Ton für das schwierige Thema finden läßt. Er erzählt seine mit Spannung zu lesenden Erinnerungen, in denen auch lustige Kindheitserlebnisse und erotische Erfahrungen ihren richtigen Stellenwert haben, ohne Anklagen und ohne eine Spur larmoyanten Ausdrucks, dafür aus (selbst-)kritischer Distanz. Sengers Freude am Erzählen seiner Überlebensgeschichte drückt dieser bildhafte Vergleich aus: ›Erinnern ist für mich so wie Wasserholen am Brunnen.‹«
Norbert Schachtsiek-Freitag, Frankfurter Hefte